W0355588

READER'S DIGEST
AUSWAHLBÜCHER

Die Kurzfassungen in diesem Buch erscheinen
mit Genehmigung der Autoren und Verleger
© 2008 Reader's Digest
– Deutschland, Schweiz, Österreich –
Verlag Das Beste GmbH,
Stuttgart, Zürich, Wien
Alle Rechte, insbesondere das der Übersetzung, Verfilmung
und Funkbearbeitung, im In- und Ausland vorbehalten
4084 (279)
Printed in Germany
ISBN: 978-3-89915-467-2

www.readersdigest.de

READER'S DIGEST AUSWAHLBÜCHER

Reader's Digest

DEUTSCHLAND · SCHWEIZ · ÖSTERREICH

INHALT

Seite 6

Im Leben von Holly Berger scheint alles zu stimmen. Sie ist glücklich verheiratet, hat zwei Kinder und verfasst erfolgreiche Ratgeber. Doch dann macht sie eine Entdeckung, die sie völlig aus der Bahn wirft: Sie wurde als Baby ausgesetzt und später adoptiert. Fassungslos begibt sie sich auf die Suche nach ihren Wurzeln – eine Reise, die sie bis ins ferne Ägypten führt und tief in die erschütternde Geschichte ihrer Familie eintauchen lässt.

Seite 160

Strafverteidiger Mickey Haller freut sich über einen lukrativen Auftrag: Sein neuer Mandant, dem schwere Körperverletzung und Vergewaltigung zur Last gelegt werden, ist ein vermögender Immobilienmakler. Der Angeklagte beteuert heftig seine Unschuld und Haller ist überzeugt, dass er einen Freispruch erwirken kann. Doch dann nimmt der Prozess eine unerwartete Wende – und plötzlich geht es auch für den Anwalt um Kopf und Kragen.

Seite 342

Die junge Mattie liebt Bücher und träumt davon, eines Tages Schriftstellerin zu werden. Doch im Jahr 1906, wenn man noch dazu drei Geschwister zu versorgen hat, ist das nur ein frommer Wunsch. Bei ihrer Arbeit als Kellnerin in einem mondänen Hotel lernt Mattie die unglückliche Grace Brown kennen, die ihr ein Bündel Briefe anvertraut. Am nächsten Tag ist Grace tot. Ihre Briefe werden Matties Leben verändern …

Seite 462

Mit Transplantaten lässt sich in der Medizin viel Geld verdienen – besonders wenn man auch vor illegalen Methoden nicht zurückschreckt. Bei seinen Ermittlungen in Berliner Krankenhäusern muss Kommissar Peter Heiland erkennen, dass sich hinter einem Verbrechen viele weit größere verbergen können. Es scheint, als habe sich ein begnadeter Mediziner zum Herrn über Leben und Tod aufgeschwungen.

Amelie Fried
Die Findel-frau

Für Holly bricht eine Welt zusammen. Sie ist nicht diejenige, die sie zu sein glaubte. Doch wo sind ihre Wurzeln? Wer sind ihre leiblichen Eltern?

1

Holly blickte starr in das rote Licht über sich. Eine warme Hand legte sich auf ihre kalten Hände, die sie auf dem Bauch gefaltet hatte wie zum Gebet. Lieber Gott, dachte sie, mach, dass alles gut geht. Dass die Schwester meine Unterlagen nicht vertauscht hat. Dass der Computer keine Panne hat. Dass der Doc gestern Nacht nicht zu wenig geschlafen oder zu viel gebechert hat.

Sie überlegte kurz, ob sie vom Tisch springen und weglaufen sollte, dann fielen ihr die ganzen Untersuchungen der letzten Wochen ein. Wäre alles umsonst gewesen, und sie würde es trotzdem bezahlen müssen.

Warum zum Teufel hatte sie sich überhaupt darauf eingelassen? War es wirklich so schlimm, kurzsichtig zu sein? Wenn sie die Brille abnahm, verschwamm die Welt zu farbigen Flecken. Ist doch eigentlich ganz schön, dachte sie plötzlich. Schöner als vieles, was sie sah, wenn sie die Brille wieder aufsetzte. Als Kind war sie gehänselt worden, klar. Blindschleiche, Brillenschlange, Streberin. Als junges Mädchen war sie mehr oder weniger blind durchs Leben getappt, weil sie lieber vom Auto überfahren worden wäre, als hässlich auszusehen. Obwohl sie mit ihren ausdrucksvollen braunen Augen, dem schimmernden Teint und ihrem dunklen Haar als ausgesprochen hübsch galt, war sie überzeugt, dass eine Brille alles kaputt gemacht hätte. Eine Zeit lang hatte sie Kontaktlinsen getragen. Nachdem sie die dritte versehentlich im Waschbecken weggespült hatte, weigerten sich ihre Eltern, neue zu bezahlen. Als Holly endlich selbst Geld verdiente, bekam sie eine Allergie gegen Kontaktlinsen. Jetzt hatte sie genug. Sie wollte endlich wieder klar sehen.

„So, nun wird's ein bisschen unangenehm“, hörte sie die Stimme des Arztes, „ist aber gleich vorbei.“

Bleib cool!, befahl sie sich. Du hast zwei Geburten überlebt, da wirst du doch wohl eine lächerliche Laser-OP überstehen.

Etwas senkte sich auf ihr Gesicht und drückte auf ihren rechten Augapfel.

Sie spürte einen weiteren Schwall der Betäubungstropfen, einen leichten, kaum wahrnehmbaren Schmerz, dann fuhr die Apparatur mit einem Zischen wieder hoch.

„Vorbei?“, fragte sie mit leiser Stimme.

„Noch nicht ganz“, erwiderte der Arzt.

Die Maschine begann zu rattern, Funken sprühten vor ihrem Auge, ein Geruch von verbrannter Hornhaut verbreitete sich im Raum.

Sie sah eine Art riesigen Scheibenwischer, der über ihre Augenoberfläche fuhr, dann hörte sie seine Stimme.

„So. Und weil's so schön war, das Ganze jetzt auf der anderen Seite.“

„Okay“, piepste sie.

„Sie sind ja eine ganz Gelassene“, sagte der Doc anerkennend.

„Das täuscht“, gab Holly zurück. „Ich mache mir gleich in die Hose.“

„Schwester, eine Windel bitte!“, befahl er.

Holly musste trotz ihrer Angst grinsen.

Als alles vorbei war, stand sie mit zittrigen Knien vom OP-Tisch auf und wurde in den Vorraum geführt. Noch einmal erhielt sie Tropfen, dann klebte die Schwester zwei Plastikschalen über ihre Augen.

„So, jetzt sehen Sie aus wie ein Waschbär. Die Augen schön zulassen bis morgen früh!“ Sie drückte Holly einen Plastikbeutel in die Hand. „Schmerztabletten, antibiotische Tropfen, Notfalltelefonnummer. Wenn Sie Probleme haben, bitte melden.“

„Danke“, sagte Holly.

Die Schwester brachte sie zur Garderobe, zog ihr den sterilen Kittel aus, streifte ihr die Plastikhüllen von den Füßen. Half ihr in Schuhe und Mantel, brachte sie zur Rezeption.

„Hallo“, sagte Chris. „Alles gut gegangen?“

„Glaub schon. Genau wissen wir's morgen.“ Sie hakte sich bei ihm ein. „Du bist jetzt mein Blindenhund.“

„Wau“, sagte Chris.

Der Weg aus dem Gebäude, über die Straße, in den zweiten Stock des Parkhauses erschien ihr endlos. Die Geräusche waren unnatürlich laut und scharf; es kam ihr vor, als hätte sie nach Jahren zwei Wattebäusche aus ihren Ohren entfernt. Sie klammerte sich an Chris' Arm fest. „Liebst du mich eigentlich?“

„Was?“

„Ich meine“, sagte Holly schnell, „würdest du mich auch lieben, wenn ich blind wäre? Oder eine andere Behinderung hätte?“

„Was bliebe mir anderes übrig?“

„Na hör mal, das klingt ja gerade, als wäre Liebe eine Art Krankheit! Ein schreckliches Schicksal, gegen das man keine Chance hat."

„Genau. Aber hör lieber auf zu diskutieren, du läufst gleich gegen einen Betonpfeiler."

Holly blieb erschrocken stehen. „Ich denke, du passt auf!"

„Wie soll ich aufpassen, wenn du dauernd quasselst?!"

Sie holte tief Luft. „Schrecklich, so hilflos zu sein."

„Tut dir mal ganz gut, nicht alles unter Kontrolle zu haben."

Erst im Auto auf der Straße wurde es besser. Sie lehnte ihren Kopf zurück und entspannte sich.

SIE VERTRAUTE IHM schon seit achtzehn Jahren, von Anfang an, einfach so. Hatte nie darüber nachgedacht, ob er ihr Vertrauen verdiente. Und er hatte sie nie enttäuscht. Sie dachte an ihre erste Begegnung bei einer Geburtstagsfeier ihrer Freundin Diana, die damals in einer WG wohnte. Chris war gerade neu dort eingezogen, und Diana schwärmte von ihm.

„Er ist was Besonderes, weißt du? Nicht so ein Klugscheißer wie die Typen von der Uni. Er ist Tischler, baut wunderschöne Möbel und kann alles reparieren, was in einem Haushalt kaputtgeht."

„Wie praktisch", sagte Holly lächelnd.

„Außerdem ist er klug. Er liest viel und macht sich 'ne Menge Gedanken über Politik und so."

„Du bist verknallt", stellte Holly fest.

„Eigentlich nicht", sagte Diana, „ich steh nicht auf blond."

Am Abend der Party passierte Holly ein Missgeschick: Nach einem Besuch auf der Gästetoilette ließ sich die Tür nicht mehr öffnen, der Schlüssel klemmte. Bei dem gewaltsamen Versuch, ihn zu drehen, brach er ab. Holly geriet in Panik. Sie wollte aus dem Fenster steigen und blieb im Fensterrahmen stecken. Nachdem sie sich mühsam befreit hatte, versuchte sie, mit einer Nagelfeile das Türschloss zu öffnen, aber die Feile brach ab. Verzweifelt schlug sie schließlich gegen die Tür. Die Gäste sammelten sich vor dem Gästeklo und johlten ihr aufmunternd zu. Der Einzige, der keine blöden Witze machte, sondern die Tür aufstemmte, war Chris.

Mit vor Scham gerötetem Gesicht dankte ihm Holly und wollte sich schnell verdrücken, aber er hielt sie fest. „Dich wollte ich schon den ganzen Abend kennen lernen!" Er zog sie in die Küche und füllte zwei Gläser mit Rotwein. „Wenigstens hast du nicht versucht, aus dem Fenster zu klettern."

Holly sagte nichts.

Chris musterte sie. „Oder hast du etwa …?“ Er lachte. „Verstehe. Selbst ist die Frau. Du bist eine von denen, die sich nicht helfen lassen wollen.“

„Bisher bin ich ganz gut durchgekommen“, sagte Holly.

„Glückwunsch. Wie heißt du eigentlich?“

„Holly.“

Chris stutzte. „Na, dann kann ich mich ja glücklich schätzen, dass du mit mir redest. Diana hat mir erklärt, dass du auf Intellektuelle abfährst.“

„Es gibt Fälle, in denen ich Tischler vorziehe.“

„Wenn du im Gästeklo festsitzt.“

Holly lächelte. „Und, auf wen fährst du ab? Auf Diana?“

Chris überlegte kurz. „Nee, ich steh nicht auf blond.“

Später stellte sich raus, dass Chris gelogen hatte. Alle seine Exfreundinnen waren blond gewesen.

HOLLY legte die Hand auf Chris' Knie. „Wann hast du mich eigentlich zuletzt belogen?“

Chris musste nicht lange nachdenken. „Am Sonntag. Die Kalbsrouladen waren trocken.“

„Du Mistkerl! Du hast behauptet, sie seien wunderbar!“

„Gnädige Notlüge. Der Kitt jeder Beziehung.“

„Wie oft bist du so … gnädig zu mir?“

„Nicht oft, keine Sorge.“

Holly verfiel ins Grübeln. Er hatte Recht, es ging nicht ohne kleine, liebevolle Schwindeleien, die dem anderen eine Verletzung ersparten. Sie wusste nicht, warum die Tatsache, nichts sehen zu können, ein so heftiges Bedürfnis in ihr auslöste, den Dingen auf den Grund zu gehen. „Lügst du auch bei wichtigeren Dingen als Kalbsrouladen?“

Chris antwortete nicht.

„Was ist los? Warum sagst du nichts?“

„Lass mich doch nachdenken, ich bin nicht so schnell wie du.“

„Da gibt es nichts nachzudenken, entweder Ja oder Nein!“

„Ich bin immer so ehrlich wie möglich“, sagte er schließlich.

„Na toll!“ Sie seufzte.

ZU HAUSE ließ sie sich von Chris ins Bad führen, dann ertastete sie sich selbst den Weg ins Schlafzimmer. In ihrer vertrauten Umgebung fühlte sie sich etwas sicherer. Sie zog ihren Pyjama an und kroch ins Bett. „Ich hab so kalte Füße“, jammerte sie, „machst du mir eine Wärmflasche?“

„Gern.“ Sie hörte seine Schritte auf dem Flur.

Holly nahm sich vor, darauf zu achten, wie oft sie jemanden anschwindelte, und sofort fielen ihr eine Menge Situationen ein, in denen sie nicht ehrlich gewesen war. Den korallenroten Schal, ein Geschenk von Chris zu Weihnachten, hatte sie in den höchsten Tönen gelobt – obwohl sie die Farbe verabscheute. Letzte Woche hatte sie einen wichtigen Termin vergessen und behauptet, ihre Tochter hätte einen Unfall gehabt. Als Timo zu müde fürs Fußballtraining gewesen war, hatte sie ihn mit einem verstauchten Knöchel entschuldigt. Eigentlich benutzte sie ständig Notlügen, um ihr Leben leichter zu machen.

Chris kam mit der Wärmflasche zurück und legte sie zu ihren Füßen ins Bett. Dann gab er ihr das Telefon in die Hand. „Ich geh rüber in die Werkstatt. Wenn du was brauchst, drück einfach die Wiederholungstaste.“ Er legte ihren Zeigefinger auf eine Taste. „Hier oben, die linke.“

„Danke“, murmelte Holly. Sie versuchte einzuschlafen, fiel aber nur in einen dösigen Zustand. Vielleicht würde sie sich endlich die Haare ein bisschen wachsen lassen oder sich sogar ein Abendkleid kaufen. Hatte alles zur Brille nicht gepasst. Holly konnte es plötzlich kaum erwarten, ihr neues Gesicht im Spiegel zu sehen.

Die Tür flog auf, Timo und Lea stürmten ins Zimmer.

Holly richtete sich auf. „Mir geht's gut“, sagte sie schnell, „macht euch keine Sorgen. Ich seh nur komisch aus mit diesen Dingern auf den Augen.“

„Wie 'ne bekiffte Fliege“, stellte Timo fest.

„War's schlimm?“, fragte Lea und setzte sich auf die Bettkante.

„Nein, überhaupt nicht“, sagte Holly munter. Sie fand, Mütter dürften nicht schwach sein und jammern. Sie müssten Stärke zeigen, damit ihre Kinder stark werden könnten.

„Siehst du was?“, fragte Timo.

„Nee“, sagte sie, „gar nichts.“ Heimlich blinzelte sie durch die Plastikschalen. Timo zog eine Grimasse und streckte ihr die Zunge raus. „Aber ich weiß trotzdem, dass du dich gerade schlecht benimmst.“

Timo hielt inne. „Beschiss“, sagte er, „du hast geblinzelt.“

Holly realisierte überrascht, wie tief seine Stimme schon war.

Die Kinder verloren das Interesse an ihr und liefen weg.

Wie schnell die beiden gewachsen waren! Timo mit seinen dreizehn Jahren war bereits so groß wie sie, mit langem, glattem Haar, das ihm ständig in die Augen fiel. Manchmal versuchte sie, ihn zu umarmen oder ihm einen Kuss auf die Wange zu drücken. Genervt wehrte er ab, und sie fühlte sich wie eine verschmähte Liebende.

Lea war zehn, an der Schwelle zur Pubertät. Sie ließ Berührungen gerade noch zu. Wie sollte man es als Mutter bloß aushalten, wenn die Kinder keine Zärtlichkeit mehr annehmen wollten, ja einen beim kleinsten Versuch zurückstießen? Sie könne sich ja mehr mit ihm beschäftigen, hatte Chris vorgeschlagen, als sie ihm ihr Leid geklagt hatte.

Holly setzte sich zu ihrer Familie an den Esstisch und löffelte vorsichtig die Gemüsesuppe, die sie am Morgen vorgekocht hatte. Auch ihr Geschmackssinn schien sich verändert zu haben; sie aß bewusster und nahm die Aromen intensiver wahr. Doch sie fühlte sich aus dem Erleben der anderen ausgeschlossen. Wie dankbar war sie, dass dieser Zustand vorübergehend sein würde!

„Ich esse wie ein Schwein", verkündete Lea.

„Das ist ja nichts Neues", sagte Holly.

„Aber du kannst es nicht sehen!", triumphierte ihre Tochter. „Deshalb kannst du auch nicht schimpfen."

„Sehen nicht, aber hören", erwiderte Holly. „Iss wenigstens wie ein stummes Schwein."

„Alle Schweine sind stumm", sagte Timo und machte ein blubberndes Geräusch mit seinem Getränk. „Stumm heißt, dass man nicht sprechen kann. Schmatzen oder schlürfen kann man trotzdem."

Holly seufzte. „Ihr macht mich wahnsinnig, ihr …"

„… Korinthenkacker!", brüllten Timo und Lea wie aus einem Mund.

Das Telefon klingelte, die Kinder liefen um die Wette.

„Omi ist dran." Lea drückte ihrem Vater den Hörer in die Hand, der reichte ihn weiter an Holly, die ihn zunächst verfehlte. Chris nahm ihre Hand und legte das Telefon hinein.

„Mama?"

Ihre Mutter ließ sich den Eingriff vom Nachmittag beschreiben und murmelte immer wieder: „Wenn das mal gut geht."

„Es ist doch längst gut gegangen", sagte Holly ungeduldig. „Jedenfalls bin ich nicht blind, so viel steht schon mal fest."

„Man soll der Natur nicht ins Handwerk pfuschen", beharrte ihre Mutter, „das rächt sich. Wer weiß, ob sich nicht in ein paar Jahren deine Netzhaut ablöst."

„Es handelt sich beim Lasern um die Hornhaut", erklärte Holly, „und wenn's nach der Natur ginge, würdest du übrigens schon seit drei Jahren unter der Erde liegen."

Damals war bei Margarete nur durch Zufall ein Verschluss der Herzarterie entdeckt worden, der mit größter Wahrscheinlichkeit einen tödlichen Infarkt ausgelöst hätte.

„Notfälle zählen nicht", gab ihre Mutter zurück. „Ach übrigens, Holly, wenn ihr nächste Woche kommt, will ich mit dir und deinen Brüdern etwas Wichtiges besprechen."

„Was denn? Ist was passiert? Ist wieder was mit deinem Herzen?"

„Mach dir keine Sorgen. Wir sehen uns nächstes Wochenende."

Holly tastete nach dem Aus-Knopf. Sie überlegte, warum ihre Mutter nicht einfach sagen konnte, worüber sie sprechen wollte. Bestimmt war sie wieder krank, wahrscheinlich ernsthaft. Holly fing an zu weinen.

„Du sollst doch nicht heulen", sagte Chris.

Aber Holly konnte nicht anders. Angst und Anspannung lösten sich in einem immer stärker werdenden Heulkrampf.

Aufgeregt wiederholte Chris: „Nicht weinen, hör auf! Das ist bestimmt ganz schlecht für die Augen!"

„Ich kann nicht aufhören", schluchzte Holly. Sie spürte, wie die Tränen sich in den Plastikschalen sammelten. Sie wimmerte und drehte Chris ihr Gesicht mit den Augenklappen zu. Dann hörte sie, wie er laut herausprustete. Je mehr sie weinte, desto mehr lachte er, und je mehr er lachte, desto heftiger weinte sie.

Nach einer Weile beruhigten sie sich, und Chris nahm Holly in die Arme. „Warte, ich helfe dir." Vorsichtig löste er die Klebestreifen am unteren Rand der Schalen. Holly spürte zwei warme Rinnsale auf ihren Wangen. Er reichte ihr ein Handtuch, und sie trocknete ihr Gesicht ab. „Da erhält der Begriff ‚Wasser lassen' eine völlig neue Bedeutung", sagte er.

Nun musste auch Holly lachen, und plötzlich war ihr ganz leicht zumute. Sicher war gar nichts mit ihrer Mutter. Sie plante nur wieder eine Reise oder wollte endlich einen Computer kaufen und sich vorher mit ihnen beraten.

Holly schlief sofort ein. Nachts wachte sie ein paarmal auf, weil die Plastikschalen sie störten. Als es hell wurde, konnte sie nicht mehr weiterschlafen. Sie blinzelte durch den beschlagenen Kunststoff, konnte nichts erkennen, machte die Augen wieder zu. Sie richtete sich auf, die Augen immer noch geschlossen. Vorsichtig löste sie die Klebestreifen an den Rändern der

Plastikschalen und nahm sie ab. Langsam zählte sie bis zehn, dann öffnete sie die Augen.

Das Bücherregal war gut drei Meter vom Bett entfernt. „Elmsfeuer", las Holly auf dem Rücken eines Buches, „Mann und Frau", „Der letzte Zeuge". Gestern Morgen hatte sie vom Bett aus nicht mal erkannt, dass da ein Bücherregal stand. Sie schlug die Hand vor den Mund und jauchzte auf. Chris drehte sich um. Sie packte ihn an der Schulter. „Ich kann sehen", rief sie aufgeregt, „ich kann alles sehen!"

Er schlug die Augen auf und grinste. „Und, wie sehe ich aus?"

Holly warf sich auf ihn und umschlang ihn mit den Armen. „Du siehst so was von gut aus!"

„Na, dann hast du ja Glück gehabt."

Holly schmiegte sich glücklich in seine Armbeuge. Nie wieder würde sie mit beschlagenen Gläsern in eine Kneipe kommen und mit dem Kellner zusammenstoßen, nie wieder die verhasste Brille abnehmen, weil sie jemandem gefallen wollte. Die Zeit als Brillenschlange war vorbei. Endlich sah sie die Welt mit ihren eigenen Augen. Endlich sah sie klar.

2

Auf ihrem Gang durch die Stadt betrachtete Holly immer wieder ihr brillenloses Spiegelbild in den Schaufenstern und machte regelrechte Sehtests. Konnte sie das Schild da vorn entziffern? Was stand auf diesem Plakat? Mit dem linken Auge sah sie eine Spur schärfer.

Jahrelang hatte sie für Tageszeitungen und Frauenzeitschriften geschrieben, irgendwann aber den ständigen Termindruck so sattgehabt, dass sie sich an ein Buchprojekt gewagt hatte, einen Ratgeber zum Thema Kind und Karriere. Das Buch verkaufte sich glänzend. Und weil ihr die Arbeit Spaß gemacht hatte, versuchte sie sich dann an einem zweiten Buch mit dem Titel „Weibliches Selbstbewusstsein". Wieder ein Erfolg. Ihre Leserinnen fühlten sich offenbar von ihr verstanden und der Verlag wollte mehr. Aber Holly wusste nicht, worüber sie als Nächstes schreiben sollte. Nun hoffte sie, dass Jochen, ihr Verleger, einen Einfall hatte.

Sie kannte Jochen bereits aus ihrer Studentenzeit. Er war kurz nach Chris in die WG gezogen, als Hollys Freundin Karin ihr Zimmer aufgab, um nach Frankfurt zu gehen und zu heiraten. Wenig später zog Holly ein. Zwei Jahre existierte die WG mit Diana, Holly, Jochen und Chris, dann löste sie sich auf. Chris und Holly heirateten und übernahmen die Wohnung, in der sie heute noch wohnten. Die ehemaligen Mitbewohner spotteten über ihre Verbürgerlichung. Ganz schlimm wurde es, als Timo geboren wurde. Nun seien sie endgültig Spießer geworden, behaupteten ihre Freunde.

Drei Jahre später kam Lea zur Welt, aber da hatten Karin und Diana selbst schon Kinder, und niemand protestierte mehr. Schließlich kauften sie die Wohnung, und Jochen, der die Fahne der Freiheit am längsten hochgehalten hatte, hatte inzwischen einen Verlag gegründet und war Unternehmer geworden. Ein richtiger Scheißkapitalist, wie er gleichmütig bekannte.

Holly hatte das gepflegte Jugendstilhaus erreicht, in dem Jochens Verlag residierte. Er empfing sie lächelnd in Jeans und weißem Hemd. Sein dunkles Haar war länger als vor ein paar Wochen, seine Haut wie immer leicht gebräunt. Sein Aussehen war nicht mehr so perfekt wie früher, dafür hatte er an Ausstrahlung gewonnen.

„Na, Scheißkapitalist, wie laufen die Geschäfte?“ Sie küsste ihn auf beide Wangen, sie fühlten sich an wie feines Sandpapier.

„Gut, wenn du bald einen neuen Bestseller schreibst.“ Er grinste, dann stutzte er: „Sag mal, irgendwas ist anders an dir …“

Sie sah ihn herausfordernd an. „Ja?“ Sie hatte ihm am Telefon von der bevorstehenden Laserkorrektur erzählt.

Er überlegte. „Neue Haarfarbe?“

Holly schüttelte den Kopf.

„Hast du … irgendwas an dir machen lassen?“, fragte er erschrocken. „Aber Holly, das hast du doch gar nicht nötig in deinem Alter!“

„Minus drei Komma sieben fünf Dioptrien“, sagte sie.

„Ach, die Lasik! Glückwunsch. Siehst echt gut aus ohne Brille.“ Er führte sie in sein Büro, seine Assistentin servierte Kekse und Cappuccino. Holly nahm einen Schokoladenkeks und knabberte daran herum.

„Also, wie sieht's aus mit dem neuen Buch?“ Aufmerksam sah er sie an.

„Ich habe keine Idee“, gestand sie.

„Das ist die Krise nach dem Erfolg“, beruhigte er sie. „Die meisten erwischt es schon nach dem ersten Buch. Ich hab eine Idee: Das Geheimnis der glücklichen Ehe.“

„Wie bitte“, fragte sie ungläubig, „ein Eheratgeber?“

„Genau. Jede dritte Ehe wird geschieden, in Großstädten sogar jede zweite. Hunderttausende von Kindern werden jedes Jahr Scheidungswaisen. Einsamkeit und Beziehungslosigkeit greifen immer mehr um sich. Die Leute warten doch nur darauf, dass ihnen jemand erklärt, wie sie eine glückliche Ehe führen können.“

„Und das soll ausgerechnet ich sein?“

„Du führst doch eine glückliche Ehe, oder nicht?“

Holly nickte automatisch. Chris und sie mochten die gleichen Bücher und Filme, waren sich einig über die Kindererziehung, stritten nicht über Geld, hatten regelmäßig Sex. Und das Wichtigste: Sie hatten sich immer noch was zu sagen. „Ja, ich glaube, dass wir eine ganz gute Ehe führen.“

„Das ist die Untertreibung des Jahres!“, rief Jochen. „Ihr seid in unserem Freundeskreis das einzige glückliche Paar! Wir fragen uns alle, wie ihr das macht!“

„Ach ja?“ Holly musterte ihn überrascht. Ihre Freunde stellten also Vermutungen über ihr Eheleben an und stilisierten sie zum großen Vorbild in Sachen Eheglück. Komische Vorstellung. „Irre ich mich, oder gibt es nicht schon ungefähr zwei Millionen Eheratgeber?“, sagte sie.

„Macht nichts. Du wirkst authentisch. Es muss ja kein Friede-Freude-Eierkuchen-Buch werden. Schreib ruhig darüber, wie schwierig es ist, eine gute Beziehung zu führen. Aber zeig den Leuten einen Weg!“

Holly legte den Kopf schräg. „Sag mal, hast du wieder eine Ehekrise?“

Jochen war mit Stella verheiratet, der Tochter eines reichen Textilunternehmers. Holly fand sie launisch, verwöhnt und unausstehlich. Sie glaubte, dass Jochen es immer zu leicht bei Frauen gehabt hatte – an Stella biss er sich die Zähne aus, und das schien ihm zu gefallen. Wenigstens hatten die beiden keine Kinder.

Er lachte verlegen auf. „Meine Ehe ist eine einzige Krise, das weißt du doch. Aber Stella ist nicht so, wie du denkst. Also, was ist? Das Geheimnis der glücklichen Ehe?“

Sie zögerte. „Ach, es kommt mir irgendwie … anmaßend vor.“

Er nahm ihre Hände in seine und blickte ihr in die Augen. „Du bist genau die Richtige, ich weiß es. Du kannst viel mehr, als du dir zutraust.“

Holly seufzte und stand auf. „Ich denk drüber nach.“ Zum Abschied drückte er sie an sich. Als sie wieder auf der Straße stand, hatte Holly das Gefühl, knapp einer Verführung entgangen zu sein. Dabei wusste sie genau, dass Jochen nur eines von ihr wollte: einen neuen Bestseller.

Sie steuerte die nächste Buchhandlung an und sammelte im Regal „Psychologie/Lebenshilfe“ sämtliche Eheratgeber ein, die sie finden konnte.

Zu Hause legte Holly alle Eheratgeber auf einen Stapel in ihr Arbeitszimmer und beschloss, das Thema noch einmal gründlich zu überdenken.

Sie setzte sich mit einer Tasse Rotbuschtee in die Küche und blätterte in den Klatschblättern, die ihr von den Redaktionen zugeschickt wurden.

Heidi Klum, Til Schweiger, Athina Onassis – Holly fand es wieder einmal befriedigend festzustellen, dass weder Geld noch Schönheit die Menschen wirklich glücklich machten, sondern letztlich nur Liebe und Freundschaft. Davon hatte sie schließlich eine Menge.

Das Telefon klingelte.

Es war ihre alte Freundin Karin, die sich fast täglich mit dem Neuesten aus ihrem Familienleben mit vier Kindern, einem Hund, mehreren Katzen und Kaninchen, wechselnden Au-pair-Mädchen und einem überwiegend abwesenden Mann meldete. Der jettete als Vorstand eines Energieunternehmens fast pausenlos durch die Welt. Karin beklagte sich nie, und es schien, als genösse sie das alltägliche Chaos.

„Und, wo treibt Ulf sich gerade rum?“, erkundigte sich Holly.

„In China“, sagte Karin, „ich hoffe, er bringt nicht wieder diese grässlichen, getrockneten Pilze mit!“

„Machst du dir eigentlich nie Sorgen, wenn er unterwegs ist?“

„Du meinst, dass er mit dem Flugzeug abstürzen könnte?“

„Nein, dass er eine bildschöne Chinesin kennen lernt und dich betrügt.“

„Tut er nicht“, sagte Karin. „Erstens weiß ich, dass er keine Zeit dafür hat, und zweitens vertraue ich ihm. Wieso fragst du? Ist was mit Chris?“

„Mit Chris? Aber nein! Ich denke nur darüber nach, was eigentlich eine glückliche Ehe ist und wie man es schaffen kann, zu dem Drittel zu gehören, das sich nicht scheiden lässt.“

„Du brauchst ein Konzept“, sagte Karin. „Du musst wissen, was du vom anderen willst. Du brauchst einen Grund, mit ihm zusammen zu sein, und du musst wissen, warum du auch in zwanzig Jahren noch mit ihm zusammen sein willst.“

Holly überlegte. „Und was ist euer Konzept?“

„Ulf und ich sehen uns als Team. Jeder macht seinen Job, ich manage die Familie, er schafft die Kohle ran. Später, wenn die Kinder groß sind, hört er auf zu arbeiten, und dann wollen wir reisen.“

„Schöner Plan“, sagte Holly mit einem Anflug von Neid. „Woher weißt du, dass er die Kohle nicht mit der schönen Chinesin durchbringt?“

„Wenn du nicht daran glaubst, dass eine Ehe halten wird, dann brauchst du doch gar nicht erst zu heiraten!“

„Man tut vieles im Leben, obwohl man nicht weiß, wie es ausgehen wird. Trotzdem gibt es Wahrscheinlichkeiten, die wiederum auf Gesetzmäßigkeiten beruhen. Ich würde gern rausfinden, welche das sind.“

Sie hörte ein Krachen in der Leitung, dann wieder Karins Stimme. „Ich glaube, der Fensterputzer ist von der Leiter gefallen. Ich ruf dich wieder an."

Holly legte auf und dachte nach. Für jeden biologischen, chemischen und physikalischen Prozess gab es Gesetze. Das Zusammenleben zweier Menschen war nichts anderes als ein solcher Prozess. Es müsste doch möglich sein, die Liebe methodisch zu erfassen, das scheinbar Unbegreifliche begreifbar zu machen.

„Interessant", sagte Jochen, als sie ihm am Telefon von ihrem Einfall erzählte, „aber die naturwissenschaftlichen Aspekte der Paarbildung sind eigentlich hinreichend erforscht. Ich glaube, du solltest die Erfahrungen von Menschen sammeln, das ist viel anschaulicher."

„Also gut", sagte Holly. „Dann brauche ich Geld für die Recherche. Ich muss Fragebögen erarbeiten und verschicken, muss Anzeigen schalten, um Interviewpartner zu finden, und für die Auswertung brauche ich eine studentische Hilfskraft. Ich brauche alle Literatur zum Thema. Vielleicht muss ich zu Kongressen fahren oder Experten befragen. Ich ..."

„... ganz ruhig, Holly", unterbrach Jochen sie sanft. „Ich glaube, das brauchst du alles nicht. Mach die Augen auf, sprich mit den Menschen in deiner Umgebung, erinnere dich an deine eigenen Erfahrungen. Ich will kein Standardwerk für die Ewigkeit, ich will ein Holly-Berger-Buch. Einfühlsam und klug wie die beiden anderen, damit deine Leserinnen sich wiedererkennen und verstanden fühlen. Wenn es erschienen ist, schicken wir dich zu ein paar Talkshows und das Ding wird sich verkaufen wie geschnitten Brot. Du kannst kein Buch schreiben, das die Welt verändert."

„Aber ich kann ein Buch schreiben, das ehrlich ist."

„Genau so ein Buch möchte ich von dir", sagte Jochen.

Sie hörte, dass er lächelte. Mistkerl!

3

Holly pfiff vor sich hin, als sie zu ihrer Mutter fuhr. Das Haus von Hollys Eltern lag etwas außerhalb, es war ein Flachbau, der dringend einen Anstrich gebraucht hätte, aber Margarete steckte ihr Geld lieber in ihre Reisen und Hobbys.

Eigentlich war das Haus viel zu groß für eine Person, aber Margarete weigerte sich, umzuziehen. „Wohin soll ich mit meinen Mitbewohnern? Ich habe jetzt schon nicht genügend Platz, um alle aufzustellen."

Margarete formte Figuren aus Ton, Holz und Metall, die im ganzen Haus herumstanden und immer im Weg waren. Die Gäste fielen darüber, der

Kater warf ständig welche um, aber sie lebte mit ihnen, als wären sie Menschen.

Holly ahnte, dass Margarete dadurch ihre Einsamkeit bekämpfte. Hollys Vater war vor fünfzehn Jahren an Krebs erkrankt und wenige Monate später gestorben. Das Familientreffen, zu dem sie unterwegs war, hatte Tradition: Jedes Jahr um seinen Todestag herum verbrachten Holly und ihre Brüder ein Wochenende bei der Mutter.

Vor dem Haus parkte ein Leihwagen. Das musste Felix sein. Ihr jüngster Bruder, der aus Norddeutschland gekommen war, besaß kein Auto. Max, der andere Bruder, lebte in der Stadt. Er hatte den kürzesten Weg, würde aber, wie immer, zu spät kommen. Manche Dinge ändern sich nie, dachte Holly. Schon als Kinder hatten sie immer auf Max gewartet. Dafür vergaß er selten etwas und hatte immer seine Hausaufgaben gemacht. Felix dagegen war zwar meist als Erster fertig, lief aber im tiefsten Winter ohne Jacke aus dem Haus oder ließ sein Sportzeug an der Bushaltestelle liegen. Max war inzwischen Klinikarzt, während Felix von undurchsichtigen Geschäften mit wechselnden Einkünften lebte.

Holly stellte ihr Auto ab und klingelte.

„Wir kaufen nichts", schnarrte es durch die Sprechanlage.

„Mach auf, Witzbold!" Es summte, das Gartentor sprang auf. Felix öffnete die Haustür und grinste ihr entgegen. „Ciao Kleiner!" Holly, klein und zierlich, stellte sich auf die Zehenspitzen, um ihren fast 1,90 Meter großen Bruder zu küssen. „Wann bist du angekommen?"

„Gestern Abend."

„Gestern schon?" Holly war überrascht. „Wolltest dich wohl bei Mama einschleimen?"

„Mit Erfolg", sagte ihre Mutter, die mit dem Kochlöffel in der Hand aus der Küche kam und sie zur Begrüßung umarmte, „er kriegt gleich die größte Portion."

„Die nimmt er sich doch sowieso immer." Holly streckte ihrem Bruder unauffällig die Zunge raus. Der Kater strich zur Begrüßung um ihre Beine.

„Und, wie geht's dir?", fragte sie und setzte sich zu ihrem Bruder an den Küchentisch. „Wie laufen die Geschäfte?"

„Mit einem Posten Trampoline könnte ich dienen. Kleine Trampoline", erklärte Felix, „die kannst du überall aufstellen. Du springst jeden Tag eine halbe Stunde und bist topfit. Keine Verspannungen mehr, keine Gelenkschmerzen, keine Cellulitis."

„Keine Cellulitis?" Holly horchte auf. „Was kosten die Dinger?"

„Dreihundertneunzig Euro."

„Spinnst du?"

„Na gut, für dich dreihundert." Er grinste.

„Zweihundert", sagte Holly, ohne nachzudenken.

„Gebongt", sagte Felix, „du kannst bar bezahlen."

„Und du kannst mich mal", sagte Holly.

„Das geht aber nicht", sagte Margarete streng, „Geschäft ist Geschäft."

„Halsabschneider", knurrte Holly und zählte vier 50-Euro-Scheine auf den Tisch.

Es klingelte. Holly ging zur Tür, drückte auf den Knopf und sah ihrem Bruder entgegen. Die Geschwister umarmten sich. Max sah müde aus.

„Du arbeitest dich noch tot", sagte Holly und drückte seinen Arm.

Max küsste seine Mutter auf beide Wangen.

Felix schlug ihm auf die Schulter. „Setzt euch, ich habe Hunger."

Ihre Mutter verteilte Salzkartoffeln und Gulasch, dann reichte sie eine Schale mit Sauerrahm herum. „Schmeckt's euch?"

„Nicht schlecht", sagte Felix, „es wird schwer, eine Frau zu finden, die es beim Kochen mit dir aufnehmen kann."

„Offenbar ist es überhaupt schwer, eine Frau zu finden", sagte Margarete.

„Wieso denn?", sagte Felix. „Ich lerne ständig Frauen kennen."

„Solche wie diese Jessica."

„Was hast du gegen Jessica? Sie ist willig und nervt mich nicht mit Beziehungsgesprächen", sagte Felix ungerührt.

„Und ich", sagte Max, „lebe in solider, wilder Ehe mit Annika."

„Wieso heiratet ihr eigentlich nicht?", fragte Margarete.

„Sie will nicht", erwiderte Max. „Sie möchte sich die Illusion der Wildheit erhalten. Aber vielleicht krieg ich sie ja noch rum."

Felix verzog das Gesicht. „Mit der Ehe ist es wie mit dem Sozialismus: eine schöne Idee, aber in der Praxis zum Scheitern verurteilt."

„Also, die Einzige, die von diesem Thema was versteht, ist ja wohl eure Schwester", sagte Margarete. „Wie lange seid ihr verheiratet?"

„Fünfzehn Jahre, das weißt du doch", sagte Holly und lächelte traurig. „Genauso lange, wie Papa tot ist."

Sie hatten gerade begonnen, Pläne für ihre Hochzeit zu schmieden, als die Ärzte bei Hollys Vater einen Tumor entdeckten. Holly hatte nie verstanden, warum jemand, der selbst Arzt war, nicht hatte merken können, dass etwas mit ihm nicht stimmte.

Chris und sie hatten beschlossen, mit der Hochzeit zu warten. Doch dann hatte Margarete sie eines Tages mit zwei Flugtickets nach Las Vegas und einem Gutschein für das komplette Hochzeitsarrangement überrascht.

„Ihr wünscht es euch doch so“, hatte sie gesagt. „Und das große Fest holen wir nach, wenn Klaus wieder gesund ist.“

Hollys Vater wurde nicht wieder gesund, und das große Fest hatte nie stattgefunden.

DER NACHMITTAG verging, ohne dass Margarete verriet, worüber sie mit den Geschwistern reden wollte. Keiner wagte zu fragen. Holly fürchtete, es könnte etwas Unangenehmes sein, Max war von Natur aus diskret, und Felix hasste ernste Gespräche jeder Art.

Nach dem Essen machten sie einen langen Spaziergang und sprachen über den Vater. Sie wünschte sich, er hätte ihre Kinder noch kennen gelernt, sagte Holly, bestimmt hätte er sich gut mit Timo verstanden. Und Lea hätte ihn mit ihrem Charme um den Finger gewickelt, ergänzte Margarete wehmütig. Auf Max wäre er sicher stolz gewesen. Felix feixte, dann sei es vielleicht besser, dass der Vater seinen Werdegang nicht mehr miterlebt habe. Seine Mutter widersprach, er sei doch immer Vaters Liebling gewesen, bestimmt hätte er ihm jeden Blödsinn verziehen. Felix blickte zweifelnd.

Vaters Liebling, wiederholte Holly in Gedanken. Sie hatte nie das Gefühl gehabt, dass der Vater einen von ihnen vorgezogen hatte.

Zum Tee betrachteten sie alte Familienfotos, die Margarete sorgfältig in Alben geklebt und beschriftet hatte.

Vater mit Holly auf dem Arm, Mutter mit schwangerem Bauch, Mutter nach der Geburt mit Max im Krankenhaus, bald darauf mit Holly, Max und Felix. Bilder einer glücklichen Familie, die so sehr dem Klischee entsprachen, dass man fast misstrauisch hätte werden können. Aber es war wirklich so, dachte Holly, diese Bilder erzählen die Wahrheit.

Sie blätterte hin und her. „Ich sehe Vater überhaupt nicht ähnlich“, stellte sie fest. Dann grinste sie. „Bist du etwa mal fremdgegangen?“

Margarete schnappte hörbar nach Luft. Bevor sie antworten konnte, sagte Max: „Du siehst auch Mutter nicht besonders ähnlich.“

„Das hat doch überhaupt nichts zu sagen“, erklärte Margarete energisch, „sieh mal, meine Mutter und ich sahen uns auch nicht ähnlich, aber bei meinem Vater und Max denkst du, es sind Geschwister. Familienähnlichkeit kann Generationen überspringen.“

„Intelligenz auch", sagte Felix.

Holly boxte ihn in die Seite. „Sieht man an dir."

„Ich muss was aus dem Wagen holen, bin gleich wieder da", sagte Felix und verschwand.

Max und Holly tauschten einen Blick.

„Einfach lächerlich", sagte Margarete seufzend, „ich weiß doch, dass er raucht."

Auch während des Abendessens erwähnte ihre Mutter mit keinem Wort ihr Anliegen.

Holly wurde allmählich nervös – warum schob sie das Gespräch so lange hinaus? Als Margarete von einem Anruf abgelenkt wurde, beriet sie sich flüsternd mit den Brüdern. „Weiß einer von euch, was los ist?"

„Keine Ahnung", sagte Max. „Vielleicht will sie auswandern? Sie redet doch schon ewig davon, wie sehr sie das Klima hier nervt."

Holly überlegte. „Glaube ich nicht. Sie würde sterben vor Sehnsucht nach Timo und Lea."

„Und nach mir!" Felix grinste selbstgefällig.

Gegen zehn verabschiedete sich Margarete und ging ins Bett.

Die Geschwister blieben im Wohnzimmer sitzen und sahen fern. Es lief eine Reportage über Fidel Castro.

„Muss schön sein in Kuba", sagte Holly träumerisch, „da würde ich gern mal Urlaub machen."

„Aber du siehst doch, wie marode das ganze System ist", widersprach Max, „das darf man eigentlich nicht unterstützen."

„Den Leuten nützt es doch, wenn du Geld ins Land bringst", sagte Felix, „außerdem sind die Frauen schön."

„Du hast doch Jessica", sagte Max spöttisch.

„Man muss flexibel sein."

„Angeber", sagte Max.

Annika, mit der Max seit mehr als drei Jahren zusammenlebte, war keine Frau zum Angeben, aber Holly mochte ihre zupackende Art. Sie passte hervorragend zu Max, und Holly wünschte, die beiden würden sich entschließen, eine Familie zu gründen. Max würde ein toller Vater sein, davon war sie überzeugt.

„Mach Annika doch einfach ein Kind, dann wird sie dich schon heiraten", schlug sie vor. „Langsam wird es Zeit, irgendwann ist der Zug nämlich abgefahren."

„Annika ist vierunddreißig."

„Eben", sagte Holly.

„Ich will dir nicht zu nahe treten", sagte Max, „aber für manche Menschen sind Kinder nicht das Wichtigste im Leben."

„Du meinst, Annika will keine Kinder?"

„Verdammt, hör auf mit der Fragerei!", sagte Max mit plötzlicher Heftigkeit. „Ich finde nicht, dass dich das etwas angeht!"

„Entschuldige bitte", sagte sie beleidigt. Dann endlich begriff sie. „O Max", sagte sie und sah ihn mit großen Augen an, „tut mir echt leid!"

Max stand auf und verließ schweigend das Zimmer.

Holly sah erschrocken zu ihrem Bruder. „Hast du das gewusst?"

Felix zuckte die Schultern. „Vermutet."

„Wie furchtbar!", sagte Holly. „Er hätte bestimmt gern Kinder!"

„Sieh's mal so", sagte Felix, „es bleibt ihm auch eine Menge erspart, oder?"

„Weißt du was", fuhr Holly ihn an, „du nervst ganz schön mit dieser coolen, unbeteiligten Art!" Sie verließ das Wohnzimmer. An der Garderobe griff sie nach ihrem Mantel. Draußen war es sehr dunkel und ziemlich windig. Auf der Terrasse sah sie etwas aufleuchten. Sie ging näher und erkannte, dass es eine glimmende Zigarette war. „Du rauchst?"

„Manchmal", sagte Max und hielt ihr die Packung hin. „Hier. Sind die von Felix."

Holly nahm eine Zigarette und steckte sie sich an seiner an. Schweigend standen sie nebeneinander und bliesen den Rauch in die kalte Nachtluft.

4

Am nächsten Morgen war die Stimmung gedrückt. Die Geschwister sprachen wenig und sahen sich gegenseitig nicht in die Augen. Holly fühlte sich schuldig. Alle drei mochten es nicht, wenn es zu intim zwischen ihnen wurde.

Margarete schien nichts zu bemerken. Aufgekratzt erzählte sie beim Frühstück von ihren Erlebnissen in Bangkok, wo sie mit ihrer Freundin Lori in einem Transvestiten-Kabarett gelandet war. „Und das Beste war, Lori hat es nicht mal gemerkt!", sagte sie kichernd.

„Du bist ziemlich frivol für eine Dame deines Alters", bemerkte Max.

Seine Mutter musterte ihn. „Weißt du, im Alter muss man auf so was keine Rücksicht mehr nehmen. Da geht es um wichtigere Dinge."

„Nun schieß endlich los", sagte Max.

Margarete atmete tief aus. „Meine Ärzte haben mir mitgeteilt, ich hätte trotz der Medikamente ein hohes Thromboserisiko. Das heißt, ich kann theoretisch neunzig werden …"

Holly hielt die Luft an.

„… ich kann aber auch morgen tot umfallen."

„Aber so geht es uns doch eigentlich allen", stellte Max mit ruhiger Stimme fest, „für so eine Prognose muss ich nicht mal Arzt sein."

„Sie meinten, dass ich neunzig werde, sei nicht sehr wahrscheinlich", sagte Margarete lächelnd.

„Ich verstehe nicht", sagte Holly verwirrt, „was bedeutet das konkret?"

„Dass die Lage hoffnungslos ist, aber nicht ernst."

„Das ist nicht der Moment für Witze!"

„O doch", sagte Margarete, „worüber sollen wir Witze machen, wenn nicht über den Tod? Um deine Frage zu beantworten, ich habe mich darauf eingestellt, dass jederzeit irgendwas sein kann. Deshalb habe ich gewisse Vorkehrungen getroffen."

„Was denn für Vorkehrungen?", fragte Felix, der plötzlich ganz blass aussah.

„Kommt mit, ich werde es euch zeigen."

Sie standen auf und folgten ihrer Mutter ins Arbeitszimmer. Ein großes, silbern gerahmtes Porträt ihres Vaters stand auf dem Schreibtisch. Es war einige Jahre vor seinem Tod aufgenommen worden, er sah jung darauf aus und gesund, nicht so wie in seinen letzten Lebenswochen.

Holly und ihre Brüder stellten sich im Halbkreis auf wie bei einer Museumsführung und lauschten ihrer Mutter, die einen Aktenschrank öffnete und einen Ordner nach dem anderen ein wenig herauszog.

„Hier ist alles, was das Haus betrifft. Hier sind alle anderen Versicherungen, auch meine Lebensversicherung. Das sind Kontoauszüge und alles zu den Geldanlagen." Sie warf ihnen einen spöttischen Blick zu. „Macht euch keine Hoffnungen, viel ist es nicht." Ihre Hand strich über den Rücken dreier Ordner, die mit den Namen ihrer Kinder beschriftet waren. „Das sind Unterlagen, die euch betreffen. Urkunden, Briefe, Schulzeugnisse …"

„Darf ich mal sehen?", fragte Holly.

„Jetzt nicht", sagte Margarete. Sie griff nach einer Klarsichthülle aus einem anderen Ordner, in der einige beschriebene Blätter lagen. „Das ist für meine Beerdigung", erklärte sie und nahm den ersten Bogen heraus. „Hier die Liste der Leute, die verständigt werden müssen. Das da ist die Quittung über den Erwerb einer Grabstelle. Ich wünsche eine Urnenbeisetzung, das habe ich auch ins Testament geschrieben.“ Sie griff nach dem nächsten Blatt und hielt es hoch. „Die Musik. Bloß nicht die üblichen Begräbnisschnulzen! Sonst springe ich aus dem Sarg!“

Felix gab ein Geräusch von sich und stürmte aus dem Zimmer.

Margarete sah ihm überrascht nach. „Was hat er denn?“

„Du bist gut“, sagte Max, „deine Art kann einem schon auf den Magen schlagen.“

Sie seufzte. „Tut mir leid. Ich tu das doch für euch. Außerdem, noch bin ich ja ziemlich lebendig!“

„Wer soll die Rede halten?“, fragte Holly und versuchte, sich dem nüchternen Tonfall ihrer Mutter anzupassen.

„Jemand, der es schafft, die Leute zum Lachen zu bringen. Lori, falls sie noch lebt, oder mein Friseur.“

„Herr Konrad?“, fragte Holly verblüfft. „Ist das dein Ernst?“

„Er kennt mich seit dreißig Jahren und hat viel Humor.“

Holly kaute nachdenklich auf ihrer Unterlippe. Sie bewunderte die unsentimentale Art, in der ihre Mutter für die Zeit nach ihrem Ableben plante. Nur der Zeitpunkt gab ihr zu denken. „Es ist also nichts Akutes? Du bist wirklich ehrlich zu uns?“

Ihre Mutter machte einen tiefen Atemzug, sah ihr in die Augen und nickte. „Ja, Holly, ich bin so ehrlich wie möglich.“

Holly stutzte, der Satz kam ihr irgendwie bekannt vor. „Und was soll das heißen?“

„Dass ich nicht mehr weiß als das, was ich euch gesagt habe.“

„Okay“, sagte Holly, „ich seh dann mal nach Felix.“

Ihr Bruder stand vor der Haustür und rauchte. Holly legte ihm die Hand auf den Rücken. „Alles in Ordnung?“

Er drehte sich um und fragte: „Findest du das normal?“

„Es schadet sicher nicht, den Tatsachen ins Auge zu blicken.“

„Welchen Tatsachen?“

„Mein Gott, dass wir alle irgendwann sterben“, sagte Holly heftiger als beabsichtigt. „Mit deiner ständigen Verdrängerei kommst du auch nicht weiter.“

„Halt mir bloß keine Vorträge“, knurrte er, warf die Kippe auf den Boden und zertrat sie.

„Komm, lass es uns zu Ende bringen“, sagte sie in versöhnlichem Ton. „Es ist wichtig für Mutter.“

„Wenn's sein muss“, sagte er und ging mit ihr hinein.

„Dass du immer noch rauchst …“ Margarete empfing ihn mit einem missbilligenden Blick.

„Wir wollten doch über wesentliche Dinge reden“, sagte er und setzte ein betont lässiges Grinsen auf. „Wie viel erben wir eigentlich?“

„So wenig wie möglich“, gab Margarete zurück, „ich bin fest entschlossen, das Geld selbst zu verjuxen!“ Dann klappte sie die Tür des Aktenschrankes zu, verschloss sie und legte den Schlüssel in ein Holzkästchen auf dem Schreibtisch.

„Und jetzt das Wichtigste: meine Mitbewohner. Lori nimmt sie zu sich. Ihr Haus ist groß genug.“

Die Geschwister warfen sich erleichterte Blicke zu. Nicht dass sie die Skulpturen nicht gemocht hätten, aber es waren einfach zu viele. Keiner von ihnen hätte Platz dafür.

„Was wird aus Molotow?“ Holly streichelte den Kater, der um ihre Beine strich.

„Den kriegst du“, sagten Max und Felix gleichzeitig.

Nach dem Mittagessen fuhren Max und Felix ab, aber Holly wollte ihre Mutter noch nicht allein lassen. „Zeig mir deine neuesten Mitbewohner“, bat sie.

Sie ließ sich von Margarete durchs Haus führen und die Figuren zeigen, die zuletzt entstanden waren.

„Das ist ein kleines Mädchen, Sina. Ihre Geburt wurde von den Eltern sehnlichst erwartet. Und als sie endlich da war, sah es so aus, als wollte sie wieder weg. Sie war oft krank, und ihre Eltern rechneten immer damit, dass sie sterben könnte. Sie lebt bis heute, aber ich habe sie aufs Fensterbrett gestellt, damit ihre Seele hinauskann, wenn es so weit ist.“ Margarete zeigte Holly noch ein paar andere Figuren, darunter eine alte Frau mit einem Haarknoten und großen, ineinander verschränkten Händen. „Das ist Donna. Sie blickt zurück und ist zufrieden mit ihrem Leben.“

Sie kehrten in die Küche zurück und Holly machte Milchkaffee. Sie versuchte, sich an ihren Vater zu erinnern. Wie hatte er sich bewegt, wie hatte er was gesagt? „Ich hab so ein schlechtes Gedächtnis“, sagte Holly zu ihrer Mutter, „ich kann mich nicht mehr an Vaters Gesicht erinnern oder an seine Stimme.“

„Ich schon“, sagte Margarete. „Er erscheint mir oft im Traum, und dann reden wir miteinander. Ich erzähle, und er stellt mir Fragen. Es ist unglaublich realistisch. Wenn ich aufwache, denke ich jedes Mal, er müsse neben mir liegen.“

Holly zögerte. Schließlich fragte sie: „Warst du glücklich mit ihm?"

Margarete dachte nach. „Glücklich? Wir wussten, wir gehören zusammen, und diese Gewissheit hat mich in der Welt gehalten. Und seit er weg ist, habe ich keine Angst mehr vor dem Tod."

Als Holly gegen Abend nach Hause fuhr, hatte sie das unklare Gefühl, etwas Wichtiges vergessen zu haben, aber ihr fiel nicht ein, was es sein könnte.

5

Holly arbeitete sich durch den Stapel Beziehungsratgeber und wunderte sich. „Das Prinzessinnen-Prinzip" oder „Die Lüge in der Liebe ist das Salz in der Suppe". Für wie blöd hielten die Marketingabteilungen der Verlage die Leser und Leserinnen? Sie formulierten griffige Titel, die einfache Antworten auf komplexe Fragen versprachen und eine Beleidigung für jeden intelligenten Käufer waren. Dabei waren einige der Bücher nicht mal so schlecht, wie ihre Aufmachung vermuten ließ – aber wie sollte man das merken, wenn einen schon der Titel in die Flucht schlug? Sie würde jedenfalls sehr genau überlegen müssen, wie ihr Buch heißen sollte.

Falls es ihr je gelingen sollte, es zu schreiben. Von einem Tag auf den anderen war es nämlich, als hätte sich alles gegen sie verschworen. Timo war krank geworden, musste im Bett bleiben und rief sie alle zehn Minuten zu sich. Lea brauchte noch ein Geschenk für einen Kindergeburtstag, außerdem musste Holly in dieser Woche zum Elternabend, zum Zahnarzt und zum Steuerberater.

Sie ertappte sich bei dem Gedanken, dass Karin es vielleicht doch besser getroffen hatte. Keinen Beruf und jede Menge Personal, was für ein Luxus! Dann dachte Holly an Diana, ihre andere Freundin. Die hatte kein Personal, dafür einen stressigen Job als Unternehmensberaterin, zwei Kinder, ein Verhältnis mit einem verheirateten Mann und jede Menge Ärger mit ihrem Ex. Dagegen war Hollys Leben eine Art Mutter-Kind-Kur. Sie musste Diana unbedingt für ihr Buch interviewen.

„Maaaama!"

Sie seufzte und unterbrach zum x-ten Mal an diesem Vormittag ihre Lektüre. „Was ist denn?!", rief sie.

„Ich hab Huuuunger!"

Holly lächelte nachsichtig. „Also, dann mach ich dir jetzt eine Pizza." Und eine für Chris, dachte sie resigniert, und dazu noch einen Salat und hinterher den Abwasch, und arbeiten kann ich ja auch morgen.

Ein paar Tage später konnte Diana sich endlich einen Abend freimachen. Holly verabredete sich mit ihr beim Italiener um die Ecke, der schon zu ihrer WG-Zeit existiert hatte. Holly bestellte das Gleiche wie immer, Tagliatelle mit Käsesoße, gemischten Salat und Rotwein. Sie prostete ihrer Freundin zu.

„Weißt du noch, die Rotweinorgien in unserer Küche? War das gemütlich! Ich habe mich nie glücklicher gefühlt." Diana lachte.

„Nicht mal mit Benno?"

„Mit dem schon gar nicht. Selbst so was Normales wie zusammen in der Küche zu sitzen und Wein zu trinken war mit Benno eine Art Inszenierung. Er wollte immer einem bestimmten Bild entsprechen, es musste der richtige Wein sein, man musste die richtige Kleidung tragen und die richtigen Gesprächsthemen finden – und am Ende war gar nichts mehr richtig."

„Wann hast du gemerkt, dass es vorbei ist?"

Diana überlegte, dann verzog sie das Gesicht. „Eigentlich wusste ich es schon bei der Hochzeit …"

„Meine Güte!", rief Holly aus. „Warum hast du ihn überhaupt geheiratet?"

„Das frage ich mich auch."

Sie lachten. Das Essen wurde serviert. Diana und Holly kannten sich seit zwanzig Jahren, und nichts hatte ihre Freundschaft erschüttern können. Nicht Dianas wilde Phase, in der sie einen Mann nach dem anderen angeschleppt hatte, um kurz darauf Holly die Ohren vollzuheulen, was für eine Pfeife sie wieder erwischt hätte. Und nicht ihre esoterische Zeit, in der sie auf jeden Guru reingefallen war, der ihr Frieden und innere Erleuchtung versprochen hatte.

„Geht's euch gut, dir und Chris?", fragte Diana und holte Holly zurück in die Gegenwart.

„Ja, bestens. Wie läuft's mit Benno?"

Benno hatte es nie verwunden, dass Diana ihn verlassen hatte, und machte ihr das Leben so schwer wie möglich. Stur beharrte er auf einmal vereinbarten Terminen. Nie sprang er ein, wenn sie ihn darum bat.

„Schlecht läuft es, wie sonst?", sagte sie finster. „Neulich hat er Tines Geburtstag vergessen, stell dir das mal vor! Sie hat den ganzen Tag auf seinen Anruf gewartet. Die Kinder haben schon keine Lust mehr, zu ihm zu gehen, aber wenn ich nicht wenigstens jedes zweite Wochenende freihabe, klappe ich zusammen."

„Und Mark“, fragte Holly weiter, „ist er schon geschieden?“

Diana lächelte schelmisch. „Es ist doch viel besser, die Geliebte zu sein!“

Holly musterte sie erstaunt. Ob sie das ernst meinte?

Diana nickte. Sie habe keine Lust mehr, Rücksicht auf einen Mann zu nehmen, erklärte sie. Das Zusammenleben mit ihren Töchtern sei so harmonisch, außerdem wolle sie ihnen nicht zumuten, sich auf einen neuen Partner einzustellen. Die Treffen mit ihrem Geliebten seien prickelnd und voller Leidenschaft, wer brauche da den schalen Alltag zwischen Morgenmief und Abendnachrichten? Sie sei frei, könne über ihr Leben selbst bestimmen, und genau so solle es bleiben.

Holly dachte nach. Sie liebte gerade den Alltag. Sie sah Chris gern dabei zu, wenn er morgens in seine Jeans schlüpfte, die Zähne putzte und dabei mit der Hand durch seinen verwirrten Haarschopf fuhr. Sie lachte in sich hinein, wenn er sinnend vor seinem Schrank stand und überlegte, welches seiner drei T-Shirts er anziehen sollte. Sie stand jeden Morgen an der Wohnungstür, um sich von den Kindern zu verabschieden, dann kehrte sie zurück an den Frühstückstisch, wo Chris sie mit den Worten „Hast du eigentlich deinen Mann heute schon geküsst?“ empfing. Manchmal gingen sie zurück ins Bett und schliefen miteinander. Danach ging er in seine Werkstatt und sie an den Schreibtisch. In diesen Momenten fühlte sie das Glück wie eine warme Woge in sich aufsteigen. „O Gott“, sagte sie, „ich fühle mich richtig spießig, wenn du so was sagst!“

„Du *bist* spießig!“, sagte Diana lachend. „Das warst du immer schon! Aber du bist nicht schlecht damit gefahren“, stellte sie mit wehmütigem Lächeln fest.

„Abwarten“, sagte Holly, „irgendwann kommt bestimmt auch bei uns die Krise. Es kann doch nicht sein, dass wir als Einzige verschont bleiben!“

Margarete rief an und bat Holly, ein paar Tage den Kater zu hüten. Sie habe eine Berlinreise mit Lori geplant, und die Nachbarin, die Molotow sonst füttere, sei leider krank.

Holly überlegte blitzschnell. Normalerweise hätte sie sofort mehrere Ausreden parat gehabt, im Moment aber erschien ihr die Aussicht auf ein paar ungestörte Tage zum Arbeiten geradezu verlockend. „Natürlich, Mutter, das mache ich doch gern für dich!“, flötete sie ins Telefon.

„Sei ehrlich, du bist doch froh, wenn du mal aus deinem Irrenhaus entkommst“, sagte Margarete.

„Aber Mutter!“, protestierte Holly pflichtgemäß, dann verabschiedete sie sich und ging rüber in die Werkstatt. Sie mochte den großen Raum mit der Fensterfront zum Hof, in dem es nach Leim und frisch gesägtem Holz roch.

Chris arbeitete an einem antiken Bauernschrank, schliff die letzten Reste der Lackierung ab und legte das honigfarbene Holz frei. Holly sah ihm zu. Seine kräftigen Finger fuhren sanft über die raue Oberfläche, Holly erschauerte wohlig. Sie liebte diese Mischung aus Kraft und Zartheit bei Chris. „Störe ich?“, fragte sie.

„Du störst nie“, gab er zurück.

„Ich muss ein paar Tage zu meiner Mutter, den Kater hüten. Außerdem kann ich dort in Ruhe schreiben. Kommt ihr ohne mich klar?“

„Müssen wir wohl“, gab er zurück.

„Schlimm?“ Sie lächelte, um Verzeihung heischend.

Er kam zu ihr, um sie zu umarmen. Sein Pullover und seine Haare waren voller Holzstaub, der in der Nase kitzelte.

„Ist ja gut, wenn du mal zum Schreiben kommst. Aber verrate nicht zu viel über uns.“

„Keine Sorge. Uns geht's ja gut.“ Holly legte den Kopf schief. „Warum, glaubst du, klappt es bei uns und bei so vielen anderen nicht?“

Er blinzelte überrascht. Während er zu seinem Werkstück zurückging, überlegte er offensichtlich. Schließlich sagte er: „Weil keiner von uns etwas erwartet, was der andere nicht leisten kann.“

Holly lächelte. „Und weil jeder von uns mehr leistet, als der andere erwartet.“

IM AUTO klingelte ihr Handy. Die weinende Karin am anderen Ende. „Ulf hat eine Affäre!“

Holly war nicht wirklich überrascht. Ulf war vielen Versuchungen ausgesetzt. Karins stoisches Vertrauen war ihr immer ziemlich naiv erschienen. Sie ließ das Handy kurz sinken und fuhr an den Straßenrand, weil sie hinter sich ein Polizeiauto entdeckt hatte.

„Dieser Idiot!“, rief Karin. „Schreibt eine SMS und schickt sie an die falsche Frau.“

„Wie hast du gemerkt, dass die Nachricht nicht für dich war?“

„Er hat von einer tollen Nacht gefaselt, und die hatte er definitiv nicht mit mir.“

„Oh“, sagte Holly. „Weißt du, wer es ist?“

„Eine von diesen jungen Vorstandsassistentinnen. Wahnsinnig ehrgeizig und berechnend." Karin heulte auf wie ein verletztes Tier. „Was mache ich denn jetzt?", fragte sie verzweifelt.

„Unbedingt cool bleiben. Abklären, wie ernst es ihm ist. Straf deine Rivalin durch Nichtachtung. Komm bloß nicht auf die Idee, sie zu treffen oder auch nur anzurufen! Das ist unter deiner Würde."

„Woher hast du das alles?", wollte Karin erstaunt wissen.

„Zufällig habe ich gerade ein paar Ratgeber gelesen, das war die Zusammenfassung zum Thema ‚Mein Mann geht fremd'. Du weißt doch, ich schreibe dieses Buch über die Schwierigkeit, eine gute Ehe zu führen."

„Ab sofort kannst du mich fragen", sagte Karin seufzend. „Ich fühle mich so gedemütigt, weißt du! Mir passiert so was nicht, habe ich immer gedacht. Ich bin doch keine von diesen langweiligen, frustrierten Ehefrauen, die man bescheißt. Und nun bin ich doch eine. Bleiben sie anonym?"

„Wer?"

„Na, die Leute in deinem Buch."

„Klar", versicherte Holly. „Du kannst mich jederzeit anrufen."

MARGARETE war schon abgefahren. Auf dem Küchentisch lag ein Zettel mit genauen Anweisungen, wie der Kater zu füttern und das Haus vor Einbrechern zu schützen sei.

Holly packte ihre Sachen aus, stöpselte den Laptop ein und machte sich Tee. Molotow strich erwartungsvoll um sie herum.

„Du verfressenes Monster", sagte Holly und kraulte ihm die Stirn, „ich sollte dich auf Diät setzen."

„Mau", erwiderte Molotow unbeeindruckt und sprang auf den Tisch.

„Runter da!", befahl sie und gab ihm einen Schubs. Beleidigt, mit hoch aufgerichtetem Schwanz, verließ er die Küche.

Holly machte es sich an ihrem Computer bequem. Die Stille war völlig ungewohnt. Kein Gerenne auf dem Flur, kein Mama-Geschrei. Ob sie so überhaupt arbeiten konnte?

Sie kippelte auf ihrem Stuhl und hämmerte mit den Fingerspitzen aufs Mousepad. Bisher hatte sie nur eine grobe Gliederung mit Interviews, Fallgeschichten, Umfragen und Langzeitbeobachtungen. Sie hatte eine Anzeige ins Internet gestellt, um Männer und Frauen zu finden, die ihre Ehegeschichte erzählen wollten. Jetzt bekam sie jeden Tag mehrere E-Mails. Und eine Geschichte war deprimierender als die andere. Obwohl Holly ausdrücklich dazu aufgefordert hatte, ihr auch von guten Ehen und geglückten Beziehungen zu erzählen. Und jetzt auch noch Karin, dachte sie.

Holly öffnete ihre Mails. Ein Brief unterschied sich von den anderen. Zwei Rentner, seit 58 Jahren verheiratet, schrieben, sie seien noch immer so verliebt wie am ersten Tag. Sie hatten ein Foto mitgeschickt, zwei fröhliche alte Leute, die in die Kamera strahlten.

Holly stand auf und ging ins Arbeitszimmer. Ihr Vater blickte sie aus seinem Silberrahmen an; sie fühlte sich ertappt, als wäre sie dabei, etwas Verbotenes zu tun.

Sie sah das Holzkästchen, nahm es in die Hand, öffnete es, tastete nach dem Schlüssel. Dann ging sie zum Aktenschrank, öffnete ihn und zog den Ordner mit ihrem Namen heraus. Sie trug ihn in die Küche, legte ihn auf den Tisch und klappte ihn auf.

Unter dem Deckblatt, auf dem noch mal ihr Name und ihr Geburtsdatum standen, klemmte ihr Magisterzeugnis. Dann ein Foto von ihr an ihrem 18. Geburtstag, das Abiturzeugnis und weitere Schulzeugnisse und ein Foto vom Tag der Einschulung. Holly trug eine bunte Schultüte und Zöpfe.

Sie wollte den Ordner schon schließen, da bemerkte sie ganz am Ende eine Klarsichthülle, die einen braunen Papierumschlag enthielt. Sie zog ihn heraus, er war nicht beschriftet, aber verschlossen. Über der Lasche klebten zusätzlich drei breite Streifen Tesafilm. Was könnte darin sein?

Holly hätte ihm wohl weiter keine Aufmerksamkeit geschenkt, wenn er nicht so sorgsam versiegelt gewesen wäre. Das weckte ihre Neugier, und so versuchte sie vorsichtig, den Tesafilm zu lösen. Er war alt und haftete nicht mehr gut; es gelang ihr, die Streifen abzuziehen, ohne das Papier zu beschädigen.

In der Küche füllte sie den Wasserkocher und schaltete ihn ein. Sie hielt die Seite mit der verschlossenen Lasche in den aufsteigenden Dampf, bis sie die Lasche aufziehen konnte. Dann griff sie in den Umschlag, zog einen Stapel Papiere heraus, breitete sie vor sich aus.

Zuerst fiel ihr Blick auf gefaltete Zeitungsausschnitte, die sie aufblätterte und nebeneinanderlegte. Sie waren vom August 1967. Zwei von ihnen zeigten das Foto eines Gebäudes, darunter stand: AUSGESETZTES BABY GEFUNDEN und FINDELKIND IM MARIENKRANKENHAUS. Holly sah sich das Haus genauer an, richtig, es war das Krankenhaus in der Holunderstraße, in dem sie und ihre Brüder zur Welt gekommen waren. Auf einem zweiten, kleineren Foto war ein abgerissener Zettel abgebildet. Die Schrift war zu klein, um das Geschriebene entziffern zu können. Auf dem dritten Ausschnitt sah man eine Krankenschwester mit Häubchen, die ein Neugeborenes im Arm hielt. Die Bildunterschrift lautete: SCHWESTER HANNE MIT DEM KLEINEN MÄDCHEN, DAS VON DEN BEHÖRDEN DEN NAMEN MARIA HOLUNDER ERHALTEN HAT.

Holly überflog die Artikel, in denen vom Fund eines neugeborenen Mädchens die Rede war, das im Eingangsbereich des Marienkrankenhauses abgelegt worden war. Das Kind habe ein Goldkettchen mit einem Anhänger in Form eines Skarabäus getragen. Von der Mutter fehle – bis auf einen Zettel mit der Bitte, sich um das Baby zu kümmern – jede Spur. Hinweise an das Krankenhaus oder die Polizei erbeten. Holly faltete die Ausschnitte sorgfältig zusammen und legte sie zur Seite. Dann griff sie nach einem anderen Papier.

GEBURTSURKUNDE, las sie. STANDESAMT III, URKUNDEN-NR. 2812/1967, HOLLY MARIA BERGER, WEIBLICHEN GESCHLECHTS, IST AM 17. AUGUST 1967 IN MÜNCHEN GEBOREN. ELTERN: UNBEKANNT.

Weiter unten stand unter der Rubrik „Vermerke“: BISHERIGER NAME: MARIA HOLUNDER. AN KINDES STATT ANGENOMMEN VON MARGARETE BERGER, GEB. HARTKOPF, UND KLAUS BERGER, BEIDE WOHNHAFT IN MÜNCHEN, MIT WIRKUNG VOM 1.9.1967.

Holly griff nach dem nächsten Blatt, die Schrift verschwamm vor ihren Augen: ADOPTIONSVERTRAG ... ANTRAGSTELLER ... BESCHLUSS ... BESTÄTIGT VOM AMTSGERICHT ... 1.9.1967.

Mechanisch griff Holly nach einem vergilbten Zettel und las: *Bitte kümmert Euch um mein Baby. Es tut mir leid.* Die Schrift war klein und rund, die Zeilen offenbar eilig hingeworfen.

Einer plötzlichen Eingebung folgend, nahm sie den Umschlag und drehte ihn um. Ein Goldkettchen mit einem Anhänger fiel auf den Tisch. Holly nahm den Skarabäus in die Hand. Er hatte die Größe eines Marienkäfers, Augen aus Smaragden und eine fein ziselierte Oberfläche. Sie umschloss ihn mit den Fingern. Ihr Handy klingelte. Mechanisch zog sie es aus der Jeanstasche.

„Ich bin's“, meldete sich Chris. Im Hintergrund waren das Lachen und Kreischen von Timo und Lea zu hören. „Hier ist eine Lieferung angekommen, ein Trampolin. Hast du das bestellt?“

„Ja“, sagte Holly, „Felix ...“

„Ah, die Espressomaschinen-Masche!“

„Nein, er ... ich ...“ Holly schaffte es nicht, einen Satz zu bilden.

„Egal“, hörte sie Chris sagen, „die Kinder sind begeistert. Ich fürchte nur, demnächst kriegen wir eine Klage wegen Lärmbelästigung." Tatsächlich wurde der Krach im Hintergrund immer stärker. Holly wusste nicht, was sie sagen sollte.

„Alles in Ordnung bei dir?"

„Alles okay", brachte sie heraus, „ich melde mich später." Sie beendete die Verbindung und stand auf. Sie ging ins Arbeitszimmer und nahm das erste der Fotoalben aus dem Regal mit in die Küche und blätterte es langsam durch.

Geburtsanzeige von Felix, Bilder des Neugeborenen mit Mutter und Vater, mit den Geschwistern, davor Bilder der schwangeren Margarete. Das Gleiche bei Max, Geburtsanzeige, erste Fotos, noch im Krankenhaus, Bilder aus der Schwangerschaft. Von ihr gab es keine Geburtsanzeige. Nur das Foto von Margarete mit einem Baby im Arm vor dem Marienkrankenhaus, darunter das Datum 26. August 1967.

Kein Bild einer schwangeren Margarete, stattdessen ein paar Urlaubsfotos, davor Bilder von der Hochzeit ihrer Eltern. Der beiden Menschen, die sie für ihre Eltern gehalten hatte.

6

Als Holly am nächsten Morgen in die Küche kam, sprang Molotow an ihrer Wade hoch und versuchte, sie zu beißen. Erschrocken schüttelte sie ihn ab, dann fiel ihr ein, dass sie vergessen hatte, ihn zu füttern. Sie hockte sich zu ihm und kraulte seinen Kopf. Seinen Futternapf füllte sie so voll, dass er, nachdem er zuerst gierig geschlungen hatte, nach der Hälfte kapitulierte und sich aufs Wohnzimmersofa trollte.

Auf dem Tisch stand eine fast leere Rotweinflasche. Sie hatte getrunken, um sich zu betäuben, war schnell eingeschlafen, bald darauf aber hochgeschreckt und hatte dann keinen richtigen Schlaf mehr gefunden. Sie spülte zwei Aspirin mit einer halben Flasche Mineralwasser hinunter und kochte sich Kaffee.

Sie versuchte, sich an die Bilder zu erinnern, die sie in der Nacht verfolgt hatten. Ihr Vater, Rasen mähend im Garten, ihre Brüder in kurzen Hosen mit Prinz-Eisenherz-Haarschnitten, sie selbst an der Hand der Mutter, unsicher die ersten Schritte probierend. Schlagartig waren sie da gewesen, die Erinnerungen an früher, aber die Szenen hatten gewirkt wie aus einem alten Film. Immer wieder war sie hochgeschreckt und wieder eingetaucht in diesen Kindheitsfilm.

Sie gehörte nicht dazu. Die Vergangenheit, die auf den Fotos zu sehen war, gehörte ihr nicht. Sie war nicht die Holly, die sie dachte zu sein. Sie war eine völlig andere. Sie hatte keine Ahnung, wer.

Chris meldete sich auf dem Handy. „Warum hast du nicht mehr angerufen?"

„Ich war müde."

„Konntest du gut arbeiten?"

„Ja, es ist schön ruhig."

„Kann ich von hier nicht behaupten", sagte Chris, „gestern haben sich schon die Dreyers von unten beschwert."

Auf Holly wirkten Chris' Worte wie Schilderungen aus einer anderen Welt. Am liebsten hätte sie sich mit dem Messer die Haut aufgeritzt, um herauszufinden, ob sie noch etwas fühlte, ob sie überhaupt noch da war.

„Wie lange bleibst du?", fragte Chris.

„Weiß nicht. Ein paar Tage."

„Du bist so seltsam. Ist irgendwas?"

„Nein", sagte Holly mit gespielter Munterkeit, „alles bestens."

„Na, dann arbeite schön!"

„Du auch", sagte sie und legte auf.

Gleich darauf klingelte das Telefon auf dem Flur. Margarete erkundigte sich nach Molotows Befinden. „Wenn ich weg bin, trauert er und frisst erst mal nicht", erklärte sie. „Gießt du auch mal die Pflanzen?"

„Klar. Wie ist es in Berlin?"

„Zugig", sagte Margarete. „Aber es riecht anders als früher. Nicht mehr nach Braunkohle. Klar, das kam ja aus dem Osten."

„Wann kommst du zurück?"

„Sonntagnachmittag. Bist du dann noch da?"

„Ich glaube nicht."

„Du klingst so bedrückt, ist irgendwas?"

„Was soll denn sein?"

„Also, dann sehen wir uns bei Max und Annika. Ach, du weißt es ja noch gar nicht, die beiden haben sich nun doch verlobt! Eure Einladung ist unterwegs."

„Mach's gut", sagte Holly, „viel Spaß in Berlin." Nachdem sie aufgelegt hatte, zog sie den Telefonstecker aus der Buchse.

Sie musste daran denken, wie ablehnend Margarete vor 15 Jahren auf ihre Heiratspläne reagiert hatte. Und plötzlich begriff sie, dass Margarete die Krankheit des Vaters als Vorwand missbraucht hatte. Bei einer Hochzeit in Deutschland hätten Chris und Holly ihre Geburtsurkunden vorlegen müssen, und alles wäre aufgeflogen. Da schien es eine clevere Idee zu sein, sie nach Las Vegas zu schicken, wo man zur Trauung nur einen Reisepass brauchte.

„Ihr wünscht es euch doch so. Und das große Fest holen wir nach, wenn Klaus wieder gesund ist."

Margaretes Stimme dröhnte höhnisch in Hollys Ohren. Sie kniff die Augen zusammen und presste ihre Fäuste gegen die Schläfen.

NACHDEM SIE eine Stunde vor dem PC gesessen und vergeblich versucht hatte, einen Satz zu schreiben, rief sie das alte Ehepaar an und bat darum, ihnen einen Besuch machen zu dürfen. Der Mann zögerte zunächst, besprach sich mit seiner Frau und stimmte dann zu.

Die beiden wohnten knapp zwei Stunden Autofahrt entfernt, und das war Holly nur recht. Die vorüberziehende Landschaft wirkte beruhigend auf sie.

Herr und Frau Schopp öffneten gemeinsam die Tür und spähten ihrer Besucherin neugierig entgegen. Ihre Gesichter waren von unzähligen Fältchen durchzogen, aber beide hatten wache Augen, sahen sie offen an.

Sie baten Holly ins Wohnzimmer, wo sie im plüschigen Sessel der Polstergarnitur versank. Überall lagen gehäkelte Deckchen, an der Wand hingen Zinnteller und gerahmte Fotos. Die Schrankgarnitur war vermutlich noch um einiges älter als ihre Besitzer. Aber am Fenster stand ein kleiner Tisch, darauf ein Computerbildschirm und eine Tastatur mit Maus.

„Wie kommt es, dass Sie das Internet nutzen?"

„Sie meinen, in unserem Alter?", sagte Herr Schopp lächelnd. „Unser Enkel hat uns keine Ruhe gelassen. Er sagt, man muss mit der Zeit gehen, sonst verkalkt man. Unsere Tochter lebt in Hamburg, sie besucht uns nur ein- oder zweimal im Jahr. Deshalb sehen wir auch unseren Enkel viel zu selten. Aber wir schreiben uns E-Mails!"

Holly bat darum, ihr Aufnahmegerät verwenden zu dürfen. Behutsam fragte sie sich durch die Familiengeschichte der beiden. Die Nazizeit als Kinder und Jugendliche erlebt, beide Väter gefallen. Er wurde nach dem Krieg Schlosser, sie Fremdsprachenkorrespondentin. Auf einem „Tanzvergnügen im Fasching", wie er es nannte, hatten sie sich kennen gelernt. Sie war als Ballerina kostümiert gewesen, er als Schornsteinfeger.

„Ich konnte ja gar nicht erkennen, wie er wirklich aussah unter seinem schwarzen Gesicht", erzählte sie lachend. „Ich habe nur gesehen, dass er gute Augen hat."

„Und ich habe gesehen, dass sie eine schmale Taille hat."

Zwischendurch servierte Frau Schopp Kaffee und selbst gebackenen Nusskuchen. Sie erkundigte sich nach Hollys Familie.

„Meine Eltern sind tot", sagte Holly, „und ich habe keine Geschwister. Aber zwei Kinder, Timo und Lea, sie sind zehn und dreizehn. Mein Mann heißt Chris." Sie stellte weitere Fragen. Die alten Leute sprachen über Vertrauen und Treue, die Tücken des Alltags und den Verlust körperlicher Attraktivität.

Als Holly nach dem Geheimnis einer so langjährigen Ehe fragte, blickten sich die beiden lächelnd an. „Liebe", sagte Herr Schopp. Frau Schopp überlegte länger. „Wir bemühen uns beide, dass es dem anderen gut geht. Denn dann geht es uns auch selbst gut."

So einfach kann es also sein, dachte Holly verblüfft.

WIEDER ZURÜCK, wanderte sie ruhelos durchs Haus, als hoffte sie, irgendwo etwas zu finden, was ihr Halt gab. Sie öffnete den Deckel des Klaviers. Wann immer sie sich als Kind traurig oder einsam gefühlt hatte, hatte sie sich in die Musik geflüchtet. Eine Zeit lang hatte Holly sogar davon geträumt, Konzertpianistin zu werden. Jetzt versuchte sie, sich an Chopins Klavierkonzert Nummer eins zu erinnern. Aber es war nur die Technik, die ihr geblieben war, die magische Verbindung mit dem Instrument war verschwunden. Sie schloss den Deckel mit einem Knall.

Sie setzte ihre Wanderung durchs Haus fort. Vor einer der Holzfiguren blieb sie stehen.

„Donna. Sie blickt zurück und ist zufrieden mit ihrem Leben."

Holly holte aus und versetzte der Skulptur einen heftigen Tritt. Donna stürzte um und krachte auf den Steinboden, Holzstücke splitterten ab. Sie ging weiter zum Fenster, wo das winzige Figürchen stand, das von Margarete Sina genannt wurde. Das ersehnte Kind, das immer zu sterben droht, aber bis heute lebt. Sie packte Sina, öffnete das Fenster und schleuderte sie in den dunklen Garten.

Dann brach sie in Tränen aus. Sie ließ sich auf den Boden gleiten und weinte hemmungslos. Molotow schoss von seinem Platz auf dem Sofa hoch, den er offenbar den ganzen Tag nicht verlassen hatte. Maunzend strich er um sie herum. Sie nahm ihn auf den Arm und drückte ihn an sich, was er sich in einer Art Duldungsstarre gefallen ließ. Dann trug sie ihn in die Küche und füllte Futter in seinen Napf.

Ihr Handy klingelte. Karin. Zuerst wollte sie das Gespräch wegdrücken, dann besann sie sich. „Wie geht's dir?", fragte sie und bemühte sich, ihrer Stimme einen anteilnehmenden Klang zu geben.

„Stell dir vor, Ulf will sich eine Wohnung mit seiner Geliebten nehmen! In seiner Mailbox stapeln sich die Immobilienangebote. Dreizimmerwohnungen im Zentrum, da wird er ja wohl kaum mit mir und den Kindern einziehen wollen."

„Spionierst du etwa in seinen E-Mails herum?"

„Was heißt spionieren? Er musste mir mal sein Passwort geben, danach hat er vergessen, es zu ändern." Bitter fügte sie hinzu: „Bisher hatte er ja nichts zu verbergen." Karin begann zu weinen. „Ich kann keinen klaren Gedanken mehr fassen", schluchzte sie. „Mal will ich ihn rauswerfen, dann will ich, dass er bleibt, dann würde ich am liebsten die Kinder nehmen und abhauen, und manchmal möchte ich einfach nicht mehr leben."

„Sag so was nicht", sagte Holly automatisch.

„Es geht ja nicht nur um Ulf", sagte Karin, „es geht um unsere Familie, unser ganzes gemeinsames Leben. Wer bin ich denn noch, wenn er nicht mehr da ist?"

„Du bist und bleibst du selbst", sagte Holly energisch.

Jeder Versuch Hollys, sich auf ihre Arbeit zu konzentrieren, scheiterte. Nach einem weiteren Tag gab sie auf. Sie nahm den Inhalt des braunen Umschlages und steckte ihn in ihre Tasche. Dann faltete sie ein paar leere Blätter und schob sie stattdessen hinein. Sie verschloss die Lasche mit Papierleim und klebte drei Streifen Tesafilm darüber. Der Umschlag sah aus, als sei er nie geöffnet worden. Sie ließ ihn in die Klarsichthülle gleiten und stellte den Ordner zu den anderen in den Schrank.

In der Küche füllte sie Molotows Fressnapf mit genügend Brekkies, sodass er bis zu Margaretes Rückkehr überleben würde. Dann packte sie ihre Sachen ins Auto und fuhr ab.

In ihrer Wohnung war es ruhig, die Kinder waren in der Schule, Chris war in der Werkstatt. Holly ging ziellos durch die Räume. In Timos Zimmer entdeckte sie das Trampolin. Sie schob es in die Mitte des Raumes, stieg vorsichtig darauf und begann zu wippen. Höher und höher federte ihr Körper, mit den ausgestreckten Fingerspitzen konnte sie fast die Zimmerdecke berühren. Es war angenehm, für Momente fast schwerelos zu sein, das eigene Gewicht nicht zu spüren. Als sie außer Atem war, hörte sie auf.

Sie begann die Wohnung aufzuräumen, als könnte sie ihre auseinandergefallene Welt wieder zusammensetzen.

Chris betrat die Wohnung. „Du bist schon zurück?“ Prüfend musterte er sie. „Geht’s dir gut?“

Sie nickte.

„Was ist los? Warst du wirklich bei deiner Mutter?“

Holly sah ihn verständnislos an. „Wo soll ich sonst gewesen sein?“

„Das Telefon war tot.“

„Ich habe den Stecker rausgezogen. Um ungestört arbeiten zu können. Was soll das? Was unterstellst du mir hier?“

„Ich unterstelle dir gar nichts. Ich sage nur, dass du dich seltsam benimmst.“

„Der Einzige, der sich seltsam benimmt, bist du“, sagte Holly finster, ging in ihr Zimmer und knallte die Tür hinter sich zu.

Beim Abendessen versuchte sie, die Holly zu sein, die ihre Kinder kannten. Die Mutter, die Tomaten schnitt und Salatsoße anrührte, den Gebrauch von Servietten anmahnte und kippelnde Stühle mit einem Ruck zur Ruhe brachte. Sie fand, sie spielte ihre Rolle perfekt. Hie und da traf sie ein fragender Blick von Chris, den sie ignorierte.

Doch dann fühlte sie sich plötzlich schwindelig. Sie stand auf und ging, sich unauffällig abstützend, ins Bad. Beim Blick in den Spiegel erschrak sie. Das blasse und verwirrte Gesicht vor ihr machte ihr Angst. Wer war diese Frau? Woher kam sie? War ihr Vater ein Vergewaltiger? Ihre Mutter eine Prostituierte? Welche Verzweiflung hatte ihre Mutter dazu getrieben, sie wegzugeben?

Sie lehnte den Kopf an das kühle Glas und versuchte ruhig zu atmen. Es klopfte an der Tür.

„Alles in Ordnung mit dir?“ Chris klang besorgt.

Holly riss sich zusammen. „Ja, danke.“ Sie durfte einfach nicht mehr daran denken. Sie wusch ihr Gesicht mit kaltem Wasser. Dann kehrte sie an den Esstisch zurück.

„Bist du krank, Mami?“ Lea zog mitfühlend die Stirn kraus.

„Nein, ich habe mich nur gerade nicht gut gefühlt.“

„Hast du deine Tage?“

Timo verzog das Gesicht. „Hört auf mit dem Weiberkram!“

Als die Kinder im Bett waren, kam Chris zu ihr ins Arbeitszimmer. „Und? Hast du nun deine Tage oder nicht?“

„Warum interessiert dich das?“, gab Holly zurück. „An Sex brauchst du heute nicht mal zu denken!“

„Tu ich auch nicht. Aber vielleicht … bist du ja schwanger?“

Holly lachte kurz auf. „Gott bewahre, nein!“ Sie begriff, dass er ihr merkwürdiges Benehmen nicht verstehen konnte, dass er sich Sorgen machen musste. Sie stand auf und umarmte ihn. „Tut mir leid. Es geht mir einfach nicht gut.“

Er massierte ihren Nacken, aufseufzend lehnte sie ihren Kopf an seine Schulter. Sie fühlte das Bedürfnis, ihm alles zu erzählen, aber sie schaffte es nicht. Immer mehr Menschen würden davon erfahren, sie hätte keine Kontrolle mehr darüber und müsste fürchten, dass ihr Leben sich immer weiter auflöste, wie ein schlecht gewebter Teppich.

„Es ist … wegen Karin“, sagte sie. „Ulf hat eine Affäre. Er sucht schon eine Wohnung.“

Chris seufzte. „Dieser Aufwand! Kann er sich nicht diskret eine Geliebte nehmen und seine Familie aus dem Spiel lassen?“

Holly runzelte die Stirn. „Wie meinst du das?“

„Wir wissen, dass der sexuelle Kick nachlässt, auch in guten Ehen. Deshalb wäre es doch besser, die Männer könnten ohne schlechtes Gewissen ins Bordell gehen oder eine Geliebte haben, statt ihre Familien zu zerstören.“

Holly zog die linke Augenbraue hoch. „Interessant. Sag mir Bescheid, wenn's bei dir so weit ist.“

DIE HALBE NACHT wälzte Holly sich im Bett hin und her. Mehrfach weckte sie dabei Chris, der sie beruhigend streichelte und etwas brummte, was wie „Ich suche keine Wohnung“ klang. Als der Wecker klingelte, zog sie sich stöhnend das Kissen über den Kopf. „Ich kann nicht aufstehen“, wimmerte sie, „ich hab fast nicht geschlafen.“

„Schon okay“, sagte Chris und schwang die Beine aus dem Bett.

Holly merkte, dass sie nicht wieder einschlafen konnte, und folgte ihm in die Küche.

„Du siehst aus wie ein Vampir“, sagte Timo.

„So fühle ich mich auch.“ Schweigend schlürfte sie ihren Milchkaffee. Nachdem sie die Kinder verabschiedet hatte, schleppte sie sich an den Computer. Wieder vier neue E-Mails von Leuten, die sich als Gesprächspartner zur Verfügung stellen wollten. Statt sie zu lesen, gab sie bei Google „Skarabäus“ ein.

Ein Käfer, der aus Kot und Mist Kugeln formt, die er unter die Erde befördert. Hier legt der Skarabäus sein Ei in die Kugel, die seinem Nachwuchs Wohnstatt und Nahrung ist. Wegen dieses eigentümlichen Verhaltens wird er auch Pillendreher genannt. In Mitteleuropa kommt der Kleine Pillendreher *Sisyphus schaefferi* vor. Das unermüdliche Kugelrollen des kleinen Käfers muss seinen Beschreiber an den griechischen Sisyphus erinnert haben, der dazu verdammt ist, einen Stein auf einen Berg zu rollen. Kurz unterm Gipfel entgleitet ihm der Stein, rollt zurück ins Tal, und Sisyphus muss von vorn anfangen. – Skarabäen finden sich auf ägyptischen Gemmen, Münzen, Mumien, Obelisken und an Kunstwerken. Die Entstehung und schnelle Vermehrung dieses Käfers im Schlamm nach dem Rücktritt des Nils führte zur Meinung, er entstehe ohne Fortpflanzung, weswegen er als Symbol der Schöpferkraft galt. Die Bedeutung als Glücksbringer resultiert aus der Tatsache, dass Skarabäen das Nilhochwasser angeblich frühzeitig spüren.

Das Bild von Moses im Körbchen, der den Nil hinuntertreibt, allen Gefahren hilflos ausgesetzt, drängte sich in Hollys Bewusstsein. Im Religionsunterricht hatte der kleine Moses ihr leidgetan. Aber später war der Mann zum Mörder geworden und hatte einen anderen erschlagen. Klar, hatte Holly als Kind gedacht, was sollte schon aus einem werden, der von den Eltern ausgesetzt worden war?

7

Als Margarete anrief, war Holly sofort klar, worum es ging. Was mit Donna passiert sei? Und Sina sei auch verschwunden, Holly wisse schon, die kleine Figur, die auf dem Fensterbrett gestanden habe.

Holly behauptete, keine Ahnung zu haben, und gab vor, dringend an den Schreibtisch zu müssen, aber Margarete wollte noch wissen, ob sie die Einladung zur Verlobungsparty schon erhalten hätten.

„Ja, aber wir kommen nicht."

„Das ist ein Familienfest!"

„Eben. Max hat … die Kinder nicht eingeladen."

„Das ist ein Missverständnis. Ich spreche mit ihm", sagte Margarete.

„Bitte halte dich da raus", bat Holly, „das ist … eine Sache zwischen ihm und mir."

„Also gut", sagte Margarete. „Aber du weißt, wie traurig du uns alle machen würdest."

Holly schnaubte unhörbar. Am liebsten hätte sie herausgeschrien, die Einzige, die Grund zur Traurigkeit habe, sei sie. Ihr Leben sei ein Scherbenhaufen. Und sie habe keine Ahnung, was sie auf einem Familienfest von

Leuten solle, mit denen sie nicht verwandt sei. Aber etwas hielt sie noch zurück, und sie benutzte eine angebliche Unstimmigkeit zwischen Max und ihr als Vorwand für ihre Absage.

Kaum saß sie wieder an der Arbeit, konnte sie nur noch an den braunen Umschlag denken und daran, was er enthalten hatte.

Maria Holunder.

Holly hatte inzwischen herausgefunden, dass die Behörden Findelkindern Namen geben, die einen Bezug zum Fundort oder dem Zeitpunkt des Fundes haben. Manche Kinder erhalten den Vornamen des Finders und den Namen des Wochentages, an dem sie gefunden wurden. Kommt es zur Adoption, ändert sich natürlich der Nachname. Aber meist behalten die Adoptiveltern den Vornamen oder wenigstens einen Teil davon bei.

Bei ihr war Maria als Zweitname beibehalten worden, und aus Holunder war Holly geworden, nach Holly Golightly aus Margaretes Lieblingsfilm „Frühstück bei Tiffany". Holly holte die Zeitungsausschnitte hervor, die sie mit den anderen Unterlagen und dem Skarabäus in einer Schublade ihres Schreibtisches eingeschlossen hatte. Sie betrachtete die Bilder sorgfältig, als könnte ihr irgendein Detail Aufschluss über ihre Herkunft geben. Den Kopf in die Hände gestützt, dachte sie nach.

Einerseits wollte sie die Gedanken an ihre verwirrende Entdeckung am liebsten weit von sich schieben, als wäre nichts geschehen. Andererseits drängte es sie, sich auf die Suche zu machen. Sie spürte, dass sie etwas tun musste gegen diese lähmende Mischung aus Trauer und Wut.

Sie griff nach dem Telefonbuch und blätterte darin, dann wählte sie die Nummer des Marienkrankenhauses. „Guten Tag, mein Name ist Berger. Gibt es bei Ihnen eine Schwester Hanne? Sie müsste inzwischen Anfang sechzig sein."

Die junge Telefonistin am anderen Ende murmelte vor sich hin. „Hanne, Hanne. Nein, ich habe hier keine Mitarbeiterin mit dem Vornamen Hanne. Um was geht es denn? Wir dürfen nämlich keine Auskünfte am Telefon geben."

„Das ist … Sie ist eine entfernte Tante von mir. Können Sie mich mit Ihrer Personalabteilung verbinden?"

Als sich eine männliche Stimme meldete, stellte sich Holly als Journalistin vor, die zum Thema Findelkinder recherchiert. Vor 38 Jahren hätte es den Fall eines kleinen Mädchens gegeben, das im Eingangsbereich des Krankenhauses abgelegt worden sei. Damals sei eine Schwester Hanne dort beschäftigt gewesen. Ob man ihr sagen könne, was aus ihr geworden sei?

„Das kommt jetzt ein bisschen plötzlich", sagte die Stimme, „ich bin erst seit drei Jahren hier und weiß von so alten Geschichten nichts."

„Gäbe es die Möglichkeit, in Ihren Akten nachzusehen?" Holly legte allen Charme in ihre Stimme. „Ich könnte Ihnen ein paar Zeitungsausschnitte faxen, dann hätten Sie alle nötigen Informationen, Herr ..."

„Severin." Der Mann gab ihr die Nummer. Sie bedankte sich. Während sie die Ziffern ins Faxgerät tippte, summte ihr Handy.

SMS von Felix. WIE IST DAS TRAMPOLIN? CELLULITIS SCHON WEG?

Holly schrieb zurück. DAS MIT DER CELLULITIS KANNST DU DEINEN FREUNDINNEN ERZÄHLEN.

Umgehend kam die Antwort. DENEN ERZÄHLE ICH, DASS POPPEN HILFT. KOMMST DU JETZT ZUR VERLOBUNG, ODER WAS?

ÜBERLEGE NOCH, schrieb Holly. Dabei hatte sie längst entschieden, dass die Verlobungsfeier ohne sie stattfinden würde.

ALS SIE Chris mitteilte, sie wolle nicht zu Max und Annika gehen, sah sie wieder diesen fragenden Blick, mit dem er sie neuerdings betrachtete.

„Verstehe ich nicht", sagte er, während er Teller fürs Abendessen auf den Tisch stellte.

Das Telefon auf dem Flur klingelte. Lea stürmte aus ihrem Zimmer und hob ab. Sie unterhielt sich eine Weile, dann legte sie auf.

„Wer war das?", rief Holly aus der Küche. Es hatte nicht so geklungen, als hätte Lea mit einer Freundin gesprochen.

„Das war Max", verkündete Lea stolz, „er hat Timo und mich zu seiner Verlobung eingeladen!"

„Aber ... da können wir nicht", sagte Holly erschrocken und lief aus der Küche, „da haben wir schon was vor!"

Chris folgte ihr. „Was haben wir denn vor?"

„Ähm ... Theater", sagte Holly, „ich will in den ‚Sommernachtstraum'."

„Ich will aber zu Max", sagte Lea entschieden. „Timoooo!", brüllte sie, „willst du auch zu Max, wenn er sich verlobt?"

Timo kam aus seinem Zimmer geschlendert. „Wir gehen doch alle hin, oder?"

HOLLY lehnte sich zurück und schloss die Augen. Die Maskenbildnerin tupfte mit einem Schaumstoffschwämmchen in ihrem Gesicht herum. Es war nicht das erste Mal, dass Holly als Gast zu einer Fernsehsendung eingeladen war, aber jedes Mal starb sie fast vor Aufregung. Als kurz nach

Erscheinen ihres Buches über weibliches Selbstbewusstsein die erste Einladung gekommen war, wollte Holly sofort absagen. Jochen hatte mit Engelszungen auf sie eingeredet. Dass es ein Riesenglück sei, diese Chance zu bekommen, und eine Frage der Glaubwürdigkeit, öffentlich zu vertreten, was sie in ihrem Buch schreibe.

Holly hatte zugesagt. Es war nicht schlecht gelaufen; zum Glück hatte sie schnell gespürt, dass ihre Aufregung sich über den Bildschirm nicht mitteilte. Das hatte ihr geholfen. Der zweite Auftritt verlief dann schon wesentlich entspannter. Jetzt, beim dritten Mal, müsste sie eigentlich die Ruhe selbst sein, dachte Holly, aber so war es nicht. In ihrem Buch vertrat sie die These, dass Selbstbewusstsein wörtlich, nämlich als Bewusstsein seiner selbst, zu verstehen sei. Dass man lernen müsse, sich selbst anzunehmen, mit allen Fähigkeiten, Grenzen und Defiziten. Sie hatte eine Menge von sich erzählt, wie unsicher sie als Kind und Jugendliche gewesen war, wie sie sich immer besser kennen und verstehen gelernt und sich irgendwann mit ihrem Sosein ausgesöhnt hatte.

Nun fragte sie sich, von welchem Menschen sie eigentlich gesprochen hatte. Sie war ja nicht die, die sie vorgegeben hatte zu sein. Die Familie, von der sie erzählt hatte, war nicht ihre Familie. Ihre Herkunft, ihre Geburt, ihr Aufwachsen – alles eine große Lüge. Ruckartig setzte sie sich auf und starrte sich im Spiegel an. „Ich kann nicht", sagte sie. „Bitte holen Sie die Redakteurin."

Erschrocken lief die Maskenbildnerin aus dem Raum. Die Redakteurin, eine schlanke junge Frau in einem schmal geschnittenen Hosenanzug, kam und erkundigte sich, was passiert sei.

„Es geht mir nicht gut", stammelte Holly. „Ich habe … Herzrasen."

Die Redakteurin legte ihr beruhigend eine Hand auf die Schulter. „Das ist die Aufregung, das gibt sich. Soll ich Ihnen ein Glas Wasser holen?"

„Sie verstehen nicht", sagte Holly, „ich kann nicht auftreten!"

Die junge Frau verlor ihre professionelle Ruhe nicht. „Sollen wir einen Arzt holen?"

Holly schüttelte den Kopf. Was sollte ein Arzt schon groß feststellen?

Die Tür ging auf, der Moderator trat ein. Holly kannte ihn schon lange vom Bildschirm, seine ruhige, seriöse Art hatte ihr immer gefallen. „Kann ich helfen?", fragte er und lächelte so zuversichtlich, als gäbe es kein Problem, das er nicht in kürzester Zeit lösen könnte.

Sie atmete tief durch. „Danke, ich glaube, es geht schon wieder. Ein Anfall von Lampenfieber."

„Das kriegen wir schon hin“, sagte er beruhigend, „hier ist noch jeder lebend rausgekommen.“

Redakteurin und Moderator verließen den Raum, Holly schloss erneut die Augen und konzentrierte sich auf ihren Atem, während sie frisiert wurde.

Als exakt fünf Minuten später die Aufnahmeleiterin erschien, um sie ins Studio zu holen, folgte sie ihr ergeben. Zwei Sessel und ein kleiner Glastisch vor einer Wand mit Büchern bildeten die Studiodekoration. Ihr Buch war auf einem Podest aufgestellt, sodass es von der Kamera eingeblendet werden konnte. Sie erhielt ein Ansteckmikrofon, das Kabel wurde unter der Bluse durchgezogen. Sie hoffte, der Toningenieur würde nicht bemerken, wie verschwitzt sie war.

Der Moderator wies einladend auf einen der Sessel und setzte sich auf den anderen. Die Titelmelodie der Sendung erklang, er sprach seine Begrüßung in die Kamera und wandte sich dann an Holly. „Das Thema Ihres Buches ist Selbstbewusstsein. Würden Sie von sich sagen, Sie seien eine selbstbewusste Frau?“

Holly zuckte zusammen. Ich, eine selbstbewusste Frau, wollte sie sagen, Sie machen wohl Witze. „Selbstbewusstsein wird meist mit Selbstsicherheit gleichgesetzt“, hörte sie sich sagen, „und selbstsicher bin ich nicht immer. Aber mit den Jahren habe ich ein Bewusstsein dafür entwickelt, wer ich bin und wo meine Stärken und Schwächen liegen.“ Ha, dachte sie, ein Bewusstsein dafür, wer ich bin. Schön wär’s.

„Viele Frauen leiden unter einem Mangel an Selbstbewusstsein, deshalb verkauft sich auch Ihr Buch so gut. Was raten Sie diesen Frauen?“

„Ich rate ihnen, ehrlich zu sich selbst zu sein. Sich von falschen Erwartungen zu befreien. Nur wer sich kennt, kann mit sich selbst im Einklang leben.“

Der Moderator stellte die nächsten Fragen, Holly antwortete. All die wohlgeformten Sätze, die sie vor Kurzem noch voller Überzeugung von sich gegeben hatte, klangen jetzt in ihren Ohren hohl. *Nur wer sich kennt, kann mit sich selbst im Einklang leben.* Plötzlich merkte sie, dass sie den Anschluss verloren hatte. Der Moderator hatte eine Frage gestellt, die sie nicht gehört hatte. „Entschuldigung, können Sie das bitte wiederholen?“, stammelte Holly und spürte, wie ihr die Hitze ins Gesicht stieg.

„Cut!“, hörte man eine Stimme ins Studio brüllen.

„Wir setzen neu an“, erklärte der Moderator freundlich, „das ist überhaupt nicht schlimm.“ Als der Regisseur das Kommando gab, wiederholte er seine Frage: „Warum fällt es vielen Menschen so schwer, sich Schwächen einzugestehen?"

Holly versuchte mit aller Kraft, sich zu konzentrieren. „Weil … wir schon ganz früh lernen, dass es sich gut anfühlt, etwas zu können. Dass wir geliebt werden, wenn wir … erfolgreich sind … die Dinge … etwas …" Sie brach ab.

„Cut!", erklang es wieder, „und noch mal, weil's so schön war."

In Hollys Ohren rauschte es, sie verstand die Frage des Moderators nicht mehr, starrte ihn nur an.

AUF EINER LIEGE in einem Redaktionsbüro kam sie zu sich. Neben ihr kniete ein Sanitäter und maß ihren Blutdruck, aufgeregte Stimmen flatterten durch den Raum.

„Wie geht es Ihnen?", hörte sie die Stimme der Redakteurin.

„Ich weiß nicht …"

„Sie waren bewusstlos", sagte der Sanitäter und nahm ihr die Manschette ab. „Der Blutdruck ist wieder okay. Versuchen Sie, sich hinzusetzen. Aber ganz langsam, bitte."

Folgsam richtete Holly sich auf und schwang die Beine von der Liege. Jemand reichte ihr ein Glas Wasser. „Geht schon wieder", sagte sie, „wir können gleich weitermachen."

„Nicht nötig", sagte die Redakteurin. „Wir hatten bereits leicht überzogen. Wenn wir die letzte Frage weglassen, das Zuspiel verlängern und die Abmoderation getrennt aufzeichnen, kommen wir auf Länge."

Holly verstand nicht ganz, was sie meinte, aber sie begriff, dass ihr Fernsehauftritt beendet war.

HERR SEVERIN vom Marienkrankenhaus hielt Wort. Ein paar Tage nach ihrem Anruf hielt Holly ein Fax mit der Telefonnummer einer Hanne Müller in der Hand. Die erste Spur zu einem Menschen, der damals dabei gewesen war. Vielleicht war es sogar Schwester Hanne gewesen, die sie gefunden hatte. Warum sonst hatten die Zeitungsleute ausgerechnet sie fotografiert?

Holly wollte gleich anrufen, aber dann verließ sie der Mut. Sie warf den Zettel mit der Nummer in die Schublade und verschloss sie. Gleich darauf öffnete sie die Lade wieder und zog zum x-ten Mal die Zeitungsartikel heraus. Sie notierte den Namen des Reporters, der die Berichte geschrieben hatte, und das Kürzel des Fotografen, von dem die Bilder stammten.

Die Zeitung existierte noch. Holly wählte die Nummer und ließ sich mit der Personalabteilung verbinden. Eine ältere Frauenstimme meldete sich schnarrend. „Personalabteilung, Hecht."

Holly sagte ihr Sprüchlein von der Journalistin auf, die für eine Geschichte über Findelkinder recherchiere. Sie sei auf der Suche nach Karl Gruber, der habe mal über einen Fall berichtet.

„Der Charlie, natürlich", sagte Frau Hecht. „Eigentlich ist er im Ruhestand, aber hin und wieder schreibt er noch frei für uns. Ich glaube, er steht im Telefonbuch."

Holly schlug den Namen Gruber nach und fand vier Einträge mit dem Vornamen Karl. Ein Vergleich mit der Personalakte erbrachte die richtige Nummer. Dann erkundigte Holly sich nach dem Fotografen.

Frau Hecht musste einen Moment überlegen, wer sich hinter dem Kürzel F. L. verbarg. „Ach natürlich, der Fritz, aber der ist schon tot", sagte sie. „Nierenkrebs, vor zwei oder drei Jahren. Mein Gott, auch schon wieder so lange her!"

Holly bedankte sich und legte die Nummer zu den anderen Papieren. Sie fühlte sich schon besser, weil sie etwas unternommen hatte, um Licht in das Dunkel ihrer Herkunft zu bringen. Wann sie allerdings den Mut aufbringen würde, den nächsten Schritt zu wagen, wusste Holly nicht. Zu groß war ihre Angst, das, was sie herausfinden würde, könnte schlimmer sein als die Ungewissheit.

8

Die Wohnung von Max und Annika war ein Loft in der Innenstadt, nicht weit vom Bahnhof entfernt. Der große Wohnraum war spärlich möbliert. Ein langer Esstisch bildete den Mittelpunkt, von ihm aus blickte man in eine offene Küche mit einer Theke. In der gegenüberliegenden Ecke stand eine Couchgarnitur aus schwarzem Leder. Die Attraktion war ein Billardtisch, den Max bei einer Kneipenauflösung ersteigert hatte.

„Ich weiß, warum die heiraten wollen", sagte Timo, als sie zu viert die Treppe zum Dachgeschoss hinaufstiegen, „weil man dann so viele Sachen geschenkt kriegt."

„Hör auf", sagte Holly, die dem Druck ihrer Familie schließlich nachgegeben hatte und entsprechend gereizt war. „Benehmt euch jetzt."

Die Tür stand offen, viele Gäste waren schon da. Ein junges Mädchen, das offenbar für den Abend engagiert war, nahm ihnen die Mäntel ab und versorgte sie mit Getränken. Auf der Küchentheke war ein Büfett aufgebaut, zusätzlich zum Esstisch waren einige Stehtische aufgestellt. Überall brannten Kerzen, leise Musik erfüllte den Raum.

„Los“, sagte Timo und zog seine Schwester Richtung Billardtisch.

Holly beobachtete, wie sie Max und Annika in die Arme liefen. Die Begrüßung war herzlich. Die Gastgeber reckten suchend die Köpfe und kamen zu ihnen.

„Hallo ihr zwei!“, sagte Annika, die mit einem roséfarbenen Kostüm für ihre Verhältnisse geradezu elegant gekleidet war. Sie küsste erst Holly, dann Chris.

Max folgte ihrem Beispiel. Seine Umarmung war etwas steif, aber auch das war nichts Ungewöhnliches. Er sah Holly in die Augen und sagte: „Ich freue mich, dass du da bist, Schwesterherz.“

„Ich mich auch“, sagte sie gepresst und verschluckte das „Bruderherz“, das ihr sonst so leicht über die Lippen gegangen war.

„Ganz schön überraschend eure Verlobung“, meinte Chris.

„Sie hat mich ja bisher abblitzen lassen“, behauptete Max.

„Drum prüfe, wer sich ewig bindet …“, zitierte Annika lächelnd.

„Halloho!“, erklang eine Stimme, und alle Köpfe wandten sich zur Tür. Margarete und ihre Freundin Lori waren eingetroffen. Beide Damen trugen elegante Abendroben und wirkten in der nüchternen Umgebung etwas overdressed.

Jetzt tauchte Felix im Türrahmen auf, der sich offenbar als Chauffeur der beiden betätigt hatte; zu Hollys Überraschung war er ohne weibliche Begleitung gekommen. Sie beobachtete, wie zur Begrüßung Umarmungen und Küsse ausgetauscht wurden und die Freude über das Wiedersehen allen ins Gesicht geschrieben war. Diese Menschen waren keine Fremden, sie waren ihre Familie. Und doch spürte Holly eine Kluft zwischen ihnen und ihr, die unüberbrückbar schien. Margarete kam lächelnd auf sie zu und wollte auch sie umarmen, doch Holly klammerte sich an Chris fest. So wurde aus der Umarmung nur ein unbeholfener Kuss auf die Stirn und ein Schulterklopfen für Chris, begleitet von einem erfreuten: „Ihr seid ja doch da!“

„Hallo“, sagte Holly knapp.

„Ihr zwei seht großartig aus“, sagte Chris.

Margarete lachte. „Nicht schlecht für zwei alte Schrapnelle, was?“ Sie sah sich suchend um. „Wo ist denn das zukünftige Brautpaar?“

„Da drüben.“ Chris wies mit der Hand Richtung Küchentheke.

„Schickst du die zwei auch nach Las Vegas?“ Hollys Stimme klirrte.

Margaretes Kopf fuhr herum. „Wenn sie es sich wünschen."

„Wir haben es uns damals nicht gewünscht", sagte Holly.

„Ich verstehe deinen vorwurfsvollen Ton nicht", sagte Margarete, „du weißt, dass die Situation es erfordert hat."

Holly lachte auf. „O ja, ich weiß."

Margarete sah verwirrt zu Chris und fragend zu Holly. Dann zuckte sie die Schultern und ging zu Lori, die sich an einem Stehtisch unterhielt.

Immer mehr Freunde und Kollegen des Paares trafen ein, außerdem die Familie von Annika. Die Verlobten standen nebeneinander und begrüßten die Gäste. Max machte immer wieder scherzhafte Bemerkungen darüber, wie schwierig es gewesen sei, mit seinem Antrag zu landen, Annika zitierte ihre Mutter, die ihr eingeschärft habe, sich Männern gegenüber rar zu machen.

„Aber die Ehe ist und bleibt der Sieg der Hoffnung über die Erfahrung", nahm Max den Faden auf, „wobei man sich schon fragen muss, ob man einer Frau vertrauen kann, die einen selbst zum Mann nimmt. Wir alle wissen: die meisten Ehen scheitern an den Verhältnissen. Aber man muss fair sein: es sind auch schon sehr schöne Verhältnisse an der Ehe gescheitert!" Annika knuffte ihn scherzhaft. Max küsste sie.

Das zukünftige Brautpaar erhob seine Gläser, die Gäste taten es ihm nach und tranken auf sein Wohl.

Holly war zum Heulen zumute. Alle freuten sich und waren glücklich. Nur sie fühlte sich fehl am Platz. Sie griff nach einem zweiten Glas Sekt und kippte es in einem Zug hinunter.

„Sei vorsichtig", flüsterte Chris, der wusste, dass sie Sekt ganz schlecht vertrug.

Jetzt sprach Annikas Vater. Dann war Margarete dran. „Ich bin heute sehr glücklich, aber auch ein bisschen traurig, dass Klaus, mein geliebter Mann, diesen Moment nicht miterleben kann. Ich bin sicher, er hätte Annika in unsere Familie aufgenommen wie eine Tochter."

Holly setzte das dritte Glas ab. „Wie er es mit mir getan hat?", sagte sie in die Stille hinein.

Alle Köpfe wandten sich ihr zu. Margarete erstarrte.

„Was … willst du damit sagen?", durchbrach Max das Schweigen.

Holly war leicht schwindlig. Sie hielt sich an einem Stehtisch fest und drehte sich in seine Richtung. „Ist dir nie aufgefallen, dass es kein einziges Bild von Mutter gibt, auf dem sie mit mir schwanger ist? Hast du dich nie gefragt, warum ich so musikalisch bin, wo doch keiner in der Familie auch nur Blockflöte spielen kann? Immerhin hast du bemerkt, dass ich Mutter nicht ähnlich sehe. Und auch sonst niemandem von euch."

Margarete war leichenblass geworden.

Felix sah sie fassungslos an. „Spinnst du? Oder soll das ein Witz sein?"

Holly lachte auf. „Ein Witz, genau. Es ist wohl ein Witz, wenn man seiner Tochter achtunddreißig Jahre lang die Hucke volllügt. Wenn man sie zum Heiraten nach Amerika schickt, damit sie ihre Geburtsurkunde nicht zu Gesicht bekommt. Wenn man ihr weismacht, die fehlende Familienähnlichkeit sei ein Zufall."

Margarete hatte sich wieder gefasst. „Es ist wohl nicht der Moment …", begann sie.

Aber Max unterbrach sie. „Warum nicht? Unsere Feier habt ihr schon ruiniert. Nun soll Annika wenigstens erfahren, in was für eine Familie sie wirklich hineinheiratet."

Sein bitterer Ton traf Holly ins Herz. „Es tut mir so leid", sagte sie und schlug die Hände vors Gesicht, „ich weiß nicht, was in mich gefahren ist. Ich wollte das nicht …"

„Zu spät", sagte Max. „Und jetzt möchte ich endlich wissen, was das Ganze zu bedeuten hat."

Holly holte tief Luft und sagte mit fast hysterisch hoher Stimme: „Margarete ist nicht meine Mutter, ihr seid nicht meine Brüder. Ich bin mit keinem von euch verwandt, Margarete und Klaus haben mich adoptiert. Und diese lächerliche Kleinigkeit, dieser völlig unbedeutende Tatbestand wurde mir zeit meines Lebens verschwiegen."

Margarete brach in Tränen aus und lief aus dem Loft, gefolgt von Lori und Felix. Lea begann zu weinen und klammerte sich an Chris, Timo ließ den Billardstock auf den Boden fallen. Allgemeines, aufgeregtes Murmeln hob an.

Ausgerechnet Annika war es, die zu Holly ging und sie in den Arm nahm. In diesem Moment brach der letzte Rest von Hollys Selbstbeherrschung zusammen, und sie begann haltlos zu weinen. Annika führte sie ins Schlafzimmer, wo sie sich zwischen Stapeln von Mänteln aufs Bett setzten.

„Das wird Max mir nie verzeihen und du auch nicht", schluchzte Holly, das Gesicht in den Händen vergraben.

„Ach Quatsch!", sagte Annika. „Im Grunde bin ich dir dankbar. Dass du mir gezeigt hast, dass eure Familie nicht so perfekt ist, wie ich immer dachte. Diese tolle, unkonventionelle Mutter, die Geschwister, die sich alle lieben. Und vor dir hatte ich immer einen Heidenrespekt. Du bist mir von

Max als leuchtendes Beispiel hingestellt worden. Holly, die erfolgreiche Journalistin und Autorin, die eine super Ehe führt und zwei tolle Kinder hat …“ Sie schluckte und sagte leise: „Ich wusste, das würde ich nie schaffen.“

Holly schwieg. Dann fragte sie zögernd: „Bist du … ich meine, weißt du es sicher?“

„Ganz sicher. Ich hatte zwei Eileiterschwangerschaften, beide Eileiter mussten entfernt werden.“

Holly umarmte sie. „Du ahnst nicht, wie leid mir das tut.“

„Schon gut“, sagte Annika beherrscht. „Ich bin fast darüber weg. Wir denken über eine Adoption nach.“ Sie schlug sich die Hand vor den Mund. „Oh, entschuldige.“

„Das ist doch eine gute Idee“, sagte Holly, „ich habe kein Problem mit Adoptionen. Versprich mir nur, dass du deine Kinder nicht belügst. Das ist es, was man nicht verzeihen kann, glaube ich.“

„Ich verspreche es“, sagte Annika und sah ihr ernst in die Augen. Es klopfte leise, Chris trat ein. Annika stand auf. „Dann gehe ich mal wieder zu den Gästen“, sagte sie lächelnd. „Mach dir keinen Kopf, Holly. Für mich bist und bleibst du die beste Schwägerin, die ich mir wünschen kann.“

Holly lächelte sie dankbar an.

Chris setzte sich zu ihr. „Alles okay?“

„Geht schon. Hat Lea sich wieder beruhigt?“

„Alles in Ordnung. Sie hat gedacht, Adoption sei erblich und sie wäre auch adoptiert.“

Holly lächelte, gleichzeitig kamen ihr wieder die Tränen. „Ich hätte nicht so viel Sekt trinken sollen.“

Sie blieben schweigend nebeneinander sitzen, Holly lehnte ihren Kopf an Chris’ Schulter. Sie liebte ihn dafür, dass er ihr keine Vorwürfe machte, sie nicht mit Fragen quälte. Er hätte jedes Recht dazu gehabt.

Plötzlich flog die Tür auf, und Felix stand im Zimmer. Holly hob den Kopf von Chris’ Schulter.

„Was hast du dir bloß dabei gedacht?“, sagte Felix und funkelte sie wütend an. „Willst du Mutter umbringen?“

Holly erschrak. Dann fiel ihr ein, dass Margarete durchaus kein schwaches Herz hatte. „Seit wann verursacht Aufregung Thrombosen? Du willst mir nur Schuldgefühle machen.“

„Schlimm genug, wenn du keine hast! Ist das der Dank für alles, was Mutter für dich getan hat?“

Holly starrte ihn an. „Kinder sind nicht zur Dankbarkeit verpflichtet! Sogar Mutter sagt das!"

Felix schnaubte. „Jetzt bist du plötzlich wieder ihr Kind, ja? Immer so, wie's dir gerade in den Kram passt. Hauptsache, alles dreht sich nur um dich!"

Chris stand auf, ging zu Felix, der immer noch in der Tür stand, und legte ihm beruhigend die Hand auf die Schulter. „Hör zu, ihr seid beide aufgeregt. Wollen wir nicht warten, bis alle sich beruhigt haben, und dann in Ruhe darüber sprechen?"

„Ich muss über gar nichts sprechen. Das ist Hollys Problem."

Einen Moment herrschte Schweigen, dann fragte Holly: „Wie geht's … Mutter?"

„Sie ist zu Hause, Lori ist bei ihr. Ich hau jetzt auch ab." Er schenkte ihr keinen Blick mehr und ging.

9

Holly hielt den Zettel mit der Telefonnummer von Schwester Hanne in der Hand. Sie hatte bisher niemanden erreicht. Vermutlich galt die Nummer längst nicht mehr – wer behält schon 38 Jahre dieselbe Telefonnummer?

Sie rief Herrn Severin an und erkundigte sich, ob er wisse, von wann die Nummer sei. Diesmal kam die Antwort prompt: Die Nummer sei ungefähr fünf Jahre alt, damals hätte Frau Müller im Krankenhaus angerufen und sich nach einer früheren Kollegin erkundigt. Holly bedankte sich. Dann rief sie die Auskunft an und fragte nach der Faxnummer. Die Nummern waren identisch.

Holly schrieb ein kurzes Fax mit der Bitte um ein Treffen. Am nächsten Tag kam die Antwort. *Freue mich, dich zu sehen.* Es folgten eine unleserliche Unterschrift und eine Adresse. Holly wunderte sich über die vertrauliche Anrede. Sie schrieb auf das Blatt: *Passt Ihnen morgen um 14 Uhr?*, und faxte es durch. Wenig später kam es mit einem lapidaren *Okay* zurück. Für eine ältere Dame war Hanne Müller offenbar eher unkonventionell.

Holly legte das Fax in die Schublade und stand vom Schreibtisch auf. Mit klopfendem Herzen ging sie im Zimmer auf und ab. Jetzt hatte sie also den ersten Schritt in die Vergangenheit gewagt.

Beim Abendessen war sie so geistesabwesend wie meist in den letzten drei Tagen. Nach dem Essen, als die Kinder abgeräumt hatten und aus der

Küche stürmten, fasste Chris sie an der Schulter. „So geht das nicht weiter, Holly!“

„Tut mir leid. Ich … ich treffe morgen die Säuglingsschwester, die mich damals gefunden hat. Zumindest vermute ich, dass sie es war. Sie ist auf dem Zeitungsfoto.“

„Welchem Zeitungsfoto?“

Holly wurde klar, dass sie Chris nichts von all dem erzählt hatte, was sie bisher herausgefunden hatte. Sie zog ihn in ihr Arbeitszimmer, öffnete die Schublade und nahm alles heraus, was darin lag. Chris las die Artikel und die Urkunden, nahm den Skarabäus in die Hand und ließ die zarte Goldkette durch seine Finger gleiten. „Warum ausgerechnet ein Skarabäus?“, fragte er.

„Ist ein Glücksbringer“, sagte Holly.

Er zeigte auf die Gegenstände aus der Schublade. „Das ist alles, was du hast?“

Sie nickte.

„Und was hast du jetzt vor?“

„Ich suche meine Eltern“, sagte Holly und erschrak. So klar hatte sie es noch nie formuliert.

Chris nickte nachdenklich. „Solltest du nicht vorher mit deiner Mutter … ich meine, mit Margarete sprechen?“

„Ich will sie nicht sehen“, sagte Holly trotzig wie ein Kind.

Chris zog sie an sich. „Holly, sie wollte dich schützen.“

„Alle hatten irgendwelche Gründe“, sagte Holly heftig. „Ich möchte nicht wissen, wer noch alles Bescheid wusste. Ihre Freunde, unsere Nachbarn, meine Kindergärtnerin, vielleicht meine Lehrer in der Grundschule, keine Ahnung, wie viele Menschen mich belogen haben. Dieser Gedanke ist unerträglich, begreifst du das nicht?“

Chris holte tief Luft. „Sprich mit ihr“, wiederholte er eindringlich, „sie wartet darauf.“

„Woher weißt du das?“

„Als ich gemerkt habe, dass du es nicht tust, habe ich sie angerufen.“

„Wie kommst du dazu“, fuhr Holly ihn an, „ich will nicht, dass du dich einmischst!“

Chris antwortete nicht. Er ging zur Tür und sagte beim Rausgehen: „Du kannst dich vor vielem drücken, Holly, davor nicht.“

„Ach, lass mich doch in Ruhe!“, rief sie ihm wütend nach.

Holly fuhr durch eine ruhige Nebenstraße und hielt nach der Hausnummer 28 Ausschau. Vor einem kleinen, gelb gestrichenen Häuschen hielt sie an und stieg aus. Sie klingelte und wartete. Die Tür wurde geöffnet. Vor ihr stand Lori, Margaretes Freundin.

„Du …“, sagte Holly überrascht, „was machst du denn hier?!“

Lori lächelte. „Ich wohne hier.“

Verwirrt sah Holly auf den Zettel in ihrer Hand. „Wohnt hier nicht Hanne Müller?“

„Doch“, sagte Lori. „Komm rein, ich erklär dir alles.“

Sie nahm Holly bei der Hand und führte sie ins Wohnzimmer. Dort bot sie ihr einen Platz auf der Couch an. Auf einem Beistelltisch stand eine Teekanne auf einem Stövchen, daneben eine Schale mit Keksen.

„Es ist ganz einfach“, erklärte Lori und schenkte den Tee ein. „Ich heiße eigentlich Hannelore. Im Krankenhaus wurde ich Schwester Hanne genannt.“

Holly starrte sie an. Das war Schwester Hanne? Die Frau, die sie seit Jahren als eine alte Freundin von Margarete kannte, die lange im Ausland gelebt hatte und nach dem Tod ihres Mannes in ihre Heimatstadt zurückgekehrt war?

Die Gedanken in ihrem Kopf wirbelten durcheinander. Wie war es möglich, dass alle Welt über ihre Herkunft Bescheid wusste, nur sie nicht? Hatten vielleicht sogar Max und Felix gewusst, dass sie nicht zu ihnen gehörte? Holly zwang sich zur Ruhe. Sie würde alles in Erfahrung bringen, eines nach dem anderen. „Und … wieso heißt du jetzt Lori?“

„Du weißt doch, dass ich mit Freddy in Kanada gelebt habe. Es gefiel mir nicht, wie sie dort meinen Namen aussprachen, es klang wie ‚Hänni‘. Ich ließ mich Lore nennen, natürlich wurde ‚Lori‘ daraus, aber das mochte ich lieber. Nach meiner Rückkehr blieb ich dabei und nahm wieder meinen Mädchennamen an. Freddy hatte indianische Vorfahren, er hieß Chapawadacki. Ich hatte keine Lust, den Rest meines Lebens diesen Namen zu buchstabieren.“

Lori musste Deutschland verlassen haben, als Holly noch klein gewesen war. Vor sieben oder acht Jahren war sie wieder aufgetaucht, und Margarete hatte sich sehr gefreut, ihre alte Freundin in der Nähe zu haben. Das wenige, was die Geschwister über Lori wussten, hatte Margarete ihnen erzählt. Unter anderem, dass Lori all die Jahre in Kanada in Wohnmobilen und primitiven Holzhütten gelebt hatte, weil Freddy als Waldarbeiter wenig verdiente. Dass sie keine Kinder hatten, weil sie ständig umgezogen und nie länger an einem Ort gewesen waren. Dass Freddy eines Morgens aus der Dusche gekommen und tot umgefallen war, worauf Lori alles verkauft hatte und nach Deutschland zurückgekehrt war.

Die Vorstellung, dass nicht nur ihre Mutter sie belogen hatte, sondern auch Lori Teil des Komplotts war, nahm Holly fast die Luft zum Atmen. „Warum … habt ihr mir nichts gesagt?“, fragte sie leise.

Lori setzte sich aufrecht hin. „Du musst wissen“, sagte sie, „ich habe es immer für einen Fehler gehalten. Ich an Margaretes Stelle hätte es getan.“

„Warum hast du es mir nicht gesagt?“

Lori wiegte den Kopf. „Dazu hatte ich kein Recht.“

„Aber mich zu belügen, dazu hattest du ein Recht? Und Margarete, welches Recht hatte sie?“ Holly war sehr laut geworden, ihre Augen blitzten.

„Du musst versuchen, sie zu verstehen“, sagte Lori sanft. „Sie hat es gut gemeint und nie geglaubt, dass sie etwas Falsches tut. Sie wollte, dass du dich genauso geliebt fühlst wie deine Brüder.“

Holly war in sich zusammengesunken. „Gute Absichten nützen mir gar nichts“, sagte sie. „Seit ich es erfahren habe, fühle ich mich, als wäre ich in einen Abgrund gestürzt, ich falle und falle, und es will nicht mehr aufhören.“

Sie begann zu weinen. Lori setzte sich neben sie, legte einen Arm um ihre Schultern und streichelte sie. Holly beruhigte sich nur langsam, dann rückte sie ein Stück zur Seite, um Lori ansehen zu können. „Erzähl mir, wie du mich gefunden hast. Du hast mich doch gefunden, oder?“

Lori nickte und begann: „Ich hatte Frühschicht und kam gegen sieben am Krankenhaus an. Als ich die Treppe zum Eingang hinaufging, hörte ich ein Wimmern. Ich dachte zuerst an ein Kätzchen, aber in den Büschen neben der Treppe war nichts. Drinnen wurde das Wimmern stärker. Der Empfang war nicht besetzt. Hinter einem der Pflanzkübel, bei der Sitzecke, lag etwas auf dem Boden. Ich trat näher, bückte mich und sah, dass es ein Stoffbündel war, das sich bewegte. Ich bekam einen Riesenschreck, als ich feststellte, dass es ein Neugeborenes war, einfach nur in ein Handtuch eingewickelt auf einem Kissen. Ach ja, ein Zettel lag daneben.“

„‚Bitte kümmert Euch um mein Baby. Es tut mir leid‘“, zitierte Holly.

Lori nickte. „In diesem Moment kam die Empfangsschwester zurück. Sie war nur ein paar Minuten auf der Toilette gewesen. In dieser Zeit musste das Baby abgelegt worden sein.“

„Das Baby“, wiederholte Holly.

„Du“, sagte Lori. In einer plötzlichen Aufwallung umarmte sie Holly. „Das alles muss furchtbar für dich sein“, sagte sie. „Ich kann mir vorstellen, wie du dich fühlst.“

„Kannst du nicht“, erwiderte Holly. „Aber wenn das Kind … ich meine, ich … gerade abgelegt worden war, dann hättest du doch jemanden sehen müssen?“

Lori seufzte. „Was glaubst du, wie oft ich das gefragt worden bin. Die Polizei, der Krankenhausdirektor, die Kollegen, alle haben mich gefragt. Ich habe mir das Gehirn zermartert, aber ich konnte mich an niemanden erinnern. Später habe ich dann einen jungen Mann beobachtet, der sich vor dem Krankenhaus herumgedrückt hat. An der Bushaltestelle. Ganz plötzlich hatte ich die Idee, er könnte etwas mit dem Findelkind zu tun haben. Ich rannte hinaus und auf den Mann zu, aber da drehte er sich um und ging weg. Wahrscheinlich war es ja sowieso nur ein Zufall.“

„Weißt du noch, wie er aussah?“, fragte Holly.

Lori überlegte. „Irgendwie südländisch … Du musst mit Margarete sprechen“, sagte sie dann.

„Ich weiß“, sagte Holly. „Aber ich kann nicht. Kanntet ihr euch damals denn schon?“, fragte sie weiter.

„Wir haben uns durch dich kennen gelernt“, erwiderte Lori lächelnd. „Du warst ja schnell eine Berühmtheit. Deine Eltern waren die Ersten, die dich aufnehmen wollten. Sie waren bei den Behörden ja schon länger für eine Adoption vorgemerkt.“

„Warum wollten sie unbedingt ein Kind adoptieren?“, fragte Holly verständnislos. „Sie konnten doch eigene Kinder haben.“

„Da musst du Margarete selbst fragen.“ Lori stand auf und ging aus dem Zimmer. Wenig später kam sie mit einem hellblauen Kissen in der Hand zurück. „Hier, darauf hast du gelegen. Das Handtuch hat die Polizei einkassiert.“

Zögernd griff Holly nach dem Kissen. Es fühlte sich weich an, der Bezug aus Baumwolldamast war in sich gemustert und von guter Qualität. „Das hast du all die Jahre aufgehoben?“

Lori nickte.

„Aber warum?“

„Weil ich wusste, dass du eines Tages kommen würdest.“

Holly knetete das Kissen zwischen den Händen, ohne es zu merken. „Danke“, sagte sie.

KAUM war sie zu Hause, rief Karin an. Holly hatte überhaupt keinen Kopf für die Eheprobleme ihrer Freundin und wollte das Gespräch am liebsten sofort beenden, aber Karin ließ ihr keine Chance.

„Stell dir vor, *sie* hatte die Idee mit der Wohnung", sagte sie aufgeregt. „Ulf hat gesagt, er sei sich gar nicht sicher, ob er das überhaupt wolle. Das ist doch ein gutes Zeichen, findest du nicht?"

„Nein", sagte Holly, „das ist nur ein Zeichen dafür, dass er zweigleisig fährt: die Ehefrau fürs Hemdenbügeln und für den Spaß die Geliebte!"

Eine Sekunde blieb es still. Dann sagte Karin: „Du bist gemein. Immerhin hat er mich gefragt, ob ich zur Hauptversammlung nach Berlin kommen will. Was sagst du jetzt?"

Holly verdrehte die Augen. „Das ist doch genau das, was er will! Damit erspart er sich die Peinlichkeit, erklären zu müssen, warum seine Frau, die sonst jedes Jahr dabei war, dieses Jahr nicht da ist! Diesen Gefallen würde ich ihm doch nicht tun."

„Du siehst immer alles strategisch. Ich liebe diesen Mann, und ich werde alles versuchen, um ihn zurückzukriegen. Andererseits", Karin seufzte, „du hast ja Recht. Es ist nur so furchtbar, wenn dein Leben vor deinen Augen zerbröselt wie trockener Biskuit."

„Frag mich mal", sagte Holly bitter.

„Was meinst du?", fragte Karin, hellhörig geworden.

„Nichts, alles in Ordnung", gab Holly schnell zurück. „Ich meine nur die ganzen Ehegeschichten, die ich für mein Buch recherchiert habe. Alles trockener Biskuit."

Nach dem Gespräch setzte sich Holly an den Computer und ging ins Internet. Sie surfte herum und suchte nach Informationen zum Thema Ehe.

Verheiratete leben gesünder. Eine gute Ehe verschafft den Partnern ein subjektives Wohlgefühl, das einem Jahresgehalt von hunderttausend Euro entspricht. Ehen, in denen die Partner sich mit Kosenamen ansprechen, sind haltbarer als andere. Das verflixte Jahr ist nicht das siebte, sondern das vierte. Eine zweite Krisenphase gibt es allerdings, wenn die Kinder flügge werden und die Partner sich wieder stärker aufeinander besinnen müssen. Da stellen wohl viele fest, dass sie nicht mehr allzu viel miteinander verbindet.

Holly seufzte. Die Entwicklungen waren so absehbar, die Muster so ähnlich, dass sie sich fragte, warum es nicht längst so etwas wie Beziehungsschulen gab.

Dann ging sie auf die Website Adoption.de, die sie inzwischen regelmäßig besuchte. Adoptierte erzählten dort ebenso von ihren Erfahrungen wie abgebende Mütter und Väter. Unter „Suche“ waren Anzeigen aufgegeben, in denen nach leiblichen Eltern gefahndet wurde oder nach abgegebenen Kindern, deren Spur sich verloren hatte.

Aus den Einträgen sprach so viel Verzweiflung, so viel Entschlossenheit, die eigenen Wurzeln freizulegen oder einen frühen Entschluss nach Jahren zu überdenken, dass Holly beim Lesen ganz gerührt war. Es schien, als könnten Menschen nicht glücklich sein, die nicht wissen, woher sie stammen oder was aus dem Kind, das sie einst weggegeben haben, geworden ist.

Immer wieder überlegte Holly, ob sie auch eine Anzeige hineinsetzen sollte, aber sie wusste einfach zu wenig. Wenn sie nur irgendeinen Hinweis auf ihre Eltern gehabt hätte, Namen, Alter, Wohnort, irgendwas. Aber so waren es zwei Phantome mit der Bezeichnung „leibliche Mutter“ und „leiblicher Vater“. Holly wusste ja nicht einmal, ob sie überhaupt noch lebten. In ihr war eine verzweifelte Leere, die sie zu füllen versuchte, indem sie sich unablässig mit dem Thema beschäftigte, immer in der Hoffnung, es könnte ein neuer Hinweis auftauchen, irgendetwas, was sie weiterführte.

Der Stoff des Kissenbezuges. Unzählige Male hatte sie ihn berührt, angesehen, daran gerochen. Es war kein billiger Kaufhausbezug, sondern eher edle Qualität. Konnte sie daraus schließen, dass sie aus besseren Verhältnissen stammte? Oder war gerade das Gegenteil der Fall, der Kissenbezug vielleicht gestohlen? Holly musste sich eingestehen, dass ihre Überlegungen sich im Kreis drehten und immer am selben Punkt endeten.

Was blieb, war die Frage: Wer bin ich?

Karl Gruber war ein kleiner, dünner Mann mit einer ungesunden Gesichtsfarbe, der Kette rauchte und sehr schnell sprach.

Es hatte Holly einige Tage gekostet, bis es ihr gelungen war, einen Termin mit ihm zu vereinbaren. Offenbar war er ständig unterwegs. Er lebte in zwei Zimmern in einem düsteren Fünfzigerjahre-Bau. Seine Wohnung war mindestens dreißig Jahre nicht gestrichen worden, die Wände gelb vom Zigarettenrauch, und es stank wie in einem überdimensionalen Aschenbecher. Aber er hatte auf der Wohnung als Treffpunkt bestanden, weil er sein Archiv dort hatte.

Gruber bat sie ohne lange Vorreden an seinen Küchentisch, wo er schwarzen Kaffee servierte.

Holly versuchte möglichst wenig zu berühren und setzte sich vorsichtig auf die Stuhlkante. „Danke, dass Sie Zeit für mich haben“, begann sie.

„Ist doch klar, Frau Kollegin“, erwiderte er, „was interessiert Sie denn an der alten Geschichte? War es ein Junge oder ein Mädchen?“

„Ein Mädchen“, sagte Holly und hoffte inständig, er würde nicht begreifen, dass sie selbst es war. „Es handelt sich um einen von mehreren Fällen“, behauptete sie. „Ich versuche herauszufinden, was aus den Kindern geworden ist. Wie sie sich entwickelt haben.“

„Und was haben Sie schon rausgefunden?“

„Ich bin erst ganz am Anfang“, sagte Holly.

„Wenn Sie was Interessantes gefunden haben, melden Sie sich. Vielleicht kann ich für die Tageszeitung was drüber machen.“

„Klar, mache ich gern“, sagte Holly und lächelte freundlich. Sie breitete die Zeitungsausschnitte vor ihm aus. „So bin ich auf Sie gekommen“, sagte sie. „Erinnern Sie sich an die Geschichte?“

Er überflog die Artikel. „Ja, schon“, sagte er, „Findelkinder gibt’s nicht allzu häufig.“

„Erzählen Sie mir, woran Sie sich erinnern“, bat sie.

„Na ja, ich fuhr gleich ins Krankenhaus, als die Meldung über den Polizeifunk kam. Dort sprach ich mit dem Direktor, der Empfangsschwester und der jungen Schwester, die das Baby gefunden hatte. Es gab absolut keinen Hinweis darauf, wer das Kind abgelegt haben könnte. Die junge Schwester erinnerte sich nicht, irgendjemanden gesehen zu haben. Ich weiß noch, dass sie sehr nett war. Und sehr hübsch. Deshalb bin ich noch mal hingegangen und habe den zweiten Bericht mit dem Foto gemacht.“ Er lachte meckernd. „Später habe ich versucht, mich mit ihr zu verabreden, aber sie wollte nicht. Wüsste gern, was aus ihr geworden ist.“

Holly grinste in sich hinein. „Gab es irgendetwas, was hier nicht drinsteht?“, fragte sie und tippte auf die Artikel.

Gruber erhob sich, murmelte eine Entschuldigung und ging aus der Küche. Mit einem abgeschabten Ordner, auf dessen Rücken die Jahreszahl 1967 stand, kam er zurück. Er klappte ihn auf, es waren lauter Artikel, die er geschrieben hatte. Er blätterte, bis er die Berichte fand, die auch Holly hatte. Dann blätterte er weiter. „Da ist ja noch was“, sagte er und nahm einen DIN-A4-Bogen heraus, auf den eine kleine Meldung vom 2. September aufgeklebt war. Er schob Holly das Blatt hin. „Haben Sie das?“

FINDELKIND HAT NEUES ZUHAUSE, las Holly. Darunter stand, dass die kleine Maria Holunder, über deren Schicksal die Zeitung berichtet habe, von dem Ehepaar Margarete und Klaus B. adoptiert worden sei. Das Paar sei sehr glücklich, dem kleinen Mädchen nach seinem schwierigen Start ins Leben ein neues Zuhause geben zu können. „Nein“, sagte sie, „das habe ich noch nicht.“

„Soll ich es Ihnen kopieren?“, bot Gruber an.

Holly nickte dankbar. Als er aus dem Zimmer war, blätterte sie weiter. Eine schwangere Giraffe im Zoo, Protestaktion an der Universität, Spendenaktion für Afrika, schwerer Fall von Körperverletzung. Keiner der Berichte bezog sich mehr auf sie. Am 2. September 1967 schien die öffentliche Berichterstattung über den Fall Maria Holunder abgeschlossen gewesen zu sein. Dann las sie: 19-JÄHRIGE SPURLOS VERSCHWUNDEN. Neugierig überflog sie den Bericht vom 8. September. Die Tochter des stadtbekannten politischen Aktivisten Jobst H. und seiner Frau Ursel H. wurde als vermisst gemeldet. Das minderjährige Mädchen hätte schon mehrfach das Elternhaus für längere Zeit verlassen, ihren Aufenthaltsort aber immer mitgeteilt. Nun sei sie seit über drei Wochen verschwunden, ohne dass die Eltern ein Lebenszeichen erhalten hätten. Sie seien in größter Sorge, dass dem Mädchen etwas zugestoßen sein könnte. In diesem Zusammenhang sei ein junger Araber zur Fahndung ausgeschrieben, in dessen Gesellschaft das Mädchen vor seinem Verschwinden mehrfach gesehen worden sei. Holly betrachtete ein verschwommenes Phantombild, auf dem vermutlich niemand den Gesuchten erkannt hätte.

„Das ist auch so eine Sache, bei der man nicht rausgefunden hat, was dahintersteckt“, sagte Gruber beim Hereinkommen mit einem Blick über ihre Schulter. „Soviel ich weiß, ist das Mädchen nie mehr aufgetaucht. Ich habe die Eltern drei Jahre später noch mal besucht. Der Vater hatte sich irgendwie damit abgefunden, aber die Mutter war fertig. Schwer krebskrank. Glaube nicht, dass sie noch lange gelebt hat.“

Holly blätterte noch ein bisschen weiter, fand aber nichts mehr, was ihr Interesse erregte. Sah so aus, als wäre auch diese Spur im Sand verlaufen. Sie klappte den Ordner zu und seufzte.

„Ganz schön schwierig, was Sie sich da vorgenommen haben“, stellte Gruber fest. „Ich hoffe nur, bei den anderen Fällen haben Sie mehr Informationen. Sonst würde ich die Geschichte knicken, ist bloß verschwendete Zeit.“

„Da kennen Sie mich schlecht“, sagte Holly. „So schnell gebe ich nicht auf.“

10

Holly stieg in das Auto ihres Bruders und schloss die Beifahrertür. Max fuhr los. Schweigend saßen sie nebeneinander. Es war ihre erste Begegnung seit der Verlobungsfeier. Max hatte sie angerufen und um ein Treffen gebeten.

„Wohin fahren wir eigentlich?“

„Lass dich überraschen.“

Holly dachte wie schon oft darüber nach, ob Max vor ihr etwas gewusst hatte. Immer wieder hatte sie versucht, sich an ihre Kindheit zu erinnern. Daran, ob sie etwas hätte merken müssen. Inzwischen wusste sie, dass viele Adoptierte ahnen, dass etwas mit ihnen nicht stimmt. Früher oder später machen sie sich auf die Suche nach Beweisen.

Hatte es bei ihr nie das geringste Misstrauen gegeben, oder hatte sie nur nicht darauf geachtet? Hatte sie jede leise Ahnung verdrängt? Die fehlende Ähnlichkeit mit ihren Eltern und Geschwistern, die unvollständige Fotosammlung und der Mangel an Musikalität in ihrer Familie. Sie gab sich einen Ruck und sagte: „Schwör mir, dass du es nicht wusstest.“

Max sah kurz zu ihr und konzentrierte sich dann wieder auf den Verkehr. Sie waren bereits aus der Innenstadt heraus und fuhren Richtung Süden. „Ich schwöre es“, sagte er. „Allerdings frage ich mich heute, ob wir es nicht längst alle geahnt haben und nur nicht wahrhaben wollten.“

„Genau das denke ich auch“, sagte Holly, „und ich zermartere mir das Gehirn, wann ich etwas hätte merken müssen.“

„Mir fällt was ein“, sagte Max. „Wann sind die Eltern eigentlich in das Haus gezogen? Ich glaube, es muss 69 oder 70 gewesen sein, du warst damals also zwei oder drei“, sagte Max. „Damit wurdest du in eine völlig neue Umgebung verpflanzt, zu Nachbarn, die keine Ahnung hatten, dass Mutter nie schwanger gewesen war, in einen Kindergarten, in dem man deine Geschichte nicht kannte. Niemand ahnte etwas, keiner stellte Fragen.“

Stimmt, dachte Holly. Mit dem Umzug war ihre Vergangenheit getilgt worden. Irgendwann hatte sie zwei kleine Brüder bekommen. Und warum sollten Leute ein Kind adoptiert haben, die selbst welche bekommen konnten? „Was ist mit ihren Freunden?“, sagte sie.

„Die meisten waren ja in Norddeutschland. Irgendwann haben sie ihnen mitgeteilt, dass sie eine Tochter bekommen haben. Meinst du, da hat einer nachgefragt, auf welchem Weg?“

„Lori weiß es“, sagte Holly. „Sie ist keine alte Schulfreundin, sondern die Krankenschwester, die mich damals gefunden hat. Sie kennen sich erst seit dieser Zeit, und Mutter hat Lori zum Mundhalten gezwungen.“

Max schüttelte den Kopf. „Sie haben sich wirklich alle Mühe gegeben, es vor dir zu verheimlichen.“

„Stimmt“, sagte Holly, „und ich verstehe einfach nicht, warum.“

Max, der schon seit einer Weile auf einer ruhigen, fast ländlichen Straße fuhr, bremste und bog auf einen kiesbestreuten Hof vor einer romantischen alten Villa ein. „Wir sind da“, sagte er und stieg aus.

Holly folgte ihm staunend. „Was willst du denn hier?“

„Heiraten“, sagte Max. „Ich wollte es als Erstes dir zeigen und dich fragen, ob du glaubst, dass es Annika gefällt.“

Holly sah ihn mit großen Augen an und schluckte. Plötzlich umarmte sie ihren Bruder und drückte ihn an sich. „Ich weiß nicht, ob ich das alles jemals verkrafte“, sagte sie leise.

Max hielt sie fest. „Du bist meine Schwester und das bleibst du auch. Für mich hat sich nichts verändert.“

Holly schniefte. Ja, Max war ihr Bruder, und sie liebte ihn. Warum sollte es auch anders sein?

Ein Angestellter in Livree kam über den Hof auf sie zu. „Sie sind angemeldet?“

„Ja“, sagte Max. „Berger ist mein Name. Ich habe einen Termin mit Frau Fauvet.“

„Bitte folgen Sie mir“, sagte der Livrierte und machte eine so affektierte Drehung, dass Max und Holly sich amüsiert angrinsten.

Nachdem geklärt war, dass es sich bei ihr nicht um die Braut handelte, hielt Holly sich im Hintergrund und ließ Max mit der Geschäftsführerin der Villa verhandeln.

Im Speisesaal, einem prächtigen, freskenverzierten Raum, fanden leicht hundert Leute Platz. Große Glastüren führten auf die Terrasse und weiter in den Garten. „Das kostet doch ein Vermögen“, flüsterte Holly Max zu, als Frau Fauvet einen Moment außer Hörweite war.

„Mutter schenkt uns die Feier“, sagte Max.

Es gab Holly einen Stich. Wie gern hätte sie bei ihrer Hochzeit auch ein solches Fest gefeiert, und dann war es bei einer unromantischen, fast lächerlichen Zeremonie in einer Kapelle in Las Vegas geblieben. Neidisch blickte sie jetzt auf die edlen Möbel, das teure Interieur des Speisezimmers. Max war seiner Mutter eben doch mehr wert als sie. Er war ja auch ihr richtiges Kind. Sie versuchte den Gedanken zu verscheuchen, aber er hatte sich schon in ihrem Kopf festgesetzt.

„Und, was sagst du?“, fragte Max aufgeregt, als sie auf dem Weg zum Auto waren.

„Toll!“, sagte Holly und versuchte, sich nichts anmerken zu lassen. „Annika wird überglücklich sein. Habt ihr schon einen Termin?“

„Im Juni“, antwortete Max.

„Bin ich überhaupt eingeladen?“

Max lachte kurz auf. „Klar. Aber vorher musst du mit Mutter reden, versprochen?“

Holly kaute auf ihrer Unterlippe herum und antwortete nicht.

ALS SIE an diesem Abend nach Hause kam, fand sie Chris auf dem Sofa sitzend. Er sah eine Comedy-Sendung an und kicherte ausgelassen. Ohne auf ihn zu warten, ging Holly ins Bett und stellte sich schlafend, als er kam. Sie hatte keine Lust, mit ihm zu reden. Nicht über ihr Treffen mit Max, nicht über die Mutmaßungen, die sie angestellt hatten.

Mitten in der Nacht schreckte Holly hoch. Ihr Herz klopfte wild, ihr Pyjamaoberteil war schweißnass. Seit Tagen hatte es in ihrem Gehirn gearbeitet, nun war ein Gedanke an die Oberfläche geploppt wie ein luftgefüllter Ball, den man vom Boden eines Schwimmbades nach oben steigen lässt.

Der Skarabäus. Das verschwundene Mädchen. Der südländisch aussehende Mann. Es gab da einen Zusammenhang, das fühlte sie. Welchen, das wusste sie nicht. Aber irgendetwas sagte ihr, dass sie in dieser Richtung weitersuchen müsse.

Sie stand auf und ging in ihr Arbeitszimmer. Der Computer fuhr mit leisem Surren hoch; wenig später war Holly im Netz. Sie gab den Namen Jobst H. in die Suchmaschine ein. Aber so kam sie nicht weiter.

Sie gab „vermisste Personen“ ein. Die deutsche und die Schweizer Polizei hatten eigene Websites mit den Fotos von Vermissten eingerichtet. Holly hatte nicht geahnt, wie viele Menschen spurlos verschwanden, dabei reichten die Vermisstenanzeigen nur bis in die Neunzigerjahre zurück.

Sie lehnte sich zurück und dachte nach.

GEGEN NEUN erreichte sie endlich Gruber und fragte ihn nach dem vollständigen Nachnamen des Ehepaares H. Er konnte sich nicht erinnern, versprach aber, ihn herauszufinden.

Es war Samstag, Timo und Lea alberten am Frühstückstisch mit Chris herum. Nervös lief Holly durch die Wohnung, reagierte gereizt, wenn jemand sie ansprach.

Ihr Handy summte. Kurznachricht von Gruber: JOBST HEGMANN, ALTENSTIFT SANKT JOSEF. Hollys Hand zitterte leicht.

Ein markerschütternder Schrei kam aus der Küche. Sie schreckte hoch. „Mama, Mama!“, hörte sie Timo rufen. Unwillig stürmte sie über den Flur und riss die Küchentür auf. „Was ist denn schon wieder?“

Timo hielt mit der Rechten seine blutüberströmte linke Hand fest. Lea stand daneben und starrte ihren Bruder entsetzt an.

„Ich hab dir tausendmal gesagt, du sollst mit dem Brotmesser nicht in der Luft schneiden!“, schrie Holly ihn wütend an.

„Aua“, jammerte Timo und fing an zu weinen, „es tut so weh!“

„Chris, wo bist du?“, rief Holly hilflos.

Chris kam in die Küche und erfasste mit einem Blick die Situation. „Wir fahren ins Krankenhaus“, entschied er und legte Timo den Arm um die Schulter. Zu Holly sagte er: „Nimm die Küchenrolle mit, damit er das Auto nicht vollblutet.“

Holly zögerte. „Ich hab was Wichtiges zu tun“, sagte sie, „kannst du nicht allein fahren?“

Chris sah sie entgeistert an. Lea lief ihnen nach, als sie die Wohnung verließen, Holly war mit einem Mal allein. Benommen stand sie da, in ihren Ohren summte es.

DAS ALTENSTIFT SANKT JOSEF lag am westlichen Stadtrand. Die Bewohner galten als kultiviert und vermögend. Monatliche Kosten von 3000 Euro sorgten für eine Auslese.

Holly hatte angerufen und sich erkundigt, ob Jobst Hegmann im Haus sei. An der Anmeldung fragte sie nach seiner Apartmentnummer und behauptete, sie würde bereits erwartet. Im zweiten Stock verließ sie den Lift und ging den Flur entlang, der mit grauem Teppichboden belegt war. Sie klingelte an der Tür mit der Nummer 21 und hörte eine männliche Stimme: „Wer ist da?“

„Mein Name ist Berger“, sagte Holly und versuchte, ihrer Stimme einen vertrauenswürdigen Klang zu geben, „ich wollte Ihnen ein paar Fragen stellen. Es geht um … etwas Persönliches.“

Sie hörte, wie ein Schlüssel umgedreht wurde und das Schloss aufschnappte. Durch den Türspalt sah sie, dass er deutlich über achtzig war, sein weißes Haar war kurz geschnitten, die Augen hinter den randlosen

Brillengläsern wirkten außergewöhnlich wach. „Wollen Sie mir was verkaufen?“, fragte er.

„Nein“, antwortete Holly. „Ich würde gern mit Ihnen sprechen. Es ist sehr wichtig für mich. Und … vielleicht auch für Sie. Dürfte ich vielleicht reinkommen?“

„Also gut“, knurrte er und öffnete die Tür ganz.

Holly folgte der hageren Gestalt in einem eleganten dunkelroten Hausmantel und ledernen Pantoffeln. Der Mann wirkte wie jemand, dessen Autorität es anderen von allein verbot, ihm lästig zu fallen.

Das Apartment war schlicht möbliert. Eine der Längswände war komplett mit Büchern bedeckt, auf einem runden Tischchen befanden sich die Reste eines Frühstücks und ein Stapel Zeitungen. Die Glastür zum Balkon war leicht geöffnet. Es gab keinen Fernseher, aber eine Musikanlage. Die Sitzecke bestand aus einem kleinen Sofa und einem zweiteiligen Charles-Eames-Sessel aus Kirschbaum und schwarzem Leder.

Jobst Hegmann wies mit der Hand auf das Sofa. „Kaffee?“

„Sehr gern, vielen Dank.“

Er füllte eine Tasse aus der kleinen Thermoskanne, die auf dem Tisch stand. Holly beobachtete ihn unauffällig. So sah also ein ehemaliger Politaktivist aus. Eigentlich hatte sie jemanden mit langem Haar und Vollbart erwartet, aber die Zeiten waren wohl wirklich vorbei. Er stellte die Tasse vor Holly ab, die sich lächelnd bedankte. „So, und nun schießen Sie los!“, befahl er.

Sie öffnete den Mund und schloss ihn wieder. Ihr war schwindlig, das Summen in ihren Ohren kam wieder. Hegmanns erwartungsvoller Blick ruhte auf ihr. Nein, sie konnte nicht mehr zurück. „Es ist … Ich möchte Ihnen nicht zu nahe treten, aber Sie haben doch eine Tochter?“

Er sah sie regungslos an. „Ich hatte eine Tochter.“

„Was … ist mit ihr passiert?“

„Sie ist verschwunden. Vor achtunddreißig Jahren. Warum wollen Sie das wissen?“

„Ich wurde vor achtunddreißig Jahren geboren. Meine Eltern haben mich ausgesetzt. Ich bin auf der Suche nach irgendeinem Hinweis. Dabei stieß ich zufällig auf den Zeitungsartikel über Ihre Tochter. Und da stand etwas, was mich stutzig gemacht hat.“

„Ja?“ Sein aufmerksamer Blick ruhte unverändert auf ihr.

Holly brach der Schweiß aus. „Es war die Rede von einem Mann arabischen Aussehens, nach dem im Zusammenhang mit Ihrer Tochter gefahndet wurde." Holly zeigte ihm das Phantombild. „Ich wurde im Marienkrankenhaus abgelegt, mit einem Skarabäusanhänger um den Hals. Die Krankenschwester, die mich gefunden hat, beobachtete am selben Tag einen jungen Mann vor dem Krankenhaus, der sich auffällig verhielt. Und … da dachte ich …" Holly brach ab. Sie schüttelte den Kopf.

„Und da dachten Sie, der junge Mann könnte derselbe sein, nach dem später gefahndet wurde. Und das verschwundene Mädchen vielleicht seine Freundin. Und die beiden … Ihre Eltern."

Holly nickte zögernd.

„Nicht sehr wahrscheinlich, was meinen Sie?", sagte Hegmann.

„Nein, nicht sehr wahrscheinlich", stimmte Holly zu, „aber doch immerhin … möglich."

„Möglich ist vieles, mein Kind."

Holly zog den Kissenbezug aus ihrer Tasche hervor. „Erkennen Sie den?" Sie reichte Hegmann das hellblaue Stück Stoff.

Der griff danach, und seine Augen weiteten sich. Dann reichte er ihn schnell zurück und sagte: „Nein. Nie gesehen."

„Sie haben ihn sich ja gar nicht genau angeschaut", sagte Holly. „Sehen Sie, er ist in sich gemustert, an so was erinnert man sich doch, wenn es die Bettwäsche ist, in der man mal geschlafen hat." Im gleichen Moment spürte Holly, dass sie zu weit gegangen war.

„Sie haben sicher Verständnis, dass ich Ihre Ausführungen für ziemlich weit hergeholt halte. Bitte gehen Sie jetzt", sagte Hegmann.

Holly wollte protestieren, dann besann sie sich. „Natürlich", sagte sie, „aber vielleicht fällt Ihnen doch noch etwas ein, was meine These stützt." Sie legte eine Visitenkarte auf den Tisch. „Vielen Dank, dass Sie Zeit für mich hatten."

Sie steckte den Bezug und den Zeitungsausschnitt in ihre Tasche, ging aus dem Apartment und ließ Hegmann in Gedanken versunken zurück.

11

Holly verfiel in einen Zustand, den sie als lähmend empfand. Alle Spuren waren irgendwo versandet. Stundenlang saß sie vor dem Computer, gab Begriffe in die Suchmaschine ein und wusste doch, dass es zu nichts führen würde. Die Arbeit an ihrem Buch hatte sie aufgegeben. Nichts war ihr gleichgültiger als die Beziehungsprobleme anderer Leute.

Dabei hatte sich nun auch noch ihre Freundin Diana dem Kreis der Krisengeschüttelten angeschlossen und rief täglich an. Ihr Liebhaber hatte seiner Ehefrau die Affäre mit Diana gestanden. Offenbar hatte er gehofft, sie würde mit Verständnis reagieren, das Verhältnis vielleicht sogar dulden. Jetzt machte die Frau ihm und Diana furchtbare Szenen.

Holly ertappte sich dabei, dass sie das Ganze ziemlich lächerlich fand. Was waren schon eine eifersüchtige Ehefrau, ein bisschen Drama und Aufregung? Davon abgesehen hatte Diana ein Leben, das zwar anstrengend war, aber eine klare Struktur hatte. In der Woche den Job, jedes zweite Wochenende kinderfrei, Weihnachten, Ostern und Geburtstag mit den Großeltern. Sie wusste wenigstens, wohin sie gehörte.

Holly hingegen kam es so vor, als wäre sie aus allen Zusammenhängen gefallen. Durch die Ungewissheit über ihre Herkunft hatte sie jedes Gefühl dafür verloren, wer sie war und wohin sie gehörte.

Eine neue, quälende Frage marterte sie: Warum hatte ihre leibliche Mutter sich ihrer entledigt wie eines lästigen Gegenstandes? Und wenn sie den Weg ins Krankenhaus auf sich genommen hatte, weil sie gewollt hatte, dass ihr Kind lebte, wieso hatte sie es dann nicht gleich adoptieren lassen? Wenn ihre Mutter im Krankenhaus entbunden hätte und dann abgehauen wäre, wäre der Name registriert gewesen, ihr Verschwinden bemerkt worden. Holly wälzte die Gedanken hin und her, aber sie kam nicht weiter.

Was blieb, war das übermächtige Gefühl, nicht gewollt gewesen zu sein. In den ersten Stunden ihres Lebens hatte ihre Mutter Nein zu ihr gesagt.

Hollys Gedanken wanderten zurück zu ihrer Begegnung mit Jobst Hegmann. Sie schämte sich, dass sie einem Wildfremden ihre abstruse Theorie unterbreitet und dabei womöglich alte Wunden wieder aufgerissen hatte. Und doch. Als sie ihm den Kissenbezug gereicht hatte, war etwas mit ihm vorgegangen, was sie nicht hatte deuten können. War es der Ärger über die Zumutung gewesen, sich mit den Hirngespinsten einer Fremden auseinandersetzen zu müssen? Oder hatte er das Kissen erkannt, und es war die Erinnerung gewesen, die ihn verwirrt und erschreckt hatte?

Holly glaubte nicht, dass ein zweiter Versuch, zu ihm vorzudringen, erfolgreich sein könnte. Hegmann würde sie wohl kurzerhand vor die Tür setzen, womöglich sogar ein Hausverbot gegen sie erwirken. Der Weg schien, so kurz nachdem sie ihn beschritten hatte, verbaut.

„Ich bin's. Mutter."

Der Hörer in Hollys Hand schien sich schlagartig aufzuheizen, Hitze schoss durch ihren Körper. „Hallo", sagte sie gepresst.

„Ich dachte, wir sollten mal miteinander reden."

Fast sechs Wochen waren seit der Verlobungsfeier vergangen, alle hatten Holly beschworen, endlich ihre Mutter zu treffen, aber sie hatte sich standhaft geweigert. „Ich weiß nicht, ob ich das kann", sagte sie wahrheitsgemäß.

„Dass es dir schwerfällt, verstehe ich", sagte Margarete, „aber ich fürchte, wir werden es uns nicht ersparen können."

Wieso eigentlich nicht?, dachte Holly. Warum muss ich mir ihre Erklärungen und Entschuldigungen anhören, warum soll ich ihr erzählen, was sie bei mir angerichtet hat? Mitten in ihre Überlegungen hörte sie etwas, womit sie nicht gerechnet hatte.

„Du kannst mich, wenn das dein Wunsch ist, aus deinem Leben streichen. Aber zuvor hörst du dir bitte an, was ich dir zu sagen habe."

Hollys Abwehr geriet ins Wanken. „Wann und wo?", fragte sie knapp.

„Es wäre schön, wenn du zu mir kommen könntest. Es gibt ein paar Dinge, die ich dir zeigen möchte. Morgen würde passen."

In dieser Nacht konnte Holly nicht schlafen. Ruhelos wälzte sie sich hin und her, bis Chris genervt aufstöhnte.

„Was ist denn, Holly? Warum bist du so unruhig?"

„Tut mir leid", murmelte sie.

Chris drehte sich zu ihr und nahm sie in den Arm. „Was ist bloß mit dir passiert? Du bist gar nicht mehr die Frau, die ich kenne."

Holly lachte bitter auf. „Wie kannst du mich kennen, wenn ich mich nicht einmal selbst kenne?"

„Das ist doch Quatsch. Du bist der Mensch, der du immer warst. Das hat sich doch nicht geändert."

„Alles hat sich geändert", sagte Holly düster. „Wenn ich nicht herausfinde, woher ich komme, weiß ich nicht, wie ich weiterleben soll."

Nach einer Pause sagte Chris: „Wenn du so weitermachst, geht alles kaputt. Du bist überhaupt nicht mehr anwesend. Die Kinder verstehen nicht, was mit dir los ist. Dass du nicht mit Timo ins Krankenhaus gefahren bist, wird er dir so schnell nicht verzeihen."

Holly biss sich auf die Lippen. Sie hatte sich furchtbar geschämt, ihn so im Stich gelassen zu haben. Aber gleichzeitig diese Taubheit in sich gespürt, diese Unfähigkeit, die Gefühle der anderen an sich heranzulassen. „Du würdest am liebsten so tun, als wäre nichts passiert", sagte sie vorwurfsvoll.

„Du doch auch", gab er zurück. „Du bist deiner Mutter wochenlang ausgewichen. Du redest mit niemandem, nicht mit deinen Freundinnen, nicht mit mir."

Holly wusste, dass er Recht hatte. Sie hatte weder Karin noch Diana von ihrer Entdeckung erzählt. Und Jochen hatte sie eine dramatische Geschichte von Lea aufgetischt, die angeblich mehrmals die Woche zum Rechentraining musste, was leider so viel Zeit kostete, dass sich das Erscheinen des Buches um mindestens ein halbes Jahr verzögern würde.

Chris' Hände massierten sanft ihre Schultern. „Du solltest dich wieder auf dein eigentliches Leben konzentrieren."

„Mein *eigentliches* Leben. Was soll denn das sein?"

Er drehte sie um und zog sie an sich. „Das hier. Du, ich, die Kinder." Er machte eine Pause, dann sagte er leise: „Wenn du so weitermachst, wirst du alles verlieren."

WÄHREND DER FAHRT zum Haus ihrer Mutter musste Holly sich zwingen, nicht einfach umzukehren. Ihr Widerwille gegen dieses Zusammentreffen war so groß, dass ihr Magen sich verkrampfte. Aber sie wusste ja genau, dass sie die Konfrontation mit Margarete nicht vermeiden konnte.

Sie hatte zeit ihres Lebens die Gewissheit gespürt, geliebt zu werden. Und Lori hatte ihr an jenem Nachmittag davon erzählt, wie glücklich ihre Eltern gewesen seien, als sie ihr Findelkind mit nach Hause hatten nehmen dürfen. Beide seien auf geradezu närrische Weise in sie verliebt gewesen, und Margarete sei mit Sicherheit die liebevollste und aufopferndste Mutter gewesen, die man sich hätte vorstellen können. Warum hatte sie dann diesen einen folgenschweren Fehler gemacht, sie über ihre Herkunft im Unklaren zu lassen? Es war, als löschte dieser Fehler alles andere aus.

Margarete musste sie bereits gesehen haben, die Tür öffnete sich, bevor Holly klingeln konnte. „Hallo, mein Liebes", sagte sie, lächelte unsicher und trat einen Schritt zur Seite.

„Hallo." Holly ging an ihrer Mutter vorbei ins Haus. Das Erste, was sie sah, war Donna, deren hölzerner Körper repariert und mit Bandagen umwickelt war. Sie sah aus wie jemand, der einen schweren Unfall hinter sich hat. „Hübsch", sagte Holly sarkastisch. „Hat ein bisschen was … Demonstratives", fuhr sie fort, „aber sonst sehr gelungen. Und was ist aus Sina geworden?"

„Verschwunden", sagte Margarete. „Spurlos."

„Sieh doch mal im Garten nach", erwiderte Holly. „Vielleicht ist sie aus dem Fenster gefallen."

Margarete bedachte sie mit einem vielsagenden Blick. Holly ging voraus ins Wohnzimmer. „Ich habe Tee gemacht“, sagte Margarete. „Und Kuchen gebacken.“ Sie brachte ein Tablett, auf dem eine Kanne, zwei Tassen und ein Kuchen standen. Marmorkuchen mit Schokoglasur. Der Geburtstagskuchen ihrer Kindertage.

„Hat jemand Geburtstag?“

„Na ja“, sagte Margarete verlegen, „du gewissermaßen. Ist ja doch ein neuer Lebensabschnitt, oder?“

„Neuer Lebensabschnitt?“, wiederholte Holly entgeistert, dann lachte sie bitter auf. „So kann man es natürlich auch nennen.“

Die Mutter schenkte Tee ein und schnitt den Kuchen auf. Holly sah, dass Margaretes Hände zitterten, als sie das Kuchenstück auf den Teller legte. Vielleicht war sie nicht so selbstsicher, wie sie am Telefon getan hatte.

Schnell räusperte sich Holly und sagte kühl: „Also, was hast du mir zu sagen?“

Margarete setzte sich, nahm ihren Teller auf den Schoß, rührte den Kuchen aber nicht an. „Willst du mir nicht zuerst erzählen, wie's dir geht?“, fragte sie, was erneut Hollys Abwehr provozierte.

„Nein, will ich nicht“, sagte sie knapp. „Du hast mich hergebeten, du willst mir was sagen, also fang an.“

„Was ist nur los mit dir, Kind, warum bist du so gnadenlos?“

„Komm mir nicht mit der Mitleidsnummer“, sagte Holly, „ich hab genug damit zu tun, meinen Kopf über Wasser zu halten, da kann ich mich nicht um die anderen kümmern.“

„Dann bist du zu allen so?“, fragte Margarete kopfschüttelnd, „zu Chris, zu den Kindern, den Brüdern?“

„Hör auf!“, schrie Holly, die sich kaum noch beherrschen konnte. „Sag mir endlich, was du mir zu sagen hast!“

Margarete stellte den Teller auf dem Couchtisch ab. „So geht es nicht, Holly. In dir ist so viel Wut, so viel Hass, dagegen komme ich nicht an.“

Holly senkte den Blick. „Tut mir leid“, sagte sie gepresst. „Ich muss mal kurz raus.“ Sie öffnete die Glasschiebetür zum Garten und trat auf die Terrasse. In ihr tobten die widersprüchlichsten Gefühle. Margarete hatte Recht, da waren Wut und Hass, aber gleichzeitig eine große Traurigkeit und das Bedürfnis, sich auf dem Schoß ihrer Mutter zusammenzurollen und gestreichelt zu werden.

Holly ging ein paar Schritte durch den Garten. Ihr Fuß stieß an etwas Hartes. Sie bückte sich und hob Sina auf, die etwas verwittert aussah, ansonsten aber unbeschädigt war. Sie wischte die Erde ab und trug sie ins Haus.

Margarete nahm die Figur in beide Hände und betrachtete sie von allen Seiten. „Unverletzt“, sagte sie erstaunt.

„Das kannst du nicht wissen“, sagte Holly. „Vielleicht sind ihre Verletzungen unsichtbar.“ Sie wandte den Blick ab. „Du wolltest mir was zeigen.“

„Stimmt, ich habe noch etwas aufgehoben von … damals.“

Holly wurde ganz heiß. Sie folgte Margarete in ihr Schlafzimmer. Als Margarete den Schrank öffnete und aus dem hinteren Winkel der Schublade einen vergilbten Briefumschlag zog, hielt sie fast den Atem an. „Was ist das?“, fragte sie.

Margarete reichte ihr den Umschlag, der ans Marienkrankenhaus adressiert war. Die Marke trug einen Stempel mit dem Datum vom 4. September 1967.

Holly griff in den Umschlag und zog ein zweites Kuvert heraus. Es trug die Aufschrift: *An die neuen Eltern von Maria Holunder. Bitte weiterleiten.* Die Schrift war dieselbe wie auf dem Zettel, der bei ihr gefunden worden war. Sie öffnete den Umschlag und entnahm ihm ein Blatt. Enttäuscht starrte sie auf unverständliche Schriftzeichen. Gleich darauf erkannte sie, dass es griechische Buchstaben waren. Ratlos sah sie zu Margarete auf. „Verstehst du das?“

Margarete schüttelte den Kopf. „Ehrlich gesagt, nein.“

„Habt ihr nicht versucht herauszufinden, was das heißt? Es ist Griechisch, ihr hättet es übersetzen lassen können.“

„Ich glaube … wir wollten es gar nicht wissen. Du warst gerade seit ein paar Tagen bei uns, als das Krankenhaus den Brief schickte. Wir waren so beschäftigt mit dir, mit der neuen Situation …“

„… und da hast du den Brief in eine Schublade gesteckt und dir achtunddreißig Jahre keine Gedanken mehr über ihn gemacht“, ergänzte Holly kopfschüttelnd. „Ich begreife euch einfach nicht, Papa und dich. Man kann doch die Vergangenheit nicht in eine Schublade packen und so tun, als hätte es sie nie gegeben!“

Hilflos hob Margarete die Schultern. „Wir wollten dich schützen. Du solltest nicht erfahren, was deine Mutter … dir angetan hat.“

„Du weißt doch überhaupt nicht, warum sie es getan hat!“, rief Holly empört. „Vielleicht war sie in einer furchtbaren Notlage und sah keinen anderen Weg. Jedenfalls hast du kein Recht, sie zu verurteilen!“

„Ich verurteile niemanden", gab Margarete sanft zurück, „dein Vater und ich dachten nur, du würdest ein glücklicherer Mensch werden, wenn du von alldem nichts wüsstest."

Holly kaute auf ihrer Unterlippe. Wenn sie bedachte, in welche Verzweiflung sie durch ihre Entdeckung gestürzt worden war, konnte sie diese Überlegung nicht ganz von der Hand weisen. Trotzdem hatte niemand das Recht, ihr das wenige vorzuenthalten, was über ihre Herkunft bekannt war.

„Ihr hättet mir wenigstens sagen müssen, dass ich adoptiert bin. Das wäre das Mindeste gewesen." Und nach einer Pause: „Warum habt ihr mich überhaupt adoptiert? Ihr konntet doch Kinder bekommen!"

Margarete seufzte. „Der Arzt teilte deinem Vater mit, er sei unfruchtbar. Diese Nachricht hat uns damals furchtbar getroffen, weil wir uns sehnlichst Kinder gewünscht haben. Wir haben uns sofort für eine Adoption vormerken lassen. Ja, und dann haben wir über dich in der Zeitung gelesen. Das Jugendamt hat uns unter mehr als zwanzig Bewerbern ausgewählt. Aber der Arzt hat sich geirrt. Wir haben ihm später die Geburtsanzeigen von Max und Felix geschickt. Er hat nicht reagiert."

„So ein Depp", sagte Holly und musste lächeln, dann wurde sie wieder ernst. „Aber warum sollte ich das alles nicht wissen?"

„Du hättest irgendwann angefangen nachzufragen, wir hätten dich über die Umstände der Adoption belügen müssen, du hättest Nachforschungen angestellt und wärst sehr schnell auf die Wahrheit gestoßen."

Holly dachte eine Weile nach, dann sagte sie tonlos: „Keine Wahrheit könnte so unerträglich sein wie eure Lüge. Alles, was ihr an Gutem für mich getan habt, hat durch sie seinen Wert verloren."

Margarete versuchte ihre Fassung zu bewahren. Ihre Augen füllten sich mit Tränen. „So kannst du weiterleben? Mit diesem Groll? Und was ist mit Chris, verzeihst du wenigstens ihm?"

Holly hatte das Gefühl, innerlich zu vereisen. „Wieso Chris?", fragte sie mit unsicherer Stimme, „was ist mit ihm?"

Margarete sah sie erschrocken an, als hätte sie unwissentlich ein Geheimnis preisgegeben. „Nun … ich dachte, er wüsste Bescheid."

„Natürlich weiß er Bescheid, er war ja an dem Abend bei Max und Annika dabei."

„Ja, natürlich", sagte Margarete.

Holly sah sie misstrauisch an. „Hier stimmt doch was nicht, Mutter."

„Ach, weißt du", sagte Margarete ausweichend, „am besten, du sprichst mit ihm selbst."

„Ja“, sagte Holly mechanisch, „mach ich.“ Sie griff nach dem Blatt mit den griechischen Schriftzeichen. „Das hier nehme ich mit.“

„Natürlich“, sagte Margarete, „es gehört dir.“ Sie folgte Holly zur Haustür. „Was … hast du jetzt vor?“, fragte sie.

Holly drehte sich um. „Das, was du mit allen Mitteln zu verhindern versucht hast: die Wahrheit herauszufinden.“

ALS SIE ihr Elternhaus im Rückspiegel verschwinden sah, kam es Holly vor, als würde sich eine Tür in die Vergangenheit für immer schließen. Ziellos fuhr sie durch die Gegend, um Zeit zum Nachdenken zu gewinnen.

Was hatte Margarete da angedeutet? Es hatte geklungen, als hätte Chris bereits vor dem Abend der Verlobungsfeier etwas gewusst. Das musste ein Missverständnis sein. Es gab doch keine Geheimnisse zwischen ihr und Chris, jedenfalls keine von Bedeutung. Aber könnte sie noch für irgendetwas ihre Hand ins Feuer legen?

Holly wendete mit quietschenden Reifen mitten auf der Straße und fuhr nach Hause. Sie stürmte in die Wohnung, durch den Flur und riss die Tür zum Wohnzimmer auf, wo Chris wie gewohnt auf dem Sofa lümmelte. „So, und nun zu uns beiden“, sagte sie.

12

Holly saß am Küchentisch und starrte in die aufziehende Morgendämmerung. Ein eigenartig blaues Licht lag über den Dächern der Stadt und färbte sich allmählich rötlich. Leichte Schleierwolken bedeckten den Himmel. Es würde warm werden heute und drückend.

Sie spürte eine seltsame Ruhe, die Gewissheit, dass ihr nichts Schlimmes mehr zustoßen könnte, da das Schlimmste schon eingetreten war. Sie wollte nur stumm dasitzen und warten, bis der Schmerz vergangen wäre.

Wie glücklich wäre sie, wenn Chris ihr einfach nur einen Seitensprung gebeichtet hätte. Dann hätte sie ihn anschreien können, hätte geweint und wäre schließlich in seine Arme gesunken, nachdem er ihr viele Male versichert hätte, wie leid es ihm tue und dass es nichts zu bedeuten habe. Selbst wenn Chris ihr eröffnet hätte, er habe sich verliebt, hätte sie versucht, großzügig zu sein, hätte sich klargemacht, dass dies nicht das Ende sein müsste, sondern eine Phase sein könnte, die man gemeinsam durchstand, um am Ende vielleicht umso glücklicher wieder vereint zu sein. Sie hätte um ihn kämpfen können, hätte ihm zeigen können, wie wichtig er für sie war und wie sehr sie ihn liebte.

Alles wäre besser gewesen als das, was sie in dieser Nacht erfahren hatte.

Chris hatte versucht auszuweichen und nach ihrem Treffen mit Margarete gefragt. Sie hatte versprochen, ihm alles zu erzählen, aber vorher müsse er ihr eine Frage beantworten. Sie musterte ihn mit einem prüfenden Blick, der seine Wirkung nicht verfehlte.

Chris wurde sichtlich nervös und fuhr sich mit den Händen durchs Haar. „Sie hat sich verplappert, stimmt's?"

Holly horchte auf. „Wen meinst du?"

„Na, Margarete."

„Ich weiß nicht, ob man es so nennen kann", sagte sie vorsichtig.

Chris, plötzlich unsicher geworden, ob sie beide das Gleiche meinten, taxierte sie forschend. „Sag mir doch einfach, worüber ihr gesprochen habt."

„Sag du mir doch einfach, was du mir verschweigst."

Sie beobachteten sich wie zwei Boxer, die umeinander herumtänzeln und warten, bis der andere seine Deckung aufgibt. Plötzlich holte Chris tief Luft, als hätte er genug von dem Ganzen und wollte sich von einer Last befreien. „Ich wusste es", sagte er. „Dass du ein Findelkind warst. Dass deine Eltern dich adoptiert haben. Dass sie nicht wollten, dass du es erfährst."

Der Klang seiner Worte schien in der Stille, die folgte, minutenlang nachzuhallen. Holly saß einfach nur da und lauschte dem Echo. „Woher wusstest du's?", fragte sie dann, kaum hörbar.

Chris stand auf und begann im Raum umherzugehen. „Dein … Vater", begann er stockend. „Er war schon krank damals, sehr krank. Es war abzusehen, dass er sterben würde. Eines Tages bat er mich zu sich; ich sollte kommen, ohne dass du etwas davon erfährst. Dann hat er mir alles erzählt. Und mir das Versprechen abgenommen, dass ich es dir nie sage." Chris war am Fenster stehen geblieben und blickte in die Dunkelheit hinaus.

„Warum hat er das getan?", fragte Holly. Ihre Stimme war nur noch ein heiseres Flüstern.

Chris drehte sich um. „Damit ich dich besser verstehen kann, wenn dieses Trauma eines Tages an die Oberfläche kommen würde. Und um dir dann vielleicht helfen zu können."

Holly saß in sich zusammengesunken da und starrte auf die hölzerne Tischplatte. Dann sah sie auf. „Und, hast du's schon mal bemerkt, das Trauma?" Chris kam zurück zum Tisch, ging vor ihr in die Hocke und wollte sie mit den Armen umfassen. Sie stieß ihn weg. „Fass mich nicht an!", kreischte sie in einer Lautstärke, die ihn erschrocken einen Sprung zur Seite machen ließ.

„Bist du verrückt?“, zischte er. „Du weckst die Kinder auf!“

Prompt waren gleich darauf Schritte auf dem Flur zu hören, und Lea kam schlaftrunken in die Küche gewankt.

„Jemand ist gestorben“, jammerte sie verstört, „es war so laut!“

„Niemand ist gestorben“, sagte Chris beruhigend, „du hast nur schlecht geträumt.“ Er wollte sie auf den Arm nehmen und ins Bett zurücktragen, aber in diesem Moment brach Holly in Schluchzen aus, und Lea riss sich los und lief zu ihr.

„Mama, was ist? Tut dir was weh?“

Holly nickte unter Tränen. „Ich habe Bauchschmerzen“, sagte sie mit zusammengebissenen Zähnen, „morgen ist es sicher besser.“

„Bestimmt?“, fragte Lea, und Holly rang sich ein Lächeln ab. „Bestimmt.“

Einigermaßen beruhigt ließ Lea sich von Chris ins Bett zurückbringen. Als er wieder in die Küche kam, lag Holly mit dem Oberkörper auf dem Tisch, das Gesicht in den Armen vergraben, und weinte stumm. Vorsichtig legte Chris eine Hand auf ihre Schulter. „Lass dich doch trösten. Bitte.“

„Du willst mich trösten?“ Holly sah auf, das Gesicht nass, die Augen gerötet. „Der Mensch, der den schlimmsten Verrat an mir begangen hat, den man sich vorstellen kann?“ Sie lachte bitter auf und drehte sich weg.

Chris rang die Hände. „Was hätte ich denn tun sollen? Dein Vater nimmt mir auf dem Sterbebett ein Versprechen ab, und du wirfst mir vor, dass ich es gehalten habe?“

„Mein Vater ist seit fünfzehn Jahren tot!“, fauchte sie und betrachtete ihn aus großer innerer Entfernung. Seine eingezogenen Schultern, den ratlosen Gesichtsausdruck. Die Hände, die sonst immer wussten, wo sie anpacken mussten, um eine Sache in Ordnung zu bringen, lagen nutzlos auf dem Tisch. Was hatte er ihr damals, nach der Laser-OP, auf die Frage geantwortet, ob er immer ehrlich zu ihr wäre? *So ehrlich wie möglich.* Jetzt verstand sie die Bedeutung. Die gleichen Worte hatte auch Margarete verwendet. Gegen den Vertrauensbruch ihres Mannes erschien Holly die Lüge ihrer Eltern plötzlich geringfügig, ja fast rührend. Sie hatten wenigstens ihre gut gemeinten Gründe gehabt. „Hast du dich nie gefragt, was passiert, wenn ich es doch erfahre?“, fragte sie mit neu erwachter Heftigkeit.

„Nein“, sagte er kleinlaut. „Ich habe einfach nur ein Versprechen gegeben und es gehalten, so wie man es mir beigebracht hat!“

„Und du hast nie mehr darüber nachgedacht?“

Aufseufzend schüttelte er den Kopf. „Was hast du jetzt vor?“ Er sah sie an, als erwarte er ein Urteil, das über ihr zukünftiges Schicksal entscheiden würde.

„Es ist vorbei“, sagte sie. „Ich kann nicht einfach so mit dir weiterleben und so tun, als wäre nichts gewesen.“

Chris sah erschrocken auf. „Triff keine voreiligen Entscheidungen. Du bist in einem Ausnahmezustand. Vielleicht sollten wir erst mal drüber schlafen?“

„Geh schon vor“, sagte Holly, die jetzt ganz ruhig war, „ich bleibe noch ein bisschen hier sitzen.“

Das war vor vier Stunden gewesen, stellte sie fest, als sie auf die Uhr sah. Draußen war es inzwischen hell geworden, die Sonne warf einen Lichtstreifen auf die Tischplatte. Gleich würden die Kinder aufstehen, sie würde Frühstück machen, Chris würde ihr lächelnd die Tasse mit ihrem Kaffee reichen. Sie würde die Kinder an der Tür verabschieden und in die Küche zurückkehren, wo Chris sie ansehen und fragen würde: „Hast du deinen Mann eigentlich heute schon geküsst?“

Holly schlang fröstelnd die Arme um ihren Oberkörper. Nein, dachte sie, so würde es nicht sein. So würde es nie mehr sein.

SPÄTER, als Timo und Lea in der Schule waren, saß sie am Schreibtisch, übermüdet und gleichzeitig voller Unruhe.

Chris war mit den Kindern aufgestanden, hatte Kaffee gemacht, und sie hatte sich bemüht, die Kinder nicht zu beunruhigen.

Nachdem die Kinder das Haus verlassen hatten, war sie sofort in ihr Arbeitszimmer gegangen. Wenig später hatte sie gehört, wie Chris seine Sportsachen aus dem Schrank holte und sich zum Laufen umzog. Bei Stress und seelischer Belastung musste er sich bewegen.

Holly senkte den Blick wieder auf das Blatt in ihrer Hand. Sie studierte die Schriftzeichen und überlegte, wer sie übersetzen könnte.

Jochen! Er hatte in der Schule nicht nur Latein, sondern auch Altgriechisch gelernt, worauf er sich immer eine Menge eingebildet hatte. Sie griff zum Telefon und bat ihn um Hilfe.

„Fax es mir“, sagte er, „ich versuch’s. Ist immerhin eine Weile her.“

Während sie auf Jochens Rückruf wartete, grübelte sie weiter vor sich hin. Warum ausgerechnet Griechisch? Es kam ihr vor, als sei in den Hinterlassenschaften ihrer Mutter ein Rätsel versteckt, das sie lösen musste, um alles zu verstehen. Der Zettel mit der Bitte, sich um ihr Baby zu kümmern –

das war eine klare Botschaft. Der Skarabäus, ein ägyptisches Symbol, war schon ungewöhnlicher. Und dann, ein Tag nachdem die Nachricht von ihrer Adoption in der Zeitung gestanden hatte, ein Brief an die neuen Eltern ihres Kindes. In Griechisch. Das ergab keinen Sinn. Holly lehnte sich zurück und schloss die Augen, da klingelte das Telefon.

„Das ist kein Griechisch", erklärte Jochen. „Das sind griechische Buchstaben, aber sie bedeuten nichts. Jedenfalls nichts, was ich verstehen würde."

„Danke", murmelte Holly.

„Willst du mir nicht erklären, woher du diesen Brief hast?"

„Das ist eine lange, komplizierte Geschichte", sagte Holly. „Eines Tages erzähle ich sie dir. Versprochen."

„Ist diese Geschichte auch der Grund dafür, dass du nicht an deinem Buch weiterschreiben kannst?"

„Erraten", sagte Holly.

„Dann wünsche ich dir, dass sie zu einem guten Ende kommt. Von mir aus hast du so viel Zeit, wie du brauchst."

„Danke, Jochen", sagte Holly, „du bist ein echter Freund." Nachdem sie aufgelegt hatte, drehte sie den Brief noch eine Weile hin und her, dann legte sie ihn in die Schublade zu den anderen Sachen.

Das Telefon klingelte wieder. „Hier spricht Jobst Hegmann. Ich würde Sie gern noch einmal sehen. Wäre es Ihnen heute Nachmittag genehm? Oder passt Ihnen ein anderer Termin besser?"

Holly schluckte. „Heute Nachmittag ist perfekt", sagte sie.

MIT KLOPFENDEM HERZEN betrat sie kurz vor 15 Uhr das Foyer des Altenstiftes. Dieselbe Frau wie beim letzten Mal saß hinter dem Empfangstresen und fragte freundlich: „Wieder zu Herrn Hegmann?" Holly nickte.

Sie fuhr in den zweiten Stock, ging den grau-rosa gestrichenen Flur entlang und klingelte bei Apartment 21. Diesmal wurde die Tür gleich geöffnet.

Jobst Hegmann gab ihr nicht die Hand, nickte ihr nur zu. „Kommen Sie rein." Heute trug er eine Cordhose und einen leichten Kaschmirpullover, dazu die Lederpantoffeln. Auf dem runden Tisch stand kein Frühstückstablett, dafür war der Zeitungsstapel noch größer geworden. „Setzen Sie sich." Holly setzte sich auf denselben Platz wie neulich. Hegmann blieb stehen und kramte in einer Schublade des runden Tisches, die er aufgezogen hatte. „Ich möchte Ihnen etwas zeigen", sagte er und legte eine

Ansichtskarte vor ihr auf den Couchtisch, dann setzte er sich in seinen Eames-Sessel.

Holly nahm die Karte. Das Foto zeigte eine orientalisch anmutende Stadtansicht, die von einigen Kuppeln und einem Minarett dominiert wurde. Rotgoldenes Abendlicht färbte die Häuser und sorgte für den typisch kitschigen Ansichtskarteneffekt. „Kairo", las Holly.

„Drehen Sie die Karte um!", forderte Hegmann sie auf.

Sie befolgte die Anweisung und war elektrisiert. Die gleiche Schrift. *Ihre* Schrift!

„Lesen Sie!", befahl er.

Holly senkte ihren Blick auf die Buchstaben, die vor ihren Augen tanzten. *Liebe Eltern, macht Euch keine Sorgen um mich. Ich lebe, aber ich lebe* mein *Leben. Verzeiht, wenn ich Euch Schmerz zugefügt habe, aber es gab keinen anderen Weg für mich. Eure Elsa.* Holly blickte auf, direkt in die kühlen Augen von Hegmann hinter den randlosen Brillengläsern.

„Das ist die letzte Nachricht, die ich nach dem Verschwinden von meiner Tochter erhalten habe. Fast vier Jahre hat sie sich Zeit gelassen, um uns zu schreiben. Meine Frau war damals schon tot." Er sagte nichts mehr, als wäre es an Holly, die richtigen Schlüsse zu ziehen.

Sie räusperte sich. „Ich glaube, ich verstehe nicht, was Sie meinen."

„Mein Gott!", polterte er ungeduldig, „Ihre Vermutung war richtig. Meine Tochter hatte sich mit einem jungen Mann eingelassen, dessen Familie aus Ägypten stammte. Sie sind wohl das Resultat."

Seine Worte trafen sie wie ein Faustschlag. Ungläubig starrte sie ihn an. Und doch hatte sie es geahnt. „Wussten Sie, dass Ihre Tochter ein Kind erwartete?", fragte sie schließlich.

„Nein. Um die Wahrheit zu sagen, wir waren völlig mit ihr zerstritten. Sie können sich vielleicht vorstellen, wie mir zumute war, als Sie neulich hier aufgetaucht sind mit diesem … Kissenbezug." Er wandte sich ab, offensichtlich um seine Gefühle vor ihr zu verbergen.

Hollys Gedanken schienen sich zu überschlagen. Der Bezug! Holly hatte den Eindruck gehabt, er würde ihn wiedererkennen. Ihre Geschichte allein hätte nicht genügt, er ahnte damals ja nicht einmal, dass seine Tochter ein Kind zur Welt gebracht hatte.

„Dann sind Sie also tatsächlich …", begann Holly ungläubig.

„Ihr Großvater", fiel er ihr ins Wort. „Aber bitte, keine Sentimentalitäten."

Diesen Hinweis hätte er sich sparen können; Holly war keineswegs nach

Gefühlsausbrüchen zumute. Seine reservierte Haltung lud dazu auch nicht ein. „Was … was war der Grund für den Streit mit Ihrer Tochter?“, fragte sie stattdessen.

Er machte eine unwillige Handbewegung, als wäre es ihm lästig, sich mit den alten Geschichten zu befassen. Aber schließlich ließ er sich doch zu einer Antwort herab. „Politik“, sagte er knapp.

Politik? Man konnte sich mit dem eigenen Kind so sehr über politische Ansichten zerstreiten, dass dieses Kind auf Nimmerwiedersehen verschwand? „Was meinen Sie genau?“

„Ich war ein Anhänger der so genannten Kulturrevolution“, erklärte er, „achtundsechzig. Keiner von den Jungen, die unreflektiert die Parolen der anderen nachplapperten. Ich war schon älter, hatte Philosophie und Politik studiert, wusste, wovon ich sprach. Meine Tochter war völlig unpolitisch, gab sich dem Eskapismus hin. Das haben wir nicht ertragen, meine Frau und ich. Heute halte ich die meisten Ideen von damals für verfehlt. Aber das nur am Rande.“

„Eskapismus?“, hakte Holly nach.

„Sie wurde religiös“, brach es voller Verachtung aus ihm heraus. „Mit sechzehn hat sie sich taufen lassen. Mit siebzehn verkündete sie, sie wolle ins Kloster gehen. Nach dem Abitur verschwand sie, tauchte aber immer wieder auf. Dann wurde nur gestritten und geschrien. Wir wollten sie mit allen Mitteln vor dieser schrecklichen Dummheit bewahren. Irgendwann tauchte dieser junge Mann auf, ein Kopte. Wir hofften, sie würde sich in ihn verlieben und die Idee mit dem Kloster fallen lassen, aber dann war sie ganz verschwunden. Drei Wochen nach ihrem letzten Anruf haben wir schließlich die Polizei alarmiert.“ Erschöpft lehnte er sich in seinem Sessel zurück.

Holly überlegte fieberhaft, was sie unbedingt noch erfahren wollte, erfahren musste. „Haben Sie … ein Foto von ihr? Bitte“, sagte sie leise, fast flehend.

Mit großer Mühe, als wäre er schlagartig um Jahre gealtert, erhob er sich aus seinem Sessel und schlurfte zu einem Schrank. Er öffnete ihn und suchte eine Weile darin herum. Dann kehrte er zurück, ein Album mit dunkelgrünem Einband in den Händen. Hollys Herz begann zu rasen. Er setzte sich, blätterte hin und her und schien sie vergessen zu haben. Irgendwann reichte er ihr das Album aufgeschlagen herüber.

Sie griff danach, drehte es zu sich und betrachtete das Foto eines jungen Mädchens, das vor einem Gebäude strahlend eine Mappe schwenkte. Sie trug ein grün-gelb gemustertes Kleid im typischen Sechzigerjahre-Stil, dazu weiße, enge Stiefel und große, runde Ohrringe. Sie hatte dunkles Haar, das offen auf die Schultern fiel und in der Mitte gescheitelt war. Sie wirkte fröhlich und lebenslustig und hatte nichts von einer religiösen Sektiererin an sich.

„Das Abiturfoto", sagte Hegmann. „Sie hat ihr Zeugnis in der Hand. Eins Komma vier. Sie hätte alles studieren können. Sie war ein sehr kluges Mädchen. Und spielte wunderbar Cello."

Holly betrachtete das zweite Foto, das auf der Seite aufgeklebt war. Es zeigte Elsa mit ihren Eltern. Die Mutter – Hollys Großmutter – wirkte mit ihrem geblümten Kleid und den dunklen Locken wie ein Edel-Hippiemädchen, obwohl sie schon über vierzig gewesen sein musste. Hegmann hatte halblanges Haar, trug eine runde Nickelbrille und einen weißen Leinenanzug. Ein attraktives Paar. Die Risse im Verhältnis zwischen Eltern und Kind waren nicht zu erkennen. „Was war sie für ein Mensch?", fragte Holly.

Hegmann überlegte lange. „Sie war vor allem unglaublich eigenwillig", sagte er. „Wenn sie sich etwas vorgenommen hatte, zog sie es durch. Um jeden Preis."

Warum hat sie dann die Sache mit mir nicht durchgezogen?, schoss es Holly durch den Kopf. Das konnte doch nur heißen, dass sie mich nicht gewollt hat, um keinen Preis. Oder hatte es noch andere Gründe gegeben? Zögernd fragte sie: „Wenn Sie und Ihre Frau damals von der Schwangerschaft gewusst hätten, wie hätten Sie reagiert? Hätten Sie Ihrer Tochter geholfen?"

„Natürlich", sagte Hegmann sofort. „Wir hätten sie ins Ausland gebracht und den Eingriff bezahlt."

Holly erstarrte.

Er bemerkte ihren Gesichtsausdruck und sagte: „Sie müssen das nicht persönlich nehmen. Aber ein junges Mädchen mit solchen Zukunftsaussichten …"

Holly konnte sich des Gedankens nicht erwehren, dass sie sich einem solchen Vater auch nicht anvertraut hätte. Dass sie auch abgehauen wäre. Aber hätte sie es auch um den Preis einer Kindesaussetzung getan? Holly ertrug seine Gegenwart kaum mehr, trotzdem musste sie noch eine Sache wissen. „Haben Sie irgendeine Idee, wo sie sein könnte?"

Hegmanns Blick war stumpf geworden. Langsam schüttelte er den Kopf. „Sie kann überall sein, wenn sie noch lebt. Ich sagte Ihnen ja, die Karte aus

Kairo war das letzte Lebenszeichen. Und das liegt vierunddreißig Jahre zurück."

„Haben Sie denn nie einen Versuch unternommen, sie zu finden?", fragte Holly ungläubig.

„Es war ihr freier Wille zu gehen. Ich war immer ein Anhänger des freien Willens."

Das klang nach einem Schlusswort, dachte Holly, und sie irrte sich nicht. Hegmann erhob sich, Holly ebenfalls. Sie reichte ihm die Hand. Nach kurzem Zögern ergriff er sie, hielt sie einen Moment fest. „Leben Sie wohl", sagte er.

„Auf Wiedersehen", sagte Holly, wandte sich ab und ging Richtung Tür.

„Warten Sie", hörte sie seine Stimme hinter sich. Sie blieb stehen, drehte sich noch mal um. Er hatte das Album vom Tisch genommen und trug es ihr nach. „Nehmen Sie das mit", sagte er. „Ich habe keine Verwendung mehr dafür."

13

Donnernd erhob sich das Düsenflugzeug von der Startbahn und stieg in den blauen Frühsommerhimmel. Holly blickte aus dem Fenster und sah die Stadt unter sich verschwinden, die Felder, Häuser und Autos immer kleiner werden.

Sie atmete tief durch. Sie flog nicht besonders gern. Langsam gelang es ihr, sich zu entspannen. Sie war aufgewühlt und erschöpft zugleich; die Ereignisse der letzten Tage hatten sich überschlagen. Erst allmählich kam sie wieder zu sich.

Nach ihrem Besuch bei Jobst Hegmann (es widerstrebte ihr, ihn Großvater zu nennen) hatte sie sich in ihrem Arbeitszimmer eingeschlossen und sich mit dem Album beschäftigt. Jedes einzelne Foto hatte sie mit brennenden Augen angesehen und versucht, so viel Information wie möglich aus den Bildern herauszulesen: Elsa an ihrem 16. Geburtstag; bei einer Einladung ihrer Eltern; gemeinsam mit der Mutter im Garten; mit ihrem Cello zu Weihnachten; mit Schulfreundinnen. Entschlossener, fast ernster Blick. Das dunkle Haar schulterlang. Stilvolle Kleidung. Ein Mädchen aus gutem Hause.

Das Album umfasste die letzten drei Jahre vor dem Abitur, danach kamen nur noch wenige Bilder, die letzten Seiten waren leer. Der Anblick dieses fremden Lebens gab ihr zum ersten Mal eine Ahnung davon, wo ihre Wurzeln lagen.

Jetzt endlich gab es genügend Informationen, um eine Suchanzeige aufzugeben. Sie setzte sich an den Computer, ging auf die Adoptions-Website, klickte auf das Anzeigenformular und schrieb:

> Ich suche Elsa Hegmann, geb. 1948, verschwunden im September 1967 aus München. Letztes Lebenszeichen 1971 aus Kairo. Ich bin ihre Tochter, geb. 1967, wurde im Marienkrankenhaus in München abgelegt und später adoptiert. Wer irgendwelche Hinweise hat oder meine Mutter kennt – bitte dringend melden.

Es folgten ihr Name und ihre E-Mail-Adresse. Aufgeregt las sie den Text noch dreimal, bevor sie ihn abschickte. Endlich ging es voran mit ihrer Suche! Holly war in geradezu euphorischer Stimmung und hätte all die Neuigkeiten für ihr Leben gern mit jemandem geteilt. Am liebsten natürlich mit Chris. Aber das war unmöglich.

Sie kam einfach nicht darüber hinweg, dass er sie all die Jahre so hintergangen hatte. Wie konnte man einen Menschen lieben, mit ihm leben und ihm das zentrale Geheimnis seines Lebens vorenthalten? Das war Verrat und hatte mit Liebe nichts zu tun.

Wem könnte sie sich jetzt noch anvertrauen, mit wem ihre Erlebnisse teilen? Ihr wurde bewusst, dass niemand von ihrer Suche wusste, dass sie noch immer mit keinem darüber gesprochen hatte. Sie hatte allein bleiben wollen mit dem Schock und der Trauer über ihre Entdeckung; nun war sie auch allein mit ihrer Freude über die erste konkrete Spur.

Am Abend jenes denkwürdigen Tages hatte sie Chris und die Kinder zu einer Familienkonferenz zusammengerufen. Als sie zu viert um den Küchentisch saßen, platzte Timo sofort heraus: „Ihr trennt euch, stimmt's?"

„Ich bleibe bei Mama", sagte Lea, „die kocht besser."

„Und ich bei Papa, der erlaubt mehr", entschied Timo.

„Na, dann ist ja alles klar", sagte Chris. Die Kinder sahen ihn entsetzt an. „Außer dass wir uns gar nicht trennen", ergänzte er lächelnd.

Sei dir da mal nicht so sicher, dachte Holly und sagte: „Kann ich jetzt bitte mal zu Wort kommen? Schließlich habe ich die Konferenz einberufen."

Die Blicke der Kinder richteten sich erwartungsvoll auf sie.

Holly holte weit aus, entschuldigte sich für die letzten Wochen und erklärte, dass es im Moment nichts Wichtigeres für sie gebe, als vielleicht ihre Mutter finden zu können.

„Warum willst du denn unbedingt deine Mutter finden, wenn sie dich gar nicht wollte?", fragte Timo mit finsterem Gesichtsausdruck.

Holly schluckte. Diese Frage hatte sie sich natürlich auch schon gestellt. Und wenn sie ihre Mutter fand, lief sie sogar Gefahr, sich eine Abfuhr zu holen. Trotzdem gab es nur eine Antwort darauf. „Gerade deshalb", sagte Holly. „Ich muss versuchen herauszufinden, was die Gründe dafür waren. Was sie sich gedacht hat, als sie mich in dem Krankenhaus abgelegt hat. Ob es ihr egal war, was aus mir wird, oder ob sie gehofft hat, dass ich in gute Hände komme."

„Warum ist denn das bloß so wichtig?", fragte Lea verständnislos. „Du bist doch bei uns in guten Händen!"

Holly musste lächeln. Sie konnte erklären, soviel sie wollte, für die Kinder würde das Ganze unverständlich, ja bedrohlich bleiben. „Eines Tages werdet ihr es verstehen", sagte sie, um die Diskussion zu beenden. „Auf jeden Fall wollte ich euch sagen, dass ich für einige Zeit verreisen muss, nach Ägypten, genauer gesagt nach Kairo."

„Ägypten? Da gibt's Terroristen", sagte Timo. „Und Kairo hat die höchste Mordquote der Welt."

Lea brach in lautes Weinen aus. Holly nahm sie in die Arme. „Mach dir keine Sorgen, mein Schatz, das stimmt so nicht."

„Natürlich stimmt das!", rief Timo empört.

„Hör auf, verdammt noch mal!", schrie Holly, die plötzlich die Nerven verlor. „Kairo hat zwanzig Millionen Einwohner, so viele Mörder kann's also dort nicht geben. Und Terroristen gibt's überall!"

„Auch in Deutschland?", fragte Lea schluchzend.

„Schau her, was du angerichtet hast!", herrschte Holly ihren Sohn an.

„So, und nun kommen wir mal alle schön wieder runter", sagte Chris in beruhigendem Tonfall. „Und dann reden wir in Ruhe weiter, klar?"

Aber für Timo war die Konferenz beendet. Er verließ den Tisch und sagte beim Rausgehen zu Holly: „Weißt du was, mir ist ganz egal, was mit dir passiert." Dann knallte er die Küchentür hinter sich zu.

Bei der Erinnerung an diesen Moment schossen Holly die Tränen in die Augen. Bis zu ihrer Abreise hatte Timo seinen Groll nicht überwunden, während Lea ihr kaum noch von der Seite gewichen war.

Dabei hatte es so viel zu tun gegeben. Holly hatte Flüge und ein Hotel in Kairo gebucht, einige Bilder ihrer Mutter und ihre Unterlagen kopieren lassen. Sie hatte versucht, über das Goethe-Institut und andere deutsche Vertretungen Kontakte zu knüpfen, um im Notfall eine Anlaufstelle zu haben.

Und dann war der Zufall in Gestalt von Diana ihr zu Hilfe gekommen.

Holly hatte – ohne die genauen Gründe zu erläutern – von ihren Reiseplänen erzählt, worauf die Freundin sich erinnerte, dass eine ihrer Schulkameradinnen vor Jahren nach Kairo gegangen sei und vielleicht noch dort wäre. Sie hatte angeboten nachzuforschen, und am nächsten Tag hatte Holly die E-Mail-Adresse von Inga Nobis erhalten, die als Ärztin in einem Krankenhaus im Armenviertel Ard el-Liwa arbeitete und sich bereiterklärt hatte, Holly am Flughafen abzuholen und ihr behilflich zu sein. Holly war heilfroh darüber; die Vorstellung, allein in einer Stadt wie Kairo anzukommen, in einem Land, dessen Sprache sie nicht kannte, von dessen Kultur sie wenig wusste und die ihr Angst machte, hatte sie bedrückt.

Die Maschine landete pünktlich um sieben Uhr abends in Kairo. Im Ankunftsbereich drängten sich Hunderte von Menschen, Männer im Burnus, viele Frauen mit Kopftüchern, dazwischen westlich gekleidete Geschäftsleute. Unsicher sah sich Holly nach ihrer Abholerin um, die sich selbstironisch als „Ritter Sport" beschrieben hatte – „quadratisch, praktisch, gut. Und blond."

Inga Nobis war höchstens 1,60 Meter groß, äußerst kompakt und hatte einen hellblonden Haarschopf, der inmitten der dunklen Menschen geradezu aufzuleuchten schien. Lächelnd und winkend kam sie auf Holly zu, die als Erkennungszeichen eine zusammengerollte *ZEIT* im Arm hielt, umarmte sie kurzerhand und sagte in breitestem Kölner Dialekt: „Tut das jut, mal wieder jemanden aus der Heimat zu sehen!"

Sie lotste Holly durch eine Meute aufdringlicher Taxifahrer zu ihrem eigenen Wagen. Als sie das klimatisierte Gebäude verließen, fühlte sich Holly, als würde ihr jemand mit einem Föhn warme Luft ins Gesicht blasen. Glücklicherweise hatte auch das Auto eine Klimaanlage.

„Wie jeht es denn der Diana?", fragte Inga. Holly berichtete von Dianas beruflichen Erfolgen und privaten Verwicklungen, was bei Inga ein breites Grinsen auslöste. „Dat ist typisch", sagte sie, „schon in der Schule hat sie den Jungs den Kopp verdreht! Und wat is jetzt mit dir?"

Während Hollys Geschichte hörte Inga aufmerksam zu. Dann sagte sie trocken: „Dat is ja mal ein Ding. Und nu willste hier, in dieser Riesenstadt, nach deiner Mutter suchen, die vor bald vierzig Jahren verschwunden ist?"

Holly nickte.

„Na, dann mal los!", sagte Inga fröhlich und drückte aufs Gas, als sich eine Lücke vor ihr auftat. „Wie heißt dein Hotel?"

Holly nannte Namen und Adresse und sah staunend zu, wie Inga sich durch den mörderischen Verkehr Richtung Zentrum kämpfte. Die Ägypter schienen keine Spuren zu kennen, sie rasten einfach in der höchstmöglichen Geschwindigkeit nebeneinanderher.

Das Hotel „Luxor“ lag im siebten Stock eines großen, alten Gebäudes und war mit einem Aufzug zu erreichen, der wie ein Metallkäfig aussah. Erst nachdem Inga energisch auf eine Glocke geschlagen hatte, rührte sich etwas, und aus dem Hinterzimmer schlurfte ein alter Mann, der sie aus rot unterlaufenen Augen ansah. Inga sprach ihn auf Arabisch an, er blätterte in einem großen Buch. Nach langem Suchen fand er Hollys Namen. Er murmelte etwas, Inga übersetzte: „Deinen Pass.“

„Spricht er kein Englisch?“, fragte Holly leise.

Inga zuckte die Schultern. „Nicht viel, fürchte ich.“

Der Alte reichte einen Schlüssel mit einer abgegriffenen roten Samttroddel über den Tresen. Sie trugen Hollys Tasche den langen, verwinkelten Flur entlang. Im Zimmer angekommen, warfen sie das Gepäck auf ein schmales Bett, dessen Sprungfedern quietschten.

Holly stöhnte. „Ich sterbe vor Durst. Weißt du was? Ich spring schnell unter die Dusche, und dann gehen wir was essen.“

„Is jebongt“, gab Inga zurück.

SIE BUMMELTEN durch die Straßen, und Holly staunte über das Gewimmel. „Ist hier immer so viel los?“

„Abends wird es kühler“, erklärte Inga, „dann kommen die Leute aus ihren Häusern.“

Horden von Jugendlichen, fast ausschließlich junge Männer, kamen ihnen entgegen, musterten sie neugierig, riefen ihnen ein *„Welcome to Cairo!“* oder *„How are you?“* – Willkommen in Kairo! Wie geht es euch? – zu. Die wenigen Frauen waren fast alle in Begleitung ihrer Männer, und zu Hollys Überraschung trugen – bis auf ein paar Ausnahmen – alle Kopftücher. „Trägst du auch manchmal ein Kopftuch?“, wollte sie wissen.

Inga nickte. „Manchmal nervt es mich, ständig angestarrt und angesprochen zu werden, dann wickle ich mir das Ding um den Kopf, und Ruhe ist.“

„Ist es nicht unangenehm bei der Hitze?“

„Anfangs schon. Aber man gewöhnt sich dran.“

„Glaubst du, die Frauen hier tragen ihre Kopftücher freiwillig?“

Inga lachte auf. „Freiwillig? Sagen wir, sie machen aus der Not eine Tugend.“

„Sie werden also unterdrückt?“

„Na, wat glaubst du denn? Das ist eine patriarchalische Gesellschaft, hier haben die Männer das Sagen. Und die springen zwar gern mal mit einer von den westlichen Touristinnen in die Kiste, die sie wegen ihrer Freizügigkeit so verachten, aber ihre eigenen Frauen müssen vor lüsternen Blicken geschützt werden."

„Ganz schön bigott", stellte Holly fest.

Die Abgase und der Staub vermischten sich mit der Wärme zu jenem charakteristischen Geruch Kairos, der Holly nicht mehr aus der Nase gehen sollte. Ihre Augen brannten, immer wieder musste sie husten.

„Smog", stellte Inga fest. „Auch daran gewöhnt man sich."

„Und an den Müll?", fragte Holly mit einem Blick auf die vielen achtlos weggeworfenen Plastiktüten und Flaschen, „gewöhnt man sich an den etwa auch?"

Inga folgte ihrem Blick. „Das ist nichts", sagte sie. „In anderen Stadtteilen ist es viel schlimmer."

Sie erreichten die Straße des 26. Juli, und Inga steuerte auf ein großes Restaurant zu. „GAD" stand in großen Neonlettern über dem Eingang. Im ersten Stock saßen die Leute an langen Tischen, Inga sprach mit dem Kellner, der ihnen zwei Plätze zuwies.

Nachdem der Kellner die Bestellung entgegengenommen hatte, fragte Holly ihre Begleiterin, was sie hierher verschlagen hatte.

Inga war, wie man so sagt, „gut verheiratet" gewesen, der Mann ein erfolgreicher Industrieller, die Ehe leider kinderlos. Ihrem Mann zuliebe verzichtete sie auf ihren Beruf als Ärztin, um ihn möglichst oft auf Reisen begleiten zu können, daneben war sie in verschiedenen Hilfsorganisationen aktiv. Alles sah nach einem geglückten Leben aus, bis Inga beim Reiten schwer verunglückte. Die Diagnose der Ärzte lautete: Querschnittslähmung.

„Und du glaubst et nit", sagte sie auf ihre unnachahmliche Art, „der Kerl war so schnell weg, dat de nich mal sein Kondensstreifen mehr jesehen hast. Er schiebt keine Frau im Rollstuhl rum, hat er mir erklärt. Nur dass ich nach drei Monaten wieder raus war aus dem Rollstuhl. Da hat er aber schon mit der anderen zusammenjelebt."

„Eine andere Frau gab's auch noch?", fragte Holly fassungslos.

„Ja, wat glaubst du denn?", sagte Inga. „Ich hab ihn dann um die Hälfte seines Vermögens erleichtert und bin hierhin abgehauen. Von der Kohle hab ich das Krankenhaus gebaut."

„Wie, gebaut?", fragte Holly verständnislos.

„Na, Grundstück gekauft, Baugenehmigung beantragt, Bauunternehmer beauftragt, fertig."

„Und heute arbeitest du in deinem eigenen Krankenhaus?"

Inga lachte. „Nein, das habe ich einer großen Hilfsorganisation jeschenkt, die jetzt als Träger fungiert."

Der Kellner brachte eine Reihe kleiner Teller, auf denen köstlich aussehende Vorspeisen angerichtet waren. Holly tauchte Stücke ihres Fladenbrotes hinein, und Inga erklärte ihr, was sie aß. „Das ist Foul, Bohnenpüree mit Olivenöl, das hier ist Tahina, Sesampüree, das hier Moussaka, eine Auberginen-Zwiebel-Paprika-Mischung. Das ist Baba Ganusch, Auberginenpüree mit Knoblauch, und das kennst du sicher, das ist Falafel."

„Mmh!" Holly war begeistert. Zwischen zwei Bissen fragte sie: „Und warum ausgerechnet Kairo?"

„Ich war früher ein paarmal als Touristin hier. Teures Hotel, Chauffeur, Shopping und Sightseeing. Einmal bin ich zufällig in einem Müllsammlerviertel gelandet, wo die Menschen davon leben, dass sie den Abfall der Reichen einsammeln, von Hand sortieren und die brauchbaren Teile verkaufen. Von dem Erlös müssen sie noch Prozente an so eine Müllmafia abdrücken. Dazwischen rennen ihre Kinder herum und spielen mit den Schweinen, die den organischen Abfall aus dem Dreck rauswühlen. Da habe ich mich dermaßen für mein dekadentes Leben geschämt, dass ich mir geschworen habe, was für diese Leute zu tun."

„Und ... wie geht es dir hier?", fragte Holly nachdenklich.

„Mir ist es noch nie so gut gegangen", sagte Inga strahlend, und man sah ihr an, dass es stimmte.

Der Hauptgang wurde aufgetragen: Lamm mit Aprikosen, dazu brauner Reis. Holly hätte nie gedacht, dass ihr orientalische Gerichte so gut schmecken würden.

Als sie fertig waren, faltete Inga ihre Serviette zusammen und beugte sich vor. „Und, wie willst du nun deine Suche beginnen?"

Holly erzählte, ihre Mutter habe als junges Mädchen ins Kloster gehen wollen. Es gebe aber Hinweise, dass sie nach der Sache mit dem ungewollten Kind Deutschland verlassen habe und nach Ägypten gegangen sei. Sie frage sich also, ob sie möglicherweise hier Zuflucht in einem Kloster gefunden habe.

„Ein katholisches Frauenkloster in Ägypten? Kannste vergessen", sagte Inga. „Das Land ist zu neunzig Prozent islamisch, der Rest sind Kopten, die mehr oder weniger unterdrückt und verfolgt werden. Nur das Müllsammeln überlassen die Moslems ihnen, mit dem Dreck und den Schweinen wollen sie nichts zu tun haben."

Holly horchte auf. Hatte Jobst Hegmann nicht gesagt, Elsas Freund sei Kopte gewesen? „Was sind die Kopten genau?", fragte sie.

„Die Kopten begreifen sich als Nachfahren der pharaonischen Urbevölkerung Ägyptens, außerdem sind sie Christen."

Holly war elektrisiert. Vielleicht war das die richtige Spur!

„Weißte was", schlug Inga vor, „am besten, du gehst für den Anfang mal ins Koptische Museum. Ich schicke dir morgen früh Ashraf, unseren Geschäftsführer, er wird dich begleiten."

„Kann er Englisch?", fragte Holly hoffnungsvoll.

„Noch besser", grinste Inga, „er spricht Deutsch. Hat in Berlin studiert."

Holly griff über den Tisch nach ihrer Hand und drückte sie. „Dich haben die Götter geschickt!"

„Nä, bloß die mannstolle Jagdgöttin Diana!"

14

Am nächsten Morgen wurde Holly von einem mit Jeans und T-Shirt bekleideten, ungefähr dreißigjährigen Mann in Ingas Wagen abgeholt. „Hallo, ich bin Ashraf", stellte er sich vor und gab Holly die Hand. Schwarze Augen, olivenfarbene Haut, gewinnendes Lächeln. Seine Hand fühlte sich gut an in ihrer.

„Holly", erwiderte sie lächelnd, „vielen Dank für Ihre Begleitung!"

„Mach ich doch gern", sagte er und ließ seine weißen Zähne blitzen, „so komme ich mal aus dem Büro raus!"

Sein Deutsch war nahezu akzentfrei. Er war erst seit einem Jahr wieder in Kairo, zuvor hatte er sechs Jahre in Berlin studiert und mit einer Deutschen zusammengelebt, sagte er zur Erklärung.

„Was hat Ihnen an Deutschland gefallen?", fragte Holly.

„Das Wetter, das Essen und Harald Schmidt."

Holly musste lachen.

„Ich liebe Regen und Kälte", sagte Ashraf.

Das Koptische Museum lag im Zentrum von Alt-Kairo im Süden der Stadt, eine Viertelstunde von ihrem Hotel entfernt. Unterwegs wies Ashraf sie auf Sehenswürdigkeiten wie den Manial-Palast und den Nilometer hin.

„Was ist ein Nilometer?", fragte Holly.

„Der Nilometer misst den Pegelstand des Flusses", erklärte Ashraf, „früher hat sich daran die Höhe der Steuern bemessen. Hoher Stand bedeutete

Fruchtbarkeit, also wurden hohe Steuern erhoben, niedriger Stand hieß Dürre und niedrige Steuern."

Er bog in eine Straße ein und bremste. Bewaffnete Polizisten umringten das Fahrzeug, Ashraf ließ die Scheibe herunter und erklärte, wohin sie wollten. Erschrocken beobachtete Holly, wie ein Polizist mit einem Hund das Auto umrundete, offenbar auf der Suche nach Sprengstoff. Schließlich durften sie die Einfahrt ins koptische Viertel passieren. Ashraf fuhr an einigen Kleinbussen von Touristikunternehmen vorbei und stellte den Wagen am Straßenrand ab.

„Warum kontrollieren die so streng?", fragte Holly.

„Angst vor Anschlägen."

Holly erinnerte sich, gelesen zu haben, dass es Anschläge auf koptische Einrichtungen gegeben hatte, bei denen zahlreiche Menschen zu Tode gekommen waren. Sie versuchte, ihr leicht mulmiges Gefühl zu verdrängen.

Als Erstes führte Ashraf sie in die El Moallaqa, die so genannte „hängende Kirche", die eine Zeit lang Sitz des koptischen Patriarchen gewesen war. Holly bewunderte kunstvolle Elfenbein- und Zedernholzarbeiten. „Das ist eine der schönsten Kirchen in ganz Ägypten", flüsterte Ashraf ihr zu, und sie nickte.

Ganz in der Nähe befand sich das Koptische Museum, das nach längerer Renovierung gerade wieder eröffnet hatte. Sie mussten eine Sicherheitsschleuse passieren, Hollys Tasche wurde durchleuchtet, ihre Kamera musste sie abgeben.

Die 29 Säle des Museums gingen von einem runden, mit Glas überdachten Innenhof ab, der mit hellen Steinen gefliest war und von zwei riesigen Palmen flankiert wurde. Das Gebäude selbst barg ein Sammelsurium an kunstvollen Türen, Fenstergittern, Balkonen und Beschlägen; alle stammten aus koptischen Häusern und Kirchen. Innen befanden sich Gegenstände des alltäglichen Lebens, kunstvolle Textilien, wertvolle alte Bücher, außerdem Wandgemälde und Grabsteine aus Klöstern. Sankt Jeremiah, las Holly, Sankt Antonius, Sankt Apollo.

„Woran erkennt man, ob es Männer- oder Frauenklöster sind?", fragte Holly.

„Das weiß ich nicht", sagte Ashraf bedauernd, „aber vielleicht kann ich hier jemanden fragen."

Keiner der Museumsdiener war zu sehen, deshalb gingen sie weiter. Vor einem großen Fresko, auf dem zwei Engel den mit Girlanden geschmückten Jesus trugen, blieb Holly stehen.

„Das sind ja griechische Buchstaben“, sagte sie und deutete auf die Schriftzeichen über dem Bild.

„Das ist Koptisch“, sagte Ashraf, „sie verwenden die gleiche Schrift.“

Holly schlug sich mit der Hand an die Stirn. Das war die Lösung! „Ich habe ein Schriftstück, ich glaube, es ist auf Koptisch. Haben Sie eine Idee, wo ich es übersetzen lassen könnte?“, fragte sie aufgeregt.

Ashraf überlegte. „Vielleicht hier? Ich werde fragen.“

Am anderen Ende des Saales entdeckte er einen der Aufpasser, ging hin, sprach mit ihm und winkte Holly zu sich. Zusammen gingen sie zum Nebenhaus. Dort war die Verwaltung untergebracht.

Nachdem eine sehr reservierte Sekretärin sich sein Anliegen angehört hatte, bat sie ihn und Holly zu warten. Ashraf fragte, um welche Art Schriftstück es sich handle, und Holly antwortete: „Um einen Brief.“ Als sie gerade eine Kurzfassung ihrer Geschichte erzählt hatte, winkte die Sekretärin sie zu sich und sagte etwas auf Arabisch.

Ashraf übersetzte. „Wo haben Sie den Brief?“

„Im Hotel.“

Die Sekretärin nickte. „*You can bring it here or send a fax.*“– Sie können ihn herbringen oder ihn faxen, sagte sie.

Holly sah hilfesuchend zu Ashraf. „Aber die Übersetzung wird auf Arabisch sein, nicht wahr?“

„Ja, und ich übersetze dann weiter ins Deutsche“, schlug er vor. Sie nickte und erinnerte ihn daran, nach den Frauenklöstern zu fragen.

Ashraf sprach wieder mit der Sekretärin, die zuckte nur gelangweilt die Schultern und antwortete auf Arabisch. „Sie schickt eine Liste mit“, sagte er. Dann bekam er einen Zettel mit der Faxnummer, sie bedankten sich und verließen das Museum.

Die Mittagshitze näherte sich ihrem Höhepunkt. In einem kleinen Laden kauften sie kalte Cola, die Holly dankbar hinunterstürzte. Ashraf reichte ihr eine Packung Kekse, die nach Kokos schmeckten. „Es gibt hier noch mehr Kirchen“, sagte er, „gleich da drüben zum Beispiel die Kirche Abu Serga. Sie wurde über der Krypta gebaut, in der die Heilige Familie auf der Flucht gewohnt haben soll. Wollen wir sie ansehen?“

Warum nicht, dachte Holly, wo ich schon mal da bin. Sie nickte, und sie setzten ihren Rundgang fort. Über einen Friedhof mit gewaltigen Grabsteinen und Engeln aus Marmor, die arabische Inschriften trugen, gingen sie auf eine kleine Kapelle zu. „Die Heilige Familie auf der Flucht.“ Plötzlich sah Holly ihre Mutter vor sich, das neugeborene Baby im Arm, neben ihr den jungen Vater. Lag es nicht nahe, nach Ägypten zu fliehen? Waren sie nicht ebenfalls bedroht, von dem tyrannischen Vater Hegmann? Doch wenn sie geflohen waren, warum hatten sie dann ihr Kind nicht mitgenommen? Holly blieb stehen und lehnte sich an einen Grabstein.

„Was ist?“, fragte Ashraf besorgt. „Geht es Ihnen nicht gut?“

„Nur die Hitze“, sagte sie. „Entschuldigen Sie.“

„Schon gut.“ Er lächelte sie an.

Schweigend betrachtete Holly die kleine, eher unscheinbare Kirche, deren Hauptattraktion darin bestand, dass sie der Heiligen Familie Zuflucht geboten hatte, wie auf Schildern in mehreren Sprachen zu lesen war. Sie stieg die wenigen Stufen in die Krypta hinab und versuchte sich vorzustellen, wie die Verfolgten sich gefühlt hatten in dem winzigen Raum, vor ihren Häschern verborgen, versorgt von Menschen, die ihnen heimlich etwas zu essen brachten. Sogar ein Luftloch entdeckte sie.

Danach führte Ashraf sie zur Kirche der heiligen Barbara.

„Wer war diese Barbara?“, wollte Holly wissen.

„Eine junge Frau aus Vorderasien, die von ihrem Vater getötet wurde, weil sie zum Christentum konvertierte“, antwortete er.

Holly schluckte trocken. War es nicht genau das, was auch zwischen ihrem Großvater und ihrer Mutter passiert war? Er hatte an die Revolution geglaubt, sie an Gott. Für ihn war seine Tochter gestorben, weil sie seine Überzeugungen nicht geteilt hatte. Ashraf, der Hollys Nachdenklichkeit bemerkte, fragte unsicher, ob er ihr noch mehr zeigen solle. „Unbedingt“, sagte sie. „Ich habe das Gefühl, diese sehr merkwürdigen Dinge hier bringen mich dem Ziel meiner Suche immer näher.“

Als Nächstes führte er sie zur Ben-Ezra-Synagoge. „Bis zum achten Jahrhundert war dies eine koptische Kirche“, erklärte Ashraf. „Auch hier hat sich die Heilige Familie auf der Flucht vor Herodes versteckt. Und genau hier, wo diese Kirche steht, wurde der Korb mit dem Baby Moses an Land getrieben.“

Holly starrte ihn an. Ohne dass sie es merkte, traten Tränen in ihre Augen. Erschrocken fasste Ashraf sie am Arm. „Alles in Ordnung?“, fragte er. Aufschluchzend lehnte sie ihren Kopf an seine Brust, und er legte tröstend seinen Arm um sie.

HOLLY blieb den Nachmittag über im Hotel. Nachdem sie das Faktotum dazu gebracht hatte, den Brief mit einem Begleitschreiben ans Museum zu faxen, lag sie auf dem Bett, fächelte sich Luft zu und dachte an die Ereignisse des Vormittages. Es kam ihr vor, als hätte irgendeine Vorsehung sie an all diese Orte geführt, deren Geschichte sich auf seltsame Weise mit ihrer persönlichen zu vermischen schien. Was für eine Verrücktheit, dass ihre Mutter Koptisch gelernt hatte, eine Sprache, die – ähnlich wie Latein – nicht mehr gesprochen wurde, sondern nur noch in religiösen Zusammenhängen eine Rolle spielte. Aber war das nicht ein weiteres Indiz dafür, dass Elsa die Absicht gehabt hatte, nach Ägypten zu gehen und sich der koptischen Kirche anzuschließen? Obwohl alles so vage schien, fügte sich doch immer wieder ein Teil ans andere.

Was Holly nicht vorhergesehen hatte, war, dass sie so leicht aus der Fassung zu bringen war. Beschämt fiel ihr ein, dass sie tatsächlich an Ashrafs Brust geweint hatte.

Als bis 17 Uhr keine Antwort aus dem Museum gekommen war, rief sie Ashraf auf seinem Handy an. „Stellen Sie sich vor, ich habe immer noch nichts gehört!“, rief sie theatralisch.

„Sie kennen das ägyptische Tempo nicht. Wir können froh sein, wenn wir im Laufe der nächsten zwei Wochen eine Antwort kriegen“, sagte er lachend.

„Waaas? Aber so lange bin ich gar nicht hier!“

„Vielleicht geht es ja schneller“, sagte er beschwichtigend. „Ich werde morgen dort anrufen.“

„Danke“, sagte Holly und fügte, ohne nachzudenken, hinzu: „Würden Sie heute Abend mit mir ausgehen?“

Seine Antwort kam prompt. „Worauf haben Sie Lust? Essen, Bauchtanz, Disco?“

„In dieser Reihenfolge, bitte!“

„Um acht bin ich da.“

Kaum hatte sie aufgelegt, fragte sich Holly, ob sie noch alle Tassen im Schrank hätte. Brauchte sie wirklich zu dem ganzen Chaos, das derzeit in ihrem Leben herrschte, noch erotische Verwicklungen? Ashraf gefiel ihr, keine Frage. Und wenn sie seine Signale richtig deutete, gefiel sie ihm auch. Also gab es nur eines: Sie würde schön die Finger von ihm lassen.

Sie hielt die Untätigkeit nicht mehr aus, deshalb beschloss Holly, in das Internetcafé an der Ecke zu gehen, das sie im Vorbeifahren entdeckt hatte. Als Erstes überprüfte sie, ob jemand auf ihre Suchanzeige reagiert hatte, aber natürlich hatte niemand geschrieben.

Dafür war ein Brief von Lea da, der sie vor ihrer Abreise versprochen hatte, alle paar Tage ihre Mails zu prüfen und immer gleich zu antworten.

> Liebe Mama, wie geht es Dir? Hast Du schon Deine Mutter gefunden? Ist es warm in Ägypten? Hast Du schon eine Piramide gesehn? Ich hab Dich lieb und denk an Dich. Ein Kuss von Lea

Holly schrieb zurück:

> Liebe Lea, vielen Dank für Deine Mail, es war schön, hier anzukommen und gleich einen Gruß von Dir zu finden! Mir geht es gut, hier ist es sehr heiß, aber die Pyramiden habe ich noch nicht gesehen, weil sie ein Stück außerhalb der Stadt stehen. Dafür war ich schon im Museum und in verschiedenen Kirchen. Heute Abend gehe ich zum Bauchtanz. Meine Mutter habe ich noch nicht gefunden, aber ich hoffe sehr, dass es mir bald gelingen wird. Es umarmt Dich, in Liebe, Mama

Plötzlich überfiel sie eine schreckliche Sehnsucht nach ihren Kindern, nach Chris und dem Leben, das sie bis vor ein paar Wochen geführt hatte. Warum nur hatte sie diese Entdeckung machen müssen, die in ihre friedliche, kleine Existenz eingeschlagen war wie eine Bombe?

Ihr Blick schweifte über die ungelesenen Mails. Eine war von Felix: „Lange nichts gehört, vielleicht sollten wir doch mal reden. F." Übertriebene Emotionalität konnte man ihrem Bruder nicht vorwerfen.

„Bin in Kairo, melde mich nach Rückkehr. Gruß H.", nahm sie seinen Stil auf. Ob er es merken würde?

Dann gab sie nacheinander die Suchbegriffe „koptische Klöster", „ägyptische Nonnenklöster" und „Ordensfrauen in Ägypten" ein. Die Ausbeute war gering. Holly wollte schon aufgeben, da stieß sie auf den neu eingestellten Bericht eines jungen Deutschen, der sein freiwilliges soziales Jahr im Salam Center im Kairoer Bezirk Ezbet el Nakhl absolvierte. Das war ein Sozialzentrum mit Kindergarten, Krankenhaus, Behindertenwerkstätten und Schule. Und es wurde betrieben von den Daughters of St Mary – einem koptischen Frauenorden! Holly stieß ein Triumphgeheul aus, sodass der junge Typ an der Kasse erschrocken zu ihr herübersah. *„Sorry"*, sagte sie schnell und lächelte ihn beruhigend an. Fieberhaft las sie den Bericht und gab den Namen des Ordens in die Suchmaschine ein. Sie erhielt massenhaft Seiten, auf denen alle möglichen St-Mary-Einrichtungen in aller Welt auftauchten, und es dauerte lange, bis sie auf die richtige stieß.

Die entscheidende Frage war: Seit wann gab es den Orden in Kairo? Endlich fand sie, was sie suchte, und ihre Enttäuschung war riesig. Das

Zentrum der Töchter der Heiligen Maria in Ezbet el Nakhl war erst 1976 gegründet worden – neun Jahre nachdem ihre Mutter nach Ägypten gekommen war. Schlagartig verlor Holly jede Zuversicht. Was für ein Schwachsinn hierherzukommen, um einem Phantom nachzujagen!

War diese ganze Reise vielleicht eine Flucht vor dem, was sie nicht ertragen zu können glaubte: dem Schmerz, den Chris ihr durch sein Schweigen zugefügt hatte? Einem Schweigen, das einer unverzeihlichen Lüge gleichkam. Holly biss sich auf die Lippen und starrte auf die Tastatur.

Sie sah auf die Uhr; es war immer noch eine Stunde Zeit, bis Ashraf sie abholen würde. Sie tippte der Reihe nach die Namen von koptischen Heiligen ein, die ihr heute Morgen im Museum aufgefallen waren. Antonius, Jeremiah, Josef, Georg, Theodor. Nichts. Sie versuchte es in der englischen Schreibweise und stieß in einem kirchengeschichtlichen Text auf ein St Theodore Convent in Kairo, Harret el Roum. Es war die Rede davon, dass dort Nonnen lebten. Und die Entstehung des Konvents wurde aufs zwölfte Jahrhundert datiert! Mit einem Schlag war Holly wieder voller Energie. Sie würde weitersuchen, jetzt erst recht.

ASHRAF stand pünktlich vor dem Hotel – allerdings ohne Auto.

„Inga lässt grüßen“, sagte er, „leider braucht sie den Wagen. Aber wir können mit dem Taxi fahren, es ist nicht weit.“

„Wohin?“, wollte Holly wissen.

„Überraschung“, lächelte Ashraf.

Hollys Gemütszustand hellte sich bei seinem Anblick sofort auf. Sie konnte sich nicht erinnern, je mit einem besser aussehenden Mann ausgegangen zu sein. Seine schwarzen Augen blitzten sie an, zu einer grauen Hose trug er ein weißes Hemd ohne Krawatte, das den Olivton seiner Haut zur Geltung brachte. Besonders mochte Holly seine Hände, deren Druck sich weich und fest zugleich anfühlte.

Sie seufzte unhörbar. Wenn sie sich doch einfach dem Abenteuer überlassen könnte, leichtsinnig und ohne an die Folgen zu denken. Aber so war sie noch nie gewesen.

Zuerst fuhren sie mit dem Taxi zum Nilufer, an die Anlegestelle des Hotels „Marriott Maxime“. Dort bestiegen sie ein Schiff, das den Fluss hinabglitt, während ein exquisites Dinner mit edlen Weinen serviert wurde und dazu ein Bauchtanzprogramm ablief. Die nächtliche Stadt zog gemächlich an ihnen vorbei, das Innere des Schiffes war festlich mit Kerzen und Kristalllüstern beleuchtet, und Holly genoss den Luxus in vollen Zügen. Trotzdem hatte sie ein schlechtes Gewissen, weil Ashraf für den Abend vermutlich ein Monatsgehalt hinblätterte. Spontan beschloss sie, ihm das Du anzubieten. „Ich bin die Ältere und außerdem die Frau. Du hast keine Chance abzulehnen.“

„Dann kapituliere ich“, sagte er lächelnd.

Sie hoben ihre Weingläser und stießen an.

Wieder an Land, schlug er vor, in den „Cairo Jazz Club“ zu gehen, den einzigen Ort in der Stadt, wo seiner Meinung nach anständige Musik gespielt wurde. Holly willigte unter der Bedingung ein, dass sie die Drinks bezahlen dürfe.

Der Klub lag auf der anderen Seite des Nils im Hochparterre eines unscheinbaren Geschäftshauses. Ausgerechnet an diesem Abend wurde hier kein Jazz gespielt, sondern mittelmäßiger Rock. Orientalische Lampen und rote Polstersessel sorgten für die nötige Atmosphäre. Die Gäste waren überwiegend reiche Ägypter und westliche Ausländer. Aufgestylte junge Frauen lehnten an der Bar, präsentierten ihre Designertäschchen und stellten sich in Positur, wenn ein interessanter Mann in die Nähe kam.

Sie setzten sich in eine Nische, und als der Kellner kam, bestellten sie belgisches Stella-Bier und salziges Popcorn. Ashraf und sie sprachen wie sehr vertraute Freunde miteinander, er wollte vieles über ihr Leben in Deutschland wissen, sie fragte nach seiner Arbeit im Krankenhaus und nach seinen Eltern und Geschwistern.

Ashrafs Blick wurde nachdenklich: „Es ist schwer, wenn man zwischen den Kulturen lebt. Mit einer traditionell denkenden ägyptischen Frau könnte ich nicht zusammen sein. Und welche aufgeklärte Europäerin würde ihren Beruf und alles aufgeben, um hierherzukommen?“

„Eine, die dich liebt“, sagte Holly einfach. „Man kann doch auch als Frau hier ein ausgefülltes Leben führen – sieh dir Inga an!“

„Aber Inga wird nie mehr einen Mann finden, weil eine geschiedene Frau in ihrem Alter hier keine Chance hat.“

„Sie ist grade mal vierzig!“, sagte Holly empört.

„Eben. Für die Männer hier ist das jenseits von Gut und Böse.“

„Auch … für dich?“

Ashraf lachte. „Inga ist nicht mein Typ, aber sonst mag ich reife Frauen.“

Zu ihrem Ärger errötete Holly. Sie hoffte, dass er es nicht bemerkte.

Irgendwann fragte er: „Willst du tanzen?“

Holly lehnte ab, ohne zu überlegen. Sie hatte seit Jahren nicht mehr getanzt. Dann dachte sie: Warum eigentlich nicht? Niemand kannte sie, es war völlig egal, welches Bild sie abgäbe. Sie stand auf, nahm Ashraf bei der Hand und sagte: „Doch! Ich will!“

Verschwitzt und glücklich verließen sie gegen zwei Uhr morgens den Klub.

Beim Abschied vor dem Hotel hielt Ashraf sie an den Schultern fest und sah ihr in die Augen. Er beugte sich vor und küsste sie zart auf beide Wangen.

AM FRÜHEN MORGEN erwachte Holly vom Klingeln des Telefons auf dem Nachttisch.

„Ich habe heute meinen freien Tag“, hörte sie Ingas Stimme, „hast du schon Pläne?“

„Weißt du, wo Harret el Roum ist?“

Inga überlegte einen Moment. „Ich glaube, in der Nähe der Al-Azhar-Moschee. Warum?“

„Dort gibt es vielleicht noch ein koptisches Frauenkloster.“

„Vielleicht?“

„Im zwölften Jahrhundert war es noch da“, sagte Holly.

EINE GUTE STUNDE SPÄTER stieg sie zu Inga ins Auto.

„Wie war’s mit Ashraf?“, fragte Inga als Erstes.

„Nett. Sehr nett.“

„Nett? Ashraf ist ein Traum von einem Mann! Attraktiv, kultiviert, bescheiden. Wenn ich zwanzig Jahre jünger wäre …“, Inga verstummte und setzte einen gewollt verruchten Blick auf.

„Zufällig bin ich aber fast zehn Jahre älter als er und außerdem verheiratet.“

„Zu schade! Was gibt’s Neues?“

Holly erzählte ihr von den Ergebnissen ihrer Internetrecherche.

„Nicht gerade ermutigend, was?“, fasste Inga das Gehörte zusammen. Doch als sie Hollys betrübte Miene sah, fuhr sie schnell fort: „Aber du bist ja erst am Anfang! Wer weiß, was du noch herausfindest!“

Inga parkte ihren Wagen in einiger Entfernung zur Al-Azhar-Moschee. Hier war das alte Kairo mit seinem Gewirr von Gassen und Gässchen; Inga kannte sich erstaunlich gut aus, und nach einiger Zeit stießen sie tatsächlich auf ein Sträßchen mit dem Namen Harret el Roum. Sie folgten seinem Verlauf, und schließlich öffnete sich nach links ein Durchgang in einen großen Hof, an dessen rückwärtigem Gebäude ein Kreuz angebracht war. Eine Kirche, ganz ohne Zweifel.

Sie betraten den Hof, und Holly entdeckte rechts eine Art Pförtnerloge, in der eine junge, schwarz gekleidete Nonne saß. Als sie näher kamen, erkannten sie, dass es sich um ein Lädchen handelte, in dem gemalte Ikonen, Textilien und andere Handarbeiten verkauft wurden.

Inga sprach die junge Schwester an, und die bestätigte ihr, dass sie tatsächlich im St-Theodor-Kloster seien.

„Sag ihr, wir sind von der Presse", schlug Holly vor. „Ich schreibe einen Bericht über koptische Klöster. Frag sie, ob jemand uns ein paar Auskünfte geben könnte."

Die junge Schwester nickte eifrig, dann nahm sie das Telefon und wählte eine Nummer. Sie sagte etwas auf Arabisch, dann bat sie Holly und Inga, ihr zu folgen. Sie führte sie in einen Raum, der wie ein kleines Wohnzimmer aussah, nur dass Bilder von Heiligen und koptischen Patriarchen an den Wänden hingen. Eine andere Nonne tauchte auf und servierte heißen, süßen Tee. Nach ungefähr zehn Minuten betrat eine dritte Ordensschwester das Zimmer, die offensichtlich eine höhere Position in der Hierarchie bekleidete. Sie sprach Englisch und sogar einige Brocken Deutsch.

Holly bedankte sich höflich für die Gastfreundschaft, holte Block und Stift aus ihrer Tasche und begann eine Reihe allgemeiner Fragen über das Kloster zu stellen. Es handelte sich um einen kontemplativen Orden; die Schwestern leisteten keine Sozialarbeit, sondern beschränkten sich aufs Beten und die Herstellung jener Produkte, die am Eingang verkauft wurden. Davon und von Spenden lebten sie. Holly erkundigte sich, ob sie Ausländerinnen aufnehmen würden, und erfuhr, dass es eine Schwester aus Jordanien gebe. Sonst seien alle Ägypterinnen. Dann fragte sie, ob es Verbindungen zu anderen koptischen Frauenorden in Kairo gebe, den Daughters of St Mary.

Das Gesicht der Schwester wurde abweisend. Nein, es gebe keine Verbindungen. Man sehe es innerhalb der koptischen Kirche nicht gern, dass ein Orden seinen abweichenden Weg gehe und sich aus der Kontemplation verabschiedet habe. Bischof Athanasios, der Gründer des Marientöchter-Ordens, sei ein sehr eigensinniger Mann gewesen. Das heutige Oberhaupt der koptischen Orden in Kairo, Papst Shenouda der Dritte, vertrete eine gänzlich andere Politik.

Holly spürte, dass sie einen empfindlichen Punkt berührt hatte, und vermied es, das Thema zu vertiefen. Es klang so, als seien die Daughters of St Mary Rebellinnen innerhalb der koptischen Kirche. Das war genau das, was ihrer Einschätzung nach zu ihrer Mutter passen würde. Holly stellte eine letzte Frage, obwohl sie die Antwort zu kennen glaubte. „Wäre es denkbar", begann sie vorsichtig, „dass eine Frau Ihrem Orden beitritt, die bereits ein Kind geboren hat?"

Die Schwester sah sie mit einer Mischung aus Erstaunen und Herablassung an. „Selbstverständlich nicht", lautete die Antwort.

Holly bedankte sich, und sie verabschiedeten sich. Holly und Inga besichtigten noch die Kirche und die Heiligenschreine von Sankt Noffer und Sankt Theodor. Dann verließen sie das Kloster.

„Und jetzt?", fragte Inga.

„Zum Salam Center", sagte Holly. „Es wurde erst 1976 gegründet, aber vielleicht ist sie ja später dort eingetreten." Sie klammerte sich an diese letzte Spur, weil ihre Suche sonst zu Ende gewesen wäre.

15

Sie hatten das Auto stehen lassen und waren mit der Metro in den Norden von Kairo gefahren. Die Straßen im Stadtteil Ezbet el Nakhl waren so schlecht, dass man als Autofahrer riskierte, mit einer gebrochenen Achse liegen zu bleiben.

„Ich will dir was zeigen", sagte Inga, und Holly bemühte sich, mit ihr Schritt zu halten. Es wimmelte von Menschen, die geschäftig irgendwelche Sachen hin und her transportierten. Horden von Kindern liefen ihnen nach oder beäugten sie neugierig und riefen: *„How are you?"*, oder *„What's your name?"* – Wie geht es euch? Wie heißt ihr?

„Hier entlang", sagte Inga, und sie verließen die breite Straße, gingen durch einige kleinere Gässchen und erreichten ein Gebäude, das offensichtlich eine Schule war. Ein Mann bewachte das Tor, Inga sprach ein paar Worte mit ihm, und er öffnete es. Der Unterricht war schon vorbei, niemand war zu sehen. Inga steuerte auf eine Außentreppe zu, sie stiegen zwei Stockwerke hoch bis aufs flache Dach des Gebäudes. Sie führte Holly an die Brüstung und sagte: „Sieh mal!"

So weit das Auge reichte, überblickte sie eine Landschaft aus Müll, aus der sich die Umrisse von Wellblechhütten und Holzverschlägen erhoben. Dazwischen lagerten, ordentlich aufgeschichtet, blaue und weiße Plastiksäcke, die einzigen Farbtupfer in der braungrauen Szenerie, die – von der Sonne mit eigenartigem Glanz übergossen – einem fantastischen, surrealen Film zu entstammen schien. Fassungslos starrte Holly hinab. Sie erkannte Hunde und Schweine, die sich durch den Dreck wühlten, dazwischen Menschen. Der infernalische Gestank stieg bis hierherauf, und über allem schwebte der Ruf der Muezzins, die zum Nachmittagsgebet riefen. „Dat haut einen vom Hocker, nä?“, sagte Inga, und Holly nickte stumm.

Nach einer Weile stiegen sie vom Dach, verließen das Schulgelände und bogen in eine Gasse ein. Der Gestank nahm ihnen jetzt fast den Atem, der Boden war übersät mit Abfällen, bei jedem Schritt mussten sie aufpassen, nicht in irgendetwas Fauliges, Schmieriges zu treten.

Sie erreichten die Verschläge der Müllsammler, die in Lumpen gekleidet mitten im Dreck saßen und mit bloßen Händen sortierten. Ihre Haut war vom Schmutz zerfressen und dunkel gebeizt. Ein Baby saß weinend am Boden, das verschmierte Gesicht voller Fliegen. Ein paar größere Kinder spielten mit Plastikabfällen.

„Lass uns weitergehen“, flüsterte Holly Inga zu, und sie kehrten auf die breite Straße zurück, die zum Salam Center führte.

Sie betraten das Center durch eine Tür in einem grauen eisernen Tor. Ein Pförtner meldete sie telefonisch an.

„Ich habe ihm gesagt, dass du extra aus Deutschland gekommen bist wegen einer äußerst wichtigen Angelegenheit“, sagte Inga und grinste. „Der Pförtner hat aber verstanden, es sei äußerst wichtig für den Konvent. Vermutlich rechnet man jetzt mit einer Riesenspende.“

Holly erschrak. Inga klopfte ihr gut gelaunt auf die Schulter. „Keine Sorge“, sagte sie, „auch kleinere Beträge sind willkommen.“

Holly nahm sich vor, tatsächlich etwas zu spenden.

Sie überquerten eine freie Fläche, um die sich schäbige, ärmliche Gebäude gruppierten. Im einzigen Neubau waren das Kinderheim, die Behindertenwerkstatt und das Krankenhaus mit dem Pflegezentrum untergebracht. Rechts lag ein Spielplatz, links eine Grünfläche mit ein paar halb vertrockneten Palmen.

Ein Stück weiter, eingezäunt und von einem spärlich bepflanzten Garten umgeben, lag der Konvent der Daughters of St Mary. Sie klopften und betraten einen kleinen Raum, in dem eine Gruppe von Schwestern, alle in der gleichen blaugrauen Tracht, eng zusammensaßen. Ihre Köpfe waren den Besuchern neugierig zugewandt. Hollys Blick ging schnell von einer zur anderen, um zu prüfen, ob eine Frau im Alter ihrer Mutter darunter wäre, aber die Nonnen waren bis auf eine ziemlich jung.

Eine kräftige, nicht sehr große Frau, die als Einzige eine schwarze Tracht mit weißem Spitzenkragen trug, erhob sich. *„Welcome“*, sagte sie, *„my name is Tasuni Maria, I'm the prior of this convent.“* – Willkommen, ich heiße Tasuni Maria. Ich bin die Priorin dieses Klosters.

Holly erinnerte sich, dass *tasuni* das arabische Wort für Klosterschwester war. Sie und Inga gaben ihr die Hand und grüßten mit einem Nicken in die Runde, dann setzten sie sich auf die angebotenen Plätze. Wieder wurde süßer, heißer Tee gereicht. Einige der Schwestern musterten die Gäste neugierig.

Inga stellte sich und Holly auf Arabisch vor, weil sie annahm, nicht alle Schwestern könnten Englisch. „Du kannst Deutsch sprechen", forderte sie Holly auf, „ich übersetze."

Holly räusperte sich nervös und holte die Unterlagen aus ihrer Tasche. Sie erklärte, dass sie auf der Suche nach einer Deutschen sei, die vor 38 Jahren vermutlich nach Kairo gekommen und möglicherweise Ordensschwester geworden sei. Ihr Name sei Elsa Hegmann, sie müsse inzwischen 57 sein. Ob irgendeine der Anwesenden sie vielleicht zufällig kenne oder etwas über ihren Verbleib wisse? Sie hob zwei Fotos von Elsa hoch und zeigte sie in die Runde. So habe sie damals ausgesehen, erklärte sie.

Die Schwestern betrachteten die Bilder und tuschelten. Die Priorin sah aufmerksam in die Runde. Ihr selbst war keinerlei Regung anzumerken. Schließlich wandte sie sich an Holly. *„Why do you search this person?"* – Wieso suchen Sie diese Person?, wollte sie wissen.

„Because she's my mother", antwortete Holly. Weil sie meine Mutter ist.

Ein Raunen ging durch die Gruppe, das Wort *„mother"* hatten offenbar alle verstanden. Schnelle, fragende Blicke gingen zur Oberin, als warteten sie auf das Signal zu reden oder zu schweigen. Der Blick der einzigen älteren Schwester ruhte nachdenklich auf Holly.

Die Priorin stand auf und sagte: *„Sorry, but we don't know this person."* – Es tut mir leid, aber wir kennen sie nicht. Wie auf Kommando erhoben sich auch die anderen Schwestern, umringten Holly und sprachen auf sie ein. Auch wenn Holly sie nicht verstand, so begriff sie doch, dass es Bekundungen des Bedauerns waren, weil man ihr nicht hatte helfen können. Inga und sie wurden zur Tür eskortiert und verabschiedet.

Als sie das Gebäude bereits verlassen hatten und Richtung Tor gingen, huschte eine der Schwestern knapp an Holly vorbei, die sich erschrocken umdrehte. Es war die ältere, die sie so merkwürdig angesehen hatte. Im selben Moment flüsterte sie Holly etwas zu. Das Ganze ging so schnell und verwirrte Holly so, dass sie nichts verstand. Eine zweite Schwester überholte sie und rief der anderen etwas zu. Diese blickte sich erschrocken um und war im nächsten Moment verschwunden.

„Es klang wie … ‚bin ich Chef' oder ‚mir ist schlecht'", sagte Holly und raufte sich die Haare.

„Das kann ja nicht sein", erklärte Inga energisch, „die konnte sicher kein Deutsch."

Sie waren wieder zurückgefahren, saßen zwischen Wasserpfeife rauchenden Männern in einem Teehaus, und Holly versuchte verzweifelt, sich den Klang der kurzen, geflüsterten Botschaft der Klosterschwester zu vergegenwärtigen. Sie sah fragend zu Inga. „Und wenn wir zurückgehen und sie suchen?"

Inga schüttelte den Kopf. „Ich glaube nicht, dass du aus der was rauskriegst."

Holly nickte. Auch ihr war die Situation seltsam vorgekommen, insbesondere die Blicke der Priorin, die ihre Mitschwestern zu warnen schienen. Es blieb der Eindruck, dass sie auf etwas Interessantes gestoßen waren. Nur worauf?

„‚Gott sei mit Dir, mein Kind. Ich kann nicht bei Dir sein, aber mein Auge wird auf Dir ruhen. Dein Leben wird glücklich sein, denn Du bist eine Frucht der Liebe.'" Ashraf hob den Kopf, das Schriftstück in seiner Hand zitterte leicht. „Schön", sagte er.

Holly saß da und starrte auf das Original des Briefes, dessen Übersetzung Ashraf gerade vorgelesen hatte. Sie tat einen tiefen Atemzug. „Wie würdest du das deuten?", fragte sie ihn.

Er blickte erneut auf das Blatt. „Na ja, es klingt, als wollte sie dir erklären, dass es einen Grund dafür gab, dass sie dich nicht behalten konnte und zurücklassen musste. Dass sie aber sicher ist, dass es dir gut gehen wird. Und dass du nicht das Ergebnis einer unglücklichen Beziehung bist, sondern das Kind von Liebenden."

„Weißt du, welche Befreiung es für mich ist, das zu erfahren? Dass ich nicht einem lieblosen One-Night-Stand entstamme oder gar einer Vergewaltigung? Es hat mich am Anfang völlig fertiggemacht, dass ich das nicht wusste." Sie warf einen Blick auf die Übersetzung. „Was meint sie, wenn sie schreibt ‚mein Auge wird auf dir ruhen'?"

Ashraf überlegte. „Vielleicht hat sie sich Informationen über die Behörden besorgt. Wer ist für Adoptionen zuständig? Das Jugendamt?"

Holly nickte nachdenklich. Sie hatte keine Nachforschungen beim Jugendamt angestellt, weil sie sich nichts davon versprochen hatte. Vielleicht war das ein Fehler gewesen.

„Hast du auch die Liste mit den Frauenklöstern bekommen?“

„Nein“, sagte Holly, „aber ich war schon mit Inga im Salam Center.“

„Und? Habt ihr was herausgefunden?“

„Nicht viel“, sagte Holly, „außer, dass sie irgendwas zu wissen schienen, was sie uns nicht sagen wollten. Eine der Schwestern hat mir was zugeflüstert, was ich nicht verstanden habe. Es klang wie ‚bin-ich-Chef, mir-ist-schlecht‘ oder so ähnlich.“

Ashraf hörte aufmerksam zu und kniff die Augen zusammen. „Noch mal“, forderte er sie auf, „in dem Ton, in dem sie es gesagt hat.“

Holly beugte sich näher zu ihm und wiederholte flüsternd die Worte, versuchte, ihre Melodie nachzuempfinden. Ashraf schloss die Augen und richtete seine ganze Konzentration darauf. Er murmelte etwas, lauschte, dann öffnete er die Augen und flüsterte: „Beni Suef.“

„Jaaa! Genau so hat es geklungen! Und was bedeutet das?“

„Das ist der Name einer Stadt, ungefähr hundertzwanzig Kilometer südlich von Kairo.“

„Was gibt es dort? Was könnte sie gemeint haben?“

Ashraf zuckte die Schultern. „Ich habe keine Ahnung, aber das lässt sich bestimmt herausfinden.“ Nach einer Pause fragte er: „Hast du heute schon was vor?“

„Nein. Wieso?“

„Du bist eingeladen. Meine Eltern würden dich gern kennen lernen.“

Überrascht sah sie ihn an. „Das ist sehr nett. Aber warum?“

„Weil ich ihnen erzählt habe, dass du eine interessante Frau bist.“

Holly zögerte. „Du … du hast ihnen hoffentlich auch gesagt, dass ich achtunddreißig bin, zwei Kinder habe und verheiratet bin?“

Ashraf lächelte. „Keine Panik.“

Holly wusste, dass Ashrafs Familie wohlhabend war, aber das Anwesen auf dem Mokkatam-Berg, zu dem er sie am Abend brachte, übertraf alle ihre Erwartungen. Das moderne, im orientalischen Stil eingerichtete Haus lag in einem üppigen Garten mit einem Pool, der – von innen beleuchtet – wie ein riesiger Smaragd funkelte.

Ashrafs Eltern, ebenso kultiviert und attraktiv wie ihr Sohn, begrüßten Holly mit großer Herzlichkeit. Sie sprachen perfekt Englisch und baten sie auf die Terrasse, wo bereits kalte Getränke vorbereitet waren. Holly bewunderte den Blick über die beleuchtete Stadt, die aus dieser Entfernung glitzernd schön war und nichts von dem Elend ahnen ließ, das in ihr herrschte. Die Kontraste, die Holly heute erlebt hatte, hätten größer nicht sein können.

„Mein Sohn hat uns erzählt, Sie hätten eine sehr ungewöhnliche Familiengeschichte!“

Holly war überrascht, wie detailliert Ashraf seine Eltern über sie informiert hatte. Andererseits, was hätte es gebracht, ein Geheimnis daraus zu machen? „Sehr weit bin ich mit meinen Nachforschungen noch nicht gekommen.“

„Das ändert sich gerade“, sagte Ashraf, der in diesem Moment auf die Terrasse kam. Er trug einen Computerausdruck bei sich. „Ich habe ein bisschen weitergesucht. Der Orden der Daughters of St Mary hat sich bereits in den Sechzigerjahren in Ägypten niedergelassen, und zwar in …?“ Er sah Holly herausfordernd an.

„Beni Suef?“, riet sie.

„Genau. Dort steht das Mutterhaus, in dem an die achtzig Nonnen leben; der Konvent im Salam Center ist nur eine Zweigstelle.“

Holly hielt es vor Aufregung kaum mehr auf dem Stuhl. Das also hatte die Schwester ihr sagen wollen! „Wann können wir hinfahren?“

„Morgen, wenn du willst.“ Ashraf sah sie mit liebevollem Spott an. „Länger könntest du doch sowieso nicht warten!“

Sie erklärte seinen Eltern hastig, was diese Neuigkeit bedeutete und dass sie nun vielleicht doch hoffen konnte, ihre Mutter zu finden. Fiebrige Unruhe hatte sie ergriffen.

Nach dem Abendessen, das sie ebenfalls auf der Terrasse einnahmen, zogen Ashrafs Eltern sich zurück. Sie blieben zu zweit sitzen und blickten eine Weile schweigend auf die Stadt mit ihren vibrierenden Lichtern. Darüber spannte sich ein weiter Sternenhimmel, die Luft war warm und still.

„Willst du schwimmen?“, fragte Ashraf. „Wir sehen im Zimmer meiner Schwester nach, ob wir einen Badeanzug für dich finden.“

Holly genierte sich ein bisschen, aber das leuchtende Wasser des Pools sah zu verführerisch aus. Sie fanden einen Bikini, der ihr passte, dazu ein Tuch, in das sie sich einwickelte. Als sie aus dem Badezimmer kam, stand Ashraf in Badehose vor ihr. Verstohlen musterte sie ihn. Unter der dunklen Haut seines Oberkörpers zeichneten sich deutlich die Muskeln ab. Seine Beine waren durchtrainiert. Sie konnte nichts an ihm entdecken, was ihr nicht gefallen hätte.

Am Rand des Schwimmbads ließ sie das Tuch zu Boden gleiten und machte einen Kopfsprung. Das Wasser umfing sie weich und angenehm warm. „Traumhaft!“, rief sie aus. „Du hast vielleicht ein Glück!“

Sie schwammen um die Wette. Nach einiger Zeit machten sie eine Pause und hielten sich am Beckenrand fest.

„Wodurch ist dein Vater so reich geworden?“, fragte Holly ohne Umschweife.

„Er berät die Regierung in Fragen der Seuchenprävention und Hygiene“, sagte Ashraf. „Aber eigentlich ist es meine Mutter, die Geld hat. Sie kommt aus einer sehr wohlhabenden Familie. Reichtum ist ein zweischneidiges Schwert. In einer Umgebung wie dieser hast du eigentlich dauernd ein schlechtes Gewissen, und außerdem ist es langweilig, wenn man sich alles leisten kann. Ich müsste nicht arbeiten, ich könnte von den Zinsen des Vermögens leben, das meine Eltern für mich angelegt haben. Aber das wäre sinnlos und öde.“

„Deshalb machst du also den Job im Krankenhaus“, sagte Holly, die sich schon gefragt hatte, warum ein brillanter Wirtschaftsfachmann ein Krankenhaus in einem Kairoer Armenviertel leitete.

Ashraf tauchte plötzlich unter. Holly erschrak, als sie seine Hände um ihre Hüften fühlte. Er umfasste sie mit beiden Armen und hielt sie fest. Seine plötzliche Nähe irritierte Holly, sie spürte seinen Körper an ihrem, wollte sich an ihn schmiegen, aber etwas hielt sie zurück. Ein leichtes Zittern durchfuhr sie.

„Mir ist kalt, ich geh raus.“ Sie zog sich am Beckenrand hoch, stieg aus dem Pool und griff nach dem Tuch.

Er folgte ihr, und sie setzten sich nebeneinander auf zwei Liegestühle.

„Manchmal geschehen Dinge, mit denen man nicht rechnet“, sagte er vieldeutig.

„Das Leben ist voller Überraschungen“, pflichtete sie ihm bei und hätte sich für diesen dämlichen Satz am liebsten geohrfeigt.

DIE FAHRT nach Beni Suef führte sie aus der Stadt hinaus, am Jachthafen vorbei, durch Industriegebiete hindurch, immer am Nil entlang, bis sie in einer scheinbar anderen Welt angekommen waren.

Holly sah Bauern mit großen Schöpfkellen und Tragekörben, Holzpflüge, die von Wasserbüffeln gezogen wurden, Reiter auf Kamelen. Staunend betrachtete Holly die üppigen Felder, auf denen Mais, Hirse, Reis, Früchte und Gemüse wuchsen. Die Erde war grün, wohin man sah, und der Himmel spannte sich sattblau über ihnen.

„Lebst du gern in der Stadt?“, fragte sie Ashraf, der seinen linken Arm aus dem geöffneten Fenster lehnte und vor sich hin pfiff.

„Ich habe immer in der Stadt gelebt“, sagte er, „zuerst in Kairo, dann in Berlin, jetzt wieder hier. Ich kenne es nicht anders.“

„Warum bist du zurückgekommen?“

Er schob seine Sonnenbrille in die Stirn und sah sie von der Seite an. „Weil hier meine Heimat ist.“

„Und … deine Freundin?“

„Wollte in Deutschland bleiben. Es ist, wie es ist“, sagte er.

„Ah, ein Stoiker“, sagte Holly mit leisem Spott.

„Wenn du damit meinst, dass mir alles egal ist, dann irrst du dich.“

„Das habe ich nicht gemeint. Ich wollte nur rausfinden, wie viel sie dir … bedeutet hat.“

„Nicht genug, sonst wäre ich geblieben“, sagte er, und es klang, als sei für ihn das Thema beendet.

Hollys Gedanken wanderten zu den beiden letzten Abenden. Ashraf verwirrte sie. Er behauptete, reife Frauen zu mögen, er stellte sie seinen Eltern vor wie eine Verlobte, er verbrachte Tage damit, ihr bei ihrer Suche zu helfen. Wie würde es sein, wenn sie einfach hierbliebe? Sie könnte mit ihm zusammen sein, so lange sie Lust dazu hätte. Sie könnte sich eine Arbeit suchen, sicher würde Inga ihr dabei helfen. Sie könnte Arabisch lernen, ein völlig neues Leben beginnen. Alles erschien plötzlich vorstellbar.

Holly war immer sicher gewesen, dass Chris und sie zusammenbleiben würden. Trotz der üblichen Höhen und Tiefen einer langjährigen Ehe. Aber seit sie wusste, dass er sie belogen hatte, war diese Sicherheit dahin.

„Woran denkst du?“

Sie schreckte hoch und sah zu Ashraf, der sie anlächelte. „Ich … ähm, ich frage mich, ob wir sie in Beni Suef wirklich finden werden.“ Holly hatte das ungute Gefühl, die Vorgänge im Kairoer Konvent würden nicht folgenlos bleiben. Die zweite Schwester hatte offenbar etwas mitbekommen, möglicherweise hatte die Priorin inzwischen Kenntnis davon, und ein Anruf von ihr würde genügen, damit keine Seele in Beni Suef jemals von Elsa Hegmann gehört hätte. Falls diese Wert darauf legte, nicht gefunden zu werden.

Beni Suef, die Hauptstadt der gleichnamigen Provinz, war nicht mehr weit entfernt. Industrieanlagen säumten die Straße, flankiert von Lagerhallen, vor denen altersschwache Lkws parkten. Sie fuhren durch ärmliche Vororte bis ins Zentrum, das nicht weniger ärmlich war.

„Als Erstes suchen wir ein Hotel für dich“, schlug Ashraf vor.

„Wieso für mich? Du willst mich doch wohl nicht allein lassen?“

„Ich muss zurück“, sagte Ashraf, „ich habe einen Job.“

Holly kroch auf der Stelle die Angst in die Glieder. „Aber ich spreche kein Arabisch. Ich kann’s nicht mal lesen. Ich werde mich verirren.“

Ashraf sagte lächelnd: „Du kannst mich jederzeit anrufen.“ Er hielt vor einem gelblich verputzten Gebäude gegenüber dem Bahnhof.

„‚Hotel Pharao‘“, las Holly. „Wie weit ist es vom Kloster entfernt?“

„Vielleicht fünf bis zehn Minuten.“

„Okay“, sagte Holly, „in welcher Richtung?“

Er deutete hinter sich. „Da lang.“

Bevor es dunkel wurde, huschte Holly kurz auf die Straße und kaufte bei einem Lebensmittelhändler zwei gefüllte Teigtaschen und eine große Flasche Wasser. Zurück in ihrem Zimmer, legte sie sich aufs Bett, das einer Gefängnispritsche ähnelte, und las in ihrem Reiseführer.

Die Geräuschkulisse war anders als in Kairo; es war viel ruhiger, die einzelnen Lärmquellen deutlicher auszumachen. Da schrie ein Kind, dort schlug eine Tür zu, ein Hund bellte lange und durchdringend.

Chris und die Kinder saßen jetzt zu Hause beim Abendessen, und wahrscheinlich dachten sie nicht mal an Holly. Sie nahm ihr Handy und wählte die Nummer. Es klingelte lange, bis jemand abhob. „Hallo?“, hörte sie Leas Stimme.

„Hallo, meine Süße, hier ist Mama! Wie geht’s euch?“

Der erhoffte Gefühlsausbruch blieb aus. Unbeeindruckt sagte Lea: „Gut. Wir essen gerade.“

„Das dachte ich mir“, sagte Holly betont munter, „was gibt’s denn?“

„Papa hat Thailändisch bestellt.“ Im Hintergrund waren Stimmen und Lachen zu hören.

„Gibst du mir mal Timo?“, bat Holly.

„Tiiimo, Mama ist dran!“, hörte sie ihre Tochter rufen. Dann wieder ihre Stimme am Telefon: „Er will nicht. Möchtest du mit Papa sprechen?“

„Nein, danke, ich will euch nicht weiter stören. Sag allen viele Grüße. Ich hab dich lieb.“

„Ich dich auch“, sagte Lea, und schon hatte sie aufgelegt.

Holly hielt es nicht mehr aus auf dem Bett. Sie sprang auf, ging unschlüssig im Zimmer auf und ab. Plötzlich bekam sie Lust auf ein Bier. Unten im Hotel gab es eine kleine Bar, vielleicht konnte sie dort eines bekommen.

Sie ging die Treppe hinunter und auf den Tresen zu, an dem ein paar Männer standen und Bier aus Flaschen tranken. Offenbar nahmen es nicht alle so ernst mit dem Alkoholverbot.

„*Two Stella*", bestellte Holly mit energischer Stimme und hob zwei Finger, um ihrem Wunsch Nachdruck zu verleihen.

Die Einheimischen betrachteten sie mit einer Mischung aus Befremden und Besorgnis. Der Kellner schob zwei Flaschen Stella-Bier über den Tresen, Holly bezahlte und trat den Rückzug an.

Sie ließ sich wieder aufs Bett fallen und setzte die erste Flasche an. Nein, dachte sie, mit dem Islam würde sie sich nicht anfreunden können. Eine Religion, die Bier verbietet und Frauen unterdrückt, war absolut nicht ihr Ding. Das Einzige, was ihr gefiel, waren die Kleidervorschriften. Wie viel eleganter nahmen sich die verhüllten Ägypterinnen gegen die Touristinnen aus, die ungeniert ihre Blöße zur Schau trugen. Sie las noch eine Weile, dann machte sie das Licht aus und lauschte in die Dunkelheit, bis sie einschlief.

AM NÄCHSTEN MORGEN erwachte sie früh und überlegte, ob sie einfach auf die Straße gehen und das Kloster suchen könnte und wie sie sich verhalten müsste, um keinen Anstoß zu erregen. Sie fühlte sich unsicher; sie würde zum ersten Mal allein zurechtkommen müssen in diesem fremden Land.

Je länger sie darüber nachdachte, desto wütender wurde sie. Sie würde gehen, wohin sie wollte, und tun, was ihr richtig erschien.

Voller Tatendrang packte sie ihre Unterlagen und den Reiseführer in ihre Tasche und marschierte entschlossen aus dem Hotel. Sie würde einfach in die Richtung gehen, die Ashraf ihr gezeigt hatte, und sich irgendwie durchfragen. Aber vorher brauchte sie einen Kaffee. Es dauerte eine ganze Weile, bis sie etwas fand, was einem Kaffeehaus ähnelte. Als sie eintrat, richteten sich die Blicke der Gäste auf sie – alles Männer.

Holly versuchte, sich so ungezwungen wie möglich zu verhalten; sie setzte sich und wartete auf die Bedienung. Nichts geschah. Irgendwann stand sie auf, ging an den Tresen und fragte: „*Coffee?*"

Unendlich langsam füllte ein Mann in traditioneller Kleidung ein Glas mit einem schwarzen Gebräu. „*Milk?*" – Milch?, fragte Holly.

Er lächelte sie freundlich an und zuckte die Schultern. „*You from?*", fragte er. Woher kommst du?

„*Germany*", gab Holly zurück.

„Ah … Klinsemanne!“, sagte er. Die anderen Männer sahen neugierig, aber ohne jede Feindseligkeit zu ihr herüber.

Holly bedankte sich lächelnd, füllte zwei Löffel Zucker in das Glas und trug es an ihren Platz. Der Kaffee schmeckte gut, war aber so stark, dass sie um ihre Magenschleimhaut fürchtete. Tapfer trank sie ihn trotzdem aus.

Beim Verlassen des Lokals sagte sie: *„Thank you, bye-bye.“* Einige der Männer erwiderten ihren Gruß mit einem Winken, der Mann hinter dem Tresen rief noch mal: „Klinsemanne!“ Erleichtert stellte Holly fest, dass es hier offenbar nicht so gefährlich war, wie sie gedacht hatte.

Als sie das Gefühl hatte, im Kreis zu laufen, sprach sie einen Polizisten an einer stark befahrenen Kreuzung an. Er nickte eifrig mit dem Kopf und schickte sie in die Richtung, aus der sie gekommen war. Als sie sich nach einer Weile umsah, entdeckte sie den Uniformierten, der ihr in einiger Entfernung folgte. Sie erinnerte sich, dass Ashraf gesagt hatte, in Beni Suef könne es passieren, dass sie Polizeischutz bekäme. Die Behörden hätten gern ein Auge auf die Touristen, teils um sie zu beschützen, teils um sie zu kontrollieren.

Sie blieb stehen, drehte sich zu ihm und hob fragend die Hände. Er wies die Straße entlang, zeigte dann nach rechts. Sie ging weiter und bog in die nächste kleine Seitenstraße ab. Unsicher sah sie sich um, an der Ecke erschien ihr selbst ernannter Beschützer und nickte aufmunternd. Sie ging einige Schritte weiter und entdeckte an der Hauswand neben einem Eingangstor ein unscheinbares Schild in Arabisch und Englisch. CONVENT OF THE DAUGHTERS OF ST MARY.

Hollys Herz begann heftig zu klopfen. Sie blieb stehen und überlegte, was sie tun sollte. Einfach hineinspazieren und nach ihrer Mutter fragen? Die Angst vor einer Enttäuschung war plötzlich so übermächtig, dass sie am liebsten weggelaufen wäre. Den Blick unverwandt auf das Schild gerichtet, hockte sie sich auf einen Mauervorsprung und dachte, dass sie aber auch nicht unverrichteter Dinge umkehren könnte.

Ein Brief! Sie würde einen Brief schreiben. Sollte ihre Mutter wirklich hier sein, könnte sie in Ruhe entscheiden, ob sie antworten wollte oder nicht. Sie nahm ihren Block und einen Stift aus der Tasche. O mein Gott, was schrieb man in einem solchen Fall?

„Hallo, ich bin Deine Tochter und wollte mal eben schauen, wie's Dir so geht“? Oder: „Sehr geehrte Frau Hegmann, wie Sie sich vielleicht erinnern, haben Sie vor 38 Jahren eine Tochter zur Welt gebracht. Diese befindet sich hier und würde Sie gern kennen lernen“?

Nein, das ging alles nicht. Holly kaute unschlüssig auf dem Stift herum. Schließlich beschränkte sie sich auf die Worte: *Der Skarabäus hat mich hierhergeführt. Holly Berger.*

Sie legte die Kopie des übersetzten Briefes und ihre Visitenkarte dazu und notierte den Namen des Hotels darauf. In Ermangelung eines Kuverts wand sie ein Gummiband um die Papiere, das sich in den Tiefen ihrer Tasche fand. Sie schrieb *Sr. Elsa* darauf. Dann fiel ihr ein, dass sie als Nonne sicher einen anderen Namen angenommen hatte, und schrieb noch *Hegmann* darunter.

Als sie das große, schwere Eingangstor aufdrückte, sah sie einen kleinen Verschlag, in dem ein alter, irgendwie vertrocknet wirkender Mann mit einer schwarzen, viel zu großen Kappe saß.

„Excuse me, I've a letter for one of your sisters." – Entschuldigung, ich habe einen Brief für eine Ihrer Schwestern.

Beim Stichwort *„sister"* winkte er verstehend und wies mit der Hand auf ein Gebäude, das auf der anderen Seite des Innenhofes lag.

Sie betrat den Eingangsbereich des Klosters, wo hinter einem Tisch mit ein paar Papieren und einem Telefon eine Schwester in der vertrauten graublauen Nonnentracht saß. Holly ging lächelnd auf sie zu. *„Hello, I've a letter for one of your sisters."* Sie reichte ihr den Brief, die Nonne nahm ihn und nickte ihr freundlich zu.

Einen Moment blieb Holly unschlüssig stehen, dann wandte sie sich zum Ausgang. „Lieber Gott", flüsterte sie, „jetzt bist du dran. Wenn du willst, dass wir uns finden, dann sorg dafür, dass der Brief in die richtigen Hände kommt." Sie ging über den Innenhof, in dessen Mitte ein großes koptisches Kreuz aus Eisen emporragte, und trat auf die Straße hinaus.

Der Polizist hatte vor dem Kloster Stellung bezogen und auf sie gewartet. Holly nickte ihm freundlich zu, um ihm zu bedeuten, dass sie seine Mission für beendet hielt. Bald darauf stellte sie jedoch fest, dass er ihr weiter folgte. Zuerst ärgerte sie sich, dann dachte sie, dass ein persönlicher Bodyguard vielleicht gar nicht so übel wäre.

Den Rest des Tages wanderte sie – ihren Beschützer im Schlepptau – ziellos durch die Stadt. An einem der Verkaufsstände aß sie Falafel und deckte sich mit Obst und Wasser ein. In einem vollgestopften Ramschladen entdeckte sie ein hölzernes Backgammon-Spiel. Das könnte sie gegen sich selbst spielen, falls die Langeweile zu groß werden würde. Außerdem kaufte sie ein weiteres Notizheft, denn sie hatte beschlossen, die Zeit zu nutzen und aufzuschreiben, was seit ihrer Entdeckung geschehen war.

Zurück im Hotel, machte sie einen Mittagsschlaf. Gegen fünf wachte sie auf, verschwitzt und durstig. Sie machte sich frisch, trank Wasser und aß Pfirsiche. Dann legte sie sich bäuchlings aufs Bett und fing an zu schreiben.

16

Bis zum Abend des dritten Tages geschah nichts. Kein Brief, kein Anruf, nicht die geringste Reaktion.

Holly lag die meiste Zeit tatenlos in ihrem Zimmer. Nachdem sie das halbe Heft vollgeschrieben, mehrere Partien Backgammon gespielt und den Reiseführer mehrmals gelesen hatte, fiel ihr nichts mehr ein, was sie tun konnte. So starrte sie in die Luft und lauschte auf die Geräusche.

Es dämmerte bereits. Sie schloss die Augen und wünschte sich, einzuschlafen und erst wieder zu erwachen, wenn ihre Mutter vor ihr stünde.

Leise klopfte es an der Tür. Ruckartig fuhr Holly hoch, ihr Herz begann zu rasen. „Ja?", sagte sie atemlos. Der Türknauf drehte sich, die Tür ging auf. Holly sprang vom Bett und lief ihrem Besucher entgegen. „Ashraf!" Ihre Lethargie war wie weggeblasen.

„Ich hoffe, ich störe nicht", sagte Ashraf, höflich wie immer.

„Sonst noch was", sagte Holly, „ich freue mich total! Können wir ausgehen, was essen?"

Sie gingen in ein einfaches Lokal mit traditioneller Küche, wo sie wieder die einzige Frau war. Holly erzählte, und Ashraf sah sie entgeistert an.

„Du sitzt seit drei Tagen hier rum und tust nichts?"

„Was heißt nichts, ich warte."

„Aber das ist doch verrückt! Du weißt nicht mal, ob sie jemals hier war, und anstatt einfach zu fragen, schreibst du einen Brief?"

„Das Ganze ist verrückt", sagte Holly. „Vielleicht bin ich verrückt."

Ashraf nahm ihre Hand. „Morgen gehen wir hin, und du fragst, okay? Und wenn du es nicht tust, werde ich es tun."

„Okay", sagte Holly kleinlaut.

Nach dem Essen wünschte sich Holly einen Spaziergang am Nil. Sie stellte sich das sehr romantisch vor. Ashraf blickte sie skeptisch an, wollte ihr aber offenbar ihren Wunsch erfüllen, und so gingen sie Richtung Fluss.

Statt auf lauschigen Wegen am Wasser landeten sie in einer Art Mini-Disneyland, einem grellen und lärmigen Vergnügungspark, in dem Eltern ihre bunt gekleideten Kinder in die Wagen der Fahrgeschäfte hoben oder vor künstlichen Monstern fotografierten. Eine Weile sahen sie zu, Ashraf kaufte ihr eine klebrige rosarote Süßigkeit, dann wanderten sie zurück.

Im Aufzug sprachen sie nicht. Auf dem Flur verabschiedeten sie sich, und jeder ging in sein Zimmer.

DAS KLEINE KUVERT trug einen graublauen Aufdruck, ähnlich der Farbe ihrer Nonnentracht. DAUGHTERS OF ST MARY, BENI SUEF. Der Umschlag war nicht verschlossen, die Lasche nur nach innen gesteckt.

Der junge Hoteldiener hatte Ashraf den Umschlag ausgehändigt, als sie nach unten kamen, dabei stand unübersehbar Hollys Name darauf. Zitternd hatte sie die Hand ausgestreckt, als er gesagt hatte: „Für dich." Holly zog die Lasche heraus und nahm ein kleines Kärtchen aus dem Umschlag. *Please call the convent, Sr. Agapy, Prior.* – Bitte rufen Sie das Kloster an, Sr. Agapy, Priorin. Darunter eine Telefonnummer. Holly hob langsam den Blick.

Ashraf begleitete sie zum Kloster, wollte aber an dem Gespräch nicht teilnehmen. Holly hatte angerufen und um einen Termin bei der Priorin gebeten, der ihr für den Nachmittag versprochen worden war.

Zum zweiten Mal überquerte sie den Innenhof mit dem großen Kreuz und betrat das Gebäude. Die Schwester am Empfang bedeutete Holly, ihr zu folgen. Vor einer Tür blieb sie stehen und klopfte, dann öffnete sie und machte einen Schritt zur Seite, um Holly vorbeizulassen.

Die Oberin erhob sich von ihrem Schreibtisch und kam langsam auf sie zu. Sie war an die sechzig, hatte ein ausdrucksvolles Gesicht mit erstaunlich wenigen Falten und trug eine große Brille. Sie war keine Ägypterin. „Ich bin Schwester Agapy", stellte sie sich auf Englisch vor und musterte Holly mit Augen, die durch die Brillengläser merkwürdig vergrößert wurden. „Sie müssen Mrs Berger sein."

„Holly Berger, ja." Sie schüttelten sich die Hände, und Holly setzte sich auf einen Stuhl, den die Priorin ihr zurechtrückte. Unter ihrem Blick hatte sie das Gefühl zu schrumpfen.

„Wir hatten bereits Nachricht, dass Sie kommen würden", sagte Schwester Agapy, „was können wir also für Sie tun?"

„Ich bin auf der Suche nach einer Deutschen namens Elsa Hegmann. Ich habe einen Brief für sie im Kloster abgegeben."

„Wie kommen Sie darauf, dass Frau Hegmann hier bei uns lebt?"

Hollys Mut sank ins Bodenlose. Das klang, als wäre sie auf der völlig falschen Fährte. „Nun, das ist eine lange Geschichte. Aber ich habe gute

Gründe anzunehmen, dass es irgendwann einen Kontakt zwischen Frau Hegmann und Ihrem Konvent gegeben hat. Möglicherweise in den Anfangsjahren. Sie kam 1967 nach Ägypten."

Die Priorin nickte, dann öffnete sie eine Schublade ihres Schreibtisches. „Was ist das für ein Schreiben?", fragte sie und hielt die Kopie der Übersetzung in der Hand.

„Ein Brief, den Frau Hegmann geschrieben hat, vor achtunddreißig Jahren. An ihre Tochter."

„Wie alt sind Sie?" Die Augen der Priorin funkelten hinter der Brille.

„Achtunddreißig."

In Schwester Agapys Gesicht zuckte es kaum merklich. Umständlich legte sie den Brief zurück in die Schublade, dann sah sie Holly mit dem Ausdruck des Bedauerns an und sagte: „Schwester Sunita ist derzeit nicht im Konvent."

Holly starrte sie an und versuchte, den Sinn dieser Worte zu begreifen. „Schwester Sunita?", fragte sie schließlich.

„Beim Eintritt in den Orden nehmen die Frauen einen anderen Namen an als Zeichen für die Abkehr von ihrem bisherigen Leben."

„Das heißt … meine Mutter lebt also tatsächlich hier?"

„Zeitweise", sagte Schwester Agapy. „Sie ist häufig auch in unseren Schwesterhäusern in Kairo, Mokkatam und Matareya."

„Wo ist sie jetzt?"

„Im Ausland. Sie sammelt dort Spenden."

Holly brauchte einen Moment, um das Gehörte zu verdauen. „Weiß sie denn überhaupt von meinem Brief?", fragte sie dann.

Die Priorin blickte Holly sanft an, als wolle sie um Entschuldigung bitten. „Schwester Sunita ist nicht zufällig abgereist. Sie wünscht kein Zusammentreffen mit Ihnen."

Holly war wie vom Donner gerührt. Einen Moment saß sie ganz still, dann fragte sie zögernd: „Und sie hat auch nichts für mich hinterlassen? Keine Nachricht, keinen Brief?"

Die Priorin schüttelte stumm den Kopf. In ihrem Gesicht zeichnete sich ein Schmerz ab, als könne sie nachfühlen, was in Holly vorging. Sie beugte sich plötzlich vor und griff nach Hollys Hand. „Erzählen Sie mir doch etwas von sich, dann werde ich es Ihrer Mutter berichten."

Holly schüttelte nur stumm den Kopf und zog ihre Hand zurück. Alle Kraft war aus ihr gewichen.

ZWEI TAGE SPÄTER saß Holly im Flieger nach Deutschland. Zum Abschied hatte sie sich mit Inga getroffen, die versucht hatte, sie auf ihre liebevoll-ruppige Art zu trösten. „Wer dich nicht will, hat dich nicht verdient!“, posaunte sie. „Aber ich weiß, dat nutzt dir jetzt auch nit viel.“

„Ich verstehe das einfach nicht“, sagte Holly zum hundertsten Mal. „Jemand legt lauter Spuren, und wenn er endlich gefunden wird, macht er sich aus dem Staub. Das passt doch nicht zusammen!“

Ihre Enttäuschung verwandelte sich allmählich in Wut. Was war das für eine merkwürdige Auffassung von Christlichkeit, das eigene Kind zu verstoßen und sich stattdessen lieber für Fremde einzusetzen? Warum hatte sie sich ihrer Verantwortung nicht gestellt, vor 38 Jahren nicht und jetzt auch nicht?

Beim Abschied hatte Holly Inga gefragt: „Was würdest du an meiner Stelle jetzt tun?“

Inga hatte sie angelächelt. „Ich wäre stolz, dass ich sie gefunden habe. Und ich würde mich darauf freuen, nach Hause zu kommen, zu Menschen, die mich lieben.“

Ashraf hatte sie zum Flughafen gebracht. Sie hatten sich lange umarmt.

„Manchmal geschehen Dinge, mit denen man nicht gerechnet hat“, sagte er, „und manchmal geschehen sie zur falschen Zeit.“ Er drückte ihr ein Päckchen in die Hand. „Zur Erinnerung.“

„Danke“, sagte Holly. „Danke für … alles.“ Im Warteraum packte sie sein Geschenk aus. Es war eine kleine gläserne Pyramide, vermutlich als Briefbeschwerer gedacht. Auf einem Zettel stand: *Weil Du die Einzige bist, die je nach Ägypten kam und die Pyramiden nicht gesehen hat. Aber so hast Du einen Grund wiederzukommen. Ashraf.*

Irgendwann war Holly eingeschlafen, sie schreckte erst hoch, als die Stimme der Stewardess den beginnenden Landeanflug ankündigte. Wenige Minuten später setzte die Maschine auf der Landebahn auf. Nieselregen, elf Grad. Der Himmel grau in grau.

Je näher der Moment des Wiedersehens mit ihrer Familie kam, desto deutlicher verlangsamten sich Hollys Bewegungen. Sie war eine der Letzten, die das Flugzeug verließen. Dann sah sie zu, wie ihre Reisetasche auf dem Gepäckband zweimal im Kreis fuhr, bis sie sich endlich entschließen konnte, sie zu nehmen.

Durch die automatische Glastür ging sie hinaus und blickte sich um. Dann entdeckte sie, hinter einer Gruppe Jugendlicher, Chris und die Kinder. Sie winkte ihnen mit aufgesetzter Fröhlichkeit zu.

Lea kam auf sie zugelaufen und flog ihr in die Arme. „Mama!“, rief sie, „hast du mir was mitgebracht?“

Holly schmiegte das Gesicht ins Haar ihrer Tochter. „Hallo, meine Süße! Klar habe ich dir was mitgebracht.“ Glücklicherweise hatte Inga sie daran erinnert, etwas für die Kinder zu kaufen. Für Lea hatte sie eine Tonfigur der Göttin Isis gefunden, für Timo einen Fotoband über die Pharaonengräber, und für Chris hatte sie im Duty-free-Shop noch schnell eine Flasche Brandy besorgt.

Timo sagte: „Hallo Mama“, und ließ sich widerstrebend von ihr umarmen, Chris blieb in einiger Entfernung stehen und sagte steif: „Willkommen daheim.“

Holly dachte, dass sie ihn mit einer Umarmung begrüßen sollte, aber sie blieb wie angewurzelt stehen. „Hallo“, sagte sie, „danke fürs Abholen.“

„Kein Problem“, sagte er und nahm ihr die Tasche ab. In einem kleinen Konvoi gingen sie ins Parkhaus.

Lea bestürmte ihre Mutter mit Fragen über Ägypten. Ob die Menschen dort arm seien, was es zu Essen gebe, ob die Kinder Schuluniformen tragen müssten, ob sie auch Handys und iPods hätten, ob im Fernsehen Sendungen wie „Ägypten sucht den Superstar“ liefen. Holly bemühte sich, alles so gut wie möglich zu beantworten, musste aber zugeben, dass sie vieles nicht wusste.

Timo schwieg fast die ganze Zeit, brummte nur hie und da einen abfälligen Kommentar zum Geplapper seiner Schwester.

Erst als sie im Auto saßen, stellte Lea die entscheidende Frage. „Hast du eigentlich deine Mutter gefunden?“

Holly schluckte. „Nein“, sagte sie und presste die Lippen zusammen.

17

Holly ging durch die Straßen ihrer Heimatstadt und fühlte sich seltsam fremd. Sie war noch mit dem Blick des Reisenden unterwegs, mit jener übergroßen Bereitschaft, alles wahrzunehmen und zu beachten, woran die Einheimischen längst achtlos vorübergehen. Der Spruch „Wegfahren, um nach Hause zu kommen“ fiel Holly ein. Aber selbst in ihren eigenen vier Wänden kam sie sich vor wie ein Eindringling. Auf einmal nahm sie die Brüchigkeit von allem wahr, die feinen Risse im Verputz, die abblätternde Farbe an den Türen, die Lücken im Parkett, und alles schien ihr ein Sinnbild für die Brüchigkeit all ihrer Beziehungen und aller Gewissheiten.

Das Jugendamt war in einem Bürokomplex an einer verkehrsreichen Straße untergebracht. Holly sah an der grauen Fassade hoch. Hier wurden Schicksale verwaltet, Lebenslinien gezogen.

Sie stellte sich vor, dass es für die Mitarbeiter sicher oft schwierig war, die richtige Balance zwischen behördlicher Korrektheit und dem nötigen Verständnis für die Probleme der Menschen zu finden, vielleicht manchmal sogar unmöglich.

Sie hatte einen Termin bei der zuständigen Abteilungsleiterin, Frau Rieg. An einem ausladenden Schreibtisch saß eine zierliche Frau mit halblangem braunem Haar und einer Lesebrille auf der Nasenspitze. Sie las aufmerksam in einer Akte. Als Holly näher trat, legte die Frau den Ordner weg. „Guten Tag", sagte sie. „Nehmen Sie doch Platz."

„Ich bin Holly Berger, wir hatten telefoniert."

„Ah", sagte Frau Rieg mit plötzlich erwachtem Interesse, „die Findelfrau!"

Findelfrau, dachte Holly überrascht. Wie passend.

„Ehrlich gesagt habe ich mich nach der Lektüre Ihrer Akte gewundert, warum Sie nicht schon viel früher gekommen sind", sagte Frau Rieg.

„Ich habe erst vor ein paar Wochen von meiner ungeklärten Herkunft und der Adoption erfahren."

Die Frau sah sie ungläubig an. „Ihre Eltern haben Ihnen nichts gesagt? Das kann doch nicht wahr sein!"

„O doch", sagte Holly. „Leider."

Die Frau schüttelte missbilligend den Kopf. „Es ist längst erwiesen, dass Adoptierte mit ihrer Situation sehr viel besser zurechtkommen, wenn sie Bescheid wissen. Wir ermuntern die Eltern, von Anfang an mit dem Thema offen umzugehen. Und nun sind Sie auf der Suche nach Ihren leiblichen Eltern, nehme ich an."

„Ich habe meine Mutter bereits gefunden." Frau Rieg war die Verblüffung anzumerken. Holly erzählte, und dabei wurde ihr selbst erst bewusst, welche Mischung aus Zufällen, Intuition und detektivischem Spürsinn nötig gewesen war, um die richtige Spur zu finden. „Ich weiß also, wo sie lebt, ich war sogar dort – aber sie will mich nicht sehen", beendete sie ihre Erzählung.

Frau Rieg nickte wissend. „Das kommt leider häufiger vor, als man glaubt. Abgebende Mütter haben oft große Schuldgefühle und fürchten die Konfrontation mit der Vergangenheit."

„Mich interessiert, ob meine Mutter irgendwann den Versuch gemacht hat, etwas über mich herauszufinden. Wie es mir geht, wie ich mich entwickle …" Sie brach ab und schluckte.

Frau Rieg nahm die Akte, in der sie zuvor gelesen hatte, und Holly begriff, dass es ihre war. „Ausgeschlossen", sagte sie. „Sie hätte sich als Mutter ja gar nicht ausweisen können. Auf keinen Fall hätte sie irgendwelche Informationen von uns erhalten."

„Auf keinen Fall?", insistierte Holly. Also hatte ihre Mutter nicht einmal das Versprechen aus ihrem Brief gehalten. Es war ihr völlig gleichgültig gewesen, was aus ihrem Kind geworden war.

„Allerdings …", hörte sie die Stimme von Frau Rieg, „gibt es gewisse Personen, denen wir Auskunft hätten geben dürfen. Seelsorger, Ärzte, Hebammen … Personen, mit denen wir als Behörde zu tun haben und die der Schweigepflicht unterliegen."

In Hollys Kopf arbeitete es heftig. „Wollen Sie mir damit sagen, dass in meinen Fall … eine solche Person … involviert gewesen ist?", fragte sie zögernd.

Frau Rieg nickte stumm.

„Wie … oft kamen diese Nachfragen?"

„Ungefähr einmal im Jahr", sagte Frau Rieg.

„Können Sie mir sagen, um wen es sich handelt?", fragte Holly aufgeregt.

„Leider nein. Das unterliegt dem Datenschutz."

„Wie bitte? Diese Person durfte Informationen über mich erhalten, aber ich darf nicht wissen, wer sie ist?"

„Genauso ist es."

Holly überlegte. „Und wenn Sie nun diese Person fragen, ob ich Kontakt zu ihr aufnehmen kann?"

Frau Rieg wiegte den Kopf. „Ich denke, das wäre prinzipiell vorstellbar. Die Frage ist nur, ob es praktisch möglich ist."

„Warum denn nicht?" Holly wurde immer ungeduldiger.

Frau Rieg hielt den Ordner mit ihrer Akte hoch. „Der letzte Kontakt zu der Person liegt zwanzig Jahre zurück."

Zwanzig Jahre. Das hieß, mit ihrer Volljährigkeit hatte das Interesse dieser Person an ihr geendet. Zwanzig Jahre hieß auch, diese Person könnte tot, ausgewandert oder x-mal umgezogen sein. Holly hob den Blick. „Würden Sie es wenigstens versuchen?"

„Klar versuche ich es", sagte Frau Rieg. „Sonst hätte ich Ihnen ja nicht davon erzählt."

AUF DEM HEIMWEG grübelte Holly unablässig darüber nach, wer diese geheimnisvolle Person sein könnte.

Beim Betreten der Wohnung hörte sie Geräusche aus der Küche. Sie hatte keine Lust, Chris zu sehen, mit ihm zu sprechen. Er war ihr auf eine Art fremd geworden, die sie selbst völlig ratlos machte. Schließlich gab sie sich einen Ruck, öffnete die Küchentür und sagte: „Ich bin wieder da."

„Schön", gab Chris zurück und hob kaum den Blick von seinem Servierbrettchen, auf dem er ein Brot mit Käse, Tomaten und Senf dekorierte. Er versuchte nicht einmal, mit ihr zu sprechen. Sie schloss die Küchentür. Vielleicht könnten sie zukünftig einfach nebeneinanderher leben und sich gegenseitig in Ruhe lassen.

Holly seufzte. Sie wusste, dass es unmöglich war, so zu leben, wenn man Kinder hatte. Erst gestern Abend hatte Lea angespannt zwischen ihnen hin- und hergesehen und plötzlich angefangen zu weinen. „Was ist denn?", hatte Holly erschrocken gefragt.

„Ihr habt euch überhaupt nicht mehr lieb!", hatte Lea geschluchzt. „Ihr schaut euch nicht mehr an, ihr redet so komisch höflich miteinander, als würdet ihr euch gar nicht kennen."

Chris sagte: „Es stimmt, dass Mama und ich uns zurzeit nicht besonders gut verstehen. Aber das kommt in jeder Beziehung mal vor. Ihr streitet ja schließlich auch."

„Wir sind Geschwister", stellte Timo fest, „und wir bleiben für immer Geschwister, egal wie viel wir streiten."

„Und wir bleiben immer eure Eltern, egal wie viel wir streiten", sagte Holly.

„Super Spruch", erwiderte Timo. „Das sagen Eltern immer, bevor sie sich trennen."

Es war also völlig ausgeschlossen, auf Dauer die Illusion eines normalen Familienlebens aufrechtzuerhalten, wenn es zwischen ihr und Chris so blieb, wie es war. Holly hatte keine Ahnung, wie sie diesem Dilemma entkommen sollte.

„MÄDELSABEND" stand in der Betreffzeile von Dianas E-Mail. Und im Text: „Liebe Holly, Karin ist übermorgen für einen Abend in der Stadt und möchte uns unbedingt sehen. Ich schlage vor, Ihr kommt zu mir. Garantiert männerfreie Zone! Ich koche, Du bringst den Wein mit. Einverstanden? Liebe Grüße, Diana"

Holly freute sich darauf, ihre zwei besten Freundinnen wiederzusehen und mit ihnen zu reden. Sie nahm sich vor, die beiden endlich in ihr Familiengeheimnis einzuweihen. Eigentlich war es unverzeihlich, dass sie es nicht schon längst getan hatte.

Diana öffnete die Tür, eine rot-weiß gestreifte Küchenschürze über der Jeans, das Haar verwuschelt, mit rosigem Gesicht. „Komm rein“, sagte sie und küsste Holly auf beide Wangen, „ich versuche gerade, das Wok-Gemüse nicht anbrennen zu lassen.“

Holly folgte ihr in die Küche, wo bereits für drei Personen gedeckt war. „Hier“, sagte sie und stellte den Wein auf den Tisch. „Wo ist denn Karin? Ist sie noch nicht da?“

„Sie macht sich frisch.“ Gleich darauf hörte Holly die Tür des Badezimmers. „Erschrick nicht …“, konnte Diana gerade noch murmeln, da kam Karin bereits in die Küche.

Holly traute ihren Augen nicht. Karin war nur noch ein Knochengerüst. Die Hose schlotterte um ihre Hüften, das einstmals so schöne Gesicht war spitz und ausgehöhlt. Sie musste mindestens zehn Kilo abgenommen haben. „O mein Gott …“, stammelte Holly und umarmte sie, „du bist ja so … schlank geworden!“

„Diät muss ich jedenfalls nicht mehr halten.“

Holly öffnete eine Flasche Wein und goss die Gläser voll. Einerseits war sie voller Mitgefühl für ihre Freundin, andererseits konnte sie nicht begreifen, wie man sich von einem Mann so abhängig machen konnte. Sie verteilte die Gläser an ihre Freundinnen. „Worauf trinken wir?“, fragte sie.

„Darauf, dass wir überlebt haben“, sagte Karin sarkastisch. „Ich diese unfreiwillige Schlankheitskur und Diana die Anschläge ihrer Rivalin. Und du?“

Holly überlegte kurz. „Fünfzehn Jahre ehelicher Routine“, sagte sie, „na, dann prost!“ Sie hoben die Gläser, stießen miteinander an.

„Setzt euch!“, befahl Diana. „Essen ist fertig.“

„Was für Anschläge?“, fragte Holly nach dem ersten Bissen.

Diana verdrehte die Augen. „Ich hab dir doch von der durchgeknallten Gattin meines Geliebten, also eigentlich meines Exgeliebten, erzählt. Eines Tages stand sie mit einer Knarre im Hausflur. Es war zwar nur eine Gaspistole, wie sich hinterher rausstellte, aber ich bekam den Schreck meines Lebens.“

„Eine Pistole? Die Frau ist ja gemeingefährlich!“

„Fand die Polizei auch. Die haben sie in die Psychiatrie geschafft.“

„Und Mark?“

„Bombardiert mich mit E-Mails, wie leid ihm alles täte und ob ich ihm jemals verzeihen könnte. Das hätte er sich mal vorher überlegen sollen. Ein Kavalier genießt – und schweigt.“

Karin legte ihre Gabel ab, mit der sie im Essen herumgestochert hatte. „Ich finde furchtbar, was du da sagst. Mach dir mal klar, dass ich in der Situation dieser Ehefrau bin. Meinst du, das ist ein Spaß?“

„Tut mir leid“, sagte Diana, „ich wollte dich nicht verletzen. Aber mal ganz ehrlich: Wenn Ulf die Sache mit der SMS nicht versiebt hätte, wäre doch nie irgendwas passiert, und du wärst immer noch eine glückliche Ehefrau.“

„Du meinst also“, sagte Karin ungläubig, „die eigentliche Verfehlung der Männer ist nicht, dass sie ihre Frauen betrügen, sondern dass sie sich dabei erwischen lassen?“

Diana nickte. „Genau.“

Nach zwei Flaschen Wein wurde die Stimmung zwar ausgelassener, aber Holly fand einfach keinen passenden Moment, um von ihren Erlebnissen zu berichten.

Plötzlich wandte Diana sich zu ihr und fragte: „Wie war's eigentlich in Kairo?“

Holly überlegte. Sollte sie jetzt …? Wieder verließ sie der Mut. „Ganz gut“, sagte sie nur.

„Was hast du eigentlich dort gemacht?“, fragte Karin.

„Ach, für mein Buch recherchiert. Gespräche mit Frauen geführt, über Ehe im Islam, veränderte Rollenbilder und so. Da dürfen Männer übrigens immer noch mehrere Frauen haben, sofern sie alle ernähren können. Passiert nicht oft, aber kommt vor. Ich soll dich herzlich von Inga grüßen. Die lebt anspruchsloser als wir alle, und es geht ihr trotzdem besser als uns“, bemerkte Holly nachdenklich.

„Wieso geht's dir denn nicht gut?“, fragte Karin. „Bei dir läuft doch immer alles super!“

„Das sieht vielleicht so aus“, erwiderte Holly. In der Sekunde, in der sie beschloss, ihren Freundinnen doch alles zu erzählen, klingelte das Telefon.

Diana griff nach dem Apparat und meldete sich. Ihr Gesicht erstarrte. „Ich komme“, sagte sie und sprang auf. „Das war Benno“, erklärte sie. „Diese Irre hat meine Kinder bedroht, ich muss sofort zu ihnen.“

„Was hat sie denn getan?“, fragte Holly.

Diana lief aufgescheucht umher und sammelte ihre Autoschlüssel, das Handy und die Handtasche ein. „Sie hat die Mädchen nach der Schule abgepasst und ihnen erzählt, ihrer Mutter würde etwas Schreckliches zustoßen, wenn sie nicht die Finger von Mark ließe. Sie sind beide ganz verstört. Diese Psychopathin! Wieso haben sie die bloß wieder rausgelassen?“ Sie griff nach ihrer Jacke und hob kurz die Hand. „Seid mir nicht böse. Ich ruf später an.“ Und weg war sie.

Karin schüttelte den Kopf. „Das kommt eben davon, wenn man sich mit einem verheirateten Mann einlässt!“

„Hör auf“, sagte Holly ungehalten, „die Moralkeule nützt jetzt auch keinem.“

Die Freundin verzog beleidigt das Gesicht.

Sie räumten das Geschirr in die Maschine und spülten die Töpfe ab, dabei tranken sie den Rest Wein aus. Das Gespräch tröpfelte dahin. „Ich mach mich auf den Weg“, sagte Holly und umarmte Karin, deren abgemagerter Körper sich anfühlte wie der eines Kindes.

Karin sah sie ohne zu lächeln an. „Ich dachte immer, ich bin mehr für dich als ein Fall für dein Ratgeberbuch. Du bist anders geworden. Irgendwie … hart. Dabei bräuchte ich gerade jetzt so sehr eine Freundin, die zuhört und Verständnis hat.“

Holly sah sie an. „Ich auch“, sagte sie und verließ die Wohnung.

18

Holly schrieb eine Mail an Felix. „Bin wieder da, Du wolltest doch mal reden. H.“ – „Hab vergessen worüber“, schrieb er zurück.

Dieser Feigling, dachte Holly. „Jugendliche Alzheimer?“, konterte sie. Keine Reaktion.

Holly wurde wütend. Sie öffnete ein neues Mail-Formular und hackte in die Tasten.

> Pass mal auf, Du feiges Würstchen! Ich weiß, ich habe Mist gebaut. Aber sogar Max und Annika haben mir verziehen. Ich habe inzwischen mit Mutter geredet. Es gibt also keinen einzigen verdammten Grund, warum Du sauer auf mich sein könntest. In sechs Wochen ist die Hochzeit von Max und Annika, davor will ich mit Dir sprechen, sonst mache ich dort einen Skandal, der den bei der Verlobung in den Schatten stellt, verstanden???

Es dauerte keine anderthalb Minuten, dann kam die Antwort. „Reg Dich bloß nicht auf! Ich habe wenig Zeit im Moment, wenn’s ruhiger wird, melde ich mich. Versprochen!“ Holly grinste in sich hinein. Immerhin war er leicht einzuschüchtern.

Felix fehlte ihr. Sie litt unter seiner Zurückweisung ebenso wie unter Timos fortdauernder Ablehnung. Seit ihrer Rückkehr hatte Holly das Gefühl, überhaupt nicht mehr an ihren Sohn heranzukommen. Er reagierte einsilbig, wenn sie ihn ansprach; wenn die Familie zusammensaß, tat er sich durch boshafte Bemerkungen hervor. Natürlich war vieles von seinem Verhalten auf die Pubertät zurückzuführen, aber manchmal fürchtete Holly, Timo wäre dabei, sich für immer von ihr zu entfernen.

Sie fasste den Entschluss, sich richtig Zeit für die Kinder zu nehmen und als Erstes mit jedem von ihnen einen ganzen Tag zu verbringen. Beim Abendessen fragte sie die beiden, was sie gern tun würden.

„Ich will shoppen gehen“, begann Lea sofort, „ich brauche zwei Jeans, jede Menge T-Shirts, einen Bikini und eine Sonnenbrille. Und neue Turnschuhe. Dann können wir eine Pizza essen und am Schluss … vielleicht ins Kino!“

Holly überschlug die Posten im Kopf und kam auf rund 200 Euro. „Das klingt nach einem ziemlich teuren Ausflug“, sagte sie.

„Aber ich brauche endlich was Richtiges zum Anziehen!“

Die Zeit des jugendlichen Konsumterrors hatte nun offenbar auch bei ihrer Tochter begonnen. Holly hasste Shoppen. Andererseits könnte sie vielleicht das eine oder andere vernünftige Kleidungsstück für den Herbst durchsetzen. „Überredet“, sagte sie, und Lea strahlte. „Und was willst du an unserem Tag machen?“, fragte Holly, zu Timo gewandt.

Er musterte sie mit undurchdringlicher Miene. „Nichts.“

Holly schluckte. „Heißt das, du willst nichts machen oder nichts mit mir machen?“

„Beides.“

„Und warum nicht?“

„Klamotten kaufe ich ab jetzt allein, also mit Lars oder Ben zusammen. Und was sollen wir sonst zusammen machen?“

„Und wie soll das weitergehen mit dir und mir? Willst du mich anschweigen bis zum Abitur?“

„Vielleicht mache ich ja gar kein Abitur.“

„Waaas?!“ Holly kreischte auf und merkte im gleichen Moment, dass sie auf eine gezielte Provokation hereingefallen war. Sie hätte am liebsten losgeheult.

Ein paar Tage später war sie mit Jochen in einem Café in der Nähe des Verlages verabredet. Weiße Ledermöbel, schwarze Lacktische, japanische Vasen. Sehr puristisch. Holly gefiel es.

Sie las in der Karte. Man konnte 28 verschiedene Mineralwassersorten bestellen, außerdem 112 verschiedene Sorten Tee und ayurvedische Gerichte. Sie entschied sich für einen weißen Tee, der zu ihrer Enttäuschung nicht weiß, sondern hellgrün war.

Jochen kam mit ein paar Minuten Verspätung, er sah schlecht aus. Unter seiner Bräune ahnte sie eine Blässe, die auf zu viel Arbeit und zu wenig Schlaf schließen ließ.

„Was ist los?“, fragte Holly, nachdem sie sich begrüßt hatten.

Jochen räusperte sich nervös. „Stella ist schwanger.“

Holly zog fragend die Brauen hoch.

„Das Kind ist nicht von mir. Ich habe mich schon vor Jahren sterilisieren lassen.“

„Weiß Stella das?“

„Bisher nicht.“

Irgendwie erschien es Holly gerecht, dass zur Abwechslung auch mal ein Mann das Opfer war. Trotzdem tat ihr alter Freund ihr leid. „Hat sie denn behauptet, das Kind sei von dir?“, fragte sie nach einer Weile.

„Nicht ausdrücklich. Sie hat mir einfach nur mitgeteilt, sie sei schwanger. Das Thema Kinder hat bisher nie eine Rolle zwischen uns gespielt. Ich war sicher, sie wollte keine.“

Das passt zu Stella, dachte Holly. Nach Jahren der Golfturniere, Partys und Shopping-Exzesse hat sie offenbar jetzt eine Sinnkrise, und was muss dann her? Ein Baby. Das Kind tat ihr jetzt schon leid. „Ich denke, ihr müsst erst mal eure Beziehung klären“, sagte sie. „Vielleicht hat sie längst eine Affäre.“

„Ich hasse es, so abhängig von dieser Frau zu sein. Aber sie ist die Erste, die es geschafft hat, mich wirklich zu faszinieren. Und das noch nach so langer Zeit. Ich will sie nicht verlieren.“

„Dann halt den Mund und zieh das Kuckuckskind auf“, sagte Holly lapidar. „Du wärst in guter Gesellschaft; man schätzt, dass zehn Prozent aller Kinder untergeschoben sind.“

„Wenn man es nicht weiß, ist es ja auch kein Problem“, sagte Jochen. „Aber glaubst du wirklich, ich könnte ein Kind lieben, von dem ich weiß, dass es nicht meines ist?“

„Das Kind kann doch nichts dafür“, sagte Holly einfach.

Jochen überlegte. „Das stimmt. Aber ich glaube, so ein guter Mensch bin ich nicht."

„Was nicht ist, kann ja noch werden", sagte sie und lächelte.

„Danke", sagte Jochen. „Ich denk drüber nach." Und nach einer Pause: „Aber jetzt erzähl mir von dir."

Holly erschrak, darauf war sie nicht gefasst gewesen. Sie gab sich einen Ruck, und als sie geendet hatte, fühlte sie sich so erleichtert, dass sie am liebsten geweint hätte.

Jochen war wie elektrisiert. „Das ist ja unglaublich!", sagte er. „So eine Geschichte habe ich noch nie gehört, jedenfalls nicht von jemandem, den ich kenne."

„Es passiert auch relativ selten, dass Kinder ausgesetzt werden", sagte Holly, „entweder werden sie gleich umgebracht oder zur Adoption freigegeben."

Jochen dachte nach. „Vielleicht solltest du deiner Mutter noch mal schreiben, jetzt, wo sie sich vom ersten Schreck erholt hat."

Holly schüttelte den Kopf. „Ehrlich gesagt, im Moment habe ich nicht den Mut. Eine zweite Abfuhr möchte ich mir ersparen."

„Und was willst du stattdessen tun?"

Sie zuckte die Schultern. „Warten. Vielleicht meldet sich die Frau vom Jugendamt."

Jochen winkte der Bedienung und bestellte einen Ingwertee. Nachdenklich sah er Holly an. „Stell dir vor, mein Sohn fragt mich in zwanzig Jahren, ob ich wirklich sein Vater bin. Oder er kriegt irgendwie raus, dass ich es nicht bin. Das kann ich ihm doch nicht antun!"

Holly lächelte. „Woher weißt du, dass es ein Sohn ist?"

„Das weiß ich gar nicht. Ich stelle es mir nur vor." Träumerisch fuhr er fort: „Ich würde ihm Radfahren beibringen und Skifahren. Ich würde ihm meine Fußballbilder schenken und meine Blechschildersammlung."

„Du wünschst dir ja ein Kind!", stellte Holly überrascht fest.

Er zuckte verlegen die Schultern. „Kann sein."

„Na, dann sprich mit Stella! Verlang die Wahrheit von ihr ohne Rücksicht auf Verluste. Dann erfährst du, ob sie das Kind mit dir bekommen will oder ob sie schon auf dem Absprung ist."

„Da heißt es immer, Frauen wären das emotionale Geschlecht, dabei seid ihr dermaßen pragmatisch", stellte Jochen kopfschüttelnd fest.

Beim Abschied sagte er beiläufig: „Du könntest natürlich auch das andere Buch schreiben."

„Welches andere Buch?“, fragte Holly.

„Na, das über die Suche nach deinen Eltern.“

Holly schnappte kurz nach Luft. „Du bist und bleibst …“

„… ein Zyniker“, vollendete Jochen lächelnd den Satz.

Beim Betreten des Flurs fiel Holly fast über einen aufgeklappten Koffer. Die Tür zum Schlafzimmer stand offen. Chris wühlte im Schrank. „Und was wird das, wenn's fertig ist?“, fragte Holly.

„Ich packe ein paar Sachen und ziehe in die Werkstatt.“

„Wie?“, fragte Holly. „Du willst da drüben wohnen?“

„Genau. Ich habe ein Bett aufgestellt, Klo und Waschbecken sind da, duschen kann ich hier.“

In Hollys Kopf wirbelte es. Das kann doch nicht wahr sein, dachte sie, dass dieser Typ einfach seinen Kram packt und geht! „Und … warum das alles?“

Chris baute sich vor Holly auf und sah sie an. „Das fragst du noch?“

„Ja“, sagte sie angriffslustig, „das frage ich. Wer hat denn hier Grund, sauer zu sein? Du oder ich?“

„Hier geht's nicht mehr um Sauersein oder solchen Kinderkram. Du bist dabei, diese Familie kaputt zu machen, und das sehe ich mir nicht weiter an.“

„Da haust du lieber ab? Wie wär's, wenn du mir helfen würdest?“

„Du lässt dir ja nicht helfen“, sagte Chris. „Du hast dir noch nie helfen lassen bis auf das eine Mal, wo ich dich aus dem Gästeklo befreit habe.“

„Ich wünschte, du hättest es nicht getan“, knurrte Holly, „dann wäre uns viel erspart geblieben.“

„Das meinst du jetzt nicht ernst, oder?“

In Holly schrie es: Nein, natürlich meine ich das nicht ernst, bitte lass mich nicht im Stich, sondern hilf mir, meinen Zorn gegen dich zu überwinden! Aber sie sah ihn nur an und sagte: „Und wie ernst ich das meine.“

Chris kam nicht zum Essen. Er versorgte sich offenbar selbst.

Holly kochte absichtlich aufwändig. Spaghetti carbonara, dazu gemischten Salat mit extra viel Avocado für Lea und einen süßen Quark zum Nachtisch.

Timo kam in die Küche, sah den von Holly mit Tischdecke und bunten Papierservietten liebevoll für drei Personen gedeckten Tisch und fragte: „Hat Papa also endlich die Nase voll von dir?“

„Was soll das heißen?!“, fuhr sie auf, mahnte sich aber sofort zur Ruhe. Sie durfte die Situation nicht wieder eskalieren lassen. „Chris ist drüben in der Werkstatt. Er hat einen wichtigen Auftrag und muss länger arbeiten.“

„Das glaubst du doch selbst nicht“, sagte Timo und schob sich auf seinen Stuhl.

Lea, die gerade hereinkam, wurde auch misstrauisch. „Was ist denn los? Wieso kochst du plötzlich so leckere Sachen?“

„Tu ich das nicht immer?“, fragte Holly und füllte die Teller.

„Na ja“, sagte Lea gönnerhaft, „du gibst dir Mühe. Wo ist Papa?“

„Der arbeitet heute länger.“ Holly fragte sich, was sie den Kindern morgen erzählen sollte, übermorgen und die nächsten Tage oder Wochen. Und was würde sie ihnen erzählen, wenn es zur endgültigen Trennung käme? Ihr Magen krampfte sich zusammen.

„Guten Appetit!“, sagte sie und setzte ein munteres Lächeln auf.

Während des Essens waren die beiden wortkarg, auch auf direkte Fragen erhielt Holly nur knappe Antworten. Als ihre Teller leer waren, verdrückten sie sich aus der Küche, ohne beim Abräumen zu helfen.

„Und was ist mit dem Nachtisch?“, rief Holly ihnen nach.

„Später.“ Das war Lea.

„Will keinen“, kam es von Timo. Gleich darauf sah Holly durchs Küchenfenster, wie er über den Hof in die Werkstatt lief. Sollte Chris doch seinem Sohn ruhig selbst erklären, was er sich bei seiner überstürzten Auszugsaktion gedacht hatte.

Als sie später aus der Küche trat, hörte sie Geräusche aus Leas Zimmer. Sie öffnete die Tür, Lea lag auf dem Bett und weinte. „Was ist denn?“, fragte Holly erschrocken und setzte sich neben sie. Als Antwort wurde das Schluchzen lauter. Sie streichelte ihrer Tochter den Rücken, verstärkte den Druck ihrer Finger, bis Lea sich etwas beruhigte.

„Timo hat gesagt, Papa will nicht mehr bei uns wohnen“, kam es verschnupft aus dem Kissen.

In Holly kochte die Wut hoch. Dieser durchtriebene kleine Bastard! „Das ist doch gar nicht wahr“, sagte sie beruhigend. „Chris und ich streiten uns zurzeit, das wisst ihr. Manchmal ist es gut, ein bisschen Abstand zwischen zwei Streithähne zu bringen, deshalb schläft Papa jetzt mal in der Werkstatt, das ist alles.“ Jetzt musste sie diesen idiotischen Einfall von Chris auch noch verteidigen, dachte sie erbost.

Als Lea schlief, ging sie in Timos Zimmer und stellte ihn zur Rede. „Warum hast du Lea Angst gemacht?“

„Aber wenn's doch so ist."

Hilflos stemmte Holly die Hände in die Seiten. „Ich finde dein Verhalten absolut beschissen, weißt du das?"

„Du sollst nicht beschissen sagen", erwiderte Timo gleichmütig.

„Ich sage, was ich will", erklärte Holly mit zornbebender Stimme.

„Ich auch", gab er zurück.

Etwas wie ein heller Lichtblitz loderte vor ihrem Gesicht auf. Gleichzeitig hörte sie Timos markerschütternden Schrei. Und spürte den Schmerz in ihrer rechten Hand. O mein Gott, dachte sie und schloss für einen Moment entsetzt die Augen. Als sie sie wieder öffnete, sah sie das Blut. Ihr Ehering hatte die Haut an Timos Wange zum Platzen gebracht.

Holly saß zusammengesunken in der Küche. Sie hatte Timo um Verzeihung gebeten, sie war in die Werkstatt gelaufen und hatte Chris geholt, damit er bei Lea bleiben könnte, solange sie mit Timo ins Krankenhaus führe. Sie hatte alle Schuld auf sich genommen, aber es hatte nichts genützt.

„Ich will nicht, dass du mitfährst", hatte Timo ruhig gesagt. „Wenn sie mich fragen, wie das passiert ist, was soll ich dann sagen? Dass meine Mutter mir ins Gesicht geschlagen hat? Und du stehst daneben?"

Sie hatte sich so geschämt, dass sie nur gemurmelt hatte: „Du hast Recht. Mein Gott, es tut mir so leid."

Nach einer guten Stunde kamen Chris und Timo zurück. Auf Timos Wange prangte ein großes Pflaster. Er ging wortlos in sein Zimmer. „Sie mussten nicht nähen", sagte Chris, „das ist ein Klammerpflaster. Es hält die Wundränder zusammen. Wahrscheinlich behält er eine kleine Narbe."

„Hat der Arzt … Ich meine, wollte er wissen, was passiert ist?", fragte Holly zaghaft.

Chris nickte.

„Was … hat Timo gesagt?"

„Dass er sich am Bettpfosten gestoßen habe."

„Hat der Arzt es geglaubt?"

„Er fragte, ob Timo den Bettpfosten geärgert habe, und Timo sagte, ja, ziemlich. Ich hab hinterher kurz mit dem Arzt gesprochen und ihm alles genau erklärt. Ich denke, er hat verstanden, dass es ein einmaliger Ausrutscher war."

„Danke", sagte Holly.

„Wir reden morgen weiter", sagte Chris und ging aus der Wohnung.

AM NÄCHSTEN MORGEN fühlte Holly sich elend und hatte Kopfschmerzen. Sie hatte kaum geschlafen. Chris kam zum Frühstück aus der Werkstatt herüber, was sie dankbar registrierte. Wahrscheinlich wollte er die Kinder nicht noch mehr beunruhigen. Lea fragte sofort, was mit Timos Wange passiert sei. Timo blickte unsicher von seiner Mutter zu seinem Vater, aber bevor er etwas sagen konnte, erklärte Holly, ihr sei gestern im Streit die Hand ausgerutscht und es tue ihr wahnsinnig leid.

„Boah", sagte Lea, „du hast Timo geschlagen? Das hätte ich nie von dir gedacht!"

Holly spürte hinter Leas Empörung einen Hauch Übertreibung, zielsicher eingesetzt, um die ohnehin gut sichtbare Zerknirschung ihrer Mutter noch zu verstärken.

Als die beiden weg waren, wollte Chris offensichtlich ihr Gespräch vom Vorabend fortsetzen. „Ich finde, du solltest unbedingt eine Therapie machen", sagte er.

„Weil mir einmal die Hand ausgerutscht ist? Was für ein Quatsch! Verschon mich mit deinen Ratschlägen und überleg lieber, ob dein Umzug in die Werkstatt so eine tolle Idee war!"

Chris schüttelte ratlos den Kopf. „Ich verstehe dich nicht, Holly. Du bist wütend auf mich und willst mich eigentlich gar nicht hier haben. Und wenn ich mich dann in Sicherheit bringe, nimmst du es mir übel!"

„Ich nehme dir übel, dass dir die ganze Sache nicht mal leidzutun scheint. Dass du absolut nichts tust, um mein Vertrauen zurückzugewinnen. Und dir nicht mal Mühe gibst, mich zu verstehen."

„Merkst du nicht, dass du Ursache und Wirkung verwechselst?", fragte Chris eindringlich. „Dein Zorn ist so groß, dass du mich gar nicht mehr an dich ranlässt. Also ziehe ich mich zurück. Und dann lässt du deine Wut an den Kindern aus."

„Das ist nicht wahr!", rief Holly. „Timo hat mich provoziert."

„Du willst allen Ernstes ihm die Schuld an deiner Unbeherrschtheit zuschieben?"

Holly fühlte sich in die Enge getrieben. Musste er sie weiter quälen? Als wären ihre Schuldgefühle nicht schon groß genug. „Klar, du bist mal wieder der unfehlbare Supervater, und ich mache alles falsch."

Ratlos sah Chris sie an. „Ich weiß wirklich nicht, wie wir es ohne Hilfe schaffen sollen."

„Dann geh du doch zur Therapie", sagte Holly spitz und wunderte sich im gleichen Moment, dass er ihr für diese Frechheit keine klebte.

19 Holly hatte nicht mehr daran geglaubt, noch einmal vom Jugendamt zu hören, aber dann erhielt sie diese Mail:

> Liebe Frau Berger, ich hatte Ihnen versprochen, den Aufenthaltsort der Kontaktperson in Erfahrung zu bringen. Die Dame ist allerdings zögerlich. Zuerst wollte sie auf keinen Fall die ‚Sache wieder aufrollen', wie sie sich ausdrückte. Ich habe ihr erklärt, wie wichtig es für Sie wäre, was sie auch verstanden hat. Sie bat sich Bedenkzeit aus und hat sich nun wieder gemeldet. Sie möchte allerdings ihre Adresse und Telefonnummer nicht preisgeben, sondern bat um Ihre Daten, um sich bei Ihnen melden zu können. Wären Sie einverstanden, wenn ich die entsprechenden Angaben weiterleite? Mit freundlichen Grüßen, Ilona Rieg

Holly spürte das Jagdfieber wieder in sich aufsteigen, das sie anfangs so heftig befallen hatte, nach dem Rückschlag in Beni Suef aber erloschen war. Jetzt gab es eine neue Spur, die vielleicht sogar zu ihrem Vater führte!

Sofort schrieb sie zurück.

> Liebe Frau Rieg, vielen Dank für Ihre große Mühe, ich bin Ihnen so dankbar! Natürlich dürfen Sie meine Daten weitergeben! Und bitte sagen Sie der Dame (wer immer sie ist), dass es mir unendlich viel bedeuten würde, mit ihr zu sprechen. Herzliche Grüße, Holly Berger

Das Telefon klingelte. Abwesend nahm Holly den Hörer und meldete sich.

„Hier ist Lori", sagte eine Stimme. „Ich wollte mal hören, wie es dir geht und wie du mit deinen Nachforschungen vorangekommen bist."

„Lori", sagte Holly erstaunt. Dann kam ihr ein Verdacht. „Du rufst aber nicht in Margaretes Auftrag an, oder?"

„Aber nein! Ich halte Margarete für souverän genug, selbst bei dir anzurufen, wenn sie den Wunsch hat, dich zu sprechen."

„Ich bin okay", sagte Holly.

„Was hast du herausgefunden?"

„Eine Menge", sagte sie nicht ohne einen gewissen Stolz. „Ich weiß inzwischen, wo meine Mutter lebt."

„Tatsächlich? Erzähl doch mal!"

Aber Holly hatte keine Lust. „Weißt du was", sagte sie, „ich wollte sowieso alles aufschreiben. Wenn ich fertig bin, kannst du es lesen."

„Okay", sagte Lori, „gute Idee!"

„Und wie geht's dir?“, fragte Holly höflich.

„Ganz gut. Meine Bandscheibe macht Ärger, aber das ist ja nichts Besonderes bei einem älteren Modell wie mir. Sehen wir euch auf der Hochzeit von Max?“

Holly zögerte. Manchmal ging sie wie selbstverständlich davon aus, dabei zu sein mit Chris, Timo und Lea, ganz so, wie es sich gehörte. Dann fiel ihr ein, dass es eine Menge guter Gründe gäbe, der Feier fernzubleiben. „Ich weiß es noch nicht“, sagte sie wahrheitsgemäß. „Es ist alles im Moment … etwas kompliziert.“

„Lass dich nicht unterkriegen, hörst du?“

„Danke“, sagte Holly, „danke für deinen Anruf. Du hast mich an etwas Wichtiges erinnert.“ Als sie aufgelegt hatte, klangen ihre eigenen Worte in ihr nach: Ich wollte sowieso alles aufschreiben.

Ja, das war es. Sie müsste das Buch schreiben, von dem Jochen gesprochen hatte. In Beni Suef hatte sie ja bereits begonnen zu notieren, was alles passiert war. Nun erzählte sie ihre Geschichte von Anfang an. Sie hoffte, Timo und Lea würden sie eines Tages lesen.

Sie schrieb über ihre Kindheit und Jugend mit den Menschen, die ihre Familie gewesen waren. Über Margarete, Felix, Max und den Vater. Über die Rituale in ihrem Familienleben, vom gemeinsam gesungenen Gutenachtlied und vom Schmücken des Weihnachtsbaumes, vom Ostersonntag, an dem zum ersten Mal im Jahr Kniestrümpfe getragen werden durften, und von den Sportwettkämpfen im Garten.

Mit geliehenen Dingen muss man vorsichtiger umgehen als mit eigenen. Diesen Satz hatte Holly oft von Margarete oder Klaus gehört, und es schien, als hätten die beiden ihr „geliehenes“ Kind mit besonderer Zartheit und Vorsicht behandelt.

Je länger Holly schrieb, desto mehr verflüchtigte sich ihr Zorn auf Margarete. Ja, es war ein Fehler gewesen, dem Findelkind seine Herkunft zu verschweigen, ein riesiger sogar. Aber muss man Fehler, die aus Liebe geschehen, nicht irgendwann verzeihen?

Holly war tief in ihren Gedanken versunken, als das Klingeln des Telefons sie hochschrecken ließ. „Berger“, meldete sie sich.

„Felix. Ich bin in der Stadt.“

„Das ist ja schön!“ Sie freute sich. „Wollen wir uns treffen?“

Sie verabredeten sich für den gleichen Abend. Zum ersten Mal nach langer Zeit hatte Holly nicht mehr das Gefühl, die Vergangenheit halte sie fest im Würgegriff. Sie konnte wieder freier atmen.

Die Post bestand aus den üblichen Rechnungen, Mitteilungen und Werbeprospekten. Im Zeitalter der E-Mail schrieb kaum noch jemand Briefe, deshalb fiel der cremefarbene Büttenumschlag mit dem verschlungenen Monogramm aus den Buchstaben A und H auf der Rückseite sofort auf.

Holly drehte das Kuvert in der Hand. Die Adresse war mit feiner, schmaler Handschrift geschrieben, mit Tinte, nicht mit Kugelschreiber. Sie nahm ein spitzes Küchenmesser aus der Schublade, schlitzte den Umschlag vorsichtig auf und zog den gefalteten Brief heraus. Es war nur ein Blatt, dicht mit der Hand beschrieben. Oben rechts wiederholte sich das Monogramm. Ohne Absender wie auf dem Umschlag.

> Sehr geehrte Frau Berger oder vielleicht doch: Liebe Holly? Mein Name ist Andrea Hunold, wir sind uns nur einmal begegnet, und zwar bei Ihrer Geburt. Ich war damals Hebammenschülerin und stand kurz vor dem Abschluss, als meine Freundin Elsa Hegmann mich überraschend bat, ihr beizustehen. Wir hatten uns länger nicht gesehen, ich hatte nicht einmal gewusst, dass sie ein Kind erwartete. Gemeinsam brachten wir Sie auf die Welt, ein wunderschönes kleines Mädchen, gesund und kräftig. Ich dachte, meine Freundin müsse sehr glücklich sein. Wenig später erfuhr ich zu meinem Entsetzen, dass Elsa ihr Kind ausgesetzt hatte und ins Ausland verschwunden war. Von Ägypten aus nahm sie Kontakt mit mir auf und bat mich herauszufinden, wie es ihrem Baby ging. Ich wollte erst mit der Sache nichts zu tun haben. Dann hat sie mich doch überredet, und ich habe viele Jahre lang regelmäßig beim Jugendamt nachgefragt, wie es Ihnen geht, und diese Informationen an Elsa weitergeleitet. Inzwischen habe ich seit bestimmt zwanzig Jahren keinen Kontakt mehr zu ihr. Ich konnte ihr nie verzeihen, was sie getan hat. Ich habe mir mein Leben lang Kinder gewünscht und konnte keine bekommen. Dafür habe ich geholfen, viele Tausend Kinder auf die Welt zu bringen. Ich hoffe, Ihre Fragen sind damit beantwortet.
> Ich wünsche Ihnen alles Glück der Welt.
> Ihre Andrea Hunold

Holly drehte den Brief hin und her, nirgendwo stand eine Adresse oder Telefonnummer. Sie sah sich den Stempel auf der Briefmarke an. Briefzentrum 40, las sie.

Sie griff zum Telefon, wählte, wartete. „Guten Tag und herzlich willkommen beim Kundentelefon der Deutschen Post“, schnarrte eine elektronische Stimme. Gleich darauf meldete sich eine freundliche junge Frauenstimme. Holly fragte, wo sich das Briefzentrum 40 befinde, und erfuhr, dass es im Bereich Düsseldorf liege. Sie rief die Auskunft an und brachte in Erfahrung, dass es 22 Einträge mit dem Nachnamen Hunold in Düsseldorf gebe, allerdings keinen mit dem Vornamen Andrea.

Sie suchte die Nummer vom Jugendamt und rief sofort dort an. Frau Rieg war in einer Besprechung, die Sekretärin versprach ihren Rückruf.

Holly lief aufgeregt durch die Wohnung. Beim Versuch, Tee zu kochen, zerbrach sie eine Tasse. Warten, warten, immer nur warten! Wie gut hatte Andrea Hunold ihre Mutter gekannt? Was wusste sie über ihre Gründe, das Kind auszutragen, aber nicht zu behalten? Warum hatte sie vor zwanzig Jahren aufgehört, sich nach ihr zu erkundigen? Hatte sie Hollys Vater gekannt? Immer mehr Fragen kreisten in ihrem Kopf und machten sie ganz wirr.

Irgendwann fiel sie erschöpft aufs Bett, wollte nur für einen Moment die Augen schließen, schlief ein. Als das Telefon klingelte, war sie schlagartig wieder wach. „Ja, Berger“, sagte sie atemlos.

„Rieg hier. Sie hatten angerufen?“

Holly erzählte von dem Brief, der so viele Fragen aufwarf und so wenige beantwortete. „Ich muss unbedingt persönlich mit Frau Hunold sprechen. Können Sie mir noch einmal helfen?“

Frau Rieg überlegte. Schließlich sagte sie: „Ich rufe Frau Hunold noch mal an. Aber das ist mein letzter Versuch!“

„Ich danke Ihnen!“, rief Holly erleichtert ins Telefon.

Die Unruhe ließ Holly bis zum Abend nicht los. Sie konnte es kaum erwarten, das Haus zu verlassen.

Als die Kinder kamen, bereitete sie das Abendbrot vor und rief Chris in der Werkstatt an. „Essen ist fertig, kommst du rüber? Ich treffe gleich Felix.“

„Ich habe etwas vor“, sagte Chris. „Ich bin verabredet.“

„Und mit wem, wenn ich fragen darf?“

„Natürlich darfst du fragen“, sagte Chris, und es war klar, dass sie keine Antwort bekommen würde.

Holly wurde heiß vor Ärger. Nicht nur weil er als Betreuer ausfiel und die Kinder den ganzen Abend vor dem Fernseher hängen würden, sondern weil er Verabredungen traf, ohne sie zu informieren. Sie knallte den Apparat auf die Ladestation.

FELIX wartete im „Diner's“, einem Lokal, das mit seinen roten Sitzbänken und den Rollschuh fahrenden Bedienungen amerikanischen Fünfzigerjahre-Charme versprühte. Er saß schon in einer Ecke, erhob sich halb, als sie an den Tisch trat, und begrüßte sie mit zwei scheuen Wangenküssen. „Hallo", sagte er.

„Schön, dich zu sehen!" Holly gab ihrer Stimme einen warmen Klang. Er sollte wissen, dass er nichts von ihr zu befürchten hatte. Sie setzte sich ihm gegenüber und lächelte ihn an. „Wie geht's dir, was verkaufst du gerade?"

„Billardtische."

„Im Ernst? Wer hat denn Platz für so ein Monstrum?"

„Leute mit großen Altbauwohnungen so wie ihr. Mit zweitausend bist du dabei. Komplett, mit Zubehör, aber ohne Ballrücklauf. Wenn du einen Münzeinwurf dazunimmst, zahlen deine Freunde den Tisch."

Holly grinste. Das war er, ihr Felix. Ihr geliebter kleiner Bruder mit dem ausgeprägten Geschäftssinn.

„Für dich tausendachthundert. Na, sagen wir, tausendfünfhundert. Und wenn du keine Schieferplatte nimmst, sondern eine Verbundplatte, wird es deutlich günstiger. Den Unterschied merken nur Profis. Na ja, wir wollen ehrlich sein, dreißig Prozent langsamer rollt die Kugel schon …"

„Hörst du jetzt auf?", unterbrach Holly ihn halb lachend, halb ärgerlich. „Du hast mich doch wohl nicht hierherbestellt, um mir einen Billardtisch anzudrehen, oder?"

„Eigentlich schon", sagte Felix, „blöd, dass du's gemerkt hast." Er grinste sein Zerknirschter-Junge-Grinsen, dann fragte er: „Wollen wir was zu essen bestellen?"

„Bestell du was, ich hab keinen Hunger", sagte Holly, deren Magen seit dem Gespräch mit Chris ein einziger Knoten war.

„Damit du mir wieder alle Pommes wegfrisst?" Er winkte die Bedienung an den Tisch, bestellte sich ein Steak mit allen Zutaten und für Holly eine Portion Farmerkartoffeln, eine Art scharf gewürzter, übergroßer Pommes mit Ketchup und Majo.

„Also, wieso sitzen wir hier?", insistierte Holly.

Felix wurde ernst. „Irgendwie kann's ja nicht so bleiben zwischen uns, oder?"

„Du meinst, seit du mich bei Max und Annika angebrüllt hast?"

„Tut mir leid. Ich war wahnsinnig aufgeregt und habe mir Sorgen um Mutter gemacht."

„Schon okay. Mein Auftritt war suboptimal."

Sie grinsten beide verlegen.

„Wie … ist es denn danach weitergegangen?", erkundigte er sich.

Holly gab ihm eine kurze Zusammenfassung der Ereignisse. „Und übrigens schreibe ich gerade alles auf. Sobald ich fertig bin, kannst du's lesen, wenn du willst."

Felix nickte. „Vielleicht ... kann ich ja noch was beitragen", sagte er zögernd.

Sie musterte ihn aufmerksam. „Was meinst du?"

„Na ja, mir ist da was klar geworden. Ich weiß nicht, ob du dich erinnerst, aber du warst eine Zeit lang ziemlich schwierig. Schlecht in der Schule, sozial auffällig. Du hast einer Mitschülerin ins Gesicht geschlagen und sie dabei verletzt. Unsere Eltern waren ziemlich ratlos. Eines Nachts hörte ich Stimmen aus dem Elternschlafzimmer. Ich schnappte zwei Sätze auf, die ich mir gemerkt habe. Mutter sagte: ‚Wir haben immer gewusst, dass unser Findling es schwerer haben würde als andere.' Und Vater antwortete: ‚So was kann uns mit Felix auch passieren.' Das klang unheilvoll und bestätigte meine Sorge: dass die Eltern mich eigentlich nicht wollten."

„Aber wie bist du denn darauf gekommen?"

„Sie machten doch öfter Witze, ich sei vom Himmel gefallen, mit mir hätte keiner mehr gerechnet, ich sei plötzlich aufgetaucht wie E.T."

„Ja eben, das waren Witze! Sie waren total glücklich, dass sie Max und dich bekommen haben, nachdem ein bescheuerter Arzt Vater für zeugungsunfähig erklärt hatte."

„Ist das wahr?", fragte Felix ungläubig. „Woher weißt du das?"

„Von Mutter ... ich meine, von Margarete." Holly schüttelte den Kopf. „Es ist doch unglaublich, dass sie dir das nie erzählt haben!"

„Ich hatte keine Ahnung", sagte Felix. „Und ich habe das immer so verstanden, dass ich nicht erwünscht gewesen wäre!"

Auf einen Schlag begriff Holly ihren Bruder. Der kleine Felix, der sich abgelehnt fühlte und mit seinen Clownerien um Aufmerksamkeit buhlte. Der so gern etwas Tolles auf die Beine gestellt hätte, aber nicht genügend Selbstbewusstsein aufbrachte. Der sich anderen gegenüber in oberflächliches Verhalten rettete, weil jede tiefere Beziehung die Gefahr in sich barg, verletzt zu werden.

Plötzlich war Holly von heftiger Zuneigung zu ihrem Bruder erfüllt. Sie stand auf, setzte sich neben ihn und umschlang ihn mit beiden Armen. „Du hast dich vermutlich gefragt, warum die Eltern irgendeinen Findling mitgenommen hatten, aber dich nicht wollten. Und du warst eifersüchtig und unglücklich, und vielleicht hast du mich sogar gehasst." In diesem Moment fühlte Holly, dass Felix' Körper zuckte. Ihr Bruder weinte.

20

Holly starrte auf ihren Bildschirm und las zum dritten Mal, was Ashraf ihr in seiner E-Mail geschrieben hatte.

> Liebe Holly, ich hoffe, es geht Dir gut! Ich musste immer wieder daran denken, wie traurig Du nach Deinem Besuch im Kloster warst, weil Du Deine Mutter nicht gesehen hast. Letzte Woche hatte ich in Beni Suef zu tun, und mir kam die Idee, ins Kloster zu gehen. Ich wollte versuchen, Deine Mutter zu überreden, mit Dir zu sprechen. Die Pforte war gerade nicht besetzt. Während ich wartete, sah ich mich um und entdeckte ein Plakat für einen Tag der offenen Tür im Kloster. Darauf waren die Schwestern des Ordens abgebildet, und ich suchte natürlich nach dem Foto von Schwester Sunita. Plötzlich fiel mir das Bild der Priorin auf. Du hast sie als Europäerin Ende fünfzig mit einer großen Brille beschrieben. Zu meiner Überraschung war die Priorin Agapy auf dem Foto höchstens vierzig und Ägypterin. Die Frau, auf die Deine Beschreibung passt, war eindeutig Schwester Sunita. Ich habe die Bilder mit meinem Handy abfotografiert, Du findest sie im Anhang. Auf jeden Fall weißt Du jetzt, dass Dein Wunsch schon in Erfüllung gegangen ist, ohne dass Du es geahnt hast. Ich grüße Dich herzlich und hoffe, irgendwann von Dir zu hören.
> Herzlich, Ashraf

Holly öffnete den Anhang. Zwei grobkörnige Fotos erschienen auf dem Bildschirm. Rechts das Gesicht einer Ägypterin, unter dem SR. AGAPY, PRIOR stand. Daneben das Gesicht der Frau, mit der sie gesprochen und die sich als Priorin ausgegeben hatte. Darunter stand SR. SUNITA. Holly musterte das Gesicht ihrer Mutter und fragte sich, warum sie die Ähnlichkeit mit den Jugendfotos nicht gesehen hatte. Jetzt war sie so offensichtlich, dass es geradezu lächerlich war. Holly wusste nicht, ob sie ihre Mutter verachten oder bemitleiden sollte. Sie wusste überhaupt nicht mehr, was sie fühlen oder denken sollte.

Als sie ins Wohnzimmer kam, saßen ihre Kinder einträchtig auf dem Sofa und tuschelten miteinander – ein Anblick mit Seltenheitswert. „Ist irgendwas passiert?“, fragte sie misstrauisch.

Die Köpfe der Kinder fuhren auseinander, Timo errötete. „Nein, passt schon“, sagte er abwehrend.

„Alles okay“, flötete Lea.

„Mir könnt ihr's doch sagen“, schmeichelte Holly, „es gibt für alles eine Lösung.“

„Auch für zwei Fünfen im Zeugnis?" Timo sah hoch, offenbar selbst erschrocken darüber, dass ihm diese Worte herausgerutscht waren.

„Waaas?!" Holly schrie auf. Das Schuljahr war in wenigen Wochen zu Ende; wenn das stimmte, war Timo durchgefallen.

„In welchen Fächern?", fragte sie und zwang sich, ruhig zu bleiben.

„Latein und Mathe."

„Wieso erfahre ich davon erst jetzt?" Timo bedachte sie mit einem vielsagenden Blick, und sie senkte schuldbewusst den Kopf. „Weiß Papa davon?", hörte sie sich fragen, als würde das einen Unterschied machen.

„Schon. Er hat mit mir gelernt, aber es hat nichts genützt. Weil ich mir zurzeit einfach nichts merken kann", sagte er, und Holly spürte seine Verzweiflung.

„Wie sieht's denn bei dir aus?", erkundigte sie sich matt bei Lea.

„Deutsch und Englisch drei, Mathe vier, Kunst und Sport zwei. In Musik habe ich aber 'ne Eins!"

„Das beruhigt mich ungemein", sagte Holly, „dann ist deine Zukunft ja gesichert." Sie überlegte. „Und was ist mit Französisch?"

„Ach ja, hab ich vergessen. Eine Fünf. Aber mit der falle ich nicht durch!"

Resigniert fuhr Holly sich mit beiden Händen durchs Haar. Willkommen in der Wirklichkeit, dachte sie.

Einige Tage später klingelte das Telefon, und eine Frau mit leiser Stimme meldete sich. „Hier ist Andrea Hunold. Spreche ich mit Frau Berger?"

Holly brauchte einen Moment, bis sie begriff, wer dran war. „Andrea Hunold? Vielen Dank, dass Sie anrufen! Ich habe so viele Fragen an Sie."

„Aber … am Telefon kann ich nicht so gut sprechen. Können Sie nicht herkommen?"

„Wo wohnen Sie denn?"

Andrea Hunold nannte einen kleineren Ort in der Nähe von Düsseldorf. „Wann wollen Sie kommen? Ich habe nicht mehr viele Termine, wissen Sie. Ich bin seit Kurzem im Ruhestand."

Holly vereinbarte mit ihr, sie am kommenden Samstag zu besuchen.

Am Flughafen Düsseldorf mietete Holly das preiswerteste Auto, das sie finden konnte, und eine Dreiviertelstunde später erreichte sie den Ort, in dem Andrea Hunold wohnte. Das Haus war ein nüchternes Gebäude aus den Sechzigern. Als Holly im dritten Stock aus dem Aufzug trat, hatte Frau Hunold schon ihre Wohnungstür geöffnet. Sie trug einen schlichten grauen

Faltenrock und eine weiße Bluse. Holly musste an Elsa denken. An das attraktive junge Mädchen auf den Bildern, an die imposante Frau, die sie getroffen hatte. Sie war das genaue Gegenteil der Person, die ihr jetzt gegenüberstand. Was hatte die beiden miteinander verbunden?

Frau Hunold bat sie ins Wohnzimmer. Eine hellgraue Couchgarnitur, ein flacher Glastisch, ein Regal voller Bücher, ein paar Kohlezeichnungen von Tieren an der Wand. „Kann ich Ihnen etwas anbieten?“, fragte ihre Gastgeberin. „Tee, Kaffee, Mineralwasser?“

„Ein Wasser, vielen Dank“, sagte Holly und sah ihr nach, wie sie mit trippelnden Schritten in die Küche ging und mit einem runden Tablett mit Gläsern und einer Wasserflasche wieder zurückkam. „Sie hatten einen sehr schönen Beruf“, sagte Holly, „fehlt er Ihnen nicht?“

Frau Hunold füllte die Gläser und setzte sich. „Vierzig Jahre sind lang“, sagte sie. „Aber ich war sehr glücklich mit meiner Tätigkeit. Wegen eines Rückenleidens musste ich vorzeitig aufhören.“

„Was tun Sie jetzt in Ihrer freien Zeit?“, erkundigte sich Holly.

Ein überraschter Blick streifte sie. Andrea Hunold schien nicht daran gewöhnt, dass jemand sich für sie interessierte. „Ich muss viel Krankengymnastik machen, dann gehe ich gern spazieren, und einmal in der Woche lese ich in einer Schule Kindern vor. Die Schule liegt in einer Gegend, wo es viele Kinder gibt, aber kaum jemanden, der sich um sie kümmert. Sie glauben nicht, wie schlecht die Kleinen sich konzentrieren können. Immer nur Fernsehen und Computer. Dafür haben die Eltern Geld, aber für Bücher nicht.“

Diese Frau mochte klein und grau sein, aber sie versuchte, ihr Leben mit etwas Vernünftigem auszufüllen, dachte Holly ein wenig beschämt.

„Wie viele Kinder haben Sie?“ Ihre Gastgeberin musterte sie neugierig.

„Zwei. Und ich habe ihnen immer ganz viel vorgelesen“, beteuerte Holly. Ihre Neugier ließ sich nicht mehr zügeln. „Könnten Sie mir jetzt von meiner Mutter erzählen?“, bat sie. „Soviel ich weiß, sind Sie die Einzige, die Kontakt zu ihr hatte, nachdem sie weggegangen war.“

„Was möchten Sie denn wissen?“

Gespannt beugte Holly sich ein Stück vor. „Woher Sie sich kannten, welche Art Freundschaft Sie verbunden hat, solche Dinge.“

„Elsa war das eindrucksvollste Mädchen in unserer Klasse. Ich bewunderte sie schon lange, bis wir uns endlich näher kennen lernten. Sie ging eine Weile mit meinem älteren Bruder und war oft bei uns zu Hause. Ich verließ die Schule mit der mittleren Reife und ging an die Hebammenschule. Elsa blieb und machte Abitur. Danach verlor ich sie aus den Augen. Erst kurz vor der Geburt meldete sie sich wieder."

„Was für ein Mensch war sie?"

„Furchtlos. Durchsetzungsfähig. Kraftvoll. Alles, was ich nicht war."

„Auch … beliebt?"

„Bei manchen schon, andere konnten sie nicht ausstehen. Sie war eine starke Persönlichkeit. Leicht hat sie es niemandem gemacht. Auch nicht sich selbst."

Das passte genau zu dem Bild, das Holly inzwischen von ihrer Mutter hatte. „War sie denn damals schon religiös?"

„O ja, auf so eine trotzige Art. Mit sechzehn hat sie sich taufen lassen, was damals wirklich das Abwegigste war, worauf ein junger Mensch kommen konnte. Nachdem mit meinem Bruder Schluss war, fing sie an, vom Kloster zu sprechen."

„Kannten Sie ihre Eltern?"

Frau Hunold wandte den Blick zum Himmel. „Allerdings. Die Mutter war nett, wenn auch ziemlich versponnen. Der Vater war ein Tyrann. Er hat seine Tochter vergöttert und gleichzeitig wahnsinnig unter Druck gesetzt. Er hat sie mit seiner Liebe und seinen Erwartungen fast erstickt."

Holly nickte nachdenklich. „Könnte es sein … dass Elsas Idee mit dem Kloster eine Art Flucht vor dem Vater war?"

Andrea Hunold nickte energisch. „O ja! Auf ihre Art war sie genauso radikal wie ihr Vater."

Holly nahm all ihren Mut zusammen und stellte die Frage, die sie am allermeisten beschäftigte und deren Antwort sie fürchtete. „Warum … wollte meine Mutter mich nicht haben?"

Frau Hunold holte tief Luft. „Ungefähr zu der Zeit, als ihre Klosterpläne konkreter wurden, muss Elsa den jungen Mann kennen gelernt haben, der später Ihr Vater wurde. Ich habe ihn nie gesehen, und Elsa hat wenig erzählt. Ich weiß nur, dass er Ägypter war und hier studiert hat. Zum Zeitpunkt Ihrer Geburt war er nicht mehr in Deutschland. Ich weiß nicht, warum."

Holly hörte gebannt zu. Wenn ihr Vater hier studiert hatte, stammte er wohl aus einer gut situierten Familie. Aber warum hatte er seine schwangere Freundin alleingelassen und wohin war er gegangen? „Hat Elsa Ihnen erzählt, ob mein Vater von der Schwangerschaft wusste? Ob sie noch zusammen waren?"

Frau Hunold überlegte. „Wie gesagt, sie hat wenig von ihm erzählt, obwohl sie damals sogar einige Zeit bei mir gewohnt hat. Sie machte sich große Sorgen, weil er sich nicht meldete. Sie hat immer wieder versucht, ihn anzurufen, und unzählige Briefe geschrieben. Als sie nach der Geburt so überstürzt nach Ägypten gereist ist, hat sie ihn vermutlich gesucht."

„Haben Sie erfahren, ob sie ihn gefunden hat? Sie hat doch schon bald darauf Kontakt zu Ihnen aufgenommen."

Frau Hunolds Miene verdüsterte sich. „Ich habe nicht danach gefragt. Zuerst wollte ich gar nicht mit ihr sprechen, weil ich so entsetzt war, dass sie ihr Kind zurückgelassen hatte. Ich weiß noch genau, was sie damals zu mir gesagt hat: ‚Manchmal stellt das Leben dich vor eine furchtbare Entscheidung, und egal was du tust, am Ende wird es falsch gewesen sein.'"

Holly stiegen Tränen in die Augen.

„Ich habe ihren Wunsch erfüllt und mich regelmäßig beim Jugendamt nach Ihnen erkundigt. Jedes Mal berichtete ich Elsa in einem Brief, was ich erfahren hatte. Wie es Ihnen ging, dass Ihre Familie umgezogen war, von der Geburt Ihrer Brüder, Ihren Schulleistungen. Nach Ihrem Abitur, Sie waren inzwischen volljährig, habe ich Elsa geschrieben, dass ich meinen Informationsdienst nun einstellen würde. Sie hat nicht geantwortet. Ich weiß nicht einmal, ob sie noch lebt."

„O doch, sie lebt", sagte Holly. „Ich habe sie sogar gesehen, als ich in Ägypten war." Holly schilderte die Ereignisse von Beni Suef, erzählte von der Begegnung mit der vermeintlichen Priorin des Klosters, von Ashrafs Entdeckung.

„Ashraf? Was für ein merkwürdiger Zufall! Wenn ich mich recht entsinne, war das auch der Name Ihres Vaters."

„Tatsächlich?" Holly lächelte.

Als sie Frau Hunold verließ, fühlte Holly sich ein wenig erleichtert. Die wichtigste Mitteilung war, dass Elsa sie nicht einfach so weggegeben hatte. Sie fragte sich, zwischen welchen Möglichkeiten ihre Mutter hatte entscheiden müssen und warum sie geglaubt hatte, in jedem Fall die falsche Entscheidung zu treffen. Sie fragte sich, was aus ihrem Vater geworden war. Warum Elsa ins Kloster gegangen war, wenn sie ihn so geliebt hatte. Es gab noch immer so viele offene Fragen. Zu viele.

21

Entschlossenen Schrittes ging Holly durch Beni Suef, Ashraf trug ihre Reisetasche. Sie erreichten den Konvent der Daughters of St Mary, passierten den Pförtner und betraten den Innenhof.

Zielstrebig ging Holly auf das schmiedeeiserne Kreuz in der Mitte des

Hofes zu und bedeutete Ashraf, die Tasche abzustellen. Sie zog den Reißverschluss auf und entnahm ihr eine zusammengerollte Isomatte sowie ein Fahrradschloss mit einer langen Kette. Nachdem sie auf der Matte Platz genommen hatte, schlang sie die Kette um ihren rechten Fuß und schloss sie um das Kreuz. „So", sagte Holly und drückte Ashraf den Schlüssel in die Hand, „jetzt wollen wir mal sehen, wer hier den größeren Dickschädel hat."

Ashraf lächelte kopfschüttelnd. „Und wie lange willst du hier kampieren?"

„Solange es nötig ist", sagte Holly. „Ich glaube nicht, dass die Sisters mich verhungern lassen. Das gäbe eine schlechte Presse."

„Ich kann ja schon mal ein Foto machen", sagte Ashraf grinsend, „für alle Fälle." Er zog sein Handy aus der Hosentasche und machte einige Aufnahmen von der angeketteten Holly. Dann ging er in die Hocke. „Wenn du mich brauchst, dann melde dich", sagte er und drückte verstohlen ihre Hand.

Sie nickte. „Vielen Dank für deine Hilfe!"

Er stand auf, warf ihr einen letzten Blick zu, in dem Unverständnis und Bewunderung sich die Waage hielten. Holly sah ihm nach, bis er verschwunden war. Sie lehnte sich gegen das Kreuz, machte es sich mit einem zum Kissen gerollten Sweatshirt bequem und wartete.

Es dauerte nicht lange, bis eine Schwester aus dem Konvent auf sie zugelaufen kam. *„No picnic!"* – Kein Picknick!, sagte sie ungehalten und wies Richtung Ausgang. Holly hob ihren Fuß und wies bedauernd auf die Kette. Die Schwester stutzte und blickte ungläubig auf das massive Schloss. Dann machte sie eine Bewegung mit der Hand, als drehe sie einen Schlüssel, und legte ihr Gesicht in fragende Falten. Holly zuckte die Schultern, um zu zeigen, dass sie leider nicht wisse, wo der Schlüssel sei. Verwirrt zog die Schwester sich zurück.

Bald würde vermutlich die Oberin auftauchen, und dann würde Holly ihr erklären, dass sie den Boden dieses Klosters nicht verlassen würde, bevor sie mit ihrer Mutter alias Schwester Sunita gesprochen hätte. Tasuni Sunita. Warum hatte ihre Mutter als Namen für ihr Klosterleben ein Anagramm des arabischen Wortes für Ordensschwester gewählt? Noch eines dieser Rätsel, das Holly endlich zu entschlüsseln hoffte. Wer so viele Spuren legt, dachte sie, darf sich nicht entziehen, wenn er gefunden wird. Es war Hollys verdammtes Recht, mit ihr zu sprechen. Sie lehnte ihren Kopf an das Kreuz und schloss die Augen. Bleierne Müdigkeit überkam sie; sie war lange unterwegs gewesen. Als sie hörte, wie sich schnelle Schritte näherten, öffnete sie die Augen.

Die Schwester von vorhin rückte wieder an mit zwei weiteren Schwestern. Die drei standen um Holly herum und diskutierten.

„I want to talk to Sister Sunita." – Ich möchte mit Schwester Sunita sprechen, sagte Holly. Die Schwestern tauschten Blicke aus, antworteten aber nicht. *„Or to Sister Agapy."* – Oder mit Schwester Agapy, ergänzte Holly.

Die eine Schwester schüttelte energisch den Kopf, als sei es ausgeschlossen, die Priorin mit der Nachricht von dem ungebetenen Gast zu behelligen. Dann lief sie zum Pförtnerhäuschen und kam mit dem kleinen, vertrockneten Mann zurück, der einen Werkzeugkasten trug. Jetzt wird's ernst, dachte Holly. Als der kleine Mann mit einer Riesenzange auf sie zukam, begann sie zu schreien. „Schsch!", machten die Schwestern und blickten sich nervös um. Holly schrie lauter. Der Pförtner wich zurück, warf die Zange in den Werkzeugkasten und schleppte ihn wieder zurück in sein Häuschen. Die Schwestern berieten erneut. Irgendwann gingen sie zurück in das Gebäude. Die schwere Tür wurde zugeschlagen.

Es wurde dunkel, Holly richtete sich auf eine Nacht im Freien ein. Sie hatte Wasser und Proviant dabei, außerdem eine Taschenlampe und ein Buch. Sogar einen MP3-Player von Lea hatte sie sich geliehen. Sie knabberte an einem Müsliriegel. Plötzlich sah sie eine Gestalt durch die Dunkelheit auf sich zukommen. Es war der Pförtner mit einem großen Plastikbecher voller Tee. Er murmelte etwas auf Arabisch und bettete das Gesicht auf seinen Handrücken, womit er ihr vermutlich eine gute Nacht wünschte. Überrascht lächelte Holly ihn an und bedankte sich auf Englisch.

Nachdem sie den Tee getrunken und eine Weile gelesen hatte, legte sie sich hin und deckte sich mit ihrem Sweatshirt notdürftig zu. Die Temperatur war angenehm, nur noch einzelne Lichter brannten im Konventsgebäude. Holly blickte nach oben, der Himmel war sternenklar. Lieber Gott, betete sie. Bitte erweiche ihr Herz und bring sie dazu, dass sie mit mir spricht! Sie kann doch nicht so grausam sein, mich ein zweites Mal zurückzuweisen.

Dann allerdings wurde ihr klar, dass sie einen entscheidenden Umstand unberücksichtigt gelassen hatte: sie musste pinkeln. Und zwar von Minute zu Minute dringender. Holly überlegte. Schließlich bewegte sie sich so weit weg von ihrem Lagerplatz, wie es die Kette zuließ. Dann hockte sie sich hin und stellte die Isomatte als Sichtschutz um sich. Schließlich gelang es ihr, sich zu erleichtern, ohne dass ihre Kleidung oder ihre Schuhe nass wurden. Triumphierend kehrte sie zu ihrem Lagerplatz zurück. Daran würde ihre Mission jedenfalls nicht scheitern!

Sie konnte nicht einschlafen. Ganz allein in dem dunklen Innenhof wurde ihr zunehmend mulmig. Sie glaubte, Tiere vorbeihuschen zu sehen. Nein, sie war keine Anhängerin des Freiluftcampings.

Der folgende Morgen brachte das Wiedersehen mit einem alten Bekannten. Der Polizist, der sie bei ihrem letzten Besuch in Beni Suef so hingebungsvoll beschützt hatte, stand vor ihr, flankiert von den drei Ordensschwestern, sah streng auf sie herab und forderte sie barsch auf: „*You must go!*" – Sie müssen gehen!

Holly wies auf ihren gefesselten Fuß, der inzwischen leicht geschwollen war, und schmerzte. „*I can't go*", erklärte sie. „*And I want to talk to Sister Sunita.*" – Ich kann nicht gehen. Und ich will mit Schwester Sunita sprechen.

Fragend wandte er sich zu den Schwestern um, die arabisch auf ihn einredeten. „*Not possible*", sagte er dann. Nicht möglich.

„*Why not?*" – Wieso nicht?

„*Not here.*" – Nicht hier.

„*Then I want to talk to the prior, Sister Agapy.*" – Dann möchte ich mit der Priorin, Schwester Agapy, sprechen, sagte Holly.

„*Not possible*", wiederholte er.

„*Why not?*"

„*Not here.*"

„*So I wait.*" – Dann warte ich, sagte Holly in der Hoffnung, dass diese Auskünfte nicht der Wahrheit entsprachen.

Der Polizist, mit der Situation offensichtlich überfordert, funkelte sie wütend an. „*You go now!*", befahl er erneut. Sie gehen jetzt! Als Holly nicht reagierte, zog er ein Paar altmodische Handschellen aus der Tasche und ließ sie um ihre Handgelenke schnappen. Die Schwestern begannen zu kichern. Da begriff auch der Polizist, dass eine Verhaftung in diesem Fall nicht das geeignete Mittel war, und öffnete die Handschellen wieder. Danach versuchte er, mit demselben Schlüssel Hollys Fußfessel zu öffnen, was erwartungsgemäß misslang. Daraufhin erklärte er den Schwestern offenbar das Scheitern seiner Mission und verließ, so würdevoll es ihm möglich war, das Klostergelände.

Die Schwestern hatten ihre Fassung zurückgewonnen und blickten wieder ernst. „*Where is key?*“ – Wo ist Schlüssel?, fragte die eine.

Holly erwiderte: „*My friend has the key.*“ – Mein Freund hat den Schlüssel.

„*Where is friend?*“ – Wo ist Freund?

Holly zuckte die Schultern. „*I don't know.*“ – Ich weiß nicht.

Erneut machte sich Ratlosigkeit breit. Die Schwestern gingen schnatternd ins Gebäude zurück.

Stunden vergingen. Immer wieder überquerten Schwestern und Besucher den Hof. Manche betrachteten Holly erstaunt, andere ohne größeres Interesse. Trotzig biss Holly die Zähne zusammen. So schnell würde sie nicht kapitulieren, auch wenn ihr der Gedanke an eine weitere Nacht hier draußen größtes Unbehagen bereitete.

Erst am frühen Abend erhielt Holly wieder Besuch. Holly erinnerte sich an Ashrafs Fotos. Die Priorin des Konvents, Schwester Agapy, näherte sich gemessenen Schrittes, ein Tablett in den Händen. Sie hockte sich hin, setzte das Tablett ab und sagte in fließendem Englisch: „*I think you might be hungry.*“ – Sie haben bestimmt Hunger.

Holly bedankte sich.

„Was kann ich sonst für Sie tun?“, erkundigte sich die Schwester.

Da sie keine Ahnung hatte, wie viel die Priorin wusste, erzählte Holly ihr die Kurzfassung ihrer Geschichte. „Ich werde diesen Ort nicht verlassen, bevor ich noch einmal mit meiner Mutter gesprochen habe“, endete Holly.

„Ich verstehe“, sagte Schwester Agapy höflich, aber unbeeindruckt. „Ihnen ist klar, dass Sie Hausfriedensbruch begehen?“

„Tut mir leid“, sagte Holly, „ich dachte, ein Kloster ist ein Ort, an dem man in der Not Zuflucht findet. Ich bin in Not.“

Die Oberin nickte, als leuchte ihr dieses Argument ein. Dann sagte sie: „Aber es ist nicht in Ordnung, Menschen zu erpressen.“

Holly spürte Wut und gleichzeitig tiefe Verzweiflung. „Es ist auch nicht in Ordnung, ein Kind auszusetzen und sich nie mehr zu melden. Ich möchte nichts anderes, als mit meiner Mutter sprechen und ihr ein paar Fragen stellen. Ich finde, das ist nicht zu viel verlangt.“ Hollys Stimme war sehr leise. Sie hielt mit Mühe ihre Tränen zurück.

Die Priorin erhob sich. „Wir sind freie Menschen, auch hier im Kloster“, sagte sie. „Es ist Schwester Sunitas Entscheidung.“

„Ich weiß“, sagte Holly. „Ich werde warten.“

Als Holly nach einer weiteren Nacht, in der sie unzählige Male hochgeschreckt war, am frühen Morgen erwachte, hatte aller Mut sie verlassen. Ihr Fußknöchel schmerzte heftig, die Lippen waren trocken und rissig, in ihren Gedärmen rumorte es unheilvoll. Nein, so konnte es wirklich nicht weitergehen.

Während sie noch über einen Ausweg nachgrübelte, sagte plötzlich eine Stimme hinter ihr auf Deutsch: „Guten Morgen."

Sie fuhr herum und blickte in das Gesicht ihrer Mutter, die keine zwei Meter von ihr entfernt auf dem Boden saß. Sie war so überrascht, dass sie kein Wort herausbrachte.

„Du hast gewonnen", sagte Schwester Sunita alias Elsa Hegmann. „Meine Sturheit hast du auf jeden Fall geerbt." Ihre Augen hinter den Brillengläsern funkelten; Holly konnte nicht erkennen, ob aus Rührung oder vor Ärger.

„Heißt das, Sie … sprechen mit mir?"

„Was bleibt mir anderes übrig?", gab ihre Mutter zurück. „Also, wo ist der Schlüssel?"

Holly beugte sich vor und zog ihren linken Schuh aus. Sie rollte den Strumpf vom Fuß, und der Zweitschlüssel fiel heraus.

Eine Stunde später, nachdem Holly sich gewaschen und etwas gegessen hatte, führte Elsa sie in ihre spartanisch eingerichtete Zelle. Holly sah sich um. Eine eiserne Bettstatt, daneben ein Holzhocker, der als Nachttisch diente. Darauf einige arabische und englische Bücher, ein altmodischer Wecker, der laut tickte, eine Lesebrille. An der Wand ein Schreibtisch, davor ein Holzstuhl. Über dem Bett ein koptisches Kreuz. Keine Bilder, keine Fotos. Nichts, was an ein früheres Leben erinnerte.

„Setz dich!", forderte Elsa sie auf und wies auf das schmale Bett. Sie selbst nahm sich den Stuhl.

„Warum leben Sie hier?", fragte Holly.

„Es ist mein Zuhause."

„Ich meine, warum sind Sie überhaupt ins Kloster gegangen?"

„Ich fühlte mich dazu berufen. Schon als junges Mädchen."

Holly nickte. „Aber dann bin ich dazwischengekommen."

„So würde ich es nicht ausdrücken", sagte Elsa. Sie setzte sich aufrecht hin und holte tief Luft. „Du bist gekommen, um meine Geschichte zu hören und damit auch deine. Ich werde sie dir erzählen, so gut ich kann, und dabei so ehrlich wie möglich sein."

So ehrlich wie möglich. Holly zuckte zusammen. Da war er wieder, der verdammte Satz, hinter dem sich so viel Schmerz und Lüge verbergen konnten. „Sie müssen keine Rücksicht nehmen“, sagte sie schnell, „ich will hören, wie es wirklich war.“

„Bitte, hör auf, mich zu siezen. Das ist absurd.“ Holly dachte, dass anderes viel absurder wäre, aber sie nickte. Ihre Mutter schien sich zu sammeln, dann begann sie zu sprechen. „Ich hatte einen Vater, der mir keine Luft zum Atmen ließ. Eine Mutter, die ihm hörig war. Um zu überleben, musste ich fliehen. Es gab nichts, was mein Vater mehr hasste als die Kirche. Also wollte ich ins Kloster.“

„Was hat dein Vater dir denn getan? Ich war bei Andrea Hunold“, erzählte Holly. „Sie sagte, er habe dich vergöttert.“

„Das, was manche Liebe nennen, ist für andere seelischer Missbrauch“, sagte Elsa. „Mein Vater hätte mich mit seiner Liebe fast in den Tod getrieben. Mit siebzehn wollte ich mich umbringen. Danach habe ich beschlossen, ins Kloster zu gehen. Und dann lernte ich deinen Vater kennen und erfuhr zum ersten Mal, was Liebe ist.“ Die Erinnerung ließ Elsas Gesicht für einen Moment aufleuchten. Gleich darauf hatte es wieder den gewohnt strengen Ausdruck.

„Erzähl mir von ihm“, bat Holly.

Elsas Stimme wurde sanft. „Er war für ein Jahr in Deutschland und studierte Maschinenbau. Als gläubiger Kopte suchte er Anschluss an junge Christen. Wir trafen uns auf einer Party in unserem Gemeindezentrum und verliebten uns sofort ineinander. Ashraf war … Er war wunderschön, er konnte gut zuhören. Zum ersten Mal in meinem Leben verstand mich jemand.“

„Und dann wurdest du schwanger“, sagte Holly. Es war mehr eine Feststellung als eine Frage.

„Ja, und ich war glücklich! Ein Kind schien mir die Krönung unserer Liebe, ich stellte mir vor, wir würden heiraten, gemeinsam nach Ägypten gehen und dort leben, aber dann …“

„Was ist denn passiert?“, fragte Holly atemlos. „Warum seid ihr nicht zusammengeblieben?“

Es fiel Elsa sichtlich schwer, weiterzusprechen. Die Erinnerung an die Vergangenheit schien sie noch immer zu quälen. „Ich erzählte Ashraf von der Schwangerschaft. Er war entsetzt. Seine Eltern waren streng gläubig, sie hätten nach seinen Worten sogar die Ehe mit einer Katholikin abgelehnt. Und ein uneheliches Kind war einfach undenkbar. Ashraf hatte das Gefühl, ich hätte ihn in eine ausweglose Lage gebracht. Ich hoffte die ganze Zeit, er würde sich beruhigen und dass seine Eltern nicht so unerbittlich wären, wie er sie darstellte. Schließlich konnte ich ihn dazu bewegen, zu ihnen zu reisen, um ihnen mitzuteilen, was passiert war. Ende Mai 1967 reiste er ab, danach hörte ich nichts mehr von ihm. Ich wurde fast verrückt. Ich war überzeugt, seine Eltern hätten ihn gezwungen, den Kontakt zu mir abzubrechen. Ich wollte zu ihm fahren, aber es gab Komplikationen mit der Schwangerschaft, und ich musste liegen. Ich versuchte anzurufen, aber die Leitung war tot. Ich schrieb Briefe, aber erhielt keine Antwort. Ich war nur noch wütend und verzweifelt und konnte mir einfach nicht erklären, was geschehen war." Elsa nahm die Brille ab und rieb sich die Augen. Sie wirkte nun wie in Trance, schien Hollys Anwesenheit kaum noch wahrzunehmen.

„Nach der Geburt hatte ich nur einen Gedanken: Ich muss Ashraf finden! Mit einem Neugeborenen wollte ich nicht reisen, außerdem war ich überzeugt, das Kind wäre schuld daran, dass ich Ashraf verloren hatte. Ich sah keinen anderen Weg, als das Baby …", sie stockte und blickte Holly irritiert an, „als … dich irgendwohin zu bringen, wo man sich um dich kümmern würde. Irgendwie hatte ich die Vorstellung, dass ich dich wieder zurückholen könnte, wenn alles gut wäre und ich deinen Vater gefunden hätte. Ich … legte dir den Skarabäus um, den mir Ashraf geschenkt hatte, und brachte dich ins Marienkrankenhaus. Am nächsten Tag bekam ich hohes Fieber und musste meine Abreise um zehn Tage verschieben. So erfuhr ich noch, dass du Eltern gefunden hattest. Ich wollte, dass du eine letzte Botschaft von mir erhältst, und schrieb dir den Brief auf Koptisch. Wahrscheinlich wollte ich unbewusst einen Hinweis damit geben, genau wie mit dem Skarabäus. Und offenbar hast du meine Botschaften ja richtig gelesen, sonst wärst du nicht hier."

Holly hatte gebannt zugehört. Endlich tauchten alle fehlenden Puzzleteile auf und vor ihren Augen entstand ein Bild. Ihr fiel etwas ein. „Die Krankenschwester, die mich gefunden hat, erzählte etwas von einem südländisch aussehenden Mann, den sie am selben Tag vor dem Krankenhaus beobachtet hat. Sie vermutete, er habe etwas mit der Sache zu tun."

Elsa schüttelte den Kopf. „Da hat sie sich geirrt, ich war allein."

Wie merkwürdig, dachte Holly. Nur weil sie vermutet hatte, dass es zwischen dem Skarabäus und dem dunkelhäutigen Mann eine Verbindung gab, war sie auf die richtige Spur gestoßen. „Hast du ihn denn gefunden, Ashraf … meinen Vater?"

Elsas Gesicht verdüsterte sich. „Als ich endlich reisefähig war, flog ich nach Ägypten. Ich fuhr in das Dorf von Ashrafs Familie nahe der israelischen Grenze, wo drei Monate zuvor der Sechstagekrieg getobt hatte. Wo das Haus stehen sollte, war nur noch ein Trümmerhaufen. Eine verirrte Rakete …“ Elsa brach ab.

Holly würde ihren Vater also nicht mehr finden können. Das Bild würde niemals vollständig sein.

„Ashraf, seine Eltern und Großeltern, seine drei Geschwister – alle tot.“

Plötzlich verstand Holly. Nach diesem Schlag wollte Elsa in der Nähe ihres toten Geliebten bleiben. „Dann hast du beschlossen, hier ins Kloster einzutreten?“

„Ich lernte Bischof Athanasios kennen, einen sehr klugen und weltoffenen Mann. Er nahm mich bei den Daughters of St Mary auf.“

„Und warum hast du ausgerechnet den Namen Sunita gewählt?“

Elsa lächelte. „Ashraf und ich fühlten uns seelenverwandt, sein Kosename für mich war ‚Schwesterchen‘. Als ich von der Seelenschwester zur Klosterschwester wurde, bildete ich ein Anagramm aus dem arabischen Wort Tasuni für Schwester. Eine Spielerei, aber auch eine Erinnerung an ihn.“

„Es muss eine große Liebe gewesen sein“, sagte Holly.

Elsa seufzte. „Die größte Liebe ist immer die unerfüllte. Aber ich hätte nie einen anderen Mann so lieben können. Deshalb bin ich hier im Kloster auch richtig.“

Es fiel Holly nicht schwer, sich vorzustellen, wie verzweifelt die junge Elsa gewesen sein musste. Aber sie fühlte nur mit der Elsa von 1967. Die Frau, die ihr heute gegenübersaß, war ihr eher fremd. Es kam ihr vor, als handele es sich um zwei gänzlich verschiedene Menschen.

Oberin Agapy befreite Schwester Sunita von ihren Aufgaben im Kloster. Mutter und Tochter spazierten durch den Klostergarten, setzten sich in schattige Ecken des Innenhofes, hockten im Gemeinschaftsraum und immer wieder in Elsas Zelle, dabei sprachen sie unaufhörlich.

Holly bemerkte Eigenheiten an ihrer Mutter, die sie von sich selbst kannte. So zog sie beim Nachdenken die Augenbrauen zusammen wie sie und räusperte sich auf dieselbe Weise. Einmal beobachtete sie, wie Elsa eine Nummer notierte. Sie stellte fest, dass ihre Mutter, genau wie sie, die Einer vor den Zehnern schrieb. Auch physische Ähnlichkeiten zwischen ihnen entdeckte sie wie die Form der Fingerkuppen und Fingernägel mit ihren ausgeprägten Monden oder den gezackten Haaransatz. Auch ihre Augen ähnelten sich, was sie erst bemerkte, als Elsa ihre Brille abnahm. Nur ihre Fehlsichtigkeit hatte Holly nicht von Elsa geerbt.

„Dein Vater hatte eine leichte Kurzsichtigkeit, im Kino und in der Kirche trug er eine Brille“, erinnerte sich Elsa. „Außerdem hast du genau seine Kinnpartie und seinen Mund. Sogar die Form der Zähne ist ähnlich, das fiel mir sofort auf, als ich dich das erste Mal sah.“

Holly war tief berührt.

Trotz ihres „Urlaubs“ verzichtete Schwester Sunita nicht auf die tägliche Essensausgabe für die Armen. Danach zeigte sie Holly den Kindergarten und die Krankenstation und führte sie durch die Viertel der Umgebung, deren Bewohner ohne die Unterstützung des Klosters kaum lebensfähig wären. Es war, als wollten sie gemeinsam Elsas Welt vermessen, damit Holly besser verstehen könnte, warum ihre Mutter sich für dieses Leben entschieden hatte.

„Ich betrachte es auch als Buße, weißt du“, sagte Elsa, während sie gemeinsam durch ärmliche Gassen gingen. Plötzlich blieb sie stehen. „Ich finde, deine Eltern hätten es dir sagen müssen. Allerdings bin ich ja selbst vor dir weggelaufen, als du schon vor mir gestanden hast! Warum ist die Wahrheit bloß so schwer zu ertragen?“

„Weil sie Schmerzen verursacht?“, fragte Holly. „Vielleicht wolltest du vergessen, dass du etwas Schreckliches getan hast, und meine Eltern wollten vergessen, dass sie gar nicht meine Eltern sind. Menschen sind sehr erfinderisch, wenn es darum geht, Schmerzen zu vermeiden.“

Am nächsten Tag reiste Holly ab. Zum Abschied überreichte sie ihrer Mutter den kleinen Schlüssel zum Fahrradschloss an einem silbernen Halskettchen.

Ihre Mutter drückte ihr einen blassblauen Umschlag mit dem Aufdruck des Klosters in die Hand. „Ich muss dir noch etwas sagen.“ Elsa fasste Holly bei den Schultern. „Es gab keinen Tag in meinem Leben, an dem ich nicht an dich gedacht hätte.“

Mit großen Augen blickte Holly in die Augen ihrer Mutter. „Du weißt nicht, was mir dieser Satz bedeutet“, sagte sie leise.

Elsa seufzte. „Der Blick zurück ist ein Blick in den Abgrund. Zuerst dachte ich, du hättest kein Recht, hier aufzutauchen. Aber dann wurde mir klar, dass ich selbst vor langer Zeit die Spuren gelegt hatte, die dich hierhergeführt haben. Bitte … bitte verzeih mir.“

Holly legte ihren Kopf an Elsas Schulter und sagte leise: „Ich hab dir doch längst verziehen.“

ZU FUSS ging sie zum Bahnhof und bestieg den Zug nach Kairo, wo Ashraf sie erwartete, um sie zum Flughafen zu bringen. Als er am Flughafen den Wagen geparkt hatte, sagte Holly: „Ich will dir was zeigen." Sie nahm den blassblauen Umschlag aus ihrer Tasche und zog ein leicht vergilbtes Foto heraus. Darauf war ein junger Ägypter zu sehen, der erstaunliche Ähnlichkeit mit Ashraf hattc. „Das ist mein Vater", sagte Holly. „Er hieß wie du, Ashraf."

Ashraf betrachtete das Bild und nickte, dann hob er den Blick zu Holly. „Ich werde dich nicht vergessen."

„Ich dich auch nicht", sagte Holly und küsste ihn. Dann nahm sie schnell ihre Tasche und stieg aus dem Auto. Auf dem Weg ins Flughafengebäude drehte sie sich noch einmal kurz um und winkte.

22

Bei ihrer Rückkehr warteten eine Menge Neuigkeiten auf Holly. Von Karin war eine Briefkarte aus edlem Bütten angekommen, mit ihrer neuen Adresse. Neugierig rief sie dort an. „Was ist passiert?", fragte sie.

„Ganz einfach", erklärte Karin, „ich habe Ulf die Entscheidung abgenommen und mir eine Wohnung in der Stadt gemietet. Nun soll er zusehen, wie er mit den Kindern klarkommt. Er spannt ständig seine Tusse als Babysitter ein. Lange macht die das bestimmt nicht mehr mit."

„Du willst ihn also immer noch zurückhaben?"

„Ach, keine Spur", sagte Karin wegwerfend, „ich will ihm nur das Leben ein bisschen schwer machen. Und mach dir keine Sorgen, ich habe einen guten Anwalt. Der ist nicht nur ein guter Jurist, sondern auch ein fantastischer Liebhaber."

„Na, herzlichen Glückwunsch", sagte Holly perplex. Um Karin musste sie sich wirklich keine Sorgen machen.

Anders sah es bei Diana aus. „Seine Frau hat einen Suizidversuch gemacht und ist jetzt wieder in der Psychiatrie", erzählte sie mit erschöpfter Stimme. „Ich habe Mark tausendmal erklärt, dass die Sache für mich beendet ist, aber er lässt mir keine Ruhe. Ich überlege, ob ich mit den Kindern in eine andere Stadt ziehen soll oder sogar ins Ausland."

Holly versuchte ihrer Freundin Mut zuzusprechen, aber sie kam sich hilflos und lächerlich dabei vor.

Blieb noch Jochen. Sie wählte seine Nummer im Verlag. „Ich wollte dir nur sagen, dass du deinen Kopf mal wieder durchgesetzt hast", sagte sie, „ich schreibe gerade meine Geschichte auf."

„Toll!“, sagte er, als sie geendet hatte. „Das wird bestimmt der Knaller.“ Er klang merkwürdig unbeteiligt.

„Was ist mit dir?“, fragte Holly, „du klingst so komisch.“

„Mir geht’s nicht so gut“, sagte er. „Stella hat sich gegen das Kind entschieden. Und damit gegen mich.“

„Das verstehe ich nicht“, sagte Holly.

„Sie hatte tatsächlich eine längere Affäre“, erklärte Jochen. „Als sie schwanger wurde, hat der Typ kalte Füße gekriegt und ist abgehauen. Obwohl ich ihr angeboten habe, das Kind mit ihr aufzuziehen, hat sie sich für die Abtreibung entschieden. Da war es plötzlich aus bei mir. Alle Gefühle tot. Ich bin ausgezogen, zurzeit wohne ich hier im Verlag.“

„Es tut mir so leid“, sagte Holly. „Was hältst du davon, wenn wir die Idee mit dem Eheratgeber vorerst begraben?“

„Einverstanden“, sagte Jochen.

ZWEI TAGE nach ihrer Rückkehr bat Chris sie schon am Morgen, einen Ausflug mit ihm zu machen. Er wolle ihr eine Schule zeigen, eine Internatsschule.

„Ein Internat?“, wiederholte sie begriffsstutzig, „für wen denn?“ Im gleichen Moment verstand sie. „Für Timo?“, rief sie aus. „Du willst Timo ins Internat schicken?“

„Er will es selbst“, sagte Chris. Er ließ sich nicht aus der Ruhe bringen. „Es war sein Wunsch, dass ich es dir sage. Und dass ich dir die Schule zeige.“

Holly dachte nach. „Es ist also unsere Schuld. Oder nein, meine. Will er weg, weil er mich hasst?“

„Vielleicht braucht er eine Art Sicherheitsabstand. Um uns nicht irgendwann hassen zu müssen.“

„Wir können uns ein Internat gar nicht leisten.“

Chris räusperte sich. „Margarete will uns helfen. Sie würde zwei Drittel der Kosten übernehmen.“

„Margarete? Wie kommt sie dazu? Ich will von ihr nichts annehmen!“

„Ich dachte, du wärst endlich zur Vernunft gekommen. Es ist deine Familie, verdammt! Alle sehen das so. Alle außer dir!“

NACH DEM BESUCH der Schule, die in einem Schloss untergebracht war und äußerst idyllisch in der oberbayerischen Landschaft lag, gab Holly unumwunden zu: „Ich bin neidisch. Auf so eine Schule wäre ich auch gern gegangen.“

„Frag mich mal“, sagte Chris. „Meine Eltern haben mir gerade mal erlaubt, die Zehnte zu machen. Auf einer Schule mit sechshundert Schülern. Hier sind es hundertachtzig.“

Abends klopfte Holly an Timos Zimmertür und trat ein. Er saß am Schreibtisch, vor sich das Lateinbuch, und es sah tatsächlich so aus, als lerne er. „Kann ich dich sprechen?“

„Klar.“ Er klappte bereitwillig das Buch zu.

„Wir haben uns heute das Internat angesehen.“

Timo sah sie erwartungsvoll an.

„Ist wirklich toll da“, sagte Holly. „Wie bist du auf die Idee gekommen?“

„Ein Typ aus meiner Klasse ist seit letztem Jahr dort. Er findet es echt cool.“

„Hat es … irgendwas mit mir zu tun, dass du wegwillst?“

Sein Blick irrte unsicher umher.

„Bist du mir noch böse wegen der Ohrfeige?“

„Nee, ist schon okay. Mich nervt, dass Papa und du so komisch miteinander seid. Lea könnt ihr was vormachen, aber nicht mir.“

„Sonst noch Gründe, warum du wegwillst?“

„Das Sitzenbleiben. An der neuen Schule fällt es nicht auf, dass ich die Klasse wiederhole.“

Holly nickte. „Das verstehe ich.“

Timo sah sie hoffnungsvoll an. „Dann bist du also einverstanden?“

Sie seufzte. „Was bleibt mir denn anderes übrig?“

Zu ihrer Überraschung erhob er sich von seinem Schreibtischstuhl, um sie zu umarmen. „Du bist echt cool, Mama.“ Das war mit Sicherheit das größte Kompliment, zu dem ihr Sohn fähig war.

Eine gute Mutter muss im richtigen Augenblick loslassen, dachte Holly, und dabei sprengte ihr der Schmerz fast den Brustkorb.

Wie in Trance nahm sie den Autoschlüssel, ging aus der Wohnung und fuhr weinend durch die nächtliche Stadt. Wenig später stand Holly vor ihrem Elternhaus. Sie parkte und blieb sitzen, unschlüssig, was sie eigentlich hier wollte. Schließlich stieg sie aus und ging langsam zum Gartentor. Sie hob die Hand und drückte auf den Knopf der Haustürklingel.

Es summte, Holly drückte das Gartentor auf. Im Lichtschein, der aus dem Haus auf den Weg fiel, ging sie auf Margarete zu, die an der Haustür stehen geblieben war.

„Was ist denn hier los?“, fragte Holly verwundert, nachdem sie das Haus betreten hatte. Überall standen Umzugskisten herum.

„Ich habe das Haus verkauft“, erklärte Margarete. „Es war sowieso zu groß für mich, ich habe mich einsam gefühlt.“

„Aber was ist mit deinen Figuren?“

Margarete seufzte. „Figuren eben, keine Menschen. Als dann noch Molotow überfahren wurde …“ Sie brach ab.

Hollys Augen füllten sich mit Tränen. „Molotow ist tot?“

Margarete nickte traurig.

Holly sah sich um. „Aber … ich meine, das ist doch unser Elternhaus.“

„Ach, jetzt plötzlich?“ Die Schärfe in Margaretes Stimme war nicht zu überhören.

Holly hatte nicht die Kraft, sich zu verteidigen: „Wo ziehst du denn hin?“

„Zu Lori“, sagte Margarete. „Sie hat genug Platz.“

Wie betäubt ging Holly durchs Haus, wo nichts mehr so aussah wie früher. Sie verstand selbst nicht, warum es ihr so viel ausmachte. Außer zu den üblichen Anlässen war sie nicht besonders oft hier gewesen. Aber es war in ihrer Vorstellung immer ein Zufluchtsort gewesen. Nun gab es keinen Ort mehr, an den sie flüchten könnte.

Sie entdeckte vor dem Eingang zum Keller mehrere Haufen, bestehend aus Holzstücken, Metallabfällen und anderen Materialien. Einen Moment blickte sie darauf, ohne zu begreifen. Dann verstand sie. Margarete hatte die Figuren säuberlich in ihre Bestandteile zerlegt.

Holly schauderte. Diese Figuren hatten Margarete so viel bedeutet. Sie begriff nicht, wie sie ihre stummen Mitbewohner einfach so hatte meucheln können.

„Hast du Sina auch …?“, fragte sie, als sie in die Küche kam.

„Nein, die habe ich aufgehoben. Ich wollte sie dir schenken.“

Das bestätigte Hollys Vermutung, Margarete hätte sie in der kleinen Holzpuppe verewigt. „Wann musst du draußen sein?“, fragte sie.

„In zehn Tagen. Gut, dass du gekommen bist, du kannst dir ein paar Sachen ansehen und entscheiden, ob du sie haben willst. Sonst werfe ich sie weg. Fotos, Briefe, Erinnerungen …“

Holly nickte. Mit einem Mal fühlte sie eine bleierne Müdigkeit. „Ich weiß, dass ich dir sehr wehgetan habe“, sagte sie leise, „und das tut mir leid.“

Margarete legte stumm ihre Hand auf Hollys. Ihr Blick war voller Schmerz, und sie wussten beide, dass es noch dauern würde, bis die Verletzungen geheilt wären.

Einige Tage später bekam Holly zu ihrer Überraschung einen Brief von Elsa.

> Liebe Holly,
> ich habe seit Deiner Abreise viel nachgedacht. Ich muss mich der Sache mit meinem Vater ebenso stellen, wie ich mich der Begegnung mit Dir gestellt habe. Bitte leite beiliegenden Brief an meinen Vater weiter (ich habe seine aktuelle Adresse nicht).
>
> Seit Du da warst, bin ich eine andere. Etwas in mir hat sich gelöst, ich fühle mich wie befreit. Mir war nicht bewusst, wie tief der Schmerz um Deinen Verlust saß, ja ich wusste nicht einmal, dass es ihn gab. Sei umarmt von Deiner Elsa (Mutter)

Holly wog den Brief an Elsas Vater in der Hand, er musste viele Seiten enthalten. Spontan fasste sie den Entschluss, ihn Jobst Hegmann persönlich zu überbringen.

Am selben Nachmittag fuhr sie ins Altenstift Sankt Josef. Sie ging rasch durchs Foyer Richtung Lift, da wurde sie von der Pförtnerin aufgehalten. „Sie wollen zu Herrn Hegmann?"

Holly war überrascht, dass die Frau sie nach so vielen Wochen wiedererkannte.

„Er ist nicht hier. Er liegt im Krankenhaus."

„Was ist mit ihm?"

Die Pförtnerin zögerte. „Sind Sie eine Verwandte?"

„Ich bin seine Enkelin." Holly wunderte sich, wie leicht ihr diese Worte über die Lippen gingen.

„Er hatte vor einer Woche einen Herzinfarkt."

Er lag im Marienkrankenhaus. Die Schwester auf der Intensivstation war geradezu dankbar, dass jemand kam. „Wir wussten gar nicht, dass es Angehörige gibt. Offenbar ist niemand verständigt worden."

„Wie geht es ihm?", fragte Holly.

„Im Moment ist er stabil. Kommen Sie."

Holly folgte der Schwester zum Bett ihres Großvaters, der hager, mit eingefallenen Wangen und an mehrere Schläuche angeschlossen, dalag. Nichts von seiner Kraft und Bedrohlichkeit war mehr zu spüren. Selbst der Blick aus seinen wasserblauen Augen, den er ihr langsam zuwandte, hatte jede Schärfe verloren. Holly wartete, bis die Schwester außer Hörweite war. „Ich bin's, Holly Berger", sagte sie und zog sich einen Stuhl heran. „Wie geht es Ihnen?" Sie wusste nicht, ob er sie erkannte. „Ich habe Nachricht von Elsa", sagte sie.

Eine Bewegung ging über sein Gesicht. „Elsa", wiederholte er mühsam. „Sie haben sie also gefunden?"

„Sie hat Ihnen geschrieben", sagte Holly, zog den Umschlag heraus und legte ihn auf den Nachttisch. Ihre Hand legte sie auf die knochige Hand ihres Großvaters, die sich trocken und kühl anfühlte.

„Kann ich irgendetwas für Sie tun?", fragte sie.

„Nein, danke. Wie geht es Elsa? Waren Sie bei ihr?"

„Es geht ihr gut, sie lebt in Ägypten im Kloster." Holly schluckte. „Sie … hat viel von Ihnen gesprochen." Ganz egal was in dem Brief stand, dachte Holly, vielleicht würde ihn das trösten.

Sein Blick verschwamm, eine Weile wirkte er abwesend. Dann sah er sie an und sagte: „Ich danke Ihnen, dass Sie gekommen sind."

Holly blieb noch einige Minuten sitzen, dann streichelte sie zum Abschied sanft seinen Handrücken. Er war eingeschlafen.

DER BRIEF mit der Telefonnummer des Klosters lag in Hollys Schublade. Sie holte ihn heraus und wählte. Mehrfach wurde sie verbunden, schließlich mit Oberin Agapy, die ihr versprach, dass Elsa so schnell wie möglich zurückrufen würde.

Während sie wartete, fiel ihr Blick auf den Skarabäus. Sie nahm ihn aus der Schublade und betrachtete seine schimmernde Oberfläche. Wie alt er wohl war? Woher hatte ihr Vater ihn damals bekommen, mit welchen Wünschen hatte er ihn ihrer Mutter geschenkt? Diese Geschichte würde wohl für immer im Dunkeln bleiben, anders als das Geheimnis ihrer Herkunft, das sie hatte aufklären können. Holly konnte kaum glauben, was geschehen war, seit sie den Skarabäus zum ersten Mal in der Hand gehalten hatte. Sie wusste nun, woher sie kam. Wohin sie gehen würde, lag in ihrer Hand.

Sie stand auf und verließ das Zimmer. Im Bad stellte sie sich vor den Spiegel und legte das Kettchen mit dem Skarabäus um. Eines Tages würde sie es Lea schenken und die vielleicht irgendwann ihrer Tochter. So würde die Erinnerung an ihre Eltern weiterleben.

Das Telefon klingelte, es war Elsa. Holly berichtete, Elsa blieb einen Moment stumm. Dann sagte sie: „Ich komme."

AM ÜBERNÄCHSTEN TAG stand Holly am Flughafen und wartete auf ihre Mutter. Endlich öffnete sich die Schiebetür, und die blaugraue Schwesterntracht von Tasuni Sunita tauchte auf. Mutter und Tochter umarmten sich.

Als sie sich voneinander lösten, bemerkte Elsa den Skarabäus um Hollys Hals. Zart berührte sie ihn mit den Fingerspitzen.

Auf der Fahrt sprachen sie nicht viel. Holly hatte im Marienkrankenhaus erfahren, dass Jobst Hegmanns Zustand unverändert wäre. Jetzt stellte sie den Wagen auf dem großen Klinikparkplatz ab und ging mit ihrer Mutter zum Eingang.

Im Foyer stoppte Elsa abrupt und blieb stehen. „Hier war es", sagte sie.

„Ich weiß", sagte Holly.

Langsam drehte sich Elsa zu Holly um, ihre Augen waren aufgerissen. „Wie konnte ich das nur tun?", sagte sie und bewegte mechanisch den Kopf hin und her. „Heute begreife ich es nicht mehr."

Die beiden Frauen starrten auf die Stelle am Boden. Holly griff langsam nach der Hand ihrer Mutter und hielt sie fest.

Im ersten Stock, wo die Intensivstation lag, herrschte Unruhe, Schwestern und Ärzte liefen durcheinander und beachteten sie nicht.

Endlich gelang es Holly, eine Schwester anzuhalten. „Gleich", sagte die und lief weiter, „wir haben einen Notfall."

Wenig später kam ein Arzt auf sie zu. „Frau Hegmann?", sagte er und sah fragend von Holly zu Elsa.

„Ja", sagte Elsa.

„Es tut mir sehr leid, aber Herr Hegmann ist vor wenigen Minuten seinem zweiten Herzinfarkt erlegen. Wir haben alles versucht."

Mit unsicheren Schritten folgte Elsa dem Arzt. Holly blieb einen Moment stehen und sah ihr nach, dann ging sie auf dem Flur auf und ab. Fast vierzig Jahre hätten Elsa und ihr Vater Zeit gehabt, sich zu versöhnen, dachte Holly. Sie haben sich wohl von Anfang an verfehlt.

23

Die Beerdigung fand zwei Tage später statt. Der Trauerzug war kurz. „Bist du traurig, dass du zu spät gekommen bist?", hatte Holly ihre Mutter gefragt.

„Ich bin nicht zu spät gekommen", hatte Elsa geantwortet. „Seine Seele war noch im Zimmer. Der Brief lag gelesen neben seinem Bett. Ich weiß, dass er mir verziehen hat."

„Und du? Hast du ihm auch verziehen?"

„Ja. Ich habe in meinem Brief alles gesagt, was ich sagen musste. Trotzdem bin ich sehr froh, dass ich gekommen bin. Als ich ihn dort liegen sah, hatte er all seinen Schrecken verloren."

Elsas Maschine ging noch am selben Nachmittag, Holly hatte ihre Mutter nicht überreden können zu bleiben. Sie hatte es abgelehnt, bei Holly zu wohnen, und sich stattdessen in einer Pension eingemietet. Nicht einmal Chris und die Kinder hatte sie sehen wollen. Sie bogen auf die breite Hauptallee ein, die auf den Ausgang zuführte.

Als Holly aufblickte, sah sie am Ende des Weges Chris stehen. „Jetzt wirst du doch noch meinen Mann kennen lernen."

Elsa folgte ihrem Blick. „Dann soll es wohl so sein."

Chris trug Jeans und Lederjacke, sein Haar war leicht verstrubbelt, und er sah, wie Holly in diesem Moment bemerkte, nicht nur äußerst sympathisch, sondern auch verdammt gut aus.

Plötzlich empfand sie kindlichen Stolz, weil sie ihn ihrer Mutter vorstellen konnte.

„Mein Mann Chris, meine Mutter", sagte sie. Die beiden gaben sich die Hand und beäugten sich neugierig. „Elsa ist auf dem Weg zum Flughafen", erklärte Holly.

„Schade", sagte Chris. „Ich hoffe, wir haben irgendwann Gelegenheit, uns näher kennen zu lernen."

„Wer weiß", sagte Elsa lächelnd, „Gottes Wege sind unerforschlich." Sie zog Holly an sich und drückte sie kurz. „Leb wohl, mein Kind", flüsterte sie. „Ich danke dir für alles." Sie winkte Chris zu und eilte Richtung Taxistand.

Holly wusste plötzlich, dass dieser Abschied für lange sein würde. Vielleicht sogar für immer. Als der Wagen aus ihrem Blickfeld entschwunden war, wandte sie sich zu Chris. „Und was machst du hier?"

„Ich wollte Klaus besuchen."

Das Grab von Hollys Vater lag im älteren Teil des Friedhofes. Holly war lange nicht mehr dort gewesen. „Na, dann los!", sagte sie, und sie setzten sich in Bewegung.

Chris schob die Zweige eines Holunderbusches zur Seite, sodass man die Inschrift wieder lesen konnte. Sie hockten sich nebeneinander auf die Umrandung aus Granitsteinen.

„Also, Klaus", sagte Chris, „wie war das mit dem Versprechen damals gemeint?"

Mit verstellter Stimme antwortete er: „Du solltest mir versprechen, gut auf Holly aufzupassen."

„Habe ich gemacht", sagte Chris.

„Und das Geheimnis für dich behalten", sagte er mit Klaus-Stimme.

„Habe ich auch gemacht. Und jetzt ist Holly sauer auf mich. Sie findet, ich hätte sie belogen und verraten."

„Verstehe", sagte Klaus. „War vielleicht keine gute Idee von mir."

„Und wie hätte ich das ahnen sollen?", fragte Chris.

„Vielleicht hättest du besser hinsehen und hinhören sollen", sagte Klaus, „dann hättest du begriffen, dass die lebende Holly wichtiger ist als dein toter Schwiegervater."

„Ich war wohl ein ziemlicher Idiot", räumte Chris ein.

„Da möchte ich dir nicht widersprechen", gab Klaus zurück. „Und jetzt entschuldige mich, ich muss zum Mittagessen. Die Regeln hier oben sind streng."

Holly lehnte aufseufzend ihren Kopf an Chris' Schulter und schob ihren Arm unter seinen.

Foto: Annette Hornischer Fotografie

„Wo komme ich her, was sind meine Wurzeln – diese Frage ist wichtig für uns alle."

Für ihren Roman *Die Findelfrau*, zu dem Amelie Fried durch zwei ähnliche Fälle in ihrem Bekanntenkreis inspiriert wurde, recherchierte die Autorin ausführlich zu dem sensiblen Thema Adoption. Dabei stellte sie Folgendes fest: Fast alle Menschen, die herausfinden, dass sie adoptiert wurden, machen sich auf die Suche nach ihrer Herkunft. Da die Frage nach den eigenen Wurzeln für den Einzelnen so wichtig ist, vertritt Amelie Fried – selbst Mutter einer Tochter und eines Sohnes – die Ansicht, dass man Kinder darüber aufklären sollte, dass sie adoptiert sind: „Wenn jemand ein Kind in die Welt setzt, muss er die Verantwortung übernehmen, dass es herausfinden kann, woher es kommt, wer es ist und wie es dazu kam. Das Gefühl, nicht gewollt zu sein, ist traumatisch. Damit muss man umgehen lernen."

Schon immer interessierte sich die preisgekrönte Autorin für Psychologie, das Thema Familiengeheimnisse und dafür, wie Familien mit heiklen Sachverhalten umgehen. Ihr Kinderbuch *Hat Opa einen Anzug an?*, das sich mit dem Thema Sterben beschäftigt, wurde mit dem Deutschen Jugendliteraturpreis ausgezeichnet. Doch nicht nur als Autorin wurde Fried mit Auszeichnungen bedacht: Für ihre journalistische Arbeit erhielt die erfolgreiche Talkmasterin – unter anderem der Sendung *3 nach 9* – den Grimme-Preis sowie den Bambi-Fernsehpreis.

Amelie Frieds wichtigster Kritiker ist ihr Mann, mit dem sie seit 1990 glücklich verheiratet ist. „Mein Mann darf meine Bücher als Erster lesen – vorher geht nichts raus, da bin ich abergläubisch." Mit ihm und ihren Kindern lebt Amelie Fried in der Nähe von München.

Der

Mandant
Michael Connelly

„Weißt du, wovor ich immer schon Angst hatte?“, fragte ich. „Einen Unschuldigen vor mir stehen zu haben und es nicht zu erkennen. Aber weißt du, wovor ich wirklich Angst hätte haben sollen? Vor dem Bösen. Vor dem abgrundtief Bösen.“

EINS

Montag, 7. März

Im Spätwinter ist die Morgenluft aus der Mojave-Wüste das Frischeste und Sauberste, was man in Los Angeles jemals zu atmen bekommt. Sie führt den Geschmack der Verheißung mit sich. Wenn sie hereinzuwehen beginnt, lasse ich in meinem Büro gern ein Fenster offen. Es gibt nur wenig Menschen, die von dieser Angewohnheit wissen. Fernando Valenzuela zum Beispiel – der Kautionsbürge. Ich war gerade zu einer 9-Uhr-Terminbesprechung ins Gericht von Lancaster unterwegs, als er mich anrief. Er muss den Wind in meinem Handy pfeifen gehört haben.

„Mick“, sagte er, „bist du heute Morgen im Norden oben?“

„Im Moment ja“, sagte ich und fuhr das Fenster hoch, um ihn besser verstehen zu können. „Hast du was für mich?“

„Sieht so aus. Klingt nach einer richtig lohnenden Sache. Aber der Kerl wird schon um elf dem Richter vorgeführt. Schaffst du's bis dahin zurück in die Stadt?“

Valenzuela hat ein Büro am Van Nuys Boulevard in Los Angeles. Seine Firma nennt sich „Liberty Kautionsbürgschaften“. Seine Telefonnummer prangt in rotem Neon auf dem Dach seines Büros und ist vom Hochsicherheitstrakt im zweiten Stock des Gefängnisses aus zu sehen. Außerdem findet sie sich in sämtlichen Zellenblocks in die Wandfarbe neben den Münztelefonen gekratzt.

Fast ebenso unauslöschlich ist sein Name auf meiner Weihnachtsgrußliste verewigt. Am Jahresende schenke ich jedem auf dieser Liste eine Dose gesalzene Nüsse: die Planters-Festtagsmischung. Jede Dose hübsch mit einem Band und einer Schleife versehen. Aber sie enthält keine Nüsse. Nur Bargeld. Ich habe eine Menge Kautionsbürgen auf meiner Weihnachtsgrußliste stehen. Und bis weit in den Frühling hinein esse ich dann aus Tupperwarebehältern Planters-Festtagsmischung.

„Ich glaube, ich schaffe es bis elf“, sagte ich. „Worum geht's?“

„Der Kerl muss ordentlich Kohle haben. Sie haben die Kaution auf eine halbe Million festgesetzt, und heute ist der Anwalt seiner Mutter vorbeigekommen, um eine Immobilie in Malibu als Sicherheit zu hinterlegen."

„Wegen was haben sie ihn hochgenommen?", fragte ich.

„Wegen schwerer Körperverletzung und versuchter Vergewaltigung. Hört sich an, als hätte er jemanden aus einer Bar abgeschleppt und die Sache wäre dann eskaliert. Der Anwalt der Familie behauptet, die Frau hätte es auf sein Geld abgesehen. Du weißt schon, Zivilklage im Anschluss an den Strafprozess."

„Wie heißt der Anwalt der Familie?"

„Cecil C. Dobbs. Aus Century City. Hab ich's nicht gesagt? Kohle."

Valenzuela hatte Recht. Ich wusste, welcher Ruf C.C. Dobbs vorauseilte, und vermutlich gab es unter seinen Mandanten nur wenige, die keine Adresse im Nobelviertel Bel Air oder in Holmby Hills vorzuweisen hatten.

„Und der Name des Mandanten?", fragte ich.

„Louis Ross Roulet." Er buchstabierte und ich notierte ihn auf einem Schreibblock. „Schaffst du es rechtzeitig, Mick?"

„Warum ich? Haben sie ausdrücklich nach mir verlangt? Oder hast du mich empfohlen?" Ich musste vorsichtig sein. Womöglich gehörte Dobbs zu der Sorte, die schnurstracks zur Anwaltskammer rannte, wenn sie Wind davon bekam, dass ein Strafverteidiger Kautionsbürgen für Mandantenvermittlung bezahlte.

„Ich hab Roulet gefragt, ob er schon einen Strafverteidiger hat, und er sagte Nein. Daraufhin hab ich ihm von dir erzählt. Ohne ihn irgendwie zu drängen. Ich hab nur gesagt, dass du gut bist."

„War das, bevor oder nachdem Dobbs ins Spiel kam?"

„Vorher. Roulet hat mich heute Morgen aus dem Gefängnis angerufen. Von dort aus hat er wahrscheinlich meine Reklame gesehen. Dobbs ist erst später aufgetaucht."

Ich fragte mich, wie ehrlich Valenzuela war. Ein Typ wie Dobbs hatte sicher seinen eigenen Mann. Selbst wenn ihm so ein Fall nicht lag, hatte er in seiner Kanzlei einen Strafrechtsspezialisten. Aber Valenzuelas Geschichte schien dem zu widersprechen. Roulet war mit leeren Händen zu ihm gekommen.

Ich traf eine Entscheidung. „Also gut", sagte ich. „Bis um elf."

MEIN MANDANT für die Terminbesprechung, zu der ich unterwegs war, hieß Harold Casey. Er war ein Mitglied der „Road Saints", einer Motorradgang, und wegen Anbau, Besitz und Verkauf von Marihuana angeklagt.

Als der Richter fragte, ob wir mit einem Verhandlungsbeginn gegen Ende der Woche einverstanden wären, sagte ich, ich würde die Angelegenheit gern auf nächste Woche vertagen, da ich Probleme hätte, einen Zeugen aufzuspüren, der für unseren Fall unerlässlich wäre. In Wirklichkeit hatte ich Probleme, von Casey mein Honorar zu bekommen. Der Richter erklärte sich einverstanden.

Vor dem Gerichtssaal schaltete ich mein Handy ein und verständigte meinen Fahrer, dass ich auf dem Weg nach draußen sei. Anschließend hörte ich die Mailbox ab. Ich hatte eine Nachricht von Lorna Taylor und beschloss, sie zurückzurufen, sobald ich im Auto saß.

Earl Briggs, mein Fahrer, hielt mit dem Lincoln direkt vor dem Eingang. Er sprang nicht heraus, um mir die Tür aufzuhalten oder so was. Sein Job bestand lediglich darin, mich zu fahren. Auf die Art arbeitete er das Honorar ab, das er mir schuldete, seit ich für ihn eine drohende Haftstrafe wegen Kokainverkauf auf Bewährung runtergehandelt hatte. Ich zahlte ihm zwanzig Dollar die Stunde, behielt aber die Hälfte davon ein. Earl sagte, er wolle wieder auf den geraden Weg zurückkehren, und ich nahm es ihm ab.

Ich stieg hinten ein und bat Earl, mich nach Van Nuys zu fahren.

Dann rief ich Lorna Taylor zurück. Lorna ist mein Mädchen für alles. Die Telefonnummer in meiner Anzeige im Branchenbuch gehört zum Arbeitszimmer ihres Apartments in West Hollywood; ebenso wie die Adresse, die ich bei der Anwaltskammer und beim Gericht angegeben habe. Lorna ist die erste Hürde, um an mich ranzukommen. Meine Handynummer kriegen nur wenige, und Lorna ist gewissermaßen die Türsteherin. Sie ist hart, clever, hochkompetent und schön. Außerdem ist sie auch meine Buchhalterin.

„Kanzlei Haller", meldete sie sich auf meinen Anruf hin.

„Tut mir leid, aber ich war im Gericht", sagte ich, um ihr zu erklären, warum ich ihren Anruf nicht entgegengenommen hatte. „Was gibt's?"

„Du hast doch mit Val gesprochen, oder?"

„Sicher. Bin gerade auf dem Weg nach Van Nuys. Ich weiß, dass ich um elf da sein soll."

„Er hat noch mal hier angerufen, um sicherzugehen, dass du auch wirklich kommst. Hat sich irgendwie ein bisschen hektisch angehört."

„Er denkt, dass bei dem Typen ordentlich was abfällt, und von diesem Kuchen möchte er natürlich auch was abkriegen. Ich rufe ihn gleich noch mal an, um ihn zu beruhigen."

„Ich habe schon erste Recherchen über Louis Ross Roulet angestellt.

Was seine Kreditwürdigkeit angeht, ist er absolut top. Wie es aussieht, arbeitet er für ein Maklerbüro in Beverly Hills. Nur hochexklusive Objekte."

„Sehr gut. Sonst noch was?"

„Gloria Dayton hat aus den Twin Towers angerufen."

Ich stöhnte. Die Twin Towers waren das größte Gefängnis der Innenstadt. In einem der beiden Türme waren die Frauen untergebracht, im anderen die Männer. Gloria Dayton war eine Edelnutte, die ab und zu meinen rechtlichen Beistand benötigte. Das erste Mal lag bestimmt schon zehn Jahre zurück. Damals war sie noch jung, nicht drogenabhängig, und ihre Augen waren noch voller Leben gewesen. Inzwischen gehörte sie zu den Mandanten, die ich umsonst vertrat. Ich versuchte nur, sie zu überzeugen, mit dieser Art Leben Schluss zu machen. „Wann ist sie eingelocht worden?"

„Gestern Nacht. Oder genauer, heute Morgen. Sie wird nach der Mittagspause dem Richter vorgeführt. Diesmal ist die Sache etwas komplizierter. Neben dem Üblichen auch noch Kokainbesitz."

Gloria knüpfte ihre Kontakte ausschließlich übers Internet, wo sie auf einer Reihe von Websites als Glory Days firmierte. Wenn sie festgenommen wurde, hatte in der Regel ein verdeckter Ermittler der Sitte ihr Warnsystem ausgetrickst und einen Termin mit ihr vereinbart. Dass sie bei dem Treffen Kokain bei sich gehabt hatte, sah ihr an sich nicht ähnlich, außer der Cop hatte es ihr untergeschoben.

„Okay, wenn sie noch mal anruft, sag ihr, ich versuche, rechtzeitig ins Gericht zu kommen."

Wir sprachen noch kurz über meinen Zeitplan für den Rest der Woche. Ich hatte jeden Vormittag ein paar mündliche Verhandlungen. Lauter Drogengeschichten. Mein täglich Brot.

Als ich das Telefon zuklappte, hatte Earl bereits den Antelope Valley Freeway erreicht. Wir kamen gut voran und würden auf jeden Fall rechtzeitig zu Roulets Anhörung in Van Nuys eintreffen. Ich rief Fernando Valenzuela an, um ihm das mitzuteilen.

„Eine Sache noch", sagte Valenzuela. „Ich hab erfahren, dass man den Fall Maggie McPherson zugeteilt hat. Keine Ahnung, ob das für dich ein Problem ist."

Margaret McPherson war eine der unerbittlichsten Staatsanwältinnen des Gerichts von Van Nuys. Und zufällig auch meine erste Exfrau.

„Für *mich* seh ich da kein Problem", erwiderte ich ohne Zögern. Jeder Angeklagte hat das Recht, seinen Anwalt frei zu wählen. Besteht zwischen dem Verteidiger und dem Staatsanwalt ein Interessenkonflikt, muss der Ankläger gehen. „Aber du weißt, was das bedeutet", sagte ich. „Sie wird beantragen, dass man ihm eine Entlassung auf Kaution verweigert. Das macht sie bei allen Straftaten gegen Frauen."

„Scheiße. Hat sie Chancen, damit durchzukommen? Eigentlich hatte ich gehofft, bei dieser Sache fällt ordentlich was für mich ab, Mann."

„Keine Ahnung. Du hast doch gesagt, der Kerl stammt aus betuchten Verhältnissen und hat C. C. Dobbs im Rücken. Daraus lässt sich bestimmt was machen. Wir werden sehen."

Ich klappte das Handy zu. Während des Telefonats hatte ich zwei Motorräder an meinem Fenster vorbeirauschen sehen. Die Fahrer trugen schwarze Lederwesten, auf die hinten ein Totenkopf mit Heiligenschein genäht war. Die beiden Motorräder hatten sich jetzt vor uns geschoben, und hinter uns fuhren drei weitere Harleys. Einer der hinteren Biker zog auf gleiche Höhe mit dem Lincoln und winkte uns auf die Ausfahrt zu. Es war Teddy Vogel, ein ehemaliger Mandant und gegenwärtig der ranghöchste auf freiem Fuß befindliche Road Saint.

„Fahren Sie runter, Earl", sagte ich. „Mal sehen, was er will."

Wir fuhren auf einen Parkplatz und ich ließ mein Fenster herunter, während Teddy Vogel zu Fuß auf uns zukam. Die vier anderen Saints hatten die Motoren abgestellt, blieben aber auf ihren Maschinen sitzen. Vogel beugte sich zum Fenster herab und legte einen seiner mächtigen Unterarme in die Öffnung. „Na, alles klar so weit, Herr Anwalt?", sagte er.

„Alles bestens, Ted. Und bei Ihnen?"

„Ich hab einen Anruf von Casey gekriegt, aus Lancaster. Hat gemeint, ich müsste Sie eigentlich auf dem Weg nach Süden runter treffen und dass Sie seine Verhandlung rauszögern, bis Sie ein paar grüne Lappen zu sehen kriegen." Mit einer Hand langte er in seine Weste. Als sie wieder zum Vorschein kam, befand sich darin ein dicker Umschlag, den er mir in den Wagen reichte.

„Sind das die ganzen zehntausend?", fragte ich. „In bar?"

„Klar. Wollen Sie kein Bargeld?"

„Doch, doch. Aber ich muss den Empfang quittieren. Fürs Finanzamt."

Ich schrieb die Quittung aus, reichte sie Vogel und sah ihm zu, wie er mit wiegendem Gang zu seiner Harley zurückging. Ich wies Earl an, wieder auf den Freeway zu fahren, öffnete den Umschlag und zählte das Geld. Der vollständige Betrag.

Louis Ross Roulet teilte sich die Arrestzelle mit weiteren sieben Männern, die man ebenfalls mit dem Bus das kurze Stück vom Van-Nuys-Gefängnis zum Van-Nuys-Gerichtsgebäude geschafft hatte. Es waren nur zwei Weiße in der Zelle, und sie hockten nebeneinander auf einer Bank, während die sechs Schwarzen die gegenüberliegende Seite in Beschlag nahmen.

Ich betrachtete die zwei Weißen, und die Wahl zwischen ihnen fiel nicht schwer. Einer war zaundürr und hatte die verzweifelten Triefaugen eines Fixers. Der andere sah aus wie das sprichwörtliche Reh im Scheinwerferlicht. Ich entschied mich für ihn. „Mr Roulet?"

Das Reh nickte. Ich winkte ihn ans Gitter, damit ich leise mit ihm sprechen konnte. „Ich bin Michael Haller. Aber alle nennen mich Mickey. Ich werde Sie heute bei Ihrer ersten Anhörung vertreten."

Wir befanden uns im Arrestbereich hinter dem Gerichtssaal, in dem sich die Anwälte üblicherweise vor Sitzungsbeginn mit ihren Mandanten besprechen durften. Roulet umklammerte die Gitterstäbe vor mir. Wie die anderen in der Zelle hatte er Ketten um Bauch, Hand- und Fußgelenke. Sie würden ihm erst abgenommen, wenn er den Gerichtssaal betrat. Er war Anfang dreißig und wirkte schmächtig, obwohl er mindestens eins achtzig groß und schätzungsweise achtzig Kilo schwer war. Seine Augen waren hellblau, und in ihnen war ein Ausdruck solch verzweifelter Panik, wie ich ihn nur selten zu sehen bekam. Die meisten meiner Mandanten befanden sich nicht das erste Mal in Haft und hatten den eiskalten Blick eines Raubtiers. Aber Roulet wirkte wie ein Beutetier.

„Das ist ein übles Komplott!", sagte er laut und mit Nachdruck. „Sie müssen mich hier rausholen. Ich bin bei dieser Frau einfach an die Falsche geraten, mehr nicht. Sie will mir was anhängen, was ich …"

Ich hob die Hände, um ihn zum Schweigen zu bringen. „Passen Sie auf, was Sie hier drinnen sagen", warnte ich ihn. „Passen Sie grundsätzlich auf, was Sie sagen, bis wir hier rauskommen und uns ungestört unterhalten können."

Er sah sich verständnislos um. „Man kann nie wissen, wer mithört", sagte ich. „Und man kann nie wissen, wer behaupten wird, Sie hätten irgendwas gesagt, auch wenn Sie gar nichts gesagt haben. Am besten, Sie reden mit niemandem über irgendwas."

Er nickte und ich winkte ihn zu der Bank direkt am Gitter. An der gegenüberliegenden Wand stand ebenfalls eine Bank, und ich setzte mich.

„Ich bin nur gekommen, damit wir uns kurz bekanntmachen können", fuhr ich fort. „Über den Fall reden wir, sobald wir Sie hier rausgeholt haben.

Ich habe bereits mit Mr Dobbs gesprochen, und wir werden dem Richter erklären, dass wir Kaution für Sie stellen wollen. Korrigieren Sie mich bitte, wenn ich etwas Falsches sage.“ Ich öffnete eine Mont-Blanc-Mappe aus Leder, um mir auf einem Block Notizen zu machen.

Roulet nickte. Er lernte dazu.

„Gut“, sagte ich. „Ich brauche verschiedene Angaben von Ihnen. Ihr Alter, ob Sie verheiratet sind, Ihr berufliches und soziales Umfeld.“

„Also, ich bin zweiunddreißig. Ich habe immer hier gelebt. Ledig. Keine Kinder. Ich arbeite in der Firma meiner Familie. *Windsor Residential Estates*. Die Firma ist nach dem zweiten Mann meiner Mutter benannt.“

„Wie viel haben Sie letztes Jahr verdient?“, fragte ich leise.

„Wieso wollen Sie das wissen?“, fragte Roulet.

„Wenn ich Sie hier heute noch rausholen soll, muss ich alles über Ihre gesellschaftliche Stellung wissen. Und da spielt Ihre finanzielle Situation eine Rolle.“

Roulet blickte sich über die Schulter nach den anderen in der Zelle um und flüsterte dann seine Antwort: „Mein Einkommen betrug eine Viertelmillion.“

Einer von Roulets Zellengenossen, der andere Weiße, kam zu ihm ans Gitter. Er wirkte fahrig und nervös. „Hey Mann, ich brauch auch ’nen Anwalt. Haben Sie ’ne Visitenkarte?“

„Nicht für Sie, Chef. Für Sie gibt es da draußen einen Anwalt.“ Ich wartete, dass der Junkie verschwände. Was er aber nicht tat. „Hören Sie, wir haben hier was zu besprechen. Könnten Sie uns bitte allein lassen?“

Der Junkie schlurfte zurück in die Ecke, aus der er gekommen war.

Ich wandte mich wieder Roulet zu. „Wie sieht’s mit Wohltätigkeitsorganisationen aus?“, fragte ich. „Beteiligen Sie sich an karitativen Aktivitäten? Spenden Sie an solche Organisationen?“

„Ja, die Firma tut das. Wir spenden unter anderem für ein Haus für minderjährige Ausreißer in Hollywood, *My Friend’s Place* oder so ähnlich.“

„Okay, gut“, sagte ich. „Nun, Mr Roulet, es werden schwerwiegende Vorwürfe gegen Sie erhoben, und vermutlich wird die Staatsanwältin beantragen, Sie keine Kaution stellen zu lassen. Aber mit dem hier lässt sich durchaus was anfangen.“ Ich deutete auf meine Notizen.

„Keine Kaution?“, stieß Roulet mit panischer Stimme hervor.

„Nur keine Aufregung“, beruhigte ich ihn. „Ich habe lediglich gesagt, sie wird einen entsprechenden Antrag stellen. Ich habe nicht gesagt, dass sie damit auch durchkommt. Wann wurden Sie zum letzten Mal verhaftet?“

Das ließ ich immer völlig unerwartet einfließen, damit ich die Augen des Mandanten beobachten und abschätzen konnte, ob ich mich vor Gericht auf eine Überraschung gefasst machen musste.

„Noch gar nicht! Ich bin noch nie verhaftet worden! Die ganze Geschichte ist …"

„Ich weiß, aber darüber wollten wir hier nicht sprechen, schon vergessen?"

Er nickte. Ich sah auf die Uhr. Die Verhandlung würde jeden Moment anfangen. „Ich muss jetzt los", sagte ich. „Wir sehen uns in ein paar Minuten da draußen wieder. Wenn wir im Saal sind, sagen Sie nichts ohne vorherige Absprache mit mir. Alles klar?"

„Aber soll ich denn nicht auf die einzelnen Anklagepunkte mit ‚Nicht schuldig' antworten?"

„Nein. Das wird man Sie gar nicht fragen. Alles, was heute passiert, ist, dass die Anklagepunkte verlesen werden, wir über die Kaution verhandeln und einen Termin für die Anklageerhebung festsetzen. So weit alles okay?"

Er nickte und runzelte die Stirn.

„Nur zu Ihrer Information. Für die erste Anhörung und die Kautionsverhandlung nehme ich 2500 Dollar. Ist das ein Problem?"

Er schüttelte den Kopf.

„Gut. Alles Weitere besprechen wir, wenn Sie hier raus sind." Ich klappte meine Ledermappe zu und stand auf. „Noch ein Letztes", sagte ich. „Es gibt eine Menge Anwälte in L. A. Wie sind Sie auf mich gekommen?" Ich wollte Valenzuelas Vertrauenswürdigkeit prüfen.

Roulet zuckte die Achseln. „Ich glaube, ich habe Ihren Namen irgendwann mal in der Zeitung gelesen. Es ging um einen Fall, bei dem das Beweismaterial nicht zugelassen wurde. Irgendwas mit Drogen, glaube ich. Sie haben den Prozess gewonnen."

„Der Hendricks-Fall?" Es war der einzige, der mir einfiel, über den in den letzten Monaten etwas in der Zeitung gestanden hatte.

„Den Namen des Mandanten weiß ich nicht mehr. Ich konnte mich nur an Ihren erinnern. Als ich heute den Kautionsbürgen anrief, bat ich ihn, sich mit Ihnen in Verbindung zu setzen. Warum fragen Sie?"

„Nur so. Aus reiner Neugier. Jedenfalls danke für Ihr Vertrauen. Dann bis gleich im Gerichtssaal."

Ich legte die Abweichungen zwischen Roulets und Valenzuelas Darstellungen ins virtuelle Fach für spätere Erledigung und kehrte in den Gerichtssaal zurück. Dort saß Maggie McPherson am Tisch der Anklage zusammen mit fünf anderen Anklägern.

Ich ging von hinten auf meine Exfrau zu und beugte mich hinab, um ihr ins Ohr zu flüstern. Sie sah sich gerade Fotos in einem Ordner an. Sie trug ein marineblaues Kostüm mit grauen Nadelstreifen. Ihr pechschwarzes Haar war mit einem farblich abgestimmten grauen Band nach hinten gebunden. Ich mochte es, wenn sie ihr Haar so trug.

„Hattest du bis jetzt den Roulet-Fall?"

Sie erkannte die flüsternde Stimme nicht gleich und blickte auf. Unwillkürlich verzog sich ihr Gesicht zu einem Lächeln, das sich jedoch in ein Stirnrunzeln verwandelte, als sie mich erkannte. Sie wusste genau, warum ich die Vergangenheitsform verwendet hatte, und klappte den Ordner zu.

„Tut mir leid. Offensichtlich hat ihm gefallen, wie ich bei Hendricks vorgegangen bin, und er hat mich deshalb angerufen."

„Mist. Ich bin scharf auf diesen Fall gewesen, Haller."

„Diese Stadt ist einfach nicht groß genug für uns beide", sagte ich in einer müden Cagney-Imitation.

„Na schön." Sie kapitulierte rasch. „Ich ziehe mich freiwillig aus dem Fall zurück, sobald die Anklage verlesen worden ist. Außer du erhebst sogar dagegen Einspruch."

„Kann durchaus sein. Wirst du dich gegen eine Freilassung auf Kaution aussprechen?"

„Allerdings. Aber daran wird sich auch unter einem neuen Ankläger nichts ändern. Strikte Anweisung aus dem ersten Stock." Das hieß, eine Freilassung auf Kaution war von höherer Stelle abgelehnt worden.

„Er hat ein intaktes soziales Umfeld. Und wurde bisher noch nie verhaftet."

„Das spielt keine Rolle", sagte Maggie. „Es zählt, was er gestern Nacht getan hat." Sie schlug den Ordner auf und nahm ein Foto heraus. „Hier siehst du, was deine tragende Säule der Gesellschaft gestern Nacht vollbracht hat. Deshalb interessiert mich seine Vorgeschichte auch nicht sehr. Ich will nur, dass er keine Gelegenheit erhält, so was noch mal zu tun."

Bei dem Foto handelte es sich um die Nahaufnahme des Gesichts einer dunkelhäutigen Frau. Das rechte Auge war vollständig zugeschwollen. Die Nase war gebrochen und seitlich verschoben. Über der rechten Augenbraue verlief ein tiefer Schnitt, der mit neun Stichen genäht war. Die Unterlippe war aufgeplatzt und wies ebenfalls eine murmelgroße Schwellung auf. Das Schlimmste an dem Foto war das unverletzte Auge. Mit einem unleugbaren

Ausdruck der Angst, des Schmerzes und der Demütigung blickte die Frau aus dem tränennassen Auge in die Kamera.

„Falls er es getan hat", sagte ich, weil von mir erwartet wurde, dass ich das sagte.

„Richtig", versetzte Maggie. „Natürlich nur, falls er es getan hat. Er wurde zwar mit ihrem Blut an den Händen in ihrer Wohnung festgenommen, aber du hast natürlich vollkommen recht, das ist eine berechtigte Einschränkung."

Ich wechselte das Thema. „Und?", fragte ich. „Wie geht es ihr?"

„Sie hat schreckliche Angst und höllische Schmerzen. Wie sollte es ihr sonst gehen?" Sie blickte zu mir auf, und in ihren Augen spiegelte sich ihr plötzliches Begreifen. „Die Frage galt gar nicht dem Opfer, habe ich Recht?"

Ich antwortete nicht. Ich wollte ihr nichts vormachen.

„Deiner Tochter geht es gut", sagte sie mechanisch. „Sie freut sich zwar über die Dinge, die du ihr schickst, aber noch mehr würde sie sich freuen, wenn du dich etwas öfter blicken ließest."

Das war kein Schuss vor den Bug. Das war eine Breitseite, und ich hatte sie verdient. Es schien, als jagte ich ständig neuen Fällen hinterher, selbst an den Wochenenden. Insgeheim wusste ich sehr genau, dass ich lieber anfangen sollte, öfter meiner Tochter im Garten hinterherzujagen. Die Zeit, in der ich das noch tun konnte, wäre bald vorbei.

„Das werde ich", sagte ich. „Und ich werde gleich damit anfangen. Wie sieht's dieses Wochenende aus?"

„Gern. Möchtest du, dass ich es ihr heute Abend sage?"

„Äh, warte lieber bis morgen, damit ich sicher zusagen kann."

Sie bedachte mich mit einem vielsagenden Nicken. „Na großartig. Dann sag mir morgen Bescheid."

Die Eröffnung der Sitzung rettete mich vor weiterem Sarkasmus. Der Richter kam aus seinem Zimmer und sprang die Stufen zur Bank hinauf. Der Gerichtsdiener rief den Saal zur Ordnung. Ich ging vom Tisch der Anklage zu einem der Plätze an der Schranke zurück.

Der Richter rief die erste Gruppe auf. Auch hier gab es einen großen abgesperrten Bereich für die Untersuchungshäftlinge. Ich stand auf und trat zu der Öffnung in der Glasscheibe. Als ich Roulet durch die Tür kommen sah, winkte ich ihn zu mir. „Sie kommen als Erster dran", erklärte ich ihm. „Ich habe den Richter gebeten, Sie außer der Reihe dranzunehmen. Eine kleine Gefälligkeit. Ich will versuchen, Sie hier rauszuholen."

Das entsprach nicht den Tatsachen. Ich hatte den Richter um nichts gebeten, und selbst wenn ich es getan hätte, hätte mir der Richter keinen solchen Gefallen getan.

Der Fall Roulet wurde aufgerufen, Maggie bestätigte ihre Anwesenheit als Vertreterin der Anklage und ich meine als Vertreter der Verteidigung. In ihrer typischen Manier als Verfechterin einer harten Linie hatte sie bei den Anklagepunkten noch eins draufgesetzt. Neben versuchter Vergewaltigung musste sich Roulet nun auch noch wegen versuchtem Mord rechtfertigen. Das machte es für sie leichter, gegen eine Freilassung auf Kaution zu plädieren.

Der Richter verlas Roulet seine verfassungsmäßigen Rechte und setzte den Termin für die Anklageerhebung auf den 21. März fest. Als Roulets Vertreter bat ich darum, zur Kautionsfrage Stellung nehmen zu dürfen. Das führte zu einem hitzigen Wortgefecht zwischen Maggie und mir. Während Maggie die dem Opfer zugefügten Verletzungen auflistete, wies ich auf Roulets feste Einbindung in sein soziales Umfeld und sein karitatives Engagement hin. Ich schlug vor, C. C. Dobbs in den Zeugenstand zu rufen, damit er uns Roulets guten Leumund noch weiter auseinandersetzte. Dobbs' Ansehen in Juristenkreisen hatte nämlich noch mehr Gewicht als Roulets gesellschaftliche Stellung. „Euer Ehren, der springende Punkt ist, dass die Anklage nicht geltend machen kann, dass bei diesem Mann Fluchtgefahr besteht oder dass er eine Gefahr für die Allgemeinheit darstellt", sagte ich abschließend. „Mr Roulet ist fest in sein soziales Umfeld eingebunden und beabsichtigt, nichts anderes zu tun, als mit allem Nachdruck gegen die falschen Anschuldigungen vorzugehen, die gegen ihn erhoben werden."

„Euer Ehren", antwortete Maggie, „bei aller Effekthascherei sollte man doch nicht vergessen, dass das Opfer in diesem Fall brutal …"

„Ich bin mir sowohl der Verletzungen des Opfers wie Mr Roulets gesellschaftlicher Stellung bewusst", unterbrach der Richter. „Ich setze die Kaution auf eine Million Dollar fest."

Ich warf einen raschen Blick in den Zuschauerraum, wo Dobbs saß. Ich wartete auf ein Zeichen von ihm, ob ich die vom Richter festgesetzte Kaution annehmen oder herunterzuhandeln versuchen sollte. Dobbs stand einfach auf und ging zum Ausgang. Ich fasste das als Zeichen dafür auf, dass die Familie Roulet eine Million aufbringen konnte.

Ich wandte mich wieder der Richterbank zu. „Danke, Euer Ehren."

Darauf rief der Protokollführer sofort den nächsten Fall auf. Ich blickte zu Maggie, die gerade den Ordner des Falls zuklappte, den sie nun nicht mehr länger verfolgen würde. Dann stand sie auf, ging durch die Schranke und den Zuschauerraum. Sie sah sich nicht nach mir um.

„Mr Haller?"

Ich wandte mich nach meinem Mandanten um. Ein Deputy kam auf ihn zu, um ihn in die Zelle zurückzubringen. Er würde mit dem Bus zum Gefängnis zurückgebracht und dann im Lauf des Tages entlassen werden, je nachdem wie schnell Dobbs und Valenzuela die Kaution stellten.

„Ich werde mich mit Mr Dobbs zusammentun und Sie rausholen", sagte ich. „Dann setzen wir uns zusammen und unterhalten uns über den Fall."

„Danke", sagte Roulet, als er weggeführt wurde. „Danke, dass Sie gekommen sind."

„Vergessen Sie nicht, was ich Ihnen gesagt habe. Sprechen Sie nicht mit Fremden. Sprechen Sie mit niemandem."

„Ja, Sir."

Als er weg war, ging ich zum Durchgang in der Schranke, wo Valenzuela mit einem breiten Grinsen auf mich wartete. Roulets Kaution war vermutlich die höchste, für die er je gebürgt hatte. Er würde den Schnitt seines Lebens machen. Er gab mir einen Klaps auf den Arm, als ich durch die Schranke trat. „Was hab ich dir gesagt?!", tönte er. „Da haben wir einen richtig dicken Fisch an Land gezogen."

„Warten wir's mal ab, Val", sagte ich. „Warten wir's ab."

NACH FÜNFZEHN JAHREN Anwaltstätigkeit beschränkte sich für mich alles auf ein paar simple Grundsätze. Das Recht war eine riesige, rostige Maschinerie, die Menschen und Leben und Geld verschlang. Ich war nur ein Mechaniker. Ich war Experte darin geworden, in diese Maschine zu steigen, Dinge zu reparieren und im Gegenzug alles für mich Lebensnotwendige aus ihr herauszuholen.

Jeder professionelle Anwalt hat zwei Honorarlisten. Liste A mit den Wunschhonoraren. Und Liste B mit den Honoraren, die er zu akzeptieren bereit ist, wenn sich der Mandant nicht mehr leisten kann. Ein lukrativer Mandant ist einer, der es auf einen Prozess ankommen lassen will und genügend Geld besitzt, um die A-Honorare des Anwalts zu zahlen. Von der ersten Vorführung vor dem Richter über die Verlesung der Anklageschrift und die Vorverhandlung bis hin zum Prozess und schließlich zum Berufungsverfahren nimmt ein solcher Mandant Hunderte, wenn nicht Tausende abrechenbarer Stunden in Anspruch. Mit so jemandem an der Angel hat ein Anwalt nicht selten zwei oder drei Jahre ausgesorgt. Tatsächlich sah es langsam so aus, als hätte Valenzuela Recht gehabt. Immer mehr deutete darauf hin, dass ich mit Louis Roulet den Jahrhundertfall gelandet hätte.

C. C. Dobbs wartete im Flur, als ich aus dem Gerichtssaal trat. „Sorry", entschuldigte er sich. „Aber ich hätte es da drinnen keine Minute länger ausgehalten. Einfach deprimierend, diese Massenabfertigung und der Junge mittendrin."

„Der Junge?"

„Louis. Ich vertrete die Familie schon seit fünfundzwanzig Jahren. Wahrscheinlich sehe ich ihn immer noch als Jungen."

„Werden Sie ihn rausbekommen?"

„Das dürfte kein Problem sein. Ich telefoniere mit Louis' Mutter, wie sie die Sache regeln will. Ob sie eine Immobilie oder Geld als Sicherheit hinterlegen möchte."

Wenn sie eine Immobilie als Kaution hinterlegen wollte, hieße das, dass mindestens eine Million Dollar von deren Gesamtwert nicht mit einer Hypothek belastet sein durfte. Darüber hinaus würde das Gericht unter Umständen eine aktuelle Schätzung der Immobilie verlangen, was Tage dauern konnte. Alternativ dazu konnte seine Mutter Valenzuela damit beauftragen, gegen eine Provision von zehn Prozent die Kaution zu stellen.

„Darf ich Ihnen einen Vorschlag machen?", fragte ich Dobbs.

„Bitte, nur zu."

„Als ich vorhin mit Louis gesprochen habe, schien er mit den Nerven ziemlich am Ende. An Ihrer Stelle würde ich versuchen, ihn so schnell wie möglich rauszuholen. Am besten, Sie lassen Valenzuela die Kaution stellen. Das kostet Sie zwar hunderttausend, aber der Junge kommt raus und hat nichts mehr zu befürchten, wenn Sie wissen, was ich meine."

„Ich verstehe. Ich werde Louis' Mutter vorschlagen, den Kautionsbürgen einzuschalten", sagte Dobbs.

Dobbs war ein schmaler Mann mit fortschreitender Glatze. Ich schätzte ihn auf Ende fünfzig. Er hatte etwas Dienstbeflissenes an sich, wahrscheinlich weil er sich dreißig Jahre lang nur um Reiche gekümmert hatte.

„Falls wir beide in dieser Sache zusammenarbeiten, sollten wir vielleicht zunächst mal klären, wie Sie gern angesprochen werden möchten. Cecil? C. C.? Mr Dobbs?"

„Cecil ist in Ordnung."

„Also, Cecil, dann wäre meine erste Frage, *ob* wir zusammenarbeiten. Erhalte ich das Mandat?"

„Mr Roulet hat mir ausdrücklich zu verstehen gegeben, dass er durch

Sie vertreten werden möchte. Meine erste Wahl wären Sie allerdings, ehrlich gesagt, nicht gewesen, weil ich noch nie etwas von Ihnen gehört habe. Aber Sie sind Mr Roulets erste Wahl, und damit kann ich durchaus leben."

„Gut. Wollen Sie jetzt gleich über das Honorar sprechen, damit dieser Punkt schon mal geklärt wäre?"

„Wenn Sie möchten."

Um mich zu vergewissern, dass keine anderen Anwälte in Hörweite waren, sah ich mich auf dem Gang um. In diesem Fall würde ich Honorarliste A zugrunde legen. „Für heute bekomme ich zwei fünf. Damit hat sich Louis bereits einverstanden erklärt. Falls Sie von jetzt an auf stündlicher Basis abrechnen wollen, bekomme ich dreihundert die Stunde. Während des Prozesses wird das aufgestockt auf fünfhundert, weil ich in dieser Zeit keine anderen Aufträge annehmen kann. Falls Ihnen eine Pauschale lieber ist, verlange ich von jetzt bis zum Abschluss der Vorverhandlung sechzigtausend. Sollten wir uns dann mit der Anklage einig werden, ohne dass es zu einem Prozess kommt, erhalte ich zusätzliche zwölftausend. Ziehen wir vor Gericht, brauche ich weitere sechzigtausend an dem Tag, an dem wir uns dazu entschließen, und noch mal fünfundzwanzig, wenn wir anfangen, die Geschworenen auszuwählen. Ich halte es für unwahrscheinlich, dass die Verhandlung länger als eine Woche dauert, sollte es aber doch der Fall sein, erhalte ich pro Woche fünfundzwanzigtausend zusätzlich." Ich hielt kurz inne, um zu sehen, wie Dobbs reagierte. Er verzog keine Miene, weshalb ich fortfuhr. „Bis spätestens heute Abend brauche ich dreißigtausend Dollar Vorschuss und zusätzlich zehntausend für einen Ermittler. Ich möchte einen Ermittler auf die Sache ansetzen, bevor die Medien darüber berichten und die Polizei mit einer der betroffenen Personen spricht."

Dobbs nickte bedächtig. „Ist das Ihr übliches Honorar?"

„Wenn ich es kriegen kann, schon. Auf jeden Fall bin ich es wert. Was stellen Sie der Familie in Rechnung?"

„Das ist etwas, was nur mich und meinen Mandanten angeht. Aber Sie können sicher sein, dass ich Ihre Honorarvorstellungen in mein Gespräch mit Mrs Windsor werde einfließen lassen."

„Dafür wäre ich Ihnen sehr dankbar. Und vergessen Sie nicht, ich möchte unbedingt, dass mein Ermittler schon heute mit der Arbeit beginnt."

Ich reichte ihm eine Visitenkarte, die ich aus meiner rechten Jacketttasche zog. Auf den Karten in der rechten Tasche war meine Handynummer vermerkt. Auf denen in der linken die Nummer von Lorna Taylor. „Ich habe heute noch eine Verhandlung in der City", sagte ich. „Sobald Sie ihn rausgeholt haben, rufen Sie mich an, damit wir einen gemeinsamen Termin vereinbaren können. Am besten so bald wie möglich."

„In Ordnung", sagte Dobbs und steckte die Karte ein. „Sollen wir zu Ihnen kommen?"

„Nein, ich komme zu Ihnen. Ich würde gern sehen, wie die oberen Zehntausend in diesen Hochhäusern in Century City untergebracht sind."

Dobbs lächelte aalglatt. „An Ihrem Anzug sehe ich, dass Sie die alte Regel beherzigen, dass sich ein Prozessanwalt nie zu gut kleiden sollte. Man will ja, dass die Geschworenen einen mögen, und nicht, dass sie neidisch werden. Und genau aus diesem Grund, Michael, darf auch ein Century-City-Anwalt keine Kanzlei haben, die mehr hermacht als die Büros seiner Mandanten. Ich darf Ihnen versichern, dass die Räumlichkeiten unserer Kanzlei sehr bescheiden sind."

Ich nickte. Trotzdem war ich beleidigt. Ich trug meinen besten Anzug.

DER VERKEHR in Richtung Innenstadt staute sich. Ich verbrachte die Zeit im Auto mit Telefonieren. Als Erstes verständigte ich meinen Ermittler Raul Levin, um ihn auf ein mögliches Treffen mit Roulet vorzubereiten. Ich bat ihn, sich schon mal umzutun, ob er etwas über den Fall herausfinden könnte. Levin war vorzeitig aus dem Polizeidienst ausgeschieden, hatte aber immer noch Kontakte und Freunde bei der Polizei von Los Angeles, die ihm hin und wieder einen Gefallen taten.

Dann rief ich Lorna an. „Hast du schon was bezüglich Gloria Daytons Anklageverlesung gehört?", fragte ich.

„Ja. Wie es aussieht, hält man sie wegen einer ärztlichen Untersuchung bis morgen fest."

Ich stöhnte. Der Staat hatte 48 Stunden Zeit, um nach Festnahme einer Person Anklage gegen sie zu erheben und sie einem Richter vorzuführen. Dass sie das bei Gloria Dayton wegen einer ärztlichen Untersuchung auf den nächsten Tag verschoben, bedeutete wahrscheinlich, dass sie drogenkrank war. Ich hatte sie mindestens sieben Monate nicht mehr gesehen oder gesprochen. Sie musste rapide abgebaut haben.

„Hast du herausgefunden, wer sie eingewiesen hat?", fragte ich.

„Leslie Faire."

Ich stöhnte wieder. „Na, großartig. Dann werde ich gleich mal hinfahren und sehen, was ich tun kann. Bis ich von Roulet höre, habe ich ohnehin nichts zu tun."

Leslie Faire war eine Anklägerin, die ihren Namen in jeder Hinsicht Lügen strafte und deren Vorstellung davon, einen Angeklagten fair zu behandeln, so aussah, dass sie ihm zusätzlich zu der Haft auch noch eine extralange Bewährungsfrist aufbrummte.

„Mick, wann wirst du bei dieser Frau endlich dazulernen?“, sagte Lorna in Anspielung auf Gloria Dayton. „Sie schafft den Absprung doch nie, und du kannst Gift drauf nehmen, dass bei ihr die Probleme in Zukunft immer im Doppelpack kommen. Das wäre an sich nicht weiter schlimm, außer dass du ihr nie was berechnest.“

„Na ja, die Kammer erwartet, dass jeder Anwalt ein paar Fälle kostenlos übernimmt …“

„Du hörst mir nicht zu, Mick. Genau das ist der Grund, warum wir nicht mehr verheiratet sind.“

Ich schloss die Augen. Was für ein Tag! Ich hatte es geschafft, beide Exfrauen wütend auf mich zu machen.

„Könnten wir vielleicht das Thema wechseln?“ Ich erzählte ihr von Roulets erster Verhandlung und dass ich allem Anschein nach das Mandat bekam.

„Und? Hat er's getan?“

„Keine Ahnung, Lorna. Das ist nicht die Frage. Mich interessiert, ob er ein zahlender Mandant ist. Und die Antwort lautet, ich glaube schon.“

„Na schön, dann sieh zu, dass du den Scheck kriegst, Mick“, sagte sie.

Wir verabschiedeten uns freundschaftlich. Die Meinungsverschiedenheit wegen Gloria Dayton schien vorerst vergessen. Lorna und ich hatten eine kurze und glückliche Ehe geführt, in deren Verlauf wir jedoch beide rasch feststellten, dass wir uns nach unseren vorangegangenen Scheidungen überstürzt wieder gebunden hatten. Wir beendeten unsere Ehe, blieben gute Freunde und sie arbeitete weiter mit mir zusammen.

Als Nächstes rief ich das Büro der Staatsanwaltschaft von Van Nuys an. Ich ließ mich zu Margaret McPherson durchstellen und erwischte sie beim Essen an ihrem Schreibtisch. „Ich wollte mich nur wegen heute Morgen entschuldigen. Ich weiß, du hättest den Fall gern gehabt.“

„Na ja, wahrscheinlich brauchst du ihn dringender als ich.“

„Ja, der letzte lukrative Fall ist schon eine Weile her.“

„Vor ein paar Minuten hat dich allerdings dein Glück verlassen“, flüsterte sie ins Telefon. „Der Fall wurde Ted Minton zugeteilt.“

„Nie von ihm gehört.“

„Er ist einer von Smithsons Jungspunden. Ist gerade frisch aus der Stadt zu uns gekommen. Hat noch keinen Gerichtssaal von innen gesehen.“

John Smithson war ein ehrgeiziger stellvertretender Bezirksstaatsanwalt, der den Bezirk Van Nuys leitete. Er verfügte über mehr politisches als juristisches Geschick und hatte sich diese Eigenschaft zunutze gemacht, um über die Köpfe viel erfahrenerer Staatsanwälte hinweg zum Chef des Bezirks aufzusteigen. Unter denen, die er rechts überholt hatte, war auch Maggie McPherson. Sobald er fest im Sattel saß, begann er, einen Kreis junger Ankläger um sich zu scharen, die sich nicht von ihm übergangen fühlten und ihm die Beförderung mit treuer Ergebenheit dankten.

„Das verstehe ich nicht, Mags. Wenn dieser Typ noch grün hinter den Ohren ist, warum habe ich dann Pech?"

„Weil diese jungen Ehrgeizlinge, die Smithson um sich schart, lauter arrogante Kotzbrocken sind. Sie schrecken vor nichts zurück. Und gerade von Minton heißt es, ihm wäre jedes Mittel recht."

„Danke für den Tipp."

Aber sie war noch nicht fertig. „Viele von diesen Neuen sehen den Job nicht als Berufung. Für sie hat das alles absolut nichts mit Gerechtigkeit zu tun. Für sie ist es nur ein Spiel – es geht darum, wer die meisten Punkte erzielt. Sie schielen ständig auf den Tabellenstand und wie er sich auf ihre Aufstiegschancen auswirkt. Im Grunde genommen sind das alles Mini-Smithsons."

Berufung. In gewisser Weise war es ihr Glaube an die Berufung gewesen, der unsere Ehe hatte scheitern lassen. Rein verstandesmäßig konnte sie damit umgehen, mit einem Mann verheiratet zu sein, der auf der anderen Seite der Schranke stand. Aber angesichts unserer jeweiligen beruflichen Realität war es ein Wunder, dass wir es überhaupt acht Jahre miteinander ausgehalten hatten. *Wie lief's heute bei dir, Schatz? – Oh, ich habe die Strafe für einen Kerl, der seinen Mitbewohner mit dem Eispickel ermordet hat, auf sieben Jahre runtergehandelt. Und bei dir? – Oh, ich habe einen Kerl fünf Jahre hinter Gitter gebracht, weil er ein Autoradio gestohlen hat, um sich frischen Stoff zu kaufen* … Es haute einfach nicht hin. Nach vier Jahren bekamen wir eine Tochter, aber sie konnte uns – ohne jegliches Verschulden ihrerseits – kaum mehr als noch mal vier Jahre zusammenhalten.

Trotzdem bereute ich nichts. Meine Tochter war das Einzige, was wirklich gut an meinem Leben war und worauf ich stolz sein konnte. Wenn ich ganz ehrlich war, sah ich sie wohl vor allem deshalb nicht oft genug, weil ich mich ihrer nicht würdig fühlte. Ihre Mutter war eine Heldin. Sie brachte schlechte Menschen ins Gefängnis. Doch was hätte ich ihr über meine

Arbeit erzählen können, das gut und edel war, wo ich doch selbst schon seit Langem nicht mehr daran glaubte?

„Hör zu, Mags. Sag Hayley, ich komme sie am Samstag besuchen. Wir unternehmen irgendwas."

„Ist es dir wirklich ernst damit? Ich möchte keine falschen Hoffnungen bei ihr wecken."

Die Vorstellung, meine Tochter könnte einem Treffen mit mir voller Freude entgegensehen, hatte fast etwas Erhebendes. Eins musste ich Maggie wirklich zugutehalten, sie hatte mich nie vor Hayley schlechtgemacht.

„Doch, ganz bestimmt." Ich verabschiedete mich und beendete das Gespräch.

Ich stammte aus einer Familie von Anwälten. Mein Vater war fast drei Jahrzehnte lang in L. A. ein Guru in Sachen Strafrecht gewesen. Seine Mandanten sorgten immer für Schlagzeilen. Bei meiner Geburt war mein Vater schon ein alter Mann, und er starb, bevor ich alt genug war, ihn wirklich kennen zu lernen oder über Fragen der Berufung mit ihm zu sprechen. Er hinterließ mir nur seinen Namen. Mickey Haller, der legendäre Strafverteidiger. Er öffnete mir immer noch Türen.

Mein Handy klingelte, und ich warf einen Blick auf das Display, bevor ich das Gespräch entgegennahm. „Wie sieht's aus, Val?"

„Wir leiten gerade alles in die Wege, um ihn rauszuholen."

„Hat Dobbs sich auf die Kautionsbürgschaft eingelassen?"

„Ja, hat er." Ich konnte die Euphorie in seiner Stimme hören.

„Freu dich mal nicht zu früh. Bist du sicher, dass er nicht abhaut?"

„Wenn er sich dünnemacht, bin ich geliefert. Ich werd ihm eine Fußfessel anlegen."

Valenzuela ging auf Nummer sicher. Er wollte Roulet eine elektronische Fußfessel anlegen, obwohl es der Richter nicht angeordnet hatte. Bis diese Sache durchgestanden war, würde Valenzuela keine ruhige Minute haben.

„Wo ist Dobbs?"

„Wartet in meinem Büro. Ich schaffe Roulet dorthin, sobald er raus ist."

„Okay, dann rufe ich dort gleich mal an."

Ich beendete das Gespräch und drückte die Schnellwahltaste für Liberty Kautionsbürgschaften. Valenzuelas Assistentin meldete sich.

„Maisy, hier Mick. Könnten Sie mir bitte Mr Dobbs geben?"

„Klar doch, Mick."

Sekunden später hatte ich Dobbs am Apparat. „Mickey Haller hier", meldete ich mich. „Ich habe soeben erfahren, dass Mr Roulet entlassen wird.

Er sollte innerhalb einer Stunde draußen sein. Möchten Sie, dass wir gemeinsam mit ihm über den Fall sprechen, oder soll ich von jetzt an allein übernehmen?“

„Nein, Mrs Windsor besteht darauf, dass ich mich über alles auf dem Laufenden halte. Möglicherweise wird sie selbst dazustoßen.“

„Ich habe nichts dagegen, Mrs Windsor die Hand zu schütteln, aber den Fall zu erörtern ist ausschließlich Sache der Verteidigung. Okay?“

„Ich verstehe. Sagen wir, um vier Uhr in meiner Kanzlei.“

„Gut. Wir sehen uns dann um vier.“ Ich beendete das Gespräch.

Als ich kurz darauf Raul Levin anrief, war er bereits auf dem Weg zum Polizeirevier in Van Nuys, um sich eine Kopie des Festnahmeprotokolls zu besorgen. „Und das geht einfach so?“, fragte ich.

„Nein, nicht einfach so. In gewissem Sinn hab ich zwanzig Jahre gebraucht, um dieses Protokoll zu kriegen.“

Ich verstand. Levins über Jahre hinweg aufgebauten Beziehungen, die er immer wieder durch gegenseitige Vertrauensbeweise und Gefälligkeiten am Leben erhielt, hatten sich für ihn auszuzahlen begonnen. Kein Wunder, dass er fünfhundert Dollar pro Tag berechnete. Ich erzählte ihm von der Besprechung um vier, und er sagte, er werde kommen.

Der Lincoln kam zum Stehen, gerade als ich das Telefon zuklappte. Wir hielten vor dem Eingang des Twin-Tower-Gefängniskomplexes. Es war ein deprimierender Ort, an dem ich zu viel Zeit verbrachte. Ich öffnete die Autotür und stieg aus, um ihn – auf ein Neues – zu betreten.

ZWEI

Dank der eigens für Anwälte bestimmten Anmeldepforte konnte ich die lange Schlange von Menschen umgehen, die ihre in den Türmen einsitzenden Liebsten besuchen wollten. Ich erhielt einen Besucherpass in einem Plastikanstecker und wurde nach zwanzig Minuten im Wartebereich von einer korpulenten Frau in einer Deputy-Uniform abgeholt. „Sorry, hat ein bisschen gedauert“, sagte sie, als wir zwischen den beiden Stahltüren einer Sicherheitsschleuse im Frauenturm warteten. „Sie war oben in der Medizinischen zur Behandlung.“

„Zur Behandlung?“

„Ja, sie hat sich verletzt“, sagte meine Begleiterin. „Bei einer Rauferei. Aber das wird sie Ihnen sicher gleich selbst alles erzählen.“

Die Frau führte mich ins Anwaltszimmer und zu einem der Abteile, wo man durch eine Plexiglasscheibe mit dem Mandanten sprechen konnte. Meine Begleiterin entfernte sich. Dann wartete ich weitere zehn Minuten, bis sie auf der anderen Seite der Plexiglasscheibe mit Gloria Dayton erschien. Ich bemerkte sofort die Schwellung am linken Auge meiner Mandantin und eine kleine Platzwunde unmittelbar unter dem Haaransatz, die genäht worden war. Gloria Dayton hatte pechschwarzes Haar und olivfarbene Haut. Sie war mal richtig umwerfend gewesen. So schön, dass einem unbegreiflich war, warum sie keine bessere Alternative für sich sah, als sich an Fremde zu verkaufen. Jetzt wirkte sie nur noch verhärtet. „Mickey", sagte sie, „springst du wieder in die Bresche für mich?"

Sie sprach mit ihrer Kleinmädchen-Piepsstimme, die ihre Stammkunden vermutlich anmachte. Für mich war es eigenartig, sie aus diesem harten Gesicht kommen zu hören.

„Ich werd's versuchen, Gloria", erwiderte ich. „Was ist mit deinem Gesicht passiert?"

„Eine kleine Meinungsverschiedenheit mit den Mädels im Schlafsaal."

„Nimmst du da drinnen was?"

Sie sah mich ungehalten an. „Nein!"

Ich betrachtete sie prüfend. Sie schien clean. Vielleicht nahm sie tatsächlich nichts und hatte sich wegen was anderem geprügelt.

„Ich will nicht hier drinnen bleiben, Mickey", sagte sie mit ihrer richtigen Stimme. „Kannst du mir bei der Vorverhandlung einen Platz in so einem Therapiedingsbums beschaffen, damit ich wieder clean werde?"

„Gloria, das Problem ist, du warst letztes Mal schon in einem Therapieprogramm. Es gibt nur eine begrenzte Anzahl von Plätzen, und die Richter und Staatsanwälte schicken Leute nicht gern ein zweites Mal hin, wenn sie schon beim ersten Mal keinen Nutzen daraus gezogen haben."

„Was soll das heißen?", protestierte sie. „Ich bin bis zum Schluss dabeigeblieben."

„Stimmt. Aber als es dann um war, bist du sofort wieder in die alten Gewohnheiten zurückgefallen. Sie werden dich diesmal härter anpacken, darauf musst du dich gefasst machen."

Ihr Blick senkte sich. „Das steh ich nicht durch", sagte sie kleinlaut.

„Du kannst auch im Gefängnis einen Entzug machen. Du wirst clean, und wenn du rauskommst, kannst du dein Leben noch mal ganz von vorn anfangen."

Sie schüttelte den Kopf und wirkte verloren.

„Lass uns darüber reden, wenn's so weit ist. Im Moment sollten wir uns lieber Gedanken machen, warum du hier bist. Erzähl mir, was passiert ist."

„Na, was immer passiert. Ich hab einen Typen aufgetan. Er hat echt ausgesehen. Aber dann entpuppte er sich als Cop, und das war's."

„Bist du zu ihm?"

Sie nickte. „Ins Hotel ‚Mondrian'. Er hatte eine Suite – das war noch so eine Sache. Normalerweise mieten Cops keine Suiten. Dafür reicht ihr Budget nicht."

„Hab ich dir nicht mehrfach gesagt, dass es bescheuert ist, zur Arbeit Koks mitzunehmen? Und wenn ein Kerl dich bittet, welches mitzubringen, ist er garantiert ein Cop."

„Weiß ich ja, außerdem hat er mich nicht gebeten, welches mitzubringen. Ich hab einfach vergessen, dass ich welches dabeihatte, okay? Ich hatte den Stoff von dem Typen, bei dem ich vorher war. Was hätte ich tun sollen? Alles im Wagen lassen, damit es sich die Hotelangestellten im Mondrian unter den Nagel reißen?"

„Von wem hattest du den Stoff?"

„Von einem Typen im ‚Travelodge' am Santa Monica Boulevard. Er hat mir anstatt Kohle den Stoff angeboten. Und als ich den Job erledigt hatte, hab ich meine Anrufe abgehört, und einer war von dem Typen aus dem Mondrian. Also hab ich angerufen, einen Termin ausgemacht und bin dann *directamente* zu ihm. Ich hab einfach nicht mehr an den Stoff in meiner Handtasche gedacht."

Ich nickte und beugte mich vor. Ich sah einen Silberstreifen am Horizont, eine winzige Chance. „Dieser Typ im Travelodge, wer war das?"

„Keine Ahnung. Irgendein Kerl, der meine Anzeige auf der Website gesehen hat. Mexikaner oder Kubaner oder so was."

„Als er dir das Koks gegeben hat, hast du da gesehen, ob er noch mehr von dem Zeug hatte?"

„Keine Ahnung. Jedenfalls muss er mehr gehabt haben, weil er niemals seinen ganzen Vorrat rausgerückt hätte."

Gut zu wissen. Der Silberstreifen wurde breiter. „Hast du dir irgendeinen Ausweis zeigen lassen?"

„Klar."

„Welchen, den Führerschein?"

„Nein, den Pass. Führerschein hatte er angeblich keinen."

„Wie heißt der Typ?"

„Hector irgendwas.“

„Komm schon, Gloria. Hector wie? Denk nach.“

„Hector irgendwas Moya. Es waren drei Namen.

„Okay.“

„Kannst du diese Informationen brauchen, um mir zu helfen?“

„Vielleicht, kommt drauf an, ob er mit dem Zeug handelt. Ich treffe mich nachher mit der Anklägerin, um zu sehen, was ich für dich tun kann. Weißt du, welches Zimmer der Kerl im Travelodge hatte?“

Sie dachte kurz nach. „Ja, ist leicht zu merken. 333.“

Auf der Fahrt zur Staatsanwaltschaft rief ich Raul Levin an. Er war wieder in seinem Büro in Glendale und studierte die Polizeiberichte zum Roulet-Fall. Ich bat ihn, sie erst mal beiseitezulegen, um etwas über den Mann in Zimmer 333 des Travelodge am Santa Monica Boulevard für mich herauszufinden und den Namen Hector Moya einmal durchs System zu jagen.

Als Earl vor dem Gebäude der Staatsanwaltschaft hielt, reichte ich ihm einen Zwanziger und bat ihn, zum „Philippe’s“ rüberzufahren und uns ein paar Roastbeefsandwiches zu holen, während ich bei meiner Besprechung war. Ich würde meins dann auf der Fahrt nach Century City essen.

Während ich darauf warten musste, bis mir Leslie Faire eine Audienz gewährte, rief Raul Levin zurück mit zusätzlicher Munition. Der Mann in Zimmer 333 war unter dem Namen Gilberto Garcia im Travelodge abgestiegen. Weil er das Zimmer eine Woche im Voraus bezahlt hatte, hatte er an der Rezeption keinen Ausweis vorlegen müssen. Außerdem hatte Levin den von mir genannten Namen überprüft und war auf einen gewissen Hector Arrande Moya gestoßen, einen per Haftbefehl gesuchten Kolumbianer, der nach einer Verurteilung wegen Drogenhandel aus San Diego verschwunden war. Das war gar nicht schlecht für den Anfang.

Faire teilte sich ein Büro mit drei anderen Anklägern. Zwei ihrer Kollegen waren unterwegs, wahrscheinlich im Gericht, aber Faire gegenüber saß ein mir unbekannter Mann. Ich borgte mir von einem der leeren Schreibtische einen Stuhl und ließ mich nieder.

„Sie haben heute Morgen Anklage gegen Gloria Dayton erhoben“, sagte ich. „Sie ist meine Mandantin. Ich wollte sehen, was sich da machen lässt.“

„Also, wir können auf schuldig plädieren, und sie kann ein bis drei Jahre in Frontera einsitzen.“ Sie sagte es sachlich und mit einem Lächeln, das mehr ein Grinsen war.

„Ich dachte eher an ein Therapieprogramm."

„Von dem Apfel durfte sie bereits einen Bissen kosten, hat ihn aber wieder ausgespuckt. Kommt nicht infrage."

„Und wenn sie was anzubieten hätte?"

Faire schnaubte, als wäre das ein Witz. „Und was sollte das sein?"

„Ein Hotelzimmer, in dem ein Großdealer seine Drogengeschäfte abwickelt."

„Hört sich ein bisschen vage an."

Es war tatsächlich vage, aber die Veränderung in ihrer Stimme verriet mir, dass sie interessiert war. Alle Ankläger tauschten gern, wenn sie dabei ein gutes Geschäft machten.

„Rufen Sie Ihre Drogenleute an. Lassen Sie den Namen Hector Arrande Moya überprüfen. Er ist Kolumbianer. Ich kann warten."

Sie zögerte. Es gefiel ihr nicht, sich von einem Strafverteidiger Vorschriften machen zu lassen, vor allem wenn ein anderer Ankläger in Hörweite war. Aber sie zappelte bereits am Haken. Sie wandte sich ihrem Schreibtisch zu und griff zum Telefon. Ich konnte mithören, wie sie jemanden um die Überprüfung von Moyas Personalien bat. Sie wartete eine Weile, dann bedankte sie sich und legte auf.

„Okay", sagte sie schließlich. „Was verlangt sie?"

„Sie will einen Platz im Therapieprogramm. Bei erfolgreichem Abschluss des Entzugs werden alle Anklagepunkte fallen gelassen. Sie muss nicht gegen den Mann aussagen, und ihr Name taucht in keinerlei Dokumenten auf. Sie nennt Ihnen einfach das Hotel und seine Zimmernummer, und alles Weitere erledigen Ihre Leute."

Während sie kurz darüber nachdachte, bewegten sich ihre Kiefer, als ob sie den Deal sorgsam kostete. „Also gut", sagte sie schließlich. „Lassen Sie mich mit meinem Chef reden. Aber ich kann Ihnen jetzt schon versichern, wenn wir uns darauf einlassen und ihr einen Platz beschaffen, dann nur in der Geschlossenen. Irgendwas in der County-Klinik. Einen ambulanten Platz rücken wir für sie nicht mehr raus."

Die County-Klinik besaß einen Gefängnisflügel, in dem kranke und süchtige Häftlinge behandelt wurden. Was sie anbot, war ein Programm, bei dem Gloria Dayton gegen ihre Sucht behandelt und nach erfolgreichem Abschluss entlassen wurde. Sie müsste mit keinen weiteren Anklagen und keiner zusätzlichen Haftstrafe rechnen. „Einverstanden", sagte ich. Ich erhob mich und legte eine Visitenkarte auf ihren Schreibtisch.

Die Kanzleien von Dobbs und Delgado lagen in der 28. Etage eines Wolkenkratzers in Century City. Obwohl ich pünktlich erschien, waren bereits alle versammelt. Durch eine Glaswand sah man vom Konferenzzimmer über Santa Monica hinweg auf den Pazifik und die Inseln dahinter.

Louis Roulet saß am Kopfende eines langen polierten Holztisches. Statt seines grauen Gefängnisoveralls trug er einen dunkelbraunen Anzug mit hellem Seiden-T-Shirt. Er sah aus wie ein cooler, selbstbewusster junger Makler, nicht wie der verängstigte Bubi, den ich im Gericht erlebt hatte.

Links von Roulet saß Cecil Dobbs und neben ihm eine gut erhaltene, aufwändig frisierte und schmuckbehängte Frau – allem Anschein nach Roulets Mutter. Der Platz rechts von Roulet war in Erwartung meiner Person leer geblieben. Auf dem Stuhl daneben saß mein Ermittler Raul Levin, einen geschlossenen Ordner vor sich auf dem Tisch.

Dobbs machte mich mit Mary Windsor bekannt. Sie schüttelte mir mit kräftigem Druck die Hand. Ich setzte mich, und Dobbs erklärte, Mrs Windsor werde die Kosten für die Verteidigung ihres Sohnes übernehmen und habe sich mit meinen Bedingungen einverstanden erklärt. Er schob mir einen Umschlag zu. Ich warf einen Blick hinein und erspähte einen auf meinen Namen ausgestellten Scheck über 60 000 Dollar. Der Scheck lief auf Mary Windsors Konto.

Ich schloss den Umschlag wieder und schob ihn über den Tisch zurück. „Das Geld muss von Louis kommen", sagte ich und sah Mrs Windsor an. „Ich arbeite für ihn und will, dass das von Anfang an klar ist."

Hier ging es vor allem darum, von vornherein klarzustellen, wer das Sagen hatte. Ich durfte Mary Alice Windsor und C. C. Dobbs gegenüber keinerlei Zweifel aufkommen lassen, dass ich dieses Verfahren führte.

Auch wenn ich es kaum für möglich gehalten hätte, aber Mary Windsors Gesicht wurde hart. Aus irgendeinem Grund erinnerte sie mich mit ihrem flachen, viereckigen Gesicht an eine alte Standuhr.

„Mutter", sagte Roulet, „das geht schon in Ordnung. Ich stelle ihm einen Scheck aus. Er müsste auch gedeckt sein, bis du mir das Geld überweist."

Sie blickte zu ihrem Sohn und dann wieder zu mir. „Na schön", willigte sie ein.

„Mrs Windsor", sagte ich, „es ist außerordentlich wichtig, dass Sie Ihren Sohn unterstützen. Und damit meine ich nicht nur in finanzieller Hinsicht. Falls es uns nicht gelingt, eine Einstellung des Verfahrens zu erreichen, und wir vor Gericht gehen, müssen Sie in der Öffentlichkeit vorbehaltlos hinter Ihrem Sohn stehen."

„Ich bitte Sie“, erwiderte sie. „Natürlich werde ich mich hinter ihn stellen, komme, was da wolle. Diese absurden Vorwürfe müssen unbedingt entkräftet werden.“

„Danke, Mutter“, sagte Roulet.

„Ja, danke“, sagte auch ich. „Ich werde Sie durch Mr Dobbs wissen lassen, wo und wann wir Sie brauchen. Es ist gut, dass Sie für Ihren Sohn da sein werden.“ Dann schwieg ich und wartete.

Es dauerte nicht lange und sie begriff, dass sie entlassen war. „Aber im Moment wollen Sie mich nicht hier haben, sehe ich das richtig?“

„Das sehen Sie völlig richtig. Wir müssen über den Fall sprechen, und Louis tut das besser nur im Beisein seiner Anwälte. Für Sie gilt die anwaltliche Schweigepflicht nicht. Daher könnten Sie unter Umständen gezwungen sein, gegen Ihren Sohn auszusagen.“

„Aber wie kommt Louis nach Hause, wenn ich jetzt gehe?“

„Ich habe einen Fahrer. Ich werde ihn nach Hause bringen.“

Sie sah Dobbs an, in der Hoffnung, er könnte mich überstimmen. Dobbs lächelte und stand auf, um ihren Stuhl zurückzuziehen. Schließlich gab sie klein bei und erhob sich. „Also schön“, sagte sie. „Louis, wir sehen uns dann beim Abendessen.“

Dobbs führte sie aus dem Besprechungszimmer, und ich sah sie auf dem Flur miteinander sprechen. Dann ging sie, und Dobbs kam zurück und schloss die Tür.

Zunächst erklärte ich Roulet, dass in zwei Wochen die Anklage verlesen und er eine Stellungnahme dazu abgeben würde. Es wäre auch der Zeitpunkt, die Anklage darüber zu informieren, dass er nicht auf sein Recht auf ein beschleunigtes Verfahren verzichten wollte. „Das ist die erste Entscheidung, die wir treffen müssen“, sagte ich. „Ob Sie das Ganze hinauszögern oder rasch durchziehen wollen, um so die Anklage unter Druck zu setzen.“

„Welche Optionen haben wir?“, fragte Dobbs.

„Ich will ganz offen zu Ihnen sein“, sagte ich. „Bei nicht inhaftierten Mandanten tendiere ich normalerweise zu einer Verzögerungstaktik. Schließlich geht es um die Freiheit des Beschuldigten – also sollte man ein Maximum davon herausholen, bevor das Urteil gefällt wird.“

„Sie sprechen jetzt aber von einem schuldigen Mandanten“, sagte Roulet.

„Wenn allerdings die Beweisführung der Anklage auf schwachen Beinen steht“, fuhr ich fort, „verhilft ihr eine solche Verzögerungstaktik nur dazu, sich eine bessere Ausgangsposition zu verschaffen. Bestehen wir aber auf unserem Recht auf ein Schnellverfahren, setzt das den Ankläger enorm unter Druck."

„Ich hab die mir unterstellten Verbrechen nicht begangen", sagte Roulet. „Lassen Sie uns keine Zeit verlieren."

„Wenn wir nicht auf ein beschleunigtes Verfahren verzichten, muss spätestens sechzig Tage nach Anklageverlesung das Verfahren gegen Sie eröffnet werden. Das Ganze kann sich allerdings zeitlich nach hinten verschieben, wenn eine Voruntersuchung angesetzt wird. Dabei lässt sich ein Richter das Beweismaterial vorlegen und entscheidet, ob es für einen Prozess ausreicht. Wir könnten natürlich auch auf die Voruntersuchung verzichten. Das brächte sie wirklich in Zugzwang."

„Hört sich gut an, finde ich", sagte Roulet. „Ich will das Ganze so schnell wie möglich hinter mich bringen." Er hatte das so gesagt, als wäre ein Freispruch bereits beschlossene Sache.

„Na ja, vielleicht kommt es ja gar nicht zum Prozess", meinte Dobbs. „Wenn diese Anklagepunkte einer näheren …"

„Der Staatsanwalt wird das Verfahren auf keinen Fall einstellen", unterbrach ich ihn. „Normalerweise tragen die Cops zu dick auf, und der Staatsanwalt nimmt dann wieder etwas davon zurück. Hier liegt der Fall jedoch anders. Die Staatsanwaltschaft hat bei der Anklage sogar noch eins draufgesetzt. Das bedeutet zweierlei: Zum einen halten sie ihre Beweisführung für unanfechtbar, und zweitens verschaffen sie sich damit eine bessere Ausgangsposition, wenn wir einen Deal auszuhandeln versuchen."

„Sie meinen eine Absprache", sagte Roulet. „Dass ich als Gegenleistung für ein Schuldgeständnis Straferlass erhalte?"

„Ja, eine außergerichtliche Einigung."

„Kommt überhaupt nicht infrage. Kein Deal. Ich gehe doch nicht für was, was ich nicht getan habe, ins Gefängnis. Wenn das ein Problem für Sie ist, sollten wir lieber sofort wieder getrennte Wege gehen."

Fast alle meine Mandanten beteuerten an irgendeinem Punkt ihre Unschuld. Doch Roulets Worte kamen mit einem Nachdruck und einer Direktheit, wie ich es lange nicht mehr erlebt hatte. Lügner werden unsicher. Sie sehen weg. Aber Roulets Augen hingen an meinen wie Magnete.

„Es gilt auch die zivilrechtlichen Konsequenzen zu bedenken", flocht Dobbs ein. „Ein Schuldgeständnis würde es dieser Frau ermöglichen …"

„Das ist mir alles bewusst", schnitt ich ihm erneut das Wort ab. „Aber wir greifen hier alle zu weit vor. Ich wollte Louis nur einen groben Eindruck vermitteln, was auf uns zukommt. Wir müssen in den nächsten Wochen noch nichts unternehmen. Wir brauchen lediglich für die Anklageverlesung einen allgemeinen Fahrplan.“

„Louis hat an der UCLA zwei Semester Jura studiert“, sagte Dobbs. „Im Groben weiß er ganz gut, worum es hier geht.“

Roulet nickte.

„Okay, gut“, sagte ich. „Dann machen wir uns an die Arbeit. Louis, Ihre Mutter hat gesagt, sie erwartet Sie zum Abendessen. Leben Sie zu Hause? Ich meine, bei Ihrer Mutter?“

„Ich wohne im Gästehaus. Sie wohnt im Haupthaus.“

„Lebt sonst noch jemand auf dem Grundstück? Geschwister oder eine Freundin?“

„Nur die Haushälterin. Im Haupthaus.“

„Und Sie arbeiten in der Firma Ihrer Mutter?“

„Eher könnte man sagen, ich leite sie. Sie kommt nicht mehr oft vorbei.“

„Was haben Sie gestern, am Sonntag, tagsüber gemacht?“

„Ich habe im ‚Riviera‘ Golf gespielt, wie üblich zu viert. Wir haben um zehn angefangen und waren um vier fertig. Ich kam nach Hause, habe geduscht, mich umgezogen und im Haus meiner Mutter zu Abend gegessen.“

„Was ist nach dem Abendessen passiert?“

„Ich habe meiner Mutter gesagt, ich würde zu mir gehen, aber stattdessen bin ich noch ausgegangen.“

Levin hatte begonnen, sich auf einem kleinen Block Notizen zu machen.

„Was für ein Auto fahren Sie?“

„Ich habe zwei. Einen Range Rover, mit dem ich Kunden herumfahre, und einen Porsche für den privaten Gebrauch. Den habe ich gestern Abend genommen.“

„Wo sind Sie hingefahren?“

„Über den Hügel hinunter ins Valley.“ Er sagte das so, als wäre es für einen Beverly-Hills-Bewohner ein riskantes Unterfangen, sich in die Arbeiterviertel des San Fernando Valley zu begeben. „Zum Ventura Boulevard. Zuerst ins ‚Nat’s North‘ und dann ein Stück weiter ins ‚Morgan’s‘.“

„Das sind klassische Aufreißschuppen, stimmt’s?“

„Ja. Deshalb bin ich auch da hin. Ich wollte mein Glück versuchen.“

„Was ist im Nat’s North passiert?“

„Nichts, außer dass nicht viel los war, weshalb ich wieder gegangen bin.“

„Sind Sie dort oft? Kennen die Barkeeper Sie?“

„Ja, sie kennen mich. Gestern Abend hat dort ein Mädchen namens Paula gearbeitet.“

„Okay, dort lief also nichts, und Sie sind weitergezogen zum Morgan's. Kennt man Sie dort?"

„An sich müssten sie das. Ich gebe immer reichlich Trinkgeld."

Ich wandte mich an Levin. „Raul, wie heißt das Opfer?"

Levin schlug seinen Ordner auf. „Regina Campo. Ihre Freunde nennen sie Reggie. Sechsundzwanzig Jahre alt. Der Polizei hat sie erzählt, sie sei Schauspielerin und arbeite als Telefonwerberin."

„Louis, waren Sie Reggie Campo schon vor gestern Abend mal begegnet?", fragte ich.

Roulet zuckte die Achseln. „Ich kannte sie vom Sehen. Sie war mir gelegentlich in irgendwelchen Klubs aufgefallen. Aber ich hatte nie direkt mit ihr zu tun."

„Hatten Sie es mal versucht?"

„Nein, ich bin nie richtig an sie rangekommen. Irgendwie war sie immer mit jemand anders oder mit mehreren Leuten unterwegs. Ich mag es nicht, wenn ich mich gleich durch einen ganzen Pulk vorkämpfen muss. Darum konzentriere ich mich lieber auf Singles."

„Was war gestern Abend anders?"

„Gestern Abend ist sie auf mich zugekommen. Das war anders."

„Das müssen Sie mir genauer erzählen."

„Ich stand im Morgan's an der Bar, hab nach möglichen Kandidatinnen Ausschau gehalten. Und sie stand am anderen Ende der Bar, aber mit einem Kerl. Deshalb hatte ich sie gar nicht auf meinem Radar, weil sie bereits vergeben wirkte. Nach einer Weile steht der Kerl neben ihr auf, um aufs Klo zu gehen oder draußen eine zu rauchen, und kaum ist er weg, steht sie auch auf, kommt zu mir rüber und fragt, ob ich interessiert wäre. Ich sage, schon, aber was ist mit dem Kerl, mit dem du eben an der Bar gestanden hast? Sie sagt, mach dir wegen dem keine Gedanken, der ist bis zehn wieder weg, und dann bin ich für den Rest des Abends frei. Sie hat mir ihre Adresse aufgeschrieben und gesagt, ich soll nach zehn vorbeikommen."

„Worauf hat sie die Adresse geschrieben?"

„Auf eine Serviette, aber Ihre nächste Frage muss ich leider mit Nein beantworten, ich hab sie nicht mehr. Ich hab mir die Adresse gemerkt und die Serviette weggeworfen."

„Wann war das ungefähr?"

„Ich glaube, so zwischen acht und neun. Sobald der Typ zurück war, sind sie verschwunden."

„Wann haben Sie die Bar verlassen?"

„Ich bin noch ein paar Minuten geblieben und dann auch gegangen. Ihr Apartment war in Tarzana, deshalb bin ich zum ‚Lamplighter' den White Oak Boulevard hoch. Es lag auf dem Weg."

„Warum?"

„Na ja, ich wollte einfach sehen, was dort so geboten war, ob es vielleicht was Besseres gab, etwas, worauf ich nicht warten musste."

„Okay, und mit wem haben Sie im Lamplighter gesprochen?"

„Mit niemandem. Es ist ziemlich voll gewesen, aber niemand war da, der mich interessierte."

„Wie lange waren Sie im Lamplighter?"

„Ungefähr eine Stunde, würde ich sagen. Vielleicht auch kürzer."

„An der Bar? Wie viele Drinks?"

„Ja, zwei Drinks an der Bar."

„Wie viele Drinks hatten Sie gestern Abend insgesamt?"

„Ähm, allerhöchstens vier. Auf etwa zwei Stunden verteilt. Im Morgan's habe ich einen Drink unangetastet stehen lassen."

„Was haben Sie getrunken?"

„Martinis. Gray Goose."

„Okay", sagte ich. „Wie spät war es, als Sie bei Reggie ankamen?"

„Zwölf Minuten vor zehn. Ich habe auf die Uhr gesehen. Sie hatte zehn gesagt, also hab ich bis zehn auf dem Parkplatz gewartet."

„Haben Sie den Mann, mit dem sie aus dem Morgan's weggegangen war, nach draußen kommen sehen?"

„Ja, ich habe ihn gesehen. Er kam raus und fuhr weg, und dann bin ich hoch."

„Er fährt also weg und Sie gehen ins Haus. Und was dann?"

„Ich ging ins Haus, und ihre Wohnung ist im ersten Stock. Ich ging nach oben und klopfte."

„Augenblick, nicht so schnell. Wie sind Sie nach oben? Treppe, Lift?"

„Lift."

„Ist jemand mit Ihnen hochgefahren? Hat jemand Sie gesehen?"

Roulet schüttelte den Kopf, dann fuhr er fort. „Sie öffnete die Tür einen Spalt, sah, dass ich es war, und sagte, ich soll reinkommen. Gleich hinter dem Eingang ist eine kleine, ziemlich enge Diele. Ich gehe an ihr vorbei, damit sie die Tür schließen kann. Deshalb bleibt sie hinter mir stehen. Und deshalb krieg ich auch nicht mit, dass sie was in der Hand hat. Sie schlägt mir damit auf den Kopf, und ich gehe zu Boden. Ich bin ziemlich schnell bewusstlos geworden."

Ich versuchte, mir das Ganze vorzustellen. „Bevor also irgendetwas geschehen ist, hat sie Sie einfach bewusstlos geschlagen? Sie hat nichts gesagt, nicht geschrien, sondern ist nur von hinten gekommen und wumm?"

„Genau."

„Okay, und dann? Woran erinnern Sie sich als Nächstes?"

„Ich weiß noch, als ich wieder zu mir gekommen bin, haben zwei Kerle auf mir gesessen und mich zu Boden gedrückt. Und dann kam die Polizei. Und die Sanitäter. Sie hatten mir Handschellen angelegt."

„Wo war Reggie Campo?"

„Sie hat auf der Couch gesessen, und ein Sanitäter hat ihr Gesicht verarztet, und sie hat geweint und einem Polizisten erzählt, ich hätte sie angegriffen. Diese ganzen Lügen. Ich hätte sie an der Tür überrumpelt und zusammengeschlagen und gesagt, ich würde sie vergewaltigen und dann umbringen. Und dann hab ich meine Arme bewegt, damit ich auf meine Hände hinterm Rücken sehen konnte. Sie hatten meine Hand in eine Plastiktüte gesteckt, und sie ist voller Blut gewesen, und da ist mir klar geworden, das Ganze ist eine Falle."

„Was meinen Sie damit?"

„Sie hat mir Blut auf die Hand geschmiert, damit es so aussieht, als ob ich es getan hätte. Aber es war meine linke Hand. Ich bin kein Linkshänder. Wenn ich jemandem eine reinschlagen würde, täte ich es mit der rechten Hand." Zur Verdeutlichung schlug er mit der rechten Faust in die Luft.

„Sie haben gesagt, sie hätte die Tür einen Spalt geöffnet und Sie hereingelassen", sagte ich. „Haben Sie dabei ihr Gesicht gesehen?"

„Nicht ganz."

„Was davon?"

„Ihr Auge. Ihr linkes Auge."

„Haben Sie ihre rechte Gesichtshälfte gesehen, als Sie reingegangen sind?"

„Nein, sie hat hinter der Tür gestanden."

„Da haben wir's!", stieß Levin aufgeregt hervor. „Sie hatte die Verletzungen bereits, als er kam. Sie waren in der rechten Gesichtshälfte, und deshalb musste sie das Blut auf seine linke Hand schmieren."

Ich nickte. „Okay", sagte ich. „Ich glaube, das könnte passen. Louis, Sie haben uns erzählt, Sie hätten nie mit dieser Frau zu tun gehabt. Warum hätte sie so etwas tun sollen? Warum hätte sie Sie hereinlegen sollen?"

„Wegen des Geldes natürlich." Aber es war nicht Roulet, der antwortete. Es war Dobbs. „Das liegt doch auf der Hand", fuhr Dobbs fort. „Sie will

Geld von ihm, von der Familie. Die Strafanzeige ist nur das Vorspiel für eine Zivilklage, eine Schmerzensgeldforderung. Das ist es, worum es ihr wirklich geht."

„Ich habe heute im Gericht ein Foto dieser Frau gesehen", sagte ich. „Ihre eine Gesichtshälfte ist übelst zugerichtet worden. Wollen Sie sagen, wir sollen zu unserer Verteidigung vorbringen, sie hätte sich das selbst angetan?"

Levin öffnete seinen Ordner und nahm ein Blatt Papier heraus. Es war eine Schwarz-Weiß-Kopie des Beweisfotos, das mir Maggie McPherson im Gericht gezeigt hatte. Er schob sie über den Tisch zu Dobbs und Roulet.

„Die richtigen Fotos kriegen wir bei der Offenlegung der Beweise", sagte ich. „Sie sehen schlimmer aus, erheblich schlimmer, und wenn wir uns an Ihre Geschichte halten, dann müssen uns die Geschworenen abkaufen, dass sie sich das selbst angetan hat."

Ich beobachtete, wie Roulet die Fotokopie studierte. Wenn er es gewesen war, der Regina Campo angegriffen hatte, zeigte er beim Studium seines Werks keine verräterische Reaktion. Sein Gesicht blieb völlig ausdruckslos.

„Wissen Sie was?", sagte ich. „Ich betrachte mich als guten Anwalt und kann Geschworenen sicher einiges glaubhaft machen. Aber diese Geschichte kaufe ich mir selbst kaum ab."

IM KONFERENZZIMMER war die Reihe jetzt an Raul Levin. Ich hatte bereits auf der Fahrt nach Century City mit ihm gesprochen. Levin hatte mir die wichtigsten Details des Falls durchgegeben, ausreichend für eine erste Befragung meines Mandanten. Jetzt würde Levin Louis Roulets Darstellung des Tathergangs mithilfe der Ermittlungs- und Spurensicherungsberichte gründlich auseinandernehmen und uns erläutern, was die Anklage gegen ihn vorzubringen hatte. Es handelte sich um Material, das der Verteidigung ohnehin zustand und ihr im Zuge der Beweisoffenlegung zugänglich gemacht würde; aber über die offiziellen Kanäle dauerte es normalerweise Wochen, während es Levin nur ein paar Stunden gekostet hatte. Er begann mit auf die Dokumente gesenktem Blick.

„Gestern Abend um 22.11 Uhr ging in der LAPD-Telefonzentrale ein 911-Notruf von Regina Campo ein. Er kam aus dem White Oak Boulevard 1760, Apartment 211. Sie meldete, jemand sei in ihre Wohnung eingedrungen und habe sie angegriffen. Zwei Streifenpolizisten trafen um 22.17 Uhr am Tatort ein. Ms Campo wartete auf dem Parkplatz auf sie. Sie gab an, sie wäre nach dem Angriff aus der Wohnung geflohen, aber zwei Nachbarn, Edward Turner und Ronald Atkins, seien dort und hielten den Eindringling fest. Daraufhin begab sich Officer Santos in die Wohnung, wo der verdächtige Eindringling, der später als Mr Roulet identifiziert wurde, auf dem Boden lag und von Turner und Atkins festgehalten wurde."

„Das sind die zwei Schwuchteln, die sich auf mich gehockt haben", sagte Roulet.

„Die Streifenpolizisten nahmen den Verdächtigen in Gewahrsam", fuhr Levin fort. „Mr Atkins übergab den Polizisten ein offenes Klappmesser, das er seinen Aussagen zufolge neben dem Eindringling auf dem Boden gefunden hatte. Die Polizisten legten dem Verdächtigen Handschellen an, und man rief einen Rettungswagen, um sowohl Campo zu behandeln als auch Roulet, der eine leichte Gehirnerschütterung und eine Platzwunde am Hinterkopf hatte. Campo wurde zur weiteren Behandlung ins Holy Cross Medical Center gebracht. Roulet wurde festgenommen und ins Van-Nuys-Gefängnis eingeliefert. Ms Campos Wohnung wurde für die Spurensuche abgesperrt und der Fall Detective Booker vom Valley-Revier zugeteilt."

Levin breitete weitere Kopien der Polizeifotos von Regina Campos Verletzungen auf dem Tisch aus. Es waren Frontal- und Profilaufnahmen ihres Gesichts und zwei Nahaufnahmen von blauen Flecken an ihrem Hals und einem kleinen Schnitt unter ihrem Kiefer. Auffällig war, dass sich die Verletzungen ausschließlich in Campos rechter Gesichtshälfte befanden.

„Diese Fotos wurden im Krankenhaus gemacht, wo Ms Campo von Detective Booker vernommen wurde. Ihren Aussagen zufolge kam sie am Sonntagabend gegen 20.30 Uhr nach Hause. Sie war allein in ihrer Wohnung, als es gegen 22 Uhr an ihrer Wohnungstür klopfte. Mr Roulet gab sich als Bekannter von Ms Campo aus, und sie öffnete die Tür. Im selben Moment versetzte ihr der Eindringling einen Faustschlag ins Gesicht und stieß sie zurück in die Wohnung. Der Eindringling kam herein, schloss die Tür und verriegelte sie von innen. Ms Campo wurde mit mindestens zwei weiteren Schlägen zu Boden gestreckt."

„Das ist doch alles kompletter Schwachsinn!", brüllte Roulet. Er hieb mit den Fäusten auf den Tisch und sprang auf.

„Louis, setzen Sie sich wieder", sagte ich ruhig. „Es handelt sich hier um Ermittlungsprotokolle. Das heißt nicht, es ist die Wahrheit. Wir versuchen hier lediglich, uns einen ersten Eindruck des Falls zu verschaffen und worauf wir uns gefasst machen müssen."

Roulet ließ sich ohne weitere Proteste nieder. Ich nickte Levin zu, der fortfuhr. „Ms Campo sagte aus, die Faust ihres Angreifers wäre mit einem weißen Tuch umwickelt gewesen, während er auf sie einschlug."

Ich blickte über den Tisch auf Roulets Hände und entdeckte keinerlei Schwellungen oder Abschürfungen an seinen Fingern und Knöcheln. Ein Tuch um die Faust könnte ihn vor solchen verräterischen Verletzungen geschützt haben. „Wurde es zu den Beweismitteln genommen?", fragte ich.

„Ja", sagte Levin. „Das Blut und der Stoff werden zurzeit analysiert."

Ich sah Roulet an. „Hat sich die Polizei Ihre Hände angesehen und sie fotografiert?"

„Der Detective hat sich meine Hände angesehen, aber Fotos hat niemand gemacht."

Ich nickte und bat Levin, mit seinen Ausführungen fortzufahren.

„Der Eindringling setzte sich rittlings auf Ms Campo, die auf dem Boden lag, und umklammerte mit einer Hand ihren Hals. Er sagte zu Ms Campo, er werde sie vergewaltigen und es sei ihm egal, ob sie dabei lebendig oder tot sei. Sie sagte, sie werde sich nicht zur Wehr setzen."

Levin legte eine weitere Fotokopie auf den Tisch. Es war das Foto eines Klappmessers mit schwarzem Griff und spitzer Klinge. Es erklärte die Stichwunde am Hals des Opfers.

Roulet zog die Kopie zu sich, um sie sich genauer zu betrachten. Er schüttelte langsam den Kopf. „Das ist nicht mein Messer", sagte er.

Ich sagte nichts und Levin fuhr fort. „Der Verdächtige und das Opfer standen auf, und dann forderte er sie auf, mit ihm ins Schlafzimmer zu gehen. Der Verdächtige blieb dabei die ganze Zeit über hinter dem Opfer und drückte die Messerspitze an eine Stelle links von ihrer Kehle. Als Ms Campo einen kurzen Gang betrat, der zu den zwei Schlafzimmern der Wohnung führte, drehte sie sich auf dem beengten Raum um und stieß den Angreifer gegen eine große Bodenvase. Als er rückwärts über die Vase stolperte, rannte sie zur Wohnungstür. Als sie jedoch merkte, dass sich ihr Angreifer wieder hochrappeln und sie an der Wohnungstür einholen würde, rannte sie in die Küche und schnappte sich eine Flasche Wodka von der Theke. Sobald der Eindringling auf dem Weg zur Wohnungstür an ihr vorbeikam, trat sie aus der Küche und schlug ihm damit von hinten auf den Kopf, sodass er zu Boden ging. Dann stieg Ms Campo über den am Boden liegenden Mann und entriegelte die Wohnungstür. Sie lief nach draußen und rief von Turners und Atkins' Wohnung im Erdgeschoss aus die Polizei an. Turner und Atkins begaben sich in ihre Wohnung, wo sie den Eindringling bewusstlos auf dem Boden liegend vorfanden. Als er zu sich kam, hielten sie ihn fest, bis die Polizei eintraf."

„Einfach unglaublich", stöhnte Roulet. „Hier zu sitzen und sich das anhören zu müssen. Ich fass es nicht. *Ich habe das nicht getan!* Sie lügt!"

„Wenn es alles Lügen sind, wird das der leichteste Fall meines Lebens", sagte ich. „Aber wir müssen wissen, was sie zu Protokoll gegeben hat, bevor wir sie auseinandernehmen können."

„Das will ich hoffen, dass Sie sie auseinandernehmen", knurrte Roulet und deutete über den Tisch hinweg auf meine Brust. „Ich möchte, dass Sie diese Frau nach Strich und Faden fertigmachen!"

„Dafür bin ich hier, und Sie haben mein Wort darauf" sagte ich. „Bist du so weit durch, Raul?"

„Fürs Erste, ja. An den restlichen Berichten bin ich noch dran. Eine Niederschrift des Notrufs müsste ich bis morgen früh vorliegen haben."

„Gut. Raul, wird irgendwo dieser Kerl erwähnt, mit dem Louis sie gesehen hat?"

„Nein. Taucht nirgendwo in der Akte auf."

„Und was ist mit dem Messer?"

„Blut und Fingerabdrücke auf dem Messer. Aber darüber noch nichts Genaueres bisher. Feststellung der Eigentümerschaft unwahrscheinlich. Solche Klappmesser kriegt man in jedem Waffen- oder Campingladen."

„Ich sag Ihnen doch, das ist nicht mein Messer", flocht Roulet ein.

„Wahrscheinlich stammen die Fingerabdrücke von dem Mann, der es den Polizisten ausgehändigt hat", sagte ich. Ich wandte mich an Roulet. „Es würde mich allerdings nicht überraschen, wenn Ihre auch drauf wären. Wenn sie Ihnen während Ihrer Ohnmacht Blut auf die Hand geschmiert hat, hat sie wahrscheinlich auch Ihre Fingerabdrücke auf das Messer gedrückt."

Roulet nickte und wollte etwas sagen, aber ich gab ihm nicht die Gelegenheit.

„Hat die Frau in ihrer Aussage erwähnt, dass sie früher am Abend im Morgan's gewesen ist?", fragte ich Levin.

Er schüttelte den Kopf. „Nein, die erste formlose Vernehmung des Opfers hat in der Notaufnahme stattgefunden. Sie berührte nur die wichtigsten Punkte über die Ereignisse um zehn. Mit dem, was sie davor gemacht hat, werden sie sich im Zuge der weiteren Ermittlungen aber sicher noch befassen."

„Was ist unser nächster Schritt?", fragte Roulet.

„Raul wird weiter seine Hausaufgaben machen und so viel wie möglich über dieses angebliche Opfer rausfinden und warum sie fälschlicherweise behauptet, allein gewesen zu sein. Wir müssen rauskriegen, wer sie ist und wer der geheimnisvolle Fremde ist."

„Und was werden Sie tun?"

„Ich werde mit dem Ankläger verhandeln. Ich schlage ihm einen Deal vor, damit er seine Pläne offenlegt. Ich bin sicher, dass ich die Staatsanwaltschaft in Kürze auf ein Strafmaß herunterhandeln kann, das für Sie annehmbar wäre. Dazu muss ich Sie allerdings um ein Zugeständnis bitten. Sie …"

Roulet schüttelte den Kopf. „Ich habe Ihnen doch bereits gesagt, dass ich mich nicht für etwas schuldig bekenne, was ich nicht getan habe. Können Sie gewinnen, wenn wir vor Gericht ziehen?"

Ich sah ihm in die Augen, bevor ich antwortete. „Ich kann für nichts garantieren … aber von dem gegenwärtig vorliegenden Material ausgehend bin ich sehr zuversichtlich, dass ich den Prozess gewinnen kann."

Ich nickte Roulet zu und glaubte, neu erwachte Hoffnung in seinen Augen zu entdecken. Ich erhob mich. „Louis, ich bringe Sie jetzt nach Hause."

„Da wir ohnehin den gleichen Weg haben, kann ich ihn mitnehmen", meinte Dobbs.

„Gern", sagte ich. „Aber wir werden uns trotzdem dort mit Ihnen treffen. Ich möchte, dass sich Raul sein Haus ansieht, und Louis muss mir noch den Scheck geben, von dem wir vorhin gesprochen haben."

„Hört sich vernünftig an", sagte er. „Wir treffen uns also dort."

Fünfzehn Minuten später saß ich mit Levin auf dem Rücksitz des Lincoln. Wir folgten dem silbernen Mercedes von Dobbs und Roulet. Ich hatte gerade Lorna am Telefon. Die einzige neu eingegangene Nachricht stammte von Gloria Daytons Anklägerin Leslie Faire. Sie lautete, dass sie unserem Deal endgültig zustimmte.

„Und?", sagte Levin, als ich das Handy zuklappte. „Was denkst du wirklich?"

„Was auch immer in dieser Wohnung vorgefallen ist, es ist schnell passiert. Das ist auf jeden Fall gut für uns. Keine tatsächliche Vergewaltigung, keine DNA. Das gibt Anlass zur Hoffnung."

„In gewisser Weise erinnert es mich an Jesus Menendez, abgesehen von der DNA. Kannst du dich an den Fall erinnern?"

„Ja, will ich aber nicht." Ich dachte nur ungern an Mandanten, die ohne Hoffnung auf Berufung und mit nichts anderem als der Aussicht auf Jahre endloser Haft im Gefängnis saßen.

„Weißt du, was ich glaube?“, sagte ich. „Es besteht die Möglichkeit, dass Roulet nicht lügt. Seine Story ist so schräg, dass sie wahr sein könnte.“

Levin stieß einen leisen Pfiff aus. „Du denkst, du hast einen Unschuldigen gefunden?“

„Das wäre eine Premiere“, sagte ich. „Weißt du, was mein Vater über unschuldige Mandanten gesagt hat?“

„Warst du nicht erst sechs, als dein Vater gestorben ist?“

„Sogar erst fünf. Aber ich habe es nach seinem Tod in einem Buch gelesen. Er hat geschrieben, der beängstigendste Mandant, den ein Anwalt je kriegen kann, ist ein unschuldiger Mandant. Wenn du nämlich Mist baust und er hinter Gitter kommt, hängt dir das dein Leben lang nach.“

DREI

Am Morgen des 17. März war ich im Süden der Stadt im Gericht von Compton, um einen Crackdealer bei der Urteilsverkündung zu vertreten. Draußen vor dem Gerichtssaal wartete Raul Levin auf dem überfüllten Flur. Wir waren verabredet, um über seine neuesten Erkenntnisse im Fall Roulet zu sprechen. Wegen meines vollen Terminkalenders hatte er sich nach Compton bemühen müssen.

„Können wir irgendwo ungestört reden und uns mein Material ansehen?“, fragte er.

„Ich habe keine Zeit, irgendwohin zu gehen“, sagte ich. „Aber wir können uns in mein Auto setzen.“

Als wir im Lincoln saßen, wies ich Earl an, loszufahren und nach einem Café Ausschau zu halten. „Und noch was, Earl. Setzen Sie den Kopfhörer auf, solange wir hier hinten über einen Fall sprechen, ja?“

Earl warf seinen iPod an und stöpselte die Ohrhörer ein. Dann fuhr er die Acacia hinunter. Levin öffnete auf dem Klapptischchen an der Rückenlehne des Fahrersitzes seinen Aktenkoffer.

„Also, was hast du für mich?“, fragte ich. „Ich treffe mich nachher mit dem Ankläger und hätte gern mehr Trümpfe in der Hand als er.“

„Kann schon sein, dass ich ein paar Trümpfe für dich habe“, antwortete Levin. „Fangen wir am besten mit deinem Mandanten an. Mit Ausnahme von Strafzetteln wegen Falschparken und Geschwindigkeitsüberschreitung – die er allerdings massenhaft kassiert und nicht prompt bezahlt – konnte ich absolut nichts über ihn finden.“

„Was genau war mit den Strafzetteln?"

„In den letzten vier Jahren hat er zweimal eine ganze Menge Strafzettel wegen Falschparken und ein paar Strafen wegen zu schnellem Fahren kassiert, ohne sie zu bezahlen. Als ihm irgendwann eine richterliche Zahlungsaufforderung ins Haus geflattert ist, hat sich dein Kollege C. C. Dobbs eingeschaltet, um sie zu bezahlen und die Sache aus der Welt zu schaffen."

„C. C. scheint also doch für was gut zu sein."

„Ansonsten bin ich bei Roulet nur auf eine einzige Unstimmigkeit gestoßen. Als du ihn bei der Besprechung über seine Optionen aufgeklärt hast, ist doch die Rede davon gewesen, dass er an der UCLA zwei Semester Jura studiert und etwas Ahnung von der Materie hätte. Ich hab das nachgeprüft; er war nie am Juristischen Institut der UCLA eingeschrieben."

Ich überlegte kurz. Dobbs hatte das Jurastudium erwähnt, und Roulet hatte lediglich genickt. Die Lüge war insofern unverständlich, als sie keinem von beiden einen Vorteil brachte.

„Wenn er schon bei so was lügt …", dachte ich laut nach.

„Ich wollte nur, dass du es weißt", sagte Levin. „Aber das ist bisher auch das einzig Negative. Seine Darstellung des Tathergangs hält bisher in allen Punkten stand – zumindest soweit ich es nachprüfen konnte. Ich habe Zeugen, die ihn im Nat's North, im Morgan's und dann im Lamplighter gesehen haben. Er hat genau das getan, was er uns erzählt hat. Einschließlich der Anzahl Martinis. Insgesamt vier, von denen er einen ungetrunken an der Bar hat stehen lassen."

„Die erinnern sich sogar, dass er seinen Drink nicht geleert hat?"

„Nein, ich stütze mich dabei nicht auf die Erinnerungen eines Barkeepers. Ich habe hier was, was dir bestimmt gefallen wird, Mick. Zumindest hoffe ich das schwer, weil es mich nämlich einen Tausender gekostet hat." Er zog unten aus seinem Aktenkoffer eine gepolsterte Tasche heraus, die einen kleinen DVD-Player enthielt, und legte eine DVD ein. Aber bevor er sie starten konnte, hielt der Wagen und ich blickte auf. Wir standen vor einem Lokal, das sich ‚The Central Bean' nannte. „Holen wir uns erst mal einen Kaffee", sagte ich. „Und dann sehen wir uns an, was du da hast."

Levin und ich stiegen aus. Während wir in der Schlange vor der Kaffeetheke warteten, erzählte mir Levin von der DVD, die wir uns im Auto gleich ansehen würden. „Als ich im Morgan's mit der Barfrau rede – sie heißt übrigens Janice –, sagt sie mir, ich soll das mit dem Geschäftsführer abklären. Also geh ich nach hinten in sein Büro, und er erzählt mir, dass sie letztes Jahr hinter der Bar Ärger hatten. Irgendjemand hat sich aus der

Kasse bedient. Und weil in dem Laden während der Woche immerhin ein Dutzend Leute arbeiten, kam er nicht drauf, wer der Langfinger war."

„Da hat er eine Kamera installiert."

„Richtig. Eine versteckte Kamera. Er erwischt also den Dieb. Aber das Ganze funktioniert so gut, dass er die Kamera eingebaut lässt. Sie hat einen Timer vorgeschaltet und nimmt jeden Abend von acht bis zwei auf. So kriegt er vier Abende auf eine Kassette. Er benutzt abwechselnd zwei Kassetten, sodass er immer eine Woche auf Band verfügbar hat."

„Und den fraglichen Abend hatte er auf Band?"

„Ja."

„Und die Cops wissen nichts davon?"

„Sie waren noch nicht mal dort. Bisher nehmen sie Reggie ihre Story unbesehen ab."

„Uns interessiert aber die Bar, nicht die Kasse", wandte ich ein.

„Die Kasse befindet sich an der Wand hinter der Bar. Die Kamera ist direkt darüber in einem Rauchmelder installiert. Man kann die ganze Bar im Spiegel sehen, nur seitenverkehrt. Ich hab das Band auf DVD überspielen lassen, damit man die Bilder vergrößern und ranzoomen kann."

Wir kamen an die Reihe. Ich bestellte einen großen Kaffee mit Sahne und Zucker, Levin eine Flasche Wasser. Dann kehrten wir mit unseren Getränken zum Auto zurück.

Levin startete die DVD. Auf dem kleinen Bildschirm sah man auf die Bar des Morgan's hinab. Zwei Barfrauen versahen ihren Dienst. In dem großen Wandspiegel dahinter erkannte man die Gäste an der Bar. Ich sah, wie Louis Roulet genau in der Mitte des Bildausschnitts Platz nahm. In der linken unteren Ecke war ein Bildzähler, in der rechten waren Uhrzeit und Datum eingeblendet. Es war der 6. März, 20.11 Uhr.

„Da kommt Louis gerade an", sagte Levin. „Und hier drüben ist Reggie Campo."

Er stoppte das Bild. An der rechten kurzen Seite der Bar saßen eine Frau und ein Mann nebeneinander. Levin zoomte sie heran.

„Und das ist unser Mister X. Und jetzt pass auf." Er schaltete auf Schnellvorlauf. „Louis trinkt seinen Martini, er unterhält sich mit den Barfrauen, und fast eine Stunde lang tut sich nichts."

Levin zog seinen Notizblock zurate, wo er sich zu bestimmten Bildnummern Aufzeichnungen gemacht hatte. Er schaltete im richtigen Moment auf Normallauf und verschob den Bildausschnitt so, dass Reggie Campo und Mister X in der Bildschirmmitte waren. Die Zeitanzeige stand inzwischen auf 20.43 Uhr. Auf dem Bildschirm nahm Mister X ein Päckchen Zigaretten und ein Feuerzeug vom Tresen und rutschte von seinem Hocker. Dann ging er nach rechts aus dem Bild. „Er geht zur Raucherterrasse“, sagte Levin.

Reggie Campo blickte zunächst Mister X nach, dann glitt sie ebenfalls von ihrem Hocker und schlenderte an den an der Bar sitzenden Gästen vorbei. Als sie zu Roulet kam, fuhr sie mit den Fingern ihrer linken Hand über seine Schultern. Roulet drehte sich um und sah ihr hinterher.

„Das entspricht aber nicht dem, was Roulet geschildert hat“, sagte ich.

„Jetzt warte doch erst mal ab“, sagte Levin. „Sie geht auf die Toilette.“

Ich wartete und beobachtete, wie Reggie Campo zurückkam und wieder an der Bar entlangging. Als sie diesmal an Roulet vorbeikam, quetschte sie sich zwischen ihn und seinen rechten Nachbarn an die Bar. Sie musste sich seitwärts in die Lücke stellen, und ihre Brüste waren eindeutig gegen Roulets rechten Arm gedrückt. Wenn das keine Anmache war, wusste ich auch nicht. Sie sagte etwas, und Roulet nickte, und dann sah ich, wie sie ihm etwas wie eine zerknüllte Papierserviette in die Hand drückte. Sie wechselten noch einmal ein paar Worte, dann küsste Reggie Campo Louis Roulet auf die Wange und begab sich wieder zu ihrem Hocker.

„Du bist unschlagbar, Raul.“ Ich wusste, dass die Aufnahmen auf der DVD wichtig waren. Sie genügten, um berechtigte Zweifel an der Schuld meines Mandanten zu wecken. Das Material dokumentierte eine Vertrautheit zwischen Opfer und vermeintlichem Angreifer, von der in den Ermittlungen der Anklage bisher mit keinem Wort die Rede war. Wichtiger noch, es zeigte das Opfer in einer Situation, in der sein Verhalten als mitverantwortlich für die darauffolgenden Vorkommnisse gedeutet werden konnte. Was selbstverständlich das Folgende weder rechtfertigte noch weniger kriminell machte, doch das Video rückte eine vermeintlich eindeutige Straftat in eine Grauzone.

Levin drückte wieder auf die Schnellvorlauftaste. „Und jetzt sieh dir das an.“ Er hatte wieder Campo und den Unbekannten in die Bildmitte gezoomt. Als die mitlaufende Uhr auf 8.59 Uhr sprang, schaltete er auf Zeitlupe. „So, jetzt gehen sie gleich“, sagte er. „Pass auf die Hände des Kerls auf.“

Der Mann leerte seinen Drink. Dann rutschte er vom Hocker, half Campo von ihrem, und beide gingen nach rechts aus dem Bild.

„Was soll damit sein?“, fragte ich. „Was habe ich übersehen?“

Levin bewegte das Bild zu der Stelle zurück, wo der Unbekannte sein Glas leerte. Dann hielt er das Bild an und deutete auf den Bildschirm. „Er hält das Glas mit der rechten Hand“, sagte er. „Und an seinem linken Handgelenk kannst du die Uhr sehen. Sieht also ganz so aus, als wäre der Kerl Rechtshänder, oder nicht?“

„Ja und? Was bringt uns das? Die Verletzungen des Opfers rühren von Schlägen her, die von links kamen.“

„Denk mal nach, was ich vorhin gesagt habe.“

Das tat ich. Und einen Augenblick später dämmerte es mir. „Der Spiegel. Alles ist seitenverkehrt. Er ist Linkshänder.“

Levin nickte und schlug mit der linken Faust in die Luft.

„Damit könnte der Fall für uns bereits erledigt sein“, sagte ich, unsicher, ob ich wirklich darüber erfreut sein sollte, dass mein Jahrhundertfall ein so jähes Ende fand. „Und? Sonst noch was auf dem Video?“

Levin drückte die Schnellvorlauftaste. „An sich nicht. Roulet liest die Serviette und prägt sich die Adresse ein, zerknüllt sie in der Hand und lässt sie auf den Boden fallen. Dann hängt er noch zwanzig Minuten an der Bar rum, bis er schließlich geht und einen frischen Drink stehen lässt.“ Levin schaltete den DVD-Player aus und packte ihn weg.

„Was hast du sonst noch?“, fragte ich ihn.

„Da wäre noch Reggie Campo“, sagte er. „Sie ist alles andere als ein Unschuldsengel.“ Er reichte mir eine Zusammenstellung von Fotos, auf denen Reggie Campo in verschiedenen Posen und Verkleidungen zu sehen war. Es war eine Setkarte, wie sie Schauspieler in ganz L. A. an Besetzungschefs schickten. Reggie Campo war eine extrem attraktive Frau, und irgendetwas an ihrem Gesicht kam mir bekannt vor, aber ich kam nicht drauf, woher. Ich fragte mich, ob ich sie vielleicht in einem Werbespot gesehen hatte.

„In den Polizeiberichten gibt sie ‚Topsail Telemarketing‘ als ihren gegenwärtigen Arbeitgeber an. Sie nehmen die Bestellungen für diesen ganzen Schrott entgegen, den sie im Nachtprogramm verkaufen. Fitnessgeräte und solchen Kram. Jedenfalls ist das ein legaler Job. Allerdings hat Reggie dort schon seit Monaten nicht mehr gearbeitet.“

„Mit anderen Worten, sie geht anschaffen?“

„Ich habe sie die letzten drei Abende beobachtet und …“

„Du hast *was*?“ Wenn ein Ermittler in Diensten eines Strafverteidigers dabei erwischt wurde, wie er Opfer eines Gewaltverbrechens beschattete, brauchte die Anklage nur zu einem Richter zu gehen und Belästigung und Einschüchterung des Opfers geltend zu machen, und schon würde mir Missachtung des Gerichts angelastet werden.

„Keine Sorge“, sagte Levin. „Ich bin sehr diskret vorgegangen. Aber ich bin froh, dass ich es getan habe. Die ganzen Schwellungen und blauen Flecken, die sind alle schon wieder weg, oder sie schminkt sich sehr stark, weil sie nämlich eine Menge Besuch gekriegt hat. Alles Männer, alle allein."

„Du hast sie doch überprüft, oder? Keine Vorstrafen?"

„Nein, nichts. Vermutlich neu im Geschäft. Frauen, die Schauspielerin werden wollen, haben es nicht leicht. Wahrscheinlich hat sie hier und da eine kleine Gefälligkeit von irgendwelchen Typen angenommen, und nach und nach wurde dann ein richtiger Job draus. Sie ist vom Amateur- ins Profilager gewechselt."

„Wenn sie ins Profilager gewechselt ist, könnte sie auch dazu übergegangen sein, Typen wie Roulet auszunehmen. Er fährt ein teures Auto, trägt schicke Kleidung … Hast du seine Uhr gesehen?"

„Ja, eine Rolex. Wenn die echt ist, trägt er zehn Mille an seinem Handgelenk mit sich rum. Vielleicht hat sie ihn sich deshalb ausgesucht."

„Alles gut und schön", sagte ich. „Aber das bedeutet auch, Louis hat nicht nur in puncto Studium gelogen."

„Ja", gab mir Levin recht. „Er hat gewusst, dass er bei ihr nur gegen Bezahlung zum Zug kommt. Das hätte er dir sagen müssen."

„Ja, und deshalb werde ich ihn mir jetzt noch mal vorknöpfen."

Wir hielten vor einem Parkplatz an der Acacia. Levin öffnete seinen Aktenkoffer, nahm einen Ordner mit einem Gummiband heraus, unter dem ein Blatt Papier steckte. Er hielt ihn mir hin und ich sah, dass es eine Rechnung über nahezu 6000 Dollar für acht Tage Ermittlungstätigkeit und Ausgaben war. In Anbetracht dessen, was ich in der letzten halben Stunde erfahren hatte, extrem preisgünstig.

„In dem Ordner ist alles, worüber wir gerade gesprochen haben, sowie eine Kopie des Videos aus dem Morgan's auf DVD", sagte Levin.

Ich nahm den Ordner an mich. „Ich werde Lorna anrufen, und wir schicken dir einen Scheck."

Levin öffnete die Tür, stieg aber nicht aus. „Sonst noch was?"

„Der Linkshänder. Wir müssen rausfinden, wer Mister X ist, ob er mit ihr unter einer Decke steckt oder nur ein Freier ist."

Levin nickte und schlug wieder mit der linken Faust in die Luft. „Ich bin dabei."

DIE BEHÖRDENBAUTEN des Van Nuys Civic Center schließen einen langen betonierten Innenhof ein. An dessen Stirnseite erhebt sich das Polizeirevier von Van Nuys. Eine der Längsseiten wird von zwei Gerichtsgebäuden eingenommen, die andere von einer Bibliothek und der Stadtverwaltung. Ich wartete auf einer der modernen Betonbänke vor der Bibliothek auf Louis Roulet. Als ich ihn endlich über den Platz auf mich zukommen sah, stand ich auf, um ihm entgegenzugehen. „Wo waren Sie so lange?“, fragte ich schroff.

„Ich hab Ihnen doch gesagt, ich würde so schnell wie möglich kommen. Sie haben mich mitten in einer Präsentation angerufen.“

„Lassen Sie uns ein Stück gehen.“ Ich steuerte auf die Stirnseite des Platzes zu. In 25 Minuten hatte ich im älteren der beiden Gerichtsgebäude meinen Termin mit Minton, dem neuen Ankläger im Roulet-Fall. „Oben in Pelican Bay wird es keine Präsentationen geben“, sagte ich zu Roulet.

„Wie soll ich das jetzt wieder verstehen? Wo ist das?“

„Nur ein netter Name für ein Hochsicherheitsgefängnis, in das sie gewalttätige Sexualverbrecher schicken.“

„Was soll der Quatsch? Worauf wollen Sie hinaus?“

„Darauf, dass ich als Anwalt keine verlogenen Mandanten gebrauchen kann. In zwanzig Minuten treffe ich mich mit dem Kerl, der Sie nach Pelican Bay schicken will. Um das zu verhindern, brauche ich sämtliche verfügbaren Informationen. Und es ist keine große Hilfe, wenn ich dabei feststellen muss, dass Sie mich belügen.“

Roulet blieb stehen und drehte sich zu mir um. „Ich hab Sie nicht belogen! Ich war es nicht. Keine Ahnung, was …“

„Sie und Dobbs haben doch behauptet, Sie hätten Jura an der UCLA studiert? Dabei waren Sie dort überhaupt nicht eingeschrieben.“

„Regen Sie sich etwa deshalb so auf, Mickey?“

„Ja, ganz genau, und von jetzt an nennen Sie mich nicht mehr Mickey. So nennen mich meine Freunde. Nicht meine verlogenen Mandanten.“

„Ich verstehe nicht, was es mit diesem Fall zu tun haben soll. Ich …“

„Weil Sie mich in einem Punkt belogen haben und mich daher möglicherweise auch in jedem anderen Punkt belügen könnten. Und wenn das so ist, kann ich Sie nicht vernünftig verteidigen.“

„Hören Sie“, sagte Roulet kleinlaut. „Ich habe nur wegen meiner Mutter gelogen, okay?“

„Nein, überhaupt nicht okay. Erklären Sie mir das.“

„Meine Mutter und Cecil glauben, ich hätte ein Jahr Jura studiert. Und ich möchte sie in diesem Glauben lassen. Er hat es Ihnen gegenüber erwähnt, und deshalb habe ich gewissermaßen zugestimmt. Aber das war vor zehn Jahren! Was soll daran jetzt noch so schlimm sein?“

„Schlimm daran ist, dass Sie mich belügen. Mein Vorgehen basiert auf den Fakten, die ich von Ihnen kriege. Unwiderlegbaren Tatsachen."

„Okay, okay."

„Wenn Sie nicht Jura studiert haben, was haben Sie dann gemacht?"

Roulet schüttelte den Kopf. „Nichts. Ich habe ein Jahr lang nichts gemacht. Die meiste Zeit hing ich in meiner Wohnung in der Nähe des Campus ab und las und dachte darüber nach, was ich im Leben wirklich wollte. Das Einzige, was ich sicher wusste, war, dass ich nicht Anwalt werden wollte. Schließlich begann ich, für Mutter zu arbeiten. Sie wollte das gern."

Ich beruhigte mich wieder. Größtenteils war mein Ärger sowieso aufgesetzt gewesen. Ich wollte ihn für die wichtigeren Fragen weichkochen. Ich fand, dass er jetzt so weit war. „Also schön, nachdem Sie mir jetzt reinen Wein eingeschenkt haben, würde ich gern alles über Reggie Campo wissen."

„Was soll ich erzählen?"

„Sie waren bereit, sie für Sex zu bezahlen, oder?"

„Wie kommen Sie denn …?"

Ich brachte ihn zum Schweigen, indem ich erneut stehen blieb und ihn an einem seiner teuren Jackenaufschläge packte. „Beantworten Sie mir die Frage!"

„Also gut, ja, ich hätte ihr Geld gegeben."

„Warum haben Sie mir das nicht gleich gesagt? Begreifen Sie denn nicht, wie das den Fall verändert?"

„Ich wollte nicht, dass meine Mutter erfährt, dass ich … "

„Louis, setzen wir uns." Ich führte ihn zu einer der Bänke vor dem Polizeirevier. Dort konnte uns niemand hören. „Ihre Mutter war doch gar nicht dabei, als wir über den Fall gesprochen haben."

„Aber Cecil, und er erzählt ihr alles."

Ich nickte und nahm mir vor, Cecil Dobbs künftig bei allen den Fall betreffenden Gesprächen außen vor zu lassen. „Gut, ich verstehe. Dann will ich Ihnen mal in groben Zügen erklären, wie das hier funktioniert. Wissen Sie, was ich bin? Ich bin ein Neutralisierer. Meine Aufgabe besteht darin, die Argumente der Anklage zu neutralisieren. Mir jedes Beweismittel und jedes Indiz vorzunehmen und eine Möglichkeit zu finden, es unbrauchbar zu machen. So weit alles klar?"

„Ja."

„Louis, fast zwei Wochen lang haben Sie mir etwas verheimlicht, womit ich die ganze Beweisführung der Anklage hätte zunichte machen können.

Die Frage ist: Warum braucht ein Kerl mit genügend Geld, einer Rolex am Handgelenk, einem Porsche auf dem Parkplatz und einer Adresse in Holmby Hills ein Messer, um Sex von einer Frau zu kriegen, die es sowieso für Geld macht? Wenn man alles auf diese Frage reduziert, stürzt der Fall wie ein Kartenhaus in sich zusammen, weil die Antwort ganz einfach ist: Er braucht keins. Und wenn man zu diesem Schluss gelangt, sieht man die Absicht, die Falle, und mit einem Mal ist es der Angeklagte, der wie das Opfer aussieht."

Er nickte. „Tut mir leid", sagte er.

„Das sollte es auch. Wenn Sie mir von Anfang an reinen Wein eingeschenkt hätten, wäre die Beweisführung der Anklage schon vor zwei Wochen in sich zusammengebrochen, und wir säßen jetzt wahrscheinlich nicht hier."

In dem Moment wurde mir bewusst, woher mein Ärger tatsächlich rührte. Nicht daher, dass Roulet gelogen hatte, sondern weil ich meinen Jahrhundertfall davonschwimmen sah. Weil es jetzt keinen Prozess und kein sechsstelliges Honorar mehr gab. Der Fall würde noch heute zu den Akten kommen, wenn ich bei der Staatsanwaltschaft anrückte und Ted Minton meinen Kenntnisstand darlegte.

„Tut mir leid", wiederholte Roulet mit weinerlicher Stimme. „Und was machen wir jetzt?"

„Ich muss Ihnen noch eine Frage zu diesem Abend stellen. Dann werde ich in dieses Gebäude dort gehen und mich mit dem Ankläger treffen. Wenn ich dort wieder rauskomme, ist die Sache vermutlich vom Tisch, und Sie können wieder ungestört reichen Leuten Ihre Villen zeigen."

„Einfach so?"

„Na ja, der Form halber wird er vielleicht darauf dringen, dass Sie vor Gericht erscheinen und einen Richter bitten, das Verfahren einzustellen."

Roulet öffnete verblüfft den Mund. „Mr Haller, ich kann Ihnen überhaupt nicht sagen, wie …"

„Sie können ruhig Mickey zu mir sagen. Tut mir leid wegen eben."

„Macht doch nichts. Danke. Was wollen Sie noch von mir wissen?"

„Was stand auf dem Zettel, den sie Ihnen im Morgan's gegeben hat."

„Ihre Adresse. Darunter hatte sie *400 Dollar* geschrieben und *Komm nach zehn vorbei.*"

„Schade, dass wir ihn nicht mehr haben. Aber es sollte trotzdem ausreichen. Ich rufe Sie an, wenn alles vorbei ist."

Er reichte mir die Hand und ich schüttelte sie.

„Danke, Mick. Sie sind einsame Spitze. Ich wusste von Anfang an, dass ich keinen Besseren kriegen könnte.“

Ich sah ihm nach, als er über den Platz und zwischen den zwei Gerichtsgebäuden hindurch zum öffentlichen Parkhaus ging. „Ja, ich bin einsame Spitze“, sagte ich zu mir selbst.

Ich spürte, dass noch jemand da war, und als ich mich zur Seite drehte, setzte sich gerade ein Mann neben mich auf die Bank. Auch er wandte sich um und wir erkannten uns gleichzeitig. Es war Howard Kurlen, ein Detective des Morddezernats von Van Nuys. Wir waren im Lauf der Jahre bei einigen Fällen aneinandergeraten.

„Sieh mal einer an“, sagte Kurlen. „Der Stolz der Anwaltskammer von Kalifornien. Sie reden doch nicht etwa mit sich selbst?“

„Vielleicht doch.“

„Wahrscheinlich nicht gut für einen Anwalt, wenn sich das rumspräche.“

„Da mache ich mir eigentlich keine Sorgen. Wie geht's, Detective?“

Kurlen packte ein Sandwich aus, das er aus einer braunen Tüte genommen hatte. Ich sah auf die Uhr. Ich hatte noch ein paar Minuten, bevor ich mich vor den Metalldetektoren am Eingang des Gerichts anstellen musste, aber ich wusste nicht recht, ob ich sie mit Kurlen verbringen wollte.

„Wie geht's meinem Freund Jesus?“, fragte er.

Kurlen hatte die Ermittlungen im Fall Jesus Menendez geleitet. Er hatte dermaßen belastende Beweise gegen ihn gesammelt, dass Menendez keine andere Wahl blieb, als sich schuldig zu bekennen und das Beste zu hoffen. Er bekam trotzdem lebenslänglich.

„Keine Ahnung“, antwortete ich. „Ich habe keinen Kontakt mehr zu Jesus.“

„Kann ich mir denken. Sobald sie sich schuldig bekennen und in den Knast wandern, ist für Sie nichts mehr zu holen. Keine Berufung, nichts.“

Ich nickte. Cops betrachteten Strafverteidiger als ihren natürlichen Feind.

„Manchmal frage ich mich, ob Sie nachts ruhig schlafen können.“

„Ich schlafe gut, Detective. Aber wie ist das bei Ihnen? Lassen Sie nicht manchmal den Kopf aufs Kissen sinken und fragen sich, ob Sie einen Unschuldigen hinter Gitter gebracht haben?“

„Nein“, sagte er rasch mit vollem Mund. „Ist mir nie passiert, wird mir auch nie passieren.“

„Muss schön sein, sich seiner Sache so sicher zu sein.“

„Mir hat mal jemand gesagt, wenn man am Ende seines Wegs angekommen ist, sieht man den Holzstoß der Gemeinde und muss sich fragen, ob man was dazu beigesteuert oder nur von ihm genommen hat. Also, ich steuere was dazu bei, Haller. Ich schlafe nachts gut. Aber ihr Anwälte nehmt doch alle was weg vom Holzstoß."

„Danke für die schöne Predigt. Ich werde daran denken, wenn ich das nächste Mal Holz hacke."

„Wenn Ihnen das nicht gefallen hat, weiß ich noch einen Witz für Sie. Was ist denn der Unterschied zwischen einem Wels und einem Strafverteidiger?"

„Hm, keine Ahnung, Detective."

„Der eine ist ein im Schlamm stöbernder Dreckfresser, und der andere ist ein Fisch."

Er lachte schallend. Ich stand auf. Es war Zeit zu gehen.

DA TED MINTON den Fall Roulet unter vier Augen mit mir besprechen wollte, hatte er dafür gesorgt, dass sein Bürokollege zu diesem Zeitpunkt im Gericht war. Er holte mich am Empfang ab und führte mich nach hinten. Er wirkte kaum älter als dreißig, strahlte aber etwas Selbstsicheres aus. Wahrscheinlich hatte ich ihm zehn Jahre und hundert Prozesse voraus, aber er zeigte keinerlei Anzeichen von Respekt.

Als wir sein kleines, fensterloses Büro erreichten, bot er mir den Sitz seines Kollegen an und schloss die Tür. Wir nahmen Platz und musterten uns gegenseitig. „Okay", begann er. „Wir sind hier, um über Louis Roulet zu sprechen. Ich hätte da gleich mal was für Sie." Er griff nach einem Ordner und reichte ihn mir. „Ich will fair sein. Das ist die Akte der Beweisermittlung. Ich müsste sie Ihnen erst bei der Anklageverlesung aushändigen, aber warum sich nicht auch mal von der netten Seite zeigen?"

Die Erfahrung hatte mich gelehrt, dass man besser auf der Hut war, wenn der Ankläger behauptete, er wolle fair sein. Ich blätterte den Ordner durch, ohne wirklich etwas zu lesen. Die Akte, die Levin für mich zusammengestellt hatte, war mindestens viermal so dick. Höchstwahrscheinlich hielt Minton etwas zurück. „Ist das alles?", fragte ich.

„Alles, was ich vorliegen habe."

„Und damit wollen Sie vor Gericht gehen?" Ich wedelte mit dem Ordner, als wollte ich sagen, die Beweislage wäre ebenso dünn wie sein Inhalt.

„Ich hätte jedenfalls keine Probleme damit. Aber wenn Sie über einen Deal reden wollen, höre ich mir Ihren Vorschlag gern an."

„Nein, keine Absprache. Wir verzichten auf die Voruntersuchung und wollen gleich einen Prozess. Wir haben keine Zeit zu verlieren."

„Er will ein Schnellverfahren?"

„Ja. Von Montag an haben Sie sechzig Tage Zeit, und wenn Ihnen das nicht reicht, lassen Sie es lieber sein."

Ted Minton spitzte die Lippen, als wäre das, was ich ihm gerade gesagt hatte, ein überraschendes, aber unerhebliches Ärgernis. Er war ein guter Schauspieler. Ich wusste, ich hatte einen Treffer gelandet. „Also, wenn das so ist, sollten wir noch mal das Thema Beweisoffenlegung anschneiden. Was haben Sie für mich?" Den freundlichen Ton hatte er inzwischen abgelegt.

„Ich bin noch dabei, alles zusammenzustellen", sagte ich. „Aber Sie kriegen es am Montag bei der Anklageverlesung. Das meiste dürfte allerdings schon in dem Ordner sein, den Sie mir gegeben haben, oder?"

„Höchstwahrscheinlich."

„Dann wissen Sie doch sicher auch, dass das mutmaßliche Opfer eine Prostituierte ist, die meinem Mandanten ein eindeutiges Angebot gemacht hat? Und dass sie nach dem vermeintlichen Vorfall weiter ihrem Gewerbe nachgegangen ist?"

Mintons Mund ging etwa einen Zentimeter auf und dann wieder zu. Ich hatte wieder einen schweren Treffer gelandet. Aber er erholte sich schnell. „Ihre berufliche Tätigkeit ist mir bekannt", sagte er. „Was mich allerdings überrascht, ist, dass auch Sie schon davon wissen. Sie schnüffeln meinem Opfer doch hoffentlich nicht hinterher, Mr Haller?"

„Sie können mich gern Mickey nennen. Und was ich tue, ist Ihr kleinstes Problem. Sehen Sie sich diesen Fall lieber ganz genau an, Ted. Das hier ist ein richtiger Rohrkrepierer, der Ihnen nur so um die Ohren fliegen wird."

„Was Sie nicht sagen? Inwiefern?"

Ich betrachtete über seine Schulter hinweg den Computer auf seinem Schreibtisch. „Kann man auf dem Ding da DVDs abspielen?"

Minton nickte. „Was haben Sie?"

Mir war klar, dass ich ihm mit dem Überwachungsvideo aus dem Morgan's schon früh meinen stärksten Trumpf zeigte, aber ich war mir sicher, dass es danach keine Anklage und kein weiteres Verfahren mehr geben würde. „Ich habe noch nicht alle Beweismittel beisammen, aber ich habe das da", sagte ich. Ich reichte Minton Levins DVD. Der Ankläger schob sie in seinen Computer. „Die Aufnahmen sind aus dem Morgan's. Da drauf sehen Sie den Sonntagabend, an dem der vermeintliche Angriff erfolgt ist."

„Es könnte manipuliert worden sein."

„Könnte, ist es aber nicht. Sie dürfen das gern nachprüfen. Mein Ermittler hat das Original, und ich werde ihm sagen, dass er es Ihnen nach der Anklageverlesung zur Verfügung stellen soll."

Minton brachte die DVD zum Laufen. Er sah stumm auf den Bildschirm, während ich auf die Zeitangabe und all die anderen Details deutete, auf die mich Levin aufmerksam gemacht hatte, darunter auch Mister X, den Linkshänder. Als es vorbei war, nahm er die DVD heraus und hielt sie hoch. „Darf ich das behalten, bis ich das Original kriege?"

„Selbstverständlich."

Minton steckte die DVD in die Hülle zurück und legte sie auf einen Stapel Ordner auf seinem Schreibtisch. „Okay, sonst noch was?", fragte er.

Jetzt stand mir kurz der Mund offen. „Was heißt hier, sonst noch was? Ist Ihnen das etwa nicht genug? Diese Aufnahmen machen die gesamte Anklage null und nichtig. Vergessen wir also Anklage und Prozess und reden lieber davon, dass wir nächste Woche mit einem gemeinsamen Antrag auf Einstellung des Verfahrens ins Gericht kommen."

Minton lächelte und schüttelte den Kopf. „Das kann ich nicht, Mickey. Diese Frau wurde übel zugerichtet. Sie …"

„Übel zugerichtet? Bei ihr marschieren schon die ganze Woche wieder Freier aus und ein. Sie …"

„Woher wissen Sie das?"

Ich schüttelte den Kopf. „Begreifen Sie denn nicht, ich will Ihnen eine Blamage ersparen, und Sie interessiert lediglich, ob ich beim Opfer einen Schritt zu weit gegangen bin. Was das angeht, habe ich übrigens Neuigkeiten für Sie. Sie ist nicht das Opfer. Wenn das vor ein Schwurgericht kommt und die Geschworenen diese DVD sehen, können Sie einpacken und Ihrem Chef erklären, warum Sie das nicht haben kommen sehen."

„Auch Prostituierte können Opfer sein."

Ich schüttelte den Kopf. „Das Ganze war geplant", sagte ich. „Sie hat gewusst, dass er Geld hat, und ihm eine Falle gestellt. Sie will ihn verklagen und ordentlich abkassieren. Entweder hat sie sich selbst geschlagen, oder sie hat es ihren linkshändigen Freund aus der Bar tun lassen. Kein Geschworener wird Ihnen abnehmen, was Sie ihnen da andrehen wollen. Das Blut an der Hand oder die Fingerabdrücke auf dem Messer – das wurde doch alles nur so hingedreht, während er bewusstlos war."

Minton nickte, als könnte er der Logik folgen, aber dann sagte er: „Es ändert nichts an meinem Kurs. Ich habe allerdings ein Angebot an Sie. Es steht jedoch nur bis zur Verlesung der Anklage am Montag. Danach heißt es *Rien ne va plus*. Dann kann Ihr Mandant sein Glück vor einem Richter und zwölf Geschworenen versuchen."

Mir kam es vor. als wäre er taub. Dann wurde mir klar, dass es etwas geben musste, wovon ich nichts wusste. Etwas Wichtiges. Minton mochte es vielleicht an Erfahrung mangeln, aber nicht an juristischer Kompetenz. Sein dünner Ordner musste etwas enthalten, das die Anklage darüber hinwegsehen lassen konnte, dass Reggie Campo eine Professionelle war. Minton hatte es mir praktisch schon gesagt. *Auch Prostituierte können Opfer sein.* Ich hätte am liebsten auf der Stelle die Beweisakte der Anklage durchgesehen, um sie mit dem zu vergleichen, was ich über den Fall wusste. Aber jetzt, direkt vor ihm, war das unmöglich.

„Okay", sagte ich. „Wie sieht Ihr Angebot aus?"

„Also, er muss auf jeden Fall ins Gefängnis. Das ist eine Grundvoraussetzung. Wir sind bereit, es bei einem Angriff mit einer tödlichen Waffe und versuchter sexueller Tätlichkeit zu belassen. Wir halten uns beim Strafmaß an den Mittelwert, womit er ungefähr sieben Jahre bekäme."

Ich stand auf. „Ich werde es ihm ausrichten", sagte ich. „Aber er wird nicht darauf eingehen."

Minton und ich schüttelten uns die Hand, und ich sagte, ich würde ihn anrufen. Dann ging ich nach draußen.

Auf dem Flur zum Empfang begegnete ich Maggie McPherson. „Hayley hat es am Samstag sehr gut gefallen", berichtete sie von unserer Tochter. „Sie spricht immer noch davon. Sie sagt, du willst sie dieses Wochenende wieder abholen."

„Ja, wenn du nichts dagegen hast."

„Ist irgendwas? Du siehst irgendwie benommen aus."

„Das ist eine anstrengende Woche. Nur gut, dass ich morgen keine Termine habe. Was würde Hayley besser passen, Samstag oder Sonntag?"

„Egal. Warst du gerade wegen der Roulet-Geschichte bei Ted?"

„Ja. Ich habe ein Angebot. Jetzt muss ich versuchen, es ihm schmackhaft zu machen. Das dürfte nicht ganz einfach werden. Er sagt, er war's nicht."

„Behaupten sie das nicht alle?"

„Bei ihm ist das was anderes."

„Na, dann viel Glück."

„Danke." Wir gingen in unterschiedlichen Richtungen den Gang hinunter, doch dann fiel mir etwas ein, und ich rief ihr hinterher: „Übrigens, frohen Sankt-Patricks-Tag!"

„Oh.“ Sie machte kehrt und kam wieder auf mich zu. „Stacey passt heute ein paar Stunden länger auf Hayley auf, und ein paar von uns gehen nach der Arbeit ins ‚Four Green Fields‘. Hast du vielleicht Lust auf ein Guinness?“

Das Four Green Fields war ein irisches Pub in der Nähe des Civic Center. Dort verkehrten Anwälte aus beiden Lagern. Ein gutes Glas Guinness konnte bei so manchen Animositäten die Luft rausnehmen.

„Ich weiß nicht“, sagte ich. „Ich muss erst noch über den Hügel, um mich mit meinem Mandanten zu treffen, aber vielleicht komme ich auf das Angebot zurück.“

Wir trennten uns wieder, und ich verließ das Gerichtsgebäude. Die Bank, auf der ich mit Kurlen gesessen hatte, war leer. Ich setzte mich, öffnete meinen Aktenkoffer und nahm Mintons Beweisakte heraus.

Ich fand nichts, was Mintons Verhalten rechtfertigte, bis ich zur Waffenanalyse kam. Der Bericht, den ich von Levin erhalten hatte, war völlig anders – als stammte er von einem anderen Fall und einer anderen Waffe. Als ich ihn überflog, spürte ich, wie mir der Schweiß ausbrach. Ich war hereingelegt worden!

Ich klappte den Ordner zu und zog mein Handy heraus. Levin ging nach dem zweiten Läuten dran. „Wie lief's?“, fragte er. „Prämien für alle?“

„Nicht ganz. Weißt du, wo Roulets Büro ist?“

„Ja, im Canon Drive in Beverly Hills. Die genaue Adresse habe ich bei meinen Unterlagen.“

„Treffen wir uns dort in dreißig Minuten.“

WENN die Reichen von Beverly Hills ein kleines Vermögen für Häuser und Eigentumswohnungen ausgeben wollen, gehen sie zum Canon Drive, wo sich die exklusiven Maklerbüros befinden. Dort fand ich an diesem Donnerstagnachmittag auch Windsor Residential Estates. Als ich eintraf, wartete Raul Levin bereits auf mich.

„Kannst du mir vielleicht erklären, was das alles soll?“, fragte er.

„Ja, wenn wir bei ihm drin sind.“

Auf beiden Seiten des Ausstellungsraums waren zwischen Decke und Boden Stahldrähte gespannt, an denen Rahmen mit Fotos und Daten der Verkaufsobjekte befestigt waren. Roulet hatte es sich auf dem Sofa einer Sitzecke rechts vom Empfang bequem gemacht, in einer Hand eine Zigarette, in der anderen das Telefon. Offenbar vereinbarte er gerade für einen Kunden einen Besichtigungstermin. Er schien aus allen Wolken zu fallen, als er uns sah. „Lisa, ich muss jetzt Schluss machen", sagte er ins Telefon. „Ich rufe Sie zurück."

Er ließ das Telefon in die Ladestation auf dem gläsernen Couchtisch fallen und stand auf. „Und, wie war's? Alles glatt gelaufen?"

„Nicht annähernd", sagte ich.

Er führte uns an der Rezeption vorbei in ein schickes Büro.

Ich schloss die Tür. Ich hatte die Beweisakte der Anklage dabei. Mit der Waffenanalyse als Kernstück. Ich ließ den Ordner auf den Schreibtisch fallen. „Das Verfahren gegen Sie wird nicht eingestellt, und wahrscheinlich kommt es sogar zu einem Prozess."

Roulet fiel die Kinnlade runter. „Wieso das denn plötzlich?", fragte er und nahm hinter dem Schreibtisch Platz. „Sie haben mir doch gesagt, Sie werden mit diesem Typen kurzen Prozess machen."

„Leider hat er mit mir kurzen Prozess gemacht. Weil Sie mir mal wieder nicht die Wahrheit gesagt haben." An Levin gerichtet, fügte ich hinzu: „Und weil du dich hast reinlegen lassen."

Roulet schlug den Ordner auf. Gleich auf der ersten Seite prangte das Farbfoto eines Messers, an dessen Spitze und schwarzem Griff Blut klebte. Es war nicht dasselbe Messer wie auf den Fotokopien von Levins Polizeiquelle, die er uns bei der Besprechung in Dobbs' Kanzlei gezeigt hatte.

„Was zum Teufel ist das?", fragte Levin und starrte auf das Foto.

„Ein Messer. Und zwar das Messer, das Louis tatsächlich dabeihatte, als er in Campos Wohnung kam. Mit ihrem Blut und seinen *Initialen* drauf."

Levin setzte sich Roulet gegenüber. Ich blieb stehen, und die beiden sahen zu mir auf. Ich begann mit Levin. „Ich bin heute beim Staatsanwalt gewesen, um ihn ordentlich zur Sau zu machen, aber stattdessen hat er mich damit zur Sau gemacht. Wer war deine Quelle, Raul? Der Bericht über die angeblich nicht näher bestimmbare Herkunft des Messers war getürkt. Er wurde uns absichtlich untergeschoben."

„Es war der Bote", sagte Levin. „Der Kerl, der die Berichte zwischen Polizei und Staatsanwaltschaft hin- und herbefördert. Ich sage ihm, welche Fälle mich interessieren, und er macht mir dann extra Kopien."

„Tja, dann sind sie ihm wohl auf die Schliche gekommen und haben es sich zunutze gemacht." Ich wandte mich an Roulet. „Und jetzt zu Ihnen. Ich kriege also die richtige Waffenanalyse und stelle fest, dass das Messer nicht nur eine Spezialanfertigung, sondern auch noch direkt mit Ihnen in Verbindung zu bringen ist, weil nämlich Ihre Initialen draufstehen. Sie haben mich wieder angelogen!"

„Ich hab nicht gelogen!“, schrie Roulet zurück. „Ich hab gesagt, das ist nicht mein Messer. Zweimal habe ich es Ihnen gesagt, aber es hat mir ja niemand zugehört.“

„Dann hätten Sie sich vielleicht etwas klarer ausdrücken sollen. Sie hätten sagen sollen: ‚Hören Sie, Mick, mit dem Messer kann es Probleme geben, weil ich ein Messer dabeihatte, aber das auf dem Foto ist es nicht.‘ Was haben Sie sich dabei gedacht? Dass sich das Ding einfach in Luft aufgelöst hat?“

„Würden Sie bitte etwas leiser sprechen“, wies Roulet mich zurecht. „Draußen könnten Kunden sein.“

„Das ist mir egal. Da, wo Sie hinwandern, brauchen Sie ohnehin keine Kunden mehr. Wie sollen wir einen Hinterhalt geltend machen, wenn der Ankläger beweisen kann, dass Sie mit diesem Messer zu ihr in die Wohnung gekommen sind?“ Er antwortete nicht, aber ich ließ ihm auch nicht viel Zeit dazu. „Kein Wunder, dass sie sich bei der Polizei nicht mehr die Mühe gemacht haben, jemanden in die Bar zu schicken. Das war nicht mehr nötig, nachdem sie *Ihr* Messer mit *Ihren* blutigen Fingerabdrücken drauf hatten.“

„Ich war es nicht! Es ist eine Falle. *Ich schwör's Ihnen!* Es war …“

„Hören Sie, ich hab die Nase voll von Ihren Geschichten. Ich kann nichts tun für einen Mandanten, der keinen Sinn darin sieht, seinen Anwalt über die tatsächlichen Vorgänge aufzuklären. Der Staatsanwalt hat Ihnen ein Angebot gemacht, und ich denke, Sie sollten es besser annehmen.“

Roulet schnappte sich die Packung Zigaretten vom Schreibtisch und zündete sich eine an. „Ich bekenne mich nicht schuldig für etwas, was ich nicht getan habe“, sagte er nach dem ersten Zug.

„Sieben Jahre. Aber Sie kommen nach vier schon wieder raus. Das Angebot steht bis Montagmorgen, danach nicht mehr. Denken Sie drüber nach, und dann sagen Sie mir, dass Sie es annehmen.“

„Ich werde es nicht annehmen. Ich habe das nicht getan, und wenn Sie nicht vor Gericht gehen wollen, muss ich mir eben jemand anders suchen.“

„Sie haben es nicht getan?“, sagte ich zu Roulet. „Na schön, würden Sie mir dann bitte erklären, warum Sie diese Prostituierte mit einem handgefertigten Black-Ninja-Messer aufgesucht haben, in dessen Klinge Ihre Initialen nicht nur einmal, sondern gleich zweimal eingraviert sind?“

„Weil ich es immer bei mir habe!“

„Sie haben es immer bei sich“, sagte ich, und es war keine Frage.

„Ja. Ich bin Makler. Ich fahre teure Autos. Ich trage teuren Schmuck. Und ich treffe mich oft in leeren Häusern mit Fremden.“

Wieder erkannte ich einen Hoffnungsschimmer. „Aber Sie werden doch wohl vorher Erkundigungen über die Leute einziehen können?“

„Sicher, wir können ihre Kreditwürdigkeit prüfen und Referenzen verlangen. Aber letztlich erfahren wir auch nur das, was sie freiwillig rausrücken. Außerdem warten diese Leute nicht gern. Wenn sie eine Immobilie sehen wollen, dann sofort.“

Ich nickte. Der Schimmer wurde heller. Vielleicht ließ sich damit etwas anfangen.

„Es hat immer wieder Morde gegeben im Lauf der Jahre“, fuhr Roulet fort. „Jeder Makler weiß, dass es mit Gefahren verbunden ist, wenn man allein in so ein Haus kommt. Eine Weile hat ein Kerl sein Unwesen getrieben, der als der Maklerinnenschänder bekannt wurde. Er ist in leeren Häusern über Frauen hergefallen. Meine Mutter …“ Er sprach nicht zu Ende.

„Was ist mit Ihrer Mutter?“

Roulet antwortete erst nach einigem Zögern. „Sie ging mal zu einer Hausbesichtigung in Bel Air. Allein, weil sie Bel Air für ungefährlich hielt. Der Mann hat sie vergewaltigt und sie gefesselt auf dem Boden liegen lassen. Als sie nicht ins Büro zurückgekommen ist, bin ich zu dem Haus gefahren. Ich hab sie gefunden.“ Roulets Augen schienen auf die wiederauftauchenden Bilder seiner Erinnerung gerichtet.

„Wie lang ist das her?“, fragte ich.

„Ungefähr vier Jahre. Danach hat sie aufgehört, selbst zu verkaufen. Sie hat nur noch vom Büro aus gearbeitet und keine Objekte mehr gezeigt. Das hab ich dann übernommen. Und deshalb hab ich mir damals vor vier Jahren das Messer besorgt. Ich hab es immer bei mir. Auch als ich in diese Wohnung gekommen bin. Ich hab mir nichts dabei gedacht.“

Ich hatte bereits eine Idee, wie es funktionieren könnte. Allerdings war es eine Verteidigungsstrategie, die sich auf einen Zufall stützte. Campo hatte Roulet in eine Falle gelockt, wobei ihr das Messer – das sie zufällig bei ihm fand, nachdem sie ihn bewusstlos geschlagen hatte – sehr zupasskam. Es könnte funktionieren.

„Hat Ihre Mutter damals Anzeige erstattet?“, fragte Levin.

Roulet schüttelte den Kopf. „Nein, es war ihr furchtbar peinlich. Sie hatte Angst, es käme in die Zeitung.“

„Wer weiß sonst noch davon?“, fragte ich.

„Äh, ich und Cecil. Sonst wahrscheinlich niemand. Aber Sie dürfen das auf keinen Fall verwenden. Sie würde …“

„Ich werde es nicht ohne ihre Erlaubnis verwenden", versprach ich. „Aber es könnte wichtig werden. Darüber muss ich mit ihr reden."

„Nein, ich möchte nicht, dass Sie …"

„Hier stehen Ihr Leben und Ihre berufliche Zukunft auf dem Spiel, Louis. Wenn Sie ins Gefängnis kommen, werden Sie das nicht überstehen. Machen Sie sich um Ihre Mutter keine Gedanken. Eine Mutter tut alles, um ihre Kleinen zu schützen."

Roulet senkte den Blick und schüttelte den Kopf. „Ich weiß nicht …"

„Eines ist jedenfalls inzwischen klar", sagte ich. „Ich gehe noch mal zum Staatsanwalt und lehne sein Angebot ab. Wir ziehen vor Gericht und lassen es drauf ankommen."

ICH SETZTE EARL auf dem Pendlerparkplatz bei seinem eigenen Auto ab und fuhr mit dem Lincoln nach Van Nuys zum Four Green Fields. Ein handtuchschmales Pub am Victory Boulevard mit einem langen Tresen auf der einen Seite und einer Reihe ramponierter hölzerner Sitznischen auf der anderen. Er war so voll, wie es nur eine irische Kneipe am Abend des Sankt-Patricks-Tags sein konnte. Wahrscheinlich waren sogar noch mehr Leute da als in den vergangenen Jahren, weil der Feiertag auf einen Donnerstag fiel und viele der Anwesenden ein verlängertes Wochenende einlegten.

Auf der Suche nach Maggie drängte ich mich durch die Menge. Endlich entdeckte ich sie. Sie saß mit sechs Frauen in der hintersten Nische, lauter Staatsanwältinnen oder Sekretärinnen aus Van Nuys. Sie hatten zwei Krüge Guinness auf dem Tisch stehen, und einer war voll. Meine Chancen, durch die Menge an die Bar vorzudringen, waren verschwindend gering. Maggie flüsterte der Frau neben ihr etwas zu. Daraufhin stand diese auf, um sie rauszulassen. Meine Exfrau gab mir einen Kuss auf die Wange und sagte: „Für eine Frau ist es in solchen Situationen immer leichter, ein Glas zu kriegen."

„Vor allem, wenn sie so schön ist."

Sie bedachte mich mit einem ihrer Blicke und wandte sich dann der dicht gedrängten Menge zwischen uns und der Bar zu. Sie pfiff schrill und lenkte damit die Aufmerksamkeit des irischen Burschen auf sich, der die Zapfhähne bediente. „Ich brauche ein Glas!", brüllte sie.

Ein sauberes Glas wanderte von Hand zu Hand über die Köpfe der Menge zu uns herüber. Sie füllte es aus dem frischen Krug, und wir stießen an. „Cheers!", tönte sie. Ich grinste. Die zwei Krüge auf dem Tisch waren offensichtlich nicht die ersten.

„So“, sagte sie. „Hat dich Minton ausgetrickst?“

Ich nickte. „Er *und* die Cops, ja.“

„Mithilfe von diesem Corliss, ja? Dabei hab ich ihnen gesagt, der Kerl lügt wie gedruckt. Tun diese Typen alle.“

Ich tat so, als wüsste ich Bescheid und als sagte mir der Name Corliss irgendwas. Ich nahm einen langen Schluck aus meinem Glas.

„Hätte ich wahrscheinlich nicht sagen sollen“, fuhr sie fort. „Aber meine Meinung zählt ja nicht. Wenn Minton blöd genug ist, tatsächlich auf ihn zu bauen, machst du mit dem Kerl sicher kurzen Prozess.“

Daraus schloss ich, dass sie von einem Zeugen sprach. Aber bei der Durchsicht der Beweisakte war ich nirgendwo auf einen Zeugen namens Corliss gestoßen. Da sie ihn nicht für glaubwürdig hielt, handelte es sich vermutlich um einen Denunzianten. Aller Wahrscheinlichkeit nach ein Knastspitzel.

„Wie kommt es, dass du von dem Kerl weißt?“, fragte ich. „Hat dir Minton von ihm erzählt?“

„Nein, ich hab ihn selbst zu Minton geschickt. Es war meine Pflicht, ihn an den zuständigen Ankläger weiterzuverweisen. Er hat bei der ersten Verhandlung vom Käfig aus alles mitbekommen und dachte, der Fall würde noch mir gehören. Deshalb hat er mich angerufen.“

Jetzt verstand ich. Corliss musste zu der Gruppe von Häftlingen gehört haben, die mit Roulet in den Gerichtssaal gebracht worden waren. Er hatte Maggie und mich über Roulets Kaution streiten hören. Deshalb dachte er, Maggie wäre für den Fall zuständig.

„Wann hat er dich angerufen?“, fragte ich. „Noch am selben Tag?“

Weder Presse noch Fernsehen hatten über den Fall berichtet. Deshalb fragte ich mich, woher Corliss die Informationen hatte, die er der Anklage zu verkaufen versuchte. Ohne die Medien blieb Corliss nur das, was er im Gericht aufgeschnappt hatte. Was jedoch völlig ausreichte, wie mir jetzt klar wurde. Maggie hatte Regina Campos Verletzungen in aller Deutlichkeit geschildert, als sie den Richter davon abzubringen versuchte, Roulet gegen Kaution freizulassen. Damit verfügte Corliss über alle nötigen Details, um sich ein vermeintliches Knastgeständnis meines Mandanten zurechtzuzimmern.

„Ja, er hat mich Montagnachmittag angerufen“, antwortete Maggie.

„Und warum hast du gedacht, er lügt? Er macht das nicht zum ersten Mal, stimmt’s? Der Kerl hat schon öfter Mitgefangene verpfiffen?“ Ich fischte nach Informationen, und das entging ihr nicht.

„Das wirst du sicher alles bei der Offenlegung der Beweise erfahren. Können wir nicht einfach in aller Freundschaft ein Glas Guinness trinken?“

„Weißt du was?“, sagte ich. „Du hast für diesen Sankt-Patricks-Tag ohnehin schon genügend Guinness intus. Was hältst du davon, irgendwo essen zu gehen?“

„Warum? Damit du mich weiter über deinen Fall ausquetschen kannst?“

„Nein, damit wir über unsere Tochter sprechen können.“

„Wohin willst du essen gehen?“

Ich nannte ein teures italienisches Restaurant am Ventura Boulevard in Sherman Oaks, und ihre Augen begannen zu leuchten. In dem Lokal hatten wir früher Hochzeitstage gefeiert. Ihr Apartment, das wir früher gemeinsam bewohnt hatten, lag nur ein paar Straßen weiter in der Dickens Street. „Glaubst du, eine Stunde reicht, um dort zu essen?“, fragte sie.

„Wenn wir sofort gehen, ja.“

„Einverstanden. Ich will mich nur noch kurz verabschieden.“

„Ich fahre.“

Ein paar Minuten später rollten wir in die schmale Durchfahrt des Restaurants. Ein Angestellter übernahm das Auto und wir gingen nach drinnen. Die Inhaberin erkannte uns und tat, als wären wir erst vor Kurzem gemeinsam hier gewesen.

Wir bestellten Wein und Pasta, Salat und Vorspeise übersprangen wir. Als der Kellner ging, sah ich auf die Uhr und stellte fest, dass wir noch 45 Minuten hatten. Eine Menge Zeit.

Bei Maggie begann sich das Guinness bemerkbar zu machen. Ihr schiefes Lächeln verriet mir, dass sie beschwipst war. „Und wie geht's dir so, Haller?“, fragte sie. „Eine ehrliche Antwort, bitte.“

„Gut. Und dir? Ebenfalls ehrlich, bitte.“

„Besser denn je. Bist du jetzt über die Geschichte mit Lorna hinweg?“

„Ja, wir sind sogar Freunde.“

„Und was sind wir?“

„Ich weiß nicht. Manchmal Gegner, schätze ich.“

Sie schüttelte den Kopf. „Keine Gegner, weil wir nie denselben Fall haben. Außerdem halte ich immer die Augen für dich offen. Wie bei diesem Schwein Corliss.“

„Danke für deine Bemühungen. Aber Schaden hat er trotzdem angerichtet.“

„Ich hab einfach nichts für Ankläger übrig, die Knastspitzel einsetzen. Selbst wenn dein Mandant ein noch größeres Schwein ist.“

„Er ist nicht damit rausgerückt, was mein Mandant diesem Corliss angeblich gesagt haben soll."

„Das ist nicht fair."

„Allerdings. Es gehört eindeutig zur Offenlegung der Beweise, aber wir kriegen erst nach der Anklageverlesung am Montag einen Richter zugeteilt. Deshalb kann ich nirgendwo Beschwerde einlegen. Das weiß Minton. Es ist, wie du gesagt hast: Er arbeitet mit unfairen Tricks."

Ihre Wangen röteten sich. Ich hatte die richtigen Knöpfe gedrückt, und sie war wütend. Für Maggie gab es nur einen Weg, zu gewinnen – auf die faire Art. Wir saßen am Ende der Sitzbank, die entlang der Rückwand des Lokals verlief. Maggie beugte sich zu mir herüber. „Corliss behauptet, er hätte deinen Mandanten gefragt, weshalb er einsitzt", sagte sie leise. „Woraufhin dein Mann gesagt haben soll: ‚Weil so eine Schlampe genau das von mir gekriegt hat, was sie verdient.' Dein Mandant hat ihm angeblich erzählt, er hätte sie gleich nach dem Öffnen der Tür in ihrer Wohnung zusammengeschlagen." Sie lehnte sich zurück, aber offensichtlich zu rasch, denn es schien ihr leicht schwindlig zu werden.

„Alles in Ordnung?"

„Ja, aber könnten wir jetzt vielleicht das Thema wechseln? Ich will nicht mehr über die Arbeit sprechen."

„Klar."

Der Kellner brachte den Wein und unser Essen.

Dann erwischte mich Maggie eiskalt. „Du wusstest gar nichts von Corliss, stimmt's? Nicht, bis ich meine große Klappe aufgemacht habe."

„Ich wusste, Minton verheimlicht mir etwas. Ich dachte mir schon, dass es ein Knast…"

„Lüg nicht. Du hast mich betrunken gemacht, um herauszufinden, was ich weiß."

„Also, betrunken warst du bereits, als ich vorhin ins Four Green Fields gekommen bin."

Ihre Gabel, von der Linguine mit Pesto hingen, verharrte über ihrem Teller. Dann deutete sie damit auf mich. „Da hast du allerdings Recht. Und was ist nun eigentlich mit unserer Tochter?"

„Du hattest Recht mit dem, was du letzte Woche gesagt hast. Sie braucht mehr von ihrem Vater. Wir sollten uns vielleicht einen festen Zeitplan überlegen. Sie könnte auch ab und zu über Nacht bei mir bleiben – natürlich nur, wenn sie das will."

„Bist du dir da wirklich sicher? Das sind ja ganz neue Töne."

„Für mich ist es auch eine völlig neue Erfahrung. Als sie noch kleiner war, wusste ich kaum was mit ihr anzufangen. Ich kam mir immer irgendwie blöd vor. Inzwischen ist das anders. Es macht mir richtig Spaß, mich mit ihr zu unterhalten, mit ihr zusammen zu sein."

„Das ist schön", sagte sie. „Aber lass uns nichts überstürzen. Lass uns ein paar Termine ausmachen und sehen, wie das Ganze funktioniert."

Wir aßen schweigend weiter. Dann überraschte mich Maggie erneut. „Ich glaube nicht, dass ich heute Abend noch fahren kann."

Ich nickte. „Mach dir deswegen keine Sorgen, ich fahr dich nach Hause."

„Danke." Dann streckte sie die Hand über den Tisch und legte sie auf mein Handgelenk. „Und bringst du mich am Morgen auch wieder zurück, dass ich mein Auto holen kann?"

Sie lächelte mich bezaubernd an. Ich sah sie an und versuchte, schlau zu werden aus dieser Frau, die mich vier Jahre zuvor abserviert hatte. Eine Frau, über die ich nie hinweggekommen war und wegen deren Zurückweisung ich mich Hals über Kopf in eine wenig aussichtsreiche Beziehung gestürzt hatte. „Klar", sagte ich. „Mach ich."

VIER

Als ich am Morgen aufwachte, schlief meine achtjährige Tochter zwischen mir und meiner Exfrau. Ich dachte über die Ereignisse des Vorabends nach und erinnerte mich, Maggie nach Hause gebracht zu haben, wo wir unsere Tochter schlafend vorfanden – in ihrem eigenen Bett.

Nachdem die Babysitterin gegangen war, hatte Maggie eine weitere Flasche Wein aufgemacht. Als wir sie geleert hatten, nahm sie mich an der Hand und führte mich in das Schlafzimmer, das wir einmal geteilt hatten. Wegen des vielen Weins hatte ich Probleme, mich daran zu erinnern, ob es eine triumphale Rückkehr ins Schlafzimmer gewesen war oder eine Schlappe. Ich hatte auch keinen Schimmer mehr, welche Worte gefallen, welche Versprechungen möglicherweise gemacht worden waren.

„Ich finde das ihr gegenüber nicht fair."

Ich drehte meinen Kopf auf dem Kissen. Maggie war wach. Sie schaute in das Engelsgesicht unserer Tochter.

„Was findest du ihr gegenüber nicht fair?"

„Dass sie dich hier sieht, wenn sie aufwacht. Sie könnte sich falsche Vorstellungen machen."

„Wie ist sie überhaupt hier reingekommen?“

„Ich hab sie reingetragen. Sie hatte einen Albtraum.“

„Was soll ich tun? Gehen, bevor sie wach wird? Ich kann mich anziehen und so tun, als wäre ich gerade vorbeigekommen, um dich abzuholen und zu deinem Auto zu bringen.“

„Ich weiß nicht. Zieh dich jedenfalls schon mal an.“

Ich schlüpfte aus dem Bett, suchte meine Sachen zusammen und ging ins Gästebad. Ich zog mich rasch an, ging zum Schlafzimmer zurück und spähte hinein. Hayley schlief noch. Mit ihren über zwei Kissen gebreiteten Armen sah sie aus wie ein Engel mit Flügeln. Maggie schlüpfte in ein langärmeliges T-Shirt und eine Trainingshose. Ich ging zu ihr. „Ich gehe jetzt und trinke irgendwo einen Kaffee und komme in einer Stunde wieder zurück“, flüsterte ich. „Dann können wir alle zusammen dein Auto holen, und anschließend bringe ich Hayley zur Schule. Wenn du möchtest, hole ich sie hinterher auch wieder ab. Ich habe heute keine Termine.“

„Einfach so? Du willst damit anfangen, sie zur Schule zu bringen?“

„Sie ist meine Tochter. Erinnerst du dich denn nicht mehr, was ich gestern Abend gesagt habe?“

Sie schob ihren Unterkiefer vor. „Doch, schon, aber ich dachte, das hättest du nur so gesagt. Ich dachte, du wolltest mich wegen deines Falls ausquetschen oder einfach nur ins Bett kriegen.“

Ich lachte und schüttelte den Kopf. Alle Fantasien über uns beide, die ich am Abend zuvor gehabt haben mochte, verflogen schlagartig. „Ich war nicht derjenige, der den anderen ins Schlafzimmer geführt hat“, sagte ich.

„Ach, dann war es also wegen des Falls.“

„Weißt du was?“, sagte ich laut. „Ich bin in einer Stunde wieder zurück. Wenn ich dich dann zu dem Auto mitnehmen soll, das zu fahren du gestern Abend zu betrunken warst, dann sieh zu, dass ihr beide bis dahin fertig seid.“

„Nein, nein, schon gut. Wir nehmen ein Taxi. Und schrei nicht so.“

Ich sah zu meiner Tochter hinüber, die trotz des Streits noch schlief.

„Und was ist mit ihr? Soll ich sie morgen nehmen oder am Sonntag?“

„Weiß ich noch nicht. Ruf mich morgen an.“

„Gut. Bis dann.“ Ich ließ sie im Schlafzimmer stehen. Draußen ging ich eineinhalb Blocks die Dickens Street hinunter, bis ich meinen Lincoln am Straßenrand stehen sah. Streit machte mich immer hungrig, also fuhr ich zu einem Café und bestellte Pfannkuchen und Kaffee. Um nicht mehr an Maggie McPherson zu denken, öffnete ich meinen Aktenkoffer und holte die Roulet-Akten heraus.

Bevor ich mich über die Akten hermachte, rief ich Raul Levin an. „Ich habe was zu tun für dich“, sagte ich.

„Na schön, Augenblick.“ Ich hörte ihn das Telefon beiseitelegen, wahrscheinlich um nach Stift und Papier zu kramen und sich Notizen zu machen. „Okay, ich bin so weit.“

„Es geht um einen gewissen Corliss, gegen den am selben Tag unmittelbar nach Roulet Anklage erhoben wurde. Sie saßen zusammen im Käfig. Er will Roulet denunzieren, und ich brauche alle verfügbaren Informationen, damit ich dem Kerl das Maul stopfen kann.“

„Okay, was hast du sonst noch über ihn?“

„Nichts, außer dass er wohl schon öfter Leute verpfiffen hat. Versuch rauszufinden, wen er früher alles angeschwärzt hat. Vielleicht hilft uns das ja weiter.“

Ich steckte das Handy weg, gerade als meine Pfannkuchen kamen. Ich begoss sie reichlich mit Ahornsirup und begann zu essen. Gleichzeitig sah ich den Ordner mit der Beweisermittlung der Anklage durch.

Die Waffenanalyse blieb die einzige Überraschung. Ich war fast mit den Unterlagen durch, als die Bedienung mit einer Kaffeekanne an meinem Tisch vorbeikam, um mir nachzuschenken. Sie zuckte zurück, als sie Reggie Campos übel zugerichtetes Gesicht auf einem der Farbfotos sah, die ich neben dem Ordner ausgebreitet hatte.

„Tut mir leid“, sagte ich. Ich schob die Fotos unter den Ordner. „Das gehört zu meiner Arbeit. Ich wollte Sie nicht erschrecken.“

„Da kann ich nur sagen, hoffentlich erwischen Sie den Scheißkerl, der ihr das angetan hat“, sagte sie, während sie mir nachschenkte.

Ich nickte. Sie hielt mich für einen Polizisten. „Daran arbeite ich gerade“, antwortete ich.

Sie entfernte sich und ich wandte mich wieder der Akte zu. Als ich das Foto von Reggie Campo darunter hervorzog, sah ich die unverletzte Seite ihres Gesichts zuerst. Ich kannte dieses Gesicht. Ich kam nur nicht drauf, woher. Ich wusste, diese Frage würde mir so lange keine Ruhe lassen, bis ich es herausfand. Ich nahm das Foto von Campos Gesicht und faltete es der Länge nach, sodass links vom Knick die verletzte Seite ihres Gesichts zu sehen war, rechts davon die unverletzte. Dann steckte ich das gefaltete Foto in meine Jackentasche und stand auf.

In der Toilette war niemand. Ich ging zum Waschbecken und nahm das gefaltete Foto heraus. Ich beugte mich über das Becken und hielt den Knick des Fotos so an den Spiegel, dass die unverletzte Gesichtshälfte Reggie

Campos zu sehen war. Der Spiegel reflektierte das Bild und es entstand ein vollständiges unverletztes Gesicht. Ich betrachtete es lange, und endlich merkte ich, warum mir das Gesicht bekannt vorkam. „Martha Renteria", murmelte ich.

Zurück an meinem Tisch, packte ich meine Unterlagen und die Fotos in den Aktenkoffer. Ich legte mehr als ausreichend Geld für die Rechnung auf den Tisch und verließ rasch das Lokal. Mir war unwohl, als hätte ich das Essen nicht vertragen. Mein Gesicht glühte und mir war heiß unter dem Kragen. Ich glaubte, mein Herz unter dem Hemd schlagen zu hören.

Fünfzehn Minuten später parkte ich vor dem Lagerhaus in der Oxnard Avenue in North Hollywood, wo ich hinter einem Doppelgaragentor einen Abstellraum hatte. Ich bewahrte dort die Akten meiner erledigten Fälle sowie zwei Autos der Marke Lincoln auf. Als ich letztes Jahr mal flüssig gewesen war, hatte ich wegen des Mengenrabatts vier Lincolns auf einmal gekauft. Mein Plan war, jeden so lange zu fahren, bis er hunderttausend Kilometer auf dem Tacho hatte, und ihn dann an einen Limousinen-Service zu verhökern. Ich fuhr jetzt meinen zweiten Lincoln, und bald würde es Zeit für den dritten.

Sobald ich das Garagentor oben hatte, ging ich in den Archivbereich, wo die Aktenbehälter nach Jahren geordnet auf Metallregalen standen. Ich fand die Boxen mit den zwei Jahre zurückliegenden Fällen und fuhr mit dem Finger über die Mandantennamen, bis ich auf „Jesus Menendez" stieß.

Ich zog die Box aus dem Regal, ging in die Hocke und öffnete sie. Der Fall Menendez hatte sich nicht lange hingezogen. Jesus Menendez war früh auf das Angebot des Staatsanwalts eingegangen. Deshalb gab es nur vier Ordner, hauptsächlich Kopien der polizeilichen Ermittlungen. Ich blätterte die Ordner auf der Suche nach Fotos durch und fand sie schließlich im dritten Ordner.

Martha Renteria war die Frau, deren Ermordung sich Jesus Menendez schuldig bekannt hatte. Sie war eine 24-jährige Tänzerin, eine dunkelhäutige Schönheit mit einem strahlenden Lächeln. Sie war in ihrem Apartment in Panorama City erstochen worden. Vor ihrer Ermordung hatte man sie geschlagen, aber im Gegensatz zu Reggie Campo befanden sich ihre Verletzungen in der linken Gesichtshälfte. Ich entdeckte die Nahaufnahme ihres Gesichts im Obduktionsbefund. Wieder knickte ich das Foto der Länge nach: eine Gesichtshälfte übel zugerichtet, die andere unversehrt.

Ich nahm die beiden gefalteten Fotos, das von Reggie und das von Martha, und legte sie auf dem Boden entlang des Knicks aneinander. Die zwei

Gesichtshälften passten fast perfekt zusammen. Sie sahen sich so ähnlich, dass man sie für Zwillingsschwestern hätte halten können.

Auf dem Betonboden meines Lagerraums sitzend, den Inhalt der Menendez-Akten um mich herum ausgebreitet, machte ich mich wieder mit den Fakten des Falls vertraut. Menendez war schuldig befunden worden, Martha Renteria ermordet zu haben, nachdem er ihr vom „Cobra Room", einem Stripklub in East Hollywood, in ihre Wohnung in Panorama City gefolgt war. Er vergewaltigte sie und stach dann über fünfzigmal auf sie ein. Dabei trat so viel Blut aus, dass es durch das Bett sickerte und durch die Ritzen des Holzbodens von der Decke der darunterliegenden Wohnung tropfte. Von dort wurde die Polizei verständigt.

Die Beweislast war erdrückend. Außerdem hatte Menendez seiner Sache geschadet, indem er – bevor ich hinzugezogen wurde – der Polizei gegenüber zugegeben hatte, am Abend des Mordes in ihrer Wohnung gewesen zu sein. Aber es war die DNA an dem flauschigen rosafarbenen Handtuch im Bad des Opfers, die ihm letztlich zum Verhängnis wurde.

Ich hatte den Mordfall Menendez aus reinen „PR-Gründen" übernommen. Menendez hatte nicht das Geld, um für den Zeit- und Arbeitsaufwand einer angemessenen Verteidigung aufzukommen; aber da der Fall beträchtliches öffentliches Interesse fand, war ich bereit, wegen der kostenlosen Werbung auf ein Honorar zu verzichten. Wenige Monate vor seiner Festnahme hatte ich seinen älteren Bruder Fernando erfolgreich in einem Heroin-Fall verteidigt. Ich hatte eine Anklage wegen des Besitzes und Verkaufs auf simplen Besitz gedrückt. Er erhielt eine Bewährungsstrafe. Dies hatte zur Folge, dass Fernando mich noch am selben Abend anrief, als Jesus wegen des Mordes an Martha Renteria festgenommen wurde.

Jesus war freiwillig ins Revier von Van Nuys gekommen, nachdem alle Sender der Stadt eine Zeichnung seines Gesichts gebracht hatten. Er hatte seiner Familie erklärt, er wolle zur Polizei gehen, um dieses Missverständnis auszuräumen, und er werde in Kürze wieder zurück sein. Aber er kam nicht mehr zurück, weshalb sein Bruder mich anrief. Ich erklärte mich bereit, den Fall *pro bono publico* – zum Wohl der Öffentlichkeit – zu übernehmen.

Bis ich mit Menendez Kontakt aufnehmen konnte, hatte er bereits den Detectives Howard Kurlen und Don Crafton gegenüber geäußert, entgegen der Darstellung der Fernsehberichte sei er Renteria nicht in ihre Wohnung gefolgt, sondern sei von ihr dorthin eingeladen worden. Er erklärte, er habe an diesem Tag elfhundert Dollar im Lotto gewonnen und vorgehabt, einen

Teil dieser Summe für Renterias Dienste auszugeben. Sie hätten in ihrer Wohnung in beiderseitigem Einvernehmen Sex gehabt, und bei seinem Abschied sei sie noch am Leben und fünfhundert Dollar reicher gewesen.

Die Löcher in Menendez' Geschichte waren zahlreich. Zum einen war am Tag des Mordes keine Auszahlung der staatlichen Lotterie erfolgt, außerdem wurden in der Wohnung des Opfers nur achtzig Dollar gefunden. Und schließlich deutete der Obduktionsbefund darauf hin, dass Abschürfungen und andere Verletzungen des Opfers Geschlechtsverkehr in beiderseitigem Einvernehmen ausschlossen. Der Gerichtsmediziner gelangte zu dem Schluss, sie sei brutal vergewaltigt worden.

In der Wohnung wurden keine Fingerabdrücke außer denen des Opfers gefunden. Alles war sorgfältig abgewischt worden. Im Körper des Opfers war kein Sperma nachweisbar. Der Täter hatte also ein Kondom benutzt. Aber im Bad neben dem Schlafzimmer der Toten fand ein Techniker der Spurensicherung mithilfe einer Schwarzlichtlampe etwas Sperma auf einem rosafarbenen Handtuch. Daraus entwickelten die Ermittler die Theorie, dass der Mörder nach der Tat das Kondom abgestreift und die Toilette hinuntergespült hatte. Anschließend hatte er sich an dem danebenhängenden Handtuch den Penis abgewischt. Als er nach der Tat sauber gemacht und alle glatten Oberflächen abgewischt hatte, mit denen er möglicherweise in Berührung gekommen war, hatte er das Handtuch vergessen.

Aufgrund seiner zahlreichen Lügen und der Aussage, in der Wohnung des Opfers gewesen zu sein, wurde Menendez unter Mordverdacht verhaftet. Dann wurden Speichelproben für eine DNA-Analyse genommen.

Das war in etwa der Stand der Dinge, als ich dazustieß. Weil ich jedoch nichts von dem DNA-Vergleich wusste, sah ich durchaus noch Hoffnung für Jesus Menendez. Er war in Mexiko geboren und mit acht Jahren in die Vereinigten Staaten gekommen. Im Familienkreis wurde nur Spanisch gesprochen, und er hatte eine spanischsprachige Schule besucht. Er verfügte über begrenzte Englischkenntnisse, und Kurlen und Crafton hatten keine Anstalten gemacht, einen Dolmetscher hinzuzuziehen. Ich plante, Menendez' Gespräch mit den Detectives als Verletzung von Menendez' Rechten hinzustellen, weil er weder die Miranda-Warnung verstanden haben konnte noch das auf Verlangen der Detectives unterzeichnete Dokument, in dem diese Rechte auf Englisch aufgeführt waren.

Das war der Stand des Verfahrens, als zwei Wochen nach Menendez' Verhaftung die Laborbefunde zurückkamen. Sie ergaben, dass seine DNA identisch mit der auf dem Handtuch im Bad des Opfers war. Die DNA lieferte den unumstößlichen Beweis dafür, dass Menendez am Schauplatz einer brutalen Vergewaltigung und eines Mordes gewesen war.

Der Bezirksstaatsanwalt gab die DNA-Befunde in einer Pressekonferenz persönlich bekannt und kündigte an, seine Behörde werde für Menendez die Todesstrafe beantragen. Er fügte hinzu, Polizisten hätten drei Zeugen ausfindig gemacht, die Menendez ein Messer in den Los Angeles River hätten werfen sehen. Der Fluss werde nach der Waffe abgesucht, aber sie sei bisher noch nicht gefunden worden. Die Zeugen waren Menendez' Mitbewohner. Aufgrund der fast lückenlosen Beweisführung der Anklage und des drohenden Todesurteils fuhr ich mit Fernando Menendez als Dolmetscher ins Gefängnis von Van Nuys und erklärte Jesus, seine einzige Chance sei ein Deal, den mir der Staatsanwalt vorgeschlagen hatte. Wenn er sich schuldig bekannte, bekäme er lebenslänglich mit der Möglichkeit einer vorzeitigen Entlassung. Ich sagte ihm, er käme in fünfzehn Jahren wieder raus.

Es war eine tränenreiche Auseinandersetzung. Jesus behauptete steif und fest, Martha Renteria nicht umgebracht zu haben. Er sagte, er habe die Detectives nur belogen, um Fernando zu decken. Dieser habe ihm das Geld gegeben, weil er im vorangegangenen Monat gute Geschäfte mit Heroin gemacht habe. Jesus erzählte mir, Renteria habe an besagtem Abend im Cobra Room noch einen anderen Verehrer gehabt, und er habe ihr nur deshalb so viel gezahlt, weil sie ihn gegen diesen anderen Interessenten auszuspielen versuchte.

Zu guter Letzt gestand mir Jesus, er habe tatsächlich ein Messer in den Fluss geworfen, aber es war nicht die Tatwaffe. Es war nur ein Messer, das er bei den Gelegenheitsjobs benutzte, die er oben in Pacoima annahm. Es hatte wie das Messer ausgesehen, das sie im Fernsehen beschrieben hatten, und er hatte sich seiner entledigen wollen, bevor er zur Polizei ging, um die Sache zu klären.

Ich hörte mir alles an, und dann erklärte ich, dass nichts davon ins Gewicht fiel. Das Einzige, was wirklich zählte, war die DNA. Jesus hatte die Wahl. Er konnte die fünfzehn Jahre akzeptieren oder es auf einen Prozess ankommen lassen und riskieren, die Todesstrafe zu bekommen. Ich hielt ihm vor Augen, dass er noch jung war. Mit vierzig konnte er wieder draußen sein.

Als ich schließlich aus der Besprechung im Gefängnis kam, hatte ich Jesus Menendez' Einwilligung, das Angebot der Anklage anzunehmen. Danach sah ich ihn nur noch ein einziges Mal – als ich bei der Verhandlung zur Festsetzung des Strafmaßes neben ihm vor dem Richter stand und ihm beim Ablegen seines Schuldgeständnisses assistierte. Er wurde zunächst nach Pelican Bay gebracht und dann rauf nach San Quentin.

Auf dem Boden des Lagerhauses schlug ich den Obduktionsbefund von Martha Renteria auf. Ich hielt nach zwei speziellen Dingen Ausschau, auf die bisher vermutlich niemand geachtet hatte. Der erste Punkt war der Teil des Befunds, der sich mit den Stichwunden befasste, die Renteria auf ihrem Bett zugefügt worden waren. Unter der Überschrift VERLETZUNGSPROFIL wurde die unbekannte Waffe als eine Klinge nicht länger als dreizehn und nicht breiter als zweieinhalb Zentimeter beschrieben. Ebenfalls vermerkt war in dem Befund das Auftreten von gezackten Hautrissen an der Oberseite der Wunden des Opfers, die darauf hindeuteten, dass die Oberkante der Klinge nicht gerade war. Die Kürze der Klinge legte den Schluss nahe, dass es sich um ein Klappmesser handelte.

Ich zog meinen Aktenkoffer über den Boden zu mir heran und holte die Waffenanalyse im Fall Campo heraus, die ich bereits am Tag zuvor studiert hatte. Das Messer wurde beschrieben als ein Klappmesser mit einer Klinge von dreizehn Zentimeter Länge, zweieinhalb Zentimeter Breite und drei Millimeter Dicke – dieselben Maße, die das unbekannte Messer aufwies, mit dem Martha Renteria ermordet worden war.

Ich versuchte, das Brennen, das sich in meiner Brust ausbreitete, zu ignorieren. Ich musste mir die Beschreibung einer ganz bestimmten Wunde ansehen. Der Gerichtsmediziner hatte die Stichwunden am Hals nummeriert. Die Beschreibung von Wunde Nummer eins lautete: *Oberflächliche Stichwunde am rechten unteren Hals mit Ante-mortem-Histaminwerten, was auf Nötigungsverletzung hindeutet.*

Die Beschreibung von Wunde Nummer zwei lautete: *Oberflächliche Stichwunde am linken unteren Hals mit Ante-mortem-Histaminwerten, was auf Nötigungsverletzung hindeutet.*

Den Beschreibungen zufolge waren Martha Renteria diese Verletzungen zugefügt worden, als sie noch am Leben war. Der Gerichtsmediziner äußerte die Vermutung, dass die Verletzungen von einem Messer stammten, das dem Opfer vermutlich zum Zweck der Nötigung an den Hals gehalten worden war. So hatte der Täter sie sich gefügig gemacht.

Ich wandte mich wieder der Beweisakte des Campo-Falls zu. Ich zog die Fotos von Reggie Campo und den Befund der ärztlichen Untersuchung im Holy Cross Medical Center heraus. Campo hatte nur eine kleine Stichverletzung links unten am Hals, aber keine auf der rechten Seite. Als Nächstes überflog ich ihre Aussage gegenüber der Polizei, bis ich die Stelle fand, die schilderte, wie ihr die Verletzung zugefügt worden war. Sie erklärte, der Angreifer habe sie vom Boden des Wohnzimmers hochgezerrt und aufgefordert, ihn ins Schlafzimmer zu führen. Um sie gefügig zu machen, hielt er sie mit der rechten Hand hinten an ihrem BH fest und drückte mit der linken die Messerspitze links an ihren Hals. Als er kurz sein Handgelenk auf ihre Schulter aufstützte, nutzte sie die Gelegenheit, herumzuwirbeln und ihn zurückzustoßen, sodass er über eine große Bodenvase stolperte und sie wegrennen konnte.

Inzwischen glaubte ich zu verstehen, warum Reggie Campo im Gegensatz zu den zwei Halswunden Martha Renterias nur eine aufwies. Wenn Campo von ihrem Angreifer ins Schlafzimmer geführt und aufs Bett geworfen worden wäre, wäre er ihr zugewandt gewesen. Vorausgesetzt, er hätte das Messer in derselben Hand behalten – der linken –, wäre die Klinge automatisch auf der anderen Seite ihres Halses zu liegen gekommen. Wäre sie tot auf dem Bett gefunden worden, hätte sie also ebenfalls Nötigungsverletzungen auf beiden Seiten des Halses gehabt.

Ich legte die Akten beiseite und blieb lange auf dem Boden hocken. Ich hatte das Bild von Jesus Menendez' tränenüberströmtem Gesicht vor Augen, als er mir versicherte, unschuldig zu sein, als er mich anflehte, ihm zu glauben, und als ich ihm sagte, er müsse sich schuldig bekennen. Und obwohl letztlich das Wort „schuldig" vor dem Richter aus seinem Mund gekommen war, hatte ich jetzt das Gefühl, ich selbst hätte ihm das Messer des Systems an den Hals gesetzt und ihn dazu gezwungen, es zu sagen.

Gegen ein Uhr verließ ich das riesige neue Mietautoareal am Flughafen von San Francisco und fuhr den Lincoln, den sie mir gegeben hatten, nach Norden in Richtung Innenstadt. Bis ich durch die Stadt und über die Golden Gate Bridge war, war es kurz vor zwei.

San Quentin ist über hundert Jahre alt und sieht aus, als hätte jeder einzelne Häftling, der hier lebte und vielleicht auch starb, seine dunklen Spuren an den Wänden hinterlassen. Es ist das düsterste Gefängnis, das ich je besucht habe, und ich war schon in so ziemlich jedem in Kalifornien.

Sie durchsuchten meinen Aktenkoffer und schickten mich durch einen Metalldetektor. Aber selbst nach dieser Prozedur wurde mir kein direkter Kontakt mit Menendez gestattet, weil ich das Gespräch nicht wie erforderlich mindestens fünf Tage im Voraus beantragt hatte. Ich wurde in einen Raum gebracht, in dem man sich nur durch eine Plexiglaswand mit Löchern in der Größe von Zehncentstücken unterhalten konnte. Ich musste nicht lange warten, bis sie Menendez auf der anderen Seite der Scheibe hereinbrachten.

Als man ihn zwei Jahre zuvor ins Gefängnis eingeliefert hatte, war Jesus Menendez ein junger Mann gewesen. Jetzt sah er aus, als hätte er bereits die vierzig Jahre auf dem Buckel, mit denen er laut meinen Versicherungen eigentlich hätte herauskommen sollen. Er blickte mich aus Augen an, so tot wie die Kiesel draußen auf dem Parkplatz. Wir ersparten uns die Begrüßung, und ich kam sofort zur Sache. „Ich möchte Sie gar nicht fragen, wie es Ihnen geht, Jesus. Ich weiß es. Aber es hat sich was Neues ergeben, das Auswirkungen auf Ihren Fall haben könnte. Dazu muss ich Ihnen ein paar Fragen stellen. Verstehen Sie mich?“

„Warum jetzt auf einmal Fragen, Mann? Früher hatten Sie keine Fragen.“

Ich nickte. „Sie haben Recht. Ich hätte Ihnen damals mehr Fragen stellen sollen, aber damals wusste ich nicht, was ich jetzt weiß oder zu wissen glaube. Ich versuche, alles wieder hinzubiegen.“

„Was wollen Sie?“

„Ich möchte, dass Sie mir von diesem Abend im Cobra Room erzählen. Sie haben mir gesagt, Sie hätten bei dem Mädchen Eindruck schinden müssen und Sie hätten mehr ausgegeben, als Sie wollten, weil da ein anderer Mann war, der mit ihr weggehen wollte. Erinnern Sie sich noch?“

„*Sí*, er hat sie angebaggert. Sie ist zu ihm, aber dann ist sie wieder zurück zu mir.“

„Wissen Sie noch, wie der Mann aussah? Würden Sie ihn erkennen, wenn ich Ihnen ein Foto von ihm zeige?“

„Dieser Großkotz? Ich glaube, ich erkenne ihn.“

„Okay.“ Ich öffnete meinen Aktenkoffer und nahm die sechs Verbrecherfotos heraus. Eins davon war bei Louis Ross Roulets Festnahme gemacht worden. Die Fotos der fünf anderen Männer hatte ich aus meinen Archivboxen ausgesucht. Ich stand auf und hielt sie eins nach dem anderen gegen die Plexiglasscheibe. Menendez beugte sich vor. Bei jedem der ersten fünf Fotos, die ich hochhielt, überlegte er und schüttelte dann den Kopf. Doch beim sechsten Foto sah ich seine Augen aufleuchten.

„Der“, sagte er. „Das ist er!“

Um sicherzugehen, drehte ich das Foto herum. Es war Roulet. „Sind Sie ganz sicher?“

Menendez nickte.

„Wieso sind Sie so sicher?"

„Weil ich es einfach weiß. Hier drinnen denke ich ständig an diese Nacht."

Ich nickte.

„Wer ist der Mann?", fragte er.

„Das kann ich Ihnen jetzt noch nicht sagen. Aber ich werde versuchen, Sie hier rauszuholen."

„Sie haben mich doch hierhingeschickt."

„Damals hab ich gedacht, es gäbe keine andere Wahl."

„Wieso haben Sie mich eigentlich nie gefragt: Hast du dieses Mädchen umgebracht? Sie sind mein Anwalt, Mann. Es hat Sie überhaupt nicht interessiert. Sie haben nicht zugehört."

„Um Sie vor Gericht zu verteidigen, brauchte ich die Antwort auf diese Frage nicht zu wissen. Wenn ich meine Mandanten fragen würde, ob sie die Straftaten begangen haben, deren sie angeklagt sind, würden mir nur die wenigsten die Wahrheit sagen. Und wenn sie es täten, wäre ich möglicherweise nicht in der Lage, sie zu verteidigen."

Der Wärter öffnete die Tür. Ich blickte zu Menendez, der immer noch auf der anderen Seite der Scheibe auf seinem Stuhl saß. Wegen fünf Minuten hatte ich sechshundert Kilometer zurückgelegt, aber diese Minuten waren vernichtend gewesen.

Der vermutlich tiefste Punkt meines Lebens und meiner Karriere kam eine Stunde später, als ich im Flughafenterminal saß. Ich beugte mich vor, die Ellbogen auf die Knie gestützt, das Gesicht in den Händen. Meine größte Befürchtung war Wirklichkeit geworden. Ich hatte es mit wahrer Unschuld zu tun gehabt, aber ich hatte sie nicht erkannt. Stattdessen hatte ich sie wie alles andere auch in den Schlund der Maschine geworfen. Jetzt war es kalte graue Unschuld, so tot wie Kies, weggesperrt in einer Festung aus Stein und Stahl. Und ich musste damit leben.

Ich fand auch keinen Trost darin, dass Jesus jetzt wahrscheinlich in der Todeszelle säße, wenn wir es darauf hätten ankommen lassen und vor Gericht gegangen wären – weil ich nun so sicher wusste wie nur irgendetwas auf der Welt, dass Jesus Menendez unschuldig war.

Alles lief darauf hinaus, dass einer meiner Mandanten einen Mord begangen hatte, für den ein anderer Mandant lebenslänglich einsaß. Ich konnte dem einen nicht helfen, ohne dem anderen zu schaden. Ich brauchte einen Plan. Ich brauchte Beweise. Aber im Augenblick konnte ich nur noch an Jesus Menendez' tote Augen denken, weil ich wusste, dass ich es war, der das Licht in ihnen zum Erlöschen gebracht hatte.

SOBALD ICH in Burbank aus dem Flugzeug kam, schaltete ich mein Handy ein. Ich hatte noch keinen Plan. Ich wusste nur, dass ich als Nächstes Raul Levin anrufen würde.

Er ging dran und fragte mich gleich, ob ich seine Nachricht erhalten hätte.

„Ich komme gerade aus dem Flieger. Was war die Nachricht?"

„Neuigkeiten über Corliss."

„Was hast du heute Abend vor?"

„Nichts. Ich gehe freitags und samstags nicht gern aus. Da sind zu viele Besoffene unterwegs."

„Ich würde mich gern mit dir treffen. Ich muss mit jemandem reden. Da laufen gerade ein paar ziemlich üble Geschichten."

Offenbar hörte Levin etwas in meiner Stimme, denn er erklärte sich bereit, mich im „Smoke House" drüben bei den Warner Studios zu treffen.

Am Serviceschalter des Flughafens gab ich einem Mann in roter Jacke mein Ticket und hörte die Nachrichten auf meiner Mailbox ab, während ich auf den Lincoln wartete. Drei Nachrichten waren eingegangen, alle während des einstündigen Flugs von San Francisco hierher. Die erste war von Maggie. „Michael, ich wollte mich wegen heute Morgen entschuldigen. Ich bin einfach wütend auf mich selbst gewesen, wegen einiger Dinge, die ich gestern Abend gesagt habe. Das hab ich an dir ausgelassen, und das hätte ich nicht tun sollen. Ähm, wenn du morgen oder am Sonntag mit Hayley was unternehmen möchtest, würde sie sich sehr freuen, und wenn du magst, könnte ich ja vielleicht auch mitkommen. So oder so, sag mir einfach Bescheid."

Ich speicherte die Nachricht, um sie mir bei Gelegenheit noch mal anzuhören, und rief die nächste auf. Es war die Stimme von Roulet. „Ich bin's, Louis. Wollte mich nur kurz melden. Außerdem wüsste ich gern, wie die Dinge stehen. Und ich habe was, was ich Ihnen erzählen muss."

Ich löschte die Nachricht und ging zur dritten, der von Levin, über. „Hallo Chef, ich hab was über Corliss rausgefunden. Sein vollständiger Name ist Dwayne Jeffery Corliss. Er ist Junkie und hat die Singvogelnummer hier in L. A. schon einige Male abgezogen. Er ist wegen Fahrraddiebstahl verhaftet worden. Hat es vermutlich gegen ein bisschen mexikanisches Heroin tauschen wollen. Für seine Aussage gegen Roulet hat er sich einen neunzigtägigen geschlossenen Entzug in der County-Klinik eingehandelt. Deshalb kommen wir erst mal nicht an ihn ran. Geschickter Schachzug des Anklägers. Aber ich recherchiere trotzdem weiter. Ich habe was gefunden, was uns sehr zupasskäme, eine Geschichte in Phoenix. Bis Montag müsste ich das definitiv bestätigen können."

Ich löschte die Nachricht und klappte das Handy zu. „Was willst du noch mehr?", sagte ich zu mir selbst.

Seit ich gehört hatte, dass Corliss an der Nadel hing, war mir alles klar. Ich verstand, warum Maggie der Kerl suspekt gewesen war. Junkies waren die unzuverlässigsten Menschen, mit denen man es in der Maschinerie zu tun bekam. Sie würden sogar ihre eigene Mutter verpfeifen, um an den nächsten Schuss zu kommen – oder an einen Platz im Methadon-Programm. Diese Typen waren allesamt Lügner, und sie ließen sich vor Gericht mühelos als solche entlarven.

Es war mir allerdings ein Rätsel, was der Ankläger im Schilde führte. Der Name Corliss tauchte nicht in der Ermittlungsakte auf, die Minton mir gegeben hatte. Trotzdem hatte er Corliss in einem 90-Tage-Entzug sicher verwahrt. Hielt er ihn in Reserve, um ihn einzusetzen, falls er bei einem Prozess seine Aussage benötigte? Er agierte offenbar in dem Glauben, dass ich nichts von Corliss wusste. Und wäre Maggie McPherson nicht dieser Lapsus unterlaufen, wüsste ich tatsächlich nichts von ihm. Trotzdem war es ein gefährliches Manöver. Richter sehen es nicht gern, wenn Ankläger so massiv gegen die Regeln der Beweisoffenlegung verstoßen.

Das brachte mich auf eine mögliche Verteidigungsstrategie. Wäre Minton dämlich genug, Corliss vor Gericht überraschend aus dem Ärmel zu zaubern, würde ich womöglich gar keinen Einspruch erheben. Stattdessen könnte ich den Heroinsüchtigen in den Zeugenstand rufen lassen, um ihn vor der Jury nach allen Regeln der Kunst auseinanderzunehmen.

Auch Corliss' Unterbringung im geschlossenen Entzug in der County-Klinik konnte ich mir unter Umständen zunutze machen. Levin täuschte sich ebenso wie Minton, wenn er glaubte, ich käme dort nicht an ihn heran. Zufällig hatte nämlich meine Mandantin Gloria Dayton dort einen Platz erhalten. Die Wahrscheinlichkeit war hoch, dass sie bei Gruppentherapiesitzungen oder sogar bei den Mahlzeiten mit Corliss zusammentraf. Selbst wenn ich nicht persönlich an Corliss herankäme, konnte ich als Gloria Daytons Anwalt mit ihr Kontakt aufnehmen, und sie wiederum könnte Corliss eine Nachricht von mir übermitteln.

Der Lincoln fuhr vor und ich gab dem Mann vom Service ein paar Dollar. Vom Flughafen nahm ich den Hollywood Way nach Süden. Ich traf vor Levin im Smoke House ein und bestellte an der Bar einen Wodka Martini.

Als Levin eintraf und wir uns zum Essen setzten, orderten wir bei der Bedienung Salat, Steak und Kartoffeln.

„Und?“, sagte Levin. „Du wolltest mich sprechen?“

Ich nickte. „Ich will dir eine Geschichte erzählen. Die Details sind nicht alle nachgeprüft und sie hat gewisse Lücken. Aber du sagst mir, was du davon hältst und was ich tun soll. Einverstanden?“

„Ich steh auf Geschichten. Schieß los.“

„Ich glaube nicht, dass dir diese gefallen wird. Sie beginnt vor zwei Jahren mit …“ Ich hielt inne und wartete, während die Bedienung unsere Salate servierte. „So“, sagte ich, als sie gegangen war. „Die ganze Geschichte beginnt vor zwei Jahren mit Jesus Menendez. Du erinnerst dich an ihn.“

„Ja. Der Mandant, von dem du immer sagst, er sei eigentlich nur im Knast, weil er den Fehler machte, sich den Schwanz an einem flauschigen rosa Handtuch abzuwischen.“ Er lächelte.

Ich erwiderte das Lächeln nicht. „Nun ja, wie sich herausgestellt hat, war es Jesus aber nicht. Er war unschuldig.“

Levins Miene wurde ernst. Er zog seine Schlüsse. „Er ist in San Quentin. Du warst heute also dort oben.“

Ich nickte. „Lass mich etwas weiter ausholen und die ganze Geschichte erzählen. Sie hatten damals bei Menendez die DNA, seine eigene belastende Aussage und drei Zeugen, die ihn ein Messer in den Fluss hatten werfen sehen. Ein aussichtsloser Fall. Mehr oder weniger habe ich nichts anderes getan, als ihn in ein Schuldgeständnis zu treiben. Er hat gesagt, er wäre es nicht gewesen, hatte aber keine andere Wahl. Der Staatsanwalt hat die Todesstrafe gefordert. Wenn nicht das, hätte er lebenslänglich ohne Hafturlaub gekriegt. Ich habe lebenslänglich mit Hafturlaub für ihn herausgeholt und ihn dazu überredet, darauf einzugehen.“

Ich starrte auf meinen Salat, der unangetastet vor mir stand. Mir war nicht nach Essen. Ich wollte nur trinken, um die Schuldgefühle erträglicher zu machen. Levin wartete. Auch er aß nichts.

„Falls du dich nicht mehr erinnerst, es ging bei dem Fall um die Ermordung einer gewissen Martha Renteria. Eine Tänzerin im Cobra Room am East Sunset Boulevard. Sie haben dort keine Bühne, nur eine Grube in der Mitte, und vor dem Auftritt tragen zwei wie Aladin aufgemachte Typen an Bambusstangen einen großen Schlangenkorb herein. Sie stellen ihn ab und die Musik fängt an. Dann wird der Deckel des Korbs abgenommen, und das Mädchen kommt tanzend hoch und entblättert sich nach und nach.“

„Das ist Hollywood, Mann“, sagte Levin. „Man muss den Leuten immer was Neues bieten.“

„Jesus Menendez hat die Show jedenfalls gefallen. Er hatte von seinem Bruder, dem Drogendealer, elfhundert Dollar bekommen und sich in Martha Renteria verguckt. Nach ihrem Auftritt haben die beiden zusammengesessen und sich unterhalten, dann hat sie die Runde gemacht, und als sie zu ihm zurückkam, hat er bemerkt, dass er Konkurrenz bekommen hatte von einem anderen Kerl im Klub. Er hat den anderen ausgestochen, indem er ihr fünfhundert dafür geboten hat, dass sie ihn mit zu sich nach Hause nimmt.“

„Aber er hat sie dort nicht umgebracht?“

„Nein. Er ist ihr in seinem Auto gefolgt, hat sie in ihre Wohnung begleitet, hat Sex gehabt, das Kondom runtergespült, seinen Penis am Handtuch abgewischt und ist anschließend nach Hause gefahren. Die Geschichte geht erst richtig los, nachdem er gegangen ist. Der wahre Mörder klopft bei ihr, gibt sich vielleicht als Jesus aus und tut so, als hätte er was vergessen. Sie öffnet ihm. Vielleicht waren sie auch verabredet, und sie hat auf das Klopfen gewartet und öffnet die Tür.“

„Der Typ aus dem Klub? Der, den Menendez überboten hat?“

Ich nickte. „Genau. Er kommt rein, zieht ihr ein paar über, um sie gefügig zu machen, dann holt er sein Klappmesser raus und hält es ihr an den Hals, während er mit ihr ins Schlafzimmer geht. Kommt dir das irgendwie bekannt vor? Nur dass sie nicht so viel Glück hat wie Reggie Campo. Er wirft sie aufs Bett, streift sich ein Kondom über und legt sich auf sie. Jetzt ist das Messer auf der anderen Seite ihres Halses, und er lässt es dort, während er sie vergewaltigt. Und als er fertig ist, sticht er mit diesem Messer immer wieder auf sie ein.“

Die Bedienung kam. Wir ließen uns Wodka Martini bringen und unseren Salat abräumen, ohne ihn angerührt zu haben. Ich kehrte sofort zu der Geschichte zurück. „Sobald sie tot ist, beginnt der Mörder mit Saubermachen. Er wischt alles ab, um keine Fingerabdrücke zu hinterlassen. Und dabei beseitigt er natürlich auch Menendez’ Fingerabdrücke. Das rückt Menendez in ein schlechtes Licht, als er hinterher der Polizei erklärt, dass er zwar der Typ auf der Phantomzeichnung ist, aber Martha nicht umgebracht hat. Sie haben ihn wahrscheinlich angesehen und gesagt: ‚Und warum hast du dann Handschuhe getragen, als du bei ihr warst?‘“

Levin schüttelte den Kopf. „O Mann, wenn das wahr ist …“

„Keine Angst, es ist wahr. Menendez nimmt sich einen Anwalt, der einmal seinen Bruder rausgehauen hat, aber dieser Anwalt erkennt einen Unschuldigen nicht mal, wenn er direkt vor ihm steht. Dieser Anwalt ist ganz versessen darauf, einen Deal auszuhandeln. Er fragt den Jungen kein einziges Mal, ob er es war. Er geht einfach davon aus, weil sie seine blöde DNA an dem Handtuch haben und weil Zeugen gesehen haben, wie er sein Messer weggeworfen hat." Ich stürzte den Rest des Wodkas hinunter. „Jesus Menendez wandert als junger Mann ins Gefängnis. Ich habe ihn gerade gesehen, er ist jetzt sechsundzwanzig, geht aber stark auf die vierzig zu."

Ich blickte auf den Tisch, als ein Teller mit einem Steak und einer dampfenden Kartoffel daraufgestellt wurde. Ich schnitt ein Stück von meinem Steak ab und kaute es. Den Rest ließ ich unberührt auf meinem Teller liegen und legte die Gabel nieder.

„Wer war der andere Typ, der in ihre Wohnung kam?", fragte Levin.

Ich öffnete meinen Aktenkoffer und griff hinein. „Ich war heute in San Quentin und hab Menendez sechs Polizeifotos von ehemaligen Mandanten gezeigt. Er hat in weniger als zehn Sekunden einen rausgepickt."

Ich schlenzte das Foto von Louis Roulet über den Tisch. Es landete mit der Bildseite nach unten vor Levin. Er griff danach und sah es kurz an, dann legte er es wieder umgekehrt auf den Tisch.

„Und ich habe noch was, was ich dir zeigen möchte", sagte ich. Ich zog die zwei geknickten Fotos von Martha Renteria und Reggie Campo heraus. „Es ist wie ein Puzzle. Setz sie zusammen und schau, was rauskommt."

Levin setzte das Gesicht aus den beiden Hälften zusammen und nickte, als ihm die Bedeutung klar wurde. Der Mörder – Roulet – hatte es auf Frauen abgesehen, die einem ganz bestimmten Beuteschema entsprachen.

„Weißt du, was dieses Video aus der Bar zeigt?", fragte ich. „Darauf ist ein Killer bei der Arbeit zu sehen. Ihm fällt genau wie dir auf, dass Mister X Linkshänder ist. Als er Reggie Campo angreift, schlägt er mit links zu und hält dann das Messer mit links. Dieser Typ weiß ganz genau, was er tut. Er sieht eine Gelegenheit und ergreift sie. Reggie Campo hatte unglaubliches Glück."

„Meinst du, es gibt noch andere Morde?"

„Möglicherweise. Das ist es, was du für mich rausfinden sollst. Guck dir alle Fälle an, bei denen in den letzten Jahren eine Frau mit einem Messer ermordet wurde. Dann besorg dir die Fotos der Opfer, ob es vielleicht irgendwelche Ähnlichkeiten im Aussehen gibt."

Levin beugte sich vor. „Hör mal, Mann, ich kann das nicht so umfassend abdecken wie die Polizei. Du musst die Cops einschalten."

Ich schüttelte den Kopf. „Das geht nicht. Er ist mein Mandant."

„Menendez ist auch dein Mandant und du musst ihn rausholen."

„Daran arbeite ich. Und deshalb musst du das für mich erledigen, Raul."

„Ich tu, was ich kann, Mick, aber ich halte das nicht für den richtigen Weg. Du kannst auf einen Interessenkonflikt plädieren und Roulet abgeben. Und dich dann voll darauf konzentrieren, Menendez aus San Quentin rauszuholen."

„Und womit bitte?"

„Aufgrund der Identifizierung mit den sechs Fotos. Das hat Hand und Fuß. Er weiß absolut nichts von Roulet und deutet sofort auf ihn."

„Wer soll das glauben? Ich bin sein Anwalt! Alle, angefangen bei der Polizei bis hin zum Begnadigungsausschuss, werden denken, ich hätte das inszeniert. Du weißt, dass es stimmt, und ich weiß es, aber wir können nichts beweisen. Gar nichts."

„Was ist mit den Wunden? Sie könnten überprüfen, ob es eine Übereinstimmung des Messers vom Campo-Fall mit Martha Renterias Verletzungen gibt."

Ich schüttelte den Kopf. „Sie wurde verbrannt. Sie haben nur die Beschreibungen und die Fotos aus dem Obduktionsbefund, und es wäre auch nicht zwingend. Außerdem will ich nicht als der Kerl dastehen, der sich gegen seinen eigenen Mandanten wendet, sonst verliere ich meine ganzen Klienten."

„Ich finde, du machst einen Riesenfehler. Du solltest …"

„Vorerst mach ich so weiter, als wüsste ich nichts von alldem. Aber du gehst der Sache nach. Halte es aber fein säuberlich vom Roulet-Fall getrennt, damit ich keine Probleme bei der Beweisoffenlegung kriege. Lass alles unter Jesus Menendez laufen, und stell es mir für diesen Fall in Rechnung. Klar?"

Bevor Levin antworten konnte, winkte ich der Bedienung und bat um die Rechnung. Dann wandte ich mich wieder Levin zu. „Toller Jahrhundertfall, den ich da an Land gezogen habe, hm?"

„Das kannst du laut sagen. Warum hat er dich ausgesucht? Warum ausgerechnet den Anwalt, der in dieser Sache einen Zusammenhang herstellen könnte?"

„Keine Ahnung. Vielleicht hatte er Angst, ich könnte von dem Fall erfahren und die Verbindung auch so herstellen. Er wusste, dass ich als Anwalt verpflichtet bin, ihn als meinen Mandanten zu schützen. Zumindest in der Anfangsphase. Und er weiß, was für mich bei der Sache rausspringt. Vielleicht denkt er, ich würde beide Augen zudrücken, um mir das viele Geld nicht entgehen zu lassen."

Levin nickte.

„Noch eins", fuhr ich fort. „Ich möchte, dass du dir auch Roulet vornimmst. Versuch, so viel wie möglich über ihn herauszufinden, ohne seine Aufmerksamkeit zu erregen. Und geh dieser Geschichte mit der Mutter nach, der Vergewaltigung in einem ihrer Maklerobjekte in Bel Air."

Levin nickte. „Mach ich."

MEIN HAUS liegt am Fareholm Drive, der sich am südlichen Ende des Laurel Canyons in Serpentinen nach oben windet. Verärgert stellte ich beim Nachhausekommen fest, dass irgendein Trottel seinen Geländewagen direkt vor der Einfahrt zu meiner Garage abgestellt hatte.

Ich fand eineinhalb Straßen weiter eine Parklücke, die groß genug für den Lincoln war. Ich ging zu Fuß zurück, und da fiel mir auf, dass es ein Range Rover war. Ich legte die Hand auf die Motorhaube. Sie fühlte sich kühl an. Ich spähte über die Garage zu den Fenstern meines Hauses, aber hinter keinem brannte Licht. Ich stieg die Treppe zur Veranda hinauf. Halb erwartete ich, Louis Roulet würde auf einem der hohen Regiestühle sitzen und den Ausblick auf die lichterfunkelnde Stadt genießen, aber er war nicht da.

Ich stellte mich an die Ecke der Veranda und sah auf die Stadt hinunter. Wegen dieses Blicks hatte ich das Haus gekauft. Die Anzahlung hatte ich von meinem letzten einträglichen Fall finanziert. Aber seither musste ich mich jeden Monat mächtig abstrampeln, um die Hypothekenzinsen aufzubringen. Eigentlich hätte ich diese Belastung dringend loswerden müssen, aber der Blick von der Veranda lähmte mich. Wahrscheinlich würde ich auch auf die Stadt hinunterglotzen, wenn sie kamen, um mir die Schlüssel wegzunehmen und das Haus zur Zwangsversteigerung auszuschreiben.

Aus dem Haus ertönte das Klingeln des Telefons. Ich ging zur Eingangstür und fummelte hektisch mit den Schlüsseln herum, um rechtzeitig nach drinnen zu kommen. Meine Privatnummer – der Festnetzanschluss – hatten nur sehr wenige. Ich schaffte es ins Haus und riss den Hörer aus der Halterung an der Küchenwand, bevor sich der Anrufbeantworter einschaltete. Der Anrufer war Maggie McPherson.

„Ich wollte nur hören, ob du meine Entschuldigung erhalten hast, und außerdem wollte ich wissen, ob du morgen was mit Hayley unternimmst."

„Kann ich beides bejahen. Und wenn meine Tochter morgen was mit mir unternehmen will, find ich das toll. Sag ihr, wir können zum Pier runterfahren oder ins Kino gehen, wenn sie möchte. Wir machen einfach, wozu sie Lust hat."

„Also, am liebsten würde sie zum Pier gehen."

Plötzlich bemerkte ich einen ungewohnten Geruch im Haus. Den Geruch von Rauch. Da das Telefon nicht schnurlos war, konnte ich die Küche nicht verlassen. Ich wollte das Gespräch beenden und mich im Haus umsehen. „Gut. Ich hol sie ab. Wann passt es dir?"

„So gegen Mittag? Vielleicht essen wir ja erst was zusammen."

„Prima. Dann komme ich also morgen Mittag vorbei. Bis dann."

Ich besaß zwar eine Schusswaffe, aber das Sammlerstück war in einer Schachtel in meinem Schlafzimmerschrank versteckt. Deshalb öffnete ich leise eine Küchenschublade und angelte ein Steakmesser heraus. Damit schlich ich durchs Wohnzimmer zum Flur, der in den hinteren Teil des Hauses führt. Vom Flur gehen drei Türen ab. Sie führen ins Schlafzimmer, ins Bad und in mein Arbeitszimmer. Im Arbeitszimmer war die Schreibtischlampe an. Langsam näherte ich mich der offenen Tür.

„Kommen Sie rein, Mick! Ich bin's nur."

Ich kannte die Stimme, trotzdem legte sich meine Anspannung kein bisschen. Ich trat in die Tür und blieb stehen. Louis Roulet saß in meinem ledernen Schreibtischsessel. Er schwang herum, bis er mir zugewandt war, und schlug die Beine übereinander. Dabei rutschte sein linkes Hosenbein hoch, und ich konnte die elektronische Fußfessel sehen, die ihm Fernando Valenzuela angelegt hatte. Wenn Roulet gekommen war, um mich zu töten, würde man zumindest seiner Spur folgen können. Was jedoch kein großer Trost war. Ich lehnte mich gegen den Türrahmen, damit ich das Messer hinter meiner Hüfte verbergen konnte. „Was wollen Sie hier, Louis?"

„Ich wollte Sie sehen. Sie haben nicht auf meinen Anruf reagiert, und deshalb wollte ich mich vergewissern, ob wir weiterhin ein Team sind."

„Ich war verreist. Wie haben Sie rausgefunden, wo ich wohne, Louis?"

„Ich arbeite in der Immobilienbranche, Mick. Ich kann von jedem die Adresse herausfinden. Ich finde sogar raus, wie stark jemand sein Haus mit Hypotheken belastet hat und ob er seine Zahlungen rechtzeitig leistet." Er sah mich mit einem wissenden Lächeln an.

„Wie sind Sie hier reingekommen?", fragte ich.

„Also, das ist das Komische an der Sache. Ob Sie es glauben oder nicht, Mick, ich hatte einen Schlüssel. Aus der Zeit, als dieses Haus zum Verkauf stand – ich schätze, so vor anderthalb Jahren? Ich habe damals gedacht, es könnte einen meiner Kunden interessieren. Deshalb bin ich hergekommen und hab den Schlüssel aus der Box des Maklers genommen. Aber mir wurde sofort klar, es war nichts für meinen Kunden, und deshalb ging ich wieder. Und ich vergaß, den Schlüssel zurückzulegen. Eine schlechte Angewohnheit von mir. Finden Sie es nicht auch komisch, dass einige Zeit darauf mein Anwalt dieses Haus bezogen hat?"

In diesem Moment wurde mir klar, dass er mich seit dem Menendez-Fall hatte beobachten lassen. Wahrscheinlich wusste er auch, dass ich in San Quentin gewesen war, um Menendez zu besuchen.

„Was wollen Sie wirklich, Louis? Versuchen Sie, mir Angst einzujagen?"

„Nein, nein, ich will Ihnen ein Angebot machen. Ich habe über unsere Honorarvereinbarung und die speziellen Komplikationen in diesem Fall nachgedacht, und offen gesagt, Mick, ich finde, Sie sind unterbezahlt. Deshalb lege ich noch eine Erfolgsprämie drauf. Sollten mich die Geschworenen dieses abscheulichen Verbrechens für unschuldig befinden, verdoppelt sich Ihr Honorar automatisch."

„Alles schön und gut, Louis, aber die Anwaltskammer von Kalifornien lässt nicht zu, dass Strafverteidiger Erfolgsprämien annehmen. Ich darf Ihr Angebot also nicht akzeptieren."

„Wir brauchen es nicht als Erfolgsprämie auszuweisen, Mick. Es ist lediglich Bestandteil der Honorarvereinbarung. Denn Sie werden mich doch erfolgreich verteidigen, oder nicht?" Er sah mich durchdringend an, und ich konnte das Drohende in seinem Blick erkennen.

„Vor Gericht gibt es keine Garantien. Es kann immer was schiefgehen. Aber davon mal abgesehen, sieht es recht gut aus für uns."

Roulet lächelte. „Was kann ich tun, damit es noch besser aussieht?"

Ich dachte an Reggie Campo – noch am Leben und bereit, in den Zeugenstand zu treten. Ich wollte unbedingt vermeiden, dass er in ihr eine Bedrohung sah. „Nichts", erwiderte ich. „Halten Sie sich einfach aus allem raus und warten Sie ab."

Er antwortete nicht.

„Eine Sache hat sich allerdings neu ergeben", sagte ich. „Wie es aussieht, hat der Staatsanwalt einen Denunzianten aus dem Gefängnis aufgetrieben. Sie haben doch in der Arrestzelle mit niemandem über den Fall gesprochen, oder? Ich hatte Ihnen eingeschärft, sich bedeckt zu halten."

„Das habe ich auch. Egal wer der Kerl ist, er lügt."

„Das tun die meisten. Ich wollte mich nur noch mal vergewissern. Noch etwas. Haben Sie mit Ihrer Mutter gesprochen, ob sie über den Angriff in dem leeren Haus aussagen wird? Wir sind auf sie angewiesen, wenn wir begründen wollen, warum Sie ein Messer dabeihatten."

„Tu ich noch. Aber es wird nicht einfach. Sie hat es nie zur Anzeige gebracht."

„Sie muss es unter Eid aussagen. Es ist zwar nicht so gut wie eine Anzeige, aber es wird seinen Zweck erfüllen. Hat sie Ihnen jemals erzählt, wie der Kerl aussah oder wie alt er war?"

Er schüttelte den Kopf. „Sie konnte ihn nicht erkennen. Er trug eine Skimaske und eine Skibrille. Er fiel über sie her, sobald sie zur Tür hereinkam. Er hatte sich dahinter versteckt."

Ich nickte. Für den Moment wollte ich dem nicht weiter nachgehen. Ich wollte Roulet loswerden. „Jedenfalls vielen Dank für Ihr Angebot, Louis. Aber wenn Sie mich jetzt entschuldigen, ich würde gern schlafen. Ich habe einen anstrengenden Tag hinter mir."

Roulet erhob sich und kam auf mich zu. Ich zog mich auf den Gang zurück. Das Messer hielt ich weiter hinter meinem Rücken bereit. Aber Roulet ging einfach an mir vorbei.

„Außerdem unternehmen Sie morgen was mit Ihrer Tochter", sagte er.

Das ließ mich erstarren. Er hatte das Gespräch mit Maggie belauscht.

„Ich wusste gar nicht, dass Sie eine Tochter haben, Mick. Das muss schön sein." Er sah sich im Gehen nach mir um und lächelte. „Sie ist sehr hübsch."

Meine Lähmung schlug in Wut um. Ich folgte ihm. Ich packte das Messer fester. „Woher wissen Sie, wie sie aussieht?", fragte ich.

Er blieb stehen, sah auf das Messer in meiner Hand hinab und dann in mein Gesicht. „Von dem Foto auf Ihrem Schreibtisch."

An das Foto hatte ich nicht gedacht. „Ach so", sagte ich.

Er wusste genau, welche Befürchtung ich gehabt hatte, und lächelte. „Gute Nacht, Mick. Viel Spaß mit Ihrer Tochter. Wahrscheinlich bekommen Sie sie nicht oft genug zu sehen." Er öffnete die Eingangstür.

„Gute Nacht, Louis", sagte ich, schloss die Tür und verriegelte sie. Ich stand da, die Hand am Türgriff, und wartete darauf, seine Schritte auf der Treppe hinunter zur Straße zu hören. Aber schon wenige Augenblicke später klopfte er an die Tür. Ich hielt das Messer bereit und öffnete.

„Ihr Schlüssel", sagte Roulet. „Ich sollte ihn besser zurückgeben."

„Danke." Ich nahm den Schlüssel aus seiner Handfläche, schloss die Tür und verriegelte sie wieder.

FÜNF

Dienstag, 12. April

Der Tag fing besser an, als es ein Strafverteidiger verlangen konnte. Kein Gerichtssaal, in dem ich mich einfinden, keine Mandanten, mit denen ich mich treffen musste. Ich schlief lange, verbrachte den Vormittag damit, die Zeitung von vorn bis hinten zu lesen, und war zudem glücklicher Besitzer einer Karte für das erste Heimspiel der Los Angeles Dodgers in der neuen Baseballsaison. Ein Spiel, zu dem traditionsgemäß viele Strafverteidiger ins Stadion kamen. Meine Eintrittskarte hatte ich von Raul Levin. Er hatte insgesamt fünf Strafverteidiger zu dem Spiel eingeladen, um sich so für ihre Aufträge erkenntlich zu zeigen.

Der Beginn des Prozesses gegen Louis Roulet war in einem Monat angesetzt. Ein Prozess ist wie ein Schuss mit einer Steinschleuder. Alles hängt von der Vorbereitung ab. Die Zeit vor dem Prozess ist die Phase, in der die Schleuder mit dem richtigen Stein geladen, das Gummiband zurückgezogen und bis an die Grenze seiner Belastbarkeit gespannt wird. Beim Prozess lässt man es dann los, und das Geschoss saust unbeirrbar auf das Ziel zu. Das Ziel ist ein Freispruch. Man trifft dieses Ziel nur, wenn der Stein richtig ausgesucht und das Gummi so weit wie möglich gespannt wird.

Für das Spannen war hauptsächlich Levin zuständig. Er hatte umfangreiche Nachforschungen über die in die Fälle Roulet und Menendez verwickelten Personen angestellt. Wir hatten eine Strategie entwickelt, die wir „Doppelsteinschleuder“ nannten, weil sie zwei Ziele gleichzeitig anvisierte.

Die Anklage tat das Ihre, uns beim Laden der Schleuder zu helfen. In den Wochen nach der Anklageerhebung wurde die Beweisakte der Staatsanwaltschaft immer dicker, weil wissenschaftliche Befunde eingingen und weitere polizeiliche Ermittlungen durchgeführt wurden. So gelang etwa die Identifizierung von Mister X, dem Linkshänder, der am Abend des Überfalls mit Reggie Campo im Morgan's gewesen war. LAPD-Detectives zeigten ein Standbild aus dem Video zahlreichen von der Sitte festgenommenen Prostituierten. Mister X war Charles Talbot, Besitzer eines kleinen Supermarkts am Reseda Boulevard.

Nirgendwo in der Beweisoffenlegung der Anklage wurde Dwayne Corliss erwähnt, der Knastspitzel, der Louis Roulet bei der Staatsanwaltschaft denunziert hatte. Mir sollte das nur recht sein. Denn was Minton nicht wusste: Corliss war der Stein, den ich in die Schleuder legen würde.

Levin nahm sich auch die vier Jahre zurückliegenden Vergewaltigungsfälle vor, deren Opfer Immobilienmaklerinnen gewesen waren. Vier Frauen hatten angegeben, von einem Mann vergewaltigt worden zu sein, der ihnen in einem leer stehenden Haus aufgelauert hatte, das sie im Auftrag des Besitzers einem Interessenten hatten zeigen wollen. Als Levin mit dem Ermittler sprach, der damals für die Fälle zuständig gewesen war, erklärte dieser, er habe immer das Gefühl gehabt, dass der Täter selbst aus der Immobilienbranche stammte. Allem Anschein nach hatte er genau gewusst, wie er sich zu den Häusern Zutritt verschaffen konnte und wie er es anstellen musste, dass die Maklerinnen dort allein erschienen.

Mary Windsor hatte sich zu einem Gespräch mit uns bereiterklärt und zugesichert, über ihre traumatische Erfahrung vor Gericht auszusagen, allerdings nur, wenn sich dies als unerlässlich erweisen sollte. Das von ihr angegebene Datum des Überfalls fiel in den Zeitraum, in dem der so genannte Maklerinnenschänder sein Unwesen getrieben hatte. Windsor legte uns zudem einen Terminkalender und andere Dokumente vor, die belegten, dass sie als Maklerin für den Verkauf der Villa in Bel Air zuständig gewesen war, in der die Vergewaltigung angeblich stattgefunden hatte, aber Levin konnte nichts finden, was bestätigte, dass Mary Alice Windsor tatsächlich eines der Opfer des Vergewaltigers gewesen war. Die Geschichte, die uns Mary Windsor erzählte, stimmte jedoch in fast allen Details mit der von Roulet überein. Hinterher kam es sowohl Levin als auch mir seltsam vor, dass sie ihrem Sohn so viele Einzelheiten ihres traumatischen Erlebnisses mitgeteilt hatte. „Ich glaube, er kennt deshalb alle Einzelheiten, weil er dabei war“, sagte Levin.

„Du meinst, er hat zugesehen, ohne einzugreifen?“

„Nein, ich meine, er war der Mann mit der Skimaske. Diese Frau ist knallhart, und sie hätte die Sache sicher gemeldet, es sei denn, sie wollte den Täter decken; es sei denn, der Täter war unser Mann. Ich sage dir, Roulet ist durch und durch schlecht. Je länger ich den Kerl betrachte, desto mehr sehe ich in ihm den Teufel.“

Alle diese Hintergrundinformationen behielten wir streng für uns, weshalb wir kaum etwas von dem, was Levin oder ich zutage förderten, schriftlich festhielten. Trotzdem benötigte ich diese Informationen, um meine Entscheidungen zu treffen und meine Prozessstrategie zu entwerfen.

Ich setzte gerade meine Dodgers-Kappe auf, als um 11.05 Uhr mein

Privatanschluss klingelte. Ich sah auf die Anruferkennung, bevor ich abnahm. Es war Lorna Taylor. „Warum hast du dein Handy nicht an?“, fragte sie.

„Weil ich heute freihabe. Ich habe dir doch gesagt, heute keine Anrufe. Ich gehe mit Raul ins Stadion. Warum störst du mich?“ Ich sagte es gut gelaunt.

„Weil ich glaube, dass du damit gestört werden willst. Die Post ist heute etwas früher gekommen als sonst, und es war ein Schreiben vom Zweiten Bezirksberufungsgericht dabei.“

„Welcher Fall?“ Normalerweise habe ich vier bis fünf Fälle beim Zweiten anhängig.

„Einer deiner Road Saints. Harold Casey. Du hast gewonnen!“

„Mann, was für ein Tag für den Underdog! Sonst noch was Neues?“

„Nur das Übliche. Warst du gestern bei Glory Days im Bezirksgefängnis?“

„Sie heißt Gloria Dayton, und ja, ich war bei ihr. Sie macht den Eindruck, als wäre sie über den Berg. Sie hat noch über einen Monat vor sich.“

Tatsache war, dass Gloria Dayton wesentlich besser aussah als nur über den Berg. So wach und lebendig hatte ich sie schon Jahre nicht mehr erlebt. Mein Besuch im Medical Center der County-Klinik hatte eigentlich einen anderen Grund gehabt, aber ihre guten Fortschritte beim Entzug mitzuerleben war eine erfreuliche Dreingabe gewesen.

Wie nicht anders zu erwarten, unkte Lorna: „Und wie lang wird es diesmal dauern, bis sie wieder hier anruft und jammert: ‚Ich bin im Knast, ich brauche Mickey!‘?“ Dabei imitierte sie Glorias weinerlich näselnde Stimme. Sie traf den Tonfall ziemlich genau, aber trotzdem ärgerte ich mich darüber.

„Ich muss jetzt los.“

„Na, dann viel Spaß!“

Ich beendete das Gespräch und verließ das Haus. Da ich Earl an diesem Tag bezahlten Urlaub gegeben hatte, fuhr ich selbst in die City zum Dodger Stadion. Ich war der Erste auf unseren Plätzen. Sie lagen drei Reihen vom Spielfeldrand entfernt. Levin hatte sich die Karten offensichtlich einiges kosten lassen. Eigentlich hatte Levin ebenfalls früher ins Stadion kommen wollen. Er hatte am Abend zuvor angerufen und gefragt, ob er mich vor dem Spiel noch kurz allein sprechen könnte. Unser Plan war, beim Aufwärmtraining zuzusehen und dabei über meinen Besuch bei Gloria Dayton und über Levins neueste Erkenntnisse im Fall Louis Roulet zu sprechen.

Aber Levin schaffte es nicht zum Aufwärmtraining. Bald tauchten die anderen vier Anwälte auf, also würde nichts aus unserem ungestörten Gespräch. Das Spiel begann, und immer noch kein Levin. Obwohl man kaum etwas hören konnte, schaltete ich mein Handy ein und wählte seine Nummer. Ich bekam seine Mailbox dran.

„Raul, wo steckst du, Mann? Das Spiel fängt gerade an, und die Plätze sind fantastisch. Wir warten auf dich.“ Ich klappte das Handy zu, sah die anderen an und zuckte die Achseln. „Ich weiß auch nicht. Er geht nicht ran.“ Ich ließ das Handy angeschaltet und steckte es weg.

Während einer ereignislosen Phase des Spiels hörte ich irgendwann mein Handy klingeln. Ich ließ es aufschnappen, ohne auf das Display zu sehen. „Raul?“

„Nein, Sir, hier ist Detective Lankford vom Glendale Police Department. Spreche ich mit Michael Haller?“

„Ja.“

„Kennen Sie einen gewissen Raul Aaron Levin?“

„Ja, ich kenne ihn. Was ist mit ihm?“

„Mr Levin ist leider tot, Sir. Er wurde in seinem Haus ermordet.“

Mein Kopf sank so weit nach vorn und so tief nach unten, dass er gegen den Sitz des Mannes vor mir schlug. Ich richtete mich wieder auf und presste meine freie Hand auf ein Ohr, an das andere drückte ich das Handy. „Was ist passiert?“

„Das wissen wir nicht“, sagte Lankford. „Deshalb sind wir hier. Wie es aussieht, hat er in letzter Zeit für Sie gearbeitet. Könnten Sie vielleicht hierherkommen, um uns ein paar Fragen zu beantworten und uns zu helfen?“

Ich atmete aus und versuchte, ruhig und gemessen zu sprechen. „Bin schon unterwegs“, sagte ich.

RAUL LEVINS LEICHE lag im Arbeitszimmer seines Bungalows am Brand Boulevard. Die Streifenbeamten, die über mein Kommen informiert worden waren, ließen mich im Wohnzimmer warten, bis die Detectives Zeit fänden, um mit mir zu reden.

Auf der Fahrt zu seinem Haus war mir schnell klar geworden, wer Raul Levin umgebracht hatte. Ich wusste nur zu gut, dass Raul Louis Roulet zu nahe gekommen war. Und ich war derjenige, der ihm ihn auf den Hals gehetzt hatte. Die einzige noch offene Frage war, was ich nun unternehmen sollte.

Nach zwanzig Minuten kamen zwei Detectives ins Wohnzimmer. Der eine stellte sich als Lankford vor, der Detective, der mich angerufen hatte. Er war der ältere von beiden, der Veteran. Sein Partner war eine Frau namens Sobel. Sie trugen Gummihandschuhe und hatten Papierüberzieher über ihre Schuhe gestreift. „Okay, das ist, was wir bisher haben", sagte Lankford. „Mr Levin war in seinem Arbeitszimmer, er saß in seinem Schreibtischsessel. Der Sessel war vom Schreibtisch weggedreht, sodass er dem Eindringling zugewandt war. Er wurde einmal in die Brust geschossen. Mit irgendwas Kleinem, einer Zweiundzwanziger, würde ich sagen, aber da warten wir ab, was der Gerichtsmediziner sagt. Nach dem Schuss versuchte er aufzustehen, oder er fiel einfach vornüber auf den Boden. Er starb mit dem Gesicht auf dem Boden. Der Eindringling durchsuchte das Arbeitszimmer."

„Wer hat ihn gefunden?", fragte ich.

„Eine Nachbarin, die seinen Hund herumstreunen sah. Sie erkannte ihn und brachte ihn zurück. Sie entdeckte die offene Tür, ging ins Haus und fand den Toten."

„Wir haben nichts gefunden, was irgendwelche Hinweise auf seine nächsten Verwandten enthalten hätte", sagte Sobel. „Wissen Sie, ob er Angehörige hatte?"

„Seine Mutter lebt irgendwo im Osten, glaube ich. Geboren wurde er in Detroit. Vielleicht lebt sie noch dort. Ich glaube nicht, dass sie viel Kontakt zueinander hatten."

Sie nickte. „Wir haben seinen Terminkalender gefunden. Letzten Monat steht fast an jedem Tag Ihr Name drin. Arbeitete er an einem bestimmten Fall für Sie?"

Ich nickte. „An mehreren verschiedenen Fällen."

„Könnten Sie uns darüber vielleicht mehr erzählen?", fragte sie.

„Einer der Fälle kommt nächsten Monat zur Verhandlung. Versuchte Vergewaltigung und Mord. Er beschaffte Beweismaterial und half mir bei den Vorbereitungen."

„Sie meinen wohl, er half Ihnen, die staatlichen Ermittlungen zu unterlaufen, was?", sagte Lankford.

In diesem Moment merkte ich, dass Lankfords Höflichkeit am Telefon nur Show gewesen war, um mich zum Kommen zu bewegen. Jetzt war er anders, aggressiver.

„Jeder hat das Recht auf Verteidigung, Detective."

„Ja, klar, und die Kerle sind alle unschuldig, und überhaupt war es nur die Schuld ihrer Eltern."

„Können wir wieder auf Ihren Fall zurückkommen?“, fragte Sobel. „Wie heißt der Angeklagte?“

„Louis Ross Roulet. Der Prozess findet im Van Nuys Superior statt.“

„Befindet er sich in Haft?“

„Nein, er ist auf Kaution draußen.“

„Irgendwelche Streitigkeiten zwischen Roulet und Mr Levin?“

„Nicht dass ich wüsste.“

Ich hatte eine Entscheidung getroffen. Ich würde diese Rechnung mit Roulet auf meine Art begleichen. Ich würde mich an den Plan halten, den ich – mit Raul Levins Hilfe – entworfen hatte. Vor Gericht eine Bombe zünden und sehen, dass ich rechtzeitig außer Reichweite kam. Das schuldete ich meinem Freund Raul. Er hätte es so gewollt.

„Könnte das vielleicht irgend so eine Schwulenkiste gewesen sein?“, fragte Lankford.

„Wie bitte? Wie kommen Sie denn darauf?“

„Diese ganzen Fotos im Haus, nur Kerle drauf.“

„Wenn Sie mal etwas genauer hinsehen, Detective, werden Sie feststellen, dass auf allen Fotos derselbe Mann ist. Sein Partner ist vor ein paar Jahren gestorben. Seitdem war er, glaube ich, mit niemandem mehr zusammen.“

„Ist sicher an Aids gestorben.“

Das bestätigte ich ihm nicht. Ich wartete nur. Einerseits war ich verärgert über Lankfords Verhalten, andererseits wurde mir rasch klar, dass es ihm mit seinen Holzhammermethoden kaum gelänge, Roulet diesen Mord nachzuweisen. Ich musste ihn nur fünf oder sechs Wochen hinhalten, anschließend konnte es mir egal sein, ob sie draufkamen oder nicht. Bis dahin hätte ich mein eigenes Ding durchgezogen.

Mit seiner nächsten Frage erwischte mich Lankford kalt. „Und wo waren Sie heute Morgen, Herr Anwalt?“

„Wie bitte? Soll das heißen, ich gelte als Verdächtiger?“

„Reine Routine. Der Tatort deutet darauf hin, dass das Opfer seinen Mörder kannte. Er ließ den Todesschützen bis nach hinten in sein Arbeitszimmer kommen. Deshalb müssen wir alle Bekannten überprüfen, beruflich und privat. Ich versuche nur, den Blickwinkel einzuengen.“

„Ich war den ganzen Vormittag zu Hause. Ich wollte mich mit Raul im Dodger-Stadion treffen. Ich bin gegen zwölf ins Stadion gefahren, wo Sie mich dann anriefen.“

„Und davor?“

„Davor war ich, wie gesagt, zu Hause. Allein. Aber ich habe gegen elf einen Anruf erhalten, aus dem eindeutig hervorgeht, dass ich zu Hause war. Und ich wohne mindestens eine halbe Stunde von hier. Wenn er nach elf umgebracht wurde, kann ich es nicht gewesen sein."

Lankford biss nicht an. Er nannte mir den Todeszeitpunkt nicht. Vielleicht war er auch noch nicht bekannt. „Wann haben Sie zum letzten Mal mit ihm gesprochen?", fragte er stattdessen.

„Gestern Abend am Telefon."

„Wer hat wen angerufen und warum?"

„Er hat mich angerufen und gefragt, ob ich etwas früher ins Stadion kommen könnte. Er meinte, wir könnten ein bisschen über den Roulet-Fall reden. Ich sagte Ja."

Sobel meldete sich zu Wort. „Gibt es sonst noch etwas, was Sie uns sagen können, Mr Haller?"

„Ja, da wäre noch etwas, dem Sie vielleicht nachgehen sollten. Vor ein paar Wochen hat Raul an einem anderen Fall für mich gearbeitet. Dabei ging es um einen Mandanten, der einen Drogendealer denunzierte. Er hat ein bisschen rumtelefoniert und geholfen, den Kerl zu identifizieren. Hinterher hab ich erfahren, der Kerl war Kolumbianer und hatte gute Kontakte zur Unterwelt. Er könnte Freunde gehabt haben, die …" Ich überließ es ihnen, die offen gelassenen Stellen auszufüllen.

„Ich weiß nicht", sagte Lankford. „Das hier war eine ziemlich saubere Sache. Sieht nicht nach einem Racheakt aus. Ein einziger Schuss, und dann haben sie sein Arbeitszimmer auf den Kopf gestellt. Wonach könnten die Leute des Dealers dort gesucht haben?"

„Vielleicht nach dem Namen meines Mandanten. Eine Bedingung des Deals war, dass er aus dem Spiel gelassen wurde."

Lankford nickte nachdenklich. „Wie heißt der Mandant?"

„Das darf ich Ihnen nicht sagen. Anwaltliche Schweigepflicht."

„Aah, hätten wir also diese Scheiße mal wieder. Wie sollen wir der Sache nachgehen, wenn wir nicht mal den Namen Ihres Mandanten kennen? Ihnen scheint wenig an Ihrem toten Freund zu liegen."

„Und ob mir was an ihm liegt. Aber mir sind durch die rechtlichen Bestimmungen die Hände gebunden."

„Ihr Mandant befindet sich womöglich in Gefahr."

„Mein Mandant befindet sich in Sicherheit. Mein Mandant sitzt in Haft. Wenn Sie den Namen des Dealers wissen wollen – er heißt Hector Arrande Moya. Er befindet sich in Bundesgewahrsam."

Sobel notierte sich alles. Ich hatte ihnen hoffentlich hinreichend Anlass gegeben, um von Roulet und dem Schwulenaspekt abzusehen.

„Mr Haller, würde es Ihnen was ausmachen, kurz mit uns nach hinten in Mr Levins Arbeitszimmer zu kommen? Vielleicht fällt Ihnen eine Veränderung auf oder ob etwas fehlt."

Ich war mir nicht sicher, ob ich Rauls Leiche am Tatort sehen wollte. Doch dann entschied ich, dass ich ihn sehen musste; der Anblick würde mich in meiner Entschlossenheit bestärken. „Okay, ich komme mit."

„Dann ziehen Sie die hier an und fassen Sie dort hinten nichts an", sagte Lankford und zog ein Paar Papierüberzieher aus seiner Tasche.

Ich streifte sie über. Dann folgte ich ihnen den Flur hinunter ins Todeszimmer.

Raul Levins Leiche lag auf dem Boden, das Gesicht nach rechts gedreht, Mund und Augen offen. Ich bedauerte meinen Entschluss sofort. Mir war mit einem Mal klar, dass der letzte Blick auf Rauls Gesicht alle anderen Erinnerungen an ihn verdrängen würde. Mein Entsetzen musste mir anzusehen gewesen sein.

„Können Sie hier rüber zum Schreibtisch kommen und uns sagen, ob Ihnen was Ungewöhnliches auffällt?", fragte Sobel, die offensichtlich ein wenig Mitleid mit mir hatte.

Ich war froh, der Leiche den Rücken zuwenden zu können. Ich ging zum Schreibtisch. Mein Blick blieb auf dem Computer haften, denn ich fragte mich, was Levin dort über Roulet gespeichert haben könnte.

Sobel merkte es. „Es war noch kein Computerfachmann da", sagte sie. „Aber wie es aussieht, wurde die gesamte Festplatte entfernt." Sie deutete mit ihrem Stift unter den Tisch, wo der Rechner stand. Eine Seite des Plastikgehäuses war abgenommen und beiseitegelegt worden.

Mein Blick wanderte über den Schreibtisch. Lose Blätter und Akten waren wahllos darüber verstreut.

„Hey, seht euch das mal an!", sagte Lankford.

Sobel und ich fuhren gleichzeitig herum. Die Gerichtsmediziner waren dabei, Levins Leiche behutsam umzudrehen. Die Vorderseite seines Dodgers-Shirts war voller Blut. Doch Lankford deutete auf die Hände des Toten, die zuvor unter dem Körper verborgen gewesen waren. Die zwei mittleren Finger der linken Hand waren auf die Handfläche gekrümmt, die zwei äußeren ausgestreckt – wie zwei kleine Hörner.

„War der Typ Texas-Longhorns-Fan oder was?", sagte Lankford.

Niemand lachte. „Was glauben Sie?", fragte mich Sobel.

Ich starrte auf die letzte Geste meines Freundes und schüttelte nur den Kopf.

„Ach, jetzt verstehe ich", sagte Lankford. „Er sagt uns, dass es der Teufel war."

Ich dachte daran, dass Raul Roulet als Teufel bezeichnet hatte und dass er den Beweis für dessen abgrundtiefe Bosheit zu haben glaubte. Und ich wusste, was die letzte Nachricht meines Freundes an mich bedeutete. Als er auf dem Boden seines Arbeitszimmers starb, versuchte er, es mir zu sagen. Er hatte versucht, mich zu warnen.

ICH FUHR ins Four Green Fields und bestellte Wodka mit Eis. Nach dem zweiten Glas legte ich das Handy auf den Tresen und begann, eine Reihe von Anrufen zu machen. Zuerst rief ich die vier anderen Anwälte aus dem Stadion an. Wir waren nach der Nachricht von Rauls Tod alle gegangen, aber sie hatten zu diesem Zeitpunkt noch nichts über die näheren Umstände gewusst. Dann verständigte ich Lorna, und sie weinte am Telefon. Ich redete ihr eine Weile gut zu, und nach diesem Gespräch beschloss ich, eine kurze Pause einzulegen, bevor ich den nächsten Anruf machte.

Ich schob mein Glas an den Rand des Tresens und sagte zum Barmann: „Ein Guinness bitte und für Sie auch eins."

Ich musste dringend einen Gang runterschalten und beschloss, auf Guinness umzusteigen, weil es ewig dauerte, ein Glas aus dem Zapfhahn zu füllen. Als es der Barmann endlich brachte, nahm ich einen kräftigen Schluck, und das dicke Bier war wie Mörtel, den ich nach unten beförderte, um die wackligen Ziegel im Innern zusammenzuhalten. Mit einem Mal war mir zum Heulen zumute. Doch dann klingelte mein Handy. Ich griff danach, ohne auf das Display zu sehen, und sagte Hallo.

„Spreche ich mit Mick?", fragte eine Stimme. „Hier Louis. Ich habe gerade von der Geschichte mit Raul erfahren. Tut mir aufrichtig leid, Mann."

Ich riss das Telefon von meinem Ohr, als wäre es eine giftige Schlange. Ich holte mit dem Arm aus, bereit, es gegen den Spiegel hinter der Bar zu schleudern, wo ich mein Spiegelbild sah. Aber ich beherrschte mich und hielt das Telefon wieder ans Ohr.

„Woher wissen Sie denn schon, was mit Raul passiert ist?"

„Ich habe gerade einen Anruf von der Polizei in Glendale erhalten. Eine Ermittlerin wollte mit mir über ihn sprechen."

Ich richtete mich auf. „Sobel? Hat sie bei Ihnen angerufen?"

„Sie hat gesagt, sie hätte meinen Namen von Ihnen. Sie will mir nur ein paar Fragen stellen. Reine Routine. Sie kommt gleich hierher in mein Büro."

Ich dachte kurz nach, sah aber keine wirkliche Gefahr für Sobel, selbst wenn sie ohne Lankford zu Roulet kam. Meine größere Sorge war, Sobel und Lankford könnten Roulet bereits aus irgendeinem Grund im Visier haben und mich so meiner Chance berauben, Raul Levin und Jesus Menendez persönlich zu rächen.

„Reden Sie nicht mit ihnen. Nur in Anwesenheit Ihres Anwalts."

„Werden sie nicht misstrauisch, wenn ich nicht mit ihnen sprechen will?"

„Das macht nichts. Sie reden nicht mit ihnen, wenn ich es nicht erlaube. Und ich erlaube es nicht." Ich ballte meine freie Hand zur Faust. Die Vorstellung, einem Mann Rechtsbeistand zu leisten, der mit hoher Wahrscheinlichkeit meinen Freund ermordet hatte, war schier unerträglich.

„Okay", sagte Roulet. „Ich werde sie wieder wegschicken."

„Wo waren Sie heute Morgen?"

„Ich? Hier im Büro. Warum?"

„Hat Sie jemand gesehen?"

„Also, Robin, die Rezeptionistin, ist um zehn gekommen. Aber davor war niemand hier."

Ich konnte Roulet nicht entsprechend instruieren, weil ich den genauen Todeszeitpunkt selbst nicht kannte. „Rufen Sie mich an, sobald Detective Sobel weg ist. Und vergessen Sie nicht: Egal was sie und ihr Partner zu Ihnen sagen, Sie schweigen. Wenn die Ihnen erzählen, ich hätte mein Okay gegeben, dass Sie mit ihnen reden, ist das eine Lüge."

„In Ordnung, Mick. Danke."

Er beendete das Gespräch. Ich klappte das Handy zu und ließ es auf den Tresen fallen, als sei es etwas Schmutziges und Widerwärtiges. „Bitte, gern geschehen", sagte ich.

Ich stürzte ein gutes Viertel von meinem Guinness hinunter und griff wieder nach dem Handy. Mit der Schnellwahltaste rief ich Fernando Valenzuela an. Er war zu Hause. „Trägt Roulet immer noch die Fußfessel?"

„Ja, er hat sie dran."

„Wie funktioniert das Ding genau? Kannst du damit auch feststellen, wo er zu einem bestimmten Zeitpunkt war, oder nur, wo er gerade ist?"

„Es ist ein GPS. Es sendet ein permanentes Signal zu einem Satelliten. Man kann zeitlich zurückverfolgen, wo jemand war."

„Hast du das Gerät gerade zur Hand oder ist es im Büro?"

„Das läuft über mein Notebook, Mann. Wieso, was ist?"

„Ich möchte wissen, wo er heute war."

„Dann fahre ich es eben mal hoch. Warte kurz."

Ich wartete, trank mein Guinness aus und ließ mir ein weiteres zapfen, bis Valenzuela sein Notebook angeworfen hatte. „Ich hab's jetzt direkt vor mir, Mick. Wie weit willst du zurückgehen?"

„Fang heute Morgen an."

„Okay. Moment mal … heute hat er nicht viel gemacht. Um acht ist er von zu Hause ins Büro. Sieht so aus, als hätte er einen kleinen Ausflug in die nähere Umgebung gemacht – ein paar Straßen weiter, wahrscheinlich zum Mittagessen – und dann wieder zurück ins Büro. Dort ist er immer noch."

Ich dachte kurz nach. „Val, wie kriegt man dieses Ding ab?"

„Meinst du, wenn du an seiner Stelle wärst? Überhaupt nicht. Das geht nicht. Es wird festgeschraubt, und von dem kleinen Schraubenzieher, mit dem es befestigt wird, gibt es nur ein einziges Exemplar. Er ist wie ein Schlüssel. Ich habe den einzigen."

„Bist du dir da sicher? Gibt's keine Kopien – vom Hersteller zum Beispiel?"

„Unwahrscheinlich. Außerdem spielt es keine Rolle. Wenn nämlich der Kreis unterbrochen wird – was immer der Fall ist, wenn man das Ding aufschließt –, erhalte ich hier ein Alarmsignal. Außerdem hat das Ding einen so genannten Massendetektor. Der Computer schlägt sofort Alarm, wenn das Band keinen Kontakt mehr zu seinem Bein hat."

Ich trank die obere Hälfte meines frischen Bieres. „Was ist mit dem Akku? Kriegst du auch noch ein Signal, wenn der Akku leer ist?"

„Sicher, Mick. Auch für den Fall habe ich vorgesorgt. Er hat ein Ladegerät und einen Stecker an der Fußfessel. Alle paar Tage muss er das Ding ein paar Stunden einstecken, um es aufzuladen. Wenn die Akkuladung unter zwanzig Prozent sinkt, schlägt der Computer Alarm, und ich rufe ihn an und sage ihm, er soll das Ding aufladen. Wenn er es nicht tut, kriege ich bei fünfzehn Prozent ein Signal, und bei zehn Prozent fängt es an zu piepsen, und er hat keine Möglichkeit, das Ding abzustellen. Nicht gerade toll, wenn man abhauen will. Außerdem reichen die letzten zehn Prozent noch fünf Stunden. Und in fünf Stunden finde ich ihn, keine Sorge."

„Okay, okay." Ich hatte mich von der Technik überzeugen lassen.

„Also, jetzt sag mir endlich, was los ist."

Ich erzählte ihm von Levin und dass die Polizei Roulet überprüfen wollte und die Fußfessel vermutlich das Alibi unseres Mandanten wäre.

Valenzuela zeigte sich schockiert. „Was ist deiner Meinung nach passiert, Mick?“ Offenbar wollte er wissen, ob ich Roulet für den Mörder hielt.

„Keine Ahnung“, sagte ich. „Aber an deiner Stelle wäre ich auf der Hut vor dem Kerl.“ Ich beendete das Gespräch und überlegte, ob Roulet doch eine Möglichkeit gefunden hatte, die Fußfessel abzulegen oder das Ortungssystem auszutricksen.

Ich blickte auf die Uhr. Es war noch nicht mal fünf. Ich nahm das Handy und tippte eine Schnellwahlnummer ein. Maggie ging sofort dran.

„Hey, denkst du schon langsam an Feierabend?“

„Haller? Was ist los? Hast du getrunken? Deine Stimme hört sich so komisch an.“

„Ich glaube, diesmal musst du mich heimfahren.“

„Wo bist du?“

„Im Four Green Fields. Ich hock schon eine ganze Weile hier.“

„Michael, was ist …“

„Raul Levin ist tot.“

„O Gott, nein! Was …?“

„Ermordet. Kannst du also bitte diesmal mich heimfahren? Ich hab zu viel getrunken.“

„Ich rufe nur noch schnell Stacey an, dass sie noch eine Weile auf Hayley aufpasst. Dann komme ich gleich vorbei. Rühr dich nicht vom Fleck.“

„Willst du was trinken?“, fragte ich Maggie, die kurz darauf eintraf.

„Nein, dafür ist es noch zu früh. Ich bring dich erst mal nach Hause.“

„Okay.“ Ich bezahlte, rutschte vom Hocker und verließ die Bar mit dem Arm um ihre Schultern. Wir kamen zu ihrem Wagen. Sie half mir beim Einsteigen, und dann fuhren wir los. In dem abendlichen Berufsverkehr brauchten wir fast 45 Minuten bis zum Fareholm Drive. Unterwegs erzählte ich ihr von Raul Levin und was passiert war. Sie hatte Levin nie kennen gelernt. Obwohl ich ihn schon jahrelang als Ermittler eingesetzt hatte, waren wir erst nach meiner Scheidung Freunde geworden.

Wir betraten das Haus, sie ging den Flur entlang und an der Tür zu meinem Arbeitszimmer blieb sie stehen. „Ach, wie süß“, sagte sie. „Hayley damals in Disneyland.“ Ihr Blick war auf das Foto unserer Tochter gerichtet, das ich auf dem Schreibtisch stehen hatte.

Ich war erfreut über den Gedanken, unbeabsichtigt bei ihr gepunktet zu haben. „Ja“, sagte ich und vergab damit die Chance, weiteres Kapital daraus zu schlagen.

„Wo geht's zum Schlafzimmer?", fragte sie.

„Du gehst aber ganz schön ran. Nach rechts."

„Tut mir leid, Haller, aber ich habe nicht viel Zeit. Stacey kann nur zwei Stunden länger bleiben, und bei dem Verkehr muss ich bald los."

Sie führte mich ins Schlafzimmer und wir setzten uns nebeneinander aufs Bett.

„Danke für deine Hilfe", sagte ich.

„Du hast mir neulich den gleichen Gefallen getan", sagte sie.

„Ich dachte, dafür hättest du dich schon an dem Abend revanchiert, als ich dich nach Hause gebracht habe."

Sie legte die Hand an meine Wange und drehte mein Gesicht zu ihrem herum. Sie küsste mich. „Guinness", sagte sie, an ihren Lippen schmeckend, als sie sich von mir löste.

„Und Wodka."

„Super Kombination. Morgen hast du sicher einen gewaltigen Kater. Ruf mich morgen früh an. Ich möchte lieber mit dir reden, wenn du nüchtern bist."

„Okay." Ich lehnte mich aufs Bett zurück, streifte die Schuhe ab und schaltete den CD-Player auf meinem Nachttisch ein.

Sie zuckte die Schultern. „Ich muss jetzt los."

„Bleib nur noch ganz kurz." Ich streckte den Arm aus und stellte die Musik etwas leiser. „Hey, ich mache sie ganz aus, und du singst mir was vor, so wie früher."

„Nicht heute Abend, Haller."

„Niemand kennt die Maggie McPherson, die ich kenne."

Sie lächelte ein wenig, und ich war kurz still, während ich mich an alte Zeiten erinnerte. „Maggie, warum bist du noch da? Ich meine, wie du zu mir hältst, wie du mich bei Hayley nicht schlechtmachst und wie du für mich da bist, wenn ich dich brauche. Heute Abend zum Beispiel. Nicht viele Männer haben Exfrauen, die sie noch mögen."

Sie dachte eine Weile nach, bevor sie antwortete. „Ich weiß selbst nicht. Wahrscheinlich weil ich irgendwo da drinnen einen guten Mann und guten Vater sehe, der darauf wartet, eines Tages herauszukommen."

Ich nickte und hoffte, sie hätte Recht. „Sag mir nur eines. Was würdest du tun, wenn du nicht als Anklägerin arbeiten könntest?"

„Ich glaube, ich würde als Lehrerin arbeiten", sagte sie nach einigem Nachdenken. „In der Grundschule. Kleine Mädchen wie Hayley unterrichten."

Ich lächelte. „Du wärst eine gute Lehrerin … außer wenn du die Kids zum Nachsitzen verdonnerst, ohne dass sie Kaution stellen dürfen."

„Sehr witzig. Und du? Was würdest du tun, wenn du nicht Anwalt wärst?"

„Keine Ahnung. Vielleicht würde ich einen Limousinen-Service aufmachen, Leute zum Flughafen bringen."

Jetzt lächelte sie mich an. „Ich würde mich von dir fahren lassen."

„Gut. Einen Kunden hab ich also bereits. Gib mir einen Dollar und ich klebe ihn an die Wand."

Aber unser kleines Geplänkel erfüllte seinen Zweck nicht. Ich lehnte mich zurück, presste die Handflächen auf die Augen und versuchte, den Tag einfach wegzuschieben und mit ihm die Erinnerung an Raul Levin auf dem Fußboden seines Hauses, an seine Augen, die für immer in einen schwarzen Himmel starrten.

„Weißt du, wovor ich immer schon Angst hatte?", fragte ich. „Einen Unschuldigen vor mir stehen zu haben und es nicht zu erkennen. Aber weißt du, wovor ich wirklich Angst hätte haben sollen? Vor dem Bösen. Vor dem abgrundtief Bösen."

„Wie meinst du das?"

„Die meisten Leute, die ich verteidige, sind nicht böse, Mags. Sie sind schuldig, das ja, aber sie sind nicht böse. Diese Leute versuchen, irgendwie über die Runden zu kommen, mit dem zu leben, was sie mitbekommen haben, und einige von ihnen haben wirklich absolut nichts mitbekommen. Aber das Böse ist etwas anderes. Es ist da draußen in der Welt, und wenn es sich zeigt … ich weiß nicht. Ich kann es nicht erklären."

„Weil du betrunken bist, deshalb."

„Ich weiß nur, dass ich vor einer Sache hätte Angst haben sollen, aber ich hab mich vor dem genauen Gegenteil gefürchtet."

Sie streckte die Hand aus und massierte meine Schulter.

Ich verstummte, und ganz allmählich schlief ich in meiner Kleidung ein. Ich bekam nicht mehr mit, wie die Frau, die ich mehr als sonst jemanden in meinem Leben geliebt hatte, das Haus verließ.

ICH SCHLIEF fast zehn Stunden, erwachte aber trotzdem im Dunkeln. Der Wecker zeigte 5.38 Uhr an. Ich wälzte mich aus dem Bett, ging in die Dusche und blieb darunter stehen, bis der Heißwassertank leer war. Dann zog ich mich an.

Ich ging ins Arbeitszimmer, um einen Blick auf meinen Terminkalender zu werfen, und das Erste, was mir auffiel, war ein Dollarschein, der mit Klebstreifen an der Wand über dem Schreibtisch befestigt war.

Mein Adrenalinspiegel stieg schlagartig. Mein erster Gedanke war, ein Eindringling hätte den Geldschein als eine Art Botschaft dort angebracht. Dann fiel es mir wieder ein. „Maggie", sagte ich laut. Ich lächelte und beschloss, den Dollarschein an der Wand hängen zu lassen.

Ich zog den Kalender hervor und studierte meine Termine. Wie es aussah, hatte ich erst um elf Uhr einen Gerichtstermin im San Fernando Court.

Zum Frühstück gönnte ich mir zwei Kopfschmerztabletten samt Spiegeleiern, Toast und Kaffee. Es hatte die gewünschte Wirkung und verlieh mir die nötige Energie, den Kampf wiederaufzunehmen. Während ich frühstückte, fiel mir ein, dass ich gar kein Auto hatte, da der Lincoln ja noch auf dem Parkplatz des Four Green Fields stand. Ich beschloss, ein Taxi zu dem Lagerraum in North Hollywood zu nehmen und einen der neuen Lincolns zu benutzen.

Nachdem ich das Geschirr gespült hatte, fand ich, es wäre spät genug, Lorna anzurufen und mir die Termine bestätigen zu lassen. Ich ging ins Arbeitszimmer, und als ich den Hörer des Hausapparats abnahm, hörte ich das unterbrochene Freizeichen, das mir den Eingang einer Nachricht signalisierte.

Ich wählte die Nummer des Telefondienstes und bekam von einer elektronischen Stimme mitgeteilt, dass am Vortag um 11.07 Uhr ein Anruf für mich hinterlassen worden war. Als die Stimme die Nummer des Anrufers herunterleierte, versetzte es mir einen Stich. Es war Raul Levins Handynummer. Ich hatte seinen letzten Anruf verpasst.

„Hey, ich bin's. Wahrscheinlich bist du schon los zum Spiel und hast dein Handy ausgeschaltet. Falls du diese Nachricht nicht mehr abhörst, treffen wir uns im Stadion. Jedenfalls habe ich noch eine echte Trumpfkarte für dich. Schätze, man …" Er hielt wegen des Hundegebells im Hintergrund kurz inne. „… man könnte sagen, ich habe Menendez' Ticket in die Freiheit. Ich muss jetzt Schluss machen, Kumpel." Das war's. Er legte auf, ohne Auf Wiedersehen zu sagen.

Ich hörte mir die Nachricht ein zweites Mal an, bevor ich sie speicherte. Anschließend saß ich in meinem Schreibtischsessel und versuchte, mir einen Reim darauf zu machen. Das erste Rätsel war der Zeitpunkt des Anrufs. Ich war frühestens um halb zwölf zum Spiel losgefahren, doch aus irgendeinem Grund hatte ich Levins Anruf verpasst, obwohl er über zwanzig Minuten früher eingegangen war. Es schien mir unerklärlich, bis ich mich an Lornas Anruf erinnerte. Um 11.07 Uhr hatte ich mit ihr telefoniert. Mein Privatanschluss wurde so selten benutzt, dass ich mir keine Anklopffunktion hatte installieren lassen. Das hieß, während ich mit Lorna telefoniert hatte, war Levins letzter Anruf an die Mailbox umgeleitet worden, und ich hatte nichts davon mitbekommen.

Das erklärte die Umstände des Anrufs, aber nicht seinen Inhalt. Levin hatte offensichtlich etwas herausgefunden, was mir helfen würde, Menendez aus dem Gefängnis zu holen.

Dann war da noch die Unterbrechung durch das Hundegebell, aber das war einfach zu erklären. Ich war gelegentlich bei Levin gewesen und wusste, sein Hund war ein überdrehter kleiner Kläffer. Jedes Mal wenn man ihn zu Hause besuchte, hörte man ihn schon bellen, bevor man überhaupt an die Tür klopfte. Das Bellen im Hintergrund deutete auf einen Besucher hin. Und es könnte durchaus sein Mörder gewesen sein.

Ich überlegte eine Weile und gelangte schließlich zu der Überzeugung, dass ich der Polizei den Zeitpunkt des Anrufs nicht guten Gewissens verheimlichen konnte. Ich ging ins Schlafzimmer und durchsuchte die Taschen der Bluejeans, die ich am Tag zuvor beim Spiel getragen hatte. In einer der Gesäßtaschen fand ich die Visitenkarten, die mir Sobel am Ende meines Besuchs in Levins Haus gegeben hatte. Ich entschied mich für Sobels Karte.

Sie meldete sich sofort, und ich beschloss, erst einmal zu sehen, was aus ihr herauszubekommen war, bevor ich ihr gab, was ich hatte. „Irgendwas Neues bei Ihren Ermittlungen?“, fragte ich.

„Nicht viel. Zumindest nicht viel, was ich Ihnen erzählen darf. Wir haben einige ballistische Untersuchungsergebnisse und …“

„Sie haben schon eine Obduktion vorgenommen?“, fragte ich. „Das ging aber schnell.“

„Nein, die Obduktion machen sie erst morgen.“

„Wieso haben Sie dann schon was von der Ballistik?“

Sie antwortete nicht, aber dann kam ich drauf. „Sie haben eine Patronenhülse gefunden. Er wurde mit einer Automatik erschossen, und die Hülse wurde ausgeworfen.“

„Gut kombiniert, Mr Haller. Ja, wir haben eine Patronenhülse gefunden.“

„Ich habe eine Menge Prozesse geführt. Und Sie können mich übrigens ruhig Mickey nennen. Irgendwie komisch, der Mörder durchsucht das ganze Zimmer, aber die Hülse übersieht er.“

„Vielleicht weil sie über den Boden gerollt und in einen Lüftungsschacht gefallen ist. Um sie da rauszukriegen, hätte der Mörder einen Schraubenzieher und einige Zeit gebraucht."

Ich nickte. Ein glücklicher Zufall. „Und hatte Ihr Partner Recht, dass es eine Zweiundzwanziger war?"

Sie zögerte kurz und überlegte offensichtlich, ob sie die Schwelle überschreiten und mir Auskünfte über den Fall erteilen sollte. „Er hatte Recht. Und dank der Spuren auf der Hülse wissen wir sogar, nach welcher Waffe wir suchen."

Da ich es im Lauf der Jahre mit zahlreichen Schusswaffenexperten zu tun gehabt hatte, wusste ich, dass man Fabrikat und Modell einer Schusswaffe anhand der Spuren, die beim Abfeuern auf einer Patronenhülse entstehen, identifizieren kann, selbst wenn man die dazugehörige Waffe nicht hat.

„Mr Levin hat selbst eine Zweiundzwanziger besessen", sagte Sobel. „Aber wir haben sie in einem Schrank gefunden, und es ist keine Woodsman. Das Einzige, was wir nicht gefunden haben, ist sein Handy. Wir wissen, er hatte eines, aber wir …"

„Er hat mich unmittelbar vor seinem Tod damit angerufen."

Es trat eine kurze Stille ein. „Gestern haben Sie uns gesagt, Sie hätten Freitagabend zum letzten Mal mit ihm gesprochen."

„Richtig. Deswegen melde ich mich auch bei Ihnen. Raul hat gestern um 11.07 Uhr angerufen und mir eine Nachricht hinterlassen. Ich habe sie allerdings erst heute erhalten, weil ich gestern nach dem Treffen mit Ihnen in eine Bar gegangen bin und mich betrunken habe. Dann habe ich mich schlafen gelegt, und ich hab seine Nachricht erst jetzt abgehört. Er hatte mich wegen eines Falls angerufen, an dem er nebenher für mich gearbeitet hat. Der Inhalt des Anrufs ist nicht wichtig, aber er hilft, den zeitlichen Ablauf zu rekonstruieren. Und das Beste daran ist: während er mir die Nachricht hinterlässt, hört man im Hintergrund, wie der Hund zu bellen anfängt. Das hat er immer gemacht, wenn jemand an die Tür kam."

„Mr Haller, gestern haben Sie uns erzählt, Sie wären bis Mittag zu Hause gewesen, bevor Sie ins Stadion fuhren. Und jetzt sagen Sie, Mr Levin hätte Ihnen um 11.07 Uhr eine Nachricht hinterlassen. Warum sind Sie nicht ans Telefon gegangen?"

„Weil ich gerade telefoniert habe und die Anklopffunktion nicht aktiviert ist. Sie können in meinen Unterlagen nachprüfen, dass ich einen Anruf von meiner Assistentin Lorna Taylor erhalten habe. Raul muss genau in dem

Moment angerufen haben. Und ohne Anklopfen bekomme ich das nicht mit."

„Okay. Wahrscheinlich brauchen wir eine schriftliche Genehmigung von Ihnen, um Einblick in Ihre Telefonunterlagen zu erhalten."

„Die können Sie gern haben."

„Wo sind Sie gerade?"

„Zu Hause."

Ich gab ihr die Adresse, und sie sagte, sie und ihr Partner kämen vorbei.

„Aber beeilen Sie sich bitte. Ich muss in einer Stunde ins Gericht."

Ich hatte ein ungutes Gefühl, als ich das Gespräch beendete. Im Lauf der Jahre hatte ich ein Dutzend Mörder verteidigt und war dabei mit einigen Ermittlern in Berührung gekommen. Aber ich war noch nie selbst wegen eines Mordes vernommen worden. Lankford und inzwischen auch Sobel schienen all meinen Auskünften mit Misstrauen zu begegnen. Das stellte mich vor die Frage, ob sie vielleicht mehr wussten als ich.

Ich schaffte etwas Ordnung auf meinem Schreibtisch, und dann begriff ich es plötzlich. Als Sobel es gesagt hatte, war es mir nicht weiter aufgefallen. Sie hatten Raul Levins .22er gefunden, aber es war nicht die Tatwaffe. Es war keine Woodsman.

Die Woodsman war eine von Colt hergestellte automatische Pistole. Ich wusste das so genau, weil ich selbst einen Colt Woodsman Sport besaß. Mein Vater hatte ihn mir vor Jahren vermacht, kurz vor seinem Tod. Ich hatte die Pistole noch nicht ein einziges Mal aus ihrer Holzkiste genommen.

Ich ging hinüber ins Schlafzimmer. Die Kiste aus lackiertem Holz stand an ihrem Platz in dem Fach im Kleiderschrank. Ich hob sie mit beiden Händen herunter. Dann stellte ich sie aufs Bett und ließ den Messingverschluss aufschnappen. Ich hob den Deckel an und zog das Öltuch zurück.

Die Pistole war verschwunden.

SECHS

Montag, 23. Mai

Der Scheck von Roulet war eingegangen. Am ersten Verhandlungstag hatte ich mehr Geld auf meinem Bankkonto als je in meinem Leben. Ich hatte endlich einen lukrativen Fall, und er machte sich bezahlt. Jedenfalls in finanzieller Hinsicht. Wegen Raul Levins Tod würde er jedoch immer ein Verlustgeschäft bleiben.

Wir hatten drei Tage Geschworenenauswahl hinter uns und waren bereit für die große Show. Die Verhandlung war auf maximal drei Tage angesetzt – zwei für die Anklage, einer für die Verteidigung.

Ich saß neben Louis Roulet am Tisch der Verteidigung. Wir waren allein. Ich hatte keinen Ermittler hinter mir – aus einer seltsamen Loyalität Raul Levin gegenüber hatte ich keinen Ersatz engagiert. Ich brauchte auch nicht wirklich einen. Levin hatte mir alles Nötige beschafft. Der Prozess und sein Ablauf würden die letzte Demonstration seines Könnens als Ermittler sein.

In der ersten Reihe des Zuschauerraums saßen C. C. Dobbs und Mary Windsor. Die Richterin hatte bei der Vorverhandlung verfügt, dass Roulets Mutter nach den Eröffnungsplädoyers den Gerichtssaal verlassen musste. Als Zeugin der Verteidigung war es ihr nicht gestattet, die anschließenden Aussagen zu hören. Sie würde mit ihrem treuen Schoßhund Dobbs draußen im Flur warten, bis ich sie in den Zeugenstand rief.

Ebenfalls in der ersten Reihe, wenn auch nicht direkt neben ihnen, saß meine Unterstützer-Fraktion: meine Assistentin und Exfrau Lorna Taylor. Sie hatte ein marineblaues Kostüm und eine weiße Bluse angezogen. Sie sah verdammt gut aus und hätte sich problemlos in die Phalanx der Anwältinnen einreihen können, die jeden Tag im Gericht ein und aus gingen. Aber sie war allein meinetwegen da, und das würde ich ihr nie vergessen.

Der übrige Zuschauerraum war nur spärlich besetzt. Ein paar Zeitungsreporter, außerdem einige Anwälte und interessierte Laien. Vom Fernsehen war niemand aufgetaucht. Bisher hatte der Prozess in der Öffentlichkeit wenig Interesse erregt.

Ich versuchte, meine Aufregung einzudämmen, indem ich mein Eröffnungsplädoyer probte. Ich warf einen Blick hinüber zu Ted Minton am Tisch der Anklage und sah, dass er dasselbe tat.

Im gleichen Augenblick lehnte sich Roulet unvermutet so weit zu mir herüber, dass er mich fast berührte. Obwohl es noch nicht nötig war, flüsterte er. „Jetzt wird's ernst, Mick."

Seit dem Tod Raul Levins war mein Verhältnis zu Roulet von duldsamem Ertragen bestimmt. Ich gab mich mit ihm ab, weil ich musste. In den Wochen vor dem Prozess hatte ich mich so wenig wie möglich mit ihm getroffen, aber als wir drei Tage lang zusammen die Geschworenen auswählen mussten, war es die reinste Tortur gewesen. Tag für Tag hattte ich neben Roulet zu sitzen und mir seine herablassenden Kommentare über potenzielle Geschworene anzuhören. Das durchzustehen war mir nur gelungen, indem ich ihn einfach ignorierte.

„Sind Sie bereit?“, fragte er mich.

„Ich versuche es zumindest“, sagte ich. „Und Sie?“

„Ich bin bereit. Aber bevor es losgeht, wollte ich Ihnen noch was sagen.“

Ich sah ihn an. Er war mir physisch zu nahe gekommen. Es wäre aufdringlich gewesen, selbst wenn ich ihn gemocht und nicht gehasst hätte. Ich rückte von ihm ab. „Was?“

Er lehnte sich noch näher zu mir herüber. „Wenn Sie mein Anwalt sind, kann ich Ihnen doch was erzählen, und Sie müssen es für sich behalten, selbst wenn es ein Verbrechen ist. Das unterliegt doch der anwaltlichen Schweigepflicht. Richtig?“

„Ja, Louis, das stimmt – außer Sie erzählen mir von einer Straftat, die Sie erst begehen wollen. In dem Fall kann ich der ethischen Verpflichtung entbunden werden und die Polizei darüber in Kenntnis setzen, damit sie die Straftat verhindern kann. Aber was wollen Sie mir nun eigentlich sagen? In zwei Minuten beginnt die Verhandlung.“

„Ich habe Menschen getötet, Mick.“

Ich sah ihn kurz an. „Wie bitte?“

„Sie haben mich verstanden.“

Er hatte Recht. Ich hatte ihn sehr gut verstanden. Und ich hätte nicht den Überraschten spielen sollen. Ich wusste bereits, dass er Menschen getötet hatte. Mich überraschte nur, dass er beschlossen hatte, es mir zwei Minuten vor Verhandlungsbeginn so sachlich zu eröffnen.

„Warum erzählen Sie mir das?“, fragte ich. „Ich versuche hier, Sie zu verteidigen, und Sie …“

„Weil ich weiß, dass Sie es bereits wissen. Und weil ich weiß, was Sie vorhaben.“

„Was ich vorhabe? Was soll ich vorhaben?“

Er grinste verschlagen. „Kommen Sie, Mick. Die Sache ist doch ganz einfach. Sie verteidigen mich in diesem Fall. Sie tun Ihr Bestes, werden gut dafür bezahlt, Sie gewinnen, und ich komme frei. Doch sobald alles vorbei ist und ich nicht mehr Ihr Mandant bin, liefern Sie mich der Polizei aus, damit Sie Menendez freikriegen und sich selbst reinwaschen können.“

Ich antwortete nicht.

„Aber das kann ich auf keinen Fall zulassen“, fuhr er ruhig fort. „Ich sage Ihnen, ich habe Menschen getötet, und Martha Renteria war eine von ihnen. Aber wenn Sie zur Polizei gehen oder gegen mich verwenden, was ich Ihnen gerade gesagt habe, haben Sie die längste Zeit als Anwalt praktiziert. Es würde Ihnen vielleicht gelingen, Menendez von den Toten zu erwecken, aber ich werde wegen Ihres gesetzwidrigen Verhaltens nie belangt werden. Ich glaube, das nennt man ‚Frucht des giftigen Baumes', und Sie sind der Baum, Mick."

Ich brachte immer noch keinen Ton hervor. Roulet hatte sich das Ganze auf jeden Fall gut überlegt. Ich fragte mich, wie weit ihm Cecil Dobbs dabei geholfen hatte. Ich beugte mich zu ihm und flüsterte: „Kommen Sie mit." Ich stand auf und ging rasch durch die Schranke und zur Tür am hinteren Ende des Saals.

Hinter mir hörte ich die Stimme des Gerichtsdieners. „Mr Haller? Wir fangen gleich an. Die Richterin …"

„Nur eine Minute!", rief ich, ohne mich umzudrehen. Dann schob ich mich durch die Tür in den schwach beleuchteten Vorraum, der als Schleuse diente, um Geräusche aus dem Flur vom Gerichtssaal fernzuhalten. Auf der anderen Seite führte eine Flügeltür auf den Flur hinaus. Ich trat zur Seite und wartete, bis Roulet in den kleinen Raum kam. Sobald er durch die Tür war, packte ich ihn und wirbelte ihn herum, um ihn mit beiden Händen gegen die Wand zu stoßen. „Was denken Sie sich eigentlich?"

„Jetzt regen Sie sich doch nicht gleich auf, Mick. Ich dachte nur, wir sollten beide wissen, wo wir …"

„Sie mieses Dreckschwein! Sie haben Raul umgebracht, und alles nur, weil er für Sie gearbeitet hat! Er hat versucht, Ihnen zu helfen!" Ich wollte meine Hände um seinen Hals legen und ihn auf der Stelle erwürgen.

„In einem Punkt haben Sie Recht. Ich bin ein mieses Schwein. Aber in allen anderen Punkten täuschen Sie sich, Mick. Levin hat nicht versucht, mir zu helfen. Er hat versucht, mich ins Gefängnis zu bringen, und viel hätte nicht mehr gefehlt. Er hat bekommen, was er verdient hat."

„Wie haben Sie es gemacht? Wie haben Sie die Fußfessel ausgetrickst? Dem GPS zufolge sind Sie nicht mal annähernd in Glendale gewesen."

Er lächelte mich an wie ein Junge mit einem Spielzeug, das er nicht teilen will. „Sagen wir einfach, das sind geschützte Informationen, und belassen es dabei. Wer weiß, vielleicht muss ich diese alte Houdini-Nummer noch mal aus meiner Trickkiste ziehen."

Ich hörte die Drohung in seinen Worten, und in seinem Lächeln sah ich das Böse, das Levin gesehen hatte.

„Und kommen Sie mir bloß nicht auf dumme Gedanken, Mick", fuhr er fort. „Wie Sie wissen, habe ich eine Versicherungspolice."

Ich drückte ihn fester gegen die Wand und beugte mich weiter vor. „Hören Sie gut zu, Sie mieses Stück Scheiße! Ich will die Pistole zurück. Sie denken, Sie haben alles unter Kontrolle? Einen Dreck haben Sie! *Ich* habe alles unter Kontrolle. Und Sie schaffen es nicht bis zum Ende der Woche, wenn ich diese Pistole nicht zurückkriege. Kapiert?"

Roulet hob langsam die Arme, packte mich an den Handgelenken und zog meine Hände von seiner Brust. Er begann, Hemd und Krawatte zurechtzurücken. „Darf ich Ihnen vielleicht einen Kompromiss vorschlagen?", sagte er ruhig. „Bei Prozessende verlasse ich den Gerichtssaal als freier Mann und bleibe auch weiterhin in Freiheit. Und als Gegenleistung dafür fällt die Pistole nie in die – wie soll ich sagen? – falschen Hände."

Womit Lankford und Sobel gemeint waren.

Ich trat zurück und musste meine ganze Selbstbeherrschung aufbieten, um nicht mit den Fäusten auf ihn loszugehen. Ich beließ es dabei, den ganzen Ärger und Hass in meine Stimme zu legen. „Eins verspreche ich Ihnen", sagte ich eisig. „Wenn Sie irgendein krummes Ding versuchen, mach ich Sie fertig. Ist das klar?"

Roulet begann zu lächeln. Doch bevor er antworten konnte, ging die Tür zum Gerichtssaal auf, und der Gerichtsdiener streckte seinen Kopf herein.

„Die Richterin ist schon auf der Bank", sagte er streng. „Sie will Sie im Saal sehen. Sofort."

Ich sah wieder Roulet an. „Ob das klar ist?"

„Ja, Mick", sagte er freundlich. „Absolut klar."

Ich wandte mich ab und betrat den Saal. Während ich den Gang zur Schranke entlanglief, sah mich Richterin Fullbright durchdringend an. „Nett, dass Sie sich doch noch durchringen konnten, sich uns anzuschließen, Mr Haller."

„Entschuldigung, Euer Ehren", sagte ich, als ich durch die Schranke trat. „Ein Notfall. Wir mussten noch kurz etwas besprechen."

„Mandantenbesprechungen können auch am Tisch der Verteidigung abgehalten werden", antwortete sie.

„Ja, Euer Ehren. Ich bitte um Entschuldigung, Euer Ehren."

„Das finde ich ein bisschen wenig, Mr Haller. Ich erlege Ihnen ein Bußgeld von fünfhundert Dollar wegen Missachtung des Gerichts auf. Können wir jetzt die Geschworenen hereinbitten?"

Der Gerichtsdiener öffnete die Tür zum Geschworenenzimmer, und die zwölf Jurymitglieder und zwei Ersatzleute begannen auf der Geschworenenbank Platz zu nehmen. Ich beugte mich zu Roulet hinüber und flüsterte: „Sie schulden mir fünfhundert Dollar."

TED MINTONS Eröffnungsplädoyer war ein Paradebeispiel dafür, wie man als Ankläger zu viel des Guten tun konnte. Statt den Geschworenen einfach zu erklären, welche Beweise er vorlegen und was sie belegen würden, versuchte er, ein Gesamtbild zu entwerfen. Das war fast immer ein Fehler. Jeder erfahrene Ankläger wird Ihnen raten, sich bedeckt zu halten. Die Geschworenen sollen einen Schuldspruch fällen, aber nicht unbedingt alles verstehen.

„Wenn Sie in Kürze die Aussagen des Opfers hören, wird ihr Lebenswandel womöglich nicht Ihre Zustimmung finden", eröffnete Minton den Geschworenen. „Tatsache ist, sie lud Männer in ihre Wohnung ein und nahm Geld für sexuelle Dienste entgegen. Aber bitte bedenken Sie, dass das Gesetz es nicht zulässt, dass jemand geschlagen, mit einem Messer bedroht oder in Todesangst versetzt wird. Dabei spielt es keine Rolle, wie er sein Geld verdient. Ihm steht derselbe Schutz zu wie jedem von uns."

Es war ziemlich offensichtlich, dass Minton den Ausdruck „Prostituierte" vermied, aus Angst, es könne seinem Fall schaden. Ich hatte vor, dieses Versäumnis des Anklägers auszugleichen.

Dann gab Minton einen langatmigen Überblick über die Beweislage. „Wir haben es hier mit einem klaren und eindeutigen Fall zu tun", erklärte er abschließend. „Ein Mann hat eine Frau in ihrer eigenen Wohnung angegriffen. Er hatte vor, sie zu vergewaltigen und dann umzubringen. Nur der Gnade Gottes ist es zu verdanken, dass sie noch unter uns ist, um Ihnen den Hergang zu schildern."

Danach dankte er den Geschworenen für ihre Aufmerksamkeit und nahm am Tisch der Anklage Platz. Richterin Fullbright sah auf ihre Uhr. Es war 11.40 Uhr, und sie überlegte wahrscheinlich, ob sie eine Pause machen oder mich mit meinem Eröffnungsplädoyer fortfahren lassen sollte.

„Mr Haller", sagte sie, „möchten Sie Ihr Plädoyer zurückstellen?"

„Nein, Euer Ehren, aber ich werde mich kurzfassen."

„Sehr gut", sagte sie. „Dann hören wir jetzt noch von Ihnen und gehen anschließend in die Mittagspause."

In Wirklichkeit wusste ich nicht genau, wie lange ich brauchen würde. Ich hatte der Richterin eine Kurzfassung angekündigt, weil ich nicht wollte, dass die Darstellung des Anklägers das Einzige wäre, worüber die Geschworenen beim Mittagessen nachzudenken hätten.

Ich stand auf und ging zu dem Pult, das zwischen den Tischen von Anklage und Verteidigung stand. Fullbright leitete ihre Prozesse wie ein Bundesrichter. Den Zeugen durften sich die Anwälte nur mit ihrer Erlaubnis nähern, den Geschworenen grundsätzlich nicht. Sie mussten vom Pult aus sprechen. „Meine Damen und Herren Geschworenen“, begann ich, „mein Name ist Michael Haller, und ich vertrete in diesem Prozess Mr Roulet. Zu meiner Freude kann ich Ihnen sagen, dass dieser Prozess aller Wahrscheinlichkeit nach von kurzer Dauer sein wird. Im Nachhinein werden Sie vermutlich feststellen, dass es länger gedauert hat, Sie alle auszusuchen, als es dauern wird, beide Seiten des Falles darzustellen. Der Ankläger, Mr Minton, scheint heute Morgen seine Zeit dafür aufgewendet zu haben, Ihnen zu erklären, was das Beweismaterial seiner Meinung nach bedeutet und wer Mr Roulet wirklich ist. Ich würde Ihnen raten, sich einfach zurückzulehnen, sich die Beweislage anzuhören und Ihren gesunden Menschenverstand entscheiden zu lassen.“

Ich ließ meinen Blick von einem Geschworenen zum anderen wandern. Nur gelegentlich warf ich einen Blick auf den Block vor mir. Ich wollte den Eindruck erwecken, als unterhielte ich mich mit ihnen. „Bei einem Strafprozess kann sich die Verteidigung immer aussuchen, ob sie das Eröffnungsplädoyer gleich zu Beginn der Verhandlung hält oder ob sie damit wartet, bis sie mit der Präsentation ihrer Zeugen und Beweismittel an der Reihe ist. Normalerweise würde ich mich für Letzteres entscheiden. Aber in diesem Fall verhält es sich anders. Und zwar insofern, als das Kernstück der Verteidigung die Beweismittel und Zeugen der Anklage sein wird. Ich versichere Ihnen, in diesem Gerichtssaal wird sich eine völlig andere Sicht der Ereignisse herausschälen als diejenige, die Ihnen Mr Minton gerade skizziert hat. Ich glaube, Sie werden feststellen, dass bei diesem Fall letztlich alles auf die Handlungen und Motive einer einzigen Person hinausläuft: auf die einer Prostituierten, die einen Mann mit den äußeren Anzeichen von Reichtum sah und beschloss, ihn auszuplündern.“

Minton stand auf und erhob Einspruch mit der Begründung, ich würde versuchen, die Hauptzeugin der Anklage mit haltlosen Anschuldigungen zu diskreditieren. Der Einspruch entbehrte jeder Grundlage. Es war nur ein dilettantischer Versuch, auf die Geschworenen Einfluss zu nehmen. Die Richterin reagierte darauf, indem sie uns zu sich rief.

Wir gingen an die Seite der Richterbank, und die Richterin schaltete einen Lautsprecher ein, dessen Rauschen es den Geschworenen unmöglich machte zu hören, was an der Richterbank geflüstert wurde.

Die Richterin machte kurzen Prozess mit Minton. „Mr Minton, Sie sind neu in dieser Art von Prozessen, und deshalb ist mir klar, dass ich Ihnen im Verlauf der Verhandlung noch Verschiedenes beibringen muss. Aber erheben

Sie unter meinem Vorsitz nie bei einem Eröffnungsplädoyer Einspruch. Was er hier präsentiert, sind keine Beweise. Und selbst wenn er Ihre eigene Mutter als Alibizeugin des Angeklagten ausgibt, erheben Sie mir vor meinen Geschworenen keinen Einspruch.“

Sie rollte ihren Sessel in die Mitte der Bank zurück und schaltete das Rauschen aus. Minton und ich kehrten ohne ein weiteres Wort an unsere Plätze zurück. „Einspruch abgelehnt“, verkündete die Richterin. „Fahren Sie fort, Mr Haller.“

„Danke, Euer Ehren.“

In dem Wissen, dass Minton von der Richterin so weit eingeschüchtert worden war, dass er den Mund nicht mehr so schnell aufmachen würde, beschloss ich, rhetorisch noch eins draufzulegen und dann zum Abschluss zu kommen. „Meine Damen und Herren, letzten Endes werden Sie hier darüber zu entscheiden haben, wer in diesem Fall wirklich der Straftäter ist. Mr Roulet, ein erfolgreicher und völlig unbescholtener Geschäftsmann, oder eine Prostituierte, die von Männern als Gegenleistung für Sex Geld kassiert. Sie werden erfahren, dass das angebliche Opfer, kurz bevor es zu diesem vermeintlichen Überfall kam, bei einem anderen Mann den Tatbestand der Prostitution erfüllte. Ebenso wie Sie erfahren werden, dass sie bereits wenige Tage nach diesem angeblich lebensbedrohlichen Überfall wieder ihrem Gewerbe nachging und Sex gegen Geld anbot.“

Ich warf einen kurzen Blick zu Minton hinüber und bemerkte, dass er innerlich kochte. Er hielt den Blick auf den Tisch gesenkt und schüttelte langsam den Kopf. Ich sah zur Richterin auf. „Euer Ehren, würden Sie den Ankläger darauf hinweisen, vor den Geschworenen jegliche kommentierende Geste zu unterlassen? Ich habe während seines Eröffnungsplädoyers weder Einspruch erhoben noch die Geschworenen in sonst irgendeiner Weise abzulenken versucht.“

„Mr Minton“, verwies ihn die Richterin, „sitzen Sie bitte still, und erweisen Sie der Verteidigung den Respekt, der auch Ihnen erwiesen wurde.“

„Ja, Euer Ehren“, sagte Minton kleinlaut.

Der Ankläger war bereits zweimal vor den Augen der Geschworenen abgewatscht worden, und es war noch nicht einmal richtig losgegangen. Ich fasste das als gutes Zeichen auf, und es verlieh mir zusätzlichen Schwung.

„Zu guter Letzt werden Ihnen mehrere Zeugen der Anklage bestätigen, dass es für viele belastende Beweisstücke eine vollkommen plausible Erklärung gibt. Sowohl in einzelnen Punkten wie im Gesamten wird die Beweisführung der Anklage mehr als berechtigte Zweifel an der Schuld meines

Mandanten bei Ihnen aufwerfen. Ich garantiere Ihnen, Sie werden feststellen, dass Sie am Ende dieses Prozesses nur eine Wahl haben: Mr Roulet für nicht schuldig zu befinden. Danke."

Als ich zu meinem Platz zurückging, zwinkerte ich Lorna Taylor zu. Sie nickte mir zu, wie um mir zu sagen, ich hätte meine Sache gut gemacht. Dann bemerkte ich die beiden Personen zwei Reihen hinter ihr. Lankford und Sobel. Was wollten die hier? Beobachteten sie mich? Warteten sie auf mich?

Ich nahm Platz. Die Richterin entließ die Geschworenen in die Mittagspause, und ich ging zum Platz der Protokollführerin, um ihr einen Scheck über 500 Dollar auszuschreiben. Als ich fertig war, sah ich zu den Plätzen, auf denen ich noch kurz zuvor Lankford und Sobel hatte sitzen sehen. Sie waren verschwunden.

IN DER NACHMITTAGSSITZUNG begann die Anklage, den Geschworenen ihre Sicht des Falls zu präsentieren, und Ted Mintons Strategie wurde mir bald klar. Die ersten vier Zeugen waren ein Disponent aus der Notrufzentrale, die zwei Streifenpolizisten, die auf Regina Campos Notruf hin in ihre Wohnung gekommen waren, und der Rettungssanitäter, der sie vor dem Abtransport ins Krankenhaus behandelt hatte. Minton wollte unmissverständlich klarstellen, dass Campo brutal misshandelt worden und bei dieser Straftat tatsächlich das Opfer war. An sich keine schlechte Strategie. In den meisten Fällen hätte sie ihren Zweck erfüllt.

Der Disponent diente vor allem als Vorwand, damit eine Bandaufnahme von Campos Notruf abgespielt werden konnte. Minton war damit zweifellos ein eindrucksvoller Start gelungen, denn die Geschworenen lauschten gebannt, wie Campo um Hilfe bat. Sie klang aufrichtig entsetzt und verängstigt.

Die Aussagen der beiden Streifenpolizisten waren nicht identisch, weil sie bei ihrer Ankunft in dem Mietshaus unterschiedliche Dinge getan hatten. Einer war beim Opfer geblieben, während der andere nach oben in die Wohnung ging und dem Mann Handschellen anlegte, auf dem Campos Nachbarn saßen – Louis Ross Roulet.

Die Beamtin Vivian Maxwell beschrieb Campo als aufgelöst, verletzt und verängstigt, selbst nachdem man den Eindringling gefasst hatte.

Als Minton mit dieser Zeugin fertig war, stand ich auf, um mein erstes Kreuzverhör in diesem Prozess zu führen. „Officer Maxwell", begann ich, „haben Sie Ms Campo jemals gefragt, was ihr zugestoßen ist?"

„Ja. Ich habe sie gefragt, was passiert ist und wer ihr das angetan hat."

„Was hat sie Ihnen geantwortet?"

„Sie hat gesagt, ein Mann sei an ihre Tür gekommen, habe geklopft, und als sie ihm öffnete, habe er sie niedergeschlagen. Er habe wiederholt auf sie eingeschlagen und dann ein Messer gezogen."

„Hat sie Ihnen gesagt, wer der Mann war?"

„Nein, sie gab an, sie würde den Mann nicht kennen."

„Haben Sie sie ausdrücklich gefragt, ob sie den Mann kannte?"

„Ja. Sie hat das verneint."

„Dann hat sie also um zehn Uhr nachts einem Fremden die Tür geöffnet?"

„So hat sie es nicht ausgedrückt. Sie hat gesagt: ‚Ich weiß nicht, wer er ist.'"

Als Nächster trat Maxwells Partner John Santos in den Zeugenstand und berichtete den Geschworenen, Campo habe ihm den Weg zu ihrer Wohnung beschrieben, in deren Eingangsbereich ein Mann auf dem Boden gelegen habe. Der halb bewusstlose Mann wurde dort von zwei Nachbarn Campos, Edward Turner und Ronald Atkins, festgehalten. Einer von ihnen saß rittlings auf der Brust des Mannes, der andere auf seinen Beinen. Santos identifizierte den Mann als den Angeklagten Louis Ross Roulet.

Santos sagte aus, Roulet habe Blut an seiner Kleidung und an seiner linken Hand gehabt. Santos habe ihn auf den Bauch gedreht und ihm auf dem Rücken Handschellen angelegt. Dann habe er eine Beweismitteltüte aus Plastik über Roulets blutige Hand gestreift.

Santos bezeugte, einer der Männer, die Roulet festgehalten hatten, habe ihm ein offenes Klappmesser ausgehändigt, das an Griff und Klinge blutbeschmiert war. Santos sagte den Geschworenen, er habe dieses Messer ebenfalls in eine Tüte gesteckt und Detective Martin Booker ausgehändigt, als dieser am Tatort eintraf.

Beim Kreuzverhör stellte ich Santos nur zwei Fragen. „Officer, war an der rechten Hand des Angeklagten Blut?"

„Nein, an seiner rechten Hand war kein Blut, sonst hätte ich sie auch in eine Tüte gesteckt."

„Verstehe. Dann haben Sie also Blut an der linken Hand und ein Messer mit Blut am Griff. Würden Sie demnach sagen, dass der Angeklagte, falls er dieses Messer überhaupt in der Hand gehabt hat, es in der linken Hand gehabt haben müsste?"

„Ja, das würde ich sagen", antwortete Santos.

Als Nächster sagte der Rettungssanitäter Arthur Metz aus. Er schilderte den Geschworenen Campos Zustand und das Ausmaß ihrer Verletzungen, die er weniger als dreißig Minuten nach dem Überfall behandelte. Er sagte, er habe den Eindruck gewonnen, es habe mindestens drei massive Einwirkungen auf ihrer rechten Gesichtshälfte gegeben. Außerdem wies er auf eine kleine Stichwunde am Hals hin. Er beschrieb alle Verletzungen als oberflächlich, aber schmerzhaft. Vor den Geschworenen wurde eine Staffelei mit der Großaufnahme von Campos Gesicht aufgestellt, die ich am Tag nach Roulets Festnahme zum ersten Mal gesehen hatte.

Als ich kurz darauf Metz ins Kreuzverhör nahm, sagte ich: „Wenn sie dreimal auf die rechte Seite ihres Gesichts geschlagen wurde, müssten die Einwirkungen von der linken Hand ihres Angreifers ausgegangen sein, richtig?“

„Wenn der Angreifer ihr gegenübergestanden hat, müsste er sie von links geschlagen haben“, bestätigte Metz. „Außer er hat mit dem Handrücken zugeschlagen. Dann könnte er es auch mit der rechten Hand getan haben.“

„Wollen Sie damit sagen, Ms Campos Angreifer wäre in der Lage gewesen, ihr mit der Rückhand solche Verletzungen beizubringen?“ Ich deutete auf das Foto.

Metz zuckte die Achseln. „Möglich ist alles“, sagte er.

„Möglich ist alles“, wiederholte ich. „Könnten Sie sich denn noch eine andere Möglichkeit vorstellen, wie Ms Campo diese Verletzungen beigebracht wurden – außer mittels direkter Schläge mit der linken Hand?“

Metz zuckte wieder die Achseln. Er war kein überzeugender Zeuge.

„Was wäre zum Beispiel, wenn sich Ms Campo selbst mit der Faust ins Gesicht geschlagen hätte? Hätte sie dafür nicht ihre rechte …“

Minton sprang sofort auf und erhob Einspruch. „Euer Ehren, das ist unerhört! Anzudeuten, das Opfer habe sich das selbst angetan, ist nicht nur ein Affront gegen dieses Gericht, sondern auch gegen alle Opfer von Gewaltverbrechen. Mr Haller …“

„Der Zeuge hat gesagt, möglich ist alles“, fiel ich ihm ins Wort. „Ich versuche nur auszuloten, was …“

„Stattgegeben“, sagte Fullbright und beendete die Sache damit. „Mr Haller, unterlassen Sie es, nur mal eben aufs Geratewohl irgendwelche Möglichkeiten auszuloten.“

„Ja, Euer Ehren“, sagte ich. „Keine weiteren Fragen.“

Ich setzte mich, sah zu den Geschworenen und konnte an ihren Gesichtern erkennen, dass ich einen Fehler gemacht hatte. Den Punkt, den ich mit dem linkshändigen Angreifer erzielt hatte, hatte ich mit der Andeutung, das Opfer habe sich die Gesichtsverletzungen selbst zugefügt, wieder verspielt. Trotzdem hatte die Sache auch etwas Positives. Es war gut, die Einstellung der Geschworenen in diesem Punkt bereits jetzt zu kennen – und nicht erst wenn Regina Campo im Zeugenstand wäre und ich ihr selbst diese Frage gestellt hätte.

Ich sah mich im Gerichtssaal um. Er war fast leer. Lankford und Sobel waren nicht zurückgekehrt. Es blieb nur eine Mischung aus Rentnern, Jurastudenten und einigen Anwälten, die sich die Zeit bis zu ihren eigenen Verhandlungen vertrieben. Ich war mir jedoch sicher, dass einer dieser Zuschauer ein Spion der Staatsanwaltschaft war. Es hätte mich sehr gewundert, wenn Ted Mintons Boss den Fall nicht hätte beobachten lassen. Ich wusste, dass ich auf diesen Spion im selben Maß einwirken musste wie auf die Geschworenen.

Der Nachmittag zog sich hin, und ich stellte fest, dass sich die Geschworenen zu langweilen begannen, als Zeuge um Zeuge winzige Details zu der Präsentation der Anklage beisteuerte. Offensichtlich wollte sich Minton die schweren Geschütze für den zweiten Tag aufsparen. Er würde Detective Martin Booker, den Leiter der Ermittlungen, aufrufen, damit er alle Details zu einem großen Ganzen zusammenfügte, und anschließend das Opfer Regina Campo, um die letzten Zweifel der Geschworenen auszuräumen. Es war ein altbewährtes Vorgehen, aber es hatte zur Folge, dass sich die Verhandlung am ersten Tag mit dem Tempo eines Gletschers bewegte.

Mit dem letzten Zeugen des Tages kam endlich etwas Schwung in den Saal. Minton brachte Charles Talbot, den Mann, der Regina Campo am Abend der Tat im Morgan's aufgegabelt und in ihre Wohnung begleitet hatte. Talbot wurde angeschleppt, um auszusagen, dass Campo unversehrt gewesen war, als er sie verließ.

Talbot war 55 Jahre alt und hatte blond gefärbtes Haar, mit dem er niemandem etwas vormachen konnte. Er war seit zwanzig Jahren geschieden und Inhaber eines rund um die Uhr geöffneten Supermarkts. Der Laden warf genügend ab, dass er sich neben einem angenehmen Leben in einer Wohnung im Warner Center eine Corvette jüngeren Jahrgangs und ein ausschweifendes Nachtleben leisten konnte.

Das alles ließ Minton feststellen. Dann lenkte er die Vernehmung rasch auf den Abend des 6. März und fragte ihn, wie er Reggie Campo kennen gelernt hatte.

„Ich hab im Internet ihre Annonce entdeckt, und ich hab sie angerufen und ein Treffen mit ihr ausgemacht. Wir haben uns im Morgan's getroffen und haben ein bisschen was getrunken und uns unterhalten und uns ganz sympathisch gefunden, und dann bin ich ihr zu ihrer Wohnung gefolgt."

„In Ms Campos Wohnung, kam es da zu sexuellen Handlungen?"

„Natürlich. Deshalb bin ich doch mitgegangen."

„Und Sie haben sie dafür bezahlt?"

„Vier Hunderter. Und das war die Sache auch wert."

Ich sah, wie ein Geschworener rot wurde, und wusste, dass ich ihn bei der Auswahl in der Woche zuvor richtig eingeschätzt hatte. Ich hatte ihn unbedingt haben wollen, weil er in der Bibel gelesen hatte, während andere Kandidaten befragt wurden. Minton hatte das übersehen und ihn als Geschworenen akzeptiert. Ich rechnete damit, dass er wegen Campos Beruf leicht gegen sie aufzubringen wäre. Sein errötendes Gesicht bestätigte das.

„Um welche Uhrzeit haben Sie ihre Wohnung wieder verlassen?", fragte Minton.

„Etwa fünf vor zehn", antwortete Talbot.

„Hat sie Ihnen gesagt, dass sie einen weiteren Besucher erwartet?"

„Nein, davon hat sie nichts gesagt."

„Mr Talbot, könnten Sie uns bitte beschreiben, in welchem körperlichen Zustand sich Ms Campo befand, als Sie am Abend des 6. März kurz vor zehn Uhr ihre Wohnung verließen?"

„Total befriedigt."

Im Gerichtssaal brach schallendes Gelächter aus, und Talbot strahlte voller Stolz. Ich sah nach dem Bibelmann, der anscheinend fest die Zähne zusammenbiss.

„Mr Talbot", sagte Minton. „Ich meine, war sie verletzt oder blutete sie, als Sie gingen?"

„Nein, sie war quietschfidel, als ich gegangen bin."

„Und Sie haben sie nicht geschlagen oder in irgendeiner Weise körperlich misshandelt?"

„Nein. Was wir getan haben, ist in beiderseitigem Einverständnis geschehen und war lustvoll. Keine Schmerzen."

„Danke, Mr Talbot."

Ich stand auf und ging zum Kreuzverhör ans Pult.

„Mr Talbot, sind Sie Rechts- oder Linkshänder?"

„Ich bin Linkshänder."

„Linkshänder", wiederholte ich. „Und stimmt es denn nicht, dass Regina

Campo Sie am Abend des Sechsten vor Verlassen ihrer Wohnung bat, sie mit der Faust mehrmals ins Gesicht zu schlagen?“

„Das ist nicht wahr. Ich hab in meinem ganzen Leben noch keiner Frau etwas zuleide getan.“

Nach ein paar weiteren, wenig ergiebigen Fragen wurde Talbot aus dem Zeugenstand entlassen, und Minton erklärte der Richterin, er werde nur noch zwei Zeugen aufrufen, deren Aussagen aber einige Zeit in Anspruch nehmen würden. Richterin Fullbright sah auf die Uhr und verschob die Verhandlung auf den nächsten Tag.

Noch zwei Zeugen. Das konnten nur Detective Booker und Reggie Campo sein. Wie es aussah, verzichtete Minton auf die Aussage des Denunzianten, den er zum Entzug in die County-Klinik hatte einliefern lassen. Der Name Corliss war auf keiner Zeugenliste oder in sonst einem Dokument der Anklage aufgetaucht. Vielleicht hatte auch Minton herausgefunden, was Raul Levin vor seiner Ermordung über Corliss in Erfahrung gebracht hatte. Jedenfalls war Corliss ganz offensichtlich von der Anklage fallen gelassen worden. Und das war etwas, was ich unbedingt ändern musste.

Ich ging durch die Schranke nach draußen. Als ich auf den Lift zusteuerte, waren mir einige der Geschworenen zuvorgekommen und warteten darauf, nach unten zu fahren. Um nicht mit ihnen im Lift stecken zu müssen, ging ich in die Toilette neben dem Aufzug. Ich wusch mir die Hände und suchte in meinem Gesicht im Spiegel nach Zeichen von Stress. Ich sah jedoch relativ ausgeglichen aus für einen Strafverteidiger, der sich nicht nur mit der Anklage herumzuschlagen hatte, sondern auch mit seinem Mandanten.

Die Geschworenen waren verschwunden, als ich aus der Toilette trat. Aber vor dem Aufzug standen jetzt Lankford und Sobel. Lankford hielt mehrere gefaltete Dokumente in der Hand.

„Da sind Sie ja“, sagte er. „Wir haben Sie schon gesucht.“

DAS DOKUMENT, das Lankford mir reichte, war ein Durchsuchungsbefehl. Er ermächtigte die Polizei, mein Haus, mein Büro und mein Auto nach einer Pistole des Typs Colt Woodsman Sport, Kaliber .22, mit der Seriennummer 656300081-52 zu durchsuchen. In der Anordnung stand, die Pistole sei bei der Ermordung Raul A. Levins am 12. April die Tatwaffe gewesen.

Ich gab mir redlich Mühe, so zu tun, als sei das etwas, womit ich mich so ziemlich jeden Tag herumschlug. Tatsache war allerdings, dass ich weiche Knie bekam.

„Wo möchten Sie anfangen?“, fragte Lankford. „Ihr Auto steht doch gleich hier, oder? Der Lincoln, in dem Sie sich rumchauffieren lassen.“

Ich begann mich von dem Schock zu erholen. „Das ist doch kompletter Blödsinn“, sagte ich. „Dafür besteht kein berechtigter Grund. Ich könnte diesen Wisch da in zehn Minuten annullieren lassen.“

„Richterin Fullbright hatte aber nichts daran auszusetzen“, sagte Lankford.

„Fullbright? Was hat die damit zu tun?“

„Na ja, wir wussten, dass Sie gerade einen Prozess laufen haben, deshalb dachten wir, wir fragen sie lieber mal, ob sie auch nichts dagegen hat, wenn wir Ihnen den Durchsuchungsbefehl aushändigen. Sie meinte, nach der Verhandlung hätte sie nichts dagegen – und was den berechtigten Grund angeht, hatte sie auch keine Probleme.“ Sie mussten in der Mittagspause zu Fullbright gegangen sein, gleich nachdem ich sie im Gerichtssaal gesehen hatte.

Ich blickte Sobel an, die Sympathischere des Duos. „Ich habe gerade einen dreitägigen Prozess laufen“, sagte ich. „Ließe sich das nicht vielleicht bis Donnerstag aufschieben?“

„Kommt überhaupt nicht infrage“, antwortete Lankford. „Wir werden Ihnen nicht die Gelegenheit geben, die Waffe verschwinden zu lassen. Also, wo ist Ihr Auto?“

Ich überflog die einzelnen Punkte des Dokuments. Sie waren sehr detailliert, und ich hatte Glück. Sie ermächtigten zur Durchsuchung eines Lincoln mit dem kalifornischen Kennzeichen NT GLTY. Das Kennzeichen musste jemand aufgeschrieben haben, als die Detectives mich zu Raul Levins Haus gerufen hatten. Denn es gehörte zu dem alten Lincoln, den ich an jenem Tag gefahren hatte.

„Zu Hause. Wegen des Prozesses habe ich heute meinem Fahrer freigegeben. Am Morgen hat mich mein Mandant mit ins Gericht genommen, und ich wollte gerade wieder mit ihm zurückfahren.“

Das war eine glatte Lüge. Der neue Lincoln stand in der Tiefgarage des Gerichts. Aber die Cops durften ihn auf keinen Fall durchsuchen, denn in einem Fach unter der Armlehne des Rücksitzes lag eine Pistole. Zwar nicht die, nach der sie suchten, aber ein Ersatz. Als ich nach Raul Levins Ermordung meinen Pistolenkasten leer vorgefunden hatte, bat ich Earl Briggs, mir zu meinem Schutz eine Pistole zu besorgen. Ich kannte die Geschichte und Registrierung der Waffe nicht und wollte auf keinen Fall von der Polizei darüber belehrt werden.

Zu meinem Glück war der Lincoln mit der Waffe nicht der im Durchsuchungsbefehl aufgeführte. Der stand zu Hause in meiner Garage und wartete darauf, dass der Einkäufer des Limousinen-Service vorbeikam und ihn sich ansah.

Lankford riss mir das Dokument aus der Hand und steckte es in eine Innentasche seines Sakkos. „Machen Sie sich wegen der Fahrgelegenheit keine Sorgen", sagte er. „Ihre Fahrgelegenheit sind wir. Los, kommen Sie."

Gleich darauf saß ich auf dem Rücksitz eines Grand Marquis. Lankford fuhr. „Zeigen Sie mir noch mal den Durchsuchungsbefehl", sagte ich.

Lankford rührte sich nicht.

„Ich lasse Sie erst ins Haus, wenn ich Gelegenheit hatte, ihn ganz durchzulesen. Ich kann es während der Fahrt tun und Ihnen etwas Zeit sparen. Oder …"

Lankford griff in seine Jacke und zog das Blatt heraus. Er reichte es mir über die Schulter nach hinten. Ich wusste, warum er zögerte. Normalerweise mussten Polizisten in ihrem Antrag den Stand ihrer Ermittlungen offenlegen, um den Richter zu überzeugen, dass ein berechtigter Grund bestand. Deshalb sahen sie es nicht gern, wenn ihn die Zielperson las.

Ich schlug die Zusammenfassung auf und begann zu lesen.

Lankford und Sobel hatten versuchshalber meinen Namen in eine staatliche Datenbank eingegeben, in der sämtliche Waffenbesitzer registriert waren, und prompt einen Volltreffer gelandet. Laut der Datenbank war ich Besitzer einer Pistole vom gleichen Fabrikat und Typ wie die Tatwaffe.

Es war ein geschickter Schachzug gewesen, aber damit hatte noch kein berechtigter Grund vorgelegen. Bei Colt stellten sie die Woodsman schon seit mehr als sechzig Jahren her. Das hieß, es gab wahrscheinlich eine Million von den Dingern und somit eine Million Verdächtige.

In der Zusammenfassung stand, ich hätte den Ermittlern verschwiegen, dass sich eine Waffe in meinem Besitz befand. Außerdem hätte ich bei der ersten Vernehmung nach Levins Tod ein Alibi fingiert und die Detectives durch einen Hinweis auf den Drogenhändler Hector Arrande Moya bewusst auf eine falsche Fährte gelockt. Weiter hieß es, das Opfer – Raul Levin – habe mich erpresst, ihm Ermittlungsaufträge zu erteilen, und ich hätte mich geweigert, ihn nach deren Durchführung zu bezahlen.

Einmal abgesehen von solchen Absurditäten, war das fingierte Alibi das entscheidende Argument für die Etablierung eines berechtigten Grundes. In der Begründung hieß es, ich hätte den Detectives gegenüber behauptet, ich wäre zum Zeitpunkt des Mordes zu Hause gewesen, obwohl unmittelbar vor dem mutmaßlichen Todeszeitpunkt eine Nachricht auf meinem Privatanschluss hinterlassen wurde. Was darauf hindeutete, dass ich mich nicht zu Hause aufgehalten hätte, womit mein Alibi hinfällig und ich als Lügner entlarvt sei.

„Dieser Durchsuchungsbefehl ist ein Haufen Mist, was Sie auch ganz genau wissen. Ich habe Ihnen doch erklärt, diese Nachricht kam rein, als ich gerade telefonierte. Das lässt sich leicht nachprüfen. Nur haben Sie's nicht getan. Sie haben aktiv und durch Unterlassung gelogen. Dieses Dokument ist Ausdruck purer Böswilligkeit."

Weil ich hinter Lankford saß, hatte ich Sobel besser im Blick. Ich suchte bei ihr nach Anzeichen von Zweifeln, während ich sprach.

„Sie haben uns über die Waffe belogen", sagte Lankford. „Und Sie haben Levin Geld geschuldet. Steht schwarz auf weiß in seinem Ausgabenbuch. Viertausend Dollar."

„Ich habe in keinem einzigen Punkt die Unwahrheit gesagt. Sie haben mich nie nach einer Waffe gefragt."

„Gelogen durch Unterlassung, wie Sie sagen. Viertausend Dollar."

„Ach ja, ich habe ihn umgebracht, weil ich ihm nicht viertausend Dollar zahlen wollte", sagte ich mit allem Sarkasmus, den ich aufbringen konnte. „Tolles Motiv. Aber wahrscheinlich sind Sie noch nicht auf die Idee gekommen nachzuprüfen, ob er mir die viertausend überhaupt schon in Rechnung gestellt hat oder ob ich ihm eine Woche vor seiner Ermordung nicht vielleicht einen Betrag von sechstausend Dollar bezahlt habe."

In Sobels Gesicht regten sich offenkundig erste Zweifel. Aber Lankford ließ sich nicht aus dem Konzept bringen. „Ein Erpresser kriegt den Hals nie voll", sagte er. „Man hört nicht zu zahlen auf, bis einem der Geduldsfaden reißt. Und genau darum geht es hier doch. Um den kritischen Punkt, der überschritten wurde."

Ich schüttelte den Kopf. „Und was genau soll er gegen mich in der Hand gehabt haben, dass ich ihm Aufträge gab und ihn dafür bezahlte, bis ich den kritischen Punkt überschritt?"

Lankford und Sobel tauschten einen Blick aus, und Lankford nickte. Sobel griff in einen Aktenkoffer auf dem Boden und zog eine Akte heraus. Sie reichte sie mir über den Sitz nach hinten.

„Das haben Sie übersehen, als Sie sein Haus durchsucht haben", sagte Lankford. „Er hatte es in einer Kommode versteckt."

Ich schlug den Ordner auf und sah, dass er mehrere Fotos enthielt, auf denen ich mit allen möglichen Personen zu sehen war, in denen ich sofort

Mandanten erkannte – Prostituierte, Kleindealer und Road Saints. Die Aufnahmen konnten als verdächtig ausgelegt werden, weil sie jeweils nur einen isolierten Ausschnitt zeigten, zum Beispiel Teddy Vogel, der mir einen Packen Geldscheine durch das Rückfenster reicht.

„Wollen Sie ernsthaft behaupten, dass Raul mich damit erpresst hat? Das sind alles Mandanten von mir. Soll das ein Witz sein oder was?"

„Die Anwaltskammer wird das aber nicht unbedingt witzig finden", sagte Lankford. „Das wusste Levin und hat es sich zunutze gemacht."

Ich versuchte die Fotos aus dem Ordner zeitlich einzuordnen. Mir wurde rasch klar, dass alle Fotos zwischen dem Morgen meiner Übernahme des Roulet-Falls und dem Todestag von Raul Levin gemacht worden waren. Der Mörder hatte sie am Tatort platziert – alles ein Teil von Roulets Plan. Die Polizei sollte alles bekommen, um mir den Mord anlasten zu können – außer der Tatwaffe. Solange Roulet die Waffe hatte, hatte er mich in der Hand.

Nach einer Weile sah mich Lankford im Rückspiegel an. „Wir haben die Vorgeschichte der Woodsman überprüft", sagte er. „Wissen Sie, wem sie mal gehört hat?"

„Mickey Cohen", antwortete ich nüchtern und starrte aus dem Fenster. Cohen war einer der berühmtesten Gangster, die je in Los Angeles ihr Unwesen getrieben hatten.

„Wie sind Sie an Mickey Cohens Pistole gekommen?"

„Mein Vater war Anwalt. Mickey Cohen war einer seiner Mandanten. Cohen war wegen einer Schießerei angeklagt, und mein Vater hat ihn verteidigt. Er plädierte auf Notwehr. Es kam zum Prozess, und mein Vater holte einen Freispruch heraus. Als Cohen die Waffe zurückgegeben wurde, schenkte er sie meinem Vater. Zur Erinnerung sozusagen. Die Pistole wurde mir bei der Testamentseröffnung zugesprochen."

Wir begannen den Hügel zu meinem Haus hinaufzufahren. Da rückte ich mit der schlechten Nachricht heraus. „Danke fürs Mitnehmen", sagte ich. „Sie können mein Haus und mein Auto gern so lange durchsuchen, wie Sie wollen, aber ich muss Ihnen sagen, Sie verschwenden nur Ihre Zeit. Ich bin weder der, den Sie suchen, noch werden Sie diese Pistole finden."

Lankfords Kopf zuckte hoch, und er sah mich wieder im Rückspiegel an. „Und warum nicht, Herr Anwalt? Haben Sie das Ding etwa schon entsorgt?"

„Nein. Weil die Pistole aus meinem Haus gestohlen wurde und ich nicht weiß, wo sie ist."

Lankford begann zu lachen. „Ach ja, gestohlen. Und wann, wenn ich fragen darf?"

„Schwer zu sagen. Ich habe schon Jahre nicht mehr nach ihr gesehen."

„Haben Sie wegen des Diebstahls Anzeige erstattet oder die Versicherung benachrichtigt?"

„Nein."

„Jemand kommt also in Ihr Haus und klaut Ihre Mickey-Cohen-Knarre, und Sie melden es nicht. Kommt Ihnen das nicht selbst ein bisschen komisch vor?"

„Doch durchaus, nur dass ich weiß, wer sie gestohlen hat. Es ist ein Mandant. Er hat mir sogar gesagt, dass er sie geklaut hat. Allerdings meinte er auch, wenn ich Anzeige erstatte, wäre das eine Verletzung meiner Schweigepflicht als Anwalt, weil meine Anzeige zu seiner Festnahme führen würde. Eine richtig dumme Zwickmühle, Detective."

„Wenn das nicht wieder so ein typisches Rechtsverdrehermärchen ist, Haller", sagte Lankford. Er hielt in der Einfahrt und stellte den Motor ab. Er drehte sich zu mir um. „Welcher Mandant hat die Pistole gestohlen?"

„Ich hab Ihnen doch gesagt, darüber muss ich schweigen."

„Also, im Moment ist Roulet Ihr einziger Mandant, oder? Meinen Sie, wir sollten uns die Koordinaten seiner Fußfessel mal ansehen, ob er in letzter Zeit in der Nähe Ihres Hauses war?"

„Ich habe viele Mandanten. Aber tun Sie meinetwegen, was Sie wollen. Er war übrigens tatsächlich mal hier. Wir hatten eine Besprechung in meinem Arbeitszimmer."

„Vielleicht hat er sie damals mitgenommen."

„Ich sage nicht, dass er sie genommen hat, Detective."

„Tja, für die Levin-Geschichte kommt Roulet wegen der Fußfessel jedenfalls nicht infrage. Wir haben uns die GPS-Aufzeichnungen angesehen. Damit bleiben nur noch Sie, Herr Anwalt."

„Womit Sie nur weiter Ihre Zeit verschwenden, Detective."

Plötzlich fiel mir etwas zu Roulets elektronischer Fußfessel ein, aber ich versuchte, es mir nicht anmerken zu lassen. Vielleicht gab es doch eine Möglichkeit, wie er diese Houdini-Nummer durchgezogen haben könnte. Es war etwas, dem ich später nachgehen musste.

„Was ist? Sollen wir ewig hier rumsitzen?"

Lankford wandte sich um und stieg aus. Die hintere Tür ließ sich von innen nicht öffnen, damit sie auf dem Rücksitz Verdächtige und Häftlinge transportieren konnten; daher betätigte er den Türgriff von außen.

„Nein, Herr Anwalt“, sagte Lankford. „Wir werden hier alles durchsuchen. Ich nehme mir das Auto vor, und Detective Sobel wird schon mal im Haus anfangen.“

Ich schüttelte den Kopf. „So, wie Sie sich das vorstellen, wird das nichts. Ihr Durchsuchungsbefehl ist in meinen Augen korrupt, Detective, und Sie sind es ebenfalls. Sie bleiben schön zusammen, damit ich Sie beide im Auge behalten kann, oder wir warten, bis ein zweiter Beobachter kommt. Meine Assistentin kann in zehn Minuten hier sein. Bei der Gelegenheit können Sie sie auch gleich fragen, ob sie mich an dem Morgen, als Raul Levin umgebracht wurde, angerufen hat.“

Lankfords Gesicht wurde vor Empörung dunkelrot. „Also gut“, sagte er. „Wir fangen mit dem Auto an. Zusammen.“

Ich ging zum Tastenfeld an der Außenwand der Garage und tippte die Kombination ein. Das Garagentor ging hoch und gab den Blick auf den blauschwarzen Lincoln mit dem Nummernschild NT GLTY frei. Ich beschloss, etwas zur Auflockerung der Atmosphäre beizutragen. „Übrigens, Detective“, sagte ich. „Was ist der Unterschied zwischen einem Wels und einem Strafverteidiger?“

Er antwortete nicht, sondern starrte wütend auf das Nummernschild.

„Der eine ist ein im Schlamm stöbernder Dreckfresser“, sagte ich. „Und der andere ist ein Fisch.“

Einen Augenblick lang blieb sein Gesicht wie erstarrt. Dann verzog es sich zu einem Grinsen, und er brach in ein langes, lautes Gelächter aus.

Sie brauchten eine halbe Stunde, um den Lincoln zu durchsuchen. Dann nahmen sie sich das Haus vor. Ich beobachtete sie schweigend. Auch untereinander sprachen sie kaum, und es wurde zunehmend deutlich, dass es hinsichtlich der Richtung, die Lankford bei den Ermittlungen eingeschlagen hatte, Differenzen zwischen ihnen gab. Als Lankford einen Anruf auf seinem Handy erhielt, ging er auf die Veranda, um ungestört sprechen zu können. Ich blieb mit Sobel im Arbeitszimmer zurück.

„Könnten Sie sich vorstellen, dass Sie in diesem Fall nach allen Regeln der Kunst an der Nase herumgeführt werden?“, fragte ich sie.

„Wie meinen Sie das?“

„Die in der Kommode versteckten Fotos, die Patronenhülse im Lüftungsschacht. Sehr praktisch, finden Sie nicht?“

„Was wollen Sie damit sagen?“

„Sagen will ich damit gar nichts. Ich stelle nur Fragen, die Ihren Partner nicht zu interessieren scheinen." Ich sah nach Lankford. Er tippte eine Nummer in sein Handy. Ich drehte mich um und stellte mich in die offene Tür des Arbeitszimmers. „Was ist mit Raul Levins Nachricht an mich?", sagte ich leise. „Dass er Jesus Menendez' Ticket in die Freiheit hätte? Was, glauben Sie, hat er damit gemeint?"

„Das haben wir noch nicht rausgefunden."

„Das ist aber dumm. Ich glaube, es ist wichtig. Wissen Sie, der Fall, den ich gerade verhandle, ist ziemlich interessant. Sie sollten noch mal ins Gericht kommen und zusehen. Sie könnten was dabei lernen."

Sie sah vom Schreibtisch auf. Unsere Blicke trafen sich kurz. Dann kniff sie argwöhnisch die Augen zusammen. „Meinen Sie das jetzt ernst?"

„Klar, wieso nicht?"

„Womöglich kommen Sie gar nicht mehr ins Gericht, weil Sie in Haft sind."

„Hey, keine Waffe, kein Fall. Deswegen sind Sie doch hier, oder?"

In dem Moment kam Lankford herein. Sobel erklärte, sie sei mit der Durchsuchung des Arbeitszimmers fertig. Keine Pistole.

„Ich sage Ihnen doch, sie ist nicht hier", sagte ich. „Alles reine Zeitverschwendung."

„Als Nächstes nehmen wir uns das Schlafzimmer vor", sagte Lankford, ohne auf meinen Protest einzugehen.

Ich zog mich auf den Flur zurück, damit sie ungehindert von einem Zimmer ins nächste gehen konnten.

Lankford ging zum Kleiderschrank, und kurz darauf war seine Stimme zu vernehmen. „Was haben wir denn da?" Er hielt die Holzkiste für die Pistole in den Händen.

„Super", sagte ich. „Sie haben eine leere Pistolenkiste gefunden. Sie müssen ein Detective sein."

Lankford schüttelte die Kiste, bevor er sie aufs Bett stellte. Entweder versuchte er mir einen Schrecken einzujagen, oder aber die Kiste fühlte sich tatsächlich ziemlich schwer an. Mir schoss ein Stromstoß den Rücken hinunter, als mir bewusst wurde, dass Roulet wieder in mein Haus hätte eindringen und die Pistole an ihren Platz zurücklegen können.

Lankford ließ den Verschluss der Kiste aufschnappen und hob den Deckel. Er zog das Öltuch zurück. Die Aussparung im Kork, in der einmal Mickey Cohens Pistole gelegen hatte, war immer noch leer.

Ich atmete so heftig aus, dass es sich fast wie ein Seufzer anhörte. „Was habe ich Ihnen gesagt?", rief ich rasch, um es zu überspielen.

„Heidi, hast du eine Tüte?“, fragte Lankford. „Wir nehmen die Kiste mit.“

„Im Auto“, sagte Sobel. „Ich hol sie gleich.“

„Wollen Sie eine leere Pistolenkiste mitnehmen?“, fragte ich. „Was wollen Sie damit?“

„Sie beweist, dass Sie Mickey Cohens Pistole hatten. Steht sogar auf dieser kleinen Messingplakette, die Ihr Daddy oder sonst jemand hat anbringen lassen.“

„Und wenn schon?“

„Ich hab gerade telefoniert, Haller. Nur zu Ihrer Information, wir haben jemanden auf Mickey Cohens Notwehrfall angesetzt. Und zufälligerweise haben sie im Beweismittelarchiv der Polizei von Los Angeles immer noch das ballistische Material zu diesem Fall. Wirklich Glück für uns.“

Ich begriff sofort. Sie würden Projektile und Patronenhülsen aus dem Cohen-Fall mit den entsprechenden Beweisstücken aus dem Levin-Fall vergleichen. Sie würden zunächst einen Zusammenhang zwischen dem Levin-Mord und Mickey Cohens Pistole herstellen und diesen dann mithilfe der Kiste und der Waffenbesitz-Datenbank mit mir in Verbindung bringen. Vermutlich hatte Roulet bei aller Cleverness nicht vorhergesehen, dass mich die Polizei sogar ohne die Tatwaffe belangen könnte.

Ich stand schweigend da. Sobel verließ das Zimmer, und Lankford sah mit einem Killergrinsen von der Kiste zu mir auf.

„Wie lange wird die Ballistik brauchen?“, schaffte ich zu fragen.

„Für Sie werden wir uns sicher extra beeilen. Genießen Sie die Freiheit, solange Sie es noch können. Aber verlassen Sie die Stadt nicht.“ Er lachte.

Sobel kam mit einer großen braunen Tüte und einer Rolle rotem Beweismittelband zurück. Ich sah zu, wie sie die Kiste in die Tüte steckte und dann mit dem Klebeband verschloss. Ich fragte mich, ob in diesem Augenblick mein ganzer schöner Plan in die Brüche gegangen war.

Fernando Valenzuela wohnte eine Autostunde entfernt im Norden, draußen in Valencia, in einer Siedlung voller Häuser im spanischen Stil mit roten Ziegeldächern. Es war fast neun, als ich ankam. Ich hielt vor dem offenen Garagentor. Einen Stellplatz nahm ein Minivan ein, den anderen ein Pick-up. Zwischen dem Pick-up und einer Werkbank stand ein großer Pappkarton, der einen 125-Zentimeter-Plasmafernseher enthielt.

Ich ging zur Eingangstür und klopfte. Nach langem Warten kam Valenzuela an die Tür.

„Mick, was machst du denn hier?“

„Weißt du eigentlich, dass deine Garage offen steht?“

„Du meine Güte! Und wir haben gerade einen Plasmafernseher geliefert bekommen!“

Er rannte an mir vorbei über die Einfahrt. Ich zog die Haustür zu und folgte ihm in die Garage. Dort stand er lächelnd neben seinem Fernseher.

„Kaum zu glauben, Mann“, sagte er. „Wenn wir noch wie früher in Van Nuys gewohnt hätten, wäre das Ding längst weg gewesen. Komm, gehen wir hier durch.“ Er ging zu der Tür, die von der Garage ins Haus führte. Er drückte auf den Knopf zum Schließen des Garagentors.

„Warte kurz, Val“, sagte ich. „Lass uns hier draußen reden. Hier sind wir ungestört.“

Mit einem besorgten Blick kam er zu mir zurück. „Was liegt an, Boss?“

„Ich hatte heute länger mit der Polizei zu tun. Wegen Rauls Tod. Sie sagen, Roulet käme wegen der Fußfessel nicht dafür infrage.“

Valenzuela nickte. „Ja, bei mir waren sie auch. Ein paar Tage nachdem es passiert ist. Ich habe ihnen erklärt, wie das System funktioniert, und gezeigt, wo sich Roulet zur fraglichen Zeit aufgehalten hat. Er war die ganze Zeit in seinem Büro. Ich habe ihnen auch noch meine anderen Fußfesseln gezeigt und ihnen das mit dem Massendetektor verklickert. Man kann sie nicht abnehmen, ohne dass es das Gerät merkt – und ohne dass ich es merke.“

Ich lehnte mich gegen den Pick-up und verschränkte die Arme. „Haben dich die zwei Cops auch gefragt, wo *du* an diesem Dienstag warst?“

Das traf Valenzuela wie ein Schlag. „Wie bitte?“

Mein Blick senkte sich auf die Schachtel mit dem Plasmafernseher und wanderte dann wieder hoch zu ihm. „Irgendwie hat er Raul umgebracht, Val. Ich will wissen, wie er es gemacht hat.“

„Mick, ich sage dir, das Gerät lügt nicht.“

„Ja, ich weiß, dass das Gerät nicht lügt. Deshalb frage ich dich, Val: Wo warst du an diesem Dienstagvormittag?“

Dann dämmerte es ihm. „Du mieses Dreckschwein, wie kannst du mich so was fragen?“ Plötzlich stürzte sich Valenzuela auf mich und schubste mich gegen den Pick-up. Ich stieß ihn noch fester zurück und er stolperte rückwärts gegen den Karton. Die Schachtel kippte um, landete mit einem lauten Klatschen auf dem Boden, und dann krachte Val mit seinem Hintern darauf. Aus dem Innern der Verpackung ertönte ein scharfes Knacken.

„Verdammte Scheiße noch mal! Du hast den Bildschirm ruiniert!“, schimpfte er.

„Du hast mich gestoßen, Val. Und dann habe ich dich zurückgestoßen.“

„Scheiße!“ Er rutschte von dem Karton und versuchte ihn aufzurichten, aber er war zu schwer und sperrig. Ich ging auf die andere Seite und half ihm. Als sich die Verpackung aufrichtete, hörten wir im Innern kleine Teilchen nach unten rutschen. Es klang wie Glassplitter.

„Das waren achttausend Dollar“, hauchte er.

„Es gibt tatsächlich Fernseher, die achttausend Dollar kosten?“ Ich war schockiert. „Val, woher hast du das Geld für so einen Fernseher?“

Er sah mich an, und das wütende Funkeln kehrte in seine Augen zurück.

„Na, woher wohl? Das Geschäft läuft gut, Mann. Dank Roulet ist das ein super Jahr für mich. Was denkst du dir eigentlich, Mick? Glaubst du im Ernst, ich nehm ihm die Fußfessel ab, damit er Raul umbringen kann? Ich hab Raul genauso lang gekannt wie du. Ich habe nichts mit dieser Scheiße zu tun. Ich habe mir die Fußfessel nicht selbst angelegt, während er loszog, um Raul umzubringen. Und ich bin auch nicht selbst losmarschiert und habe Raul umgelegt für einen Scheißfernseher. Und wenn du mir das nicht glaubst, dann verschwinde und lass dich nie wieder hier blicken!“

Unwillkürlich musste ich an Jesus Menendez denken. Damals war ich unfähig gewesen, die Unschuld hinter seinen Beteuerungen zu sehen. Ich wollte nicht, dass mir das noch mal passierte. „Okay, Val“, sagte ich.

Ich ging zur Tür, die ins Haus führte, drückte auf den Knopf zum Hochfahren des Garagentors und ging an ihm vorbei aus der Garage.

„Die Hälfte der Kosten übernehme ich, Val!“, rief ich ihm zu. „Lorna schickt dir morgen einen Scheck.“

„Ach was. Ich werd einfach sagen, er wurde so geliefert.“

Ich erreichte die Tür meines Autos und schaute zu ihm zurück. „Dann ruf mich an, wenn sie dich wegen Betrug festnehmen – nachdem du für dich selbst die Kaution gestellt hast!“

SIEBEN

Der zweite Verhandlungstag begann mit einer an Minton und mich gerichteten Aufforderung, uns unverzüglich im Richterzimmer einzufinden. Richterin Fullbright wollte nur mit mir sprechen, aber die Prozessbestimmungen verboten es ihr, die Anklage auszuschließen und sich mit mir allein zu treffen. „Mr Haller", begann sie, „gibt es irgendwas, worüber ich Bescheid wissen sollte?"

„Nein, Euer Ehren, alles bestens. Tut mir leid, wenn Sie gestern behelligt wurden."

Ich tat mein Bestes, ein reuiges Lächeln aufzusetzen, als wollte ich zum Ausdruck bringen, der Durchsuchungsbefehl sei nichts weiter als eine peinliche Lappalie gewesen.

„Von Behelligung würde ich da nicht reden, Mr Haller. Wir haben viel Zeit in diesen Fall investiert. Die Geschworenen, die Anklage, wir alle. Ich hoffe doch sehr, dass das Ganze nicht umsonst war." Daraufhin erhob sie sich. „Dann also an die Arbeit, meine Herren. Die Geschworenen warten auf uns."

Minton und ich verließen das Richterzimmer und betraten den Saal. „Was sollte das jetzt wieder?!", zischte mir Minton zu.

„Nur so eine absurde Geschichte in Zusammenhang mit einem meiner anderen Fälle. Werden Sie heute fertig, Ted?"

„Hängt ganz von Ihnen ab. Je weiter Sie bei der Befragung meiner Zeugen ausholen, desto mehr von Ihrem ausgebreiteten Mist muss ich wieder wegschaufeln."

„Mist? Sie sind am Verbluten und merken es nicht mal."

Er lächelte mich zuversichtlich an. „Das glaube ich kaum."

„Schon mal was vom Tod der tausend Schnitte gehört, Ted? Einer allein bewirkt gar nichts. Aber alle zusammen schon. Willkommen im Strafprozessalltag."

Ich wandte mich von ihm ab und ging zum Tisch der Verteidigung.

Mintons erster Zeuge an diesem Tag war Detective Martin Booker. Er war ein solider Zeuge. Seine Antworten waren klar und präzise. Booker führte das Hauptbeweismittel ein, das Messer mit den Initialen meines Mandanten, und breitete unter Mintons Befragung seine gesamten Ermittlungen zum Angriff auf Regina Campo aus.

Endlich war ich am Zug. Mein Plan war, rasch zuzuschlagen und mich sofort wieder zurückzuziehen. „Detective Booker, hat Regina Campo erklärt, warum sie die Polizei belogen hat?"

„Mich hat sie nicht belogen."

„Vielleicht nicht Sie. Aber den Streifenbeamten Maxwell und Santos, die als Erste am Tatort eintrafen, hat sie erzählt, sie wüsste nicht, warum der Verdächtige in ihre Wohnung gekommen sei, ist das richtig?"

„Ich war nicht dabei, als sie mit ihr gesprochen haben, deshalb kann ich das nicht bezeugen. Ich weiß nur, dass sie zum Zeitpunkt der ersten Vernehmung verängstigt war, dass man sie gerade verprügelt und ihr mit Vergewaltigung und Tod gedroht hatte."

„Damit sagen Sie also, unter solchen Umständen ist es zulässig, die Polizei zu belügen."

„Nein, das habe ich nicht gesagt."

Ich zog meine Notizen zurate und fuhr fort. „Haben Sie jemals mit Mr Roulet darüber gesprochen, was an besagtem Abend in Ms Campos Wohnung geschah?"

„Nein, er hat dichtgemacht, bevor ich an ihn rankam."

„Meinen Sie damit, dass er sich auf sein Recht berief, jede Aussage zu verweigern?"

„Ja, genau das hat er getan."

„Wurde Ms Campo Ihrer Meinung nach mit großer Wucht geschlagen?"

„Ja, ich würde schon sagen. Ihr Gesicht war stark geschwollen und wies Platzwunden auf."

„Dann schildern Sie den Geschworenen bitte die Kontaktverletzungen an Mr Roulets Händen."

„Er hatte sich zum Schutz seiner Faust ein Stück Stoff um die Hand gewickelt. Er hatte keine erkennbaren Verletzungen an seinen Händen."

„Haben Sie das Fehlen jeglicher Verletzungen protokolliert?"

Booker schien über die Frage verdutzt. „Nein", antwortete er.

„Demnach ließen Sie also Ms Campos Verletzungen durch Fotografien dokumentieren, aber Sie hielten es nicht für nötig, bei Mr Roulet das Fehlen von Verletzungen zu dokumentieren. Ist das richtig?"

„Es schien mir nicht nötig, etwas zu fotografieren, was nicht vorhanden war."

„Haben Sie dieses Stück Stoff, das er angeblich um seine Hand gewickelt hatte, gefunden?"

„Ja, es war in ihrer Wohnung. Eine Serviette, möglicherweise aus einem Restaurant. Sie wies Spuren ihres Bluts auf."

„Waren auch Spuren von Mr Roulets Blut darauf?"

„Nein."

„Ging aus irgendetwas hervor, dass sie dem Angeklagten gehörte?"

„Nein."

„Wir haben also nur Ms Campos Wort dafür. Ist das richtig?"

„Das ist richtig."

Ich ließ etwas Zeit verstreichen, während ich mir auf meinem Block eine

Notiz machte. Dann fuhr ich fort. „Detective, sind Sie anderen Erklärungsmöglichkeiten für Ms Campos Verletzungen nachgegangen?"

„Nein, sie hat mir erzählt, was passiert war. Ich glaubte ihr. Er schlug sie und …"

„Danke, Detective Booker. Versuchen Sie bitte, nur die Frage zu beantworten, die ich Ihnen stelle. Wenn Sie nach keiner anderen Erklärung gesucht haben, weil Sie dem Wort Ms Campos glaubten, ist es dann zutreffend zu sagen, dass dieser ganze Fall auf ihrem Wort beruht und auf dem, was ihren Aussagen zufolge am Abend des 6. März in ihrer Wohnung geschah?"

„Wir haben nicht nur ihr Wort", sagte Booker. „Da sind auch die konkreten Beweise. Das Messer. Die Verletzungen. Das ist mehr als nur ihr Wort."

„Aber beginnt denn die Erklärung der Anklage für ihre Verletzungen und die anderen Beweise nicht mit ihrer Darstellung der Ereignisse?"

„So könnte man es sagen, ja", antwortete er widerstrebend.

„Sie ist der Baum, an dem alle diese Früchte wachsen, oder nicht?"

„Ich würde es nicht mit diesen Worten ausdrücken."

„Welche Worte würden Sie dann verwenden, Detective? Wie würden Sie Ms Campos Stellung in diesem Fall beschreiben?"

Booker hob in einer Geste der Kapitulation die Hände. „Sie ist das Opfer! Wir müssen uns bei der Ausrichtung der Ermittlungen auf sie stützen."

„Sie stützen sich in diesem Fall aber recht massiv auf sie, oder nicht? Sie ist Opfer und Hauptzeugin der Anklage, richtig?"

„Das ist richtig."

„Wer hat sonst noch gesehen, wie der Angeklagte Ms Campo angegriffen hat?"

„Niemand."

Ich nickte, um die Antwort für die Geschworenen zu unterstreichen. Ich sah zur Geschworenenbank und suchte Blickkontakt mit der ersten Reihe. „Also schön, Detective", fuhr ich fort. „Ich möchte Ihnen jetzt ein paar Fragen zu Charles Talbot stellen. Wie sind Sie auf die Spur dieses Mannes gestoßen?"

„Der Ankläger, Mr Minton, beauftragte mich, ihn ausfindig zu machen."

„Und wissen Sie, woher Mr Minton von seiner Existenz wusste?"

„Ich glaube, Sie waren derjenige, der ihn davon in Kenntnis gesetzt hat. Sie hatten ein Videoband aus einer Bar, auf dem er ein paar Stunden vor der Tat mit dem Opfer zu sehen war."

„Aber bis zu diesem Zeitpunkt hielten Sie es nicht für wichtig, den Mann zu finden?“

„Nein, ich wusste gar nicht von ihm.“

„Als Sie schließlich von Talbot erfuhren und ihn ausfindig machten, ließen Sie da seine linke Hand untersuchen, um festzustellen, ob er irgendwelche Verletzungen daran hatte, die er sich zugezogen haben könnte, als er jemandem mehrere Male ins Gesicht schlug?“

„Nein, das habe ich nicht getan.“

„Weil Sie an Ihrer Entscheidung festhielten, Mr Roulet wäre die Person, die Regina Campo geschlagen hatte?“

„Ich würde nicht von einer Entscheidung sprechen. Die Ermittlungen zeigten in diese Richtung. Ich habe Charles Talbot erst zwei Wochen nach der Tat ausfindig gemacht.“

„Damit sagen Sie also, seine Verletzungen, so er welche gehabt hätte, wären bis dahin verheilt gewesen, richtig?“

„Ich bin kein Fachmann für so etwas, aber davon gehe ich aus, ja.“

„Haben Sie Mitarbeiter von Mr Talbot gefragt, ob sie zum Zeitpunkt der Straftat blaue Flecken oder sonst irgendwelche Verletzungen an seinen Händen bemerkt haben?“

„Nein, das habe ich nicht.“

„Demnach haben Sie Ihre Suche ausschließlich auf Mr Roulet beschränkt, richtig?“

„Das stimmt so nicht. Ich gehe unvoreingenommen an jeden Fall heran. Aber das Opfer identifizierte Mr Roulet als den Angreifer, und seine Initialen waren auf der Waffe, die an Ms Campos Kehle gehalten wurde.“

„Woher wissen Sie, dass dieses Messer an Ms Campos Kehle gehalten wurde?“

„Weil sie es uns gesagt hat und weil sie die Stichwunde am Hals hatte.“

„Behaupten Sie damit, es hätte eine forensische Untersuchung gegeben, aufgrund derer das Messer mit der Wunde an ihrem Hals in Verbindung gebracht wurde?“

„Nein, das war nicht möglich.“

„Wir haben also wieder nur Ms Campos Wort, dass ihr das Messer von Mr Roulet an die Kehle gehalten wurde. Und in Ermangelung einer Erklärung, warum er es bei sich hatte, halten Sie das Messer mit den Initialen des Angeklagten für einen wichtigen Beweis seiner Schuld, nicht wahr?“

„Ja. Er trug das Messer nur zu einem einzigen Zweck.“

„Sind Sie Gedankenleser, Detective?“

„Nein, ich bin Detective. Und ich sage nur, was ich denke."

„Mit Betonung auf *denke*. Im Moment habe ich keine weiteren Fragen."

Ich kehrte an meinen Platz zurück, während Minton versuchte, Booker in einer neuerlichen Befragung aufzupäppeln. Der Schaden lag in den geweckten Vorstellungen, und es gab nicht viel, was er daran ändern konnte.

Als Booker den Zeugenstand verließ, beraumte die Richterin eine Pause an. Ich trat auf den Flur hinaus.

Detective Booker kam auf mich zu und reckte mir einen Finger ins Gesicht. „Mit Ihrer beknackten Verteidigungsstrategie werden Sie nicht durchkommen, Haller", sagte er. „Sie gehen mit fliegenden Fahnen unter!"

„Das werden wir ja sehen."

„Genau, das werden wir sehen. Sie haben wirklich Nerven, die Sache Talbot anzuhängen. Wirklich Nerven."

„Ich tue nur meine Pflicht, Detective."

„Dass ich nicht lache. Mit Lügen sein Geld verdienen. Die Leute davon abhalten, die Wahrheit zu erkennen. In einer Welt ohne Wahrheit leben. Darf ich Sie was fragen? Kennen Sie den Unterschied zwischen einem Wels und einem Anwalt?"

„Nein, was ist der Unterschied?"

„Der eine ist ein im Schlamm stöbernder Dreckfresser. Der andere ist ein Fisch."

„Der ist echt gut, Detective."

Damit ließ er mich stehen, und ich musste grinsen. Nicht wegen des Witzes, sondern weil es die Bestätigung dafür war, dass Lankford und Booker in Kontakt standen. Sie redeten miteinander, und das hieß, die Dinge nahmen ihren Lauf. Mein Plan ging auf. Ich hatte noch eine Chance.

In jedem Prozess gibt es ein Hauptereignis. Einen Zeugen oder Beweis, der zum Dreh- und Angelpunkt wird, von dem alles andere abhängt. In diesem Fall war das Hauptereignis Regina Campo, Opfer und Anklägerin, und wie es aussah, würde das Verfahren mit ihrem Auftritt und ihrer Aussage stehen und fallen. Aber ein guter Strafverteidiger hat immer eine zweite Besetzung, und so hatte auch ich einen Ersatz, einen Zeugen, der hinter der Bühne bereitstand und auf den ich die Last des Prozesses zu verlagern hoffte.

Als Minton nach der Pause Regina Campo in den Zeugenstand rief und sie hereingeführt wurde, waren ohne Übertreibung alle Augen auf ihre kleine, zierliche Statur gerichtet.

Minton führte sie durch ihre Aussage, mit ihrer Vorgeschichte beginnend. Es war die Geschichte einer attraktiven jungen Frau, die zehn Jahre zuvor in der Hoffnung auf Leinwandruhm aus Indiana nach Hollywood gekommen war. Mit ihrer Karriere ging es nur schleppend voran, mal hier, mal da eine kleine Rolle in einer Fernsehproduktion. Doch als sie kein neues Gesicht mehr war, fand sie nur noch Arbeit in Filmen, die auf direktem Weg in den Videotheken landeten und in denen sie häufig nackt auftreten musste. Sie besserte ihr Einkommen mit Jobs als Nacktmodell auf und geriet wie von selbst in eine Welt, in der Sex gegen Gefälligkeiten getauscht wurde. Schließlich gab sie es ganz auf, die Fassade zu wahren, und sie begann, Sex gegen Bezahlung anzubieten. Das führte schließlich zu dem Abend, an dem sie Louis Roulet begegnete.

Die Darstellung des Abends, die Regina Campo im Zeugenstand gab, wich inhaltlich nicht von den Schilderungen der bisherigen Zeugen ab. Umso deutlicher unterschied sie sich in der Art der Wiedergabe. Mit ihrem von dunklen Locken umrahmten Gesicht wirkte Campo wie ein verlorenes kleines Mädchen. In der zweiten Hälfte ihrer Aussage wirkte sie verängstigt und den Tränen nahe. Ihre Unterlippe und ihr Finger zitterten vor Angst, als sie auf den Mann zeigte, den sie als ihren Angreifer identifizierte. Roulet starrte mit ausdruckslosem Gesicht zurück.

„Der da war es", sagte sie mit fester Stimme. „Er ist eine Bestie, die hinter Gitter gehört!"

Minton fuhr mit der Befragung fort, ließ sie schildern, wie sie dem Angreifer entronnen war, und fragte sie dann, warum sie den Streifenpolizisten nicht die Wahrheit darüber gesagt hätte, dass sie ihren Angreifer kannte und wusste, warum er vor ihrer Tür gestanden hatte.

„Ich hatte Angst", sagte sie. „Ich war mir nicht sicher, ob sie mir noch glauben würden, wenn ich ihnen erzählte, warum er gekommen war. Ich wollte unbedingt, dass sie ihn verhaften, weil ich solche Angst vor ihm hatte."

„Bereuen Sie diese Entscheidung inzwischen?"

„Ja, weil ich weiß, es könnte ihm helfen, freizukommen und wieder jemandem so was anzutun."

Die Vernehmung Campos durch die Anklage dauerte knapp eine Stunde. Es war jetzt fast 11.30 Uhr, aber die Richterin schickte uns nicht, wie erwartet, in die Mittagspause. Sie erklärte den Geschworenen, sie wolle an diesem Tag so viel wie möglich von der Zeugenaussage hören, weshalb die Mittagspause später beginnen und kürzer ausfallen würde. Ich fragte mich, ob die Detectives aus Glendale sie in der Vormittagspause angerufen und über meine bevorstehende Festnahme informiert hatten.

„Mr Haller, Ihre Zeugin“, sagte sie.

Ich ging mit meinem Block ans Pult und sah auf meine Notizen. Wenn ich eine Verteidigung der tausend Schnitte vornehmen wollte, musste ich mindestens die Hälfte davon dieser Zeugin beibringen. Ich war bereit.

„Ms Campo, haben Sie sich einen Anwalt genommen, um Zivilklage gegen Mr Roulet wegen der vermeintlichen Vorfälle vom 6. März einzureichen?“

Sie sah aus, als ob sie diese Frage erwartet hätte, aber nicht gleich als Erstes. „Nein, habe ich nicht.“

„Haben Sie mit einem Anwalt über diesen Fall gesprochen?“

„Ich habe niemanden beauftragt, ihn zu verklagen. Im Augenblick ist mein einziges Interesse …“

„Ms Campo“, unterbrach ich sie. „Ich habe Sie nicht gefragt, was Ihre Interessen sind. Ich habe Sie gefragt, ob Sie mit einem Anwalt – irgendeinem Anwalt – über diesen Fall und die Möglichkeit einer Zivilklage gegen Mr Roulet gesprochen haben?“

Sie sah mich aufmerksam an und versuchte zu erraten, was in mir vorging. Ich hatte es mit der Autorität von jemandem gesagt, der etwas wusste und über die nötigen Beweise verfügte, den Vorwurf zu untermauern.

„Gesprochen habe ich mit einem Anwalt, das ja. Aber ich habe ihn nicht beauftragt, irgendwelche rechtlichen Schritte zu unternehmen.“

„War das, weil Ihnen der Ankläger geraten hat, sich erst einen Anwalt zu nehmen, wenn der Strafprozess vorüber wäre?“

„Nein, etwas Derartiges hat er mir nicht geraten.“

„Warum haben Sie über diesen Fall mit einem Anwalt gesprochen?“

Sie war in die Angewohnheit verfallen, vor jeder Antwort zu zögern. Das war ganz in meinem Sinn. Nach Auffassung der meisten Leute erfordert es Zeit, sich eine Lüge zurechtzulegen. Ehrliche Antworten kommen ohne Umschweife. „Ich habe mit ihm gesprochen, weil ich mich über meine Rechte informieren wollte.“

„Haben Sie ihn gefragt, ob Sie Mr Roulet auf Schadenersatz verklagen könnten?“

„Ich dachte, was man mit seinem Anwalt bespricht, ist Privatsache.“

„Wenn Sie möchten, können Sie den Geschworenen gern erzählen, worüber Sie mit dem Anwalt gesprochen haben.“

Das war der erste tiefe Schnitt mit der Klinge. Ich hatte sie in eine Zwickmühle manövriert. Egal wie sie sich entschied, sie würde nicht gut dabei aussehen.

„Ich glaube, ich möchte es für mich behalten", sagte sie schließlich.

„Okay, dann lassen Sie uns zum 6. März zurückgehen, als Sie an der Bar des Morgan's zum ersten Mal mit dem Angeklagten, Mr Roulet, gesprochen haben. Was haben Sie an diesem Abend im Morgan's gemacht?"

„Ich habe mich mit jemandem getroffen."

„Sie haben Charles Talbot dort getroffen, um abzuschätzen, ob Sie ihn in Ihre Wohnung mitnehmen sollten, um dort gegen Bezahlung Sex mit ihm zu haben, richtig?"

Sie zögerte, doch dann nickte sie. „Ja."

„Sie treffen Ihre potenziellen Kunden erst an einem öffentlichen Ort wie dem Morgan's, um sich einen Eindruck von ihnen zu verschaffen und sich zu vergewissern, dass sie nicht irgendwie gefährlich sind, bevor Sie sie in Ihre Wohnung mitnehmen. Das ist doch richtig, oder?"

„Könnte man so sagen. Tatsache ist aber, dass man sich bei niemandem sicher sein kann."

„Das ist wahr. Während Sie im Morgan's waren, stellten Sie also fest, dass Mr Roulet an derselben Bar saß wie Sie und Mr Talbot?"

„Ja, er war da."

„Und hatten Sie ihn zuvor schon mal gesehen?"

„Ja, ich hatte ihn im Morgan's und in ein paar anderen Bars gesehen."

„War Ihnen jemals aufgefallen, dass er eine Rolex trug?"

„Nein."

„Hatten Sie ihn in einer dieser Bars einmal mit einem Porsche oder einem Range Rover vorfahren sehen?"

„Nein, ich habe ihn nie im Auto gesehen."

„Hatten Sie jemals mit ihm geredet?"

„Nein, wir hatten nie miteinander geredet."

„Weshalb haben Sie ihn dann angesprochen?"

„Ich wusste, dass er zur Szene gehörte. Ich hatte ihn schon mit Mädchen weggehen sehen, die tun, was ich tue."

„Woher wissen Sie überhaupt, dass er mit ihnen das Lokal verließ? Vielleicht sind sie ja nur nach draußen gegangen, um eine Zigarette zu rauchen."

„Ich sah sie in sein Auto steigen und wegfahren."

„Ms Campo, vor einer Minute haben Sie ausgesagt, Sie hätten Mr Roulets Autos nie gesehen. Jetzt sagen Sie auf einmal, Sie sahen ihn mit einer Frau in sein Auto steigen. Was ist nun wahr?"

Sie bemerkte ihren Fehler und erstarrte kurz, bevor ihr eine Antwort einfiel. „Ich hab ihn zwar in ein Auto steigen sehen, aber nicht darauf geachtet, was es für eine Marke war."

Ich hielt einen Moment inne und entschied, dass ich das Potenzial dieser kleinen Widersprüchlichkeit ausgeschöpft hatte. „Diese Frauen, die Sie mit Mr Roulet weggehen sahen, sind sie verschwunden oder haben Sie sie danach wiedergesehen?"

„Ja, ich habe sie wiedergesehen."

„Waren sie verprügelt oder verletzt worden?"

„Meines Wissens nicht, aber ich habe sie nicht gefragt."

„All dies trug doch dazu bei, dass Sie glaubten, sicher zu sein, wenn Sie ihn ansprachen und ihm Ihre Dienste antrugen, richtig?"

„Sicher ist man nie."

„Können Sie den Geschworenen sagen, warum Sie sich mit Mr Roulet nicht wie mit Mr Talbot erst eine Weile zusammensetzen mussten, um rauszufinden, ob er gefährlich sein könnte?"

Ihr Blick wanderte zu Minton hinüber. Sie hoffte auf Unterstützung, aber sie bekam keine. „Ich dachte einfach nur, bei ihm wüsste ich, woran ich bin."

„Sie dachten, er wäre unbedenklich."

„Wahrscheinlich. Keine Ahnung. Ich brauchte das Geld, und ich habe mit ihm einen Fehler gemacht."

„Dachten Sie, er sei reich und könne Ihre Geldnöte beheben?"

„Nein, so habe ich das nicht gesehen."

Ich blickte eine Weile auf meine Notizen, bevor ich fortfuhr. Ich ging die Vorgänge im Morgan's ausführlicher mit ihr durch, und dann beantragte ich, die Videoaufnahmen der Überwachungskamera über der Bar zeigen zu dürfen. Ein Fernsehgerät wurde vor die Geschworenen geschoben und das Video abgespielt.

„Was stand auf dem Zettel, den Sie ihm zusteckten?", fragte ich, nachdem der Fernseher wieder zur Seite geschoben worden war.

„Ich glaube, nur mein Name und meine Adresse."

„Sie nannten ihm keinen Preis für Ihre Dienste?"

„Möglicherweise auch. Aber das weiß ich nicht mehr."

„Was ist Ihr Standardhonorar?"

„Normalerweise nehme ich vierhundert Dollar."

„Normalerweise? Was ließe Sie davon abweichen?"

„Das hängt davon ab, was der Kunde möchte."

Ich sah zur Geschworenenbank hinüber und bemerkte, wie sich das Gesicht des Bibelmannes vor Unbehagen verzog.

„Lassen Sie sich mit Ihren Kunden auch auf Fesselspiele und sadomasochistische Praktiken ein?“

„Manchmal. Das sind allerdings nur Rollenspiele. Wir tun nur so als ob. Verletzt wird dabei niemand.“

„Als Sie Mr Roulet die Serviette mit Ihrer Adresse und Ihrem Preis darauf gaben, waren Sie da sicher, dass er keine Gefahr für Sie darstellte und genügend Bargeld bei sich hatte, um die vierhundert Dollar zu bezahlen, die Sie für Ihre Dienste verlangten?“

„Ja.“

„Warum hatte Mr Roulet dann kein Bargeld dabei, als die Polizei ihn durchsuchte?“

„Das weiß ich nicht. Ich habe es jedenfalls nicht genommen.“

„Wissen Sie, wer es genommen hat?“

„Nein.“

Ich ließ einen Moment der Stille verstreichen. „Und Sie arbeiten weiterhin als Prostituierte, richtig?“, fragte ich.

Campo bejahte das erst nach einigem Zögern.

„Und arbeiten Sie gern als Prostituierte?“, fragte ich.

Minton stand auf. „Euer Ehren, was soll das damit zu tun …“

„Stattgegeben“, sagte die Richterin.

„Okay“, sagte ich. „Aber es trifft doch zu, Ms Campo, dass Sie gegenüber mehreren Kunden die Hoffnung geäußert haben, aus Ihrem Beruf aussteigen zu können?“

„Ja, das trifft zu“, antwortete sie ohne Zögern.

„Trifft es dann auch zu, dass Sie in der finanziellen Ausbeutung dieses Falls eine Chance sahen, aus Ihrem Beruf auszusteigen?“

„Nein“, sagte sie mit Nachdruck. „Der Mann hat mich angegriffen. Er wollte mich umbringen! Nur darum geht es hier!“

„War Charles Talbot der Mann, der Sie am 6. März ins Gesicht schlug?“

„Nein, das war er nicht“, antwortete sie rasch.

„Haben Sie Mr Talbot angeboten, das Geld, das Sie nach einer Zivilklage gegen Mr Roulet bekämen, mit ihm zu teilen?“

„Nein, das habe ich nicht. Das ist eine Lüge!“

Ich blickte zur Richterin. „Euer Ehren, darf ich meinen Mandanten bitten aufzustehen?“

„Bitte, Mr Haller.“

Ich gab Roulet ein Zeichen, sich zu erheben, und er kam der Aufforderung sofort nach. Ich sah wieder zu Regina Campo. „Ms Campo, sind Sie sicher, dass das der Mann ist, der Sie am 6. März geschlagen hat?"

„Ja, das ist er."

„Ms Campo, in Ihrer Annonce auf der Website geben Sie Ihr Gewicht mit 47 Kilo an", sagte ich. „Wenn also die Geschworenen Ihre Geschichte über den 6. März glauben sollen, dann müssen sie Ihnen auch abnehmen, dass Sie imstande waren, Mr Roulet zu überwältigen und sich von ihm loszureißen." Ich deutete auf Roulet, der über eins achtzig groß und mindestens 35 Kilo schwerer war als sie.

„Das hab ich aber getan."

„Und das, obwohl er Ihnen angeblich ein Messer an die Kehle hielt."

„Ich wollte nicht sterben. Man ist zu erstaunlichen Dingen in der Lage, wenn das eigene Leben bedroht ist." Sie setzte ihr letztes Mittel ein. Sie begann zu weinen, als hätte meine Frage die Schrecken der Todesnähe wieder in ihr wachgerufen.

„Sie können sich setzen, Mr Roulet. Im Moment habe ich keine Fragen mehr an Ms Campo, Euer Ehren."

Ich nahm neben Roulet Platz. Ich fand, das Kreuzverhör war gut gelaufen. Meine Schnitte hatten einige Wunden geöffnet.

Minton nahm sich die Zeugin noch einmal vor, aber er war nur eine Mücke, die um eine offene Wunde schwirrte. An einigen der Antworten, die seine Starzeugin gegeben hatte, war nichts mehr zu ändern, und es gab keine Möglichkeit, die Bilder, die ich im Kopf der Geschworenen hatte entstehen lassen, wieder zu löschen.

Die Richterin entließ die Geschworenen in die Mittagspause, und nachdem sie erklärte hatte, das Gericht werde sich bis 13.30 Uhr zurückziehen, verließ sie die Bank.

Ich fragte Roulet, ob wir uns mit seiner Mutter zum Mittagessen treffen könnten, um bei der Gelegenheit über ihre Aussage zu sprechen. Vermutlich würde sie im Lauf des Nachmittags in den Zeugenstand gerufen. Er wollte sich darum kümmern und schlug ein Restaurant am Ventura Boulevard als Treffpunkt vor. Ich sagte ihm, wir hätten nicht mal eine Stunde Zeit und seine Mutter solle im Four Green Fields zu uns stoßen.

Als ich aufstand und mich vom Tisch der Verteidigung abwandte, war der Saal bereits leer. Nur Minton wartete auf mich. „Hätten Sie kurz Zeit für mich?", fragte er.

„Sicher."

Wir warteten, bis Roulet den Saal verlassen hatte. Ich wusste, was kommen würde. Es war üblich, dass der Ankläger einen geringfügigen Kompromiss vorschlug, sobald sich die ersten Schwierigkeiten abzeichneten. Und Minton wusste, dass er in Schwierigkeiten war. Der Hauptzeuge war bestenfalls ein Unentschieden. „Was gibt's?", fragte ich.

„Ich musste an das denken, was Sie über die tausend Schnitte gesagt haben. Und ich wollte Ihnen ein Angebot machen. Ich belasse es bei schwerer Körperverletzung. Und ich gehe runter auf vier."

Das Angebot bedeutete eine beträchtliche Strafminderung, aber Roulet würde trotzdem zu einer vierjährigen Haftstrafe verurteilt werden, wenn er darauf einging. Das wichtigste Zugeständnis war, dass die Tat nicht mehr als Sexualverbrechen eingestuft würde. Roulet müsste sich bei den lokalen Behörden nicht als Sexualstraftäter registrieren lassen, wenn er aus dem Gefängnis kam.

Ich sah Minton an, als hätte er das Andenken meiner Mutter beschmutzt. „Ich finde das ein ziemlich starkes Stück, Ted, wenn man berücksichtigt, wie sich Ihre Trumpfkarte gerade im Zeugenstand gemacht hat. Haben Sie den Geschworenen gesehen, der immer mit einer Bibel rumläuft? Er sah aus, als würde er sich gleich auf die Heilige Schrift übergeben, während sie aussagte."

Minton antwortete nicht. Ich konnte sehen, dass er nicht einmal bemerkt hatte, dass einer der Geschworenen immer eine Bibel bei sich hatte.

„Ich weiß nicht", sagte ich. „Es ist meine Pflicht, Ihr Angebot meinem Mandanten zu unterbreiten, und deshalb werde ich das auch tun. Aber ich werde ihm zugleich sagen, dass er ganz schön dumm wäre, wenn er es annähme."

„Okay. Und was wollen Sie dann?"

„In so einem Fall kann es nur ein Urteil geben, Ted. Ich werde ihm sagen, er soll es darauf ankommen lassen. Ich glaube, wir haben den Fall bereits so gut wie in der Tasche. Mahlzeit."

Damit ließ ich ihn am Durchgang der Schranke stehen. Halb rechnete ich damit, dass er mir ein neues Angebot hinterherrufen würde, als ich den Mittelgang des Zuschauerraums hinunterging. Aber Minton blieb standhaft. „Dieses Angebot gilt nur bis halb zwei, Haller!", rief er.

Ich hob eine Hand und winkte, ohne mich umzusehen. Ich war mir sicher, eine Spur Verzweiflung in seiner Stimme gehört zu haben, als ich durch die Tür des Gerichtssaals ging.

Als wir vom Four Green Fields ins Gericht zurückkamen, ignorierte ich Minton. Ich wollte ihn so lange wie möglich im Unklaren lassen. Erst als alle an ihren Tischen saßen und auf die Richterin warteten, sah ich zu ihm hinüber. Ich wartete, bis er meinen Blick bemerkte, und schüttelte dann nur den Kopf. Kein Vergleich. Er nickte und gab sich Mühe, Unverständnis über die Entscheidung meines Mandanten zur Schau zu stellen.

Eine Minute später kam die Richterin in den Saal. „Mr Minton, haben Sie einen weiteren Zeugen?“, fragte sie.

„Euer Ehren, die Anklage verzichtet darauf, weitere Zeugen aufzurufen.“

Fullbright schien kurz zu stutzen. Dann schaute sie zu mir. „Mr Haller, sind Sie bereit fortzufahren?“

Ich erklärte der Richterin, ich sei bereit, mit der Verteidigung fortzufahren. Meine erste Zeugin war Mary Alice Windsor. Sie wurde von Cecil Dobbs in den Gerichtssaal begleitet, der anschließend in der vordersten Reihe des Zuschauerraums Platz nahm. Mary Windsor trug ein blaugraues Kostüm mit einer Chiffonbluse. Sie ging in majestätischer Haltung an der Richterbank vorbei und nahm im Zeugenstand Platz. Ich ging rasch die üblichen Angaben zur Person mit ihr durch und erläuterte ihre verwandtschaftliche und geschäftliche Beziehung zu Louis Roulet. Dann bat ich Richterin Fullbright, der Zeugin das Messer zeigen zu dürfen, das die Anklage als Beweismittel eingebracht hatte.

Nach erteilter Erlaubnis ging ich zur Protokollführerin, um die Waffe zu holen, die noch in einer durchsichtigen Beweismitteltüte lag. Das Messer war aufgeklappt, sodass die Initialen auf der Klinge zu sehen waren. Ich trug es zum Zeugenstand. „Mrs Windsor, kennen Sie dieses Messer?“

„Ja“, sagte sie. „Das ist das Messer meines Sohnes.“

„Und wie kommt es, dass Sie ein Messer erkennen, das Ihrem Sohn gehört?“

„Weil ich es schon öfter gesehen habe. Ich wusste, dass er es immer bei sich hatte, und manchmal erwies es sich im Büro als recht praktisch, wenn die Prospekte geliefert wurden und wir die Verpackung aufschneiden mussten.“

„Wie lang hat er dieses Messer schon?“

„Vier Jahre.“

„Sie scheinen das sehr genau zu wissen. Woher?“

„Weil er es sich vor ziemlich genau vier Jahren zu seinem Schutz zugelegt hat.“

„Zum Schutz wovor, Mrs Windsor?"

„In unserer Branche kommt es häufig vor, dass wir wildfremden Menschen Häuser zeigen. Manchmal sind wir in einem Haus ganz allein mit diesen Fremden. Es gibt einige Fälle, in denen ein Makler ausgeraubt oder ermordet wurde."

„Wurde Louis Ihres Wissens jemals Opfer einer solchen Tat?"

„Er selbst nicht, nein. Aber er kennt eine Person, die einmal einem Interessenten ein Haus zeigen wollte und der dabei etwas zustieß …"

„Der was zustieß?"

„Sie wurde von einem mit einem Messer bewaffneten Mann vergewaltigt. Louis war derjenige, der sie fand. Daraufhin hat er sich gleich als Erstes ein Messer zu seinem Schutz gekauft."

„Warum ein Messer? Warum keine Schusswaffe?"

„Er erzählte mir, zuerst hätte er sich tatsächlich eine Pistole zulegen wollen, andererseits suchte er aber eine unauffällige Waffe, die er immer bei sich tragen konnte. Deshalb besorgte er sich ein Messer, und auch mir besorgte er eins. Meins sieht genauso aus, nur die Initialen sind anders. Wir beide haben die Waffe seitdem immer dabei."

„Würden Sie also sagen, es war im Fall Ihres Sohnes etwas völlig Normales, wenn er am Abend des 6. März dieses Messer bei sich trug?"

Minton erhob Einspruch, die Frage gebe Anlass zu Spekulationen, und die Richterin gab dem statt. Da Mary Windsor jedoch mit den Strafprozessregeln nicht vertraut war, ging sie davon aus, sie habe das Einverständnis der Richterin zu antworten. „Er hatte es jeden Tag bei sich", sagte sie. „Das war sicher am 6. März nicht anders als …"

„Mrs Windsor!", fuhr ihr die Richterin über den Mund. „Ich habe dem Einspruch stattgegeben. Das heißt, Sie antworten nicht. Die Geschworenen werden Ihre Antwort unberücksichtigt lassen."

„Entschuldigung", sagte Mary Windsor kleinlaut.

„Nächste Frage, Mr Haller", ordnete die Richterin an.

„Keine weiteren Fragen, Euer Ehren. Danke, Mrs Windsor."

Während ich an meinen Platz zurückkehrte, erhob sich Minton von seinem.

Mary Windsors Aussage war insofern perfekt, als sie sich exakt an die Strategie gehalten hatte, die wir beim Mittagessen entworfen hatten. Sie hatte den Geschworenen kurz und bündig eine Erklärung für das Messer geliefert und mit ihrer Aussage zugleich ein Minenfeld hinterlassen, das Minton nun überqueren musste.

„Dieser Zwischenfall, der Ihren Sohn veranlasste, immer ein Klappmesser mit einer dreizehn Zentimeter langen Klinge bei sich zu tragen, wann genau trug sich der zu?"

„Das war am 9. Juni 2001."

Ich drehte mich auf meinem Sitz, um Mintons Gesicht genau studieren zu können. Er dachte, er hätte etwas. Der Umstand, dass sich Windsor so genau an ein Datum erinnern konnte, schmeckte eindeutig nach einer einstudierten Zeugenaussage. Er war aufgeregt. Ich konnte es sehen.

„Gab es eine Zeitungsmeldung über diesen angeblichen Angriff auf eine Maklerkollegin? Kam es zu polizeilichen Ermittlungen?"

„Nein."

„Und trotzdem wissen Sie das genaue Datum. Wie das, Mrs Windsor? Hat man Ihnen dieses Datum genannt, bevor Sie hierherkamen, um eine Aussage zu machen?"

„Nein, ich weiß es deshalb so genau, weil ich den Tag, an dem ich überfallen wurde, nie vergessen werde."

Sie wartete kurz. Ich sah mindestens drei Geschworene stumm den Mund öffnen. Minton tat das Gleiche.

„Auch mein Sohn wird ihn nie vergessen", fuhr Windsor fort. „Als er nach mir suchte und mich in diesem Haus fand, war ich gefesselt, nackt und voller Blut. Das war der Grund, warum er dazu überging, immer ein Messer zu tragen."

„Ich verstehe", sagte Minton und starrte auf seine Notizen. Er zögerte, unschlüssig, wie er weitermachen sollte. Aus Angst, die Mine, auf die er getreten war, könnte hochgehen und ihn zerreißen, wollte er den Fuß nicht heben.

„Mr Minton, war's das?", fragte die Richterin mit kaum verhohlenem Sarkasmus.

Minton sammelte sich. „Einen Augenblick, Euer Ehren."

Er versuchte zu retten, was zu retten war. „Mrs Windsor, haben Sie oder Ihr Sohn die Polizei gerufen, nachdem er Sie gefunden hatte?"

„Nein, Louis wollte es, aber ich wollte dieses traumatische Erlebnis nicht noch einmal schildern müssen."

„Demnach haben wir keine offizielle polizeiliche Dokumentation dieser Straftat, richtig?"

„Das ist richtig."

„Also haben wir nur Ihr Wort, dass dieser Angriff tatsächlich erfolgt ist? Ihr Wort und das Ihres Sohnes, falls er bereit ist, dazu auszusagen?"

„Er ist erfolgt. Ich lebe Tag für Tag damit."

„Mrs Windsor, Sie sind hier, um Ihrem Sohn zu helfen, richtig?"

„Wenn ich kann. Ich kenne ihn als guten Menschen, der ein so abscheuliches Verbrechen niemals begangen hätte."

„Sie würden alles in Ihrer Macht Stehende tun, Ihrem Sohn eine Verurteilung und eine mögliche Gefängnisstrafe zu ersparen, nicht wahr?"

„Aber ich würde in einer Sache wie dieser niemals lügen. Ob mit oder ohne Eid, ich würde nicht lügen."

„Danke, Mrs Windsor."

Minton kehrte rasch an seinen Platz zurück, und Mary Windsor wurde entlassen. Nachdem ihr Auftritt als Zeugin beendet war, ersuchte ich die Richterin, sie bis zum Ende der Verhandlung im Zuschauerraum sitzen zu lassen. Dem Antrag wurde ohne einen Einspruch Mintons stattgegeben.

Mein nächster Zeuge war ein Detective namens David Lambkin, der an den Ermittlungen im Maklerinnenschänder-Fall beteiligt gewesen war. Mit ein paar kurzen Fragen umriss ich die Fakten des Falls und die fünf Vergewaltigungen, bei denen auf Anzeige hin ermittelt worden war. Ich gelangte rasch zu den Schlüsselfragen, die Mary Windsors Aussage untermauern sollten. „Detective Lambkin, wie war das Altersspektrum der bekannten Opfer des Vergewaltigers?"

„Es waren lauter erfolgreiche Frauen. Sie waren grundsätzlich älter als das durchschnittliche Vergewaltigungsopfer. Ich glaube, die jüngste war neunundzwanzig und die älteste neunundfünfzig."

„Eine vierundfünfzigjährige Frau fiele demnach also in das Zielpersonenprofil des Vergewaltigers, richtig?"

„Ja."

„Und der 9. Juni des Jahres 2001 lag innerhalb des Zeitraums, in dem die Angriffe des Vergewaltigers auf Frauen aus der Immobilienbranche erfolgten. Ist das richtig?"

„Ja, das ist richtig."

„Gelangten Sie im Lauf Ihrer Ermittlungen zu dem Schluss, dass von dieser Person mehr als fünf Vergewaltigungen begangen worden sein könnten?"

Minton erhob Einspruch mit der Begründung, die Frage gebe Anlass zu Spekulationen. Die Richterin gab dem Einspruch statt, aber es spielte keine Rolle. Wichtig war die Frage und dass die Geschworenen sahen, wie ihnen der Ankläger die Antwort verwehrte.

Im Kreuzverhör hatte Minton sich von seinem Malheur mit Windsor so weit erholt, dass er Lambkin drei clevere Fragen stellte, deren Beantwortung für die Anklage zu Buche schlug.

„Detective Lambkin, hat die Spezialeinheit, die in diesen Vergewaltigungsfällen ermittelte, eine Warnung an Frauen in der Immobilienbranche herausgegeben?"

„Ja, das haben wir. Wir haben zweimal Flugblätter an alle Immobilienbüros in der Gegend verschickt."

„Enthielten diese Flugblätter Informationen über Aussehen und Methoden des Vergewaltigers?"

„Ja."

„Wenn sich also jemand eine Geschichte über einen Angriff durch diesen Vergewaltiger zurechtlegen wollte, hätten diese Flugblätter alle erforderlichen Angaben enthalten, richtig?"

„Das wäre eine Möglichkeit, ja."

„Keine weiteren Fragen, Euer Ehren."

Befriedigt nahm Minton Platz und Lambkin wurde entlassen.

Ich bat die Richterin, mich ein paar Minuten mit meinem Mandanten beraten zu dürfen, und beugte mich dann zu Roulet hinüber.

„So, das wär's", sagte ich. „Jetzt sind nur noch Sie dran. Falls Sie mir nicht irgendetwas verschwiegen haben, gibt es nicht mehr viel, womit Ihnen Minton noch an den Karren fahren könnte. Wenn Sie sich durch ihn nicht aus dem Konzept bringen lassen, dürften Sie im Zeugenstand nichts zu befürchten haben. Sind Sie immer noch dazu entschlossen?"

„Ich will aussagen", flüsterte Roulet. „Mit dem Ankläger werde ich schon fertig."

Ich schob meinen Stuhl zurück und stand auf. „Die Verteidigung ruft Louis Ross Roulet in den Zeugenstand, Euer Ehren."

Louis Roulet lief rasch auf den Zeugenstand zu. Er sah aus wie jemand, der es kaum erwarten konnte, sich zu verteidigen.

Auf meine Fragen hin sagte er aus, er habe von sich aus keinen Blickkontakt mit Regina Campo hergestellt, bevor sie zu ihm an die Bar gekommen sei. Sie habe gesagt, sie sei nach zehn Uhr frei und er könne vorbeikommen, wenn er nicht schon etwas anderes vorhabe.

Roulet beschrieb seine erfolglosen Versuche, während der nächsten Stunde im Morgan's und danach im Lamplighter eine Frau zu finden, die er nicht bezahlen musste. Daraufhin fuhr er zu der Adresse, die Campo ihm gegeben hatte, und klopfte an die Tür.

„Wer öffnete Ihnen?"

„Sie. Sie öffnete die Tür einen Spalt und schaute zu mir heraus."

„Konnten Sie durch den Spalt in der Tür ihr ganzes Gesicht sehen?"

„Nein. Es war nur ein Spalt, ich konnte nur ihr linkes Auge und etwas von der dazugehörigen Gesichtshälfte sehen."

„Wie öffnete sie die Tür? War der Spalt auf der rechten oder auf der linken Seite?"

„Von mir aus gesehen auf der rechten Seite."

„Wenn sie also hinter der Tür stand und durch den Spalt schaute, müsste sie Sie mit ihrem linken Auge angesehen haben, richtig?"

„Das ist richtig."

„Wenn sie also einen blauen Fleck oder eine Platzwunde oder sonst eine Verletzung in der rechten Gesichtshälfte gehabt hätte, hätten Sie diese sehen können?"

„Nein."

„Okay. Was geschah als Nächstes?"

„Sie sah, dass ich es war, und sagte, ich solle reinkommen. Sie machte die Tür weiter auf, blieb aber dahinter stehen."

„Sie konnten sie nicht sehen?"

„Nicht ganz. Sie benutzte die Türkante als eine Art Deckung."

„Was passierte dann?"

„Also, da war ein Eingangsbereich, eine Diele, und sie deutete durch einen Bogendurchgang ins Wohnzimmer. Ich ging in die angewiesene Richtung."

„Hieß das, sie war in dem Moment hinter Ihnen?"

„Ja, als ich in Richtung Wohnzimmer ging, war sie hinter mir."

„Und was dann?"

„Irgendetwas traf mich am Hinterkopf und ich ging zu Boden. Ich verlor das Bewusstsein. Als ich wieder zu mir kam, saß jemand auf mir. Ich versuchte, mich zu bewegen, und dabei merkte ich, dass auch jemand auf meinen Beinen saß. Sie sagten mir abwechselnd, ich solle mich nicht bewegen, und einer von ihnen meinte, sie hätten mein Messer, und wenn ich versuchen sollte zu entkommen, würde er damit auf mich einstechen. Ein paar Minuten später kam die Polizei. Sie haben mir Handschellen angelegt und eine Tüte über meine linke Hand gestreift, weil sie blutig war."

„Wie geriet das Blut an Ihre Hand?"

„Ich weiß nur, dass es jemand draufgetan haben muss, weil ich es nicht war."

„Sind Sie Linkshänder?“

„Nein.“

„Sie haben Ms Campo nicht mit der linken Faust geschlagen?“

„Nein, das habe ich nicht.“

„Haben Sie ihr gedroht, sie zu vergewaltigen?“

„Nein.“

„Haben Sie zu ihr gesagt, Sie würden sie umbringen, wenn sie nicht gefügig wäre?“

„Nein, das habe ich nicht gesagt.“

Ich hoffte auf etwas von dem Feuer, das ich am ersten Tag in Dobbs’ Kanzlei gesehen hatte, aber Roulet war ruhig und beherrscht. Mir wurde klar, dass ich ihn provozieren musste, um diese Wut aus ihm herauszukitzeln.

„Sind Sie wütend, dass Sie des Angriffs auf Ms Campo angeklagt werden?“

„Natürlich bin ich das.“

„Warum?“

Er schien sehr verblüfft zu sein, dass ich ihm eine solche Frage stellte. Schließlich antwortete er. „Wurden Sie jemals einer Sache beschuldigt, die Sie nicht getan haben? Wissen Sie, wie es ist, nichts dagegen tun zu können, als dazusitzen und zu warten? Einfach nur Wochen und Monate lang warten, dass man endlich die Gelegenheit erhält, vor Gericht zu gehen und zu sagen, dass man reingelegt worden ist? Aber dann muss man sogar noch länger warten, weil der Ankläger einen Haufen Lügner anschleppt, und Sie müssen sich ihre Lügen anhören und weiter auf Ihre Chance warten. Natürlich macht einen das wütend. Ich bin unschuldig! Ich habe das nicht getan!“

Es war perfekt. Genau auf den Punkt und mit einem Appell an alle, die einmal fälschlich einer Sache beschuldigt worden waren. Ich sah zur Richterin. „Keine weiteren Fragen, Euer Ehren.“

Minton war schon aufgestanden, obwohl ich noch nicht an meinen Platz zurückgekehrt war. Ohne seinen Blick von Roulet abzuwenden, trat er ans Pult. „Sie leugnen, Ms Campo angefasst zu haben?“, fragte er.

„Das ist richtig“, erwiderte Roulet.

„Ihnen zufolge hat sie sich also selbst ins Gesicht geschlagen oder ließ sich von einem Mann, den sie erst an diesem Abend kennen gelernt hatte, bewusstlos schlagen, um Ihnen eine Falle zu stellen, trifft das zu?“

„Wer es war, weiß ich nicht. Ich weiß nur, dass ich es nicht getan habe.“

„Und wollen Sie den Geschworenen weismachen, das Opfer hätte vorher gewusst, dass Sie ein Messer bei sich tragen, und sich das für ihr Vorhaben zunutze gemacht?“

„Ich weiß nicht, was sie gewusst hat. Ich glaube, sie fand das Messer, als sie meine Taschen nach Geld durchsuchte.“

„Aha, jetzt behaupten Sie auch noch, sie hätte Ihnen Geld gestohlen, Mr Roulet?“

„Ich hatte vierhundert Dollar bei mir. Als ich festgenommen wurde, waren sie weg.“

Anstatt zu versuchen, Roulet auf das Geld festzunageln, war Minton klug genug zu merken, dass er bestenfalls ein Patt erzielen konnte. Er setzte zum Endspurt an. Er hielt theatralisch das Polizeifoto von Regina Campos übel zugerichtetem Gesicht hoch.

„Ms Campo ließ sich das hier antun oder tat es sich selbst an?“

„Wer es getan hat, weiß ich nicht. Aber ich war es nicht. Ich täte einer Frau nie so was an.“ Roulet deutete auf das Foto. „So etwas hat keine Frau verdient“, fügte er hinzu.

Ich beugte mich vor und wartete. Ich hatte Roulet eingeschärft, im Zeugenstand diesen Satz an irgendeinem Punkt einzubauen. *So etwas hat keine Frau verdient.* Jetzt war es nur noch an Minton, den Köder zu schlucken. Er war clever. Ihm musste klar sein, dass ihm Roulet gerade eine Tür geöffnet hatte.

„Was meinen Sie mit verdient? Finden Sie, bei einem Gewaltverbrechen läuft es letztlich darauf hinaus, ob ein Opfer bekommt, was es verdient?“

„Nein, so habe ich das nicht gemeint. Ich finde, egal womit sie ihren Lebensunterhalt bestreitet, sie dürfte nicht so geschlagen werden. Niemand hat verdient, dass ihm so etwas angetan wird.“

Minton nahm den Arm herunter, mit dem er das Foto hielt. Er betrachtete es kurz, dann sah er wieder zu Roulet. „Mr Roulet, ich habe keine weiteren Fragen mehr an Sie.“

ICH HATTE noch immer das Gefühl, meine Strategie der tausend Schnitte könnte aufgehen. Ich hatte alles in meiner Macht Stehende getan, um Minton in eine Position zu manövrieren, in der ihm nur eine Wahl blieb. Jetzt würde sich erweisen, ob es ausreichend gewesen war. Nachdem sich der junge Ankläger gesetzt hatte, stellte ich meinem Mandanten keine weiteren Fragen. Er hatte sich unter Mintons Beschuss gut gehalten, und alles schien in unserem Sinne zu laufen. Ich stand auf und wandte mich der Richterin zu. „Euer Ehren, die Verteidigung hat ihre Beweisaufnahme abgeschlossen.“

Sie nickte und blickte über meinen Kopf hinweg auf die Uhr. Es war erst halb vier. Sie schickte die Geschworenen in die Nachmittagspause. Sobald sie den Saal verlassen hatten, sah sie zum Tisch der Anklage.

„Mr Minton, ist die Anklage bereit, den Gegenbeweis anzutreten?“

Minton stand auf. „Euer Ehren, ich möchte um Vertagung bitten, damit die Anklage die Hinzuziehung von Gegenzeugen erwägen kann.“

„Mr Minton, wir haben heute noch mindestens neunzig Minuten Zeit. Ich habe Ihnen gesagt, dass ich heute vorankommen will. Wo sind Ihre Zeugen?“

„Ehrlich gestanden ist die Verhandlung rascher vorangeschritten als erwartet. Ich kann meinen potenziellen Gegenzeugen kaum vor heute Abend 18 Uhr in den Gerichtssaal schaffen.“

Ich wandte mich Roulet zu, der auf seinen Platz neben mir zurückgekehrt war. Ich nickte ihm zu und zwinkerte mit dem linken Auge, sodass die Richterin es nicht sehen konnte. Offensichtlich hatte Minton den Köder geschluckt. Jetzt musste ich nur dafür sorgen, dass ihn die Richterin nicht dazu brachte, ihn wieder auszuspucken. Ich erhob mich. „Euer Ehren, die Verteidigung hat gegen die Verzögerung nichts einzuwenden. Vielleicht können wir die Zeit nutzen, die Schlussplädoyers vorzubereiten.“

Die Richterin sah mich mit einem Stirnrunzeln an. „Da haben Sie vielleicht nicht ganz unrecht, Mr Haller. Wenn wir heute vertagen, erwarte ich allerdings, dass wir nach der Widerlegung direkt zu den Schlussplädoyers übergehen. Keine weiteren Verzögerungen mehr. Ist das klar, Mr Minton?“

„Ja, Euer Ehren, ich werde bereit sein.“

„Gut. Dann hätten wir also das weitere Vorgehen geklärt. Sobald die Geschworenen zurück sind, werde ich sie für heute entlassen.“ Sie stand auf und verließ den Saal.

Zwanzig Minuten später machten sich die Geschworenen auf den Heimweg, und ich packte am Tisch der Verteidigung meine Sachen zusammen. Minton kam zu mir herüber und fragte: „Könnte ich Sie kurz sprechen?“

Ich wandte mich an Roulet und sagte ihm, er könne mit seiner Mutter und Dobbs schon gehen. Als er weg war, widmete ich mich Minton. Inzwischen machte er einen fast schon verzweifelten Eindruck. Er brauchte in diesem Fall eine Verurteilung – egal was für eine.

„Was gibt's?“

„Ich habe ein neues Angebot. Ich mache noch mehr Abstriche und begnüge mich mit einer einfachen Tätlichkeit. Sechs Monate Bezirksgefängnis. So, wie sie dort am Ende jedes Monats wegen Überfüllung ausmisten, muss er wahrscheinlich nicht mal sechzig Tage absitzen."

Es war ein gutes Angebot. Zudem musste es aus dem ersten Stock stammen, denn Minton hatte nicht die Befugnis, so große Abstriche zu machen.

„Wenn er sich darauf einlässt, plündert sie ihn mit einer Zivilklage bis aufs letzte Hemd aus", sagte ich. „Ich kann mir nicht vorstellen, dass er das akzeptiert."

„Es ist aber ein verdammt gutes Angebot!", sagte Minton mit einem Anflug von Empörung in seiner Stimme.

Vermutlich hatte man ihm strikte Anweisung erteilt, den Fall mit einem Schuldspruch zum Abschluss zu bringen. Die Staatsanwaltschaft von Van Nuys verlor nur ungern einen Prozess. Roulet musste hinter Gitter – selbst wenn es nur sechzig Tage wären.

„Aus Ihrer Sicht ist es vielleicht ein verdammt gutes Angebot. Trotzdem muss ich meinen Mandanten überzeugen, sich eines Verbrechens schuldig zu bekennen, das er seinen Aussagen zufolge nicht begangen hat. Hinzu kommt, dass diese Regelung einer Zivilklage Vorschub leistet. Während er also oben im Bezirksgefängnis einsitzt, drehen ihn hier unten Reggie Campo und ihr Anwalt durch die Mangel. Ich an seiner Stelle würde es drauf ankommen lassen. Ich glaube, wir gewinnen. Wir haben den Bibeltypen, also haben wir mindestens einen Geschworenen auf unserer Seite. Aber wer weiß, vielleicht sind es ja auch alle zwölf."

Minton schlug mit der Hand auf den Tisch. „Sie wissen ganz genau, dass er es war, Haller! Und sechs Monate – von sechzig Tagen ganz zu schweigen – sind ein Witz für das, was er dieser Frau angetan hat. Dieser Handel ist so lächerlich, dass er mir schon schlaflose Nächte bereitet, aber meine Vorgesetzten haben den Prozessverlauf verfolgt und denken, Sie hätten die Geschworenen in der Tasche. Deshalb muss ich es tun."

Ich schloss meinen Aktenkoffer und stand auf. „Dann hoffe ich, Sie haben was Gescheites für die Widerlegung, Ted. Denn Ihr Wunsch nach einem Geschworenenspruch wird Ihnen sicher erfüllt. Und ich muss Ihnen sagen, Mann, Sie sehen mehr und mehr aus wie jemand, der nackt zu einer Messerstecherei antritt." Ich ging durch die Schranke. Auf halbem Weg zum Ausgang blieb ich stehen und blickte zurück. „Und wissen Sie was? Wenn Sie wegen diesem oder anderen Fällen schlaflose Nächte kriegen, sollten Sie den Job an den Nagel hängen und sich was anderes suchen. Dann werden Sie es nämlich nicht packen, Ted!"

Minton saß an seinem Tisch und sah mit starrem Blick auf die leere Richterbank.

Ich ging ins Four Green Fields hinüber, um an meinem Schlussplädoyer zu feilen. An der Bar bestellte ich ein Guinness und nahm es mit an einen der Tische, um ungestört zu sein. Ich formulierte ein paar grundsätzliche Anmerkungen, wusste aber instinktiv, dass ich hauptsächlich auf die Argumente der Anklage reagieren würde. Während der Vorverhandlung hatte Minton von Richterin Fullbright die Genehmigung erhalten, den Geschworenen den Fall mit einer PowerPoint-Präsentation darzustellen. Bei den jungen Anklägern war es sehr in Mode, einen Bildschirm mit tollen Computergrafiken aufzufahren, als ob man den Geschworenen nicht zutraute, dass sie in der Lage waren, selbstständig zu denken und ihre eigenen Schlüsse zu ziehen.

Ich dagegen war ein Vertreter der alten Schule. Ich stieg am liebsten auf mich allein gestellt in den Ring. Wenn ich die Geschworenen nicht überzeugen konnte, konnte es etwas aus einem Computer erst recht nicht.

Um 17.30 Uhr rief ich Maggie im Büro an. „Feierabend“, sagte ich.

„Für Topstrafverteidiger vielleicht. Wir Staatsdiener müssen bis spät in die Nacht hinein arbeiten.“

„Warum legst du nicht eine Pause ein und kommst auf ein Guinness?“

„Nein, Haller, das geht nicht. Außerdem weiß ich, was du willst.“

Ich lachte. Seit wir uns kannten, glaubte sie zu wissen, was ich wollte. Meistens hatte sie Recht, aber diesmal nicht. „Ja? Was will ich denn?“

„Mich wieder mal übertölpeln, um rauszufinden, was Minton vorhat.“

„Weit gefehlt, Mags. Minton ist leicht zu durchschauen. Aber was mich interessieren würde – hast du mal versucht, eine ballistische Untersuchung möglichst schnell zu kriegen? Einen Abgleich von Hülsen und Projektilen. Wie lange brauchen sie dafür mindestens?“

„Hängt davon ab, welche Abteilung es macht. Aber wenn sie sich richtig reinhängen, können sie in vierundzwanzig Stunden was haben.“

Dumpfe Angst machte sich in mir breit. Möglicherweise war meine Zeit schon abgelaufen. „Okay, Maggie, loch die bösen Buben ein!“

„Das werde ich.“

„Also dann, tschüss.“

Ich klappte das Handy zu und dachte kurz nach, dann öffnete ich es wieder und rief im „Sheraton“-Hotel an, ob sie ein Zimmer für mich hätten. Ich würde an diesem Abend sicherheitshalber nicht nach Hause fahren. Möglicherweise warteten dort zwei Detectives aus Glendale auf mich.

ACHT

Nach einer schlaflosen Nacht in einem miserablen Hotelbett kam ich am Mittwochmorgen früh ins Gericht. Wider Erwarten begrüßte mich kein Empfangskomitee, keine Glendale-Detectives, die mit einem Lächeln und einem Haftbefehl auf mich warteten. Mir fiel ein Stein vom Herzen, als ich durch den Metalldetektor ging.

Als ich den Gerichtssaal betrat, stellte ich zu meiner Überraschung fest, dass ich nicht der Erste im Saal war. Minton baute im Zuschauerraum die Leinwand für seine PowerPoint-Präsentation auf. Er sah zu mir herüber. „Haben Sie mit Ihrem Mandanten über mein Angebot gesprochen?"

„Ja, nichts zu machen. Wie es aussieht, ziehen wir die Sache bis zum Ende durch."

Ich stellte meinen Aktenkoffer auf den Tisch der Verteidigung und fragte mich, ob Mintons Aufbau fürs Schlussplädoyer bedeutete, dass er auf einen Gegenbeweis verzichtete. Mich durchzuckte heftige Panik. Ich sah zum Tisch der Anklage und entdeckte nichts, was Aufschluss über Mintons weiteres Vorgehen gegeben hätte. Natürlich hätte ich ihn einfach fragen können, aber ich wollte die Fassade unaufgeregter Zuversicht beibehalten.

Ich schlenderte zum Schreibtisch des Gerichtsdieners, um mich mit Deputy Bill Meehan zu unterhalten, der für Fullbrights Saal zuständig war. Ich sah alle möglichen Papiere auf seinem Schreibtisch herumliegen. Darunter musste auch die Liste der an diesem Morgen ins Gericht gebrachten Untersuchungshäftlinge sein.

„Bill, ich hole mir mal eben eine Tasse Kaffee. Soll ich Ihnen auch was mitbringen?"

„Nein, aber trotzdem danke. Ich habe mein Quantum Koffein schon intus."

Ich lächelte und nickte. „Ach, ist das die Häftlingsliste? Könnte ich mal kurz nachsehen, ob einer meiner Mandanten draufsteht?"

„Klar." Meehan reichte mir mehrere aneinandergeheftete Blätter. Darauf standen alle Häftlinge, die an diesem Tag im Gerichtsgebäude untergebracht waren. Hinter dem Namen stand der jeweilige Gerichtssaal, in den der Häftling gebracht werden musste. So unbeteiligt wie möglich überflog ich die Liste. Der Name Dwayne Jeffery Corliss war rasch gefunden. Mintons Denunziant war im Gericht und Fullbrights Saal zugeteilt, wie ich es gehofft und geplant hatte.

Ich gab Meehan die Liste zurück. Dann verließ ich den Gerichtssaal und fuhr runter in die Cafeteria im ersten Stock. Nachdem ich gezahlt hatte, ging ich zu einem leeren Tisch und holte mein Handy heraus.

„Lorna, ich bin's. Das mit Corliss geht klar. Bist du so weit?"

„Ich bin bereit. Viel Glück heute, Mickey."

„Danke. Das werde ich brauchen. Und halte dich für meinen nächsten Anruf bereit."

Ich klappte das Handy zu und wollte gerade aufstehen, als ich LAPD-Detective Howard Kurlen zwischen den Tischen hindurch auf mich zusteuern sah – den Mann, der Jesus Menendez hinter Gitter gebracht hatte. Er hielt ein gefaltetes Dokument in der Hand, das er mir verärgert auf den Tisch warf. „Was soll der Scheiß?", schnauzte er mich an.

Obwohl ich wusste, was es war, begann ich, das Dokument zu entfalten. „Sieht wie eine Vorladung aus, Detective."

„Sie wissen ganz genau, was ich meine, Haller. Was sind das schon wieder für krumme Touren? Ich habe nichts mit diesem Fall da oben zu tun, und ich will auch nicht in diesen ganzen Mist reingezogen werden."

„Das sind keine krummen Touren, und es ist auch kein Mist. Sie wurden als Widerlegungszeuge vorgeladen."

„Um was zu widerlegen? Der Fall geht mich nicht das Geringste an!"

Ich nickte entgegenkommend. „Wissen Sie was? Gehen Sie doch einfach schon mal in den Gerichtssaal rauf und nehmen Sie Platz. Wenn es sich um ein Versehen handelt, werde ich schnellstmöglich für Aufklärung sorgen. Ich kann mir nicht vorstellen, dass es länger als eine Stunde dauert."

„Wie wär's damit: Ich verschwinde jetzt gleich, und Sie klären das, wann Sie wollen?"

„Geht leider nicht, Detective. Das ist eine rechtsgültige Vorladung, und Sie müssen vor Gericht erscheinen, solange Sie nicht anderweitig entlassen werden."

„Das ist doch alles Schwachsinn." Er wandte sich von mir ab und stapfte durch die Cafeteria zum Ausgang. Zum Glück hatte er die Vorladung auf dem Tisch liegen gelassen. Sie war nämlich gefälscht. Ich hatte sie beim Protokollführer nicht registrieren lassen, und die Unterschrift darauf stammte von mir.

Ob Schwachsinn oder nicht, Kurlen würde das Gerichtsgebäude wohl kaum verlassen. Er war ein Mann des Gesetzes und der Ordnung. Er würde im Gerichtssaal bleiben, bis man ihn entließ. Oder bis ihm klar wurde, warum ich ihn dorthin bestellt hatte.

Um 9.30 Uhr rief die Richterin die Geschworenen in den Saal. Ich warf einen Blick in den Zuschauerraum und sah Kurlen in der hintersten Reihe. Seine Miene wirkte nachdenklich, wenn nicht gar zornig. Ich sah mich weiter im Saal um und entdeckte Lankford und Sobel auf der Bank neben dem Schreibtisch des Gerichtsdieners, die Polizeiangehörigen vorbehalten war. Ihre Gesichter verrieten nichts, ließen mich aber nichts Gutes ahnen. Ich fragte mich, ob ich die benötigte Stunde überhaupt noch bekäme.

„Mr Minton", begann die Richterin, „hat die Anklage eine Widerlegung vorbereitet?"

Minton stand auf und rückte sein Jackett zurecht. „Ja, Euer Ehren, die Anklage ruft Dwayne Jeffery Corliss als Widerlegungszeugen auf."

Ich stand auf und stellte fest, dass Meehan, der Gerichtsdiener, rechts von mir ebenfalls aufgestanden war. Er wollte in die zum Saal gehörende Zelle, um Corliss zu holen.

„Euer Ehren?", meldete ich mich zu Wort. „Wer ist Dwayne Jeffery Corliss, und warum habe ich bis zu diesem Moment nichts von ihm gehört?"

„Deputy Meehan, warten Sie bitte einen Augenblick", sagte Fullbright.

Den Zellenschlüssel in der Hand, verharrte Meehan mitten in der Bewegung. Die Richterin entschuldigte sich bei den Geschworenen und forderte sie auf, ins Beratungszimmer zurückzukehren, bis sie erneut in den Saal gerufen würden. Nachdem einer nach dem anderen den Saal verlassen hatte, wandte sich die Richterin Minton zu. „Mr Minton, möchten Sie uns etwas über Ihren Zeugen mitteilen?"

„Dwayne Corliss ist ein kooperierender Zeuge, der mit Mr Roulet während dessen Inhaftierung gesprochen hat."

„So ein Quatsch!", platzte Roulet heraus. „Ich habe nicht …"

„Ruhe, Mr Roulet!", dröhnte die Richterin. „Mr Haller, weisen Sie Ihren Mandanten auf die Risiken seines unbeherrschten Verhaltens in meinem Gerichtssaal hin."

„Ja, Euer Ehren." Ich stand noch. Ich beugte mich zu Roulet hinab, um ihm ins Ohr zu flüstern: „Das war super. Aber jetzt halten Sie sich zurück. Ab sofort übernehme ich."

Er nickte, lehnte sich zurück und verschränkte wütend die Arme. Ich richtete mich auf. „Entschuldigen Sie, Euer Ehren, aber ich teile die Entrüstung meines Mandanten über diese Spontanmaßnahme der Anklage. Wir hören zum ersten Mal von Mr Corliss. Ich wüsste gern, wann er die Anklage über dieses angebliche Gespräch mit meinem Mandanten informiert hat."

„Mr Corliss ist über den ursprünglich für den Fall zuständigen Ankläger an die Staatsanwaltschaft herangetreten", erklärte Minton. „Davon erfuhr ich jedoch erst gestern, als ich bei einer internen Besprechung gefragt wurde, weshalb ich mir diesen Umstand nie zunutze gemacht hätte."

Das war eine glatte Lüge, aber keine, die ich als solche bloßlegen wollte. Damit hätte ich nicht nur verraten, dass Maggie McPherson am Sankt-Patricks-Tag etwas ausgeplaudert hatte, sondern möglicherweise auch meinen Plan vereitelt.

Ich musste vorsichtig sein. Trotz meines vehementen Protests gegen Corliss als Zeugen durfte ich auf keinen Fall damit durchkommen. Ich setzte eine Miene tiefster Entrüstung auf. „Das ist unerhört, Euer Ehren! Nur wegen eines Kommunikationsproblems in der Staatsanwaltschaft soll mein Mandant hinnehmen, dass die Anklage quasi aus dem Nichts heraus einen Zeugen gegen ihn auffährt? Diesem Mann sollte unter keinen Umständen gestattet werden, hier auszusagen. Es ist jetzt zu spät, ihn noch hinzuzuziehen."

„Euer Ehren", ging Minton sofort dazwischen, „ich hatte bisher keine Zeit, Mr Corliss persönlich zu vernehmen. Weil ich mein Schlussplädoyer vorbereiten musste, habe ich lediglich veranlasst, dass er heute hierhergebracht wurde. Seine Aussage ist von entscheidender Bedeutung für die Argumentation der Anklage, weil sie der Widerlegung von Mr Roulets Schutzbehauptungen dient. Seine Aussage nicht zuzulassen, würde die Staatsanwaltschaft als einen schwerwiegenden Verstoß gegen ihre Interessen betrachten." Mit dem letzten Satz drohte Minton der Richterin mit dem Entzug der Unterstützung der Staatsanwaltschaft, sollte sie sich zur Wiederwahl stellen.

„Mr Haller?", fragte die Richterin. „Möchten Sie sich dazu äußern, bevor ich meine Entscheidung bekannt gebe?"

„Ich möchte meinen Einspruch zu Protokoll geben."

„Zur Kenntnis genommen. Möchten Sie vielleicht nach hinten gehen und mit Mr Corliss sprechen? Das würde ich gestatten."

„Nein, Euer Ehren. Meiner Meinung nach sind alle Gefängnisspitzel Lügner. Es brächte nichts, ihn zu vernehmen, weil aus seinem Mund ohnehin nur Lügen kämen."

„Dann verfüge ich, dass er aussagen kann."

„Euer Ehren", sagte ich. „Wenn Sie ihn in dieser Verhandlung zulassen, dürfte ich dann um einen Gefallen für die Verteidigung bitten?"

„Welcher wäre das, Mr Haller?"

„Darf ich kurz auf den Flur hinausgehen, um einen Ermittler anzurufen? Es wird höchstens eine Minute dauern."

Die Richterin überlegte kurz und nickte dann. „Tun Sie das. Ich lasse in der Zwischenzeit die Geschworenen in den Saal rufen."

„Danke." Ich eilte durch die Schranke und den Mittelgang hinunter. Draußen auf dem Flur rief ich Lorna auf ihrem Handy an. Sie ging sofort dran. „Okay, wie weit weg bist du?"

„Ungefähr fünfzehn Minuten."

„Hast du den Ausdruck und das Band dabei?"

„Habe ich alles hier."

Ich sah auf die Uhr. Es war Viertel vor zehn. „Okay, hier läuft alles nach Plan. Sieh zu, dass du schnellstens herkommst, aber dann wartest du auf dem Flur vor dem Saal. Um Viertel nach zehn kommst du in den Saal und gibst mir das Band."

„Alles klar."

Ich schaltete das Handy aus und kehrte in den Saal zurück. Die Geschworenen hatten wieder auf der Bank Platz genommen, und Meehan führte einen Mann in einem grauen Overall durch die Zellentür. Dwayne Corliss war ein dünner Mann mit strähnigem Haar, das im geschlossenen Entzug in der County-Klinik nicht oft genug gewaschen wurde. Ich erkannte ihn wieder. Er hatte mich um eine Visitenkarte gebeten, als ich am ersten Tag in der Arrestzelle mit Roulet gesprochen hatte.

Corliss wurde von Meehan in den Zeugenstand geführt, und die Protokollführerin vereidigte ihn. Dann übernahm Minton.

„Mr Corliss, wurden Sie am 5. März dieses Jahres verhaftet?"

„Ja, die Polizei hat mich wegen Einbruch und Drogenbesitz festgenommen."

„Befinden Sie sich gegenwärtig in Haft?"

„Ich mache in der geschlossenen Abteilung der Los-Angeles-County-Klinik einen Entzug."

„Erkennen Sie den Angeklagten in diesem Fall?"

Corliss sah zu Roulet und nickte. „Ja."

„Woher kennen Sie ihn?"

„Na ja, wir waren beide nach unserer Verhaftung im Van-Nuys-Gefängnis. Als wir dann mit dem Bus ins Gericht gebracht wurden, waren wir zusammen, zuerst im Bus und im Bunker und dann, als wir zur Verhandlung in den Gerichtssaal gebracht wurden. Wir blieben eben beisammen, weil wir die einzigen Weißen in unserer Gruppe waren."

„Und haben Sie während dieser Zeit miteinander gesprochen?“

„Ja“, sagte Corliss. „Hauptsächlich über Zigaretten. Wir hatten beide dringend eine nötig, aber im Gefängnis lassen sie einen nicht rauchen.“

„Haben Sie Mr Roulet gefragt, weshalb er im Gefängnis sei?“, fragte Minton.

„Ja.“

„Was hat er darauf gesagt?“

„Also, zuerst hat er mich gefragt, warum ich sitze, und ich habe es ihm gesagt. Und dann habe ich ihn gefragt, warum er im Bau ist, und er hat gemeint: ‚Weil so eine Schlampe genau das von mir gekriegt hat, was sie verdient.‘“

„Das waren seine Worte?“

„Ja.“

„Mr Corliss, wurde Ihnen von mir oder von der Staatsanwaltschaft als Gegenleistung für Ihre Aussage etwas in Aussicht gestellt?“

„Nein. Ich dachte einfach, es wäre meine Pflicht, das zu melden.“

Minton nickte, dann sagte er: „Ich habe keine weiteren Fragen.“

Ich saß reglos da und starrte Corliss an. Meine Haltung war die von jemandem, der wütend war, aber nicht wusste, was er tun sollte. Schließlich forderte mich die Richterin auf, etwas zu unternehmen. „Mr Haller, Kreuzverhör?“

„Ja, Euer Ehren.“ Im Aufstehen warf ich einen Blick zur Tür, als hoffte ich auf ein plötzlich von dort auftretendes Wunder. Dann blickte ich zur großen Uhr an der hinteren Tür, die fünf nach zehn zeigte. Schließlich wandte ich mich dem Zeugen zu. „Mr Corliss, wie alt sind Sie?“

„Dreiundvierzig.“

„Mr Corliss, wie oft sind Sie zuvor schon verhaftet worden?“

Minton erhob Einspruch, aber die Richterin gab ihm nicht statt. Ich wusste, sie würde mir bei diesem Zeugen viel Spielraum gewähren, weil ich der vermeintlich Angeschmierte war. „Wie viele Male wurden Sie zuvor schon verhaftet, Mr Corliss?“, wiederholte ich die Frage.

„Ich schätze, so sieben Mal.“

„Demnach wissen Sie, wie im Rechtsbetrieb der Hase läuft, oder?“

„Ich versuche nur, zu überleben.“

„Und manchmal heißt das, einen Mitgefangenen zu verpfeifen, oder?“

„Euer Ehren?“ Minton stand auf, um Einspruch zu erheben.

„Setzen Sie sich, Mr Minton“, sagte Fullbright. „Ich habe Ihnen bei diesem Zeugen ein großes Zugeständnis gemacht. Entsprechend werde ich jetzt im Fall Mr Hallers verfahren. Der Zeuge wird die Frage beantworten."

Der Protokollführer las Corliss die Frage noch einmal vor.

„Ich würde schon sagen."

„Wie oft haben Sie für die Anklage gegen einen Mitgefangenen ausgesagt?"

„Ich glaube, das ist das vierte Mal."

Ich tat überrascht und bestürzt, obwohl ich weder das eine noch das andere war. „Demnach sind Sie fast ein Profi, nicht? Man könnte sagen, Sie sind Gefängnisspitzel von Beruf."

„Wenn andere Leute mir Dinge erzählen, die schlecht sind, fühle ich mich verpflichtet, es zu melden."

„Aber Sie versuchen, Leute dazu zu bringen, Ihnen Dinge zu erzählen, nicht?"

„Nein, nicht wirklich. Wahrscheinlich bin ich einfach nur ein sympathischer Typ."

„Ein sympathischer Typ. Die Geschworenen sollen Ihnen also abnehmen, dass ein Mann Ihnen – einem wildfremden Menschen – einfach so aus heiterem Himmel erzählt, dass er einer Schlampe genau das gegeben hat, was sie verdient hat. Ist das richtig?"

„Genau das hat er gesagt."

„Er hat das also Ihnen gegenüber erwähnt, und danach sind Sie beide wieder dazu übergegangen, sich über Zigaretten zu unterhalten. Ist das richtig?"

„Nicht ganz."

„Nicht ganz? Was meinen Sie mit ‚nicht ganz'?"

„Er hat mir auch erzählt, dass er das schon mal getan hat. Er hat gesagt, er ist letztes Mal davongekommen und würde auch diesmal wieder davonkommen. Er hat richtig damit angegeben, weil das andere Mal, da hat er die Schlampe umgebracht und ist davongekommen."

Ich erstarrte für einen Moment. Dann blickte ich zu Roulet, der mit einem Ausdruck der Überraschung im Gesicht vollkommen reglos dasaß.

Ich wandte mich wieder dem Zeugen zu. „Sie …" Ich setzte an, verstummte sofort wieder und tat, als wäre ich nun der Mann im Minenfeld, der gerade das Klicken unter seinem Fuß gehört hätte. Aus dem Augenwinkel bekam ich mit, wie Minton eine gespannte Haltung einnahm.

„Mr Haller?", drängte Richterin Fullbright.

Ich riss den Blick von Corliss los und sah die Richterin an. „Euer Ehren, ich habe keine weiteren Fragen."

MINTON schoss von seinem Sitz hoch wie ein Boxer, der aus seiner Ecke auf einen angeschlagenen Gegner losgeht. Wie um die Bedeutung der bevorstehenden Befragung zu unterstreichen, sah er zuerst die Geschworenen und dann Corliss an.

„Sie sagen, er hätte sich damit gebrüstet, Mr Corliss. Inwiefern?"

„Na ja, er hat mir erzählt, ein anderes Mal hätte er tatsächlich eine Frau umgebracht und wäre ungestraft davongekommen."

Ich stand auf. „Euer Ehren, das hat nichts mit dem hier verhandelten Fall zu tun. Es ist keine Widerlegung von Beweisen der Verteidigung aus dem bisherigen Prozessverlauf. Der Zeuge kann nicht …"

„Euer Ehren", fiel mir Minton ins Wort, „diese Informationen wurden von der Verteidigung selbst vorgebracht. Die Anklage ist berechtigt, dem nachzugehen."

„Stattgegeben", sagte Fullbright.

Ich setzte mich und spielte den Entrüsteten. Minton stürmte genau in die Richtung, in der ich ihn haben wollte.

„Mr Corliss, hat Mr Roulet Ihnen gegenüber irgendwelche Details über diesen früheren Vorfall geäußert, bei dem er seinen eigenen Aussagen zufolge eine Frau umbrachte und ungestraft davonkam?"

„Er sagte, das Mädchen sei eine Schlangenbeschwörerin gewesen. Sie tanzte in einem Klub, wo sie in so einer Art Schlangengrube war."

Ich spürte, wie Roulet seine Finger um meinen Bizeps legte und zudrückte. Sein heißer Atem drang in mein Ohr. „Was soll diese Scheiße?", fauchte er.

Ich wandte mich ihm zu. „Keine Ahnung. Was um Himmels willen haben Sie diesem Kerl erzählt?"

Er zischte mit aufeinandergebissenen Zähnen zurück. „Ich habe ihm gar nichts erzählt. Das ist eine Falle. Sie haben mich reingelegt!"

„Ich? Ihnen muss doch klar sein, dass ich in der geschlossenen Abteilung keinesfalls an den Kerl rankommen konnte. Wenn Sie ihm diesen Mist nicht erzählt haben, hat es jemand anders getan." Ich wandte mich ab und sah zu Minton.

Er zog seine Aufzeichnungen zurate, dann nickte er. „Keine weiteren Fragen, Euer Ehren."

Die Richterin sah mich an. Ich konnte fast so was wie Mitgefühl in ihrer Miene sehen. „Wünscht die Verteidigung, mit dem Kreuzverhör dieses Zeugen fortzufahren?"

Bevor ich antworten konnte, war Lärm aus dem hinteren Teil des Saals zu vernehmen, und als ich mich umdrehte, sah ich Lorna hereinkommen. Sie ging hastig den Mittelgang hinunter auf die Schranke zu. „Euer Ehren, darf ich mich kurz mit meiner Mitarbeiterin beraten?“

„Aber beeilen Sie sich, Mr Haller.“

Ich traf mich mit Lorna am Durchgang und nahm von ihr eine Videokassette mit einem Blatt Papier entgegen, das von einem Gummiring gehalten wurde. Wie verabredet, flüsterte sie mir etwas ins Ohr.

„Jetzt tu ich so, als würde ich dir was extrem Wichtiges ins Ohr flüstern“, sagte sie. „Wie läuft's?“

Ich nickte, als ich den Gummiring abzog und auf das Blatt Papier starrte. „Super Timing“, flüsterte ich zurück. „Jetzt kann's losgehen.“

Sie nickte, und dann ging sie. Ich kehrte ans Pult zurück. „Kein weiteres Kreuzverhör, Euer Ehren.“ Ich setzte mich und wartete.

Roulet packte mich am Arm. „Was haben Sie vor?“

Ich stieß ihn weg. „Hören Sie auf, mich anzufassen. Wir haben neue Informationen, die wir beim Kreuzverhör nicht einbringen können.“ Ich konzentrierte mich auf die Richterin.

„Noch weitere Zeugen, Mr Minton?“, fragte sie.

„Nein, Euer Ehren. Keine weitere Widerlegung.“

Die Richterin nickte. „Der Zeuge ist entlassen.“

Meehan begann durch den Gerichtssaal auf Corliss zuzugehen. Die Richterin sah mich an, und ich stand auf. „Mr Haller, Gegenwiderlegung?“

„Ja, Euer Ehren, die Verteidigung würde D. J. Corliss gern zur Gegenwiderlegung in den Zeugenstand rufen.“

Meehan blieb abrupt stehen, und aller Augen richteten sich auf mich. Ich hielt die Videokassette und den Zettel hoch, die Lorna mir gebracht hatte.

„Ich habe neue Informationen über Mr Corliss, Euer Ehren, die ich im Kreuzverhör nicht hätte einbringen können.“

„Gut. Fahren Sie fort.“

„Dürfte ich mich noch einmal kurz mit meinem Mandanten beraten, Euer Ehren?“

„Aber wirklich nur kurz.“

Ich beugte mich wieder zu Roulet hin. „Hören Sie, ich weiß zwar nicht, was hier los ist, aber es ist auch egal“, flüsterte ich. „Weil ich ihn nach wie vor demontieren kann. Meinetwegen kann er behaupten, Sie hätten zwanzig Frauen umgebracht. Wenn er ein Lügner ist, ist er ein Lügner. Wenn ich ihn demontiere, zählt das alles nicht. Verstehen Sie?“

Roulet nickte. Er schien sich wieder zu beruhigen, als er darüber nachdachte. „Dann demontieren Sie ihn."

„Mr Haller!", drängte die Richterin.

Ich schaute zu ihr auf. „Ja, Euer Ehren." Ich stand mit der Videokassette und dem dazugehörigen Zettel auf, um zum Pult zu gehen. Auf dem Weg dorthin warf ich einen kurzen Blick in den Zuschauerraum und stellte fest, dass Kurlen verschwunden war. Unmöglich zu sagen, wie lang er geblieben war und was er gehört hatte. Lankford war ebenfalls weg. Nur Sobel war noch da.

Ich richtete meine Aufmerksamkeit auf Corliss. „Mr Corliss, können Sie den Geschworenen sagen, wo genau Sie waren, als Ihnen Mr Roulet diese Angaben über einen Mord und einen Überfall gemacht haben soll?"

„Im Gerichtsgebäude waren wir zusammen mit sechs anderen Typen in derselben Zelle, und da saßen wir nebeneinander und unterhielten uns."

„Und diese sechs anderen Männer haben alle mitbekommen, dass Sie und Mr Roulet sich unterhielten, richtig?"

„Müssten sie eigentlich. Sie waren dabei."

„Wenn wir sie einen nach dem anderen als Zeugen hierherbrächten, könnten sie uns also bestätigen, dass Sie und Mr Roulet miteinander geredet haben?"

„Sollten sie eigentlich. Aber …"

„Aber was, Mr Corliss?"

„Es ist nur so, dass sie wahrscheinlich nicht für mich aussagen würden."

„Vielleicht weil niemand einen Denunzianten mag, Mr Corliss?"

Corliss zuckte die Achseln. „Wahrscheinlich."

„Gut, dann wollen wir uns noch mal vergewissern, ob wir alles richtig mitbekommen haben. Als Sie in der Zelle mit Mr Roulet zusammen waren, haben Sie sich mit ihm unterhalten. Sonst noch irgendwo?"

„Ja. Als wir in den Gerichtssaal gebracht wurden, haben wir uns unterhalten. Sie stecken einen in diesen verglasten Bereich, und man wartet, bis der eigene Fall aufgerufen wird. Da drinnen haben wir uns auch ein bisschen unterhalten, bis er aufgerufen wurde. Er kam als Erster dran."

„Erinnern Sie sich noch genauer, was er Ihnen erzählt hat, als Sie im Gerichtssaal waren?"

„Ich denke, das könnte gewesen sein, als er mir von dem Mädchen erzählt hat, das Tänzerin war."

„Okay, Mr Corliss."

Ich hielt die Videokassette hoch, beschrieb sie als Videoaufnahme von

Louis Roulets erstem Erscheinen vor Gericht und bat darum, sie als Beweis der Verteidigung einbringen zu dürfen. Minton erhob Einspruch mit dem Hinweis auf eine fehlende Beglaubigung des Videos.

„Ich versuche dem Gericht nur etwas Zeit zu ersparen", sagte ich. „Ich glaube, dass Euer Ehren ihre Echtheit mit einem Blick bestätigen kann."

„Ich werde das Video zulassen", sagte die Richterin. „Sobald wir es ansehen, kann die Anklage noch einmal Einspruch erheben, wenn sie das will."

Die Vorführgeräte, die ich zuvor schon verwendet hatte, wurden in den Saal gerollt und das Video wurde abgespielt. Es dauerte zwanzig Minuten und zeigte Roulet von dem Moment an, in dem er in den Verwahrungsbereich des Gerichtssaals geführt wurde, bis zu dem Augenblick, in dem man ihn nach der Kautionsverhandlung abführte. Zu keinem Zeitpunkt sprach Roulet mit irgendjemand anders als mit mir.

Ich richtete mich an Corliss. „Mr Corliss, haben Sie auf dieser Bandaufnahme einen Moment gesehen, in dem Sie und Mr Roulet miteinander gesprochen haben?"

„Äh, nein. Ich ..."

„Und dennoch haben Sie unter Eid und Androhung einer Strafe wegen Meineid ausgesagt, dass Ihnen der Angeklagte Straftaten gestanden hat, als Sie beide im Gerichtssaal waren. Ist das richtig?"

„Ich muss mich getäuscht haben. Er muss mir alles schon in der Zelle erzählt haben."

„Sie haben die Geschworenen belogen, nicht wahr?"

„Das wollte ich nicht. So hatte ich es in Erinnerung, aber ich bin an dem Morgen gerade von einem Trip runtergekommen. Da bringt man schon mal was durcheinander."

„Sieht ganz so aus. Darf ich Sie fragen, ob Sie auch einiges durcheinandergebracht haben, als Sie 1989 gegen Frederic Bentley ausgesagt haben?"

Minton stand auf. „Einspruch. Das gehört nicht hierher."

„Euer Ehren", sagte ich. „Es betrifft die Glaubwürdigkeit des Zeugen. Und die ist hier eindeutig ein Thema."

„Verbinden Sie die Punkte, Mr Haller", ordnete die Richterin an. „Und bitte schnell."

„Ja, Euer Ehren." Ich griff nach dem Blatt Papier und benutzte es bei meinen letzten Fragen an Corliss quasi als Requisit. „1989 wurde Frederic Bentley mit Ihrer Hilfe schuldig gesprochen, ein sechzehnjähriges Mädchen in Phoenix in ihrem Bett vergewaltigt zu haben. Erinnern Sie sich daran?"

„Nur noch ganz schwach“, sagte Corliss. „Ich habe seitdem viele Drogen genommen.“

„Sie sagten im Prozess gegen ihn aus, er hätte Ihnen die Tat gestanden, als Sie beide sich in der Arrestzelle einer Polizeistation befanden. Trifft das etwa nicht zu?“

„Wie gesagt, es fällt mir schwer, mich so weit zurückzuerinnern.“

„Die Polizei hatte Sie in diese Arrestzelle gesteckt, weil sie wussten, dass Sie bereit wären, jemanden zu verpfeifen, selbst wenn Sie alles frei erfinden müssten, richtig?“

„Daran kann ich mich nicht erinnern“, antwortete Corliss. „Aber ich erfinde nichts.“

„Der Mann, der sich Ihnen gegenüber zu der Tat bekannt haben soll, wurde acht Jahre später rehabilitiert, als ein DNA-Test ergab, dass sein Sperma nicht mit dem des Vergewaltigers identisch war. Ist das etwa nicht richtig, Sir?“

„Ich kann … ich meine … das ist schon lange her.“

„Erinnern Sie sich, nach der Freilassung Frederic Bentleys von einem Reporter der Tageszeitung *Arizona Star* interviewt worden zu sein?“

„Ganz schwach. Ich weiß noch, dass jemand anrief, aber ich habe nichts gesagt.“

Ich hielt das Blatt Papier, das ich in der Hand hatte, zur Richterbank hoch. „Euer Ehren, ich habe hier eine Archivmeldung aus dem *Arizona Star* vom 9. Februar 1997. Eine Mitarbeiterin von mir stieß darauf, als sie auf ihrem Computer bei Google den Namen D. J. Corliss eingab. Ich beantrage, sie als Beweisstück der Verteidigung zu registrieren und den Beweismitteln hinzuzufügen.“

Mein Antrag führte zu einer heftigen Auseinandersetzung mit Minton über Authentizität und hinreichende Begründung. Zum Schluss entschied die Richterin zu meinen Gunsten. Sie zeigte etwas von der gleichen Entrüstung, die ich spielte, und Minton hatte nicht wirklich eine Chance.

Der Gerichtsdiener brachte den Computerausdruck zu Corliss, und die Richterin wies diesen an, ihn vorzulesen.

Corliss hielt das Blatt Papier hoch, räusperte sich und las mit stockender Stimme:

> „Ein Mann, der irrtümlich wegen Vergewaltigung verurteilt worden war, wurde am Samstag aus der Haft entlassen. Frederic Bentley, 34, verbrachte wegen der Vergewaltigung eines 16-jährigen Mädchens aus Tempe fast acht Jahre im Gefängnis. Das Opfer identifizierte Bentley, der in der Nachbar-

schaft lebte, als den Täter, und eine Blutuntersuchung ergab eine Übereinstimmung seiner Blutgruppe mit dem Sperma, das nach dem Angriff am Opfer gesichert wurde. Bei der Gerichtsverhandlung wurde die Beweislage zusätzlich durch die Aussage eines Informanten untermauert, der behauptete, Bentley habe ihm die Straftat gestanden, als sie gemeinsam in einer Arrestzelle untergebracht waren. Bentley beteuerte während des Prozesses immer wieder seine Unschuld. Sobald DNA-Tests von den Gerichten des Bundesstaats als beweiskräftig zugelassen wurden, beauftragte Bentley seine Anwälte damit, sich für die Analyse des Spermas einzusetzen, das beim Opfer der Vergewaltigung gesichert worden war. Anfang dieses Jahres ordnete ein Richter eine solche Untersuchung an, und die Analyse ergab eindeutig, dass Bentley nicht der Täter war.

Bei einer Pressekonferenz gestern erhob der aus der Haft entlassene Bentley schwere Vorwürfe gegen Gefängnisspitzel und forderte ein Gesetz gegen die weitverbreitete Praxis, sie bei Prozessen als Zeugen hinzuzuziehen. Der Informant, der vor Gericht unter Eid ausgesagt hatte, Bentley habe ihm die Vergewaltigung gestanden, wurde als D. J. Corliss identifiziert, der wegen verschiedener Drogenvergehen vorbestraft war. Bentley sagte, Corliss sei der Polizei als Spitzel bestens bekannt gewesen und wäre in mehreren Fällen gezielt dazu eingesetzt worden, Verdächtigen ein Geständnis zu entlocken, und wenn ihm dies nicht gelungen wäre, so hätte Corliss auch nicht gezögert, Geständnisse frei zu erfinden. Das Verfahren …“

„Danke, Mr Corliss“, sagte ich. „Ich glaube, das genügt.“

Corliss legte den Computerausdruck beiseite und sah mich an wie ein Kind, das die Tür eines berstend vollen Schranks geöffnet hat und merkt, dass ihm gleich sein ganzer Inhalt entgegenkommen wird.

„Wurden Sie jemals wegen Meineid im Fall Bentley angeklagt?“, fragte ich ihn.

„Nein, wurde ich nicht“, sagte er mit Nachdruck, als spräche ihn das von jeder Schuld frei.

„Weil Sie Mr Bentley auf Betreiben der Polizei hin beschuldigt haben?“

Minton erhob Einspruch. „Mr Corliss dürfte wohl kaum Einblick haben, mit welcher Begründung eine Anklage wegen Meineid unterblieb.“

Fullbright gab ihm statt, aber das tat nichts mehr zur Sache. Ich hatte bei diesem Zeugen einen uneinholbaren Vorsprung vor Minton. Ich ging einfach zur nächsten Frage über. „Hat ein Ankläger oder Polizist Sie dazu aufgefordert, sich an Mr Roulet heranzumachen und ihn zu vertraulichen Offenbarungen zu ermuntern?“

„Nein, das war nur ein glücklicher Zufall.“

Ich sah ihn eine Weile voller Abscheu an. „Ich habe keine weiteren Fragen.“ Ich behielt die Pose des Ärgers auf dem Rückweg zu meinem Platz bei und ließ die Videokassette wütend auf den Tisch fallen, bevor ich mich setzte.

„Mr Minton?“, sagte die Richterin.

„Ich habe keine weiteren Fragen“, erklärte der Ankläger kleinlaut.

„Gut“, sagte Fullbright rasch. „Ich werde die Geschworenen in eine frühe Mittagspause entlassen. Wenn Sie bitte Punkt ein Uhr alle wieder hier zurück sein könnten.“

Sie setzte ein gequältes Lächeln auf, das sie auf die Geschworenen richtete, bis sie aus dem Saal defiliert waren. Sobald die Tür geschlossen wurde, fiel es aus ihrem Gesicht. „Wenn die Herren Anwälte bitte in mein Zimmer kommen würden“, sagte sie. „Und zwar sofort.“ Sie wartete nicht auf eine Antwort. Sie verließ die Bank so rasch, dass ihre Robe hinter ihr herwallte wie das schwarze Gewand des Sensenmanns.

So wie Richterin Fullbright Minton ansah, als wir in ihr Zimmer kamen, war ich froh, nicht in seiner Haut zu stecken. „Wer hat diesen Zeugen durchleuchtet?“, fragte sie. „Wer den Hintergrund recherchiert?“

„Äh, wir haben nur für den Bezirk Los Angeles Recherchen gemacht. Es gab nichts Verdächtiges, keine Warnsignale. Über Arizona ist nichts aufgetaucht.“

„Es hat also niemand daran gedacht nachzuprüfen, ob dieser Kerl noch irgendwo anders gelebt hat?“

„Anscheinend nicht. Er wurde von der Anklägerin, die den Fall ursprünglich übernommen hatte, an mich weitergereicht. Ich nahm an, sie hätte ihn überprüft.“

„Von wegen“, sagte ich.

Die Richterin richtete den Blick auf mich.

„Die ursprüngliche Anklägerin war Maggie McPherson“, sagte ich. „Sie hatte den Fall ganze drei Stunden. Sie ist meine Exfrau, und sie wusste von dem Moment an, als sie mich beim ersten Gerichtstermin sah, dass ihr der Fall entzogen werden würde. Und Sie haben den Fall noch am selben Tag gekriegt, Minton. Wie hätte sie in diesem kurzen Zeitraum diesen Zeugen überprüfen sollen, zumal dieser Kerl erst danach aus seinem Loch gekrochen ist?“

Minton öffnete den Mund, um etwas zu sagen, aber die Richterin schnitt ihm das Wort ab. „Diesen Mann in den Zeugenstand zu rufen war ein grober Verfahrensfehler seitens der Anklage.“

„Euer Ehren“, begehrte Minton auf. „Ich …“

„Sparen Sie sich das für Ihren Chef auf. Er ist derjenige, den Sie werden überzeugen müssen. Was war das letzte Angebot, das die Anklage Mr Roulet unterbreitet hat?“

Minton schien wie gelähmt und außerstande zu antworten. Ich tat es für ihn. „Einfache Körperverletzung, sechs Monate Bezirksgefängnis.“

Die Richterin zog die Augenbrauen hoch und sah mich an. „Und das haben Sie nicht angenommen?“

Ich schüttelte den Kopf. „Mein Mandant wird sich nicht schuldig bekennen. Das wäre sein Ruin. Er will einen Freispruch.“

„Möchten Sie ein ungültiges Verfahren beantragen?“, fragte sie.

Ich lachte und schüttelte den Kopf. „Damit wäre nichts anderes erreicht, als dass die Anklage Zeit gewinnt, um ihre Schlamperei auszubügeln und noch mal von vorn anfangen zu können.“

„Was wollen Sie dann?“, fragte Fullbright.

„Was ich will? Ein richterlicher Entscheid wäre zum Beispiel schön. Etwas, wonach die Anklage nicht noch mal gegen uns vorgehen kann. Andernfalls lassen wir es auf einen Urteilsspruch der Geschworenen ankommen.“

Die Richterin nickte und verschränkte die Hände auf dem Tisch.

„Ein richterlicher Entscheid wäre absurd, Euer Ehren“, sagte Minton, der endlich wieder der Sprache mächtig war. „Wir stehen ohnehin kurz vor dem Ende des Prozesses. Da können wir ihn genauso gut noch bis zum Geschworenenspruch weiterführen. Nur weil die Anklage einen Fehler gemacht hat, ist das noch kein Grund, den ganzen Prozess einzustampfen.“

„Ich bitte Sie, Mr Minton“, sagte die Richterin abschätzig. „Ich für meine Person halte einen dicken Fehler wie diesen für mehr als genug. Ich möchte diesen Fall unter keinen Umständen vom Berufungsgericht wieder zurückgeschmettert kriegen. Aber genau das werden sie tun. Dann muss ich den Kopf für Ihren Verfahrensfehler …“

„Ich wusste nichts von Corliss’ Vorgeschichte!“, erklärte Minton mit Nachdruck. „Ich schwöre Ihnen, ich wusste nichts davon.“

Die Intensität seiner Äußerung ließ einen Augenblick der Stille im Richterzimmer einkehren. Aber ich nutzte rasch das Vakuum. „Genauso wie Sie von dem Messer nichts wussten, Ted?“

Fullbright blickte zu mir und dann wieder zu Minton. „Welches Messer?“, fragte sie.

Minton sagte nichts.

„Sagen Sie es ihr schon“, drängte ich ihn.

Minton schüttelte den Kopf. „Ich weiß nicht, was Sie meinen", sagte er.

„Dann erzählen Sie es mir", sagte die Richterin und drehte sich zu mir.

„Euer Ehren, wenn man auf die Beweisoffenlegung der Anklage wartet, steht man auf verlorenem Posten", sagte ich. „Zeugen verschwinden, Geschichten ändern sich, man kann einen Fall verlieren, bloß weil man auf die Beweisoffenlegung wartet. Deshalb habe ich meinen Ermittler losgeschickt, um durch die Hintertür an Berichte zu kommen. Das ist durchaus üblich. Bloß hatten sie damit gerechnet und ihm einen gefälschten Bericht über das Messer untergeschoben, damit ich nichts von den Initialen erfuhr."

Die Lippen der Richterin verzogen sich zu einem harten Strich.

„Das war die Polizei, nicht die Staatsanwaltschaft", sagte Minton rasch.

„Vor einer Minute sagten Sie noch, Sie wüssten nicht, wovon er redet", knurrte Fullbright. „Heißt das etwa, seine Darstellung entspricht den Tatsachen?"

Minton nickte widerstrebend. „Ja, Euer Ehren. Aber ich schwöre, ich …"

Die Richterin schnitt ihm das Wort ab. „Wissen Sie, was mir das sagt? Es sagt mir, die Anklage hat in diesem Fall von Anfang bis Ende mit unsauberen Mitteln gearbeitet. Dabei spielt es keine Rolle, dass Mr Hallers Ermittler auf unzulässige Weise vorgegangen ist. Als Vertreterin des Staates muss die Anklage über so etwas erhaben sein. Aber wie sie sich heute in meinem Gerichtssaal präsentiert hat, ist sie alles andere als das."

„Euer Ehren, das ist nicht …"

„Ich habe genug gehört, Mr Minton. Ich möchte, dass Sie jetzt beide gehen. In einer halben Stunde werde ich auf die Bank zurückkehren und verkünden, was wir unternehmen. Ich bin noch nicht sicher, was das sein wird, aber egal was ich zu sagen habe, es wird Ihnen nicht gefallen, Mr Minton. Und ich weise Sie hiermit an, Ihren Chef, Mr Smithson, in den Gerichtssaal mitzubringen, damit er es auch hört."

Ich stand auf. Minton rührte sich nicht. Er schien an seinem Sitz festgefroren zu sein. „Ich sagte, Sie können gehen!", fauchte die Richterin.

NEUN

Ich folgte Minton zurück in den Gerichtssaal. Er war leer bis auf Meehan, der am Schreibtisch des Gerichtsdieners saß. Ich nahm meinen Aktenkoffer vom Tisch der Verteidigung und ging auf den Durchgang in der Schranke zu.

„Haller, warten Sie!“, sagte Minton, der am Tisch der Anklage seine Akten zusammenpackte.

Ich blieb am Durchgang stehen und drehte mich um. „Was ist?“

Minton deutete auf den Hinterausgang des Gerichtssaals. „Lassen Sie uns da rausgehen.“ Er ging auf die Tür zu, und ich folgte ihm. In dem Vorraum, in dem ich zwei Tage zuvor Roulet zur Rede gestellt hatte, blieb Minton stehen. Er rang nach Worten.

Ich beschloss, ihm noch eins draufzugeben. „Während Sie zu Smithson gehen, werde ich im *Times*-Büro im ersten Stock vorbeischauen und den Reporter informieren, dass hier in einer halben Stunde die Fetzen fliegen.“

„Warten Sie“, hechelte Minton. „Wir müssen uns einig werden. Lassen Sie die *Times* noch aus dem Spiel, ja? Geben Sie mir Ihre Handynummer und zehn Minuten Zeit, um in mein Büro runterzugehen und zu sehen, was ich tun kann.“

„Ich traue Ihnen nicht, Minton.“

„Also, wenn Sie statt einer billigen Schlagzeile das Beste für Ihren Mandanten wollen, dann trauen Sie mir wenigstens zehn Minuten.“

Ich tat so, als dächte ich über sein Angebot nach. Schließlich nickte ich. Ich gab ihm meine Handynummer, dann ging er durch die Tür auf den Flur hinaus. Ich wartete noch fünfzehn Sekunden, bevor ich ebenfalls ging.

Roulet stand dicht an der Glaswand, durch die man auf den Innenhof hinabsah. Seine Mutter und C. C. Dobbs saßen auf einer Bank an der gegenüberliegenden Wand. Ein Stück weiter den Flur hinunter sah ich Detective Sobel herumstehen.

Roulet bemerkte mich und kam rasch auf mich zu. Seine Mutter und Dobbs folgten ihm. „Was hat das alles zu bedeuten?“, fragte Roulet.

Ich wartete, bis sie alle dicht bei mir standen, bevor ich antwortete. „Die Richterin zieht einen richterlichen Entscheid in Erwägung. Aber das werden wir gleich erfahren.“

„Was bedeutet ein richterlicher Entscheid?“, fragte Mary Windsor.

„Das heißt, der Richter nimmt den Geschworenen die Urteilsfindung aus der Hand und spricht den Angeklagten frei. Richterin Fullbright ist ziemlich sauer, weil sie findet, Minton habe sich bei Corliss und in verschiedenen anderen Punkten grober Verfahrensfehler schuldig gemacht.“

„O mein Gott!“ Mary Windsor hielt eine Hand an ihren Mund und sah aus, als bräche sie jeden Moment in Tränen aus.

„Ich hab gesagt, sie zieht es in Erwägung. Das heißt noch nicht, dass es tatsächlich dazu kommt“, warnte ich. „Aber sie hat mir bereits einen Freispruch aufgrund von Verfahrensfehlern vorgeschlagen, was ich rundweg abgelehnt habe.“

„Das haben Sie abgelehnt?“, japste Dobbs. „Warum das denn?“

„Weil es keine wirkliche Lösung wäre. Die Anklage könnte noch einmal von vorn anfangen und Louis erneut belangen – und dieses Mal mit besseren Aussichten auf Erfolg, weil sie nun unsere Strategie kennt. Wir wollen ein Angebot, das eine Wiederaufnahme des Verfahrens ausschließt, andernfalls lassen wir es heute auf einen Urteilsspruch der Geschworenen ankommen. Selbst wenn er nachteilig für uns ausfällt, haben wir dann eine solide Basis für eine Berufung.“

„Sollten wir diese Entscheidung nicht Louis überlassen?“, gab Dobbs zu bedenken. „Immerhin ist er …“

„Seien Sie still, Cecil!“, keifte Mary Windsor. „Hören Sie auf, alles zu hinterfragen, was dieser Mann für Louis tut. Er hat Recht. Wir wollen das nicht noch einmal durchmachen!“

Dobbs zog ein Gesicht, als habe sie ihn geschlagen.

„Es gibt nur eins, was die Staatsanwaltschaft mehr fürchtet als einen Freispruch der Geschworenen“, sagte ich. „Und zwar mit einem richterlichen Entscheid blamiert zu werden – vor allem wenn er aufgrund von Verfahrensfehlern der Anklage erfolgt. Minton ist gerade nach unten gegangen, um mit seinem Chef zu sprechen, und der achtet immer peinlich genau darauf, woher der Wind weht. Vielleicht wissen wir schon in wenigen Minuten mehr. Wenn ich nichts von der Staatsanwaltschaft höre, gehen wir in zwanzig Minuten in den Saal zurück und sehen, was die Richterin vorhat. Bleiben Sie in der Nähe. Aber wenn Sie mich jetzt bitte entschuldigen. Ich muss auf die Toilette.“

Ich wandte mich ab und ging auf Sobel zu. Aber Roulet kam mir hinterher und packte mich am Arm. „Trotzdem möchte ich gern wissen, woher Corliss diesen Mist hat, mit dem er da eben ankam!“, fuhr er mich an.

„Spielt das eine Rolle? Es kommt uns nur zugute. Lassen Sie’s auf sich beruhen.“

Roulet schüttelte den Kopf. „Nein, ich lasse es nicht auf sich beruhen.“ Er bohrte einen Finger in meine Brust. „Da läuft noch was anderes ab, Mick, und das gefällt mir überhaupt nicht. Denken Sie bitte dran: Ich habe Ihre Pistole. Und Sie haben eine Tochter. Sie müssen …“

Ich packte seinen Finger und stieß ihn von meiner Brust zurück. „Drohen Sie bloß nicht meiner Familie“, sagte ich mit beherrschter, aber wütender Stimme. „Wenn Sie sich mit mir anlegen wollen, bitte schön, aber wenn Sie noch ein einziges Mal mit meiner Tochter drohen, versenke ich Sie so tief, dass Sie nie mehr hochkommen. Haben Sie mich verstanden, Louis?"

Er nickte langsam, und über sein Gesicht legte sich ein Lächeln. „Klar, Mick. Nur dass wir uns da beide verstehen."

Ich wandte mich ab und ging auf die Toiletten am Ende des Flurs zu, wo Sobel wartete. Ich war so von der Drohung gegen meine Tochter absorbiert, dass ich für einen Moment nichts mehr um mich herum wahrnahm. Doch als ich mich Sobel näherte, schüttelte ich das alles ab. „Detective Sobel, darf ich fragen, weshalb Sie hier sind? Wollen Sie mich verhaften?"

„Ich bin hier, weil Sie mich eingeladen haben, erinnern Sie sich? Sie haben gesagt, ich solle mal bei Ihrem Prozess reinschauen."

Mir wurde klar, dass Sie sich auf das kurze Gespräch in meinem Arbeitszimmer bezog, als sie und Lankford mein Haus durchsucht hatten. „Ach ja, richtig, hatte ich ganz vergessen. Freut mich, dass Sie mich beim Wort genommen haben. Und, was halten Sie davon?"

„Interessant."

Mein Handy begann zu vibrieren. Laut Anruferkennung war es die Staatsanwaltschaft. „Ich muss drangehen", meinte ich.

„Aber sicher", sagte Sobel.

Ich klappte das Handy auf. „Hallo?"

„Haller, hier ist John Smithson von der Staatsanwaltschaft. Wie läuft's so?"

„Könnte besser laufen."

„Nicht wenn Sie hören, was ich Ihnen anbiete."

„Ich höre."

DIE RICHTERIN kam auch fünfzehn Minuten nach Ablauf der angekündigten Pause noch nicht aus ihrem Zimmer. Wir warteten alle. Roulet und ich am Tisch der Verteidigung, seine Mutter und Dobbs hinter uns in der ersten Reihe.

Minton am Tisch der Anklage war nicht mehr solo. Neben ihm saß John Smithson. Minton wirkte niedergeschlagen. So, wie er neben Smithson saß, hätte man ihn für einen Angeklagten mit seinem Anwalt halten können. Er sah in allen Punkten schuldig aus.

Ich drehte mich um, warf einen Blick in den Zuschauerraum. Sobel saß in der hintersten Reihe, aber von ihrem Partner und Kurlen war immer noch nichts zu sehen. Die für Journalisten reservierte Sitzreihe war leer. Die Medien waren nicht informiert worden. Ich hatte mich an meine Abmachung mit Smithson gehalten.

Deputy Meehan rief den Saal zur Ordnung, und Richterin Fullbright nahm schwungvoll auf der Bank Platz. „Wie mir der Protokollführer mitgeteilt hat, haben wir in der Angelegenheit Kalifornien gegen Louis Ross Roulet einen Antrag“, verkündete sie.

Minton stand auf. „Ja, Euer Ehren. Die Anklage beantragt, alle Anklagepunkte gegen Louis Ross Roulet fallen zu lassen.“

Die Richterin nickte. Hinter mir hörte ich, wie jemand scharf die Luft einzog, und ich wusste, es kam von Mary Windsor. Sie ahnte, was jetzt passieren würde, hielt aber ihre Gefühle so lange zurück, bis sie es im Gerichtssaal tatsächlich gehört hätte.

„Endgültig oder nicht endgültig?“, fragte die Richterin.

„Endgültig fallen gelassen.“

„Sind Sie da sicher, Mr Minton? Das bedeutet, keine neuen Anläufe seitens der Anklage mehr.“

„Ja, Euer Ehren, dessen bin ich mir sehr wohl bewusst“, sagte Minton.

Die Richterin notierte etwas und sah dann wieder zu Minton. „Ich brauche fürs Protokoll eine Begründung für diesen Antrag. Warum ziehen Sie die Anklage in dieser späten Phase zurück, Mr Minton?“

Smithson stand auf. Er war groß und dünn, mit einem fahlen Gesicht. Er trug einen anthrazitgrauen Anzug und dazu eine weinrote Fliege samt farblich passendem Einstecktuch. „Wenn Sie gestatten, Euer Ehren?“, sagte er.

„Zu Protokoll gegeben wird das Erscheinen des stellvertretenden Bezirksstaatsanwalts John Smithson, Leiter der Van Nuys Division. Bitte, Sie haben das Wort.“

„Richterin Fullbright, ich habe davon Kenntnis erhalten, dass es sowohl bei den Ermittlungen als auch beim darauffolgenden Strafverfahren zu Unregelmäßigkeiten gekommen ist. Diese Behörde ist auf dem Glauben an die Unantastbarkeit unseres Rechtssystems gegründet. Dafür hafte ich in der Van Nuys Division persönlich und nehme das sehr, sehr ernst. Und aus diesem Grund ist es besser für uns, ein Verfahren einzustellen, als zuzulassen, dass die Justiz möglicherweise kompromittiert wird.“

„Danke, Mr Smithson. Es freut mich, das zu hören.“

Die Richterin machte sich einen weiteren Vermerk und sah dann wieder zu uns herab. „Dem Antrag der Anklage wird stattgegeben“, verkündete sie.

„Alle Anklagepunkte gegen Louis Roulet werden endgültig fallen gelassen. Mr Roulet, Sie sind frei und können gehen."

„Danke, Euer Ehren", sagte ich.

„Da sind allerdings noch die Geschworenen, die um 13 Uhr zurückkehren", sagte Fullbright. „Ich werde sie zusammenrufen und ihnen erklären, dass der Fall abgeschlossen ist. Falls dann einer der Herren Anwälte dazustoßen möchte, werden sie sicher Fragen an ihn haben. Es ist jedoch nicht zwingend, dass Sie sich zur Verfügung stellen."

Ich nickte, sagte aber nicht, dass ich erscheinen würde. Das hatte ich nicht vor. Die zwölf Menschen, die in der letzten Woche so wichtig für mich gewesen waren, waren plötzlich so bedeutungslos wie Autofahrer, die mir auf der Autobahn entgegenkamen und schon wieder vorbei waren.

Die Richterin zog sich zurück, und Smithson verließ als Erster den Saal. Er hatte Minton oder mir nichts zu sagen. Für ihn hatte jetzt oberste Priorität, sich von diesem Desaster der Anklage zu distanzieren.

Roulet beugte sich über die Schranke, um seine Mutter zu umarmen. Dobbs legte ihm beglückwünschend eine Hand auf die Schulter. Nachdem er sich aus der Umarmung gelöst hatte, wandte sich Roulet mir zu und schüttelte mir zögernd die Hand. „Ich habe mich nicht in Ihnen getäuscht", sagte er. „Ich wusste, Sie sind dafür der richtige Mann."

„Ich will die Pistole", sagte ich nüchtern.

„Das kann ich mir denken."

Er drehte sich wieder zu seiner Mutter. Nach kurzem Zögern öffnete ich meinen Aktenkoffer, um alle Unterlagen darin zu verstauen.

„Michael?"

Ich blickte mich um. Es war Dobbs, der mir über die Schranke die Hand reichte. Ich schüttelte sie und nickte. „Das haben Sie sehr gut gemacht", sagte Dobbs gönnerhaft. „Dafür sind wir Ihnen alle sehr dankbar."

„Danke für Ihr Vertrauen. Ich weiß, Sie hatten anfangs, was meine Person angeht, gewisse Bedenken."

„Nur weil ich Sie nicht kannte. Aber das hat sich inzwischen geändert. Jetzt weiß ich, wen ich meinen Mandanten empfehlen muss."

„Danke. Aber ich hoffe, dass Ihre Mandanten mich nie brauchen werden."

Er lachte. „Ich auch!"

Dann war Mary Windsor an der Reihe. Sie streckte ihre Hand über die Schranke. „Mr Haller, vielen Dank für meinen Sohn."

„Keine Ursache", entgegnete ich trocken. „Passen Sie gut auf ihn auf."

„Das tue ich immer."

Ich nickte. „Warum gehen Sie nicht schon mal vor die Tür? Ich komme gleich nach. Ich muss hier nur noch mit Mr Minton Verschiedenes klären."

Als ich mich umdrehte, um meinen Aktenkoffer zu nehmen, bemerkte ich, dass Detective Sobel den Gerichtssaal verlassen hatte. Nur Minton war noch da. Er stand am Tisch der Anklage und packte seine Sachen zusammen. „Was werden Sie jetzt machen?", fragte ich ihn.

„Keine Ahnung. Zusehen, dass ich diese Schlappe ausbügeln und meinen Job behalten kann." Er starrte mich finster an. „Das Einzige, was ich sicher weiß, ist, dass ich nicht die Seiten wechseln werde. Ich will auf keinen Fall so werden wie Sie, Haller. Dazu schlafe ich nachts einfach zu gern ruhig."

Damit trat er durch die Schranke und verließ den Gerichtssaal. Ich blickte auf die leere Richterbank und das Staatswappen. Ich nickte kurz und verließ den Saal.

ROULET und sein Gefolge warteten im Flur auf mich. Ich blickte mich um und entdeckte Sobel bei den Aufzügen. Sie sprach in ihr Handy.

„Hätten Sie Lust, mit uns Mittag zu essen, Michael?", fragte Dobbs. „Das müssen wir feiern!"

„Äh …" Ich sah immer noch zu Sobel. „Ich glaube nicht, dass ich das zeitlich schaffe."

„Warum nicht? Heute Nachmittag haben Sie doch sicher keine Gerichtstermine mehr!"

Schließlich sah ich Dobbs an. Am liebsten hätte ich ihm gesagt, der eigentliche Grund sei, dass ich weder ihn noch Mary Windsor noch Louis Roulet jemals wiedersehen wollte. „Ich sollte lieber hierbleiben und mit den Geschworenen sprechen, wenn sie um eins zurückkommen. Ich würde gern wissen, wie sie die Sache sahen und wo wir standen."

Dobbs gab mir einen Klaps auf den Oberarm. „Immer was dazulernen fürs nächste Mal, was? Das kann ich Ihnen nicht verdenken."

Er schien froh, dass ich nicht mitkam. Sicher wollte er Mary Windsor als einträgliche Mandantin wieder ganz für sich allein haben.

Ich hörte den gedämpften Glockenton des Lifts und sah wieder den Flur entlang. Sobel stand vor der sich öffnenden Lifttür. Gleich würde sie nach unten fahren. Doch dann stiegen Lankford, Kurlen und Booker aus dem Lift und kamen mit Sobel auf uns zu.

„Dann müssen wir uns jetzt leider verabschieden", sagte Dobbs, der den näher kommenden Detectives den Rücken zukehrte. „Wir haben im ‚Orso‘ einen Tisch reserviert.“

„Klar“, sagte ich und blickte noch immer den Flur hinunter.

Dobbs, Windsor und Roulet drehten sich gerade in dem Moment um, als uns die vier Detectives erreichten.

„Louis Roulet“, verkündete Kurlen. „Sie sind verhaftet. Drehen Sie sich bitte um und legen Sie die Hände auf den Rücken.“

„Nein!“, stieß Mary Windsor hervor. „Sie können doch nicht …!“

„Was soll das?“, protestierte Dobbs.

Kurlen gab keine Antwort und wartete auch nicht, bis Roulet seiner Aufforderung nachkam. Er trat vor und drehte Roulet grob herum.

Dabei begegnete Roulets Blick dem meinen. „Was soll das, Mick?“, fragte er mit ruhiger Stimme.

Mary Windsor eilte auf Kurlen zu. „Nehmen Sie die Hände von meinem Sohn!“ Sie packte Kurlen von hinten, aber Booker und Lankford waren sofort zur Stelle und zogen sie behutsam, aber energisch zurück.

„Treten Sie zurück, Ma’am“, sagte Booker, „oder ich muss Sie festnehmen!“

Kurlen begann, Roulet seine Rechte vorzulesen.

Mary Windsor blieb zwar, wo sie war, aber den Mund ließ sie sich nicht verbieten. „Was bilden Sie sich eigentlich ein? Das dürfen Sie nicht!“

„Mutter!“, sagte Roulet mit einer Stimme, die mehr Autorität besaß als die der Detectives.

Mary Windsor gab auf.

Nicht so Dobbs. „Weswegen verhaften Sie ihn?“, fragte er.

„Mordverdacht“, sagte Kurlen. „Der Mord an Martha Renteria.“

„Vollkommen unmöglich!“, stieß Dobbs hervor. „Alles, was dieser Corliss da drinnen ausgesagt hat, ist erwiesenermaßen eine Lüge. Sind Sie übergeschnappt? Die Richterin hat das Verfahren wegen seiner Lügen eingestellt.“

Kurlen hörte auf, Roulet auf seine Rechte hinzuweisen, und sah Dobbs an. „Wenn das alles Lügen waren, woher wissen Sie dann überhaupt, dass er von Martha Renteria gesprochen hat?“

Dobbs bemerkte seinen Fehler und trat einen Schritt zurück.

Kurlen grinste. „Ja“, sagte er. „Habe ich mir doch gedacht.“

Er packte Roulet am Ellbogen und drehte ihn wieder herum. „Gehen wir“, sagte er.

„Mick?“, sagte Roulet.

„Detective Kurlen“, sagte ich. „Kann ich kurz mit meinem Mandanten sprechen?“

Kurlen musterte mich, als prüfte er meine Vertrauenswürdigkeit, und nickte schließlich. „Eine Minute.“ Damit schubste er Roulet auf mich zu.

Ich nahm ihn am Arm und führte ihn ein paar Schritte weiter, damit niemand unser leises Gespräch mithören konnte. „Das war's, Louis. Jetzt heißt es Abschied nehmen. Ich habe Sie rausgehauen. Von hier an müssen Sie allein weitersehen. Nehmen Sie sich einen neuen Anwalt.“

Der Schock sprach aus seinen Augen. Dann verdüsterte eine extreme Wut sein Gesicht. Mir wurde klar, es war derselbe mörderische Hass, den Regina Campo und Martha Renteria zu sehen bekommen hatten. „Ich werde keinen Anwalt brauchen“, sagte er zu mir. „Glauben Sie ernsthaft, die können mich wegen dem belangen, was Sie diesem Lügner da drinnen untergejubelt haben?“

„Sie werden den Spitzel nicht brauchen, Louis. Glauben Sie mir, sie werden mehr finden.“

„Und was ist mit Ihnen, Mick? Vergessen Sie da jetzt nicht etwas? Ich habe …“

„Ich weiß. Aber auch das spielt keine Rolle mehr. Sie brauchen meine Pistole nicht. Sie haben bereits ausreichend Beweise. Aber egal wie das Ganze für mich ausgeht, ich habe Sie drangekriegt. Wenn sie Ihnen am Ende, nach dem Prozess und den ganzen Berufungsverhandlungen, endlich die Nadel mit dem Gift in den Arm jagen, verdanken Sie das mir, Louis.“ Ich lächelte ohne jeden Humor und trat näher an ihn heran. „Das ist für Raul Levin. Sie werden zwar nicht unbedingt für den Mord an ihm sterben, aber sterben werden Sie.“

Ich ließ das kurz auf ihn einwirken, dann trat ich zurück und nickte Kurlen zu. Er und Booker nahmen Roulet zwischen sich und packten ihn an den Oberarmen. Sie wollten ihn abführen, aber er schüttelte sie ab, und sein wütender Blick bohrte sich erneut in meine Augen.

„Wir sind noch nicht fertig miteinander, Mick!“, zischte er. „Bis spätestens morgen früh bin ich wieder draußen. Und was wollen Sie dann machen? Sie können nicht jeden schützen.“

Sie packten Roulet fester und drehten ihn grob zu den Aufzügen herum. Auf halbem Weg den Flur hinunter drehte er den Kopf über die Schulter zu mir zurück. Er lächelte, und ich erschauerte.

Sie können nicht jeden schützen. Kalte Angst kroch in mir hoch.

Als Louis Roulet in den Aufzug hineingeschoben wurde, hoffte ich, es wäre das Letzte, was ich je von ihm zu sehen bekäme, doch die Angst flatterte in meiner Brust wie eine in einer Lampe gefangene Motte. Ich wandte mich ab und stieß fast mit Sobel zusammen. Unbemerkt war sie hinter den anderen zurückgeblieben. „Sie haben doch genug gegen ihn, oder?“, fragte ich sie. „Bitte sagen Sie mir, dass Sie nur so schnell zugeschlagen haben, weil es genug gibt, um ihn einbehalten zu können.“

Sie sah mich lange an, bevor sie antwortete. „Das entscheidet die Staatsanwaltschaft. Wahrscheinlich hängt es davon ab, was sie beim Verhör aus ihm rauskriegen.“

Ich schüttelte den Kopf. Sie würden nichts aus ihm rauskriegen. So war es nicht vorgesehen gewesen. Ich wollte nur den Samen säen, mehr nicht. Ich wollte, dass sie langsam vorgingen und es dann richtig anpackten. Sie hatten zu schnell zugeschlagen.

Die Motte flatterte in mir. Ich wurde den Gedanken nicht los, dass alle meine raffinierten Pläne fehlgeschlagen waren und mich und meine Familie im Visier eines gnadenlosen Killers zurückließen. *Sie können nicht jeden schützen.*

Sobel schien meine Ängste zu spüren. „Wir werden versuchen, ihn in Haft zu behalten“, sagte sie. „Wir haben die Aussagen des Spitzels vor Gericht und das Ticket. An den Zeugen und der forensischen Untersuchung arbeiten wir im Moment noch.“

„Was für ein Ticket?“

„Ich dachte, darauf wären Sie längst gekommen. Uns wurde es jedenfalls sofort klar, als der Denunziant die Schlangentänzerin erwähnte.“

„Martha Renteria. Das weiß ich auch. Aber welches Ticket? Was meinen Sie damit?“

„Ich weiß nicht, ob ich Ihnen das erzählen soll, Haller. Sie sind sein Anwalt.“

„Nicht mehr. Ich habe gerade mein Mandat niedergelegt.“

„Das spielt keine Rolle. Er …“

„Hören Sie, dank meiner Hilfe haben Sie eben diesen Kerl festgenommen. Ich könnte deswegen meine Zulassung als Anwalt verlieren. Was für ein Ticket meinen Sie?“

Sie zögerte, aber dann rückte sie endlich damit raus. „Raul Levins letzte Worte. Er sagte, er habe Menendez’ Ticket in die Freiheit.“

„Und was bedeutet das bitte?“

„Wir haben Levins letzte Schritte rekonstruiert. Er hat sich vor seiner Ermordung nach Roulets Strafzetteln, die er wegen Falschparken kassiert hatte, erkundigt. Er hat sich sogar amtlich beglaubigte Kopien der Originale machen lassen. Wir haben die Kopien aus seinem Arbeitszimmer inventarisiert und mit denen in unserem Computer verglichen. Ein Strafzettel hat gefehlt. Wir wussten nicht, ob ihn sein Mörder mitgenommen hatte oder ob ihn Levin nur versehentlich nicht hat kopieren lassen. Deshalb haben wir uns selbst noch mal danach erkundigt. Er war vor zwei Jahren am Abend des 8. April ausgestellt worden – wegen Parken neben einem Hydranten im Block 167 der Blythe Street in Panorama City."

Plötzlich wurde mir alles klar. Raul Levin hatte tatsächlich einen Weg gefunden, Jesus Menendez zu retten!

„Martha Renteria wurde vor zwei Jahren am 8. April ermordet", sagte ich. „Sie wohnte in der Blythe Street in Panorama City."

„Ja, aber das wussten wir nicht. Sie hatten uns erzählt, Levin hätte an verschiedenen Fällen für Sie gearbeitet. Deswegen sahen wir keinen Zusammenhang, bis der Informant die Schlangentänzerin erwähnte. Danach war uns die Sache allerdings sofort klar."

Ich nickte. „Haben Sie Rauls Telefon nach irgendwelchen Abhörvorrichtungen abgesucht? Irgendwie muss jemand herausgefunden haben, dass er auf den Strafzettel gestoßen war."

„Haben wir, aber ohne Erfolg. Natürlich könnten die Wanzen unmittelbar nach dem Mord wieder entfernt worden sein. Vielleicht ist aber auch das Telefon einer anderen Person abgehört worden."

Damit war offensichtlich meins gemeint. Das hätte auch erklärt, warum Roulet über so viele meiner Schritte Bescheid gewusst und ausgerechnet an dem Abend, als ich von meinem Besuch bei Jesus Menendez zurückkam, in meinem Haus auf mich gewartet hatte.

„Ich werde es untersuchen lassen", sagte ich. „Bedeutet das, dass Sie mich nicht mehr des Mordes an Raul beschuldigen?"

„Nicht unbedingt", erwiderte Sobel. „Wir wollen erst abwarten, was von der Ballistik zurückkommt. Wir rechnen noch heute mit den Ergebnissen."

Ich nickte. Sobel schien zu schwanken, ob sie mich etwas fragen sollte.

„Was ist?", fragte ich. „Was wollen Sie von mir, Detective Sobel?"

„Das wissen Sie ganz genau. Ich will Raul Levins Mörder."

„Den will ich auch. Aber selbst wenn ich wollte, könnte ich Ihnen Roulet nicht als Levins Mörder servieren. Ich weiß nicht, wie er es getan hat. Aber das bleibt bitte unter uns."

„Damit bleiben Sie weiter im Fadenkreuz."

Sie blickte den Flur entlang zu den Aufzügen. Was sie damit sagen wollte, war klar. Wenn die ballistischen Untersuchungen eine Übereinstimmung ergaben, konnte ich immer noch Probleme wegen Levin bekommen.

„Wie lang wird es Ihrer Meinung nach dauern, bis Jesus Menendez freikommt?“, fragte ich.

Sie zuckte die Achseln. „Schwer zu sagen. Eins weiß ich allerdings sicher. Sie können Roulet nicht belangen, solange ein anderer für dieselbe Straftat im Gefängnis sitzt.“

Ich wandte mich ab und ging zu der Glaswand auf der anderen Seite des Flurs. Ich spürte eine Mischung aus Euphorie und Angst und diese Motte, die immer noch in meiner Brust herumflatterte. „Das ist das Einzige, was mich interessiert“, sagte ich ruhig. „Menendez freizukriegen. Das und Raul.“

Sie kam herüber und stellte sich neben mich. „Ich weiß nicht, was Sie vorhaben“, sagte sie. „Aber überlassen Sie alles Weitere uns.“

„Wenn ich das tue, bringt mich Ihr Partner für einen Mord, den ich nicht begangen habe, hinter Gitter.“

„Sie lassen sich da auf ein gefährliches Spiel ein“, sagte sie. „Halten Sie sich besser raus.“

Ich sah sie an und dann wieder auf den Innenhof hinunter. „Okay“, sagte ich. „Ab jetzt halte ich mich aus der Sache raus.“

Nachdem sie gehört hatte, was sie hören wollte, wandte sie sich zum Gehen. „Viel Glück“, sagte sie.

Ich richtete meinen Blick wieder auf sie. „Ihnen auch.“

Bis zum Abend hatte es sich herumgesprochen. Nicht die geheimen Einzelheiten, aber die offizielle Version der Story: dass ich den Prozess gewonnen und einen Antrag der Staatsanwaltschaft auf endgültige Einstellung des Verfahrens herausgeschlagen hatte – nur damit mein Mandant unmittelbar nach dem Freispruch noch auf dem Flur des Gerichtssaals neuerlich wegen Mord verhaftet wurde.

Ich erhielt Anrufe von sämtlichen Strafverteidigern, die ich kannte. All meine Kollegen gratulierten mir. In ihren Augen gab es keine Schattenseite. Ich hatte Tophonorare für den ersten Prozess erhalten und würde Tophonorare für den nächsten bekommen. Und als ich ihnen erzählte, dass ich bei einem neuerlichen Verfahren nicht die Verteidigung übernehmen würde, wollte jeder sofort an Roulet weiterempfohlen werden.

Als schließlich ein Anruf auf meinem privaten Festnetzanschluss einging, war es derjenige, den ich am dringendsten erwartet hatte. Er kam von

Maggie. „Auf deinen Anruf warte ich schon den ganzen Abend“, sagte ich.

„Tut mir leid, aber ich war die ganze Zeit im Besprechungszimmer.“

„Ich habe gehört, dass sie dir den Fall Roulet übertragen haben.“

„Ja, deshalb rufe ich an. Sie werden ihn freilassen.“

„Wie bitte? Sie lassen ihn wieder laufen?“

„Ja. Sie hatten ihn neun Stunden in einem Verhörzimmer, aber kleingekriegt haben sie ihn nicht. Und da sie nichts aus ihm rauskriegen, haben sie nicht genügend gegen ihn vorliegen.“

„Aber sie haben den Strafzettel, und es muss Zeugen geben, die ihn im Cobra Room gesehen haben. Sogar Menendez kann bezeugen, dass er dort war.“

„Du weißt so gut wie ich, dass uns Menendez nichts nützt. Um freizukommen, würde er jeden identifizieren. Und wenn es andere Zeugen aus dem Cobra Room gibt, wird es eine Weile dauern, sie ausfindig zu machen. Der Strafzettel bringt ihn in die Nähe, aber nicht direkt in ihre Wohnung.“

„Und das Messer?“

„Daran arbeiten sie bereits, aber auch das wird eine Weile dauern. Sie werden ihn freilassen, die forensischen Untersuchungen abwarten und nach Zeugen suchen. Wenn es Roulet war, dann kriegen wir ihn und dein anderer Mandant kommt frei. Mach dir da mal keine Sorgen. Aber wir müssen Schritt für Schritt vorgehen.“

„Sie haben zu schnell zugeschlagen. Wann genau lassen sie ihn laufen?“, fragte ich.

„Keine Ahnung. Kurlen und Booker sind gerade erst rübergekommen, um uns zu unterrichten, und Smithson hat sie gleich danach wieder aufs Revier geschickt. Ich nehme an, sie lassen ihn frei, sobald sie dort sind.“

„Hör zu, Maggie. Roulet weiß von Hayley.“

Ein entsetzlich langer Moment des Schweigens verging, bevor sie antwortete. „Was sagst du da, Haller? Du hast unsere Tochter …?“

„Ich habe gar nichts. Er ist bei mir zu Hause eingebrochen und hat ihr Foto gesehen. Und er will es mir heimzahlen. Deshalb musst du sofort nach Hause fahren. Bring Hayley aus der Wohnung.“

Irgendetwas hielt mich davon ab, ihr alles zu erzählen.

„Ich fahre gleich los“, sagte sie. „Und wir kommen zu dir.“

„Nein, kommt nicht zu mir! Es kann sein, dass *er* zu mir kommt.“

„Das ist der Wahnsinn! Was willst du jetzt tun?“

„Ich weiß noch nicht. Bring Hayley einfach an einen sicheren Ort. Dann ruf mich mit deinem Handy an, aber sag mir nicht, wo du bist. Es ist sicher besser, wenn nicht einmal ich das weiß."

„Haller, ruf doch einfach die Polizei an. Sie können ..."

„Ein Strafverteidiger, der der Polizei sagt, er fühlt sich bedroht ... darauf haben sie gerade gewartet. Wahrscheinlich schicken sie gleich ein Sonderkommando zu meinem Schutz los", sagte ich sarkastisch.

„Aber irgendwas musst du doch unternehmen."

„Ich dachte eigentlich, das hätte ich getan. Ich ging davon aus, er käme für den Rest seines Lebens hinter Gitter. Aber eure Leute konnten es mal wieder nicht erwarten, und jetzt müsst ihr ihn laufen lassen."

„Ich habe dir doch gesagt, wir hatten noch nicht genug."

„Und deshalb musst du jetzt sofort zu unserer Tochter fahren und dich um sie kümmern. Alles Weitere überlass mir."

„Ich fahre jetzt los." Aber sie legte nicht auf. Es war, als wolle sie mir eine Gelegenheit geben, noch etwas zu sagen.

„Ich liebe dich, Mags", sagte ich. „Euch beide. Seid vorsichtig."

Ich beendete die Verbindung, bevor sie antworten konnte. Gleich darauf wählte ich wieder. Valenzuelas Handynummer. Nach dem fünften Läuten ging er dran. „Val, ich bin's, Mick. Hör zu, du musst mir helfen."

„Ich dir helfen? Nach dem, was du mich neulich gefragt hast, bittest du mich, dir zu helfen?"

„Val, es ist ein Notfall. Was ich da gesagt habe, war völlig daneben, und ich entschuldige mich. Ich zahl dir den Fernseher, ich tu alles, was du willst, aber du musst mir unbedingt helfen."

Nach einer Weile antwortete er. „Was soll ich tun?"

„Roulet trägt noch immer die Fußfessel, oder?"

„Ja. Ich weiß, was im Gericht passiert ist, aber ich hab noch nichts von ihm gehört. Einer meiner Leute im Gericht hat gesagt, die Cops haben ihn gleich wieder einkassiert."

„Sie haben ihn mitgenommen, aber sie werden ihn in Kürze wieder freilassen müssen. Wahrscheinlich meldet er sich bei dir, um sich die Fußfessel abnehmen zu lassen."

„Ich bin schon zu Hause, Mann. Deshalb erreicht er mich sowieso erst morgen früh."

„Genau darum möchte ich dich bitten. Halte ihn hin."

„Das ist alles, Mann?"

„Da ist noch etwas. Ich möchte, dass du dein Notebook anmachst und ihn beobachtest. Ich will wissen, wo er hinfährt, wenn ihn die Polizei freilässt. Ich glaube, er will zu der Wohnung, wo Maggie und meine Tochter leben."

Ein langes Schweigen trat ein, bevor Valenzuela antwortete. „Okay, Mick. Mach ich."

„Danke, Val. Und ruf mich zu Hause auf dem Festnetzanschluss an. Mein Handyakku ist leer."

Ich gab ihm die Nummer und legte auf. Ich sah aus dem Fenster und bemerkte, dass es zu regnen begonnen hatte. Ich verließ das Arbeitszimmer und ging in den vorderen Teil des Hauses. Auf dem Tisch in der Essecke lag die Pistole, die mir Earl Briggs gegeben hatte. Ich betrachtete die Waffe und dachte über die Schritte nach, die mich an diesen Punkt gebracht hatten. Es war ein riskanter Blindflug gewesen, und ich hatte dabei mich selbst und andere in Gefahr gebracht. Ich war mit meinem Latein am Ende. Mir blieb nichts anderes übrig, als auf Roulets nächsten Schritt zu warten.

Das Telefon läutete, und ich zuckte erschrocken zusammen. Es war Valenzuela. „Er ist jetzt unterwegs."

„Wohin?" Ich schrie es laut in den Hörer. Ich war am Durchdrehen.

„Er fährt auf dem Van Nuys Boulevard in Richtung Süden."

Ich versuchte, mir Roulet in seinem Wagen vorzustellen. Wenn er auf dem Van Nuys Boulevard Richtung Süden fuhr, befand er sich auf direktem Weg nach Sherman Oaks, wo Maggie und Hayley wohnten. Andererseits wäre das auch sein Weg, wenn er über den Hügel zu sich nach Hause wollte. Um es mit Sicherheit zu wissen, musste ich abwarten.

„Eben ist er unterm Hunderteinser durchgefahren. Er könnte auch nur zu sich nach Hause fahren, Mick."

„Ich weiß, ich weiß. Warte, bis er über den Ventura Boulevard ist. Die nächste Querstraße ist die Dickens Street. Wenn er da abbiegt, fährt er nicht nach Hause." Ich stand auf und wusste nicht, was ich tun sollte. Den Hörer fest ans Ohr gedrückt, begann ich auf und ab zu gehen.

„Er hat angehalten. Muss eine Ampel sein."

„Wo?"

„An der Moorpark Avenue."

Das war eine Straße vor dem Ventura Boulevard und zwei vor der Dickens Street. „Ich rufe dich gleich wieder zurück."

Ich wartete nicht auf seine Antwort. Ich legte auf und rief Maggies Handy an. Sie ging sofort dran.

„Seid ihr schon aus der Wohnung raus?", fragte ich.

„Nein, noch nicht. Hayley packt noch ein paar Bücher zusammen, die sie mitnehmen will."

„Herrgott noch mal, fahrt endlich los! Sofort! Ich rufe dich zurück."

Ich legte auf und rief wieder Valenzuela an. „Wo ist er?"

„Er ist in den Ventura Boulevard gebogen. Er fährt nach Westen."

Er fuhr jetzt parallel zur Dickens Street, also genau in Richtung der Wohnung meiner Tochter.

„Gerade hat er wieder angehalten", sagte Valenzuela. „Aber nicht an einer Kreuzung, sondern in der Mitte des Blocks. Ich glaube, er parkt."

Ich fuhr wie ein Verzweifelter mit der freien Hand durch mein Haar. „Scheiße, ich muss los. Mein Handy ist leer. Ruf Maggie an und sag ihr, sie soll sich ins Auto setzen und sofort wegfahren!"

Ich schrie Maggies Nummer in den Hörer und ließ ihn fallen. Ich konnte nicht herumstehen und schreiend Anweisungen erteilen, während meine Familie in Gefahr war. Ich schnappte die Pistole vom Tisch und rannte zur Haustür. Ich schob die Waffe in die Seitentasche meines Jacketts und öffnete die Tür.

Mary Windsor stand da, das Haar nass vom Regen.

„Mary, was …"

Sie hob die Hand. Ich senkte den Blick und sah das metallische Blitzen der Pistole, als sie abdrückte.

DER KNALL war ohrenbetäubend und der Blitz so hell wie der einer Kamera. Die Kugel schlug mit einer Wucht ein, die dem Tritt eines Pferdes gleichkam. Eben noch aufrecht auf zwei Beinen, flog ich plötzlich nach hinten. Ich knallte auf den Holzboden der Diele. Ich versuchte, beide Hände auf das Loch in meinem Bauch zu pressen, aber meine rechte Hand hatte sich in der Tasche meines Jacketts verfangen. Also hielt ich mit der linken den Bauch umklammert und versuchte mich aufzusetzen.

Mary Windsor trat einen Schritt ins Haus. Ich musste zu ihr aufschauen. Durch die offene Haustür hinter ihr konnte ich den Regen fallen sehen. Sie hob die Pistole und richtete sie auf meine Stirn.

„Sie wollten mir meinen Sohn nehmen!", schrie sie. „Denken Sie, ich lasse das zu und sehe auch noch tatenlos zu, wie Sie ungestraft davonkommen?"

Und dann verstand ich. Plötzlich fügte sich alles zu einem klaren Bild. Ähnliche Worte musste sie zu Raul Levin gesagt haben, bevor sie ihn umbrachte. Es war nie zu einer Vergewaltigung in einem leeren Haus in Bel

Air gekommen. Sie war eine Mutter, die mit Zähnen und Klauen ihr Junges verteidigte. Und jetzt wusste ich auch, dass Raul mit seiner letzten Geste nicht den Teufel gemeint hatte, sondern den Buchstaben M oder W.

Windsor machte noch einen Schritt auf mich zu. „Zur Hölle mit Ihnen“, sagte sie. Sie stabilisierte ihre Hand, um zu schießen.

Ich hob meine rechte Hand, die immer noch in meiner Jackentasche steckte. Sie muss es für eine Abwehrgeste gehalten haben, weil sie nicht in Eile geriet. Sie genoss den Augenblick, das war ganz deutlich zu sehen. Bis ich abdrückte.

Mary Windsor wurde von der Wucht des Geschosses nach hinten gerissen und landete mit dem Rücken auf der Türschwelle. Ihre Pistole fiel scheppernd zu Boden. Dann kamen rasche Schritte die Stufen zur Veranda herauf.

„Polizei!“, rief eine Frau. „Waffen runter!“

„Nehmen Sie Ihre Waffen runter, und kommen Sie so nach draußen, dass Ihre Hände zu sehen sind!“ Diesmal war es ein Mann, und ich erkannte die Stimme.

Ich zog die Pistole aus meiner Jackentasche, legte sie auf den Boden und stieß sie von mir fort. „Die Pistole ist weg!“, rief ich so laut, wie es mit einem Loch im Bauch möglich war. „Aber ich bin angeschossen. Ich kann nicht aufstehen. Wir sind beide getroffen.“

Zuerst sah ich den Lauf einer Pistole in der Türöffnung. Dann eine Hand und kurz darauf einen schwarzen Regenmantel, in dem Detective Lankford steckte. Er trat ins Haus. Seine Partnerin, Detective Sobel, folgte ihm.

Als Lankford hereinkam, kickte er die Pistole von Mary Windsor weg. Seine Waffe hielt er auf mich gerichtet. „Sonst noch jemand im Haus?“, fragte er laut.

„Nein“, sagte ich. „Hören Sie mal ...“ Ich versuchte, mich aufzusetzen, aber ein heftiger Schmerz durchzuckte meinen Körper, und Lankford brüllte: „Keine Bewegung! Bleiben Sie, wo Sie sind!“

Sobel rief in ein Funkgerät hinein und forderte Rettungssanitäter und einen Krankenwagen für den Abtransport von zwei Personen mit Schusswunden an.

„Nur ein Transport“, korrigierte Lankford sie. „Sie ist tot.“

Sobel steckte das Funkgerät in die Tasche ihres Regenmantels und kam zu mir. Sie kniete nieder und hob meine Hand von der Wunde, damit sie die Verletzung begutachten konnte. Sie drückte meine Hand wieder auf die Wunde. „Pressen Sie, so fest Sie können. Haben Sie gehört? Halten Sie die Hand ganz fest drauf.“

„Hören Sie doch endlich“, sagte ich. „Meine Familie ist in Gefahr. Sie müssen …“

„Augenblick.“ Sie fasste unter ihren Regenmantel und nahm ein Handy von ihrem Gürtel. Sie klappte es auf und drückte eine Schnellwahltaste. Die Person, die sie anrief, meldete sich sofort.

„Hier Sobel. Kassiert ihn lieber wieder ein. Seine Mutter hat gerade versucht, den Anwalt zu erschießen. Aber vorher hat er sie erwischt.“

Sie lauschte kurz und fragte: „Wo ist er dann?“

Sie lauschte wieder, sagte Wiederhören und klappte das Handy zu. „Sie nehmen ihn fest. Ihre Tochter ist in Sicherheit.“

Ich starrte sie an. „Sie haben ihn die ganze Zeit beobachtet?“

Sie nickte. „Wir haben uns an Ihren Plan mit drangehängt, Haller. Wir hofften, wenn wir ihn laufen ließen, würde er uns vielleicht seinen Trick verraten und uns zeigen, wie er an Levin rangekommen ist. Aber dieses Rätsel hat gerade seine Mutter für uns gelöst.“

„Und Maggie?“, fragte ich schwach.

„Sie ist außer Gefahr. Sie musste das Spiel mitspielen, weil wir nicht wussten, ob Roulet Ihr Telefon abhört oder nicht. Sie durfte Ihnen nicht sagen, dass sie und Hayley bereits in Sicherheit waren.“

Ich schloss die Augen. Ich wusste nicht, ob ich einfach nur froh sein sollte, dass ihnen nichts passiert war, oder wütend, dass Maggie den Vater ihrer Tochter als Köder für den Mörder benutzt hatte.

Ich versuchte, mich aufzusetzen. „Ich will sie anrufen. Sie …“

„Nicht bewegen! Halten Sie einfach still.“

Ich ließ meinen Kopf auf den Boden zurücksinken. Mir war kalt, und ich hatte das Gefühl, zu schwitzen und zugleich jeden Moment Schüttelfrost zu bekommen. Ich wurde schwächer und schwächer, und mein Atem ging flacher.

„Halten Sie durch“, sagte Sobel zu mir. „Sie kommen durch. Die Ärzte werden Sie wieder hinkriegen.“

„To…“ Eigentlich wollte ich voller Sarkasmus „toll“ sagen. Aber ich war schon zu schwach.

Lankford stellte sich neben Sobel und musterte mich. In einer behandschuhten Hand hielt er die Pistole, mit der Mary Windsor auf mich geschossen hatte. Ich erkannte den Perlmuttgriff. Mickey Cohens Pistole. Meine Pistole. Die Pistole, mit der sie Raul erschossen hatte.

Er nickte, und ich fasste es als eine Art Zeichen auf. Vielleicht war ich in seiner Achtung gestiegen, weil ich ihnen die Arbeit abgenommen und die

Mörderin herausgelockt hatte. Vielleicht hätte er nach dieser Geschichte nicht mehr so viel gegen Anwälte. Vielleicht aber auch nicht.

Ich erwiderte das Nicken, und die Bewegung brachte mich zum Husten. Ich schmeckte etwas in meinem Mund und wusste, es war Blut.

„Kratzen Sie uns hier bloß nicht ab", sagte Lankford. „Wenn wir jetzt noch bci cincm Strafverteidiger Mund-zu-Mund-Beatmung machen, wird uns das ewig anhängen."

Er grinste, und ich grinste zurück. Oder versuchte es. Dann begann tiefes Schwarz mein Blickfeld einzuengen. Wenig später schwebte ich darin.

ZEHN

Dienstag, 4. Oktober

Es ist jetzt fünf Monate her, dass ich das letzte Mal in einem Gerichtssaal war. In dieser Zeit hatte ich drei Operationen, wurde zweimal verklagt und war Gegenstand von Ermittlungen seitens der Polizei und der kalifornischen Anwaltskammer. Meine Bankkonten wurden geplündert.

Aber ich habe alles überlebt. Und heute ist der erste Tag, an dem ich das erste Mal ohne Stock gehen kann, seit ich niedergeschossen wurde. Für mich ist es der erste Schritt zurück in die Normalität. Ein Stock ist ein Zeichen von Schwäche. Niemand will einen Anwalt, der schwach erscheint. Ich muss erst wieder aufrecht stehen und die Muskeln strecken können, die der Chirurg durchtrennt hat, um an die Kugel heranzukommen. Und ich muss selbstständig gehen können, bevor ich das Gefühl habe, wieder einen Gerichtssaal betreten zu können.

Ich bin die ganze Zeit über in keinem Gerichtssaal gewesen, was aber nicht bedeutet, dass ich nicht Gegenstand gerichtlicher Verfahren bin. Sowohl Jesus Menendez als auch Louis Roulet strengen Zivilklagen gegen mich an, wegen Verletzung meiner anwaltlichen Pflichten. Trotz all seiner detaillierten Anschuldigungen ist es Roulet jedoch bisher nicht gelungen herauszufinden, wie ich in der County-Klinik an Corliss herankam und ihm Informationen zukommen ließ, die der anwaltlichen Schweigepflicht unterliegen. Und es ist höchst unwahrscheinlich, dass er das jemals herausfinden wird.

Gloria Dayton ist schon lange nicht mehr in Los Angeles. Sie hat ihren Entzug gemacht, die 25000 Dollar genommen, die ich ihr gegeben habe, und ist nach Hawaii gezogen, um dort ein neues Leben zu beginnen. Und Corliss, der inzwischen wahrscheinlich besser als jeder andere weiß, dass

Schweigen Gold ist, hat nicht mehr herausgerückt als das, was er vor Gericht ausgesagt hat. Mein Anwalt versichert mir, Roulets Zivilklage sei nichts als ein Versuch, das Gesicht zu wahren, weshalb sich die Sache früher oder später von selbst erledigen werde.

Aber die Sache mit Menendez wird sich nicht von selbst erledigen. Sie verfolgt mich nachts, wenn ich auf der Veranda sitze und den Millionen-Dollar-Blick von meinem Haus mit der Millionen-Dollar-Hypothek genieße. Jesus Menendez wurde vom Gouverneur begnadigt und aus San Quentin entlassen, zwei Tage nachdem sie Roulet wegen des Mordes an Martha Renteria angeklagt hatten. Aber es stellte sich heraus, dass Menendez sich im Gefängnis mit Aids infiziert hat, und davon kann einen der Gouverneur nicht begnadigen. Niemand kann das. Mein Vater hatte Recht. Es gibt keinen beängstigenderen Mandanten als einen unschuldigen.

Menendez will mir mein Geld nehmen als Strafe für das, was ich getan beziehungsweise unterlassen habe. Er hat alles Recht der Welt dazu. Aber trotz all meiner Fehleinschätzungen weiß ich, dass ich am Ende das Richtige getan habe. Ich habe das Böse gegen die Unschuld getauscht. Roulet sitzt meinetwegen. Menendez ist meinetwegen in Freiheit.

Trotz aller Anstrengungen seiner neuen Anwälte wird Roulet nie mehr freikommen. Soweit ich von Maggie McPherson gehört habe, hat die Anklage für den Mord an Martha Renteria lückenlose Beweise. Außerdem konnte sie Roulet mit einem weiteren Mord in Verbindung bringen. Er folgte einer Frau, die in einem Klub in Hollywood an der Bar arbeitete, und erstach sie in ihrer Wohnung. Für Roulet geht es jetzt nur noch um die Frage, ob er am Leben bleibt. Seine Anwälte stehen bereits mit der Anklage in Verhandlungen, um ihn gegen gewisse Zugeständnisse vor der Todesspritze zu bewahren. Aber egal was dabei herauskommt, für diese Welt ist er gestorben.

Maggie McPherson und ich versuchen, unsere Wunden zu heilen. Sie bringt meine Tochter jedes Wochenende zu mir und bleibt häufig tagsüber. Wir sitzen auf der Veranda und reden. Ich bin ihr nicht mehr böse, dass ich als Köder für einen Mörder benutzt wurde. Ebenso wie Maggie mir nicht mehr wegen einiger meiner Entscheidungen böse ist.

Die kalifornische Anwaltskammer hat sich gründlich mit mir befasst und mich wegen meines „dem Berufsstand unangemessenen Verhaltens" suspendiert. Ich wurde neunzig Tage auf Eis gelegt. Da sie mir in Zusammenhang mit Corliss keine konkreten ethischen Verstöße nachweisen konnten, drehten sie mir schließlich einen Strick daraus, dass ich mir von meinem

Mandanten Earl Briggs eine Pistole geborgt hatte. Was das anging, hatte ich allerdings Glück. Die Waffe war registriert und nicht gestohlen. Sie gehörte Earls Vater, sodass meine ethische Verfehlung geringfügig war. Ich verzichtete darauf, die Rüge durch die Kammer anzufechten. Und die Suspendierung saß ich während meiner Genesung ab.

Was meine Beteiligung am Tod von Mary Alice Windsor angeht, konnten weder die Anwaltskammer noch die Polizei ethische oder strafrechtliche Verstöße entdecken. Lankford und Sobel hatten von der nächsten Straßenecke aus beobachtet, wie sie vor meiner Haustür den ersten Schuss auf mich abfeuerte. Eindeutig Notwehr. Nicht ganz so eindeutig sind dagegen meine persönlichen Gefühle hinsichtlich dieser Tat. Ich wollte meinen Freund Raul Levin rächen, aber dabei sollte kein Blut fließen. Jetzt bin ich ein Mörder. Und dass sich der Staat nicht weiter daran stört, ändert für mich nur wenig an dieser Tatsache.

Einmal abgesehen von allen offiziellen Ergebnissen, habe ich mir in den Fällen Menendez und Roulet vor allem eines vorzuwerfen: Untreue meinen eigenen Idealen gegenüber. Und die Strafe dafür wiegt schwerer als alles, womit mir der Staat oder die Anwaltskammer kommen könnten. Aber lassen wir das. Ich werde das alles mit mir herumtragen, wenn ich mich wieder an die Arbeit mache. An meine Arbeit. Ich kenne meinen Platz in dieser Welt, und am ersten Arbeitstag im nächsten Jahr werde ich den Lincoln aus der Garage holen und mich auf die Suche nach jemand machen, der in der Patsche sitzt. Ich weiß nicht, wohin ich fahren oder welche Fälle ich bekommen werde. Ich weiß nur, ich werde geheilt und bereit sein, erneut meinen Mann zu stehen in dieser Welt ohne Wahrheit.

MICHAEL CONNELLY

Foto: Mogjam Azimi

„Mein Interesse an Krimis entstand, als ich selbst als Zeuge vernommen wurde."

Einer zufälligen Beobachtung ist zu verdanken, dass der 1956 in Tampa, Florida geborene Michael Connelly ein starkes Interesse an Kriminalfällen und an den Menschen auf beiden Seiten des Gesetzes entwickelte. Eines Abends, als der damals 16-Jährige in einem Hotel in Florida seiner Arbeit als Tellerwäscher nachging, sah er, wie ein Mann etwas in eine Hecke warf. Wie sich herausstellte, handelte es sich dabei um eine Pistole, mit der jemand bei einem Raubüberfall getötet worden war. Connelly war der einzige Augenzeuge und wurde von den ermittelnden Polizisten ausgiebig befragt. „Jene Nacht im Polizeirevier und der Kontakt mit den Polizisten, die mir als sehr harte Burschen erschienen, hat großen Eindruck auf mich gemacht", erklärt der Autor. Später arbeitete Connelly als Polizeireporter und verlegte sich schließlich aufs Schreiben von Krimis, die fast allesamt zu Bestsellern wurden.

Heute zählt Connelly zur allerersten Garde der Krimischriftsteller, und dennoch ist der mit vielen Auszeichnungen bedachte Autor nicht gewillt, sich auf seinen Lorbeeren auszuruhen. So wagte er sich nach 16 klassischen Krimis mit dem Gerichtsthriller *Der Mandant* auf neues Terrain. Die Idee dazu entstand beim Besuch eines Baseballspiels der Los Angeles Dodgers, bei dem Connelly mit seinem Sitznachbarn ins Gespräch kam. „Er erzählte mir, er sei Strafverteidiger, und schilderte dann, dass er einen Großteil seiner Arbeit im Auto erledige. Um die Fahrzeit zwischen den weit verstreuten Gerichtsgebäuden sinnvoll zu nutzen, beschäftigte er einen Chauffeur und arbeitete auf dem Rücksitz seines Lincolns mit Laptop und Handy. Ich spürte sogleich, dass er ein interessantes Vorbild für eine Romanfigur abgeben könnte."

Das Licht des Nordens

JENNIFER
DONNELLY

Der 12. Juli 1906 ist ein schöner, sonniger Tag. Bis man die ertrunkene Grace Brown aus dem See zieht und auf die Veranda des vornehmen Glenmore-Hotels legt …

Wenn in den North Woods der Sommer kommt, vergeht die Zeit langsamer. Und manchmal bleibt sie ganz stehen. Der Himmel, der fast das ganze Jahr über grau und trüb ist, wird ein Meer aus Blau, so weit und hell, dass man nicht anders kann, als innezuhalten bei dem, was man gerade tut – beim Wäscheaufhängen vielleicht oder beim Schälen der Maiskolben auf der Hintertreppe –, um hinaufzusehen. Grillen zirpen in den Birken und locken einen aus der Sonne unter die Zweige, und die Hitze lässt die Luft stillstehen, die süß und schwer ist vom Duft des Balsams.

Während ich hier auf der Veranda des „Glenmore" stehe, des schönsten Hotels am ganzen Big Moose Lake, sage ich mir, dass heute, am Donnerstag, dem 12. Juli 1906, ein solcher Tag ist. Die Zeit ist stehen geblieben, und die Ruhe und Schönheit dieses herrlichen Nachmittags werden niemals vergehen. Die Gäste aus New York, alle in sommerliches Weiß gekleidet, werden für immer auf dem Rasen Krocket spielen. Die Kinder von Ärzten und Anwälten aus Utica, Rome und Syracuse werden für immer lachend und kreischend durch die Wälder laufen, ganz albern vom Genuss von zu viel Eiscreme.

Ich glaube das alles. Von ganzem Herzen. Denn ich bin geübt darin, mir selbst Lügen zu erzählen.

Bis Ada Bouchard aus der Tür tritt und meine Hand nimmt. Und Mrs Morrison, die Frau des Direktors, an uns vorbeigeht und oben an der Treppe innehält. Zu jeder anderen Zeit bekämen wir was zu hören für unser untätiges Herumstehen. Jetzt scheint sie unsere Anwesenheit nicht einmal zu bemerken. Sie verschränkt die Arme vor der Brust. Ihre grauen Augen blicken besorgt auf den Anlegesteg und den Dampfer, der eben längsseits angelegt hat.

„Das ist die *Zilpha*, nicht wahr, Mattie?", flüstert Ada. „Sie haben den Grund des Sees abgesucht, stimmt's?"

Ich drücke ihre Hand. „Das glaub ich nicht. Ich glaube, sie haben bloß das Ufer abgesucht. Die Köchin meint, dass sich die beiden nur verirrt haben. Sie haben im Dunkeln nicht zurückgefunden und die Nacht im Wald verbracht, das ist alles."

„Ich hab Angst, Mattie. Du nicht?"

Ich antworte nicht. Zwar habe ich keine Angst, kann aber nicht erklären, wie ich mich fühle, denn manchmal fehlen mir einfach die Wörter. Obwohl ich „Webster's Lexikon der Englischen Sprache" fast ganz durchgelesen habe, wollen sie mir einfach nicht einfallen, wenn ich sie brauche.

Gerade im Moment suche ich nach einem Wort, das ein Gefühl beschreibt – ein kaltes, grausiges Gefühl tief im Innern –, das einen befällt, wenn man weiß, dass etwas geschehen wird, das einen verändert, ohne dass man etwas dagegen tun kann. Und man begreift zum allerersten Mal, dass es ein *Vorher* und ein *Nachher*, eine Vergangenheit und eine Zukunft geben wird. Und dass man nicht mehr dieselbe Person sein wird, die man gewesen ist. Wie heißt das Wort für dieses Gefühl? Für Kenntnis, Furcht und Verlust in einem? *Kenntnisfurcht? Verlustangst?*

Während ich unter dem wolkenlosen Himmel auf der Veranda stehe, sage ich mir, dass Ada ein aufgescheuchtes Huhn ist. Im Glenmore kann nichts Schlimmes passieren, nicht an einem Tag wie diesem. Und dann sehe ich die Köchin vom Anlegesteg heraufrennen, aschfahl und atemlos, und weiß, dass ich mich getäuscht habe.

„Mattie, mach den Salon auf!", ruft sie. „Schnell, Mädchen!"

Ich höre sie kaum. Mein erster Blick ist auf Mr Crabb gerichtet, den Maschinisten der *Zilpha*. Er kommt den Weg herauf und trägt eine junge Frau in seinen Armen. Ihr Kopf lehnt wie eine welke Blume an seiner Brust. Wasser tropft aus ihrem Rock.

„O Mattie, sieh dir das an. O Gott, Mattie", sagt Ada und nestelt an ihrer Schürze.

„Pst, Ada. Sie ist nass geworden, das ist alles. Das Boot ist gekentert, sie sind ans Ufer geschwommen, und sie … ist ohnmächtig geworden."

„Gütiger Gott", sagt Mrs Morrison und legt die Hände auf den Mund.

„Mattie! Ada! Warum steht ihr hier herum?", keucht die Köchin und schleppt ihren schweren Leib die Stufen herauf. „Schließ das freie Zimmer auf, Mattie. Das neben dem Salon. Zieh die Rollos runter und leg eine alte Decke aufs Bett. Ada, geh und mach eine Kanne Kaffee und ein paar Sandwiches. Jetzt macht schon!"

Im Salon spielen gerade ein paar Kinder Verstecken. Ich jage sie hinaus und sperre die Tür des kleinen Zimmers auf. Ich bemerke, dass ich die Decke vergessen habe, und laufe zum Wäscheschrank hinaus, um sie zu holen. Gerade als ich wieder zurück bin, kommt Mr Crabb herein. Ich habe auch ein Kissen und einen Quilt mitgebracht, weil die Frau völlig durchgefroren sein wird, wenn sie in nassen Kleidern im Freien geschlafen hat.

Mr Crabb legt sie aufs Bett. Die Köchin streckt die Beine der Frau aus und schiebt ihr das Kissen unter den Kopf. Dann kommen die Morrisons herein, und gleich hinter ihnen Mr Sperry, der Besitzer des Glenmore. Er starrt die Frau an, wird bleich und geht wieder hinaus.

„Ich hol eine Wärmflasche und Tee und … und Brandy", sage ich und sehe zuerst die Köchin, dann Mrs Morrison an. Überallhin, bloß nicht auf die Frau. „Soll ich? Soll ich Brandy holen?"

„Sei still, Mattie. Dafür ist es zu spät", erwidert die Köchin.

Daraufhin zwinge ich mich, die Frau anzusehen.

Ihre Augen sind trüb und leer, ihre Haut ist gelb wie Muskatellerwein. Auf ihrer Stirn hat sie eine hässliche Wunde, auf ihren Lippen einen Bluterguss. Gestern hat sie allein auf der Veranda gesessen und am Saum ihres Rocks gezupft. Weil es heiß war und sie angegriffen aussah, brachte ich ihr ein Glas Limonade. Ich berechnete ihr nichts dafür. Sie sah aus, als hätte sie nicht viel Geld.

Hinter mir bedrängt die Köchin Mr Crabb. „Was ist mit dem Mann, mit dem sie zusammen war? Carl Grahm?"

„Von ihm gibt's keine Spur", antwortet er. „Zumindest noch nicht. Wir haben das Boot gefunden, mit dem sie gekentert sind. In South Bay."

„Ich werde die Familie benachrichtigen müssen", sagt Mrs Morrison. „Sie ist in Albany."

„Nein, da kommt nur Grahm, der Mann, her", wirft die Köchin ein. „Das Mädchen lebte in South Otselic. Ich hab im Fremdenbuch nachgesehen."

Mrs Morrison nickt. „Ich rufe die Vermittlung an und versuche mich mit jemandem dort verbinden zu lassen, der der Familie was ausrichten kann. Mein Gott, was werd ich bloß sagen? Ach, ihre arme, arme Mutter!" Sie drückt sich ein Taschentuch vor die Augen und eilt hinaus.

„Sie wird noch einen zweiten Anruf machen müssen, bevor der Tag zu Ende ist", sagt die Köchin. „Wenn ihr mich fragt, haben Leute, die nicht schwimmen können, auf einem See nichts zu suchen."

„Zu sehr von sich überzeugt, dieser Bursche", sagt Mr Morrison. „Ich hab ihn gefragt, ob er mit einem Ruderboot umgehen kann, und das hat er bejaht. So was schafft nur ein Dummkopf aus der Stadt, an einem ruhigen Tag ein Boot zum Kentern zu bringen …" Er sagt noch mehr, was ich jedoch nicht höre. Ich habe das Gefühl, als würden mir Eisenbänder die Brust zudrücken. Ich schließe die Augen und versuche tief zu atmen. Ein Bündel Briefe, mit einem blassblauen Band verschnürt, taucht vor meinem geistigen Auge auf. Briefe, die oben unter meiner Matratze liegen. Briefe, die ich versprochen habe zu verbrennen. Ich kann die Adresse darauf sehen: *Chester Gillette, 17 1/2 Main Street, Cortland, New York.*

Die Köchin scheucht mich von der Toten weg. „Mattie, zieh die Rollos runter, wie ich dir aufgetragen hab", sagt sie. Sie faltet Grace Brown die Hände über der Brust und schließt ihr die Augen. „In der Küche gibt's Kaffee und Sandwiches", wendet sie sich an die Männer. „Möchten Sie etwas essen?"

„Wir nehmen uns was mit, Mrs Hennessey, wenn's recht ist", antwortet Mr Morrison. „Wir gehen wieder raus. Nur für den Fall, dass Grahm es ans Ufer geschafft und sich im Wald verirrt hat."

„Sein Name ist nicht Carl Grahm. Sondern Chester. Chester Gillette", platze ich heraus, bevor ich mich zurückhalten kann.

„Woher weißt du das, Mattie?", fragt die Köchin. Alle sehen mich plötzlich an – die Köchin, Mr Morrison und Mr Crabb.

„Ich … ich hab gehört, dass sie ihn so nannte", stammle ich, mit einem Mal verängstigt.

Die Köchin kneift die Augen zusammen. „Hast du was gesehen, Mattie? Weißt du etwas, was du uns sagen solltest?"

Was habe ich gesehen? *Zu viel.* Was weiß ich? Nur so viel, dass man für Wissen einen verdammt hohen Preis bezahlen muss. Miss Wilcox, meine Lehrerin, hat mir so viel beigebracht. Warum nur hat sie mich das nicht gelehrt?

Reiz · bar

Meine jüngste Schwester, Beth, ist fünf und wird sicher eines Tages am Fluss arbeiten – oben auf dem Damm stehen und die Männer unten lauthals warnen, wenn Stämme runterkommen. Die Lunge dafür hat sie.

Es war ein Frühlingsmorgen Ende März, noch keine vier Monate her, obwohl es schon viel länger zurückzuliegen scheint. Wir waren zu spät dran für die Schule, und es gab noch einiges im Haushalt zu tun, bevor wir uns auf den Weg machen konnten, was Beth aber nicht weiter kümmerte. Sie saß einfach da, ignorierte den Maisbrei, den ich ihr gemacht hatte, und sang aus voller Kehle wie eine der Opernsängerinnen aus Utica, die in den Hotels auftreten. Bloß dass keine Opernsängerin je „Los, Harry", ein Holzfällerlied, zum Besten gab. Jedenfalls meines Wissens nicht.

„Los, beeilt euch, Harry und Tom oder Dick oder Joe,
schnappt euch den Eimer, Jungs, und geht mir Wasser holen!
Mitten in der Planscherei ruft die Köchin ‚Essen!'
Und schon geht das Gerenne los,
aus Angst, man wird vergessen."

„Beth, jetzt sei still und iss deinen Brei!", schimpfte ich und flocht ihr das Haar. Aber sie ließ sich durch mich nicht stören, denn sie sang ihr Lied nicht für mich oder irgendeinen von uns. Sie sang es, um all die leeren Plätze in unserem Haus zu füllen, um die Stille zu vertreiben. Meistens machte mir ihre Krakeelerei am Morgen nichts aus, aber an diesem Morgen hatte ich mit Pa etwas sehr Wichtiges zu besprechen und war furchtbar genervt.

Die Küchentür flog auf und die elfjährige Lou ging mit einem Eimer Milch am Tisch vorbei. Sie hatte vergessen, ihre Stiefel auszuziehen, und hinterließ eine Spur aus Mist auf dem Boden.

„Wir ziehen unsre Träger hoch und binden unsre Schuh!"

„Beth, bitte!", sagte ich und band ihr eine Schleife um den Zopf. „Lou, deine Stiefel! Du hast noch deine Stiefel an!"

„Und nehmen unsre Äxte ..."

„Was? Ich kann dich nicht verstehen, Matt! Mann, jetzt halt doch mal die Klappe!", schrie Lou und hielt Beth den Mund zu.

Beth kreischte auf, wand sich und warf sich gegen die Stuhllehne. Der Stuhl kippte um und prallte gegen Lous Eimer. Die Milch schwappte über, und Beth stürzte zu Boden. Sie begann zu heulen, Lou schrie, und ich wünschte, meine Mutter wäre hier, wie ich es mir jeden Tag wünsche. Mindestens hundert Mal am Tag.

Als Mama noch lebte, konnte sie für sieben Leute Frühstück machen, unsere Hausaufgaben abhören, Pas Hosen flicken und unsere Henkelmänner füllen. Alles gleichzeitig und ohne die Stimme zu heben.

Die 14-jährige Abby kam herein und brachte in ihrer Schürze vier braune Eier mit. Vorsichtig legte sie sie in eine Schüssel und sah dann auf die Bescherung am Boden. „Pa muss bloß noch die Schweine füttern. Dann kommt er", sagte sie.

„Pa wird dir den Arsch versohlen, Beth", sagte Lou.

„Er wird dir deinen versohlen, weil du Arsch gesagt hast", erwiderte Beth, noch immer schniefend.

„Schluss jetzt! Alle beide!", rief ich, weil mir die Vorstellung, dass Pa seinen Gürtel nehmen und ich das Klatschen auf ihren Beinen hören müsste, Angst machte. „Niemand kriegt Dresche. Geht und holt Barney!"

Beth und Lou liefen zum Ofen und zerrten den armen Barney, Pas blinden und lahmen Jagdhund, hinter ihm hervor.

Lou führte Barney zu der Pfütze. Er konnte die Milch zwar nicht sehen, doch er konnte sie riechen. Gierig leckte er sie auf. Das wenige, das er übrig ließ, wischte Abby mit einem Lappen auf. Seit Ewigkeiten hatte er keine Milch mehr bekommen. Wir genauso wenig. Die Kühe geben im Winter keine Milch. Aber eine hatte gerade gekalbt, daher gab es zum ersten Mal seit Monaten ein bisschen. Bald sollten noch mehr kalben. Ende Mai würde der Stall voller Kälber sein und Pa würde früh losziehen, um in die Hotels und Sommerhäuser Milch, Sahne und Butter zu liefern. Doch an diesem Morgen war dieser eine Kübel alles, was wir für lange Zeit haben würden, und zweifellos erwartete er, davon etwas auf seinem Brei zu sehen. Im Eimer war noch ein Rest. Ich fügte ein bisschen Wasser hinzu und goss dann alles in einen Krug, den ich neben Pas Napf stellte.

„Pa wird's merken", sagte Lou.

„Wie denn? Wird Barney's ihm sagen?"

„Wenn Barney Milch säuft, furzt er wie wild."

„Lou, bloß weil du wie ein Junge rumstolzierst und dich so anziehst, musst du noch lange nicht reden wie einer. Mama hätte das nicht gefallen", mahnte ich.

„Mama ist nicht mehr da, also kann ich reden, wie's mir passt."

Abby, die ihren Lappen an der Spüle auswusch, wirbelte herum und schrie: „Sei still, Lou!" Wir fuhren zusammen, weil Abby sonst nie schrie.

Während die beiden sich weiter stritten, hörten wir Schritte aus dem Schuppen, der sich hinten an die Küche anschließt. Das Gezänk hörte sofort auf. Wir dachten, es sei Pa, aber dann klopfte es, und wir wussten, dass es nur Tommy Hubbard, der Nachbarsjunge, sein konnte, der wieder mal Hunger hatte.

„Juckt's dich, Tom?", rief ich.

„Nein, Matt."

„Dann komm zum Frühstück rein. Aber wasch dir vorher die Hände."

Das letzte Mal, als ich ihn reingelassen hatte, hatte er Flöhe mitgebracht.

Tommy hat sechs Geschwister. Sie wohnen auf der Uncas Road wie wir, aber weiter oben in einem schäbigen Holzhaus. Ihr Land trennt unseres von dem der Familie Loomis. Sie haben keinen Pa, oder viele Pas, je nachdem, wie man es sieht. Emmie, Tommys Mutter, tut ihr Bestes, indem sie in den Hotels Zimmer putzt und kleine selbst gemalte Bilder an Touristen verkauft, aber das reicht nicht. Emmies Kinder sind ständig hungrig, ihr Haus ist kalt, und sie kann ihre Steuern nie rechtzeitig bezahlen.

Tommy kam herein und brachte eine seiner Schwestern mit. Pa hatte noch nicht gegessen, und im Topf war nicht mehr viel übrig. „Bloß Jenny ist dabei“, stieß Tommy schnell hervor. „Ich selbst hab keinen Hunger.“

„Ist schon gut, Tom. Es ist genug da“, antwortete ich.

„Sie kann meinen Brei haben. Mir hängt diese verdammte Pampe sowieso zum Hals raus“, sagte Lou und schob ihren Napf über den Tisch. Sie zeigte ihre Freundlichkeit oft auf die seltsamste Weise.

Alle hatten den Maismehlbrei satt. Schon seit Wochen aßen wir ihn bestreut mit Ahornzucker zum Frühstück und zum Mittagessen. Zum Abendessen gab's Buchweizenpfannkuchen mit Kompott aus Äpfeln vom letzten Herbst. Das meiste, was wir im September eingelagert hatten, war aufgebraucht. Im Januar hatten wir das letzte Wild gegessen. Im Herbst schlachteten wir dann einen unserer Hähne und danach noch vier Hennen. Damit blieben uns nur noch zehn Hühner.

Jenny Hubbard wartete geduldig und mit großen Augen, während ich über den Rest, den Lou übrig gelassen hatte, Ahornzucker streute und ihr den Napf reichte. Tom gab ich so viel aus dem Topf, wie ich erübrigen konnte.

Abby nahm einen Schluck Tee. „Hast du schon mit Pa geredet?“

Ich schüttelte den Kopf, während ich versuchte, Lous Haar durchzukämmen. Für Zöpfe war es zu kurz, weil es nur bis zum Kinn reichte. Gleich nachdem unser Bruder Lawton uns verlassen hatte, hatte sie es mit Mamas Schneiderschere abgeschnitten.

„Über was reden?“, fragte Beth.

„Geht dich nichts an. Iss dein Frühstück auf“, antwortete ich.

„Was, Matt? Worüber willst du reden?“

„Beth, wenn Mattie wollte, dass du es wüsstest, würde sie es dir sagen“, warf Lou ein. Damit ging die Streiterei von Neuem los.

„Matt, hast du das Wort des Tages schon rausgesucht?“, fragte Abby. Abby, unsere Friedensstifterin. Sanft und mild. Unserer Mutter viel ähnlicher als die übrigen Familienmitglieder.

„O Mattie! Darf ich's raussuchen? Darf ich?", bettelte Beth. Sie kletterte von ihrem Stuhl und lief ins Wohnzimmer. Dort bewahrte ich mein kostbares Wörterbuch auf, gemeinsam mit den Büchern, die ich mir von Miss Wilcox lieh, und der Waverly-Ausgabe der „Beliebtesten Amerikanischen Klassiker" meiner Mutter.

Beth kam an den Küchentisch zurück und hielt das Wörterbuch, als wäre es aus purem Gold. „Such das Wort aus", sagte ich zu ihr. Vorsichtig blätterte sie ein paar Seiten vorwärts, dann rückwärts und legte den Zeigefinger auf die linke Seite. „Rei… reiss… reissbar?", las sie.

„Ich glaube nicht, dass das stimmt. Buchstabier es", befahl ich ihr.

„R-e-i-z-b-a-r."

„Reizbar", wiederholte ich. „Tommy, was bedeutet das?"

Tommy sah ins Wörterbuch. „Mürrisch, zänkisch, übellaunig", las er.

„Passt das nicht haargenau?", fragte ich. „Reizbar." Ich ließ mir das Wort auf der Zunge zergehen. Ein neues Wort. Voller Möglichkeiten. „Jetzt bist du dran, Jenny. Kannst du einen Satz bilden mit diesem Wort?"

Jenny biss sich auf die Unterlippe. „Bedeutet es ärgerlich?", fragte sie.

Ich nickte. Jenny runzelte die Stirn und sagte dann: „Ma war reizbar, als sie mir mit der Bratpfanne eins übergezogen hat, weil ich ihre Whiskeyflasche umgestoßen hab."

„Sie hat dir mit der Bratpfanne eins übergezogen?", fragte Beth mit aufgerissenen Augen. „Warum?"

„Weil sie getrunken hatte", sagte Jenny und leckte Breireste von ihrem Löffel.

Jenny Hubbard ist erst sechs Jahre alt, aber in den North Woods ist die Reifezeit kurz, und genau wie der Mais müssen die Kinder schnell groß werden, wenn sie es überhaupt schaffen wollen.

„Deine Mama trinkt Whiskey?", fragte Beth. „Mamas sollten keinen Whiskey trinken …"

„Komm, Beth, lass uns gehen. Sonst kommen wir zu spät", drängte Lou.

„Kommst du nicht mit, Matt?", fragte Beth.

„In ein paar Minuten."

Lou, Beth und Abby sammelten ihre Bücher und Henkelmänner zusammen, und Abby kommandierte Lou und Beth, die Mäntel anzuziehen, während Tommy und Jenny schweigend weiteraßen. Die Schuppentür schlug zu, dann war es still. Zum ersten Mal an diesem Morgen. Bis Lou rief:

„Matt? Kannst du mal herkommen?"

„Was ist denn? Ich hab zu tun."

„Komm doch mal!"

Ich ging hinaus zum Schuppen. Lou stand dort, Lawtons Angelrute in der Hand, bereit zum Abmarsch. „Ich kann keinen Brei mehr essen", sagte sie. Dann packte sie mich am Ohr, zog meinen Kopf zu sich hinunter und küsste mich auf die Wange. Ein schneller Schmatz. Erneut knallte die Tür zu, und sie war fort.

Meine anderen Schwestern gleichen meiner Mutter, wie ich auch. Braune Augen, braunes Haar. Lou dagegen gleicht unserem Pa. Lawton auch. Kohlrabenschwarzes Haar, blaue Augen. Lou verhält sich auch so wie Pa. Ständig verärgert neuerdings. Seit Mama gestorben und Lawton fortgegangen ist.

Als ich wieder nach drinnen ging, kratzte Tommy so heftig seinen Napf aus, dass ich dachte, er wolle das Emaille mitessen. Ich hatte von meinem Brei nur ein paar Löffel abgekriegt.

„Willst du meinen aufessen, Tom?", fragte ich und schob ihm meinen Napf hin. „Ich hab keinen Hunger." Dann steckte ich den Stöpsel ins Spülbecken, goss heißes Wasser aus dem Kessel hinein, fügte ein bisschen kaltes aus der Pumpe dazu und begann mit dem Abwasch. „Wo sind eure anderen Geschwister?"

„Susie und Billy sind zu Weaver gegangen. Myrton und Clara versuchen's beim Hotel."

„Wo ist das Baby?"

„Bei Susie."

„Geht's eurer Ma heute nicht gut?"

„Sie kommt nicht unterm Bett vor. Sie sagt, sie fürchtet sich vor dem Wind." Tommy sah auf seinen Napf und dann auf mich. „Glaubst du, dass sie verrückt ist, Mattie? Glaubst du, dass sie in die Anstalt kommt?"

Emmie Hubbard war ganz bestimmt verrückt, und ich war überzeugt, dass sie eines Tages abgeholt werden würde. Aber das konnte ich Tommy nicht sagen. Er war schließlich erst zwölf.

„Weißt du, Tom", sagte ich schließlich, „es gibt Zeiten, da möchte ich mich auch unterm Bett verkriechen. Die meisten von uns fühlen sich manchmal so. Ich schau vor der Schule bei ihr vorbei und bring ihr ein Glas eingekochte Äpfel mit. Das mag sie doch, oder?"

„Bestimmt. Ich weiß, dass sie das mag. Danke, Mattie."

Ich schickte Tommy und Jenny los zur Schule und hoffte, dass Weavers Mama schon da war, wenn ich bei den Hubbards ankam. Sie schaffte es besser, Emmie unterm Bett vorzuholen, als ich. Ich machte den Abwasch fertig und sah aus dem Fenster. Den Schnee, die Kälte und jetzt den Regen hatte ich gründlich satt.

Die Leute nennen diese Zeit des Jahres – wenn der Keller fast leer und der Garten noch nicht angepflanzt ist – die Sechswochennot. Früher hatten wir im März immer Geld, um Fleisch und Mehl zu kaufen, weil Pa Ende November zum Indian oder Raquette Lake hinaufging, um beim Holztransport zu helfen. Sobald das Heu eingebracht war, ging er weg und blieb den ganzen Winter über fort. Er führte Pferdegespanne, die flache Schlitten mit großen Kufen zogen. Die Ladungen waren zwei Mann hoch aufgetürmt, und er brachte sie über vereiste Wege die Berge herunter.

Wenn es März wurde, schmolz der Schnee, die Wege wurden weich, und es war nicht mehr möglich, die schweren Lasten darauf zu transportieren. Gegen Ende des Monats hielten wir jeden Tag Ausschau nach Pa, weil wir nie genau wussten, wann er zurückkommen würde. Oder wie. Auf der Ladefläche eines Wagens, wenn er Glück hatte, oder zu Fuß, wenn nicht. Oft hörten wir ihn schon, bevor wir ihn sahen, wenn er ein neues Lied trällerte, das er irgendwo aufgeschnappt hatte.

Wir Mädchen rannten ihm entgegen, Lawton ging gemessenen Schrittes auf ihn zu. Mama bemühte sich, gelassen auf der Veranda sitzen zu bleiben, was sie aber nie schaffte. Pa lächelte sie an, und schon lief sie vor Glück weinend den Weg hinunter, weil sie so froh war, dass er heil zurückgekommen war. Er nahm ihr Gesicht in die Hände, hielt Ma dann auf Armeslänge von sich weg und wischte mit seinen schmutzigen Daumen ihre Tränen fort. Wir alle wollten ihn umarmen, aber er ließ es nicht zu.

„Kommt mir nicht zu nah. Ich bin total verlaust“, sagte er. Hinter dem Haus zog er seine Kleider aus, übergoss sie mit Kerosin und verbrannte sie. Auch über den Kopf goss er welches, und Lawton kämmte ihm die toten Läuse aus dem Haar.

Währenddessen machte Mama Wasser heiß und füllte es in unsere große Zinkbadewanne. Dann nahm Pa in der Mitte der Küche ein Bad, sein erstes seit Monaten. Nachdem er sauber war, gab es ein Festmahl. Schinkensteaks mit Soße. Kartoffelbrei mit ganzen Seen flüssiger Butter darin. Den letzten Mais und die letzten Bohnen. Und zum Dessert einen Blaubeerpudding mit den letzten eingeweckten Beeren. Danach gab's für jeden von uns Geschenke. Lawton etwa bekam ein Taschenmesser und wir Mädchen Bänder und Bonbons. Und Mama Stoff für ein neues Kleid. Am Abend saßen wir dann alle am Kanonenofen, aßen Karamellbonbons und Schokolade, die Pa mitgebracht hatte, und lauschten seinen Geschichten. Die

Abende, an denen Pa aus den Wäldern zurückkam, waren schöner als Weihnachten.

Dieses Jahr war er nicht in die Wälder gegangen, weil er uns nicht allein lassen wollte. Doch ohne das Geld, das er dort verdiente, war es schwer gewesen. Während ich das Geschirr abtrocknete, hoffte ich, dass die Tatsache, dass wir vollkommen pleite waren, bis Pa wieder Milch und Butter verkaufen konnte, ihn dazu bewegen würde, mir zuzuhören und mir sein Einverständnis zu geben.

Schließlich hörte ich ihn in den Schuppen kommen, und dann stand er mit einem schnaufenden kleinen Bündel im Arm in der Küche. „Dieses Mistvieh von einer Sau hat vier ihrer Ferkel gefressen", sagte er. „Alle außer dem kleinsten. Ich werd es zu Barney legen."

Ich stellte einen Napf Maisbrei auf den Tisch und rührte Ahornzucker hinein. Dann goss ich verdünnte Milch darüber und betete zu Gott, dass er nicht mehr verlangte. Schließlich schenkte ich Pa eine Tasse heißen Tee ein, setzte mich ihm gegenüber an den Tisch und legte mir meine Worte zurecht. Doch gerade als ich den Mut aufbrachte, den Mund zu öffnen, ergriff Pa das Wort.

„Ich mach Zucker morgen. Der Saft fließt in Strömen im Moment. Du musst morgen daheimbleiben und mir beim Sieden helfen. Deine Schwestern auch."

„Pa, ich kann nicht. Ich fall zurück, wenn ich einen Tag fehle, und meine Prüfungen stehen doch an."

„Die Kühe werden nicht satt vom Lernen, Mattie. Ich muss Heu kaufen. Fred Becker gibt nichts auf Kredit, also muss ich Sirup verkaufen, um welches zu kriegen."

Ich wollte widersprechen, aber Pa sah von seinem Napf auf, und ich wusste, dass es besser war, den Mund zu halten. „Du kannst von Glück sagen, dass du dieses Jahr überhaupt zur Schule gehen konntest", sagte er. „Und auch das nur, weil die Vorstellung, dass du dein Diplom kriegst, deiner Mutter so viel bedeutet hat. Nächstes Jahr kannst du nicht weitermachen. Ich kann hier nicht alles allein schaffen."

Ich war wütend auf meinen Vater, weil er mich zu Hause festhielt, wenn auch nur für einen Tag. Aber er hatte Recht: Man konnte eine 24 Hektar große Farm nicht allein bewirtschaften. *Reizbar*, dachte ich. Mürrisch, zänkisch, übellaunig. Traf haargenau auf meinen Pa zu.

Ich holte tief Luft und begann: „Pa, ich möchte dich was fragen."

„Hm?" Er zog eine Augenbraue hoch und aß weiter.

„Kann ich diese Saison in einem der Hotels arbeiten? Vielleicht im Glenmore? Abby ist alt genug zum Kochen, sie kann sich um alles kümmern. Ich hab sie gefragt, und sie hat gemeint, sie würde das schon schaffen, und ich hab mir gedacht, wenn ich …"

„Nein. Du musst dich nicht nach Arbeit umsehen. Hier gibt's genug."

Ich wusste, dass er Nein sagen würdc. Warum hatte ich bloß gefragt? Ich starrte auf meine Hände – rote, rissige Altweiberhände – und wusste, was mir bevorstand: ein ganzer Sommer voller Schufterei, ohne Geld dafür zu kriegen – alles, was der ältesten Tochter einer Familie mit vier Töchtern, einer toten Mutter und einem Bruder zufällt, der abgehauen ist, um auf dem Erie-Kanal Boot zu fahren, statt wieder nach Hause zu kommen und auf der Farm zu arbeiten, wie er es sollte.

„Pa, sie bezahlen gut", sagte ich. „Ich könnte ein bisschen Geld für mich zurücklegen und dir den Rest geben. Ich weiß doch, dass du es brauchst."

„Du kannst nicht allein da oben in einem Hotel bleiben. Das gehört sich nicht."

„Aber ich wäre ja nicht allein! Ada Bouchard und Frances Hill und Jane Miley gehen alle ins Glenmore arbeiten. Und die Morrisons, die das Hotel führen, sind anständige Leute. Ralph Simms geht auch. Und Mike Bouchard. Und Weaver auch."

„Weaver Smith ist keine Empfehlung."

„Bitte, Pa", flüsterte ich.

„Nein, Mattie. Das ist mein letztes Wort. In diesen Touristenhotels treiben sich alle möglichen Leute rum."

„Alle möglichen Leute" hieß Männer. Pa warnte mich immer vor Waldarbeitern oder Pelzjägern. Vor Sportlern aus New York oder Montreal. „Männer wollen immer nur das eine, Mathilda", sagte er ständig. Als ich ihn einmal fragte, was das sei, bekam ich eine Ohrfeige und die Warnung, nicht so vorlaut zu sein.

Doch es war nicht die Angst vor fremden Männern, die Pa Sorgen bereitete. Das war nur eine Ausrede. Es war die Angst, dass ihn noch jemand verlassen würde. Ich wollte ihm widersprechen, aber sein Kiefer war angespannt, und an seiner Wange sah ich einen kleinen Muskel zucken. Lawton hatte diesen Muskel oft zum Zucken gebracht. Das letzte Mal, als das geschehen war, hatte Pa mit einem Flößerhaken gegen ihn ausgeholt, Lawton war weggelaufen, und monatelang hatte niemand mehr etwas von ihm gehört. Bis eine Postkarte aus Albany gekommen war.

Wortlos machte ich den Abwasch fertig und ging zu den Hubbards. Ich wollte Geld verdienen. Unbedingt. Ich hatte einen Plan. Nun, eher einen Traum als einen Plan, und das Glenmore war nur ein Teil davon. Aber zum damaligen Zeitpunkt hatte ich nicht viel Hoffnung. Wenn Pa mir schon nicht erlaubte, ins Glenmore zu gehen, das sich nur ein paar Meilen weiter oben an der Straße befand, was würde er dann erst zu New York City sagen?

E · le · men · tar

Wenn der Frühling einen Geschmack hat, dann schmeckt er wie junge Farnsprossen. Grün, knackig und frisch. Ich schlug Weaver vor, zusammen welche zu pflücken. Wir zogen los, um zwei Eimer zu füllen – einen für uns und einen für den Chefkoch im „Eagle Bay Hotel“ –, aber ich war zu beschäftigt damit, sie selbst zu essen.

„Schuch …“, versuchte ich zu sagen, aber mein Mund war voll. „Wir müssen … ein Wort schuch'n …“

„Die Schweine von meiner Mama haben bessere Manieren als du. Warum schluckst du nicht erst runter?“, fragte Weaver.

Das tat ich. Aber erst nachdem ich noch mehr in mich hineingestopft hatte. Farnsprossen sind einfach zu köstlich. Am liebsten mag ich sie frisch aus der Erde.

„Such ein Wort aus, Weaver“, sagte ich schließlich. „Der Gewinner liest, der Verlierer pflückt.“

„Albert ihr zwei wieder rum?“, fragte Minnie, die neben uns auf einem Felsblock saß. Sie war schwanger und sehr dick und missmutig.

„Wir duellieren uns, wir albern nicht herum, Mrs Compeau“, erwiderte Weaver. „Das ist eine sehr ernste Angelegenheit, und wir würden es schätzen, wenn die Sekundanten Ruhe bewahren würden.“

„Dann gib mir einen Kübel. Ich bin am Verhungern.“

„Nein, du isst sonst nur alles auf, was wir gepflückt haben“, antwortete Weaver.

„Bitte, Mattie …?“, sagte sie schmeichelnd.

Ich schüttelte den Kopf. „Dr. Wallace hat gesagt, du sollst dich bewegen, Min. Das würde dir guttun. Steh auf und pflück dir selbst welche.“

Minnie brummte und seufzte. Schwerfällig ließ sie sich von dem Felsbrocken herunter, kauerte sich zwischen die Farnsprossen, pflückte eine nach der anderen und schob sie sich mit dem Handrücken in den Mund.

Weaver schlug das Buch in seiner Hand auf. Sein Blick blieb bei einem Wort hängen. „Frevelhaft", sagte er und schlug das Buch zu. Wir standen Rücken an Rücken, hoben den Daumen unserer rechten Hand und streckten den Zeigefinger aus, als wäre er eine Pistole.

„Bis auf den Tod, Miss Gokey", sagte er ernst.

„Bis auf den Tod, Mr Smith."

„Minnie, du gibst das Signal."

„Nein, das ist albern."

„Na komm schon. Mach's einfach."

„Also, zählt", sagte Minnie seufzend.

Wir gingen los und zählten die Schritte. Bei zehn drehten wir uns um.

„Zieht", befahl Minnie gähnend. „Feuer!"

„Gottlos!", rief Weaver.

„Unmoralisch!", erwiderte ich.

„Sündhaft!"

„Unrecht!"

„Ruchlos!"

„‚Ruchlos'? Du liebe Güte, Weaver! Ähm … warte … ich hab eins …"

„Zu spät, Matt. Du bist tot", sagte Minnie.

Weaver grinste mich an und pustete auf seine Fingerspitzen, als wären sie ein Pistolenlauf. „Fang an zu pflücken", sagte er. Er rollte seine Jacke zu einem Kissen zusammen und machte es sich mit dem Buch „Der Graf von Monte Christo" bequem.

Farnsprossen pflücken war nur eine unserer Möglichkeiten, Geld zu verdienen. Außerdem sammelten wir wilde Erdbeeren oder Blaubeeren. Damit verdienten wir mal zehn Pennys, mal einen Vierteldollar. Ich brauchte das Geld. In New York City soll es ziemlich teuer sein, sagen die Leute.

„‚Am 24. Februar 1810 signalisierte die Wache von Notre-Dame de la Garde dem Dreimaster …'", begann Weaver. Während er las, stocherte ich mit einem Stock herum und suchte nach den winzigen grünen Sprossen, die durch die nassen, verfaulten Blätter drangen, jedes eingerollt wie das Ende eines Geigenhalses. Die Stelle hier oben, eine Viertelmeile westlich von Weavers Haus, war ein guter Platz. Niemand kannte ihn außer uns. Hier gab es genug Farnsprossen, um heute zwei und morgen noch einmal zwei Kübel zu füllen.

Ich hatte meinen Kübel vielleicht zu einem Drittel gefüllt, dann stand ich ich da wie in Trance und lauschte, so wie es mir bei einer guten Geschichte immer passiert.

„‚… Als er sich umwandte, erblickte der Reeder Danglars hinter sich, der seine Befehle zu erwarten schien, in Wirklichkeit aber dem jungen Seemann mit hasserfülltem Blick folgte.‘ Hey! Weiterpflücken, Matt! Mattie, hörst du mich?“

„Na schön“, seufzte ich.

Weaver schloss das Buch. „Vergiss es. Ich helf dir, sonst werden wir nie fertig. Gib mir die Hand.“

Ich streckte die Hand aus, damit er sich daran hochziehen konnte. Weaver Smith kannte ich nun schon seit über zehn Jahren. Er war mein bester Freund, Minnie meine beste Freundin.

Weaver war der einzige schwarze Junge in Eagle Bay. Nie habe ich einen anderen gesehen. Weavers Mama ist mit ihm aus Mississippi hier raufgezogen, nachdem Weavers Vater vor ihren Augen von drei Weißen getötet worden war, und zwar einzig aus dem Grund, weil er nicht vom Gehsteig trat, als sie vorbeigingen.

Sie entschied, je weiter nach Norden sie gingen, desto besser. „Hitze macht die Weißen böse“, sagte sie zu Weaver, und nachdem sie von einem Ort namens Great North Woods gehört hatte, einem Ort, der kühl und sicher klang, beschloss sie, mit ihrem Sohn dorthin zu ziehen. Sie wohnten etwa eine Meile weiter oben an der Uncas Road, gleich südlich von den Hubbards, in einem alten Blockhaus.

Weavers Mama nahm Wäsche an und bekam eine Menge Arbeit von den Hotels und Holzfällerlagern. Sie zog auch Küken auf. Während der warmen Monate briet sie jeden Abend vier oder fünf Hühnchen, buk auch Brötchen und Pasteten und schaffte am nächsten Tag alles auf ihrem Karren zur Bahnstation in Eagle Bay, wo sie ihre Waren an den Zugführer, die Schaffner und all die hungrigen Touristen verkaufte. Jeder Penny, den sie verdiente, kam in eine alte Zigarrenkiste, die sie unter ihrem Bett aufbewahrte, um Weaver einmal aufs College schicken zu können. Auf die Columbia-Universität in New York City. Miss Wilcox, unsere Lehrerin, hatte ihn ermutigt, sich zu bewerben. Er hatte ein Stipendium bekommen und plante, Geschichte zu studieren und dann eines Tages an die juristische Fakultät zu wechseln. Er war der erste frei geborene Junge in seiner Familie. Seine Großeltern waren Sklaven gewesen.

Weaver legte sich mit jedem an, der ihn als Nigger bezeichnete, und hatte nie Angst um sich. „Wenn du den Schwanz einziehst, Matt“, sagte er, „behandeln dich die Leute auch so. Wenn du aufrecht stehst, wie ein Mann, wirst du auch als Mann behandelt.“ Das mochte auf Weaver zutreffen, aber manchmal fragte ich mich, wie man seinen Mann stehen sollte, wenn man ein Mädchen war?

„‚Der Graf von Monte Christo' klingt schon jetzt nach einem guten Buch, nicht wahr, Mattie? Obwohl wir erst beim zweiten Kapitel sind", sagte Weaver.

„Das stimmt", antwortete ich.

„Schreibst du immer noch deine Geschichten?", fragte mich Minnie.

„Ich hab keine Zeit. Und auch kein Papier. Ich hab schon alle Blätter in meinem Aufsatzheft verbraucht. Aber ich lese viel. Und lerne mein Wort des Tages."

„Du solltest deine Wörter beim Schreiben anwenden, nicht sammeln. Dafür sind sie da", sagte Weaver.

„Ich hab dir doch gesagt, dass das nicht geht. Und abgesehen davon gibt's in Eagle Bay nichts, worüber man schreiben könnte. Vielleicht in Paris, wo Mr Dumas lebt, wo's Könige und Musketiere gibt, aber nicht hier", antwortete ich, vielleicht ein wenig gereizter, als ich es eigentlich wollte. „Hier gibt's nichts als Zuckersieden, Melken, Kochen und Farnsprossensammeln, und wer möchte darüber schon was lesen?"

„Die Geschichten von dir, die Miss Wilcox nach New York geschickt hat, handelten nicht von Königen und Musketieren", sagte Weaver. „Die eine über den Eremiten Alvah Dunning und sein einsames Weihnachten war die beste Geschichte, die ich je gelesen hab."

Ich zuckte die Achseln und stocherte in den Blättern herum.

„Was ist mit dem Glenmore?", fragte Minnie.

„Ich geh nicht hin."

„Wie steht's mit New York? Schon irgendwas gehört?", fragte Weaver.

„Nein."

„Der Brief wird schon kommen, Matt", meinte Weaver. „Das weiß ich. Und in der Zwischenzeit kann dich nichts vom Schreiben abhalten, wenn du es wirklich willst."

„Das mag vielleicht für dich zutreffen, Weaver", gab ich ärgerlich zurück. „Deine Mama lässt dich in Frieden. Aber was wäre, wenn du drei Schwestern, einen Vater und eine riesige Farm zu versorgen hättest, die nichts als endlose Arbeit bedeutet? Was wäre dann? Glaubst du, dass du dann noch Geschichten schreiben würdest?"

Unsere Blicke trafen sich. „Es ist doch nicht die Arbeit, die dich abhält, Matt? Oder die mangelnde Zeit. Es ist dieses Versprechen. Sie hätte dich nicht dazu zwingen dürfen."

„Sie lag im Sterben. Du hättest für deine Mutter das Gleiche getan", antwortete ich und sah zu Boden. Ich spürte, dass mir die Tränen kamen.

„Gott hat deiner Mama ihr Leben genommen und sie dir deins."

„Halt den Mund, Weaver! Du weißt gar nichts davon!", rief ich. Tränen liefen mir übers Gesicht.

„Was hast du nur für eine große Klappe, Weaver Smith", sagte Minnie tadelnd. „Sieh dir an, was du angerichtet hast. Du solltest dich entschuldigen."

„Ich entschuldige mich nicht, weil es wahr ist."

„Vieles ist wahr. Das heißt aber noch lange nicht, dass man einfach mit allem herausplatzen kann", beharrte Minnie.

Vor ein paar Monaten hatte Weaver mein Aufsatzheft – das ich in den Wald geworfen hatte – an sich genommen und es Miss Wilcox gegeben.

In dieses Aufsatzheft schrieb ich meine Geschichten und Gedichte. Die hatte ich nur drei Leuten gezeigt: meiner Mama, Minnie und Weaver. Mama sagte, sie brächten sie zum Weinen, und Minnie sagte, sie seien unglaublich gut. Weaver sagte, sie seien besser als gut, und riet mir, sie Miss Parrish zu zeigen, der Vorgängerin von Miss Wilcox.

Das wollte ich nicht, aber er ließ nicht locker, also gab ich schließlich nach. Ich weiß nicht, worauf ich hoffte. Auf ein bisschen Ermutigung, nehme ich an. Die habe ich nicht bekommen. Miss Parrish nahm mich eines Tages nach Schulschluss beiseite und sagte, sie habe meine Geschichten gelesen und finde sie morbid und entmutigend. Sie sagte, Literatur habe die Aufgabe, die Herzen zu erheben, und ein junges Mädchen wie ich sollte sich fröhlicheren Themen zuwenden.

Ich nahm mein Aufsatzheft und machte mich mit Tränen in den Augen davon. Weaver wartete vor dem Schulhaus auf mich und fragte, was Miss Parrish gesagt habe. Aber ich wollte es ihm nicht erzählen. Ich wartete, bis wir außerhalb der Stadt waren, dann warf ich mein Heft in den Wald. Er lief sofort los, um es wieder zu holen. Ich sagte, es gehe ihn nichts an, aber er entgegnete, nachdem ich es fortgeworfen hätte, gehörte es nicht mehr mir, sondern ihm.

Hinterhältig, wie er ist, behielt er es und wartete ab. Dann wurde Miss Parrishs Mutter krank, und Miss Parrish ging fort, um sie zu pflegen. Die Schulvorsteher engagierten Miss Wilcox, die das alte Foster-Haus in Inlet gemietet hatte, um sie zu vertreten. Und ohne mir etwas davon zu sagen, gab Weaver Miss Wilcox mein Aufsatzheft. Sie las meine Geschichten und sagte, ich sei selten begabt.

Und seitdem – wegen Weaver und Miss Wilcox – wünsche ich mir Dinge, die ich mir eigentlich nicht wünschen sollte, und was sie Begabung nennen, ist für mich eher eine Last.

„Mattie …“, sagte Weaver, der immer noch Farnsprossen in seinen Kübel fallen ließ. „Wie heißt dein Wort des Tages?“

„*Elementar*“, antwortete ich.

Er kam zu mir herüber und nahm mir meinen Kübel weg. An seinen Augen war abzulesen, dass es ihm leidtat, auch wenn seine Lippen dies nicht sagten. „Was bedeutet das?“

„Grundlegend, anfängerhaft.“

„Sag einen Satz damit.“

„Weaver Smith sollte seine elementaren Versuche auf dem Gebiet der Eloquenz aufgeben und zugestehen, dass Mathilda Gokey die überlegene Wortduellantin ist.“

Weaver lächelte. Er stellte beide Eimer ab. „Zieh“, sagte er.

„MATTIE, was zum Teufel tust du hier?!“ Es ist die Köchin. Sie erschreckt mich so sehr, dass ich fast einen Satz mache.

„Nichts, Ma'am“, stammle ich und schlage die Kellertür zu.

„Ist die Eiscreme fertig?“

„Fast, Ma'am.“

„Lass dich nicht mehr hier erwischen, bevor deine Arbeit fertig ist.“

Die Köchin ist gereizt. Mehr als sonst. Wir alle sind nervös.

Ich gehe zur Eismaschine zurück, und Grace Browns Briefe lasten wie ein Gewicht in meiner Rocktasche. Warum musste die Köchin gerade in diesem Moment in die Küche kommen? Zwei Sekunden später und ich wäre im Keller vor dem großen Ofen gewesen. Die Briefe wären augenblicklich verbrannt. Ich wäre sie los gewesen.

Von dem Moment an, als Grace Brown sie mir übergab, wünschte ich mir nichts sehnlicher, als sie loszuwerden. Sie gab sie mir gestern Nachmittag auf der Veranda, nachdem ich ihr die Limonade gebracht hatte. Sie tat mir leid, ich wusste, dass sie geweint hatte. Und ich wusste auch, warum. Sie hatte beim Essen einen Streit mit ihrem Liebhaber gehabt. Es ging um eine Kapelle. Sie wollte sich auf die Suche nach einer Kapelle machen, aber er wollte Boot fahren.

Gerade als ich mich anschickte, wieder nach drinnen zu gehen, bat sie mich zu warten. Sie öffnete den Koffer ihres Freundes und zog ein Bündel Briefe heraus. Aus ihrer Tasche nahm sie ein paar weitere, schnürte das

Band darum auf, band dann alle Briefe zusammen und bat mich, sie zu verbrennen.

„Miss, ich kann nicht …“, begann ich.

Sie ergriff meinen Arm. „Verbrennen Sie sie. Bitte“, flüsterte sie. „Versprechen Sie mir, dass Sie es tun! Niemand darf sie je zu Gesicht bekommen. Bitte!“

Und dann drückte sie mir das Bündel in die Hand, und der Ausdruck in ihren Augen war so verzweifelt, dass ich Angst bekam und schnell nickte. „Natürlich, Miss. Ich werd's gleich tun.“

Und dann rief er – Carl oder Chester oder wie immer er sich nannte – vom Rasen aus nach ihr: „Billy, kommst du? Ich hab ein Boot!“

Ich steckte die Briefe in meine Tasche und dachte nicht mehr daran, bis ich später nach oben ging, um eine frische Schürze anzuziehen. Ich stopfte sie unter meine Matratze und beschloss, mit dem Verbrennen zu warten, für den Fall, dass Grace Brown es sich anders überlegen würde und sie zurückhaben wollte. Aber Grace hatte es sich nicht anders überlegt. Und jetzt würde sie das auch nie mehr tun.

Gleich nachdem Grace' Leiche hereingetragen worden war, lief ich nach oben, um die Briefe zu holen, und seitdem wartete ich darauf, dass die Köchin mir einmal den Rücken zudrehen würde. Inzwischen war es fast fünf. In einer Stunde würden wir das Abendessen servieren, und ich wusste, dass ich dann keine Zeit mehr hätte, in den Keller zu laufen.

Die Tür vom Speisesaal geht auf und Frannie Hill, die Oberkellnerin, marschiert mit einem leeren Tablett auf der Schulter herein. „Mein Gott! Ich versteh nicht, wie man einen solchen Kohldampf kriegen kann, wenn man bloß auf seinem Hintern sitzt und sich Lichtbilder von französischen Schlössern anschaut“, sagt sie.

„Ich hab doch mindestens sechs Dutzend Plätzchen auf das Tablett gelegt. Die haben sie alle gegessen?“, fragt die Köchin.

„Und zwei Kannen Kaffee und einen Krug Limonade getrunken.“

„Das sind die Nerven“, sagt die Köchin. „Leute essen zu viel, wenn sie nervös sind.“

Erneut knallt die Tür auf. Es ist Ada. „Der Mann von der *Boonville-Zeitung* ist hier. Mrs Morrison sagt, ich soll ihm Kaffee bringen.“

Weaver folgt ihr auf den Fersen. „Ich soll euch von Mr Morrison ausrichten, die Suchtrupps sollen Sandwiches kriegen, wenn sie heute Abend vom See zurückkommen.“

Die Köchin stellt Wasser auf und öffnet auf der Theke neben dem Herd eine Blechdose. „Weaver, ich hab dir doch gesagt, dass du heute Morgen Kaffee mit raufbringen solltest. Hört mir denn keiner zu?“, grollt sie.

„Ich hole ihn!“, schreie ich fast. Der große Jutesack mit Kaffeebohnen wird im Keller aufbewahrt.

Die Augen der Köchin verengen sich. „Du bist ganz versessen darauf, in den Keller runterzugehen, stimmt's? Was willst du denn da?“

„Vielleicht hat sie Royal Loomis da unten versteckt“, sagt Fran grinsend.

„Der steht hinter der Kohlenkiste und wartet auf einen Kuss“, ergänzt Ada kichernd.

Ich werde rot.

„Du bleibst da und machst die Eiscreme fertig“, sagt die Köchin zu mir. „Weaver, du holst den Kaffee.“

In der Küche gab es schon genug zu tun, da das ganze Hotel belegt war, aber seit die Leiche geborgen wurde, war es noch mehr. Mrs Morrison hatte uns informiert, dass morgen der Sheriff aus Herkimer herüberkommen würde. Und der Untersuchungsrichter. Außerdem wurden Journalisten von den Stadtzeitungen erwartet.

Weaver verschwindet in den Keller. Im selben Moment höre ich Gewehrschüsse vom See, drei hintereinander.

Ada und Frannie treten zu mir. „Wenn er noch am Leben wäre, hätte man ihn doch jetzt schon gefunden“, sagt Fran. „Oder er hätte selbst zurückgefunden. Die Schüsse sind ja weit zu hören.“

„Ich hab im Fremdenbuch nachgesehen“, flüstert Ada. „Ihre Familiennamen waren nicht gleich. Ich glaub nicht, dass sie verheiratet waren.“

„Wetten, sie sind durchgebrannt“, sage ich. „Ich hab sie beim Mittagessen bedient und gehört, wie sie über eine Kapelle geredet haben.“

„Wirklich, Matt?“, fragt Ada.

„Ja, wirklich“, antworte ich. „Vielleicht konnte Grace Browns Vater Carl Grahm nicht leiden“, füge ich hinzu. „Vielleicht hatte er kein Geld. Also sind sie durchgebrannt, um zu heiraten …“

„… und haben beschlossen, zuerst noch eine romantische Kahnfahrt zu machen, um sich auf dem See ihre Liebe zu gestehen …“, fügt Ada wehmütig hinzu.

„… und das Boot ist gekentert, sie sind rausgefallen, und er hat versucht, sie zu retten, hat es aber nicht geschafft. Sie ist ihm entglitten …“, sage ich. „… und dann ist auch er ertrunken. Sie waren unglückliche Liebende wie Romeo und Julia …“

„Für immer vereint …“, fährt Frannie fort.

„… auf dem Grund des Big Moose Lake. Mausetot", wirft die Köchin ein. „Das soll dir eine Lektion sein, Frances Hill", fügt sie hinzu. „Mädchen, die heimlich mit Jungs weglaufen, nehmen ein schlimmes Ende. Hast du verstanden?"

Fran sieht sie mit Unschuldsmiene an. „Warum, Mrs Hennessey, ich weiß wirklich nicht, was Sie meinen."

„Da bin ich mir aber ganz sicher. Wo warst du denn die vorletzte Nacht? Um Mitternacht?"

„Natürlich hier. In meinem Bett."

„Du bist nicht zufällig rausgeschlichen, um Ed Compeau zu treffen?"

Frannie wird puterrot. Eigentlich erwarte ich, dass ihr die Köchin eine gehörige Standpauke hält, aber sie greift ihr nur ans Kinn und sagt: „Wenn ein junger Mann irgendwo mit dir hingehen will, erklär ihm, dass er dich in aller Form abholen oder es lassen soll. Hast du mich verstanden?"

„Ja, Ma'am", murmelt Fran.

Ich blicke auf den schmalen Goldring mit dem Opalsplitter und den zwei matten Granaten an meiner linken Hand. Ich habe ihn nie für schön gehalten, aber plötzlich bin ich froh, dass Royal ihn mir geschenkt hat. Und froh, dass er mich immer an der Küchentür des Glenmore abholt, wo jeder ihn sehen kann.

NICHTS auf unserer ganzen Farm – nicht der unhandliche Heuwagen, nicht die Baumstümpfe im Nordfeld, nicht einmal die Felsbrocken in der unteren Wiese – war so unbeweglich und störrisch wie „Pleasant", das Muli. Ich stand in unserem Maisfeld und versuchte, es dazu zu kriegen, den Pflug zu ziehen. „Hü, Pleasant! Hü!", rief ich und ließ die Zügel auf seine Hinterbacken knallen. Es rührte sich nicht.

„Na komm, Pleasant … komm schon, Muli!" Beth redete ihm gut zu und hielt ihm ein Stück Ahornzucker hin.

„Hier Junge, hier Muli!", rief Tommy Hubbard und winkte mit einem alten Strohhut. Pleasant fraß gern solche Hüte.

„Jetzt setz deinen fetten Arsch in Gang, du Mistvieh!", fluchte Lou und zerrte am Zaumzeug. Aber Pleasant rührte sich nicht von der Stelle.

Für Anfang April war es trocken und erstaunlich warm, und ich war müde, schmutzig und triefte vor Schweiß. Die Muskeln in meinen Armen schmerzten, meine Hände waren wund gescheuert vom Führen des Pflugs, und ich war außer mir vor Wut. Pa hatte mich wieder nicht in die Schule gehen lassen. Ich sagte ihm, dass ich auf einen Brief wartete, der an

Miss Wilcox geschickt werden würde. Ich müsse zur Schule. Meine Prüfungen stünden bevor. Ich erklärte ihm, dass wir „Das Verlorene Paradies" bei Miss Wilcox lasen, dass das schwierig sei und ich zurückfallen würde, wenn ich auch nur einen Tag versäumte. Aber nichts half. Ich sollte an diesem Tag fast einen Hektar pflügen und hatte nur etwa ein Drittel davon geschafft, als Pleasant streikte. Pa hätte weitergemacht, aber er musste bei Daisy bleiben, die gerade kalbte. Also blieb es an mir hängen.

Ich beugte mich hinunter und hob einen Stein auf. Gerade als ich mich aufrichtete, um ihn auf Pleasants Hinterteil zu werfen, hörte ich eine Stimme hinter mir sagen: „Wenn du das tust, machst du ihm Angst. Dann rennt er davon."

Ich drehte mich um. Ein großer blonder Junge stand am Rand des Feldes und beobachtete mich. Er war größer, als ich ihn in Erinnerung hatte, breitschultrig und hübsch. Der hübscheste aller Loomis-Jungen. Über seiner Schulter hing die Eisenfelge eines Wagenrads.

„Hey Royal", sagte ich und versuchte, ihn nicht allzu lange anzustarren.

„Hey."

Die Loomis-Farm grenzte direkt an unsere. Sie war viel größer. 36 Hektar. Sie hatten mehr Sumpfland als wir, dafür hatten Mr Loomis und seine Jungs es geschafft, 16 Hektar zu roden. Wir hatten nur etwa die Hälfte geschafft. Pa hatte gehofft, den Sommer über noch etwa zwei Hektar roden zu können. Aber ohne Lawton schaffte er das nicht. Das beste Land, das wir von Baumstümpfen und Felsen befreit hatten, benutzten wir zum Anbau von Heu, Mais und Kartoffeln. Das Land, auf dem die verkohlten Baumstümpfe noch verrotteten oder das zu felsig oder zu sumpfig war, benutzten wir als Kuhweide. Der schlechteste Boden wurde mit Buchweizen bebaut.

Royal ließ das Wagenrad zu Boden gleiten. „Lass mich mal probieren", sagte er und nahm die Zügel. „Hü, lauf los!", rief er und ließ die Zügel geschickt auf Pleasants Hinterteil schnellen. Wesentlich härter, als ich es getan hatte. Pleasant rührte sich. Tommy, Beth und Lou johlten vor Freude, und ich kam mir ziemlich blöde vor.

Royal war der zweitälteste Sohn in seiner Familie. Es gab noch zwei jüngere. Daniel, der älteste, hatte sich gerade verlobt – mit Belinda Becker von Futtermittel-Becker in Old Forge, einer richtigen Stadt 15 Kilometer südlich von Eagle Bay. Dans und Belindas Verlobung war eine große Neuigkeit. Es war eine gute Verbindung, weil Dan so tüchtig war und Belinda sicher eine schöne Mitgift einbrachte. Meine Tante Josephine sagte, eigentlich hätte es noch eine Verlobung geben sollen. Royal habe ein Auge auf

Martha Miller geworfen, deren Vater Pfarrer in Inlet ist, aber er habe die Verbindung wieder gelöst. Niemand wusste warum, aber Tante Josie sagte, der Grund sei, dass Marthas Leute in Wirklichkeit keinen Pfifferling wert seien. Mr Miller habe zwar ein hübsches Paar Grauschimmel und Martha trage schöne Kleider, aber sie würden ihre Rechnungen nicht bezahlen.

Dan und Royal waren nur ein Jahr auseinander, 19 und 18, und lagen ständig im Wettstreit miteinander. Immer versuchte der eine den anderen auszustechen. Letztes Jahr hatte ich die beiden nicht sehr oft zu Gesicht bekommen. Früher kamen sie häufig vorbei, um Lawton zum Fischen abzuholen, und wir alle waren auch auf derselben Schule, aber Dan und Royal gingen schon bald ab.

Ich beobachtete Royal, wie er eine Furche zog, am Ende des Felds umkehrte und wieder zurückkam. „Danke, Royal", murmelte ich. „Jetzt mach ich weiter."

„Ist schon gut. Ich mach's fertig. Vielleicht gehst du einfach hinter mir und sammelst die Steine auf." Also stapfte ich hinter ihm her und warf Steine und Wurzeln in einen Kübel, den ich am Ende jeder Furche auskippte.

„Der Boden ist gut. Dunkel und fruchtbar. Der sollte euch eine gute Ernte bringen", sagte er. „Warum nennt ihr euer Muli eigentlich Pleasant? Es ist alles andere als freundlich."

„Das ist eine Fehlbezeichnung", sagte ich. „Als würde man eine dicke Person ‚dünn' nennen. *Fehlbezeichnung* ist mein Wort des Tages. Jeden Morgen suche ich mir aus dem Lexikon ein Wort aus und merke es mir. Das hilft, den Wortschatz zu vergrößern."

Royal warf mir über die Schulter einen vernichtenden Blick zu, und ich schwieg und fragte mich, was Mädchen wie Belinda Becker wohl zu erzählen hatten, dass die Jungs ihnen gern zuhörten.

„Wo ist eigentlich dein Pa?", fragte Royal.

„Bei Daisy, die kalbt."

Es folgten weitere Fragen. Was mein Pa als Dünger verwende. Wie viel Hektar er roden wolle. Ob er im Frühling Kartoffeln anbaue. Und ob es nicht schwer für ihn sei, die Farm allein zu bewirtschaften.

„Er ist nicht allein", sagte ich. „Er hat ja mich."

„Aber du bist doch noch in der Schule. Warum gehst du überhaupt noch hin? Schule ist was für Kinder, und du bist schon … fünfzehn, oder?"

„Sechzehn."

„Wo ist Lawton? Kommt er nicht mehr heim?"

„Schreibst du einen Artikel für die Zeitung, Royal?“, fragte Lou.

Royal lachte nicht. Ich schon. Dann schwieg er. Zwei Stunden später hatte er das ganze Feld gepflügt. Wir setzten uns hin, um uns auszuruhen, ich gab ihm ein Stück von dem Maiskuchen, den ich mitgebracht hatte, und schenkte ihm Schorle aus einem Steinkrug ein. Tommy, Lou und Beth gab ich cbcnfalls je ein Stück.

Royal beobachtete, wie Tommy sein Stück Maiskuchen aß. „Die Hubbards schieben ständig Kohldampf, was?“, sagte er. „Warum bist du hier, Tom?“

Tommy sah auf seinen Maiskuchen, der krümelig und gelb in seinen schmutzigen Händen lag. „Weil ich Mattie helfen will, wahrscheinlich. Und ihrem Pa auch.“

Royal biss ein Stück von seinem Kuchen ab. „Der ist gut“, sagte er.

Dann hörte ich einen Ruf und sah Pa vom Stall aus winken. Er kam zu uns herüber und setzte sich dazu. Ich gab ihm ein Glas Schorle. „Daisy hat ein Stierkalb bekommen“, sagte er erschöpft, dann lächelte er.

Mein Pa sah so gut aus, wenn er lächelte und seine blauen Augen und weißen Zähne blitzen ließ. Das tat er allerdings kaum noch.

Beth, Lou und Tommy jagten davon, um sich das Kälbchen anzusehen. Pa trank die Schorle aus und ich schenkte ihm nach. Schorle trinkt sich bei Hitze besser als Wasser.

Pa sah auf Royal und dessen schweißdurchnässtes Hemd, auf meine vom Steineklauben schmutzigen Hände, den ausgespannten Pleasant und reimte sich alles zusammen. „Ich danke dir“, sagte er. „Es ist eigentlich die Arbeit des Sohnes. Nicht der Tochter. Ich dachte, ich hätte einen Sohn, der sie tut.“

„Pa“, sagte ich leise.

„Ich verstehe nicht, warum er fort ist. Mich würde nichts von einem Land wie dem hier wegbringen“, sagte Royal.

Ich schnaubte innerlich vor Wut. Auch ich war sauer, dass Lawton uns verlassen hatte. Aber Royal gehörte nicht zur Familie und hatte deshalb kein Recht, ihn zu kritisieren. Auch ich verstand nicht, warum mein Bruder weggegangen war. Ich wusste nur, dass Pa und er sich gestritten hatten. Ich hatte gesehen, wie sie aufeinander losgegangen waren. Zuerst mit den Fäusten, dann hatte Pa seinen Flößerhaken genommen. Daraufhin war Lawton ins Haus gelaufen, hatte seine Sachen in einen Mehlsack gestopft und war dann wieder herausgestürmt. Lou und ich waren ihm nachgerannt, aber Pa hatte uns zurückgehalten. Ein paar Tage später hatte ich ihn gefragt, worüber sie sich gestritten hatten. Aber er hatte es mir nicht sagen wollen.

Royal und Pa unterhielten sich noch eine Weile über die Landwirtschaft. Dann nahm Royal sein Wagenrad und sagte, er müsse zu Burnap's gehen. Der Eisenbeschlag sei lose und Georg Burnap sei der Einzige in der Nähe, der es schmieden könne. Nachdem er fort war, nahm Pa Pleasants Zügel, führte ihn zum Stall zurück und fragte das Muli, ob es wisse, warum Frank Loomis vier gute Söhne habe und er keinen einzigen.

Som · no · lent

In der Ruhmeshalle der großen Dichter nimmt Milton nur den zweiten Platz hinter Shakespeare ein", sagte Miss Wilcox, während die Absätze ihrer Stiefel beim Auf- und Abgehen über den rohen Holzboden klackten.

„Psst, Mattie! Mattie, schau her!"

Ich hob den Blick von dem Buch, das ich mir mit Weaver teilte, und sah zu der Bank links neben mir. Jim und Will Loomis hatten eine Spinne, die an einem Stück Faden hing. Sie ließen sie an ihrer Leine hin und her krabbeln und kicherten wie blöd. Ich verdrehte die Augen. Mit 16 war ich einfach zu alt, um die Volksschule in Inlet zu besuchen. Dort geht man mit 14 ab, und die meisten bringen es nicht einmal so weit. Aber Miss Parrish informierte Miss Wilcox, bevor sie ging, dass sie Weaver und mich für gut genug hielt, das Highschool-Diplom zu schaffen, und es wäre eine Schande, wenn wir dazu keine Gelegenheit bekämen. Doch die einzige Highschool in der Gegend befand sich in Old Forge. Das war zu weit, um jeden Tag hinzufahren, vor allem im Winter. Miss Wilcox bot uns an, uns den Stoff selbst beizubringen, wenn wir lernen wollten. Sie hatte in New York an einem vornehmen Lyzeum unterrichtet und wusste viel.

Weaver und ich hatten die meiste Zeit des Jahres damit verbracht, uns aufs Abschlussexamen vorzubereiten. Wir wollten das schwerste machen, die schwierigste Fächerverbindung: englischen Aufsatz, Literatur, Geschichte, Physik und Mathematik.

Die Columbia-Universität ist ein ernster und furchteinflößender Ort, und eine der Bedingungen für Weavers Aufnahme war, dass er in allen seinen Prüfungsfächern mindestens eine Zwei plus schaffte. Er hatte intensiv gelernt, genau wie ich, aber an diesem Tag war ich mir nicht mehr sicher, warum ich mich überhaupt bemühte. Weaver hatte seinen Brief bereits im Januar erhalten, und obwohl wir jetzt schon Mitte April hatten, war für mich noch immer kein Brief eingetroffen.

Ich versuchte, mich wieder auf das „Verlorene Paradies“ zu konzentrieren. *Somnolent* hieß mein Wort des Tages. Es bedeutet „stark schläfrig“ und eignete sich gut, um dieses langweilige, endlose Gedicht zu beschreiben.

„Und warum lesen wir Milton, Mr Bouchard?“, fragte Miss Wilcox.

Mike Bouchard wurde blutrot. „Weil wir müssen, Ma’am?“

„Nein, Mr Bouchard, weil es ein Klassiker ist. Wir müssen uns mit ihnen vertraut machen, wenn wir die Werke verstehen wollen, die auf sie folgen. Und wir lesen die Klassiker, um von den Gedanken großer Geister inspiriert zu werden …“, fuhr Miss Wilcox fort.

Miss Wilcox hatte lockiges rotbraunes Haar und smaragdgrüne Augen. Sie trug Goldschmuck, wunderschöne Kleider und wirkte immer seltsam fehl am Platz in unserem schlichten Schulzimmer, wie ein kostbares Juwel in einer alten, abgenutzten Geschenkschachtel.

Nachdem sie uns mit ein paar weiteren Seiten von „Das Verlorene Paradies“ gequält hatte, beendete Miss Wilcox schließlich den Unterricht und entließ die Klasse. Jim und Will Loomis stürmten aus dem Schulhaus, versetzten auf dem Heimweg Tommy Hubbard ein paar Knuffe und riefen: „Hubbard, Hubbard, nichts zu essen hat er!“ Die Loomis-Jungen legten sich immer mit den Hubbards an.

Mary Higby und ich sammelten das halbe Dutzend Bücher ein, das sich die zwölf Schüler unserer Klasse teilten. Abby putzte die Tafel, und Lou sammelte die Schiefertafeln ein, auf die wir unsere Rechenaufgaben geschrieben hatten.

Ich wollte gerade gehen, als Miss Wilcox sagte: „Mattie, warte bitte noch einen Moment.“ Während des Unterrichts wurden wir alle mit „Mr“ oder „Miss“ angesprochen, aber hinterher nannte sie uns beim Vornamen. Ich sagte Weaver und meinen Schwestern, dass ich nachkäme. Nachdem die anderen fort waren, öffnete Miss Wilcox ihr Pult, nahm einen Umschlag heraus und gab ihn mir. Sobald ich den Absender sah, wurde mein Mund trocken. „Hier, Mattie, nimm ihn“, sagte Miss Wilcox lächelnd.

Ich nahm ihn. Miss Wilcox zog ein Etui aus ihrer Tasche, nahm eine Zigarette heraus und zündete sie an. Meine Tante Josie hatte mir und meinen Schwestern gesagt, dass Miss Wilcox von der „schnellen“ Sorte sei. Beth dachte, sie meine damit die Art, wie sie ihr Automobil fuhr, aber ich wusste, dass dies auf ihr Rauchen und ihren Bubikopf gemünzt war.

Ich holte tief Luft und riss den Umschlag auf. Er enthielt ein einzelnes Blatt Papier, das an mein altes Aufsatzheft geheftet war.

Liebe Miss Gokey,

stand da,

es ist uns eine große Freude, Ihnen mitteilen zu können, dass Sie im Barnard College angenommen werden. Darüber hinaus freue ich mich, Ihnen ein volles Stipendium gewähren zu können, das die gesamten Kosten für das erste Studienjahr abdeckt, unter der Voraussetzung Ihres erfolgreichen Abschlusses der Highschool. Dieses Stipendium wird jedes Jahr verlängert …

Mit freundlichen Grüßen
Laura Drake Gill, Rektorin

„Mattie! Was steht drin?"

Ich sah meine Lehrerin an und konnte kaum atmen, geschweige denn sprechen. „Dass ich angenommen worden bin", sagte ich schließlich. „Und dass ich ein Stipendium bekommen habe. Ein volles Stipendium. Vorausgesetzt, ich schaffe meine Prüfungen."

Miss Wilcox stieß einen Freudenschrei aus und umarmte mich. Liebevoll und fest. „Ich wusste, dass du es schaffen würdest, Mattie! Ich wusste, dass Laura Gill dein Talent erkennen würde. Diese Geschichten, die du eingereicht hast, waren hervorragend. Hab ich's dir nicht gesagt?" Sie wirbelte einmal im Kreis herum. „Kannst du dir das vorstellen?", fragte sie lachend. „Du studierst am College. Du und Weaver, ihr beide! Diesen Herbst! Noch dazu in New York City!"

Sobald sie dies aussprach, sobald sie meinen Traum in Worte kleidete, sah ich nur noch die Unmöglichkeit des Ganzen. Mein Pa würde mich nie gehen lassen. Ich hatte kein Geld und keinerlei Aussicht, jemals welches zu bekommen. Und ich hatte ein Versprechen gegeben – eines, das mich hier festnageln würde, selbst wenn ich alles Geld der Welt hätte. Diese Gedanken konnte man wohl an meiner Miene ablesen, denn Miss Wilcox' Lächeln verschwand plötzlich.

„Du arbeitest diesen Sommer im Glenmore, nicht wahr?", fragte sie.

Ich schüttelte den Kopf. „Mein Pa lässt mich nicht."

„Mach dir keine Sorgen. Meine Schwester Annabelle gibt dir Unterkunft und Verpflegung gegen ein bisschen Hausarbeit. Sie hat ein Stadthaus in Murray Hill, das sie allein bewohnt, also gäbe es dort genügend Platz für dich. Mit dem Stipendium und Annabelle wäre für Unterricht, Unterkunft und Verpflegung gesorgt. Das Geld für Kleidung und dergleichen könntest du dir immer noch dazuverdienen. Mit irgendeiner Nebenbeschäftigung."

„Wahrscheinlich", sagte ich matt.

„Wie steht's mit deinem Vater? Kann er dir gar nicht helfen?"

„Nein, Ma'am."

„Mattie … du hast es ihm doch gesagt, oder?"

„Nein, Ma'am, hab ich nicht."

Miss Wilcox nickte kurz und entschieden. „Ich werde mit ihm reden, Mattie. Ich werde es ihm beibringen, wenn du möchtest."

Darauf stieß ich ein bitteres Lachen aus und antwortete: „Nein, Ma'am, das möchte ich nicht. Außer Sie wissen, wie man sich vor einem Flößerhaken wegduckt."

„HALLO MATTIE!", rief Mr Eckler vom Bug seines Bootes. „Ich hab ein neues Buch. Gerade reingekommen. Von einer Mrs Wharton. ‚Das Haus der Freude' heißt es. Ich hab's unter *W* hinter die Kaffeebohnen gestellt."

„Danke, Mr Eckler", antwortete ich, aufgeregt angesichts der Aussicht auf ein neues Buch.

Die Fulton-Chain-Bibliothek ist nur ein winziger Raum, eigentlich nicht mehr als ein Wandschrank im Unterdeck von Charlie Ecklers Pökelboot. Nicht zu vergleichen mit der richtigen Bibliothek in Old Forge, aber dafür birgt sie so manche Überraschung.

Das Boot ist ein schwimmender Lebensmittelladen und versorgt alle Sommerhäuser und Hotels entlang des Fulton Chain. Es ist der einzige Laden im Umkreis von Meilen. Mr Eckler fährt bei Tagesanbruch in Old Forge ab und dann die ganze Strecke herauf – durch den First, den Second und den Third Lake, dann um den ganzen Fourth Lake herum, wo er am Eagle Bay Hotel und in Inlet haltmacht –, um schließlich wieder nach Old Forge zurückzukehren. Das Pökelboot ist nicht zu übersehen, denn weder zu Wasser noch zu Land gibt es etwas, was vergleichbar wäre. Oben auf dem Deck stehen Milchkannen, Obst- und Gemüsekörbe und achtern ein riesiges Pökelfass, nach dem das Boot benannt ist. Im Innern der Kabine stapeln sich Säcke mit Maismehl, Zucker und Salz, ein Korb mit Eiern, Bonbongläser, Honig und drei bleiversiegelte Teekisten mit Eis – eine für frisches Fleisch, eine für Fisch und die dritte für Sahne und Butter. Mr Eckler verkauft auch einige andere Waren wie Nägel, Hämmer, Postkarten und Schreibfedern.

Ich stieg aufs Boot und ging unter Deck. „Das Haus der Freude" stand unter *W*, wie Mr Eckler gesagt hatte. Ich trug es in das Buch ein, das auf einem Sirupfass auslag, und dachte auch daran, den Zehnpfundsack Maismehl für meinen Vater zu besorgen.

Gerade als ich wieder nach oben gehen wollte, stach mir etwas ins Auge – eine Kiste mit Aufsatzheften. Richtig schöne, mit festem Einband sowie einem Lesebändchen. Ich nahm eins heraus und malte mir aus, wie schön es wäre, auf so weißes, glattes Papier zu schreiben.

Als ich wieder an Deck kam, sah ich, dass Royal Loomis an Bord gekommen war. Er bezahlte gerade zehn Pfund Mehl, eine Dose Zahnputzpulver und eine Tüte Nägel. „Hallo Royal", sagte ich.

„Hallo."

Ich reichte Mr Eckler die fünfzig Cent, die mein Vater mir für das Maismehl gegeben hatte. „Was kostet das?", fragte ich und hielt eines der hübschen Aufsatzhefte hoch. Ich besaß noch sechzig Cent aus dem Erlös der Farnsprossen, die Weaver und ich ans Eagle Bay Hotel verkauft hatten.

„Diese Hefte? Die sind teuer, Mattie. Die haben Italiener gemacht. Dafür muss ich fünfundvierzig Cent das Stück nehmen", sagte er.

45 Cent waren eine Menge Geld, aber ich hatte neue Ideen für Geschichten und Gedichte. Also nahm ich das Geld aus meiner Tasche und gab es schnell Mr Eckler, damit ich es mir nicht mehr anders überlegen konnte. Dann sah ich mit angehaltenem Atem zu, wie er meinen Einkauf in braunes Papier wickelte und mit einem Bindfaden verschnürte. Ich dankte ihm, als er mir das Päckchen überreichte.

Als ich auf den Anlegesteg trat, fragte eine Stimme neben mir: „Möchtest du mitfahren, Matt?" Es war Royal.

„Gern", sagte ich, dankbar für das Angebot.

Ich legte meinen Sack auf den Pritschenwagen und kletterte neben Royal auf den harten Holzsitz. Pritschenwagen sind das Einzige, was in den nördlichen Wäldern gefahren wird. Sie sind schlicht – nur ein paar Planken mit zwei daruntergenagelten Achsen, ein oder zwei Sitze. Aber das Einfache funktioniert am besten auf den schlechten Wegen.

„Hüjah!", rief Royal den Pferden zu. Er wendete das knarrende Fuhrwerk in der Einfahrt des Hotels. Die Pferde, ein Paar Braune, waren neu. Pa sagte, Mr Loomis habe sie einem Mann billig abgekauft, der seine Farm an die Bank verloren hatte.

Royal hob die Hand, um Mr Satterlee, den Steuereinnehmer, zu grüßen, der auf dem Weg zum Hotel an uns vorbeikam. „Wetten, dass er gerade von den Hubbards kommt", sagte Royal. „Er hat ihnen eine Pfändung auf ihr Land aufgebrummt. Diese nichtsnutzige Emmie hat schon wieder ihre Steuern nicht bezahlt."

Ich wunderte mich über seine Schroffheit. „Royal, was hast du gegen die

Hubbards?“, fragte ich. „Das sind doch bloß arme Leute, die keinem was zuleide tun.“

Als Antwort erhielt ich ein Schnauben, und für einige Zeit sagte er kein Wort mehr. Wir fuhren am Bahnhof vorbei, überquerten die Gleise und einen schmalen Feldweg, der Old Forge und Inlet verband. Daraus bestand Eagle Bay – eine Bucht im Fourth Lake, ein Hotel, eine Bahnstation, zwei Gleise und ein Feldweg.

Während Royal das Gespann in Richtung Uncas Road lenkte, fragte er plötzlich: „Spielst du immer noch dieses Spiel? Du weißt schon, mit Wörtern rumalbern und so.“

„Das ist kein Herumalbern“, sagte ich abwehrend.

„Und wie heißt das Wort heute?“

„Resignieren.“

„Was bedeutet das?“

„Aufgeben. Den Mut oder die Kraft verlieren.“

„Ha.“ Er machte mit dem Kopf ein Zeichen zu dem Buch auf meinem Schoß. „Was hast du da?“

„Einen Roman. ‚Das Haus der Freude‘.“

Er schüttelte den Kopf. „Wörter und Geschichten“, sagte er und bog auf die Uncas Road ein. „Reine Zeitverschwendung, wenn du mich fragst. Ein Mann muss natürlich lesen und schreiben können, damit er in der Welt zurechtkommt, aber sonst sind Wörter einfach Wörter. Nicht besonders aufregend. Nicht wie Fischen oder Jagen.“

„Woher willst du das denn wissen, Royal? Du liest doch nicht. Es gibt nichts Aufregenderes als ein Buch.“

„Stimmt das?“, fragte er.

„Ja, das stimmt“, antwortete ich entschieden.

„Ha“, sagte er, ließ die Leine auf den Rücken der Pferde knallen und rief: „Hühjah!“ Ich hörte die Pferde schnauben, als er sie antrieb. Ein Beben ging durch den Pritschenwagen, als er beschleunigte. Besorgt blickte ich auf die Uncas Road, die im Wesentlichen aus Steinbrocken und Löchern bestand. „Haben wir’s eilig, Royal?“, fragte ich.

Er sah mich an. Seine Augen blitzten vor Übermut. „Es ist das erste Mal, dass ich sie ausführe. Ich möchte gern mal sehen, aus welchem Holz sie geschnitzt sind … Hüh-JAH!“

Mit einem Ruck stürmten die Pferde voran, ihre Hufe schlugen auf den harten Untergrund. Mrs Whartons Roman glitt mir vom Schoß und fiel auf die Planken, zusammen mit meinem neuen Aufsatzheft. „Royal, lass das!“, schrie ich und hielt mich am Spritzbrett fest. Der Wagen holperte so wild über die schlechte Straße, dass ich überzeugt war, einer von uns würde hinausgeschleudert werden. Aber Royal hörte nicht auf mich. Er stand von seinem Sitz auf, ließ die Leine auf den Rücken der Pferde knallen und trieb sie an.

„Mach langsamer! Sofort!“, schrie ich. Doch er konnte mich nicht hören, weil er nur noch johlte und lachte. Und dann fuhren wir über ein tiefes Loch, und ich wurde quer über den Sitz geschleudert. Ich fiel nur deshalb nicht hinaus, weil ich mich an seinem Bein festklammerte. Dann nahmen wir so rasant eine Kurve, dass ich spürte, wie die Räder auf der rechten Seite vom Boden abhoben und wieder nach unten krachten. Immer noch mit einer Hand an Royal geklammert, gelang es mir, mich aufzurichten, während ich mit der anderen nach dem Spritzbrett tastete. Nach einer Weile, die mir wie eine Ewigkeit vorkam, brachte Royal die Pferde schließlich dazu, langsamer zu laufen.

„Herrje“, sagte er zu mir. „Einen Moment lang hab ich schon gedacht, wir landen im Graben.“ Und dann berührte er mich. Er beugte sich herüber und drückte seine Hand auf mein Herz. In dem Bruchteil einer Sekunde, bevor ich sie wegschlug, spürte ich, wie mein Herz dagegenpochte.

„Das zerspringt ja fast“, sagte er lachend. „Möchte mal sehen, ob ein Buch das schafft.“

Mit zitternden Händen sammelte ich meine Sachen ein. Ich wollte Royal eine schneidende Anwort geben, meine geliebten Bücher verteidigen, ihm sagen, dass zwischen freudiger Erregung und Todesangst ein Unterschied bestand, aber ich war zu wütend, um ein Wort herauszubringen. Ich versuchte, wieder zu Atem zu kommen, aber mit jedem Atemzug sog ich seinen Geruch ein – warme Haut, frische Erde, Pferde. Dann schloss ich die Augen, doch auch mein inneres Auge sah ihn, wie er johlend auf dem Pritschenwagen stand und sich groß und stark gegen den Himmel abhob. Ungestüm. Furchtlos. Und schön.

HAMLET sabbert wieder. Er ist der Gast, den ich am wenigsten mag. Ich werfe ihm von dem Teller in meiner Hand einen Buttermilchpfannkuchen zu, den er mit einem Bissen verschlingt. Hamlet gehört Mr Phillip Preston Palmer, Anwalt aus New Jersey. Ich habe ihn vor zwei Wochen, kurz nach seiner Ankunft, kennen gelernt. Er kam in den Speisesaal gelaufen, drängte mich in eine Ecke und versuchte, den Teller Speck in meiner Hand zu erwischen. Hamlet, meine ich, nicht Mr Palmer.

„Er tut Ihnen nichts, Süße!“, rief Mr Palmer aus dem Foyer. „Er heißt Hamlet. Wissen Sie, warum ich ihn so nenne?“

„Nein, Sir, ich habe keine Ahnung“, antwortete ich, weil ich ihm den Spaß nicht verderben wollte. Schließlich kamen die Gäste ins Glenmore, um Spaß zu haben.

„Weil er eine Dänische Dogge ist! Ha! Ha! Ha!“

„Oh, natürlich, Sir! Wie treffend!“ Und mein Lächeln und meine bewundernden Worte trugen mir fürs Füttern und Ausführen des Hundes im Wald immerhin einen Extradollar pro Woche ein.

Normalerweise freue ich mich nicht auf Hamlets abendlichen Verdauungsspaziergang, aber heute bin ich froh darum. Grace Browns Briefe stecken noch immer in meiner Tasche. Ich habe mir eine andere Möglichkeit überlegt, sie loszuwerden, und Hamlet wird mir dabei helfen. Nachdem ich ihn gefüttert habe, bringe ich den Teller in die Küche zurück. Das Abendessen ist schon seit einer Stunde vorbei, und es dämmert bereits. In der Küche ist niemand außer Bill, dem Tellerwäscher, und Henry, dem Souschef, der ein Fleischmesser in der einen Hand hält und mit der anderen in einer Schublade wühlt.

„Hamlet lässt danken, Henry“, sage ich. Henrys richtiger Name ist Heinrich. Er ist Deutscher und hat in derselben Woche wie ich im Glenmore angefangen.

„Pfannkuchen für Hunde backen“, murrt er. „Bin ich dafür nach Amerika gekommen? Mattie, hast du meinen Schleifstein gesehen?“

„Nein, tut mir leid, Henry“, antworte ich und gehe schnell aus der Tür. Immer wieder habe ich ihm erklärt, dass es Unglück bringt, wenn man nach Einbruch der Dunkelheit ein Messer wetzt. Aber er glaubt mir nicht, also habe ich den Schleifstein versteckt. Wir hatten in letzter Zeit so viel Unglück hier, dass er kein weiteres heraufbeschwören muss.

„Komm, Junge“, sage ich, worauf Hamlet seine schwarzen Ohren aufstellt. „Komm mit!“ Er trottet los. Wir überqueren das vordere Rasenstück und gehen zum See hinunter.

Über die Schulter blicke ich zurück. Das Glenmore ist hell erleuchtet. Auf der Veranda kann ich Leute erkennen. Die Zigarren der Herren leuchten wie Glühwürmchen im Dunkeln.

Am Seeufer angekommen, sage ich: „Warte, Hamlet!“ Geduldig bleibt er stehen, während ich eine Handvoll Steine aufhebe. „Jetzt komm!“, befehle ich ihm und führe ihn auf den Anlegesteg. Er folgt mir fröhlich. Ich muss jetzt nichts weiter tun als ein paar Steine in einen der Umschläge stecken und das Bündel ins Wasser werfen. Es ist zwar nicht ganz das, worum Grace Brown mich gebeten hat, aber es muss auch so gehen.

Doch gerade als ich die Briefe aus der Tasche ziehen will, sagt eine Stimme aus der Dunkelheit: „Gehst du schwimmen, Matt?"

Ich erschrecke mich so sehr, dass ich aufschreie und alle meine Steine fallen lasse. Beim Blick nach rechts sehe ich Weaver, immer noch in seiner schwarzen Kellnerjacke und mit hochgekrempelter Hose, am Rand des Stegs sitzen.

„Weaver! Du hast mich zu Tode erschreckt!"

„Tut mir leid."

„Was machst du hier draußen?", frage ich.

„Ich hab mir das Boot angesehen", antwortet er. „Das Boot, mit dem das Paar hinausgefahren ist. Die *Zilpha* hat es zurückgeschleppt."

„Wo ist es?"

„Da." Er zeigt ans andere Ende des Stegs, wo ein Ruderboot vertäut ist. Es hat keine Kissen und keine Ruder mehr. „Nach dem Abendessen bin ich in das kleine Zimmer neben dem Salon gegangen und hab sie mir angesehen", fährt er fort und starrt auf den See hinaus. Dann schließt er die Augen. Als er sie wieder öffnet, sind seine Wangen nass. „Ich hasse diesen Ort, Mattie", sagt er. „Er tötet alles."

Fahl

Eine Woche war vergangen, seit ich den Brief vom Barnard College erhalten hatte, dennoch war mir noch immer keine Möglichkeit eingefallen, wie ich dorthin kommen konnte.

Ein Blauhäher flog über mich hinweg und riss mich mit seinem Geschrei aus meinen Gedanken. Ich sah auf und stellte fest, dass ich mich schon fast an der Abzweigung befand, die zum Haus meiner Freundin Minnie Compeau führte. Ich ordnete den Veilchenstrauß, den ich für sie gepflückt hatte, um sie aufzumuntern. Bis zur Geburt ihres Babys dauerte es nur noch einen Monat, und sie war müde, weinerlich und fahl.

Fahl, mein Wort des Tages, bedeutet eine krankhaft blasse oder unnatürlich bleiche Gesichtsfarbe, die auf schlechte Gesundheit, Erschöpfung oder Unglücklichsein hinweist.

Kurz nach der Abzweigung kam Minnies Haus in Sicht. Es war eine Blockhütte, die aus einem Raum bestand. Minnies Mann Jim hatte sie aus

Bäumen gebaut, die er selbst gefällt hatte. Ihr Land lag am Nordufer des Fourth Lake.

Ich bog in Minnies Einfahrt ein und suchte in meiner Tasche nach dem Brief vom Barnard, den ich ihr zeigen wollte.

Es gab so viel, was ich Minnie erzählen wollte, aber dazu kam ich an diesem Tag nicht, denn kaum dass ich den Plankenweg erreicht hatte, hörte ich einen schrecklichen Schrei. Er kam aus dem Innern des Hauses.

„Minnie!“, rief ich und ließ meine Blumen fallen. „Minnie, was ist?“

Als Antwort bekam ich nur ein langes Stöhnen. Jemand bringt sie um, dachte ich. Ich rannte zur Veranda, griff ein Scheit vom Holzstoß und stürzte nach drinnen, bereit, dem Angreifer den Schädel einzuschlagen.

„Leg das weg, du Närrin“, sagte eine Frauenstimme hinter mir. Doch bevor ich mich umdrehen und feststellen konnte, wer gesprochen hatte, durchschnitt ein weiterer Schrei die Luft. Ich sah zum anderen Ende des Raumes hinüber und entdeckte meine Freundin. Sie lag im Bett, in Schweiß gebadet, wand sich, bäumte sich auf und schrie.

„Minnie! Was ist los? Was fehlt dir?“

„Nichts fehlt ihr. Sie hat Wehen“, sagte die Stimme hinter mir.

Ich fuhr herum und sah eine stämmige blonde Frau, die Lappen in einen Topf mit heißem Wasser tunkte. Mrs Crego, die Hebamme.

Wehen. *Das Baby*. Minnie bekam ihr Baby. „Aber sie … ist doch noch gar nicht so weit“, stammelte ich. „Dr. Wallace hat gesagt, dass sie noch einen Monat hat.“

„Dann ist Dr. Wallace ein noch größerer Dummkopf als du.“

„Willst du Feuer machen, Matt?“, fragte eine schwache, heisere Stimme.

Ich drehte mich wieder um. Minnie sah mich lachend an, und ich stellte fest, dass ich noch immer das Holzscheit in der Hand hielt. Doch so schnell, wie es gekommen war, brach das Lachen wieder ab, und sie stöhnte auf.

Mrs Crego schob mich zu Minnie hinüber. „Wenn du schon mal hier bist, kannst du auch helfen“, sagte sie. „Das Baby kann sich nicht entscheiden. Zuerst wollt's zu früh kommen, jetzt gar nicht mehr.“ Sie kramte in ihrem Korb, aus dem sie getrocknete Kräuter und eine Ingwerwurzel nahm. „Ich war gerade auf dem Weg zu Arlene Tanney und wollte bloß mal auf einen Sprung bei deiner Freundin vorbeischauen. Sie kann von Glück sagen, dass ich vorbeigekommen bin. Und du! Denn sie wird uns beide brauchen.“

„Aber … aber Mrs Crego“, stammelte ich. „Ich kann nicht helfen … ich weiß nicht, was ich tun soll.“

„Du musst. Es ist niemand anders da“, antwortete Mrs Crego ungerührt. „Du hast doch deinem Vater geholfen, Kälber auf die Welt zu holen? Es ist das Gleiche. So ziemlich jedenfalls.“

Die nächsten sechs Stunden waren die längsten meines Lebens. Mrs Crego hielt mich unablässig auf Trab. Ich machte Feuer im Herd, damit es warm wurde im Haus, und massierte Minnie den Rücken und ihre Füße.

Gegen Nachmittag setzte sich Mrs Crego zum wiederholten Mal auf den Melkschemel, rieb Minnies Bauch, drückte ihn und hielt das Ohr daran. Sie war ganz ruhig. Es machte den Eindruck, als lausche sie mit ihren Händen. Während sie das tat, runzelte sie die Stirn, und zum ersten Mal sah ich Angst in ihren Augen.

„Kommt es jetzt?“, fragte ich.

„Sie. Es sind zwei Babys. Eins will mit den Füßen voran raus. Ich werd versuchen, es zu drehen. Halt sie jetzt fest, Mattie.“

Ich schob meine Arme unter Minnies Armen durch. „Was ist los, Matt?“, flüsterte sie voller Angst.

„Alles wird gut, Min, alles wird gut …“

Mrs Crego legte die linke Hand auf Minnies Bauch, die rechte verschwand unter ihrem Hemd. Minnie bäumte sich auf und schrie. Ich hielt sie fest, verbarg mein Gesicht an ihrem Rücken und betete, dass es bald vorbei sein möge.

„Es hat sich gedreht!“, rief Mrs Crego plötzlich.

Minnies Schreie waren in kurzes, heftiges Keuchen übergegangen.

„Komm, Mädchen, pressen!“, rief Mrs Crego.

Ich ließ Minnies Arm los. Sie nahm meine Hände, drückte sie so fest, dass ich dachte, sie würde sie zermalmen, und presste mit ganzer Kraft. Und dann, endlich, kam ein Baby.

„Da ist es! Mach weiter, Minnie, pressen! So ist's gut!“, jubelte Mrs Crego und holte das Baby heraus. Sie reichte mir den Säugling, und ich weinte, überwältigt, das neugeborene Kind meiner ältesten Freundin in den Armen zu halten. Das zweite Kind, ein Mädchen, machte weitaus weniger Aufhebens, als es kam.

Dann wuschen wir Minnie und die Babys und besorgten frische Laken für ihr Bett. Mrs Crego riet mir, mich zu setzen und wieder zu Atem zu kommen, was ich auch tat. Aber ich musste eingeschlafen sein, denn als ich die Augen wieder öffnete, sah ich Minnie eines der Babys stillen.

Mrs Crego reichte mir eine Tasse Tee. „Du siehst mitgenommener aus als Minnie“, sagte sie lachend. Auch Minnie lachte.

Ich lachte nicht. „Ich werde nie heiraten“, sagte ich. „Nie.“

„Na, das werden wir noch sehen“, antwortete Mrs Crego begütigend.

Auf der Veranda waren Schritte zu hören, dann trat Jim ein und rief nach seinem Abendessen. Er verstummte, als er mich, Mrs Crego und seine Frau sah, die mit zwei Babys im Bett lag.

„Sie haben einen Sohn“, sagte Mrs Crego, „und eine Tochter.“

„Min?“, fragte er flüsternd.

Minnie versuchte, etwas zu sagen, brachte aber nichts heraus und reichte ihm stattdessen eines der Babys. Der Ausdruck auf seinem Gesicht und die Blicke, die er und Minnie tauschten, waren so intensiv, dass ich wegsehen musste.

Ich rutschte auf meinem Stuhl herum und kam mir fehl am Platz vor. Während ich meine Teetasse anstarrte, fragte ich mich, wie es wohl war, jemanden zu haben, der einen liebte, wie Jim Minnie liebte, und zwei winzige Wesen sein Eigen zu nennen, für die man sorgen konnte. Ich fragte mich, was das Wichtigste im Leben war: ob dies hier oder ob Wörter und Geschichten. Miss Wilcox hatte Bücher, aber keine Familie. Minnie hatte jetzt eine Familie, aber die beiden Babys würden sie lange Zeit vom Lesen abhalten. Einige Menschen wie meine Tante Josie hatten weder Liebe noch Bücher. Niemand, den ich kannte, hatte beides.

„GIBST DU so das Geld aus, das du von mir kriegst? Indem du kindische Reime erfindest?“

Ich schreckte auf beim Klang der ärgerlichen Stimme und wusste einen Moment lang nicht, wo ich war. Dann gewöhnten sich meine Augen an das helle Lampenlicht, ich sah das Aufsatzheft unter meiner Hand und stellte fest, dass es spät in der Nacht war und ich am Küchentisch eingeschlafen war.

„Antworte mir, Mattie!“

Ich setzte mich auf. „Was, Pa? Welches Geld?“, murmelte ich und sah ihn blinzelnd an.

Wut stand ihm im Gesicht, und aus seinem Mund wehte eine Alkoholfahne. Schlaftrunken erinnerte ich mich, dass er am Nachmittag nach Old Forge gegangen war, um seinen Sirup zu verkaufen. Danach pflegte er einen der Saloons aufzusuchen, wo er sich von seinen Einkünften ein oder zwei Gläser Whiskey und ein paar Gespräche unter Männern genehmigte. Für gewöhnlich kam er nicht vor Mitternacht zurück. Eigentlich wollte ich lange vorher im Bett sein.

„Das Haushaltsgeld! Die fünfzig Cent, die ich dir für einen Sack Maismehl gegeben habe! Sind die dafür draufgegangen?"

Bevor ich ihm antworten konnte, packte er mein neues Aufsatzheft und riss das Gedicht heraus, das ich geschrieben hatte. Dann knüllte er die Seite zusammen, öffnete die Ofentür und warf sie ins Feuer.

„Bitte, Pa, nicht! Ich hab das Haushaltsgeld nicht dafür verwendet. Ich schwör's. Das Maismehl ist im Keller. Du kannst nachsehen", verteidigte ich mich und griff nach meinem Heft.

„Woher hast du dann das Geld dafür?", fragte er.

Ich schluckte schwer. „Vom Farnsprossen-Pflücken mit Weaver. Wir haben alles verkauft. Ich hab sechzig Cent verdient."

Der Muskel in Pas Wange zuckte. „Willst du mir etwa sagen, dass wir tagelang Maisbrei gegessen haben, obwohl du die ganze Zeit sechzig Cent gehabt hast?", fragte er mit heiserer Stimme.

Darauf folgte ein lauter, scharfer Knall. Mir wurde schwarz vor Augen, und ich lag auf dem Boden, ohne genau zu wissen, wie ich dort hingekommen war. Ich schmeckte Blut im Mund, und als mein Blick sich klärte, sah ich, dass Pa mit erhobener Hand über mir stand.

Er stierte mich an und ließ die Hand sinken. Ich stand auf. Langsam. Meine Beine zitterten so, dass ich mich am Küchentisch festhalten musste. Da ich meinem Pa nicht ins Gesicht sehen konnte, blickte ich auf den Tisch hinunter. Dort sah ich eine Rechnung und Geld – einen schmutzigen, zerknüllten Geldschein. Zehn Dollar. Für zwölf Gallonen Ahornsirup. Er hatte sich zwanzig erhofft.

Endlich konnte ich ihn wieder ansehen. Er wirkte müde. Entsetzlich müde, erschöpft und alt.

„Mattie … Mattie, es tut mir leid … ich wollte nicht …", sagte er und streckte die Hand nach mir aus.

Ich schüttelte ihn ab. „Macht nichts, Pa. Geh schlafen. Wir müssen morgen das obere Feld pflügen."

ICH STEHE in Unterwäsche da und mache mich zum Schlafengehen fertig. Das Unterhemd klebt mir an der Haut. Es fühlt sich an wie ein nasser Putzlappen. Auf dem Dachboden des Glenmore ist es grauenvoll heiß und so stickig, dass ich kaum Luft bekomme. Das ist vielleicht gar nicht so schlecht, wenn man sich mit sieben anderen Mädchen ein Zimmer teilen muss, die in der Julihitze bedient und Zimmer geputzt haben und von denen keine in den letzten drei Tagen ein Bad genommen hat.

Die Köchin kommt herein. Sie schnüffelt herum und schimpft, sagt dem einen Mädchen, es solle seine Stiefel unters Bett stellen, dem anderen, es solle seinen Rock vom Boden aufheben.

Ich hänge meine Bluse und meinen Rock ans Bett und ziehe die Haarklammern aus dem Knoten, den Ada mir heute Morgen gemacht hat.

„Frances Hill, du putzt morgen diese Stiefel, verstanden? Mary Anne Sweeney, leg diese Illustrierte weg …“

Ich lege mich auf den zusammengefalteten Quilt auf der einen Seite des alten Eisenbetts, das ich mir mit Ada teile. Ada kniet auf der anderen Seite und betet.

„Also hört zu, Mädchen, ich möchte, dass ihr jetzt gleich schlaft. Morgen früh werdet ihr zeitig geweckt. Wir kriegen Gäste aus allen Landesteilen – wichtige Leute –, und ich möchte, dass ihr auf Draht seid. Schlaft gut und vergesst nicht, das arme Ding unten in eure Gebete einzuschließen.“

Ich frage mich, wie ich an das tote Mädchen unten denken und trotzdem gut schlafen soll. Dann höre ich, wie Ada aufsteht, und spüre, wie die Matratze bebt. Sie klopft ihr Kissen zurecht und wirft sich herum. „Ich kann nicht schlafen, Matt“, flüstert sie mir zu.

„Ich auch nicht.“

„Sie war nicht viel älter als wir, schätze ich. Glaubst du, dass ihr Freund noch am Leben ist?“

„Möglich wär's schon. Man hat seine Leiche nicht gefunden“, antworte ich.

„Sie sind immer noch draußen, Mr Sperry, Mr Morrison und noch ein paar andere Männer. Ich hab sie nach dem Essen in den Wald gehen sehen. Sie hatten Laternen.“

Wir schweigen eine Weile. Ich drehe mich auf die Seite und schiebe eine Hand unters Kissen. Meine Finger berühren die Briefe.

Johannes der Täufer sah staubiger aus, als ein Mann aussehen sollte – selbst für einen Mann, der seine Zeit damit verbrachte, in einer Wüste herumzuwandern.

„Mattie, gib Acht! Du weißt doch, wie viel mir diese Figuren bedeuten.“

„Ja, Tante Josie“, antwortete ich ergeben und wischte vorsichtig Johannes' Porzellangesicht ab. Ich wollte meine Tante nicht verärgern, vor allem heute nicht, denn ich hatte mir endlich etwas überlegt, wie ich ins Barnard kommen konnte. Meine Tante Josie hatte Geld. Ihr Mann, mein Onkel

Vernon, hatte mit seinen Sägemühlen ziemlich gut verdient. Vielleicht, dachte ich, vielleicht kann sie mir ein bisschen davon leihen.

Ich putzte gerade das Haus meiner Tante, wie ich es jeden Mittwoch nach der Schule tat. Und sie saß wie immer auf einem Stuhl am Fenster und sah mir zu. Mein Onkel und meine Tante wohnen im schönsten Haus von Inlet – einem zweistöckigen Haus, das gelb gestrichen und mit dunkelgrünen Zierleisten versehen ist. Sie haben keine Kinder, aber meine Tante hat nahezu zweihundert Porzellanfiguren.

Sie behauptet, ihr Rheuma hindere sie daran, irgendeine Arbeit zu verrichten, weil ihre Knochen dann fürchterlich schmerzten. Pa sagt, ihm würden die Knochen auch schmerzen, wenn er so viel Fett daran hängen hätte wie sie. Sie ist eine korpulente Frau.

Pa mag meine Tante Josie nicht, und er wollte nicht, dass ich ihr Haus putzte. Anfangs hatte ich meiner Tante geholfen, um Mama eine Freude zu machen – Josie fühlte sich nicht gut, und Mama machte sich Sorgen um sie –, und jetzt konnte ich nicht einfach damit aufhören, bloß weil Mama gestorben war. Ich wusste, dass ihr das nicht gefallen hätte.

Tante Josie mag meinen Pa genauso wenig. Sie fand schon immer, dass er für meine Mutter nicht gut genug sei. Josie und Mama waren in einem großen Haus in Old Forge aufgewachsen. Josie heiratete dann einen reichen Mann, und sie war der Meinung, meine Mutter hätte das auch tun sollen. Sie fand, Mama sei zu fein für das Farmleben, und das hatte sie ihr auch oft gesagt. Tante Josie glaubte, dass Figuren auf den Regalen und Spitzen an der Unterwäsche zählten. Aber das kam alles daher, dass sie und Onkel Vernon nicht im selben Zimmer schliefen, wie mein Vater und meine Mutter es taten, dass Onkel Vernon sie nie auf den Mund küsste, wenn er sich unbeobachtet glaubte, und dass er ihr keine Lieder vorsang.

Ich stellte Johannes den Täufer weg und nahm Christus im Garten Gethsemane. Während ich ihn polierte, fragte ich mich, warum um alles in der Welt jemand solchen Kitsch sammelte. Wörter zu sammeln war doch viel besser. Sie nahmen nicht so viel Platz weg, und man musste sie nie abstauben. Ich wollte gerade meiner Tante vom Barnard erzählen, als sie das Wort ergriff.

„Da ist Margaret Pruyn", sagte sie und spähte aus dem Fenster hinüber zu Dr. Wallace' Haus. „Das ist das zweite Mal diese Woche, dass sie zum Doktor geht. Sie sagt nicht, was ihr fehlt, aber das braucht sie auch nicht. Ich weiß, was los ist. Sie ist dünn wie eine Bohnenstange. Brustkrebs. Das weiß ich. Genau wie bei deiner Mama, Gott hab sie selig." Darauf folgte ein Seufzer, und dann tupfte sich Tante Josie die Augen mit einem Taschentuch ab. „Arme, liebe Ellen.“

Ich kannte derlei Gefühlsausbrüche. Meine Tante hatte nicht viel Ablenkung, und sie neigte zum Grübeln. „Schau, Tante Josie“, sagte ich. „Da geht Mrs Howard rein. Was fehlt ihr denn?“

Meine Tante schnäuzte sich und zog wieder den Vorhang zurück. „Ischias“, sagte sie, und ihre Miene hellte sich auf. „Da ist Alma auf dem Heimweg“, sagte sie und reckte den Hals. Alma McIntyre war die Posthalterin und eine gute Freundin meiner Tante. „Mit wem redet sie da, Mattie?“

Ich sah aus dem Fenster. „Das ist Mr Satterlee“, antwortete ich. „Sie gibt ihm einen Umschlag.“

„Wirklich? Was da wohl drin ist? Arn wurde diese Woche schon bei den Hubbards gesehen, Mattie. Weißt du, was da los ist?“

„Nein, Ma'am.“

„Da geht Emily Wilcox“, sagte sie und beobachtete meine Lehrerin beim Vorbeigehen. „Weißt du, Mattie, ich bin sicher, Emily Wilcox ist von den Iverson Wilcox in New York City, aber es ist seltsam, weil Iverson Wilcox drei Töchter hat – zwei sind verheiratet, eine ist eine alte Jungfer. Aber Annabelle Wilcox ist eine Miss und Emily Wilcox ist ebenfalls eine Miss – Alma sagt, der Absender auf ihren Briefen lautet immer *Miss* Wilcox. Und Emily unterrichtet. Sie muss ja eine Miss sein, wenn sie unterrichtet. Sie kriegt Briefe von einer Mrs Edward Mayhew – Alma ist sicher, dass das die dritte Schwester ist, und die ist offensichtlich verheiratet –, aber wenn angeblich nur eine unverheiratet ist, warum gibt es dann zwei Misses? Sie kriegt auch Briefe von einem Iverson jr. – das ist natürlich ihr Bruder. Und von einem Theodore Baxter – keine Ahnung, wer das ist. Und von einem Mr John Van Eck von Scribner und Söhne – einem Verlagshaus. Warum unterhält eine junge Frau eine Korrespondenz mit einem Verleger? Das sind doch zwielichtige Leute. Denk an meine Worte, Mattie, diese Frau hat einen Hang zum Leichtlebigen an sich.“

Sobald meine Lehrerin um die Ecke verschwunden war und Tante Josie sie nicht mehr sehen konnte, hörte sie auf, Miss Wilcox herunterzumachen, und wechselte das Thema. Jetzt war ich dran. „Ich hab gehört, du hast dich neulich mit Royal Loomis rumgetrieben“, sagte sie.

Innerlich stöhnend fragte ich mich, ob denn das ganze Land Bescheid wusste. Und die Sache war noch immer nicht ausgestanden, vor allem was Weaver anbelangte, der gesagt hatte: „Herrje, Matt, ich hab immer gewusst, dass du dummes Viehzeug magst, aber Royal Loomis?“

„Ich hab mich nicht *rumgetrieben*“, sagte ich zu meiner Tante. „Royal und ich waren zufällig zur selben Zeit auf dem Pökelboot, und er hat mich mit nach Hause genommen, das ist alles.“

Doch damit gab Tante Josie sich nicht zufrieden. „Vielleicht kann ich dir bei deiner Aussteuer helfen, Mathilda. Nachdem du dich verlobt hast, natürlich. Vielleicht können dein Onkel Vernon und ich etwas zu deinem Porzellan und Besteck beisteuern …“

Ich drehte mich um, entschlossen, ihr Gespräch über eine Verlobung im Keim zu ersticken. „Findest du nicht, dass das ein wenig voreilig ist, Tante Josie? Es war nichts weiter als eine gemeinsame Heimfahrt.“

„Ach Mattie, ich verstehe ja. Du glaubst vermutlich, dass die Aufmerksamkeit eines Jungen wie Royal mehr ist, als ein durchschnittliches Mädchen wie du erwarten kann. Aber wenn er Interesse zeigt, solltest du ihn ruhig ermuntern. So eine Chance wie mit einem Jungen wie Royal kriegst du vielleicht nicht wieder.“

Ich spürte, wie ich rot wurde. Ich weiß, dass ich zu viele Sommersprossen und braune Schnittlauchlocken habe. Ich weiß, dass meine Hände rau sind und mein Körper klein und stämmig ist. Ich weiß, dass ich nicht wie Belinda Becker oder Martha Miller aussehe – blond, blass und zart. Das weiß ich alles selbst und brauche nicht meine Tante dazu, mich daran zu erinnern.

„Ach Mattie, ich wollte dich nicht verlegen machen! Ich weiß, dass das alles ganz neu für dich ist, und wie schwer es für dich sein muss, deine liebe Mutter verloren zu haben. Aber sorg dich nicht, meine Liebe. Ich verstehe die Pflicht einer Mutter gegenüber ihrer Tochter, und nachdem deine Mama nicht mehr ist, werde ich sie an ihrer Stelle erfüllen. Gibt es da irgendetwas, was du wissen möchtest, meine Liebe? Irgendetwas, was du mich fragen willst?“

Ich umklammerte die Figur, die ich gerade putzte. Es war eine Figur aus der Reihe der sieben Todsünden: der Stolz. „Ja, Tante Josie, da gibt es etwas.“

„Nur zu, meine Liebe.“

Die Worte stürzten wie ein Wasserfall aus mir heraus. „Tante Josie, ich möchte aufs College. Wenn du mir Geld für Porzellan und Silber geben würdest, könntest du mir nicht stattdessen Bücher und eine Fahrkarte geben? Ich bin am Barnard College in New York City angenommen worden, hab aber kein Geld, um hinzukommen, und Pa will mich nicht im Glenmore arbeiten lassen, und ich dachte, dass vielleicht du und Onkel Vernon …“

Während ich sprach, rutschte Tante Josies Lächeln von ihrem Gesicht wie Eis von einem Blechdach. Sie antwortete nicht sofort, sondern sah mich nur an. Dann sagte sie: „Du bist genauso schlecht wie dein nichtsnutziger Bruder. Egoistisch und gedankenlos. Es muss von der Seite der Gokeys kommen, weil es von den Robertsons nicht kommen kann. Was um alles in der Welt glaubst du eigentlich? Deine Schwestern im Stich zu lassen, obwohl sie dich brauchen?" Sie machte mit dem Kopf ein Zeichen zu der Figur hin, die ich gerade in der Hand hielt. „Stolz. Das passt sehr gut. Hochmut kommt vor dem Fall. Du sitzt auf einem sehr hohen Ross, Mathilda. Ich weiß nicht, wer dich da oben hingesetzt hat, aber du solltest lieber schleunigst heruntersteigen!"

Mrs Loomis' Küche war so ordentlich und sauber, dass sie mir Angst machte. Wie Mrs Loomis selbst. Ihre Schürze war immer strahlend weiß, und sie stopfte sogar ihre Geschirrtücher. Mit Lou und Beth stand ich in ihrer Küche und entschuldigte mich für Daisy, unsere Kuh. Sie und ihr Kalb waren durch den Zaun zwischen unserem und Frank Loomis' Land gebrochen. Durchs Küchenfenster konnte ich sehen, wie sich die beiden im Kuhteich suhlten.

„Es tut mir sehr leid wegen des Zauns, Mrs Loomis", sagte ich. „Pa wird ihn reparieren."

„Das ist das zweite Mal in diesem Monat, Mattie."

„Ich weiß, Ma'am. Keine Ahnung, warum sie das tut", antwortete ich und drehte die Schlinge, die ich mitgebracht hatte, um Daisy zurückzuholen, in meinen Händen.

„Sie ist wohl ziemlich eigensinnig. Bind sie ein paar Tage im Stall fest und gib ihr weniger zu fressen. Dann wird sie's kapieren."

„Ja, Ma'am", antwortete ich, wohl wissend, dass ich Daisy nichts dergleichen antun würde. „Ja, also ich geh dann mal und hol sie. Lou, Beth, kommt mit."

Als wir eingetreten waren, hatte Mrs Loomis gerade ein Blech mit Sirupplätzchen aus dem Ofen genommen. Sie kühlten auf der Theke aus und verströmten einen herrlichen Duft. Meine Schwestern konnten den Blick nicht von den Plätzchen wenden, was Mrs Loomis nicht entging, und ihre schmalen Lippen wurden noch schmaler. Sie gab den Mädchen eins, das sie sich teilen mussten. Mir gab sie keins. Gestern hatte ich Mr Loomis gesehen, der Emmie Hubbard ein paar Eier brachte. Das fand ich sehr nett von ihm, und ich fragte mich, wie er es mit einer so geizigen Frau aushielt.

Xerophil hieß mein Wort des Tages. Dabei handelt es sich um die Fähigkeit bestimmter Pflanzen, Flüssigkeit zu speichern und so große Trockenheit zu überstehen. Als ich in Mrs Loomis' tadelloser Küche stand, fragte ich mich, ob nur Pflanzen xerophil sein konnten.

„Ich guck mal, ob einer der Jungs in der Nähe ist, um dir zu helfen", sagte Mrs Loomis. „Will! Jim! Royal!", rief sie aus dem Fenster.

„Ist schon gut, wir schaffen das schon", sagte ich schnell und wandte mich zur Hintertür.

Wir gingen am Stall vorbei zum Kuhteich. Daisy stand am hinteren Ende des Teichs. Sie brüllte laut. Baldwin, das Kalb, das Beth so getauft hatte, weil es ein so langes, ernstes Gesicht hatte wie Mr Baldwin, der Totengräber, brüllte ebenfalls. „Schon gut, Daisy!", rief ich. „Komm, mein Mädchen!"

Lou und Beth begannen ebenfalls, der Kuh etwas zuzurufen. Mit unserem Geschrei und Daisys und Baldwins Gebrüll veranstalteten wir einen ziemlichen Lärm.

„Hört sich an wie die Stadtkapelle von Old Forge. Genauso laut und mindestens genauso schrecklich."

Ich drehte mich um. Es war Royal. Seine Hemdsärmel waren hochgekrempelt und entblößten seine muskulösen, von der Sonne schon gebräunten Arme. Sein Haar, golden und zu lang, kräuselte sich über den Ohren.

Royal bückte sich und hob ein paar Steine auf. Dann stellte er sich hinter Daisy und zielte auf ihr Hinterteil. Der erste Stein erstaunte sie, der zweite setzte sie in Bewegung. Sie rannte auf uns zu, und ich warf ihr die Schlinge über den Kopf. Baldwin mussten wir nicht anbinden, er würde seiner Mutter folgen.

Ich dankte Royal. „Ich weiß nicht, warum sie hierherkommt", sagte ich. „Sie hat selbst einen schönen Teich."

Royal lachte. „Sie kommt nicht her, weil sie baden will. Hinter ihm ist sie her", sagte er und deutete auf die Weide hinter dem Teich. Zuerst konnte ich nicht sehen, wovon er redete, aber dann entdeckte ich ihn. Er stand am Rand des Feldes im Schatten einiger Fichten: der Bulle. Er war schwarz wie die Nacht, riesig und furchteinflößend, und er beobachtete uns. Ich hoffte inständig, dass der Zaun um ihn herum stabiler war als derjenige, durch den Daisy ausgebrochen war.

„Also, nochmals vielen Dank, Royal. Wir gehen jetzt lieber", sagte ich und wandte mich in Richtung des Feldwegs, der zu uns nach Hause führte.

„Ich begleite dich", antwortete er.

„Das brauchst du nicht."

Er zuckte die Achseln. „Macht mir nichts aus."

„Ich möchte Daisy führen, Matt", sagte Beth. Ich ließ sie machen, und sie begann wieder eins von Pas Holzfällerliedern zu singen. Lou ging neben ihr, ihr kurz geschnittenes Haar wehte im Wind.

Auf dem Weg redete Royal über Farmarbeit. Über den Mais, den er und Dan anpflanzen wollten, und dass sein Vater sich überlegte, ein paar Schafe anzuschaffen. Er redete ununterbrochen weiter und gab mir keine Möglichkeit, auch etwas zu sagen. Nach einer Weile jedoch holte er Luft, und nur um auch etwas zu sagen, erzählte ich ihm, dass ich aufs College gehen würde. Ich sagte ihm, dass ich am Barnard angenommen worden sei und, wenn ich genügend Geld zusammenbringen könnte, auch hingehen würde.

Er blieb wie angewurzelt stehen. „Warum in drei Teufels Namen willst du das machen?", fragte er stirnrunzelnd.

„Um zu lernen, Royal. Um Bücher zu lesen und rauszukriegen, ob ich eines Tages vielleicht selbst eins schreiben kann."

„Ich hab keine Ahnung, warum du das willst."

„Aber ich", erwiderte ich, verärgert über seine Reaktion. „Und überhaupt, was kümmert's dich?"

Er zuckte erneut die Achseln. „Ich versteh's bloß nicht, das ist alles. Warum dein Bruder fort ist. Warum du fort willst. Weiß dein Pa, was du vorhast?"

„Nein, und ich sag's ihm auch nicht."

Wir waren hinter meinen Schwestern und den Kühen zurückgeblieben, und es überraschte mich nicht, als sie auf halbem Weg zur Uncas Road hinter einem Hügel verschwanden. Was mich allerdings überraschte, war, dass Royal plötzlich stehen blieb und mich küsste. Auf den Mund. Schnell und heftig. Ich wehrte mich nicht, das konnte ich gar nicht, weil ich sprachlos war. Mir schoss nur durch den Kopf, dass Küsse von Jungs wie Royal eigentlich Mädchen wie Martha Miller vorbehalten waren. Er trat einen Schritt zurück und sah mich an.

Und dann zog er mich noch einmal an sich und drückte seinen Körper an meinen. Ihn zu spüren und seine Haut zu riechen machte mich schwindlig. Seine Hände lagen auf meinem Rücken und dann auf meiner Taille. Und schließlich bewegten sie sich nach oben, und bevor ich wusste, wie mir geschah, knetete er meine Brüste.

„Hör auf, Royal", sagte ich und riss mich mit flammendem Gesicht los.

„Was hast du denn?“, fragte er. „Willst du sie aufsparen?“
Ich konnte ihn nicht ansehen.
„Wofür, Matt?“
Und dann lachte er und machte sich auf den Heimweg.

Mo · no · chrom

Nein, nein, nein, Mattie! X ist die unbekannte Menge. Wenn sie bekannt wäre, brauchtest du ja kein X, oder?“, sagte Weaver.

Der Verzweiflung nahe, stand ich in der Mitte der Hauptstraße und starrte auf die Gleichung, die er in den Staub gezeichnet hatte. Die ganze Woche hatten wir mit Polynomen verbracht, und ich begriff sie noch immer nicht. Dabei schrieben wir am Ende der Woche einen Test für unser Examen. „Ich werd durchfallen, Weaver, das weiß ich genau.“

„Nein, das wirst du nicht. Du musst bloß ruhig bleiben.“

„Aber ich weiß nicht, wie …“

„Wart einen Moment, ja?“ Er biss sich auf die Lippen, sah zum Himmel hinauf, seufzte und schüttelte den Kopf. Dann schnippte er plötzlich mit den Fingern und lächelte. „Erinnerst du dich an das Wort des Tages?“, fragte er und schrieb *monochrom* in den Staub.

„Ja“, antwortete ich. „Es bedeutet einfarbig. Aber was hat das mit Algebra zu tun?“

„Nehmen wir an, du hättest kein Lexikon, würdest aber Vor- und Nachsilben und Wortstämme kennen. Wie würdest du die Bedeutung eines Wortes herausfinden?“

„Ich würde mir die einzelnen Teile ansehen. *Mono* ist eine Vorsilbe für ‚einzeln‘ und leitet sich ab aus dem griechischen Wort *monos*. Und *chroma* heißt ‚Farbe‘, das kommt ebenfalls aus dem Griechischen. Dann setzt man die Teile zusammen und hat die Bedeutung.“

„Genau! Mit Algebra geht es genauso, Matt. Man fügt all die Teile zusammen und erhält die Bedeutung, was in diesem Fall kein Wort, sondern eine Zahl ergibt.“

Er schrieb eine andere Gleichung auf, und ich begann zu verstehen, was er meinte.

„Bleib einfach dran. Du schaffst das“, sagte er.

Dann setzten wir unseren Heimweg fort. Als wir um die letzte Kurve vor Eagle Bay bogen, sahen wir, dass der Nachmittagszug in den Bahnhof einfuhr, wo er etwa eine halbe Stunde Aufenthalt haben würde, bevor er nach Raquette weiterfuhr. Noch war es erst April, aber es kamen bereits einige Touristen und Sommerhausbesitzer, und es dauerte eine Weile, bis sie mit ihrem Gepäck ausgestiegen waren.

„Da sind Lincoln und meine Mama“, sagte Weaver. „Mal sehen, ob sie fertig ist, Matt. Vielleicht kriegen wir eine Mitfahrgelegenheit.“

Wir überquerten die Gleise und gingen zum Bahnhof. Dabei schlängelten wir uns an den Touristen, den Schaffnern, an Mr Pulling, dem Stationsvorsteher, und einigen Arbeitern vorbei, die zu einem der Hotels wollten.

Weavers Mama stand in der Nähe des Bahnhofs und verkaufte Brathühner, Brötchen und Pasteten. Lincoln, ihr Maulesel, war an den Karren gebunden. Er war ein geduldiges Tier. Pleasant hätte nie so still gestanden.

„Brauchst du Hilfe, Mama?“, fragte Weaver.

„O ja, Schatz!“, antwortete sie, und beim Anblick ihres Sohnes leuchtete Aleeta Smith’ Gesicht auf wie eine Lampe. Das war jedes Mal so.

„Hallo Mattie, Schätzchen“, sagte sie in ihrem weichen, gedehnten Südstaatendialekt.

Ich grüßte sie, und sie reichte mir ein Brötchen. Weavers Mama war ebenso hübsch wie ihr Sohn. Sie hatte freundliche Augen, die aber nicht zu ihrem jungen Gesicht passten; irgendwie wirkten ihre Augen uralt, so als hätten sie fast alles gesehen, was es auf dieser Welt zu sehen gab.

„Siehst du die Dame, die da aus dem Fenster winkt, Weaver? Bring ihr das rüber“, sagte sie und reichte ihm ein in Zeitungspapier eingewickeltes Päckchen. Dann machte sie noch eins. „Das ist für den Lokführer, Mattie. Reich’s ihm hinauf, Schätzchen.“ Ich legte meine Bücher auf den Karren, nahm das Päckchen und lief zur Lokomotive.

„Bist du das, Mattie Gokey?“, dröhnte eine Stimme zu mir herunter.

„Ja, ich bin’s, Mr Myers. Ich bring Ihnen Ihr Essen.“

Hank Myers beugte sich herab und nahm sein Päckchen. „Da ist das Geld, Mattie. Richte Weavers Mama meinen Dank aus.“ Er warf mir ein paar Münzen zu.

Als ich zu dem Karren zurückging, kam ich an einem Ehepaar aus der Stadt vorbei, das neben seinem Gepäck stand. „Trudy, warte einen Moment“, hörte ich den Mann ungeduldig sagen. „Ich seh nirgendwo einen Träger. Ah! Da ist ein Negerjunge. He, du! Ich brauch Hilfe hier drüben!“

Weaver befand sich weiter unten am Bahnsteig, aber er hörte den Mann. Er drehte sich um, und ich sah einen bösen Ausdruck in seinen Augen. Einen, den ich nur zu gut kannte. Ich ging um den Mann herum, und als ich bei Weaver angelangt war, packte ich ihn am Ärmel. „Beachte ihn gar nicht“, sagte ich und zog ihn weiter.

„He, du! Sam! Ich sagte, ich brauch Hilfe hier drüben!“

Weaver schüttelte mich ab. Er drehte sich um und lächelte. Ein breites, scheußliches Lächeln. „Aba sicha, Mista Boss, sicha!“, rief er. „Bin gleich da, sicha, auf da Stelle!“

„Weaver!“, rief seine Mutter. Ihre Stimme klang ängstlich.

„Weaver, nicht!“, zischte ich, ohne zu wissen, was er vorhatte, aber ich wusste, dass es nichts Gutes oder Intelligentes sein konnte.

„Bin schon da“, sagte er und verbeugte sich vor dem Paar.

„Bring mein Gepäck zu dem Wagen“, sagte der Mann und deutete auf einen wartenden Pritschenwagen.

„Auf da Stelle, Boss!“ Weaver nahm das größte Gepäckstück, einen glatten Lederkoffer, hob ihn über den Kopf und warf ihn auf den Boden.

„Hey!“, brüllte der Mann.

„Ah jeh! Tut mir so leid. Bin bloß ’n dummer Nigger. Kein Sorge, Mista. Mach’s wieda gut. Holla!“, sagte Weaver. Dann holte er mit dem Fuß aus und versetzte dem Koffer einen so heftigen Tritt, dass er über den Bahnsteig schlitterte, gegen eine Wand prallte und aufsprang. Kleider fielen heraus.

Der Mann schrie. Ebenso seine Frau und Weavers Mama. Alle Fahrgäste machten schleunigst Platz. Weaver kickte den Koffer herum, den ganzen Bahnsteig entlang und wieder zurück. Dann kamen die Schaffner herbeigeeilt, ebenso Mr Pulling, und Mr Myers sprang schreiend und gestikulierend von der Lokomotive herunter. In meiner Panik fiel mir Weavers Vater ein. Ich stellte mir vor, was Weaver gesehen haben musste. Weiße Hände auf schwarzer Haut. So viele weiße Hände. Und ich wusste, dass die Männer, die auf uns zuliefen, alles nur noch schlimmer machen würden. Also sprang ich zwischen Weaver und den Koffer. „Bitte, Weaver!“, rief ich. „Hör auf.“

Was er auch tat. Ganz vorsichtig nahm ich ihn an den Handgelenken und schob ihn Schritt für Schritt zurück. Seine Arme waren steif und zitterten. Ich roch förmlich die Wut, die aus ihm kam, und den Schmerz. Erst schob ich ihn zum Karren seiner Mama hinüber, dann sammelte ich die Kleider des Mannes auf und legte sie in den Koffer zurück. Schließlich machte ich ihn zu und stellte ihn zum restlichen Gepäck des Mannes.

„Jetzt sieh dir das an! Er hat meine Sachen beschädigt!“, stieß der Mann hervor.

„Es tut ihm leid, Sir. Das war nicht seine Absicht.“

„Aber sicher war das seine Absicht! Zumindest die Reinigung meiner

Kleider muss er bezahlen. Und einen neuen Koffer. Gibt's hier einen Polizisten? Ich will ja keine Schwierigkeiten machen, aber man sollte ihn wirklich –"

„Nein, bitte!", rief Weavers Mama mit verzweifeltem Blick und hielt ihr Hühnergeld umklammert. „Ich bezahle Ihnen …"

Aber sie kam nicht dazu, ihren Satz zu beenden, weil eine andere Stimme sie unterbrach. „Nein, Mister, Sie wollen wirklich keinen Ärger machen. Machen Sie lieber, dass Sie weiterkommen, bevor sein Pa auftaucht. Oder seine fünf Brüder. Von denen ist einer gefährlicher als der andere."

Es war Royal, der in voller Größe, mit vor der Brust verschränkten Armen auf dem Bahnsteig stand, Jim und Will direkt hinter ihm. Ich hatte keine Ahnung, wo sie plötzlich hergekommen waren. Dann sah ich den Pritschenwagen seines Vaters mit Milchkannen darauf. Offensichtlich hatte er gerade ausgeliefert.

Der Mann musterte Royal von oben bis unten, dann blickte er zu Mr Pulling und Mr Myers, deren Gesichtsausdruck nichts verriet. Dann sah er die Gleise hinunter, als erwartete er, Weavers Vater und seine fünf bösen Brüder dort zu entdecken. „Na schön", sagte er. Dann nahm er seinen Koffer, ergriff den Arm seiner Frau und stolzierte zu dem wartenden Wagen.

„Dieser Junge wird eines Tages noch einen ganzen Sack voller Probleme kriegen", sagte Mr Pulling. „Alles wieder in Ordnung?"

„Na sicher", antwortete Royal. Und nachdem Mr Pulling fort war, fügte er hinzu: „Möchtest du mit heimfahren, Matt?"

„Danke, Royal, aber ich sollte besser nach Weaver sehen."

Ich lief zu dem Karren. Weavers Mama hatte ihren Sohn beiseitegenommen und hielt ihm die Standpauke des Jahrhunderts. Mir erschien es besser, die beiden nicht zu stören, deshalb warf ich das Geld von Mr Myers in die Schale mit dem Wechselgeld, nahm meine Schulbücher vom Karren und rannte los, um Royal einzuholen. Er überquerte gerade mit dem Pritschenwagen die Gleise. Jim und Will saßen hinten bei den Milchkannen. „Gilt das Angebot noch?", rief ich.

„Sicher."

Ich lief auf die andere Seite des Pritschenwagens und kletterte hinauf, froh, auf dem Heimweg seine Gesellschaft zu haben. Was geschehen war, hatte mich durcheinandergebracht, und ich brauchte jemanden, um darüber zu reden. „Danke, Royal", sagte ich.

„Für was denn? Ich fahr sowieso heim."

„Dass du Weaver aus dem Schlamassel herausgeholfen hast."

„Wie's aussieht, ist er noch nicht ganz raus", antwortete er und warf einen Blick auf Weaver und dessen Mutter zurück.

„Ich glaub, seine Mama ist so aufgeregt wegen dem, was seinem Pa passiert ist", sagte ich. Royal wusste, was mit Weavers Vater passiert war, jeder wusste das.

„Kann schon sein", antwortete Royal und trieb seine Pferde an.

„Vielleicht hat es damals genauso angefangen wie heute diese Sache mit dem Koffer", sagte ich, immer noch aufgewühlt. „Mit ein paar Wörtern. Und dann werden die Wörter zu Beleidigungen, Drohungen und noch Schlimmerem, und am Ende ist ein Mensch tot. Bloß wegen ein paar Wörtern."

Royal schwieg, und ich glaubte, dass er darüber nachdachte, was ich gesagt hatte.

„Ich weiß, dass du mir einmal gesagt hast, Wörter seien bloß Wörter, Royal, aber sie können mächtig sein …"

Tot. Ich werde tot sein, wenn die Köchin mich erwischt, wie ich die Haupttreppe des Hotels hinuntergehe. Wir dürfen nur die Hintertreppe benutzen, aber dafür müsste ich am Schlafzimmer der Köchin vorbei, und sie hat einen leichten Schlaf. Es ist Mitternacht. Trotz der Dunkelheit wage ich nicht, eine Lampe anzuknipsen. Doch ein großer Sommermond steht am Himmel, und das Glenmore hat viele Fenster.

Ich komme an den Fuß der Treppe und lausche. Zu meiner Rechten befindet sich der Speisesaal. Er ist dunkel und leer. Ich bete, dass mir nicht zufällig jemand begegnet. Dann gehe ich unter dem Kandelaber aus Geweih im Foyer hindurch und den Gang entlang, der zum Salon führt. Ein Schrecken durchzuckt mich, als ich Licht sehe, das aus einem Zimmer auf den Teppich fällt, aber dann fällt es mir wieder ein: das ist der Ort, an dem Grace Brown aufgebahrt ist. Mrs Morrison hat die Lampe brennen lassen, weil sie fand, dass es pietätlos wäre, die Toten allein im Dunkeln zurückzulassen. Sie hätten noch genügend Dunkelheit vor sich.

Durch den Speisesaal schleiche ich mich zur Küche. Dort brauche ich ein paar Sekunden, bis sich meine Augen an die größere Dunkelheit gewöhnt haben. Schließlich kann ich den Arbeitstisch der Köchin ausmachen. Gleich links davon befindet sich die Kellertür. Ich gehe hin, drehe den Knopf … aber sie ist verschlossen. Was jetzt? Grace Brown ist von uns gegangen, und ihre Briefe sollten auch fort sein. Einen Moment lang überlege ich, mich zum See hinauszuschleichen und die Briefe von der

Bootsanlegestelle zu werfen, doch es gehört sich nicht, draußen im Nachthemd herumzurennen. Ich werde wohl bis morgen warten müssen.

Ich verlasse die Küche und mache mich auf den Weg zurück zum Dachboden. Meinen Füßen befehle ich, mich direkt nach oben zu bringen, aber sie gehorchen mir nicht. Stattdessen bringen sie mich in den Salon und dann in das kleine Zimmer, das davon abgeht. Der Bluterguss auf Grace Browns Lippen wirkt im Licht der Lampe noch dunkler, und der Schnitt auf ihrer Stirn sieht schlimmer aus.

Wahrscheinlich hat sie sich den Kopf am Dollbord angeschlagen, als das Boot kenterte. Ja, das wäre eine Erklärung. Ihre Kleider sind immer noch feucht. Ebenso ihr Haar. Sie hat einen kleinen Koffer im Foyer zurückgelassen. Jemand hat ihn neben das Bett auf den Boden gestellt. Carl Grahms Sachen sind nicht hier. Er hat sie mitgenommen. Als ich ihn mit Grace über den Rasen zum Bootshaus gehen sah, habe ich mich gefragt: Welcher Narr nimmt einen Koffer und einen Tennisschläger zum Rudern mit?

Ich habe großes Mitleid mit Grace Brown, die hier unter lauter Fremden aufgebahrt ist. Daher finde ich es nur recht und billig, dass ich ihr eine Weile Gesellschaft leiste, und setze mich in einen Korbstuhl. Ich sehe den Schnitt auf ihrer Stirn, und die Fragen, die ich den ganzen Tag zurückgedrängt habe, stürmen auf mich ein.

Warum hat mir Grace Brown die Briefe zum Verbrennen gegeben? Warum hat sie so traurig ausgesehen? Und Carl Grahm – war er Carl oder Chester? Warum hat er „Carl Grahm, Albany“ ins Fremdenbuch geschrieben, obwohl Grace ihn Chester nannte und ihre Briefe an „Chester Gillette, New York“ adressierte?

Ich ziehe die Briefe aus meiner Tasche. Das sollte ich nicht tun, ich weiß, dass das nicht richtig ist, doch das gilt genauso für die Wunde an Grace Browns Stirn. Ich ziehe den obersten Brief unter dem Band hervor, öffne ihn und beginne zu lesen.

South Otselic, N.Y., den 19. Juni 1906

Mein Liebster –
ich tue nichts als weinen, seit ich hier bin. Wenn Du doch nur hier wärst, dann würde ich mich nicht so schlecht fühlen. Ich kann nicht anders, aber manchmal glaube ich, dass Du mich nie holen kommst. Ich habe solche Angst, Liebster … Chester, vermisst Du mich? Bitte schreib und sag mir, dass Du mich holen kommst, bevor Papa mich zwingt, die ganze Sache zu gestehen, oder sie selbst darauf kommen. Ich finde keine Minute Ruhe, bevor ich nicht von Dir höre …

Warum wollte Grace, dass er sie holte? Und warum hatte sie solche Angst, er würde es nicht tun? Er ist gekommen, oder? Er hat sie ins Glenmore gebracht. Und warum interessiert mich das? Warum?

„PA! PA, komm schnell! Da ist ein Ungeheuer im Misthaufen!"

„Hör auf zu schreien, Beth!"

„Aber Pa, da ist ein Ungeheuer! Zuerst dachte ich, es ist tot, ist es aber nicht! Ich hab's mit einem Stock angestupst, und es hat mich angeknurrt! Du musst kommen, schnell!"

All das hörte ich von der Milchkammer aus, einem Raum neben dem Kuhstall. Gerade goss ich warme, schäumende Milch durch ein feinporiges Tuch, um Fliegen und Heufasern herauszufiltern. Ich trocknete mir die Hände ab und ging in den Stall, um nachzusehen, um was es bei der ganzen Aufregung ging. Pa war auf dem Weg zur Tür, Abby bereits draußen. Lou stand oben im Heuschober und warf Ballen herunter.

„Was ist denn los?", fragte ich sie.

„Beth erzählt wieder Geschichten", antwortete sie. „Ich hoffe, sie kriegt Dresche."

Ich folgte meiner Familie nach draußen zur Rückseite des Stalls und sah zu meinem Entsetzen, dass Beth keineswegs Geschichten erzählt hatte. Dort in unserem Misthaufen lag, mit dem Gesicht nach unten, ein sehr schmutziger Mann mit langem, wirrem Haar. Er trug Arbeitshosen mit Hosenträgern und ein kariertes Wollhemd. Neben ihm lagen ein großer Sack und ein Paar Stiefel, deren Schuhbänder zusammengeknotet waren.

Beth hatte immer noch ihren Stock in der Hand und stieß ihn damit an. „Mr Monster?", flüsterte sie. „Mr Monster, sind Sie tot?"

Das Monster stöhnte, drehte sich auf den Rücken und öffnete seine blutunterlaufenen Augen. „Heiliger Himmel. Ja, isch glaub schon", sagte es.

„Onkel Fifty!", rief Beth.

„Verdammt, Francis!", rief mein Vater aus. „Komm da raus!"

„B'jour, mon frère."

„François?"

Nur mein Onkel Fifty, der jüngere Bruder meines Vaters, kann ihn so wütend machen, dass er Französisch spricht. *„Mathilde, allez à ma chambre ... "*, sagte Pa zu mir, bevor er sich wieder gefangen hatte. „Geh in mein Zimmer und hol ihm was zum Anziehen. Lass ihn nicht ins Haus, bevor er sich gewaschen hat. Mach auch Kaffee für ihn." Er sah noch einmal auf seinen Bruder und kehrte dann zu den Kühen zurück.

„Komm, Onkel Fifty, jetzt machen wir dich erst mal sauber“, sagte ich ungeduldig. Bis ich Wasser für ein Bad heiß gemacht und die Nissen aus seinem verfilzten Haar geholt hatte, würde ich zu spät zur Schule kommen. Und Miss Wilcox wollte heute die letzten Prüfungen abnehmen.

Lou kam nach draußen gerannt. „Onkel Fifty!“, rief sie. Dann sah sie ihn an, und ihr Lächeln verwandelte sich in Stirnrunzeln. „Onkel Fifty, warum sitzt du im Misthaufen?“

„Weil der Mist warm is’“, sagte er und richtete sich auf. „Bin letzte Nacht sähr spät gekommen. Wollt nischt das ganze Haus aufwecken, klar? Also hab isch hier draußen geschlafen.“

„Onkel Fifty … was ist in dem Sack?“, fragte Beth und warf einen hoffnungsvollen Blick auf seinen Beutel.

„Da drin? Gar nix. Bloß dreckige Kleider“, antwortete er. Enttäuschung breitete sich über Beth’ Gesicht aus.

„Onkel Fifty, jetzt komm“, sagte ich. „Ich hab keine Zeit für so was. Ich muss heute eine wichtige Prüfung machen.“

„Prüfung? Was für eine Prüfung?“

„Für mein Highschool-Diplom. Heute sind die letzten Prüfungen.“

„Mathilde Gauthier! Du musst ’n schlaues Mädschen sein, wenn du solsche Prüfungen machen willst. Geh nur in die Schule. Deine Mama wird mir beim Bad helfen.“

„Ach, Onkel Fifty, hast du es nicht gehört?“

„Was gehört? Isch war ein Jahr lang auf dem Saint-Laurent und dann in Ausable und Saint-Regis.“

Ich seufzte. „Na komm schon. Holen wir das Kerosin. Ich hab dir eine Menge zu erzählen. Und nichts Gutes, fürchte ich.“

Lou half mir, daher war ich mit meinem Onkel früher fertig, als ich gedacht hatte. Nachdem ich ihm von meiner Mutter und meinem Bruder erzählt hatte, musste ich allerdings eine Weile bei ihm sitzen bleiben und seine Hand halten.

Onkel Fifty verbirgt seine Gefühle nicht. Wenn er fröhlich ist, lacht er, und wenn ihm das Herz schwer ist – was der Fall war, als er vom Tod meiner Mama hörte –, weint er wie ein Kind.

Ich kam zwei Stunden zu spät zur Schule. Miss Wilcox stand bereits vor dem Schulhaus und hielt Ausschau nach mir. „Ich dachte schon, du würdest nicht kommen, Mattie! Was ist denn passiert?“, fragte sie.

Nachdem ich alles erklärte hatte, setzte ich mich und begann mit meinen Aufgaben. Jede dauerte zwei Stunden. Gestern hatten wir zwei gemacht, und heute standen drei an. Als wir fertig waren, war ich ziemlich zuversichtlich, dass ich bestanden hatte.

Auf dem Heimweg sagte mir Weaver, er glaube, dass er recht gut gewesen sei. Unsere Noten würden wir allerdings erst in einer Woche erfahren.

Als ich schließlich nach Hause kam, war es fast sechs. Meinen Onkel hatte ich vollkommen vergessen. Bis ich Essensgerüche wahrnahm, die Musik einer Mundharmonika hörte und Gelächter.

„Wo bist du denn gewesen? Das Abendessen is' schon seit zwei Wochen fertisch!", begrüßte mich mein Onkel, als ich zur Tür hereinkam. Er war sauber, sein Haar war geschnitten und sein Bart gestutzt. Onkel Fifty trug ein frisches Hemd, frische Hosen und eine Schürze meiner Mutter.

„Tut mir leid, Onkel Fifty. Ich hatte eine Menge Prüfungen."

„Los, Mattie, mach schon. Wir kommen um vor Hunger!", sagte Beth.

Onkel Fifty hatte ein Festmahl für uns gekocht – ein richtiges Holzfälleressen. Er ließ uns alle am Tisch Platz nehmen, dann holte er nacheinander die Gerichte aus dem Wärmeofen. Wir konnten kaum glauben, was wir sahen. Es gab einen Schweinebraten mit Kruste in Rahmsoße, Kartoffelbrei mit Zwiebeln, gebackene Bohnen mit Räucherspeck und einen riesigen Berg Pfannkuchen mit Butter und Ahornsirup.

„Onkel Fifty, ich wusste gar nicht, dass du kochen kannst", sagte Abby.

„Hab isch gelernt letzten Winter. Der Koch in Saint Regis is' plötzlich tot umgefallen, deshalb mussten alle Holzfäller reihum kochen."

Ich aß so viel, dass ich zu platzen drohte. Nach dem Essen setzten sich mein Vater und mein Onkel ins Wohnzimmer. Onkel Fifty nahm seine Whiskeyflasche, seinen Beutel, seine Stiefel und eine Büchse Nerzöl mit hinein. Beth ließ seinen Beutel nicht aus den Augen, als er aus der Küche ging. „Glaubt ihr wirklich, dass da schmutzige Kleider drin sind?", fragte sie flüsternd.

„Ich glaube, dass das Geschirr abgewaschen werden muss", antwortete ich. „Fangt schon mal an."

Wir wuschen ab, so schnell es ging, damit wir uns zu unserem Onkel setzen konnten. Seine Besuche waren selten. Die meiste Zeit lebte er in Three Rivers, Quebec, wo er und mein Vater geboren waren, und tauchte nur alle zwei oder drei Jahre bei uns auf, wenn er einen Holzfällerjob in der Nähe hatte. Als wir uns ins Wohnzimmer setzten, hatte Pa im Ofen schon Feuer gemacht. Er reparierte Pleasants Sattelgurt, und Onkel Fifty ölte seine Stiefel ein. Dabei trank er seinen Whiskey und erzählte uns Geschichten – auf die wir schon sehnsüchtig gewartet hatten.

Er erzählte uns von der tosenden Pracht, wenn das Eis aufbrach, ein Damm geöffnet wurde und daraufhin Abertausende von Stämmen durch den Kanal flussabwärts trieben und Wasserfälle hinabstürzten. Er erzählte von den Problemen, wenn sich die Stämme verkeilten, und der Gefahr, sie wieder aufzubrechen. Er erklärte uns, dass er der Champion am Sankt Lorenz sei und jeden anderen Flößer von einem Stamm herunterbefördern könne, und zwar buchstäblich jeden. Außer einem – meinem Pa.

Es war Jahre her, dass Pa beim Holzflößen gearbeitet hatte, aber während mein Onkel erzählte, konnte ich am Ausdruck seines Gesichts ablesen, dass er es vermisste. Ich sah den Stolz in seinen Augen, als Onkel Fifty uns erzählte, mein Pa habe den sichersten Stand gehabt, den er je bei einem Flößer gesehen habe. Er sagte, einmal habe er gesehen, wie Pa auf einem Stamm ein Tänzchen gewagt und ein Rad geschlagen habe.

Die Geschichten meines Onkels waren natürlich alle faustdicke Lügen. Das wussten wir, aber es war uns egal. Wir mochten einfach seine Art zu erzählen. Sein voller Name lautet François Pierre, aber Pa erklärte uns, seine Initialen stünden in Wahrheit für Fünfzig Prozent, weil man nur die Hälfte von allem glauben könne, was er sagte.

Pa ist vier Jahre älter als Fifty. Pa ist vierzig, mein Onkel 36. Sie haben die gleichen zerfurchten Gesichter, die gleichen blauen Augen und das gleiche schwarze Haar, aber dann ist es mit der Ähnlichkeit zwischen den beiden auch schon vorbei. Onkel Fifty lächelt immer, während mein Vater immer grimmig dreinblickt. Fifty hört sich wie ein Franzose an, der er auch ist, mein Vater hingegen so, als wäre er in New York geboren und aufgewachsen.

Einmal fragte ich meine Mutter, warum Pa nie Französisch spreche, und sie antwortete: „Weil die Narben zu tief sind." Pas richtiger Vater starb, als er sechs war. Seine Mutter hatte noch sieben weitere Kinder und heiratete den ersten Mann, der sie darum bat, weil sie sich und ihre Kinder durchbringen musste. Pa redete nie über seinen Stiefvater, aber Onkel Fifty tat es. Er erzählte uns, dass dieser Mann sie und ihre Mutter wegen jeder Kleinigkeit geprügelt habe: Weil das Essen zu kalt oder zu heiß war. Weil der Hund im Haus war, wenn er hätte draußen sein sollen oder umgekehrt. Pa lief schon mit zwölf von zu Hause fort und fand Arbeit als Hilfskraft in einem Holzfällerlager. Er arbeitete sich Richtung Süden bis nach New York durch und ging nie mehr nach Quebec zurück. Seine Mutter starb vor ein paar Jahren, und seine Geschwister zerstreuten sich in alle Himmelsrichtungen. Onkel Fifty war der Einzige, den er je sah.

Unser Onkel unterhielt uns stundenlang mit seinen Geschichten. Aber gegen elf wurde Beth müde, Lou begann zu gähnen, und Pa sagte uns, dass nun Zeit fürs Bett sei. Als wir aufstanden und Gute Nacht sagten, warf Beth einen letzten sehnsüchtigen Blick auf den Beutel unseres Onkels. Der bemerkte es und lächelte. Er öffnete ihn und sagte: „Isch bin selbst sähr müde. Isch denke, isch nehm jetzt mein Nachthemd raus, aber … was is' denn das? Wo kommen bloß all die Geschenke her? Isch kann misch nicht erinnern, ein Geschenk gekauft zu haben!"

Beth hüpfte auf und nieder. Lou kreischte. Sogar Abby war aufgeregt. Ich nicht minder. Onkel Fifty schenkte uns immer die schönsten Sachen. An diesem Abend begann er bei Beth, der Jüngsten, und arbeitete sich bis zur Ältesten hoch, wobei er immer so tat, als hätte er vergessen, für die jeweils Folgende etwas zu kaufen. Man musste Höllenqualen ausstehen, bis man an die Reihe kam. Beth bekam eine eigene Mundharmonika. Für Lou gab es ein geschnitztes Holzkästchen mit einem Dutzend handgemachter Fliegenköder zum Fischen darin. Abby bekam ein vergoldetes Medaillon, das sie vor Freude erröten ließ. Und dann kam ich an die Reihe.

„O nein! Für Mathilde hab isch es vergessen!", rief mein Onkel. Dann fasste er tief in den Beutel. „Nein, nein, warte! Isch hab was …" Er zog eine schmutzige Wollsocke heraus, worauf alle lachten. „Nein, da …" Er legte mir ein schmales Etui in die Hand, und als ich es öffnete, blieb mir die Luft weg. Es war ein Füller mit einer metallenen Feder und einem versilberten Halter mit Kappe. Nie in meinem Leben hatte ich einen Füller besessen, und ich konnte mir gar nicht vorstellen, wie es sich anfühlte, mit schöner dickflüssiger Tinte zu schreiben anstatt mit schmierigem Blei. Ich spürte, wie mir die Tränen kamen, als ich meinem Onkel dankte.

Nun war Pa an der Reihe – er bekam ein neues Wollhemd –, dann zog Onkel Fifty ein Jagdmesser und eine hübsche, mit Perlen bestickte Tasche heraus. „Für Lawton. Und eure Mama", sagte er. „Vielleischt gebt ihr ihm das Messer, wenn er heimkommt, ja? Und die Tasche könnt ihr Mädchen abwechselnd benutzen."

Wir alle nickten, aber niemand nahm die Tasche, und keiner berührte das Messer. Wir dankten unserem Onkel erneut, umarmten und küssten ihn, und dann war es wirklich Zeit fürs Bett.

Meine Schwestern gingen nacheinander auf den Außenabort, während ich noch mehr Feuerholz holte. Auf dem Rückweg, gerade als ich die Wohnzimmertür öffnen wollte, hörte ich meinen Onkel sagen: „Warum kommst du nischt zurück und arbeitest wieder als Flößer, Michel?"

Pa lachte. „Und überlass vier Mädchen sich selbst? Der viele Whiskey hat dir wohl das Hirn vernebelt.“

„Deine Ellen, sie hat disch vom Fluss weggeholt. Meinst du, das weiß isch nischt? Aber sie is’ jetzt fort, und isch find, der Fluss is’ besser für disch. Gefällt dir denn diese Bauernarbeit?“

„Ja.“

„Und wer erzählt jetzt Lügen, ha?“, hörte ich meinen Onkel schnauben. „Und noch etwas. Warum bringst du deinen Mädchen nischt Französisch bei?“

„Dafür haben sie keine Verwendung“, erwiderte Pa schroff. „Und ich auch nicht.“

„Aber es sind französische Mädchen, Michel. Sie sind Gauthiers und heißen nischt Gokey! Was zum Teufel soll denn Gokey sein?“

Pa seufzte. „So spricht man es hier eben aus. Es ist einfacher, Francis. Das hab ich dir doch schon alles erklärt. Mein Gott, nie kannst du etwas auf sich beruhen lassen.“

„Isch? Und das muss isch mir gerade von dir sagen lassen! Sie is’ fort, Michel. Deine Ellen, sie is’ tot.“

„Das weiß ich, Francis.“

„Aber du lässt sie nischt gehen! Dein Herz blutet immer noch. Das seh isch in deinem Gesicht. Sie is’ fort, aber du bist noch hier, Michel, und deine Mädchen sind auch noch hier. Kannst du das denn nischt sehen?“

„Sonst noch was, Fran?“

„Ja, da gibt’s noch etwas. Warum ist dein Sohn fortgegangen, ha?“ Pa antwortete nicht. „Isch glaub, isch weiß schon. Weil du so elend bist, deshalb.“

„Du hast zu viel Whiskey getrunken, Francis. Wie üblich.“

Dann ging Pa auf den Abort, und ich tat so, als hätte ich gerade Holz geholt und nicht gelauscht.

„Isch bin stolz auf disch, Mathilde, weil du alle diese Prüfungen machst“, sagte Fifty, als ich hereinkam.

„Danke, Onkel Fifty.“ Ich freute mich, dass er das gesagt hatte, aber ich wünschte, mein Vater hätte das auch zu mir sagen können.

„Was machst du denn nach all die Prüfungen? Wirst du Lehrerin?“

Ich schüttelte den Kopf, legte zwei Scheite in den Ofen und schloss die Ofentür. „Nein, Onkel Fifty. Dafür braucht man noch eine längere Ausbildung.“

Er dachte darüber nach und fragte dann: „Warum machst du die dann nischt? Du bist doch ein schlaues Mädchen. Diese Ausbildung, kostet die Geld?"

„Die Schule nicht. Aber die Fahrkarte und die Bücher."

„Wie viel? Zwanzig Dollar? Dreißig? Isch geb dir das Geld."

Ich lächelte ihn an. Sein Angebot war wirklich freundlich, aber ich wusste, dass er den größten Teil seines Verdienstes für das Abendessen und die extravaganten Geschenke ausgegeben hatte. Wahrscheinlich waren ihm nicht mehr als fünf oder zehn Dollar geblieben. „Gute Nacht, Onkel Fifty", sagte ich und küsste ihn auf die Wange. „Ich bin froh, dass du uns besucht hast. Wir haben dich vermisst."

„Du denkst, isch hab nichts, aber du wirst schon sehen", sagte er und zwinkerte mir zu. „Isch erzähl nicht bloß Geschichten. Nischt immer."

Ich wartete, bis Pa wieder hereinkam, ging dann selbst auf den Außenabort und dann nach oben ins Bett. Als ich die Treppe hinaufging, konnte ich meinen Vater und meinen Onkel immer noch reden hören.

„Francis, du hast deinen gesamten Lohn ausgegeben, stimmt's? Für das Abendessen, die Geschenke und den Whiskey."

„Nein, das hab isch nischt."

„Ich glaub dir nicht."

„Na, dann schau her … ein Scheck über einhundert Dollar. Was sagst du jetzt, ha?"

„Ein Scheck?", fragte Pa.

„Ein Scheck?", flüsterte ich. *Mein Gott, er hat wirklich Geld. Er hat hundert Dollar und wird mir etwas davon geben, und am Ende kann ich doch noch aufs College gehen!*

„Das is' rischtig. Der Boss hat uns eine Hälfte bar ausbezahlt, die andere is' dieser Scheck."

„Ich würde sagen, er passt auf euch auf, Fran. Wirst du dein Geld zur Abwechslung mal nicht aus dem Fenster werfen? Wirst du es auf die Bank bringen?"

„Du wirst schon sehen, was isch mach. Mehr sag isch nischt. In fünf oder sechs Tage geh isch nach Old Forge und lös ihn ein. Dann wirst du disch sähr wundern."

„WIE WÄR'S mit grünen Herzen, Mattie? Soll ich außer den Zitronendrops auch die noch nehmen? Abby mag die auch. Lou mag die Minzebonbons."

„Warum nimmst du nicht von allen ein paar?", sagte ich. „Aber geh aus dem Weg, Beth, damit die Leute an dir vorbeikommen."

Gemeinsam mit einem Dutzend anderer Leute, hauptsächlich Touristen, waren wir auf dem Pökelboot und hatten gerade vier Kannen Milch und drei Pfund Butter abgeliefert. Dafür hatten wir kein Geld bekommen, denn Anfang der Woche hatte Pa mit Mr Eckler vereinbart, dass wir dafür von ihm eine Speckseite bekämen.

Aber als ich ein paar Wochen zuvor bei Mr Eckler mein Aufsatzheft gekauft hatte, hatte ich von den 60 Cent, die ich beim Sprossenpflücken verdient hatte, nur 45 ausgegeben. Also besaß ich immer noch 15 Cent, die ich Pa nicht gegeben hatte, sondern jetzt dazu benutzte, Süßigkeiten für meine Schwestern zu kaufen. Ein heimlicher Kauf, weil ich das Geld eigentlich hätte Pa geben sollen, aber nachdem er mich geschlagen hatte, beschloss ich, das nicht zu tun.

Diese 15 Cent waren im Moment mein einziges Geld, aber ich hatte das Gefühl, ich könnte es mir leisten, großzügig damit umzugehen. Onkel Fifty war morgens nach Old Forge gefahren, von wo aus er am nächsten Tag mit dem Zug zurückkommen wollte. Mittags würde ich dann meine dreißig Dollar haben.

Ich sah, dass der Pritschenwagen der Loomis am Anlegesteg anhielt. Royal saß auf dem Bock. *Wie schaffte er es nur, so gut auszusehen, egal was er tat?* Ich dachte an den Kuss, den er mir gegeben hatte, und allein bei dem Gedanken wurde mir schwindlig. Seine Mutter war bei ihm. Sie sahen mich nicht, denn Beth und ich befanden uns auf der anderen Seite des Bootes. Mrs Loomis stieg ab, und er reichte ihr einen Korb Eier und einen großen Buttertopf hinunter. Sie kam an Bord und gab beides Mr Eckler. Er gab ihr dafür einen Dollar. Sie dankte ihm und kehrte auf den Steg zurück.

„Also gut, ich bin fertig", sagte Beth. Sie hatte ihre Süßigkeiten in eine kleine braune Tüte gesteckt.

„Dann geh und bezahl", antwortete ich und gab ihr mein Geld.

Beth trottete zur hinteren Seite des Bootes und reichte Charlie Eckler die Tüte. „Ich geh nächste Woche in den Zirkus in Boonville", hörte ich sie sagen. „Mein Onkel hat versprochen, mit mir hinzugehen. Mit mir und Lou."

„Das wird euch bestimmt gefallen, da bin ich ganz sicher. Das macht zehn Cent."

Ich beobachtete Royal. Er unterhielt sich mit John Denio, einem Fuhrmann vom Glenmore. Sie nickten und lachten. Ich konnte den Blick nicht von ihm wenden. Hatte jemand, der so gut aussah, mich wirklich geküsst?

Während ich weiter vor mich hin träumte, stieg seine Mutter wieder auf den Wagen. Mr Denio plauderte noch ein paar Minuten mit ihnen, dann fuhr er den Anlegesteg hinunter, um Gäste abzuholen. Sobald er fort war, holte Mrs Loomis den Dollarschein aus der Tasche, den sie von Mr Eckler bekommen hatte, und reichte ihn Royal. Sie sagte etwas zu ihm, er nickte und steckte ihn in seine Tasche. Dann drehte sie den Kopf und merkte, dass ich sie beobachtete. Ihre Augen verwandelten sich in schmale Schlitze, und wenn Augen sprechen könnten, hätten sie gesagt: „Kümmer dich um deine eigenen Angelegenheiten, Mattie." Ich fand das sehr seltsam, weil es mich nicht die Bohne interessierte, was Mrs Loomis mit ihrem Eiergeld machte.

Ich sah ihnen nach, wie sie den Weg entlangfuhren, dann reichte mir Beth das Wechselgeld, und wir sprangen vom Boot auf den Anlegesteg hinunter. Beth und ich stiegen auf unseren Pritschenwagen, und auf meinen Befehl hin setzte sich Pleasant in Bewegung. Die Heimfahrt verlief ohne weitere Ereignisse, doch als ich mit dem Wagen in unsere Einfahrt einbog, erwartete mich eine ziemliche Überraschung. Ein Auto stand dort. Ich wusste, wem es gehörte. Schnell brachte ich den Pritschenwagen in die Scheune und Pleasant auf die Weide, dann ging ich hinein. Als ich die Küchentür öffnete, sah ich Lou und Abby auf der Treppe sitzen, die Ohren an die Wand gepresst.

„Was ist los?", fragte ich.

„Miss Wilcox ist mit Pa im Wohnzimmer", flüsterte Abby. „Sie hat deine Prüfungsergebnisse mitgebracht. Du hast eine Eins plus in deinen Englischtests. Sie und Pa reden über dich. Sie sagt, du wärst sehr begabt und dass Pa dich aufs College gehen lassen sollte."

Mir war das Herz inzwischen in die Hose und noch weiter hinunter gerutscht. Miss Wilcox meinte es gut, das war mir klar, aber ich kannte auch Pa. Sie würde ihn nur reizen. Ich setzte mich unterhalb von Abby neben Lou auf die Treppe. Beth saß unter uns und verteilte Süßigkeiten, als wären wir Zuschauer eines Theaterstücks. Ich lauschte angestrengt, um mitzukriegen, was drinnen gesagt wurde.

„… sie ist begabt, Mr Gokey. Sie verfügt über einen einzigartigen Stil. Und sie könnte mehr aus sich machen, viel mehr, wenn man sie ließe …"

„Mattie braucht nicht mehr aus sich zu machen. Sie ist ganz in Ordnung, wie sie ist."

„Sie könnte Schriftstellerin werden, Sir. Noch dazu eine gute. Sie braucht Lehrer, die sie fördern und sie bei ihrer Entwicklung unterstützen."

Darauf folgte Schweigen. Ich konnte mir das verärgerte Gesicht meines Vaters vorstellen.

„Sie möchte aufs College, Mr Gokey. Unbedingt", sagte Miss Wilcox.

„Das ist allein Ihre Schuld, Ma'am. Sie haben ihr diesen Floh ins Ohr gesetzt. Ich hab das Geld nicht, um sie dorthin zu schicken. Und selbst wenn ich's hätte, warum sollte ich mein Mädchen irgendwohin schicken, wo sie keinen kennt? Sie hat einen flatterhaften Zug an sich. Den hat sie von ihrer Mama. Die war auch flatterhaft."

„Diesen Eindruck hat Mrs Gokey nie auf mich gemacht."

„Das war sie aber. Als sie jünger war. Sonst hätte sie mich nicht geheiratet. Es hat ihr zwanzig Hektar Baumstümpfe und Felsbrocken eingebracht und einen Grabstein mit siebenunddreißig."

„Ganz bestimmt nicht, Mr Gokey. Ich habe Ihre Frau nur zwei- oder dreimal besucht, aber ich habe in ihrem Gesicht gelesen, dass sie eine Frau war, die liebte …"

„Sie haben in ihrem Gesicht gelesen? Menschen sind keine Bücher, Miss Wilcox. Also, wenn Sie jetzt fertig sind, Ma'am, ich muss noch raus zum Pflügen."

Wieder folgte Schweigen, dann sagte sie: „Das bin ich. Auf Wiedersehen, Mr Gokey. Danke für die Zeit, die Sie sich genommen haben."

Ich hörte Miss Wilcox' energische Schritte im Gang, dann war sie fort.

Plötzlich stand Pa in der Küche. Wir sprangen auf. „Ihr seid wohl zufällig alle vier gerade die Treppe runtergekommen", sagte er. Niemand antwortete. „Abby, hast du die Butter schon gesalzen? Lou, hast du den Stall ausgemistet? Beth, sind die Hühner schon gefüttert?" Meine Schwestern stoben davon.

Pa sah mich an. „Selbst hast du es mir wohl nicht sagen können?", fragte er und sah mich mit hartem Blick an. Auch seine Stimme war hart.

„Wozu denn, Pa? Damit du hättest Nein sagen können?"

Er sah mich an, sein Blick verriet mir, dass er verletzt war. Einen Moment lang dachte ich, er wollte etwas Liebevolles zu mir sagen, aber er sagte: „Dann geh doch, Mattie. Ich werd dich nicht aufhalten. Aber wenn du gehst, komm ja nicht mehr zurück." Dann ging er aus der Küche und schlug die Tür hinter sich zu.

Daisy käute ihr Futter wieder, während ich sie melkte. Es war fast Ende April, zwölf unserer zwanzig Kühe hatten gekalbt, und wir ertranken in Milch.

„Mattie?"

Ich drehte den Kopf. „Was ist denn, Beth?"

„Warum ist Onkel Fifty noch nicht zurück? Er wollte doch bis heute Mittag zurück sein, und jetzt ist es schon nach fünf. Er hat mir versprochen, dass er mich in den Zirkus in Boonville mitnimmt."

„Er kommt schon noch. Wahrscheinlich hat er sich mit jemandem verplaudert und einen späteren Zug genommen. Du weißt doch, wie er ist."

„Bist du sicher, Mattie?"

„Ich bin mir sicher", antwortete ich, aber das stimmte nicht. Ich war genauso besorgt wie Beth.

„Hallooo!", rief eine Männerstimme von der Stalltür aus.

„Da ist Mr Eckler", sagte Beth und lief zu ihm, um ihn zu begrüßen.

„Grüß dich, mein Mädchen! Ist dein Pa hier?"

„Ich bin hier, Charlie!", rief Pa.

„Ich hab dir den Speck mitgebracht, wie wir's ausgemacht haben. Ein besonders schön gewachsenes Stück. Und ich wollte dich fragen, ob ich morgen statt vier Kannen fünf von dir kriegen kann und ob du zusätzlich Butter liefern kannst?"

„Die Milch hab ich. Von den Kühen gibt jede acht Liter am Tag. Die Butter sollte ich auch liefern können."

„Freut mich zu hören. Also, ich muss wieder los, aber sag mal … ich hab deinen Bruder heut Morgen gesehen."

„Was hat er gemacht? Den Bummelzug nach Hause genommen?"

„Nein, nicht ganz. Er saß eher im Schnellzug, wenn du mich fragst. In Richtung Utica."

„Hatte wohl schwer geladen?"

„Mhm."

Mir stockte der Atem. Ich lehnte die Stirn an Daisys Bauch und schloss die Augen.

„Wetten, dass er's nicht mal bis Utica schafft", sagte mein Vater.

„Also dann, Michael. Bis morgen."

„Schönen Abend, Charlie."

„Pa?", fragte Beth mit zitternder Stimme. „Was heißt *schwer geladen*? Wo ist Onkel Fifty? Er hat gesagt, dass er mich in den Zirkus mitnimmt."

„Du darfst nicht alles glauben, was dein Onkel sagt."

„Aber er hat gesagt, dass er mich mitnimmt!"

„Beth, er wird's nicht tun, und damit hat sich's, also still jetzt."

„Aber er hat's versprochen, Pa!", sagte sie schluchzend. „Ich hasse ihn!"

Pa murmelte bloß: „Nicht mehr, als er sich in ein paar Tagen selbst dafür hassen wird." Dann befahl er ihr, den Speck zu Abby hinüberzubringen.

Zusammengesunken saß ich auf dem Melkschemel und wusste, dass sich meine letzte Möglichkeit, ans Barnard zu kommen, zerschlagen hatte, weil das Geld auf dem direkten Weg in die Kasse irgendeines Barmanns war.

„Was ist?", fragte plötzlich jemand schroff. Es war Pa. Er stand neben Daisy und sah mit gerunzelter Stirn auf mich herab.

„Nichts", antwortete ich und wischte mir die Augen. Ich nahm meinen Eimer, ging schnell an ihm vorbei und machte mich in der Milchkammer an die Arbeit. Als ich die Milch in das Trenngefäß goss, hörte ich seine Schritte hinter mir.

„Mattie, ich weiß nicht, was Francis zu dir gesagt hat, aber wenn er was verspricht, dann redet der Whiskey aus ihm. Das weißt du doch, oder? Er meint's nicht bös, er ist halt so." Ich spürte seinen Blick auf meinem Rücken und hörte, wie er noch einen Schritt auf mich zu machte.

„Mit mir ist alles in Ordnung, Pa", erwiderte ich schroff. „Ich komme gleich."

Er blieb einen Moment stehen, dann ging er. Zum ersten Mal war ich froh, dass das Durchseihen der Milch meine Aufgabe war. Froh um die Zeit, die es dauerte, sie in die Gefäße zu gießen. Froh, dass mich niemand heulend auf einer Bank sitzen sah.

Nachdem ich mich ausgeweint hatte, wischte ich mir das Gesicht ab, deckte die Milchschüsseln mit Tüchern ab und ging in die Küche. Abby kochte bereits Abendessen. Heute würde es keine Lieder und keine Geschichten geben. Aber frischen Spinat. Und Bratkartoffeln mit Speck. Und einen großen Krug Milch, einen Laib Brot und ein Stück Butter.

Mein Vater hatte all diese Dinge auf den Tisch gestellt.

Ich sah ihn an, während er sich am Ausguss die Hände wusch und Wasser ins Gesicht spritzte. Erst hatte uns meine Mama verlassen, dann mein Bruder, und jetzt auch mein unbekümmerter, unzuverlässiger Onkel. Aber mein Pa blieb. Er würde immer bleiben. Ich sah ihn an und bemerkte die Schweißflecken auf seinem Hemd. Und seine großen, schrundigen Hände. Und sein erschöpftes Gesicht. Ich erinnerte mich, wie ich mich darauf gefreut hatte, ihm das Geld meines Onkels zu zeigen und ihm zu sagen, dass ich fortgehen würde. Und ich schämte mich so.

Mit den Toten lässt sich nicht streiten. Ganz egal was man sagt, sie behalten das letzte Wort. Ich versuche, reinen Tisch mit Grace zu machen, während ich bei ihr sitze. Ich sage ihr, dass es falsch war, mir ihre Briefe zu geben, und dass die Heimlichkeiten, zu denen ich ihretwegen gezwungen bin, mich meinen Job kosten können, wenn ich nicht aufpasse. Dass ich meinen

Lohn aber brauche, weil ich bald heiraten werde und davon einen Herd und Töpfe und Pfannen kaufen will. Ich sage ihr, dass es durchaus möglich ist, dass Carl Grahm tatsächlich Carl Grahm ist und Chester Gillette jemand ganz anders.

Ich frage mich, wie sie zu ihrem Kosenamen Billy gekommen ist. So hatte Chester – nein *Carl*, sein Name ist *Carl* – sie genannt. Hatte ihr Pa ihr den gegeben? Oder vielleicht ihr Bruder?

Ich öffne einen weiteren Brief.

South Otselic, den 21. Juni 1906

Mein lieber Chester,
ich fühle mich so schlecht, dass ich Dir einfach schreiben muss. Heute Nachmittag brachte mir mein Bruder einen Brief von einem der Mädchen, und nachdem ich ihn gelesen hatte, fiel ich in Ohnmacht. Chester, ich bin nach Hause gegangen, weil ich dachte, ich könnte Dir vertrauen … Dieses Mädchen schrieb mir, dass Du offensichtlich eine sehr vergnügliche Zeit hattest und dass Dir meine Rückkehr nach Hause anscheinend gutgetan hat, da Du seit Wochen nicht mehr so fröhlich gewesen seist … Ich hätte wissen müssen, Chester, dass Du Dich nicht um mich kümmern würdest, aber irgendwie habe ich Dir mehr vertraut als jedem anderen …

Draußen vor dem Fenster sind Stimmen zu hören. Männerstimmen. Ich erstarre. „… glaubt, sein Name sei Gillette." Das ist Mr Morrison, der Manager.

„Wer?", fragt Mr Sperry, der Besitzer.

„Mattie Gokey. Sie behauptet, sie hätte gehört, wie ihn das Mädchen Gillette nannte, Chester Gillette."

„Verdammt, Andy, ich hab die Polizei in Albany angerufen und gesagt, dass ein Carl Grahm wahrscheinlich ertrunken ist, und sie gebeten, seine Familie zu benachrichtigen. So steht es im Fremdenbuch: ‚Carl Grahm, Albany'."

Die Stimmen entfernen sich. Schnell laufe ich aus dem Salon, den Gang hinunter, durchs Foyer und die Haupttreppe hinauf. Gerade als ich den ersten Treppenabsatz erreicht habe, geht die Vordertür auf. Ich ducke mich hinter das Geländer und wage nicht, mich zu bewegen.

„… und unten in Cortland gibt's auch Gillettes", sagt Mr Sperry. „Gut betuchte Leute. Einem von ihnen gehört eine große Rockfabrik."

„South Otselic, wo das Mädchen her ist … das ist doch in der Nähe von Cortland, oder?", sagt Mr Morrison.

„Etwas über dreißig Meilen entfernt. Hat Mrs Morrison ihre Familie denn schon erreicht?“

„Ja. Es sind Farmer.“

Mr Sperry holt tief Luft und atmet wieder aus. „Schon eine komische Sache. Man würde doch denken, dass der eine in der Nähe des anderen wäre.“

„Was meinst du? Die Orte?“

„Die Leichen. Im Wasser. Man hätte doch meinen können, wir würden die eine nicht weit von der anderen finden. Es gibt doch keine nennenswerte Strömung in der Bucht.“ Er schweigt einen Moment und fragt dann: „Hättest du Lust auf einen Drink, Andy?“

„Gern.“

„Ich hol die Flasche. Aber wir trinken draußen auf der Veranda, drinnen im Salon wäre nicht passend. Nicht heute Abend.“

Mr Sperry verschwindet den Gang hinunter, und Mr Morrison macht sich an der Rezeption zu schaffen, sieht Telefon-Nachrichten durch und wirft einen Blick auf den Telegrafen. Ich bleibe auf dem Treppenabsatz.

Ein paar Minuten vergehen, dann taucht Mr Sperry mit einer Flasche und zwei Gläsern wieder auf.

„Dwight, sieh dir das an“, sagt Mr Morrison.

„Was ist?“

„Ein Telegramm aus Albany. Vom Polizeichef. Wegen Carl Grahm. Es besagt, dass keine Person dieses Namens in der Stadt wohnt.“

Die beiden Männer gehen auf die Veranda hinaus. Ich laufe auf den Dachboden zurück und schiebe Grace Browns Briefe unter meine Matratze.

„MATTIE, morgen kommt Reverend Miller zum Tee, also polier doch bitte die Porzellanfiguren auf Hochglanz.“

„Ja, Tante Josie.“

Doch es ging ihr nicht um ihre Porzellanfiguren. Sie wollte nur, dass ich auf der Leiter blieb und mich so von der Wohnzimmertür fernhielt, damit ich nicht hören konnte, was sie sagte. Die Tür ließ sich nicht ganz schließen, und durch den Spalt konnte ich meine Tante und Alma McIntyre sehen. Sie saßen am Küchentisch. Meine Tante hielt einen Briefumschlag ins Licht.

„Das ist Diebstahl, Josie“, hörte ich Mrs McIntyre sagen. „Wir stehlen Emmie Hubbards Post.“

„Das ist kein Diebstahl, Alma, sondern Hilfe. Wir versuchen, einer Nachbarin zu helfen, das ist alles“, erwiderte meine Tante.

„Arn Satterlee hat ihn mir kurz vor der Mittagspause gegeben. Ich muss ihn bis zwei in den Postsack legen, sonst kriegt Emily ihn heute nicht mehr.“

„Das klappt schon, Alma. Es dauert doch bloß einen Moment …“

Ich hörte, wie Wasser in den Kessel gefüllt wurde, und wusste, dass die beiden keinen Tee damit kochen wollten. Ihrer Unterhaltung hatte ich entnommen, dass Arn Satterlee Emmie Hubbard einen Brief geschickt hatte, und da er von Arn stammte, musste es sich um ihre Steuern handeln.

„Alma, sieh her! O Gott! Arn Satterlee versteigert Emmie Hubbards Land, um die ausstehenden Steuern einzutreiben. Sie schuldet ihm zwölf Dollar und siebzig Cent.“

„Aber warum, Josie? Warum jetzt? Emmie bezahlt ihre Steuern doch nie rechtzeitig.“

„Eben – weil es sich um ein ‚gewohnheitsmäßiges Versäumnis‘ handelt … genauso steht es hier.“

„Ach Unsinn! Dieses Jahr ist es doch nicht anders als sonst auch. Arn schickt ihr immer eine Mahnung oder belastet ihr Land, wenn die Behörde ihn dazu zwingt, aber er geht doch nie so weit, ihren Besitz zum Verkauf auszuschreiben.“

„Sieh her, Alma“, sagte meine Tante, „hier steht, dass es einen Kaufinteressenten gibt.“

„Aber wer könnte sich denn dafür interessieren? Glaubst du, es ist einer ihrer Nachbarn?“

„Das kann ich mir nicht vorstellen. Sie hat doch nur drei. Einmal Aleeta Smith, und die würde Emmie so was nicht antun. Michael Gokey genauso wenig. Und selbst wenn sie wollten, hätten sie nicht das Geld dafür. Damit bleibt nur Frank Loomis, und ich bezweifle, dass *er* das Geld hat.“

„Zudem würde er nicht wollen, dass Emmie fortgeht“, sagte Mrs McIntyre.

Daraufhin redeten sie im Flüsterton weiter, und ich konnte nichts mehr verstehen. Nur „schamlos, Josie …“ und „… ich würde das nicht tolerieren …“ Ich nahm an, dass sie schlecht über Emmie redeten, wie alle es taten.

Dann sagten sie eine Weile gar nichts, bis meine Tante meinte: „Alma, ich bin überzeugt, dass kein Einheimischer so etwas tun würde. Ich wette, es ist ein Geschäftsmann aus New York.“

„Ach Josie, das ist furchtbar! Was soll denn aus den Kindern werden?“

„Ich könnte mir vorstellen, dass die Gemeinde sie übernimmt.“

Ich hatte genug gehört, stieg von der Trittleiter und ging zum Kaminsims. Dort stand eine Bronzeuhr, die ich heftig zu polieren begann, weil ich völlig außer mir war.

„Wir könnten nach Inlet gehen und uns die Schaufenster von O'Hara's ansehen“, sagte Ada Bouchard. „Sie haben gerade ein paar hübsche Sommerstoffe reinbekommen.“

„Oder zum Moss Lake hinaufwandern“, sagte Abby.

„Oder zum Dart's Lake“, schlug Jane Miley vor.

„Wir könnten Minnie Compeau besuchen und uns die Babys ansehen“, meinte Frances Hill.

„Oder uns unter die Fichten setzen und lesen“, sagte ich.

„*Lesen?* An einem Tag wie diesem? Du bist wohl nicht ganz bei Trost, Mattie!“, versetzte Fran. „Lass uns Strohhalme ziehen. Wer den kürzesten zieht, entscheidet, was wir machen.“

Wir standen am Ende der Uncas Road, wollten einen Ausflug machen und mussten uns nur noch entscheiden, wohin. Es war Samstag, ein warmer, strahlender Frühlingsnachmittag.

Ein Pritschenwagen tauchte auf, der von zwei Braunen gezogen wurde.

„Royal Loomis! Was führt dich denn hierher?“, fragte Fran.

Royal zuckte die Achseln. „Ich hab eine Ausfahrt gemacht und bin hier gelandet“, meinte er. „Hey Matt, wie wär's mit einer Spazierfahrt?“

Es hätte mich fast umgehauen. „Ich?“, fragte ich und hielt die Hand vor die Augen, um zu ihm hinaufzuschauen. Ich sah meine Freundinnen an. Fran zwinkerte mir zu. „Na, mach schon“, flüsterte sie.

„Ja … also gut“, sagte ich und kletterte hinauf.

Sobald ich mich gesetzt hatte, ließ Royal die Leinen auf den Rücken der Pferde knallen.

„Möchtest du zu Higby's fahren?“, fragte er mich. „Der Mann, der im Bootshaus arbeitet, ist ein Freund von mir. Er würde uns kostenlos einen Kahn überlassen.“

„Na schön“, erwiderte ich und fand, dass dies alles sehr seltsam war. Wenn es sich um ein anderes Mädchen gehandelt hätte, hätte ich gesagt, Royal sei in es verknallt, aber ich war es ja bloß. Dann kam mir ein anderer Gedanke. „Royal, glaub bloß nicht, dass du mich wieder küssen oder … dir sonst was rausnehmen kannst. Das werd ich nicht zulassen“, sagte ich.

Er sah mich von der Seite an. „In Ordnung, Matt, das werd ich nicht. Jedenfalls nicht, solang du's nicht willst."

„Ich will's nicht. Und das mein ich auch so", antwortete ich.

Als wir bei Higby's ankamen, spannte Royal seine Pferde aus und führte sie in den Pferch. Sein Freund ließ uns ein Boot aussuchen. Dann ruderte Royal mit mir auf den Big Moose Lake hinaus. Ich saß ihm gegenüber und ließ mich von der Pracht des Frühlingstags in den North Woods berauschen. Als Royal zum Rudern keine Lust mehr hatte, trieben wir eine Weile unter ein paar struppigen Schierlingstannen dahin, deren Zweige bis ins Wasser ragten. Er sagte nicht viel, machte mich jedoch auf eine Wildentenfamilie und einen Blaureiher aufmerksam. Ich beobachtete Royal, der den Reiher nicht aus den Augen ließ, als er wegflog, und fragte mich, ob ich mich vielleicht in ihm getäuscht hatte. Zwar war ich immer der Meinung gewesen, dass er nicht sehr sprachgewandt war, aber vielleicht verfügte er über eine andere Art der Ausdrucksfähigkeit. Das war allerdings ein alberner Gedanke, wie sich gleich herausstellen sollte.

„Das Stinktier hat letzte Nacht all meine Küken gefressen", sagte er. „Der ganze Hof war voller Federn und Gedärm. Die hab'n mir gehört, die Hühner. Ich wollt sie aufziehen und nächsten Herbst verkaufen."

„Tut mir leid, das zu hören, Royal."

Er seufzte. „Wenigstens hab ich noch die Henne. Die sollte wieder brüten. Aber das Geld geht mir ab. Ich spar nämlich und versuch, was auf die Seite zu legen, weil ich mich selbstständig machen will."

„Ach wirklich? Was hast du denn vor?"

„Landwirtschaft. Der Boden wird langsam teuer hier oben. Ich hätt gern eine gut gehende Molkerei. Vielleicht eines Tages sogar meine eigene Käsefabrik." Er schwieg ein paar Sekunden, dann fügte er hinzu: „Dafür kann man gar nicht genug Land haben, Matt. Für meine Milchkühe müssten's zwanzig Hektar sein. Und noch mal dasselbe für Schafe. Acht für Mais, acht für Kartoffeln und für Beeren."

Ich ließ meine Hand durchs Wasser gleiten. In all den Jahren, die ich ihn kannte, hatte ich Royal Loomis noch nie so viel reden hören.

Als er mit seinen Ausführungen über Hühner, Käse und Beeren fertig war, ergriff ich das Wort. Ich erzählte ihm vom Barnard, dass ich es mir immer noch wünschte, obwohl ich wusste, dass ich nicht hingehen konnte.

„Aber warum? Warum willst du bis nach New York City gehen, bloß um Bücher zu lesen?"

„Damit ich lernen kann, eines Tages vielleicht selbst welche zu schreiben,

Royal. Das hab ich dir doch schon gesagt“, antwortete ich und wünschte mir plötzlich, er würde mich verstehen.

„Warum kannst du die Bücher nicht hier lesen? Schule ist doch rausgeworfenes Geld.“

„Ach, lass gut sein“, antwortete ich verärgert. „Du hörst ja nicht mal zu.“

Er rückte näher, bis seine Knie die meinen berührten. „Ich hab gehört, was du gesagt hast, aber es ergibt keinen Sinn. Warum willst du immer über das Leben anderer Leute lesen, Matt? Ist dir dein eigenes nicht gut genug?“

Ich antwortete nicht, weil ich wusste, wenn ich es getan hätte, hätte meine Stimme gezittert. Wie sich herausstellte, war das auch gar nicht nötig, weil er mich jetzt küsste. Obwohl ich ihm gesagt hatte, dass ich das nicht wollte. Kindliche, harmlose Küsse am Anfang, und dann ein wirklich tiefer, und es fühlte sich gut an. Seit dem Tod von Mama hatte mich niemand mehr in den Arm genommen. Ich fühlte mich warm in seinen Armen. Doch als er seine Hände zu meinen Brüsten gleiten ließ, schob ich ihn weg.

„Hör auf, Royal, oder ich spring aus dem Boot, das schwör ich.“

„Lass mich, Mattie“, flüsterte er. „Ein Junge und ein Mädchen dürfen das tun … wenn sie miteinander gehen.“

„Miteinander gehen?“, fragte ich geschockt. „Das ist mir neu, Royal.“

„Warum sonst hätt ich dich zum Bootfahren mitnehmen sollen? Und warum sonst hätt ich dich küssen sollen, als deine Kuh ausgerissen war? Warum hab ich dein Feld gepflügt? Für jemand, der so viele Bücher liest, bist du wirklich schwer von Begriff.“

„Aber Royal … Die Leute sagen doch, du und Martha Miller, ihr wärt ein Paar.“

„Die Leute reden zu viel, genau wie du“, antwortete er. Und dann küsste er mich wieder.

Kom · bi · nie · ren

Lou, hör auf.“

„… und dann kommt Junior in einem Kinderwagen …“, sang Lou.

„Lou!“

„Du wirst ja rot, Matt! Du bist in Royal Loomis verknallt!“

Lou fing wieder an, ihr dämliches Lied zu singen, aber dann tauchte vor uns auf der Straße etwas auf, das sie noch mehr interessierte: ein Automobil. Es konnte sich nur um einen betuchten Touristen oder um Mr Sperry oder Miss Wilcox handeln. Niemand sonst konnte sich eins leisten. Der Fahrer sah uns, hielt an und stellte den Motor ab. Es war unsere Lehrerin. „Hallo Mattie! Lou!“, rief sie.

„Hallo, Miss Wilcox“, erwiderten wir im Chor.

„Wo wollt ihr beiden denn hin?“

„Wir sind auf dem Heimweg von Burnap’s. Pleasant, unser Muli, hat seinen Zaum kaputt gemacht. Wir mussten ihn reparieren lassen“, erklärte ich.

„Verstehe. Ich habe eine Spazierfahrt gemacht. Aber jetzt hab ich einen Bärenhunger. Warum steigt ihr zwei nicht ein? Wir fahren zu mir nach Hause und essen zusammen zu Mittag.“

„Ich denke, wir gehen lieber heim, Ma’am“, antwortete ich.

„Ach komm, Matt! Pa hat sicher nichts dagegen“, bettelte Lou.

„Ich sag euch was … kommt mit zum Essen, und dann fahr ich euch heim. Das spart euch Zeit.“

„Biiitte, Matt?“, flehte Lou.

„Na schön“, sagte ich, eher Miss Wilcox als Lou zuliebe. Trotz all ihrer Lebhaftigkeit schien sie ein wenig einsam zu sein. Außerdem war ich neugierig. Ich war noch nie bei meiner Lehrerin zu Hause gewesen.

Miss Wilcox stieg mit der Kurbel in der Hand aus und warf den Motor an. Als wir saßen, legte sie den Gang ein und fuhr los.

„Es ist wunderschön hier in den Wäldern!“, rief sie. „Welch eine Freiheit! Man kann tun, was man will, und niemand kümmert sich darum.“

Nein, sie zerreißen sich nur das Maul!, dachte ich.

Mein Wort des Tages ist ein gutes Wort. *Kombinieren*, im Sinn von zusammensetzen. Tante Josie ist eine Kombiniererin. Sie kämmt alles durch, was Leute an Worten und Andeutungen haben fallen lassen, sucht nach Bruchstücken von Informationen, die sie dann zusammensetzt, um eine ganze Geschichte daraus zu machen.

Miss Wilcox ließ Eagle Bay hinter sich und fuhr die Straße nach Inlet hinauf. Das alte Foster-Haus am Fourth Lake ist eine einstöckige Blockhütte. Dr. Foster war ein unverheirateter Arzt aus Watertown gewesen, der sich dort oben nach seiner Pensionierung einen großen Sommersitz gebaut hatte. Seit seinem Tod vermietete es seine Schwester – für gewöhnlich nur im Sommer, aber meine Lehrerin hatte das ganze Jahr über hier gewohnt.

Miss Wilcox fuhr in die Einfahrt und wir gingen hinein. Im Innern war es kühl und dunkel. Überall lagen Teppiche.

Sie führte uns in eine riesige, makellos weiße Küche. Dort fing sie an, kleine Sandwiches mit abgeschnittenem Rand für uns zu belegen, holte winzige Törtchen mit Zuckerguss aus einer Dose und setzte Tee auf. Ich wollte ihr helfen, aber sie ließ mich nicht. Sie stellte alles auf ein Tablett, führte uns dann aus der Küche einen Gang entlang und durch eine hohe Schiebetür hindurch.

Beim Anblick dessen, was ich nun zu sehen bekam, hielt ich jäh inne: Bücher. Hunderte. In Kisten, in Stapeln auf dem Boden und in Bücherregalen, die bis zur Decke reichten und alle Wände einnahmen. Ich drehte mich langsam im Kreis und fühlte mich, als wäre ich plötzlich in Ali Babas Höhle.

„Möchtest du dich nicht setzen und deinen Lunch essen, Mattie?“, fragte Miss Wilcox.

Aber essen war das Letzte, was ich im Sinn hatte. „Sind das alles Dr. Fosters Bücher?“, fragte ich flüsternd.

„Nein, sie gehören mir. Ich hab sie mir aus der Stadt heraufschicken lassen. Allerdings komme ich nie dazu, sie richtig zu ordnen, deshalb dieses Chaos.“

„Es sind so viele, Miss Wilcox.“ Es gab Dutzende von Autoren, deren Namen ich nicht kannte. Eliot. Zola, Wilde. Dickinson. Goethe.

„Du kannst dir ausleihen, was du willst, Mattie“, hörte ich Miss Wilcox sagen.

Ich riss meinen Blick von den Büchern los und betrachtete den Rest des Raumes. Vor einem großen Kamin standen zwei Sofas, zwischen ihnen ein niedriger Tisch. Lou saß auf einem der Sofas und stopfte sich mit Sandwiches voll. Unter einem Fenster stand ein Schreibtisch mit Federn, Stiften und einem Stoß gutem Papier darauf. Ein paar weitere Blätter, die mit kurzen Zeilen wie für ein Gedicht beschrieben waren, lagen achtlos über den Tisch verstreut. Miss Wilcox kam herüber und schob sie zusammen.

„Tut mir leid“, sagte ich erschrocken. „Ich wollte nicht herumschnüffeln.“

„Ist schon gut. Das ist bloß hingekritzeltes Zeug. Möchtest du nichts essen?“

Ich setzte mich, nahm ein Sandwich, und um Konversation zu machen, sagte Miss Wilcox, sie habe mich neulich mit einem großen, gut aussehenden Burschen gesehen.

„Das ist Royal Loomis. Mattie ist verknallt in ihn“, sagte Lou.

„Bin ich nicht“, warf ich schnell ein. Was natürlich nicht stimmte. Ich war völlig verschossen in ihn, wollte aber nicht, dass meine Lehrerin das wusste.

Miss Wilcox zog eine Augenbraue hoch.

„Bin ich nicht. Ich mag keinen von den Jungs hier in der Gegend.“

„Warum nicht?“

„Ich glaube, dass es schwer ist, nach Captain Wentworth und Colonel Brandon noch jemanden zu mögen“, antwortete ich und versuchte mein Bestes, weltläufig zu klingen. „Jane Austen verdirbt einen ein für alle Mal für Bauernjungen und Holzfäller.“

Miss Wilcox lachte. „Jane Austen verdirbt einen auch für alles andere.“

Sie warf einen Blick auf Lou, stellte den ganzen Teller mit Törtchen vor sie hin, dann erhob sie sich und winkte mich zum Schreibtisch hinüber. Dort hob sie einen gläsernen Briefbeschwerer hoch, der die Form eines Apfels hatte, und nahm zwei Bücher darunter heraus. „‚Thérèse Raquin‘“, sagte sie feierlich, „und ‚Tess of the D’Urbervilles‘. Sag lieber niemandem, dass du sie hast.“ Dann nahm sie ihr Schreibpapier aus der Schachtel, legte die beiden Bücher hinein, deckte ein paar Blätter Papier darüber und gab sie mir.

Ich lächelte und fand, dass meine Lehrerin vielleicht ein wenig theatralisch war. „Mein Gott, Miss Wilcox, das sind doch keine Pistolen.“

„Nein, Mattie, das sind Bücher. Und hundertmal gefährlicher.“ Dann warf sie einen schnellen Blick zu Lou hinüber und fragte mich: „Gab es irgendeinen Fortschritt bei dir?“

„Nein, Ma’am. Und wahrscheinlich wird es auch keinen geben.“

„Würdest du dann in Erwägung ziehen, für mich zu arbeiten? Wie du sehen kannst, brauche ich Hilfe mit meiner Bibliothek. Ich möchte, dass du meine Bücher ordnest. Du bekommst auch Geld dafür. Jedes Mal einen Dollar.“

„Ich kann nicht weg, Miss Wilcox“, erwiderte ich.

„Sicher kannst du das, Mattie. Nur für ein oder zwei Stunden. Ich fahr dich auch nach Hause. Komm nächsten Samstag.“

Ich schüttelte den Kopf. „Der Hühnerstall muss geweißt werden, und Pa hat gesagt, dass das bis Sonntag fertig sein muss.“

„Das mach ich, Matt“, sagte Lou. „Ich, Abby und Beth. Pa wird nichts merken. Er wird sowieso beim Pflügen sein.“

Ich stellte mir vor, wie ich am Samstagnachmittag in diesem ruhigen, stillen Raum war und in all diesen Büchern stöberte. Unwillkürlich lächelte ich und willigte ein.

Es war sieben Uhr an einem Maiabend. Nachdem das Essen gekocht, das Geschirr gespült, die Töpfe geschrubbt und der Herd geputzt war, stand ich in der Küche, und mein Herz klopfte so stark, dass ich glaubte, es würde bersten. Es gab noch mehr Hausarbeit zu erledigen, aber ich hatte das Gefühl, die Wände würden mich erdrücken. Ich lehnte mich an die Spüle und schloss die Augen. Ich muss wohl gestöhnt haben, denn Abby fragte plötzlich: „Was ist los, Mattie?"

Ich öffnete die Augen und bemerkte, dass sie mich ansah. Auch Lou und Beth blickten auf. Sogar Pa tat es.

„Nichts ist los. Mir geht's gut. Ich glaub, ich hab vergessen, den Riegel vor die Stalltür zu schieben", log ich. Dann rannte ich in den Schuppen, nahm mein Schultertuch und lief weiter: hinaus in den Hof, am Garten und an der schwarzen Erde des Maisfelds vorbei, bis ich ans östliche Ende von Pas Land kam, wo die Felder in den Wald übergehen und ein kleiner Fluss verläuft, hinter dem sich eine Lichtung befindet. An den Ort, wo meine Mutter begraben liegt.

Als ich dort ankam, war ich völlig außer Atem. Ich ging immer wieder um das Grab herum und versuchte, mich zu beruhigen. Mir war schwindlig wie damals, als Minnie und ich aus dem Schrank ihres Vaters Brandy geklaut hatten. Nur hatte ich diesmal nicht zu viel Alkohol getrunken. Es waren die Bücher. Ich hätte aufhören sollen nach Zola und Hardy, aber gleich danach hatte ich mich gierig auf „Grashalme" von Walt Whitman, „Lieder der Unschuld" von William Blake und „Eine ferne Musik" von Emily Baxter gestürzt.

Die Lyrikbände hatte ich mir am Samstag ausgeliehen, als ich wieder zu Miss Wilcox ging, um mit dem Ordnen ihrer Bibliothek anzufangen. „Den kannst du behalten, Mattie", sagte sie über den Band von Emily Baxter, „aber zeig ihn niemandem." Das brauchte sie mir nicht zu sagen. Ich wusste schon Bescheid über „Eine ferne Musik". In Tante Josies Zeitungen hatte ich Artikel darüber gelesen. Darin hieß es, dass Emily Baxter einen „Angriff auf den Anstand" darstelle und einen „verderblichen Einfluss auf die amerikanische Frau" ausübe.

Ich dachte, es würde schmutzige Wörter oder so etwas enthalten – aber es waren bloß Gedichte. Eins handelte von einer jungen Frau, die sich in einer Stadt ganz allein eine Wohnung mietet. Aber es war nicht traurig, kein bisschen. In einem anderen ging es um eine Mutter mit sechs Kindern, die feststellt, dass sie ein siebtes bekommt, und darüber so verzweifelt ist, dass sie sich erhängt.

Emily Baxters Gedichte taten meinem Herzen weh.

Ich hörte auf herumzugehen. Mein Blick fiel auf den Grabstein meiner Mama.

Ellen Gokey, geliebte Frau und Mutter, geboren 14. September 1868, gestorben 11. November 1905.

Ich vermisste meine Mutter ständig, und im Moment vermisste ich sie ganz besonders. *Was hätte sie von Emily Baxter gehalten?*

Mit dem Finger fuhr ich den Namen meiner Mutter auf dem kalten grauen Stein nach und ließ meine Lieblingserinnerungen an sie in mir aufsteigen. Ich sah sie vor mir, wie sie uns abends aus „Betty und ihre Schwestern" oder „Der letzte Mohikaner" vorlas. Dabei bemühte ich mich sehr, nur an die guten Dinge zu denken, wie sie war, bevor sie krank wurde. Aber egal wie sehr ich mich auch anstrengte, meine letzten Bilder von ihr zurückzudrängen, sie kamen trotzdem hoch.

Ich sah, wie sie kurz vor ihrem Tod aussah, ihren hinfälligen Körper. Ich erinnerte mich daran, wie sie Lawton, mich und meine Schwestern küsste und unsere Gesichter zwischen ihren Händen festhielt. Ich sah, wie sie mich anflehte, nie wegzugehen, wie sie mir das Versprechen abnahm, zu bleiben und für ihre Kleinen zu sorgen. Und ich sah mich selbst, wie ich ihr dies mit Tränen in den Augen versprach.

Die Erinnerungen verblassten langsam. Ich öffnete die Augen. Es wurde spät. Pa würde sich fragen, wo ich geblieben war. Als ich mich zum Gehen wandte, hätte ich fast auf ein junges Rotkehlchen getreten, das halb versteckt im Gras lag. Seine Flügel waren verdreht, sein Körper steif und blutverschmiert. Das hat ein Habicht getan, dachte ich und fragte mich, ob das Rotkehlchen das strahlende Blau des Himmels gesehen und die Sonne auf seinem Rücken gespürt hatte, bevor ihm die Flügel gebrochen wurden.

Ich würde gern schlafen, aber es gelingt mir nicht. Jedes Mal wenn ich die Augen schließe, sehe ich Grace' geschundenes Gesicht vor mir und höre Mr Morrison zu Mr Sperry sagen, dass es in Albany keinen Carl Grahm gibt.

Nach einer Weile entfalte ich leise und vorsichtig einen von Grace Browns Briefen. Es ist jetzt dunkel im Raum, doch neben meinem Bett befindet sich ein Fenster, und im Mondlicht kann ich Grace' Schrift lesen.

South Otselic, den 23. Juni 1906

Mein lieber Chester,
ich bin völlig außer mir, weil ich nichts von Dir höre. Ich bin jetzt fast eine Woche zu Hause und habe noch keine einzige Zeile von Dir bekommen.

> Ich vermisse Dich, ach Gott, Du weißt ja gar nicht, wie sehr ich Dich vermisse. Nächste Woche komme ich zurück, wenn Du mich nicht sofort von hier wegholst. Ich bin so einsam, dass ich es nicht länger ertrage. Heute Nacht vor einer Woche waren wir zusammen. Weißt Du nicht mehr, wie sehr ich geweint habe, Liebster? Genauso weine ich ständig, seit ich Cortland verlassen habe …

Nie ist von Carl Grahm die Rede, nur von „Chester". Er wohnte in Cortland, nicht in Albany, weil die Briefe so an ihn adressiert waren. Und Grace wohnte auch dort, zumindest eine Zeit lang, auch wenn der Absender auf ihren Briefen South Otselic lautet. Ich öffne einen weiteren Brief.

> S. Otselic, Sonntagnacht
>
> Ich war froh, von Dir zu hören, und zugleich überrascht. Du sagst mir, ich solle mir keine Sorgen machen, weniger darüber nachgrübeln, wie ich mich fühle, und mich vergnügen. Glaubst Du nicht, dass Du Dir auch Sorgen machen würdest, wenn Du an meiner Stelle wärst? Ich verstehe, wie Du zu der Sache stehst. Du betrachtest sie als etwas Unangenehmes. Du glaubst, wenn ich nicht wäre, könntest Du den ganzen Sommer über tun, was Du willst, und wärst nicht gezwungen, Deine Stelle dort aufzugeben. Ich glaube nicht, dass Dir jemals in den Sinn gekommen ist, wie mich das aus der schönen Sommerzeit herausgerissen hat und dass auch ich meine Stellung dort aufgeben musste …

War Grace krank?, frage ich mich. Musste sie deshalb ihre Stellung aufgeben? Haben sie am selben Ort gearbeitet? Vielleicht an dem Ort, von dem Mr Sperry gesprochen hatte – der Rockfabrik, die den betuchten Gillettes aus Cortland gehört … aber warum hätten sie beide ihre Stellung aufgeben müssen? Es ergibt keinen Sinn.

> Chester, ich glaube nicht, dass Du Dir vorstellen kannst, wie leid es mir tut, Dir all diese Schwierigkeiten zu machen. Mein ganzes Leben ist ruiniert, und in gewissem Maß auch Deins. Natürlich ist es für mich schlimmer als für Dich, doch selbst wenn Du und die Welt denken mögt, ich sei diejenige, die die Schuld dafür trägt, kann ich das nicht – ich glaube das einfach nicht, Chester. Ich hab so viele Male Nein gesagt, Liebster. Natürlich weiß das niemand, aber dennoch ist es wahr.

Mein Blick kehrt zu einer bestimmten Zeile zurück: „Ich hab so viele Male Nein gesagt, Liebster", … und ich stöhne laut auf, weil ich selbst ein paarmal Nein gesagt habe, und endlich verstehe ich, warum Grace so bedrückt war: Sie trug ein Baby in sich – Chester Gillettes Baby. Deshalb musste sie ihre Stelle aufgeben und nach Hause zurückgehen. Aus diesem Grund wünschte sie sich so verzweifelt, er würde kommen und sie holen. Bevor ihr Bauch zu dick und die ganze Welt es herausfinden würde.

Und dann kommt mir ein anderer Gedanke: dass ich die einzige Person auf der ganzen Welt bin, die das weiß.

Es war Samstag, mein absoluter Lieblingstag, denn am Samstag ging ich in Miss Wilcox' Bibliothek arbeiten. Ich wollte gerade bei ihr anklopfen, als ich von drinnen Stimmen hörte. Laute, zornige Stimmen.

„Und was ist mit deinem Vater? Und Charlotte? Und Iverson junior? Was für eine Schande für sie alle! Sie können sich nicht einmal mehr in der Öffentlichkeit zeigen! Hast du denn nie an sie gedacht, Emily?" Das sagte eine Männerstimme.

„Sie sind keine Kinder und kommen schon zurecht." Das sagte Miss Wilcox.

Ich hob die Hand, um zu klopfen, ließ sie aber wieder sinken. Miss Wilcox erwartete mich zwar, aber hier handelte es sich eindeutig um eine private Auseinandersetzung.

„Emily, komm einfach nach Hause."

„Zu welchen Bedingungen, Teddy?"

„Kein Gekritzel, keine Dummheiten mehr. Du kommst nach Hause und nimmst deine Pflichten wieder auf. Ich verspreche, dass ich mein Bestes tun werde zu vergessen, dass je dergleichen geschehen ist."

„Ich kann nicht. Du weißt, dass ich das nicht kann."

Es folgte ein kurzes Schweigen, dann ergriff der Mann erneut das Wort.

„Was du getan hast, Emily, ist nicht nur peinlich, sondern unmoralisch. ‚Threnodie' hätte nie geschrieben und schon gar nicht veröffentlicht werden dürfen. Anthony Comstock hat sich eingeschaltet. Weißt du, wer das ist? Er ist der Schriftführer des Vereins zur Unterdrückung des Lasters. Er behauptet, du seist obszön. Und wenn Mr Comstock etwas sagt, hört das ganze Land auf ihn. Du fügst den Namen Wilcox und Baxter schweren Schaden zu, Emily. Ich werde mich nach Hilfe für dich umsehen, wenn du es selbst nicht tust."

„Das heißt was, Teddy?"

„Du lässt mir keine Wahl, Emily. Wenn du nicht nach Hause kommst – und zwar zu *meinen* Bedingungen –, werde ich dafür sorgen, dass du unter ärztliche Aufsicht gestellt wirst."

Darauf folgte ein furchtbarer Knall und das Geräusch von brechendem Glas, dann hörte ich Miss Wilcox schreien: „Raus mit dir! Raus!“

„Miss Wilcox! Miss Wilcox, alles in Ordnung?“, rief ich und schlug gegen die Tür.

Sie wurde aufgerissen und ein Mann stürmte an mir vorbei. Er war groß und blass, mit schönem dunklem Haar und einem Schnurrbart. Er würdigte mich kaum eines Blickes. Schnell lief ich nach drinnen.

„Miss Wilcox!“, rief ich.

„Hier, Mattie.“

Ich eilte in die Bibliothek. Der Schreibtisch lag umgestürzt am Boden, überall waren Papierbogen verstreut, und der schöne apfelförmige Briefbeschwerer war in tausend Stücke zersprungen. „Miss Wilcox, ist alles in Ordnung?“

Sie stand in der Mitte des Zimmers. Ihre Augen waren rot, sie zitterte. „Mir geht’s gut, Mattie“, sagte sie, „aber ich glaube, ich lege mich einen Moment hin. Lass alles, wie es ist. Ich kümmere mich später darum. Nimm dir in der Küche, was du findest. Dein Geld liegt auf dem Tisch.“

Ich hörte ihre Worte, aber mein Blick war auf die Glasscherben und die verstreuten Blätter gerichtet. Das hatte dieser Fremde getan. Ein kalter Schauer lief mir über den Rücken, und ich ging aus der Bibliothek, um die Vorder- und Hintertür zu verschließen. Als ich zurückkam, war Miss Wilcox schon auf der Treppe.

„Ich finde, Sie sollten den Sheriff rufen, Miss Wilcox.“

Sie drehte sich um und sagte: „Der würde nicht kommen. Es ist nicht verboten, zumindest noch nicht, dass ein Mann das Zuhause seiner Frau zerstört.“

Ich war sprachlos.

„Ja, Mattie, das war mein Ehemann, Theodore Baxter.“

„*Baxter?* Dann sind Sie … dann sind Sie …“

„Emily Baxter, Dichterin.“

WIR WAREN etwa die Hälfte des Weges zum Anwesen der Loomis hinuntergegangen. Daisy hatte erneut ihren Zaun durchbrochen. Pa war wütend. Ich gab vor, es auch zu sein, aber in Wirklichkeit war ich froh, denn auf diese Weise bekam ich Royal zu sehen, ohne dass es so aussah, als hätte ich es darauf angelegt. Er half mir, Daisy und Baldwin wieder aus dem Teich zu holen, und begleitete mich dann nach Hause.

„Sieh dir dieses Stück Land an, Matt“, sagte er und machte eine ausholende Handbewegung. „Schön und flach, mit einem Bach. Das wär gutes Ackerland. Hier würd ich sofort Mais anbauen."

Das Stück Land, von dem er sprach, schloss Emmie Hubbards Besitz, einen Teil von dem meines Vaters und einen Teil vom Land der Loomis ein. „Nun, ich denke, da würde Emmie auch noch ein Wörtchen mitreden wollen, ganz abgesehen von meinem Pa", bemerkte ich.

Er zuckte die Achseln. „Ein Mann darf doch träumen, oder?"

Und bevor ich etwas antworten konnte, fragte er mich, ob ich Lust hätte, mit ihm am Abend nach Inlet zu fahren. Ich willigte ein. Sobald ich Ja gesagt hatte, ließ er Daisys Strick los, zog mich unter ein paar Ahornbäume und küsste mich. Er drückte sich an mich, küsste meinen Hals, und zum ersten Mal wagte ich ihn zu berühren. Ich strich mit den Händen über seine Arme und legte sie auf seine Brust. Sein Herz klopfte langsam und gleichmäßig, ganz im Gegensatz zu meinem, das wie eine Dreschmaschine hämmerte. Wahrscheinlich war es für Jungen anders als für Mädchen. Ich spürte, wie seine Hände meine Taille umfingen, und dann glitt eine Hand tiefer. An einen Ort, den nie jemand berühren sollte, wie meine Mama mir gesagt hatte, außer dem Ehemann.

„Royal, nein."

„Ach Mattie, es ist doch in Ordnung." Er zog sich von mir zurück und runzelte die Stirn. „Ich spiel nicht rum, Matt, wenn's das ist, was du denkst. Ich hab bei Tuttle's einen Ring gesehen."

Ich blinzelte ihn verständnislos an.

Er seufzte. „Wenn ich den kaufen würde, würdest du ihn wollen?"

Lieber Himmel, *die* Art Ring. Ich dachte, er meinte einen Ring für das Zaumzeug oder einen Flaschenzug. „O ja! Ja, das würde ich", flüsterte ich. Und dann warf ich die Arme um seinen Hals, küsste ihn und hätte vor Erleichterung fast geheult, als er meinen Kuss erwiderte.

„Also gut", sagte er. „Ich hol dich nach dem Abendessen ab." Er reichte mir Daisys Strick und ich ging den Rest des Weges allein nach Hause.

Erst viel später, nachdem wir in Inlet gewesen und wieder zurück waren, ich oben in meinem Bett lag und mich an jeden einzelnen seiner Küsse erinnerte, erst da fragte ich mich, ob er hätte sagen müssen, dass er mich liebte, als er von dem Ring anfing. Oder ob das wohl erst später kommen würde.

Beth und ich waren auf dem Weg zu Emmie Hubbard und drängten uns unter dem alten schwarzen Schirm meiner Mutter aneinander. Ein leichter, prasselnder Regen fiel.

„Geht Emmie fort, Matt?“, fragte mich Beth. „Und ihre Kinder? Tommy hat’s behauptet.“

„Ich weiß nicht. Vielleicht sagt sie’s uns.“

Tommy und Jenny waren am Morgen wieder zum Frühstück gekommen, und Tommy war sehr aufgebracht gewesen. Er erzählte uns, dass sie einen Brief von Arn Satterlee bekommen hätten. Das sei schon der zweite gewesen, den Arn geschickt habe. Im ersten – den ich kannte – stand, dass ihr Land versteigert werden sollte. Tommy sagte, in dem zweiten sei die Versteigerung für den 20. August festgelegt worden. Daraufhin sei seine Mutter weinend zusammengebrochen, und ob ich bitte kommen könnte.

Ich konnte aber nicht gleich weg, weil morgens immer so viel zu tun war. Doch gleich nach dem Mittagessen packte ich die restlichen Brötchen ein und machte mich auf den Weg.

„Ich bin froh, dass du nicht aufs College gehst, Matt“, sagte Beth jetzt. „Du gehst doch nicht weg, oder? Du bleibst doch hier und heiratest Royal Loomis, oder?“

„Ich gehe nirgendwohin, Beth“, erwiderte ich und zwang mich zu einem Lächeln. Immer deutlicher erkannte ich, dass mein Wunsch, aufs College zu gehen, nichts anderes als ein Traum war. Ich konnte nicht fortgehen. Das wusste ich. Selbst wenn ich nicht mit Royal zusammen gewesen wäre. Denn ich hatte meiner Ma versprochen zu bleiben.

Als wir bei Emmie ankamen, wunderte ich mich, dass alle Kinder im Freien waren. Tommy und Susie standen mit Lucius, dem Baby, unter einer Fichte. Jenny, Billy, Myrton und Clara standen mit durchweichten Kleidern in dem schlammigen Hof. Sobald die Kinder Beth und mich sahen, umringten sie uns wie Kätzchen die Milchschüssel.

„Was macht ihr Kinder denn hier draußen im Regen?“, fragte ich.

„Ma hat uns rausgeschickt. Sie hat zu tun“, sagte Myrton.

„Was zu tun?“, fragte ich.

„Mr Loomis ist da. Er hilft ihr, den Ofen zu reparieren. Sie hat gesagt, dass es gefährlich ist und dass wir nicht ins Haus zurückdürfen, bis er fertig ist“, sagte Tommy.

„Das ist doch albern. Ich bin sicher, dass man reingehen kann“, antwortete ich.

„Matt, du kannst da nicht reingehen. Tu’s nicht“, bat Tommy eindringlich. „Sie haben den ganzen Ofen auseinandergenommen. Die Teile sind überall auf dem Boden verstreut.“

„Verflixt, Tommy, es ist doch bloß ein Ofen. Ich pass schon auf“, sagte ich gereizt. „Schließlich bin ich den ganzen Weg durch den Regen gestapft, weil du mich darum gebeten hast, und ich geh nicht wieder fort, bevor ich deine Ma nicht gesehen hab."

Ich stieg die zerbrochenen Stufen zur Veranda hinauf. Gleich neben der Tür war ein Fenster, und bevor ich klopfte, warf ich einen Blick ins Zimmer. Was ich dort sah, ließ mich vor Schreck erstarren: Emmies Röcke waren bis zur Taille hochgeschoben. Mr Loomis stand mit heruntergelassener Hose da. Und keiner von beiden reparierte irgendetwas.

Schnell drehte ich mich um, packte Beth am Arm und riss sie von der Veranda herunter.

„Au, Mattie! Lass mich sofort los!", brüllte sie.

„Tommy, sag deiner Ma … dass ich später noch mal komme, ja? Da … da sind noch ein paar Brötchen."

Tommy antwortete mir nicht. Seine mageren Schultern waren unter der Last des Wissens heruntergesackt. Er nahm die Brötchen, sah mich aber nicht an.

LEG DIE BRIEFE weg, Mattie, sage ich mir selbst. Geh schlafen. Du weißt alles, was du wissen musst. Aber das stimmt nicht. Ich weiß, dass Grace schwanger war, und ich weiß, dass Chester Gillette dafür verantwortlich war. Und ich glaube, dass sie durchbrennen wollten, als sie ins Glenmore kamen. Nur eins weiß ich nicht: warum sich Chester Gillette als Carl Grahm ins Fremdenbuch eingetragen hat. Ich blättere das Bündel durch, bis ich ein paar Briefe von Chester finde. Ich öffne einen davon.

2. Juli 1906

Meine Liebe,
natürlich war es schön, Deinen Brief zu bekommen, trotzdem fühlte ich mich schlecht, weil ich die ganze Woche nicht geschrieben habe. Am Freitag kam ein Freund, der über Nacht blieb. Am Samstag fuhr ich zum See hinauf und habe mir einen schlimmen Sonnenbrand geholt, sodass ich weder Kragen noch Jackett tragen kann. Wir fuhren im Kanu hinaus und anschließend noch zu zwei anderen Seen und hatten großen Spaß … Was meine Pläne für den Vierten betrifft, so ist noch nichts festgelegt, da die beiden einzigen Mädchen, die mitkommen könnten, schon andere Verpflichtungen haben, zumal ich sie erst am Samstag gefragt habe …

Jetzt verstehe ich, warum Grace in all ihren Briefen so besorgt klang. Es gab andere Mädchen. Grace steckte wirklich in Schwierigkeiten. Sie erwartete ein Kind von Chester, und sie brauchte ihn für eine Heirat, doch er schien nicht zu wollen.

Ich öffne einen Brief von Chester, der ein früheres Datum trägt.

> 25. Juni 1906
>
> Liebe Grace,
>
> … Zu dritt fuhren wir zum See hinauf und kampierten in einem kleinen Haus, das einem meiner Freunde gehört. Wir hatten eine tolle Zeit, obwohl keine Mädchen dabei waren. Nachmittags gingen wir schwimmen, und das Wasser war herrlich. Am Abend fuhr ich im Kanu hinaus und wünschte, Du wärst bei mir gewesen …

Ich halte inne. Mir fällt auf, dass Chesters tolle Zeiten immer an einem See stattfanden, in einem Kanu. Heute Vormittag, als die Männer Grace' Leiche hereinbrachten, glaubten wir alle, dass ihr Begleiter Carl Grahm ebenfalls ertrunken sei. Aber es gab keinen Carl Grahm. Es gab nur Chester Gillette. Und der konnte mit einem Boot umgehen. Und schwimmen.

„UND GEH nie allein mit einem fremden Mann in ein Zimmer, ganz egal aus welchem Grund. Selbst wenn er dir sagt, du sollst ihm bloß ein Handtuch bringen. Oder eine Tasse Tee."

„Mir passiert schon nichts, Pa. Die Morrisons führen ein anständiges Haus."

Es war zwei Wochen vor Memorial Day und dem offiziellen Beginn der Sommersaison, und ich saß neben meinem Vater auf dem Pritschenwagen und fuhr zum Glenmore. Die alte Stofftasche meiner Mama – vollgepackt mit meinem Lexikon, ein paar Büchern von Miss Wilcox, meinen Nachthemden und zwei von Mamas besseren Röcken – stand auf dem Boden zwischen uns.

Zwei Tage zuvor, als ich in den Stall gegangen war, um Pleasant zu holen, hatte ich ihn steif und kalt in seiner Box gefunden. Pa sagte, es sei wohl das Alter gewesen. Trotzdem war er ziemlich außer sich, als ich es ihm erzählte, denn ohne Muli ging es nicht. Aber ein gutes kostete um die zwanzig Dollar, und die hatte er nicht.

Der alte Ezra Rombaugh aus Inlet sagte, er würde Pa sein sechsjähriges Muli für 14 Dollar verkaufen, die er in wöchentlichen Raten abstottern könne. Daraufhin entschied Pa, dass ich im Glenmore arbeiten durfte. Er hatte keine Wahl. Nachdem er mit Ezra Rombaugh gesprochen hatte, erkundigte er sich im Hotel, ob noch eine Stelle frei sei, und es klappte. Es tat mir leid, dass ich nicht länger für Miss Wilcox arbeiten konnte, aber das Glenmore bezahlte mehr, und sie freute sich für mich. Mein Wochenverdienst sollte vier Dollar betragen. Einen Dollar dürfe ich für mich behalten, sagte Pa. Ich erklärte ihm, dass ich zwei behalten wolle, sonst würde ich nicht gehen. „Du weißt, dass ich mit Royal Loomis zusammen bin", sagte ich. „Also werde ich selbst bald ein paar Dollar brauchen." Ich zählte darauf, dass er noch immer Schuldgefühle hatte, weil er mich geschlagen hatte, und keine Einwände machen würde, womit ich Recht behielt.

Pa bog von der Big Moose Road ab und fuhr dann rechts in die Einfahrt des Glenmore hinein. Jetzt konnte ich das Hotel hoch aufragen sehen. Drei wunderschön gekleidete Damen mit Sonnenschirm schlenderten zum Anlegesteg hinunter.

„Falls irgendwas passiert und du heimkommen willst, gib Bescheid. Ich komme und hole dich. Oder Royal. Einer von uns kommt dann."

ICH RÄUMTE gerade den Tisch ab, als ich es sah. Ein 10-Cent-Stück. Es lag gleich neben der Zuckerschale. Ich lief der Frau nach, die es vergessen hatte.

„Ma'am? Entschuldigen Sie, Ma'am!", rief ich.

Sie blieb in der Tür stehen.

„Das haben Sie vergessen", sagte ich und hielt ihr die Münze hin.

Sie lächelte und schüttelte den Kopf. „Das ist für dich." Dann drehte sie sich um und ging aus dem Speisesaal.

„Steck's ein", sagte eine Stimme hinter mir. Es war Weaver mit einem großen Tablett voll schmutzigem Geschirr. „Das nennt man Trinkgeld. Man kriegt es für gute Bedienung. Aber wenn du deinen Tisch nicht abräumst und deinen Hintern nicht in die Küche bewegst, wird's das letzte sein, das du gekriegt hast." Er ging weiter, dann drehte er sich um und sagte: „Ungestüm."

„Ungebärdig", antwortete ich und eilte an meinen Tisch zurück.

Als ich, das schwere Tablett auf der Schulter, die Küchentür aufdrückte, brüllte mir die Köchin entgegen, dass ich langsamer sei als eine Schnecke auf Krücken. „Tisch zehn braucht Wasser, Butter und Brötchen! Jetzt mach schon, Mattie!"

Ich eilte an den anderen Mädchen vorbei und stellte klirrend mein Tablett neben der Spüle ab. „Knall es nicht hin!", brüllte Bill, der Spüler.

„Tut mir leid", murmelte ich.

Ich lief zum Wärmeofen, rutschte auf einer Tomatenscheibe aus und schaffte es gerade noch, mich zu fangen, bevor ich mit Henry, dem Souschef, zusammenstieß, der einen Korb mit Hummer trug. Henry hatte genau wie ich am Tag zuvor angefangen. „Mein Gott! Pass auf!“, brüllte er.

„Tut mir leid“, flüsterte ich.

„Weaver, Ada, Fran, macht schneller! Bewegt euch!“, rief die Köchin.

Ich griff mir ein sauberes Tablett, einen Teller Butter und einen Krug Wasscr.

„Unkontrollierbar“, zischte mir Weaver zu.

„Ungehorsam“, konterte ich. Wir lieferten uns ein Wortduell um mein Wort des Tages – *widerspenstig*. Ich sah schon, dass es hier nicht leicht sein würde, meine Wortgefechte auszutragen. Ich hatte kaum Zeit, mir am Morgen das Gesicht zu waschen und das Haar zu flechten, ganz zu schweigen davon, in mein Lexikon zu sehen.

Ich eilte zum Wärmeofen, nahm einen Korb herunter, legte eine saubere Serviette hinein und verbrannte mir die Finger an den heißen Brötchen. Tränen stiegen mir in die Augen, aber ich drängte sie zurück.

„Unausstehlich“, sagte Weaver, der plötzlich neben mir stand und Brötchen in einen Korb stapelte.

„Aufmüpfig“, sagte ich. „Bis auf den Tod, Mr Smith!“ Ich blies mir auf einen Finger, als wäre er ein Pistolenlauf, dann nahm ich mein Tablett und eilte zum Speisesaal. Es war mein erster Arbeitstag im Glenmore, und obwohl ich nur zehn Kilometer von zu Hause entfernt war, hatte ich das Gefühl, in einer völlig anderen Welt zu sein. Für mich war alles ein großes Abenteuer.

Li·mi·kol

Es war gegen acht Uhr abends, und die Köchin und ich hängten gerade Geschirrtücher auf die Leine neben der Hintertreppe, als John Denio Weaver an die Küchentür brachte. Uns blieb die Luft weg bei seinem Anblick. Schnell zogen wir ihn nach drinnen und hofften, dass die Morrisons und Mr Sperry nichts bemerkt hatten. Dem war aber leider nicht so.

„Weaver, warum musst du dich immer in Schwierigkeiten bringen?“, rief Mr Sperry, als er aus dem Speisesaal hereinstürmte. „Da schicke ich dich lediglich zum Bahnhof nach Big Moose, um John zu helfen, die neuen Gäste abzuholen, und sieh dir an, was passiert. Einer der Gäste hat behauptet, es habe eine Schlägerei gegeben. Warst du daran beteiligt?“

Weaver hob das Kinn. „Ja, Sir, das war ich.“

„Verdammt, Weaver, du weißt, was ich von Schlägereien halte. Was ist passiert?"

John Denio gab die Antwort. „Er wurde angegriffen. Vor dem Bahnhof. Der Zug hatte Verspätung. Ich ging zum Stationsvorsteher und ließ Weaver im Wagen zurück. Drei Männer kamen aus dem Summit-Hotel. Pelzjäger. Sie waren betrunken, warfen ihm Beleidigungen an den Kopf, und Weaver antwortete ihnen entsprechend. Einer von ihnen riss ihn vom Sitz, und dann schlugen sie ihn. Ich hörte den Lärm, rannte hinaus und machte der Sache ein Ende."

„Drei gegen einen, Weaver? Warum hast du denn deinen Mund nicht gehalten?"

„Sie haben mich Nigger genannt."

Mr Sperry hob Weavers Kinn und verzog das Gesicht beim Anblick seiner Verletzungen. Ein Auge war bereits blau angelaufen, die Nase vermutlich gebrochen und die Oberlippe dick und geschwollen. „Das ist doch bloß ein Wort, Junge, mir hat man schon Schlimmeres an den Kopf geworfen", sagte er.

„Ich bitte um Verzeihung, Mr Sperry, aber das stimmt nicht", erwiderte Weaver. „Morgen gehe ich zum Friedensrichter. Ich sag ihm, was passiert ist, und erstatte Anzeige."

Mr Sperry seufzte. „Du kannst es wohl einfach nicht lassen, auf Stinktiere zu treten, was? Von morgen an bleibst du in der Küche, bis dein Gesicht geheilt ist. Du kannst Geschirr abwaschen und Böden wischen."

„Aber warum?", fragte Weaver aufgebracht, weil er in der Küche keine Trinkgelder bekommen würde.

„Weil ich dich mit so einem Gesicht doch nicht Gäste bedienen lassen kann!" Damit stürmte Mr Sperry wieder hinaus.

Die Köchin lief ihm nach, um sich nach einer Lieferung zu erkundigen, John ging zu seinen Pferden hinaus, und Weaver und ich blieben allein zurück.

Limikol, mein Wort des Tages, bedeutet „im Schlamm lebend". Ich fand, dass es sehr gut auf die Männer passte, die Weaver geschlagen hatten, und das sagte ich ihm. Aber Weaver hatte andere Wörter, um sie zu beschreiben.

Ich höre den Ruf eines Seetauchers vom See her. Die Touristen behaupten, es sei ein wundervoller Laut. Ich finde, es ist der traurigste Klang, den ich kenne. Noch immer lese ich, suche nach einer anderen Antwort, nach einem glücklicheren Ende. Aber ich weiß bereits, dass ich es nicht finden werde.

South Otselic, den 28. Juni 06

Mein lieber Chester,
wahrscheinlich werde ich sterben vor Freude, wenn ich Dich sehe, Liebster. Ich will mich jetzt viel mehr anstrengen und mir nicht mehr so viele Sorgen machen und die schrecklichen Dinge nicht mehr glauben, die die Mädchen schreiben. Bestimmt übertreiben sie. Ich freue mich sehr, dass Du am See so viel Spaß gehabt hast, Liebster, und wünschte, ich wäre auch dort gewesen. Ich mag Wasser sehr gern, obwohl ich nicht schwimmen kann …

Es ist ein langer Brief, und es gibt noch viele Zeilen zu lesen, aber mein Blick schweift immer wieder zu der einen Stelle zurück: *Ich mag Wasser sehr gern, obwohl ich nicht schwimmen kann.*

Ein Schauder überkommt mich. Chester wusste, dass sie nicht schwimmen konnte.

Es war Mittwochnachmittag, ich hatte einen halben Tag frei, und Royal wollte mich auf dem Weg nach Inlet bei Minnie absetzen. Als er mich im Hotel abholte, kicherten Fran und Ada, Weaver verdrehte die Augen, und die Köchin lächelte, aber ich beachtete sie nicht.

Während wir fuhren, redete Royal wie ein Wasserfall. Er erzählte mir von der neuen Maiskreuzung, die es bei Beckers Farm- und Futtermittelhandlung gab. Ich nickte und tat mein Bestes, ihm zuzuhören, dachte aber darüber nach, wie Miss Wilcox, als ich sie das letzte Mal sah, sagte, „Eine Beerdigung auf dem Land“ von Emily Dickinson sei Vollendung in acht Zeilen. Sie sagte auch, Emily Dickinson habe es sehr schwer gehabt. Ihr Pa sei herrisch gewesen und ließ sie keine Bücher lesen, die ihm nicht gefielen. Emily lebte wie eine Einsiedlerin. Sie hatte keinen Ehemann, keine Kinder, niemanden, dem sie ihr Herz schenken konnte. Und das war traurig. Ich war froh, dass ich jemanden hatte, dem ich mein Herz schenken konnte, auch wenn er ein Gedicht nicht von einer Kartoffel unterscheiden konnte.

Warum hat Emily Dickinson nie geheiratet?, fragte ich mich.

„… zur Aussaat is’ es eigentlich schon zu spät, aber Pa hat gesagt, dass wir trotzdem ein halbes Pfund kaufen, aussäen und warten, was draus wird. Brr! Brr!“, rief Royal und hielt die Pferde an der Abzweigung an, von der der Feldweg zu Minnies Haus abging. „Matt, ich hol dich in ein paar Stunden wieder ab.“

„Ja, gut“, sagte ich und sprang hinunter.

Als Royals Wagen hinter der Biegung verschwand, drehte ich mich um und ging zu Minnies Haus hinauf. Im Gehen winkte ich den angeheuerten Helfern zu, die gerade Jims Land einzäunten. Ich roch an den Blumen, die ich für Minnie gepflückt hatte, und hoffte, sie würden ihr gefallen. Schon seit Wochen hatte ich sie nicht mehr zu Gesicht bekommen und musste ihr viel erzählen.

Als ich zu ihrer Veranda kam, wurde die Vordertür aufgerissen, Jim grüßte mich mürrisch und trottete die Stufen hinunter, um sich den Arbeitern anzuschließen.

„Minnie?", rief ich und trat ein. Ein scheußlicher Gestank nach abgestandenem Essen und schmutzigen Windeln schlug mir entgegen.

„Matt, bist du das?", fragte eine müde Stimme. Minnie saß auf dem Bett und stillte ihre Zwillinge. Sie wirkte so mager und ausgezehrt, dass ich sie kaum erkannte. Ihr blondes Haar war fettig, ihr Kleid voller Flecken. Die Babys saugten gierig.

„Ja, ich bin's. Die hab ich dir mitgebracht", sagte ich und streckte ihr die Blumen entgegen.

„Die sind hübsch, Mattie. Kannst du sie irgendwo reinstellen?"

Ich sah mich nach einem Glas oder Krug um und bemerkte erst jetzt, wie schmutzig es überall war. Von Speiseresten verklebte Teller und Tassen türmten sich auf dem Tisch, im Spülbecken lag Besteck, auf dem Herd standen schmutzige Töpfe.

„Tut mir leid, wie's hier aussieht", sagte Minnie. „Jim hat die ganze Woche vier Leute zur Aushilfe hier. Kaum dass ich ein Essen gekocht hab, ist's schon wieder Zeit fürs nächste. Und die Babys sind auch ständig hungrig. Hier, nimm sie einen Moment, ja? Ich mach uns eine Tasse Tee."

Minnie nahm eins der Babys von der prallen, blau geäderten Brust. Sie bemerkte, dass ich sie anstarrte, und bedeckte sich. Dann reichte sie mir das andere Baby, und sofort begannen die beiden zu schreien und zu strampeln. Ihre Windeln waren nass, auf ihren Bäckchen hatten sie einen Hautausschlag und auf dem Kopf Schorf. Ich versuchte, sie so zu halten, dass die Nässe aus ihren Windeln meinen Rock nicht beschmutzte, als plötzlich Minnie, die Hände in die Hüften gestemmt, neben mir stand.

„Gib sie mir! Gib sie wieder her! Schau sie nicht so an! Schau mich nicht an! Geh einfach raus! Geh! Hau ab!", rief sie.

„Min … ich … tut mir leid! Ich hab nicht … ich wollte nicht …"

Min war völlig hysterisch. Sie drückte die Babys an sich und begann zu weinen. „Ich wünschte, ich hätte sie nie bekommen! Ich wünschte, ich hätte nie geheiratet." Die Babys brüllten an ihrer Brust. Sie setzte sich aufs Bett, öffnete ihre Bluse und verzog das Gesicht, als die Babys zu saugen begannen. Dann lehnte sie sich auf die Kissen zurück und schloss die Augen. Tränen quollen unter ihren blassen Lidern hervor.

„Du bist einfach erschöpft, Min", sagte ich und streichelte ihre Hand. „Das ist alles."

Sie öffnete die Augen. „Ich weiß nicht, Matt. Als wir frisch verheiratet waren, war alles so aufregend. Aber jetzt … Tut mir leid, Matt, dass ich dich angeschrien hab. Ich bin so fertig …"

„Ich weiß. Leg dich einen Moment hin und ruh dich aus. Lass mich den Tee machen."

Innerhalb von Minuten war Minnie eingeschlafen und die Babys mit ihr. Ich machte mich an die Arbeit, spülte alle Töpfe, Pfannen und Teller ab. Dann schrubbte ich den Tisch und wischte den Boden. Als ich fertig war, sah das Haus wesentlich besser aus und roch auch viel besser. Dann hörte ich das Knirschen von Wagenrädern am Ende der Einfahrt. Als ich aus dem Fenster blickte, sah ich Royal. So früh schon.

Ich schaute meine schlafende Freundin an. Noch vor einem Jahr war sie ein Mädchen wie ich gewesen. Von diesem Mädchen war nichts mehr übrig. Es war fort. Und ganz tief drinnen wusste ich, dass Emily Dickinson kein einziges Gedicht geschrieben hätte, wenn sie zwei schreiende Babys, einen Ehemann und einen Haushalt zu versorgen gehabt hätte.

Da wurde mir klar, warum sie nicht geheiratet hatte, und es machte mir Angst. Ich wollte nicht mein ganzes Leben einsam sein, aber ich wollte auch meine Wörter nicht aufgeben. Vor allen Dingen wollte ich nicht zwischen beiden wählen müssen.

„Nicht noch einen, Weaver, verdammt!", schrie die Köchin und schlug mit ihrem Spatel auf den Arbeitstisch.

„Tut mir leid", sagte Weaver und bückte sich, um die Scherben des Tellers aufzuheben, den er gerade zerbrochen hatte. Er war zum Spüldienst eingeteilt, und das war der zweite Teller, den er an diesem Morgen zerbrochen hatte.

„Nein, das tut dir überhaupt nicht leid", sagte die Köchin. „Aber es wird dir noch leidtun. Wenn du noch mal was zerbrichst, wird's dir von deinem Lohn abgezogen. Geh in den Keller und hol ein paar neue Teller rauf. Und wag nicht, sie fallen zu lassen!"

Vier ganze Tage waren vergangen, seit Mr Sperry ihn zum Küchendienst verdonnert hatte, lange genug für die meisten Leute, um sich wieder einzukriegen, aber Weaver war noch immer wütend. Wahrscheinlich hätte er noch die ganze Woche schlechte Laune gehabt, wenn Mr Higby nicht vorbeigekommen wäre.

Mr Higby war der hiesige Friedensrichter. Zugleich war er Mr Sperrys Schwager, und als er gegen Ende des Frühstücksservice in der Küche auftauchte, dachten wir alle, dass er zu Mr Sperry wollte.

„Hallo Jim", sagte die Köchin. „Mattie, hol Mr Sperry."

„Nicht nötig, Mrs Hennessey", antwortete Mr Higby. „Das mach ich schon selbst. Zuerst wollte ich eigentlich Weaver sprechen."

„Gütiger Gott, was hat er denn jetzt schon wieder ausgefressen?", seufzte die Köchin, ging zur Kellertür und rief: „Weaver! Nimm die Teller und komm rauf! Mr Higby hat ein Wörtchen mit dir zu reden!"

Weaver kam herauf und stellte die neuen Teller auf das Abtropfbrett.

Mr Higby ergriff das Wort. „Ich dachte, es würde dich interessieren, dass ich die Männer erwischt hab, die dir diese Abreibung verpasst haben, Weaver. Sie haben im Summit-Hotel randaliert, einen Stuhl und ein Fenster zerschlagen. Als der Barkeeper mir sagte, es seien dieselben gewesen, die dich angegriffen haben, hab ich sie festgenommen. John Denio hat einen Blick auf sie geworfen und bestätigt, dass ich die Richtigen erwischt habe. Jetzt musst du das Gleiche machen, und dann verschaff ich ihnen einen kurzen Urlaub in Herkimer als Gäste des Staates von New York."

Zum ersten Mal seit Tagen grinste Weaver. „Danke, Mr Higby. Ich bin Ihnen sehr verbunden, dass Sie sich die Zeit dafür genommen haben."

„Ich tu bloß meine Arbeit. Jetzt hab ich mit Dwight noch was Geschäftliches zu besprechen. Wenn ich fertig bin, ruf ich nach dir."

Mr Higby ging Mr Sperry suchen, und Weaver machte sich wieder ans Spülen. Seine Augen, die während der vergangenen Tage ganz dunkel gewesen waren, funkelten auf einmal.

Als Tommy Hubbard um sieben Uhr morgens an der Küchentür des Glenmore auftauchte, wusste ich gleich, dass irgendwas Schlimmes passiert war. „Hallo! Ist Mattie da? Ist sie da?", rief er.

„Wer bist du? Hör auf zu schreien!", rief die Köchin.

„Ich bin's, Tommy Hubbard. Ich muss zu Mattie."

„Bin schon da", sagte ich und öffnete die Fliegentür.

Auf Toms schmutzigem Gesicht waren Tränenspuren zu sehen, und er keuchte wie ein gehetztes Pferd. „Ich bin so schnell gerannt, wie ich konnte,

Mattie", schluchzte er. „Du musst unbedingt heimkommen. Dein Pa und deine Schwestern, Matt, sie sind furchtbar krank."

Ich ließ das Messer fallen, das ich in der Hand gehalten hatte.

„Heute bin ich ganz früh rübergegangen, um zu fragen, ob Lou fischen gehen will, und hab geklopft und geklopft, aber keiner hat aufgemacht. Die Kühe haben gebrüllt, deshalb bin ich in den Stall gegangen. Daisy geht's schlecht, weil sie nicht gemolken worden ist. Keine ist gemolken worden. Dann bin ich ins Haus gegangen. Ihnen allen geht's wirklich furchtbar schlecht …"

Mehr hörte ich nicht, weil ich schon losrannte; die Hintertreppe hinunter zur Hoteleinfahrt und dann hinaus auf die Big Moose Road. Tommy hinter mir her. Ich war keine hundert Meter die Straße hinuntergelaufen, als ich einen Pritschenwagen auf mich zukommen sah. Ich lief auf ihn zu und winkte mit den Armen. Der Fahrer hielt an. Es war John Denio.

„Bitte, Mr Denio, mein Pa ist krank. Meine ganze Familie … Ich muss schnell heim …"

„Steig auf!", rief er und reichte mir die Hand, um mich hinaufzuziehen. Tommy kletterte hinten hinein. Mr Denio ließ die Pferde umkehren. „Vor ein paar Tagen ist eine Frau im Lakeview Hotel krank geworden", sagte er. „Fieber und Schüttelfrost. Dein Pa hat dort Milch abgeliefert, und der Direktor hat ihn gebeten, sie zu Dr. Wallace runterzubringen. Sie wollte ihm zwei Dollar dafür geben. Wie's aussieht, hat er noch mehr von ihr gekriegt."

Mr Denio fuhr schnell, aber für mich nicht schnell genug. Noch nie in meinem Leben hatte ich solche Angst gehabt. Als wir in unsere Einfahrt einbogen, hörte ich, wie ein weiterer Wagen hinter uns einbog. Es war Royal. „Ich hab gerade ins Waldheim geliefert", rief er, „und auf dem Rückweg Mrs Hennessey getroffen. Sie hat mir erzählt, was passiert ist. Geh rein. Ich seh nach den Kühen."

Noch bevor Mr Denio angehalten hatte, war ich schon abgesprungen. Royal rief Tommy zu, er solle die Pferde anbinden. Ich hörte die Kühe vor Schmerz brüllen. Sie waren im Stall, was bedeutete, dass Pa gemolken hatte … aber wann? Es dauert bloß einen Tag, bis sich die Milch ansammelt, das Euter anschwillt und sich entzündet.

„Pa!", rief ich und rannte durch die Küche in Richtung Treppe, an deren Fuß ich eine zusammengesunkene Gestalt fand. „Lou!", rief ich.

Sie hob den Kopf und blinzelte mich an. Ihre Augen waren glasig, ihre Lippen aufgesprungen. „Mattie …", sagte sie heiser, „… durstig, Mattie!"

„Schon gut, Lou, ich bin hier." Ich hob sie hoch, legte mir ihre Arme um den Hals, schleppte sie die Treppe in unser Schlafzimmer hinauf und öffnete die Tür. Der Raum war dunkel, die Vorhänge zugezogen.

„Beth? Abby?", fragte ich flüsternd. Keine Antwort. Ich legte Lou auf unser Bett, ging durchs Zimmer und zog die Vorhänge auf. Dann sah ich Beth. Sie lag still und bleich in dem Bett, das sie sich mit Abby teilte.

„Beth!", rief ich aus und stürzte zu ihr. Ihre Lider öffneten sich, und ich stöhnte vor Erleichterung auf. Ich stellte fest, dass sie ins Bett gemacht hatte. Als ich ihre Wangen und ihre Stirn berührte, merkte ich, dass sie glühte.

„Pst, Beth, ist schon gut. Ich mach dich sauber, versprochen …", sagte ich. Dann ging ich zu Lou zurück.

„Wo ist Abby?", fragte ich sie.

Sie fuhr sich mit der Zunge über die Lippen. „Bei Pa."

Ich lief den kurzen Gang entlang zu Pas Schlafzimmer. Mein Vater lag starr und zitternd in seinem Bett, meine Schwester zusammengesunken über ihm.

„Abby!", rief ich. „Abby, wach auf!"

Sie hob den Kopf. Ihre Augen waren dunkle Höhlen, und unter ihrer Haut traten die Wangenknochen scharf hervor. „Ihm geht's sehr schlecht, Mattie", sagte sie.

„Seit wann?"

„Seit zwei Tagen. Heute Morgen ist das Fieber noch schlimmer geworden."

„Geh ins Bett, Abby. Ich kümmere mich jetzt um ihn."

Sie rappelte sich hoch und ging mit schleppendem Schritt zur Tür. Ich berührte die Stirn meines Vaters. Sie war heiß. „Pa", sagte ich leise. Er öffnete die Augen und sah durch mich hindurch, dabei scharrten seine Hände auf der Bettdecke. „Pa, kannst du mich hören?"

„Ich hab sie umgebracht …", stammelte er, „… meine Schuld …"

Da schlug ich die Hände vors Gesicht und wimmerte vor Angst. Ich wusste nicht, was ich tun sollte. Sie waren alle so krank.

„Schafgarbe, Mattie", sagte Abby mit heiserer Stimme an der Tür. „Gib ihm Schafgarbentee. Er hat Fieber und einen schlimmen Husten."

Plötzlich erinnerte ich mich wieder, wie Mama Husten behandelt hatte. Abbys sanfte Stimme beruhigte mich und half mir nachzudenken. „Und Bäder. Ich versuch's mit einer kühlen Abreibung mit dem Schwamm", sagte ich.

Abbys Knie begannen so zu zittern, dass sie sich am Türrahmen festhalten musste, um nicht umzusinken. Ich brachte sie zu Lou ins Bett. Dann rannte ich die Treppe hinunter und setzte Wasser auf. Ich pumpte Wasser in eine große Emailleschüssel, lief wieder nach oben, zog Beth aus und stellte sie auf den Boden, um sie zu waschen.

Als Beth sauber war, zog ich ihr ein frisches Nachthemd an und steckte sie zu Abby und Lou ins Bett. Dann zog ich Lou den schmutzigen Overall aus und deckte alle drei mit dem Quilt zu.

Jetzt rannte ich nach unten, pumpte Wasser in einen Krug, nahm ein Glas und lief wieder nach oben. Ich gab jedem genügend zu trinken und hielt ihnen dabei den Kopf hoch, damit sie besser schlucken konnten. Die schmutzige Wäsche bündelte ich zusammen, einschließlich Beth' Bettzeug, und brachte alles nach draußen. Im Hof sah ich zum Stall hinüber. Drei Kälber waren inzwischen auf die Weide gebracht worden, ein anderes lief in Richtung Einfahrt. Zwei weitere rannten durchs Maisfeld und trampelten die zarten Pflanzen nieder. Plötzlich entdeckte ich Tommy. Er war in der Nähe der Bienenstöcke und versuchte, Baldwin auf die Weide zu schieben, aber Baldwin wollte nicht. Tommy fluchte und schlug das Kalb auf den Kopf.

„Hör auf, Tommy!", rief ich und rannte auf ihn zu.

Tommy wich zurück. Tränen standen in seinen Augen. Unter einem war ein bläulich roter Striemen. „Ich hatte Angst", schluchzte er. „Ich wollte nicht, dass sie alle rauslaufen … sie sind auf mich losgestürmt …"

„Tommy, wer hat dich geschlagen …", begann ich und streckte die Hand nach ihm aus, aber er duckte sich weg und rannte dem Kalb in der Einfahrt nach. Baldwins Brüllen war inzwischen in leises Muhen übergegangen. „Jetzt komm, Baldwin, beruhig dich", sagte ich und schaffte es, ihn auf die Weide hinauszuführen. Sobald er dort war, rannte ich den beiden Kälbern im Maisfeld nach und führte sie auf die Weide.

Schließlich lief ich in die Küche zurück, wo der Wasserkessel schon kochte, nahm etwas Schafgarbe aus der Dose, in der Mama sie aufbewahrt hatte, gab sie in eine Kanne und goss heißes Wasser darüber. Ich stellte die Kanne, ein paar Tassen und einen Krug kaltes Wasser auf ein Tablett. Bring sie dazu, Tee zu trinken, dachte ich und stieg die Treppe hinauf. Dann werden sie schlafen. Ich schöpfte wieder ein wenig Zuversicht.

Doch die verpuffte schnell, sobald ich oben war. Pa zitterte so stark, dass sein Bett klapperte. Ich stellte das Tablett auf seinen Nachttisch und goss eine Tasse Tee ein. „Pa?", flüsterte ich. „Pa, du musst das trinken."

Er öffnete die Augen und blinzelte mich an. „Wo ist Lawton, Mattie?", fragte er. „Ist er schon zurück? Ich hör die Kühe …"

„Er ist zurück, Pa. Er ist … er ist im Stall beim Melken", log ich.

„Das ist gut. Ich bin froh, dass er zurück ist." Und dann sah ich, dass ihm Tränen übers Gesicht liefen, und ich hatte furchtbare Angst. Mein Vater hatte noch nie geweint. „Er ist weggelaufen, Mattie, weil ich sie umgebracht hab", fantasierte er.

„Sei still, Pa, sag so was nicht. Du hast niemanden umgebracht."

„Ich hab sie nicht umgebracht, Mattie", sagte er mit erhobener Stimme. „Das hab ich nicht."

„Natürlich hast du das nicht getan, Pa. Niemand behauptet das."

„Lawton schon. Mit schwerer Arbeit hätte ich sie umgebracht, hat er gesagt. Wir hätten alle nach Inlet ziehen und im Sägewerk arbeiten sollen. Ich hätte eure Mutter umgebracht, hat er gesagt, aber bei ihm würd ich das nicht schaffen." Dann verzog er das Gesicht und schluchzte wie ein Kind. „Ich hab sie nicht umgebracht, ich hab sie geliebt …"

Ich musste mich an der Kommode festhalten, weil ich das Gefühl hatte, jemand würde mir den Boden unter den Füßen wegziehen.

Deswegen haben sie gestritten, dachte ich. Deswegen war Lawton fortgelaufen. Deswegen lächelte Pa nicht mehr und war so zornig. Ach Lawton, dachte ich, manche Dinge sollte man besser nie aussprechen. Wörter sind bloß Wörter, würde Royal sagen. Aber Wörter sind mächtiger als alles andere.

„Lawton hat's nicht so gemeint, Pa. Der Krebs hat Mama umgebracht, nicht du."

Pa nickte, aber sein Blick war woanders. Er war entkräftet von der Aufregung, und ich nutzte die Gelegenheit, ihm etwas Tee einzuflößen. Als er die Augen geschlossen hatte, nahm ich das Tablett, um zu meinen Schwestern zu gehen.

„Mattie! Matt, wo bist du?", rief eine Stimme von unten.

„Hier oben!"

Schritte polterten die Treppe herauf, dann stand Royal in der Tür.

„Was ist los?", fragte ich und trat in den Gang hinaus.

„Einer von den Kühen geht's richtig schlecht. Der einen mit dem Stern auf der Stirn …"

„Das ist Daisy. Das ist kein Stern, sondern eine Blume", erwiderte ich.

„Sie leidet, Matt. Wirklich schlimm. John will … er will wissen, wo dein Pa sein Gewehr aufbewahrt."

„Nein, Mattie, nein! Lass das nicht zu!“, rief Lou aus ihrem Bett.

Ich schüttelte den Kopf.

Royal packte mich an den Schultern. „Matt, ihr geht’s wirklich sehr schlecht …“

„Im Schuppen. Über der Tür.“

Er ging die Treppe hinunter, und ich dachte an Daisys große dunkle Augen und ihre weichen Lippen. Ich hörte den Gewehrschuss und wie Lou meinen Namen rief und dann fluchte. Dann hörte ich ein ersticktes, leises Schluchzen, als ich mich oben auf die Treppe setzte und weinte.

Eph · e · mer

Nimmst du noch den Lebertran, den ich euch gebracht hab?“, fragte mich Mrs Loomis. Sie saß auf ihrer Veranda und schälte Erbsen, die sie in eine blaue Emailleschüssel warf. Ich saß auf einem Korbsofa ihr gegenüber, Royal neben mir, die Beine weit von sich gestreckt.

„Ja, Ma’am“, antwortete ich. Mrs Loomis war vor einer Woche, sofort nachdem Royal ihr erzählt hatte, wie es um uns stand, in unser Haus gekommen. Sie sagte, es sei der schlimmste Fall von Grippe, den sie je erlebt habe. Mrs Loomis verarztete uns, kochte und half uns allen, die schwere Zeit zu überstehen. Weavers Mama half ihr dabei. Ich weiß nicht, was wir ohne die beiden gemacht hätten. Pa hustete noch immer, und Beth war immer noch zu schwach, um aufzustehen, aber sie waren außer Gefahr.

„Gibst du Beth immer noch viel Ingwertee?“

„Ja, Ma’am. Ihr geht’s schon viel besser. Mein Pa hat mich gebeten, Ihnen seinen Dank auszurichten. In ein oder zwei Tagen kommt er selbst bei Ihnen vorbei.“

„Er muss sich nicht bedanken, Mattie. Einem Nachbarn über eine schlimme Zeit hinwegzuhelfen, ist für mich Dank genug. Du wirst wahrscheinlich bald wieder ins Glenmore zurückgehen, oder?“

„Ja, Ma’am. Pa bringt mich morgen früh hin.“

Sie hob den Kopf und fixierte mich mit ihren blassen blauen Augen. „Lernst du was dort oben? Kochen, Bügeln und dergleichen?“

„Ein bisschen.“

„Das ist gut. Eileen Hennessey macht eine gute Pastete. Und auch einen guten Baltimore-Kuchen. Du solltest zusehen, dass sie dir ein paar von ihren Rezepten gibt.“ Sie richtete sich auf. „Also, das wär’s dann“, sagte sie und nahm ihre Schüssel. „Royal, bring die Hülsen zu den Schweinen, bevor du ins Haus gehst."

„Ja."

Die Fliegentür knallte zu, und wir waren allein.

„Hast du bald wieder einen freien Tag?", fragte Royal.

„Das glaub ich nicht. Ich trau mich nicht zu fragen. Nicht nachdem ich eine ganze Woche zu Hause war."

Während des kurzen Schweigens, das darauf folgte, starrte ich auf die Pfingstrosenbüsche von Mrs Loomis. Einige der Blüten verloren bereits ihre Blätter. Während meine Familie so krank war, hatte ich weder Zeit noch Lust, ein Wort herauszusuchen, und sowieso wäre es nicht gegangen, weil ich mein Lexikon im Glenmore oben gelassen hatte. *Ephemer* war eines der letzten Wörter, die ich gefunden hatte. Es bedeutet flüchtig, kurzlebig, vergänglich. Angesichts der welkenden Pfingstrosen fiel es mir wieder ein.

„Also, dann nimm das hier", sagte Royal plötzlich und reichte mir ein kleines Stück zusammengefaltetes Seidenpapier, in das etwas eingewickelt war. Ich machte es auf und sah einen mattgoldenen Ring. Er war mit drei Steinen besetzt – einem angeschlagenen Opal, flankiert von zwei winzigen Granaten. Er musste einmal sehr hübsch gewesen sein.

Ich sah Royal an. „Royal … liebst du mich?", fragte ich ihn.

„Ah, Matt. Ich hab dir doch einen Ring gekauft, oder?"

Ich sah wieder auf den Ring und dachte daran, dass wir zwei Kühe verloren hatten und noch weitere eingebüßt hätten, wenn Royal nicht gewesen wäre.

„Ich hab zehn Dollar Selbstgespartes, Mattie. Und meine Ma hat auch was auf die Seite gelegt. Sie wird uns helfen. Und du hast bis zum Ende des Sommers doch auch was gespart, oder? Für den Anfang würd's reichen, wenn wir alles zusammenlegen."

Ich starrte auf den Ring.

„Willst du, Mattie?"

Ich steckte den Ring an den Finger. „Ja, ich will, Royal", sagte ich. „Du gehst am besten mit mir nach Hause, damit wir's meinem Pa sagen können."

„Mattie, hast du das Päckchen gekriegt, das für dich gekommen ist?", fragte Mrs Morrison. Sie stand hinter der Rezeption und sortierte die Post. Es war drei Uhr. Das Mittagessen war vorbei, und ich war gerade auf dem Weg nach oben.

„Nein, Ma'am. Was für ein Päckchen?"

„Von der Lehrerin. Sie hat es vor etwa einer Stunde abgegeben. Ich hab dich gesucht, aber nicht gefunden. Ada hat es für mich nach oben gebracht."

Ich dankte ihr und lief, so schnell ich konnte, zum Dachboden hinauf. Dort fand ich ein großes, in braunes Papier gewickeltes und mit einer Schnur verschlossenes Paket. Unter der Schnur steckte ein Umschlag. Als Erstes öffnete ich das Paket. Es enthielt drei Bücher: „Schwester Carrie" von Theodore Dreiser, „Der Sumpf" von Upton Sinclair und „Threnodie", einen Gedichtband von Emily Baxter. Ich wusste nicht, was *Threnodie* bedeutete, also zog ich mein Lexikon unter dem Bett hervor und sah nach. Es bedeutete Klagegesang, Totenlied. Als Nächstes öffnete ich den Umschlag und hielt die Luft an, als ein Fünfdollarschein herausflatterte. Ich hob ihn auf. Aber es gab auch noch einen Brief.

> Liebe Mattie,
> ich dachte, diese Bücher könnten Dir gefallen. Ich hoffe vor allem, dass Du an dem Gedichtband Freude hast, weil ich Dir ein Andenken an mich hinterlassen möchte. Morgen werde ich Eagle Bay verlassen und nächstes Jahr nicht mehr unterrichten. Ich lege Dir die Adresse meiner Schwester Annabelle bei. Ich habe ihr alles über Dich erzählt, und sie freut sich schon darauf, Dich bei sich aufzunehmen. Die beiliegende Summe wird Dir helfen, zu ihr zu kommen …

Der Brief war noch nicht zu Ende, aber ich las nicht weiter. „Sie können nicht gehen!", sagte ich laut. Dann rannte ich hinaus und war im Nu unten in der Küche. Weaver saß am Tisch, und die Köchin und Mr Sperry hatten die Herdplatte abgenommen und sahen mit gerunzelter Stirn darauf hinab.

„Kann ich bitte den Einspänner nehmen, Mr Sperry?", fragte ich keuchend. „Ich muss nach Inlet. Dringend."

„Hast du den Verstand verloren? In ein paar Stunden gibt's Abendessen. Außerdem wirst du allein nicht mit Demon fertig", antwortete die Köchin.

„Mattie, worum geht's denn?", fragte Mr Sperry.

„Um eine Freundin. Sie ist in Schwierigkeiten, und ich muss zu ihr."

„Du kannst nicht allein fahren. Da hat Mrs Hennessey Recht, Demon ist unberechenbar. Ich würde dich ja bringen, aber ich muss vor dem Abendessen diesen Herd da in Gang bringen."

„Ich fahr mit", sagte Weaver.

Mr Sperry nickte. „Dann geht halt. Aber Punkt sechs seid ihr zum Servieren wieder zurück. Sonst setzt's was."

Ich spannte Demon, Mr Sperrys Pferd, an und fuhr wie eine Verrückte den Weg zur Big Moose Road entlang und weiter nach Inlet. Während der Fahrt erzählte ich Weaver von dem Päckchen und wer Miss Wilcox in Wirklichkeit war.

Als wir bei Dr. Fosters Haus ankamen, sagte Weaver, ich solle allein hineingehen, er würde auf mich warten.

Ich lief die Stufen hinauf, an den Kartons und Kisten vorbei, die auf der Veranda aufgestapelt waren, und klopfte an die Tür.

„Mattie!", rief Miss Wilcox erstaunt, als sie die Tür öffnete.

„Miss Wilcox, warum gehen Sie fort? Bitte, bitte, gehen Sie nicht!", bettelte ich.

„Ach Mattie!", antwortete sie und umarmte mich. „Setz dich."

Sie führte mich in die Bibliothek. Ich setzte mich neben sie auf das Sofa. Die Bücher waren weg, der Schreibtisch leer.

Ich hörte ein Streichholz aufflammen. Miss Wilcox rauchte.

„Warum gehen Sie fort, Miss Wilcox?", fragte ich. Dabei kämpfte ich mit den Tränen.

„Mein Mann hat seine Drohung wahr gemacht. Er ist außer sich wegen des neuen Buches und hat mir meine Bezüge gestrichen. Und er hat an die Schulvorsteher geschrieben und ihnen mitgeteilt, wer ich bin. Also musste ich kündigen."

„Können Sie nicht trotzdem bleiben? Sie könnten Lesungen abhalten. Im Glenmore gibt es literarische Abende …"

„Mein Mann ist schon unterwegs, Mattie. Meine Schwester hat mir telegrafiert, dass er höchstens noch eine Tagereise entfernt ist. Wenn ich bei seiner Ankunft noch hier bin, bringt er mich zu einem Arzt. Und dann in ein Sanatorium, wo ich so mit Medikamenten vollgepumpt werde, dass ich nicht mal mehr weiß, wie ich heiße, geschweige denn schreiben kann."

„Das kann er doch nicht machen!"

„Doch. Er hat viel Macht und einflussreiche Freunde."

„Wohin gehen Sie?", fragte ich voller Angst.

Sie lehnte sich zurück. „Meine Großmutter hat mir ein wenig Geld hinterlassen. Es ist als Treuhandvermögen angelegt, und mein Mann kann nicht darüber verfügen. Und ich habe mein Auto und ein paar Schmuckstücke. Das alles werde ich in Geld umsetzen und nach Paris gehen." Sie nahm einen tiefen Zug an ihrer Zigarette. „Morgen früh fahre ich nach New York.

Der Wagen ist groß genug, dass ich meine Kleider und ein paar Bücherkisten darin verstauen kann. Das ist alles, was ich brauche. Den Rest meiner Sachen schicke ich zu meiner Schwester. In ihrem Haus werde ich mich verstecken, bis ich den Wagen verkauft habe. Und sobald ich in Frankreich bin, bemühe ich mich um die Scheidung."

Ein paar Minuten saßen wir schweigend da. Ich wollte sie nicht verlassen. Aber ich wusste, je länger ich blieb, desto länger hielt ich sie vom Packen ab. „Ich muss los", sagte ich schließlich. „Weaver wartet draußen auf mich. Wir müssen um sechs zurück sein, sonst kriegen wir Schwierigkeiten."

„Nun, das dürfen wir nicht zulassen, Mattie. Vielleicht kannst du mich eines Tages in Paris besuchen. Oder, wenn alles gut geht, kann ich über kurz oder lang wieder nach Hause kommen. Und dann essen wir auf dem Campus des Barnard zusammen zu Mittag."

„Das glaube ich nicht, Miss Wilcox", antwortete ich mit gesenktem Blick. „Ich geh nicht aufs College. Ich bleibe hier."

„Mein Gott, Mattie, warum?", fragte sie.

Ich brauchte eine Weile, um zu antworten. „Royal Loomis hat mich gebeten, ihn zu heiraten", brachte ich schließlich heraus. „Und ich hab Ja gesagt."

Miss Wilcox wurde bleich. „Ich verstehe", sagte sie. Sie wollte noch mehr sagen, aber ich schnitt ihr das Wort ab.

„Hier sind Ihre fünf Dollar zurück", sagte ich und zog den Geldschein aus meiner Rocktasche. „Danke, Miss Wilcox, das war sehr großzügig von Ihnen, aber ich werde Ihr Geld nicht brauchen."

„Nein, Mattie, das behältst du. Wenn man jung verheiratet ist, ist man oft knapp bei Kasse. Kauf davon Papier und Stifte."

„Danke", sagte ich.

„Pass auf dich auf, Mattie", sagte sie, als sie mich zur Tür brachte.

„Sie auch, Miss Wilcox."

Als ich auf den Einspänner stieg, verabschiedete sie sich von Weaver. Miss Wilcox ermahnte ihn, an der Columbia fleißig zu studieren. Sie erklärte ihm, dass sie einige Zeit in Paris verbringen würde und dass er sie dort besuchen solle.

„Hüh-jah!", rief ich Demon zu und ließ die Leinen auf seinen Rücken knallen. Er fiel in Trab.

„Alles in Ordnung mit dir?", fragte Weaver.

„Ja", antwortete ich und fuhr die Straße hinunter. Sobald wir zum Dorf hinaus waren, zog ich die Zügel an, bis Demon anhielt, dann legte ich den Kopf in meine Hände.

„Ach komm, Matt“, sagte Weaver und klopfte mir auf den Rücken. „Sie ist ja nicht gestorben. Du wirst sie wiedersehen. Sie bleibt ja nicht für immer in Frankreich. Eines Tages kommt sie nach New York zurück.“

„Aber ich werd nicht dort sein“, sagte ich leise. Ich wollte es ihm eigentlich nicht sagen, musste es aber. Seit Wochen hatte ich es vor ihm geheim gehalten. „Weaver … ich geh nicht nach New York.“

„Du gehst nicht? Warum nicht?“

„Royal und ich … wir sind verlobt. Wir werden heiraten.“

„Royal? Royal Loomis?“

„Kennst du einen anderen Royal?“

„Ach du meine Güte, Mattie! Das glaub ich nicht! Ich hab ja gesehen, wie er dich abgeholt hat, wie ihr gemeinsam ausgefahren seid, aber ich hätte nicht gedacht, dass es was Ernstes ist. Warum heiratest du nicht Demon? Oder Barney? Oder den großen Felsblock da drüben?“

„Weaver, hör auf.“

„Aber er kann dir doch nicht das Wasser reichen! Kann er schreiben? Liest er? Kann er das überhaupt?“

Ich antwortete nicht. Wie konnte ich ihm erklären, dass ich Bücher und Wörter liebte, aber zugleich jemanden haben wollte, der mich in seinen Armen hielt? Oder dass es mir das Herz brechen würde, das Versprechen zu brechen, das ich meiner Mama gegeben hatte?

Fa · bu · lie · ren

Ada! Weaver! Mattie! Frances! Tragt die Kuchen raus! Und die Eiscreme!“, kommandierte die Köchin von der Tür aus.

„Ja, Ma'am!“, brüllten wir im Chor.

„Und hört auf zu schreien! Das hier ist ein Ort der Erholung und kein Holzfällerlager!“

„Ja, Ma'am!“, riefen wir und lachten, als wir aus der Küche, durch den Speisesaal und über die Veranda auf den Rasen des Glenmore hinausliefen.

„Plaudern“, raunte mir Weaver zu, als er an mir vorbeiging.

„Konversation machen“, antwortete ich wie aus der Pistole geschossen.

Es war der Feiertag des vierten Juli, der glanzvollste Abend der Sommersaison, und kein anderes Hotel am Big Moose Lake veranstaltete eine schönere Party als das Glenmore. Wir hatten etwa hundert eigene Gäste, ein paar aus den anderen Hotels, die eigens über den See gerudert waren, und praktisch alle Familien aus Big Moose Station, Eagle Bay und Inlet. Jeder durfte kommen, und das taten die meisten auch. Das Hotel verlangte einen Dollar für Erwachsene und fünfzig Cent für Kinder als Eintritt.

Das Hotel selbst sah schön wie ein Gemäldc aus. Rote, weiße und blaue Tücher waren um Veranda und Balkone gespannt. Sämtliche Fenster waren hell erleuchtet, sogar die Anlegestelle war mit Lampions geschmückt. Die Tische bogen sich unter dem Gewicht von Speisen und Getränken.

Auf dem Rasen wimmelte es von Menschen: Dutzende von Touristen in Leinenanzügen und teuren Roben und Einheimische in ihren verblichenen und geflickten Sonntagskleidern. Mein Pa war da und unterhielt sich mit Frank Loomis, George Burnap und ein paar anderen Männern. Weavers Mama redete mit Alma McIntyre. Meine Tante Josie quetschte den armen Arn Satterlee wegen Emmie Hubbards Land aus. Onkel Vernon unterhielt sich mit Reverend Miller und dessen Frau, und Emmie Hubbard scheuchte ihre Kinder vom Tisch mit den Kuchen weg.

In jeder Hand einen leeren Krug, schwirrte Weaver wieder vorbei. „Diskutieren", sagte er.

„Schwadronieren", antwortete ich.

Fabulieren war mein Wort des Tages, und Weaver und ich lieferten uns ein Duell darüber. Es gefällt mir besonders gut, weil das Wort „Fabel" drinsteckt. Und darum geht es doch meistens, wenn Leute sich unterhalten – sie erzählen einander Geschichten.

„Matt? Wo soll ich die hinstellen? Mrs Hennessey hat sie mir in die Hand gedrückt." Es war Royal, der in jeder Hand einen Kuchen hielt. Ich spürte, dass die Blicke der Leute auf uns gerichtet waren, was mich stolz machte. Schnell nahm ich ihm die Kuchen ab und stellte sie auf den Tisch mit den Desserts.

„Ich geh mich mit Tom L'Esperance unterhalten", sagte Royal und drückte meinen Arm. „Wir sehen uns später." Dann war er weg.

Auf dem Rückweg in die Küche kam ich an Belinda Becker vorbei. Sie trug ein sehr hübsches Kleid mit einer blassblauen Schärpe und stützte sich auf Dan Loomis' Arm. Martha Miller war bei ihnen. Sie starrte mich lange und eindringlich an.

Dann sah ich Minnie und Jim. Sie standen unten am See. Minnie hatte das Gesicht zu ihrem Mann erhoben. Sie wirkte immer noch erschöpft auf mich, aber sie lächelte. Er auch, und bevor sie wieder auf den Rasen zurückkamen, beugte er sich zu ihr hinunter und küsste sie. Ich wusste, dass sie eine sehr innige Beziehung hatten, trotz ihrer Schwierigkeiten. Und ich hoffte, ich würde auch einmal so eine haben.

„Mattie! Mehr Hähnchen, bitte!" Es war Henry, der am Grill stand.

„Gleich, Henry", antwortete ich, doch bevor ich nach drinnen laufen konnte, packte mich Ada an der Hand und sagte: „Royal und Martha Miller hatten gerade einen Streit."

Ich sah sie verständnislos an. „Royal? Das kann nicht sein. Er war doch gerade noch hier. Hast du gesehen, wie sie sich gestritten haben?"

„Nein, aber mein neugieriger Bruder Mike hat's mitgekriegt. Sie wussten nicht, dass er hinter dem Bootshaus war. Er hat gehört, wie Martha Royal gesagt hat, dass sein gebrochenes Herz offensichtlich sehr schnell geheilt sei."

Mein eigenes Herz fühlte sich plötzlich schwer wie Blei an. „Mir hat er gesagt, er wolle sich mit Tom L'Esperance unterhalten."

„Tom L'Esperance? Der ist doch gar nicht da. Ich geh jetzt Mike suchen, mal sehen, ob er noch mehr weiß. Vielleicht kann ich auch Royal finden."

Dann hörte ich meinen Namen und spürte zwei Arme um meine Taille. Es war meine kleinste Schwester. „Um Himmels willen, Beth, dein Mund ist ja ganz verschmiert."

„Erdbeerkuchen, Matt! Der ist so gut!" Und schon rannte sie lachend und kreischend mit zwei anderen kleinen Mädchen davon. Ich war froh, sie wieder so munter zu sehen.

„Mattie, Hähnchen!", rief Henry.

„Ich komm gleich", antwortete ich, lief nach drinnen, holte die Hähnchen und rannte noch einmal, um Maiskolben und Gebäck zu holen.

Sobald Henry alles hatte, was er brauchte, lief ich hinüber zu Abby und Minnies beiden jüngeren Schwestern, von denen jede eines von Minnies Babys auf dem Arm hielt. „Wo ist Lou?", fragte ich sie.

Abby deutete auf ein großes braunes Fass. Daneben stand ein drahtiger Junge mit schlecht geschnittenem Haar, der sich heimlich ein Glas Bier abfüllte.

„Was hat der mit Lou zu tun?", fragte ich.

„Mattie, das *ist* Lou."

„Gütiger Himmel, Abby! Was hat sie mit ihrem Haar gemacht?"

„Abgeschnitten. Ratzfatz."

Ich trat hinter Lou. „Was machst du da?", zischte ich und riss ihr das Glas weg.

„Bier trinken." Sie riss es wieder an sich und leerte es in einem Zug.

Ich packte sie am Handgelenk. „Louisa Anne Gokey, ich schäme mich für dich!"

„Ist mir egal."

„Sieh dir dein Haar an! Was hat Pa gesagt, als er dich gesehen hat?"

„Nichts. Er hat's nicht mal gemerkt. Er merkt ja nie was. Lass mich los, Matt, lass los!" Dann entriss sie mir ihren mageren Arm und rannte davon.

„Was ist denn los mit ihr? Hat sie die Krätze?" Es war Royal.

„Sie hat sich das Haar abgeschnitten. Wieder mal."

„Warum?"

„Weil sie wütend ist." So wütend, dass sie mir Angst machte. Sie wurde allmählich immer wilder. Warum merkte Pa das nicht?

„Gefällt ihr die Farbe nicht, oder so was?"

„Nein, Royal, es hat nichts mit der Farbe zu tun", antwortete ich ungeduldig. „Sondern damit, dass wir erst unsere Mutter und dann Lawton verloren haben …" Ich merkte, dass er seinen Bohnensalat und nicht mich ansah, und gab auf. „Wo bist du gewesen?", fragte ich.

„Mir was zu essen holen. Und mich mit Tom unterhalten."

„Ist er hier?"

„Tom? Gleich da drüben", sagte er und deutete auf die Veranda. Und dort war er auch. Er lehnte sich gegen eine Säule und redete mit Charlie Eckler.

Adas Bruder muss sich getäuscht haben, dachte ich. Vielleicht hatte sich Martha mit jemand anderem gestritten.

„Dein Pa sollte das nördliche Land nicht roden", sagte Royal und schluckte ein Stück Kuchen. „Er hat mir gesagt, dass er das vorhat."

„Nein? Warum nicht?", fragte ich abwesend.

„Ich war neulich da oben beim Beerenpflücken. Dort, wo unser Land an eures und das von Hubbards grenzt. Da oben gibt's Blaubeerbüsche. Die sollten nicht weg. Man kann sie den Hotels für Kuchen und so verkaufen."

Minnie, die es geschafft hatte, sich von Jim fortzustehlen, schloss sich uns an. Ebenso Ada und Fran. Royal ging, um sich mit seinem Bruder zu unterhalten.

„Ach, er sieht so gut aus, Mattie!", seufzte Ada, sobald er außer Hörweite war. „Wie hast du ihn dir geschnappt?"

Ada hatte bestimmt keine Hintergedanken bei dieser Frage, dennoch vermittelte sie mir ein unbehagliches Gefühl. Schon oft hatte ich mich dasselbe gefragt.

„Über kurz oder lang ist sie Mattie Loomis“, sagte Minnie. „Habt ihr schon ein Datum festgesetzt? Ich wette, es passiert, noch bevor das Heu eingefahren ist. Da bin ich mir ganz sicher.“

„Na, ich weiß nicht.“

Verblüfft drehte ich mich um. Es war Martha Miller, die das gesagt hatte. Sie und Belinda Becker waren zu uns getreten. Belinda sah aus, als hätte sie etwas Schlechtes gerochen. Marthas Gesicht war blass und verkniffen. „Ich hoffe, du hast eine Mitgift, Mattie Gokey“, sagte Martha.

„Im Gegensatz zu einigen anderen hier *braucht* Mattie keine Mitgift“, erwiderte Minnie.

Martha sah mich mit hartem, bösem Blick an. „Royal ist der Zweitälteste“, sagte sie. „Dan wird einmal den Hauptteil der Loomis-Farm erben. Aber das Land der Loomis grenzt an das deines Vaters, nicht wahr, Mattie?“

„Martha, komm, lass uns gehen“, sagte Belinda.

Martha beachtete sie nicht. „Wenn Royal dich heiratet, bringt er vielleicht seinen und deinen Vater dazu, ihm ein paar Hektar abzugeben. Vielleicht drei oder vier. Wer weiß, vielleicht kriegt er eines Tages die ganze Farm von deinem Vater. Schließlich ist Lawton fort und kommt nicht mehr zurück, oder?“

„Martha!“, sagte Belinda tadelnd und zog sie am Arm.

Martha schüttelte sie ab. „Und dann gibt’s ja auch noch Emmie Hubbards Land“, fuhr sie fort. „Vier Hektar, die günstigerweise zwischen dem Land der Loomis und dem deines Vaters liegen. Schon komisch, dass die zufälligerweise nächsten Monat versteigert werden sollen.“

Ich spürte, wie mir das Blut gefror. „Was sagst du da, Martha?“

„Seit vier oder fünf Jahren hat es keinen interessiert, dass Emmie ihre Steuern nicht rechtzeitig bezahlt. Und plötzlich will Arn ihr Land versteigern. Macht dich das nicht stutzig?“

„Doch nur, weil’s einen Interessenten gibt“, antwortete ich. Ich erinnerte mich, wie Tante Josie und Alma McIntyre den Brief über dem Dampf geöffnet hatten. „Jemand aus der Stadt ist auf der Suche nach billigem Land.“

Martha lächelte. „Ja sicher gibt’s einen Interessenten, aber der ist nicht aus der Stadt. Er lebt gleich hier in Eagle Bay, und sein Name ist Royal Loomis.“

Fran brach in Lachen aus. „Du hast ja einen Knall, Martha. Royal hat doch gar nicht das Geld dafür.“

„Nein, aber seine Mutter hat es. Iva spart schon seit zwei Jahren. Knapst hier einen Vierteldollar und dort fünfzig Cent vom Eier- oder Buttergeld ab. Sie ist diejenige, die Arn gedrängt hat, Emmie eine Hypothek aufzubrummen."

„Und warum sollte sie so was tun?", fragte Ada.

Martha zuckte die Achseln. „Sie hat ihre Gründe. Außerdem hat sie inzwischen eine hübsche Summe zusammen, und die gibt sie Royal, damit er das Land der Hubbards kaufen und bebauen kann. Und wie ich gesagt hab, ein paar Hektar als Mitgift von deinem und von Royals Pa würden die Sache abrunden, nicht wahr?"

Mir blieben die Worte im Hals stecken.

„Ich dachte, du wärst so schlau, Mattie? Hast doch ständig den Kopf in Bücher gesteckt. Royal sagt, du kennst eine Menge Wörter, aber weißt nicht mal, wie man …"

„Martha, noch ein Wort und ich polier dir die Fresse", sagte Fran. „Das schwör ich bei Gott."

„Komm, Martha, lass uns gehen. Dan winkt mich zu sich", sagte Belinda. Erneut zog sie ihre Freundin am Arm und sie gingen.

„Hör nicht auf den Mist, den sie erzählt, Matt. Das hat sie alles erfunden. Sie ist bloß eifersüchtig wegen Royal", sagte Minnie.

All der Stolz, den ich vorhin noch empfunden hatte, war mit einem Mal verflogen. Mir war hundeelend. Ich hörte Royals Stimme: „Dein Pa sollte das nördliche Land nicht roden … da oben gibt's gute Blaubeeren …" Ich war so ein Dummkopf gewesen!

„Hey Matt, lässt dich die Köchin das Feuerwerk anschauen?" Es war Royal.

Wir alle sahen ihn wortlos an – ich, Minnie, Ada und Fran.

„Jim wundert sich bestimmt schon, wo ich geblieben bin", sagte Minnie und eilte davon.

„Die Köchin braucht uns, Ada. Komm", sagte Fran und folgte ihr.

„Da bin ich wohl in ein Fettnäpfchen getreten", sagte Royal und sah ihnen nach.

Ich blickte zu Boden, sah ihn aber nicht. Dafür sah ich etwas, das an jenem Tag passiert war, als ich zu meiner kranken Familie geeilt war: Tommy Hubbard, der weinte und das Kalb Baldwin schlug. Auch er war von jemandem geschlagen worden. Er hatte einen hässlichen roten Striemen unterm Auge. Royal hasste Tommy. Und Emmie. Alle Hubbards.

„Royal … Martha Miller hat gerade ein paar Dinge erzählt."

Er schnaubte. „Du glaubst doch nicht, was sie sagt?"

Ich sah zu ihm auf. „Royal, bist du derjenige, der Emmie Hubbards Land kaufen will?"

Er wandte sich ab, spuckte aus und sah mich dann mit seinen wundervollen bernsteinfarbenen Augen an. „Ja, Matt", antwortete er. „Ja, der bin ich."

„MEIN GOTT, Mattie, jetzt bist du geliefert!", sagte Fran. „Warum hast du auch den Besen mitten in der Küche stehen lassen?"

„Hab ich nicht! Ich hab ihn weggeräumt!" Ich faltete gerade Servietten im Speisesaal und deckte die Tische fürs Frühstück am nächsten Morgen.

„Die Köchin ist gerade drüber gestolpert und hat einen ganzen Topf Consommé runterfallen lassen. Sie hat gesagt, du sollst sofort zu ihr kommen."

Fran verschwand wieder in der Küche. Ich blieb wie angewurzelt stehen. Meine Kehle war wie zugeschnürt, und ich dachte, dass eine Standpauke von der Köchin genau der richtige Abschluss für diesen grässlichen Tag war. Es war der 5. Juli, mein Geburtstag. Ich war 17 geworden, und keiner hatte daran gedacht. Das hatte mich den ganzen Tag über bedrückt. Aber ich war auch noch wegen anderer Dinge traurig gewesen. Wegen der gemeinen Dinge, die Martha Miller am Abend zuvor zu mir gesagt hatte. Und wegen des Streits mit Royal, gleich nachdem ich ihn gefragt hatte, ob er derjenige sei, der Emmies Land kaufen wollte.

„Ich will nicht darüber reden", sagte er.

„Aber ich", antwortete ich. „Warum willst du Emmies Land kaufen?"

„Weil es gutes Land ist. Gut zum Anbau und auch gutes Weideland."

Ich nahm all meinen Mut zusammen und fragte ihn: „Ist das der einzige Grund?" Obwohl ich mich vor der Antwort fürchtete.

„Nein, Mattie, es gibt noch einen anderen. Ich möchte, dass Emmie Hubbard fort ist."

Vor meinem inneren Auge sah ich Frank Loomis und Emmie in ihrer Küche. „Royal, du … weißt Bescheid?"

„Um Himmels willen, Mattie. Jeder in der ganzen Gegend weiß Bescheid."

„Royal, kaufst du das Land für uns? Damit wir darauf leben?"

„Ja."

„Ich will es nicht, Royal. Wie können wir dort ein Leben aufbauen, wenn wir wissen, dass wir es einer Witwe und sieben Kindern weggenommen haben? Es ist alles, was sie haben. Wenn du es kaufst und die Hubbards rauswirfst, wo sollen sie dann hingehen?"

„In die Hölle hoffentlich."

„Aber Lucius … das Baby … er ist doch dein Halbbruder, oder?"

„Keins von Emmies Bälgern ist mit mir verwandt!"

„Er kann doch nichts dafür, er ist doch bloß ein kleines Kind", sagte ich leise.

Er sah mich an, als wäre ich Judas persönlich. „Und wenn dein Pa das getan hätte, Mattie?" Ich sah, dass es ihm schwerfiel, diese Dinge anzusprechen. „Meine Ma traut sich manchmal nicht aus dem Haus, weil sie sich so schämt. Lernst du aus deinen ganzen Büchern, wie sich das anfühlt? Lies nur weiter, vielleicht findest du's raus." Dann ging er davon und ließ mich stehen.

Wieder flog die Küchentür auf und riss mich aus meinen Gedanken. „Um Himmels willen, Mattie, die Köchin will, dass du herkommst. Jetzt mach schon!", befahl Fran.

Der Kloß in meinem Hals wurde noch größer. Ich öffnete die Küchentür und erwartete, dass die Köchin mich niedermachte, stattdessen erschrak ich zu Tode, als zwanzig Leute aus voller Kehle plötzlich „Überraschung" riefen. Dann wurde gesungen, und die Köchin kam mit einer weiß glasierten Torte, in der eine Kerze steckte und auf der HERZLICHEN GLÜCKWUNSCH ZUM GEBURTSTAG, MATTIE geschrieben stand, aus der Speisekammer.

Ich strahlte von einem Ohr zum anderen, dankte allen und wünschte mir etwas, als ich die Kerze ausblies.

Nach der kleinen Feier beorderte die Köchin jeden an die Arbeit zurück, und Mrs Morrison reichte mir einen kleinen Zuckersack. „Den hat dein Vater heute Morgen mit der Milch abgegeben", sagte sie.

Darin war ein winziges Bild von meinem Haus. Auf dem Zettel, der dabeilag, stand: *Meine Ma hat das für dich gemalt. Herzlichen Glückwunsch zum Geburtstag. Tommy Hubbard.* Auch eine selbst gemachte Karte lag in dem Sack, die mit gepressten Blumen und gemalten Herzen verziert war. Darauf hatten meine Schwestern liebe Grüße geschrieben. Von Tante Josie und Onkel Vernon gab es eine kleine Dose mit Karamellbonbons. Und unter all dem, in braunes Papier gewickelt, lag ein dünnes, flaches Päckchen. Ich machte es auf. Es war ein nagelneues Aufsatzheft. Es stand keine Widmung darin, aber ich wusste, dass es von meinem Pa war. Das war sehr aufmerksam von ihm und hätte mich froh machen sollen, doch es brachte mich beinahe zum Weinen.

„O Mattie, da ist Besuch für dich", sagte Fran bedeutungsvoll.

Ich blickte auf und sah Royal in der Tür stehen. Er wirkte verlegen. Ich fragte mich, ob er immer noch sauer und vielleicht nur hergekommen war, um seinen Ring zurückzufordern.

„Ach, Royal Loomis!“, sagte die Köchin. „Bist du hier, um mir noch mehr von diesen herrlichen Erdbeeren zu bringen?“

„Nein, Ma'am. Ich hab das hier gebracht“ – und er hielt ein Päckchen hoch –, „für Matt.“

„Setz dich einen Moment, Royal“, säuselte die Köchin. „Möchtest du ein Stück Kuchen? Mattie, gib deinem Gast Kuchen.“

Ich richtete Kuchen und eine Erfrischung für Royal und setzte mich neben ihn. Er schob sein Päckchen über den Tisch. „Für dich. Ein Buch.“

Ich konnte es nicht glauben. Genauso gut hätte er sagen können, es sei ein Diamanthalsband darin. „Wirklich?“, flüsterte ich.

Er zuckte die Achseln. „Ich weiß, dass du Bücher magst.“

Mein Herz ging auf. Martha hatte sich in Royal getäuscht! Und ich auch! Er mochte mich tatsächlich und achtete nicht bloß auf Äußerlichkeiten. Er mochte mich nicht wegen des Landes meines Pas, er liebte mich um meiner selbst willen! Meine Finger zitterten, als ich die Schnur löste. Was hatte er für mich ausgesucht? Einen Band von Austen oder Brontë? Vielleicht Zola oder Hardy? Ich machte das Papier auf und sah, dass es ein Band von Fannie Farmer war. Ein Kochbuch.

Royal beugte sich vor. „Ich dachte, das könntest du bald brauchen.“

Ich klappte es auf. Auf der Titelseite stand der Name von jemand anderem. Schnell blätterte ich die Seiten durch, die teilweise Flecken hatten.

„Es ist nicht neu, nur aus zweiter Hand. Hab's bei Tuttle's bekommen. Es hat verschiedene Kapitel, siehst du? Fleisch und Geflügel, Backwerk …“

Ich sah ihm an, wie viel ihm daran gelegen war, dass es mir gefiel. Und mir war klar, dass er es versucht, aber alles nur schlimmer gemacht hatte.

„Danke, Royal“, sagte ich und lächelte so angestrengt, dass mir das Gesicht wehtat.

Es war eines schönen Nachmittags gegen Ende des Mittagsservice, als mein Vater ins Glenmore kam, um uns zu sagen, dass das Haus von Weavers Mama abgebrannt sei. Weaver raste sofort los. Wir anderen – ich, Ada, Fran und Mike – mussten auf Anweisung der Köchin warten, bis das Essen vorbei war, dann fuhr uns John Denio auf seinem Pritschenwagen hinüber.

Während der Fahrt dachte ich über meine Wörter und deren Bedeutung nach, wie ich es zur Ablenkung immer tue, wenn ich aufgeregt bin oder

Angst habe. Mein Wort des Tages war *Dolor.* Es bedeutet Schmerz, Qual oder Pein.

Auf dem Weg den Hügel hinunter unterhielten wir uns, und niemand bezweifelte, dass es sich bei dem Feuer um einen Unfall handelte. Doch sobald wir Lincoln, den Maulesel, in einer Blutlache auf der Straße liegen und den zerschmetterten Schweinestall sahen, wussten wir, dass das nicht zutraf.

Mein Vater stand mit Mr Loomis und Mr Pulling vor den rauchenden Trümmern. Mr Sperry, Mr Higby und einige Nachbarn aus Fourth Lake waren auch da. Ich rannte zu ihm hin. „Pa, was ist passiert?“, fragte ich.

„Mattie, was machst du hier? Das ist nichts für dich.“

„Ich musste kommen, Pa. Weavers Mama – ist alles in Ordnung mit ihr?“

„Sie ist drüben bei den Hubbards.“

Ich rannte los.

„Mattie, warte! Weißt du irgendwas über die Männer, die Weaver geschlagen haben?“

„Nur dass es Pelzjäger waren. Und dass Mr Higby sie ins Gefängnis gesteckt hat. Warum?“

„Sie müssen eben erst aus dem Gefängnis rausgekommen sein. Weavers Mama behauptet, dass sie es gewesen wären. Sie hätten den Maulesel umgebracht und fast alle Hühner. Wenigstens das Schwein ist in den Wald entkommen. Hab die Loomis-Jungen hinterhergeschickt, damit sie's fangen.“

Ich wollte nicht glauben, was er mir erzählte. „Pa, nein!“, stieß ich hervor.

„Mrs Smith sagt, sie hätten das Haus angezündet und wären dann Richtung Norden in die Wälder geflohen. Zumindest glaub ich, dass sie das gesagt hat. Im Moment ist nichts Rechtes aus ihr rauszukriegen, sie ist ziemlich schlimm zugerichtet. Sie hat mit ihnen gekämpft. Einer hat ihr den Arm gebrochen.“

Ich legte die Hände an die Wangen und schüttelte den Kopf.

„Hör mir gut zu, Matt. Niemand kann mit Sicherheit sagen, wo die Männer hingegangen sind. Ich möchte nicht, dass du nach Einbruch der Dunkelheit aus dem Hotel gehst. Nicht bevor sie gefunden sind. Und Weaver hältst du auch im Haus. Verstanden?“

Ich nickte, dann rannte ich zu Emmies Haus.

Die Köchin war bereits da, sie versuchte Kaffee oder Tee zu finden und murmelte etwas über den Zustand des Haushalts. Mrs Crego war ebenfalls da. Auch Dr. Wallace. Und Weaver. Die meisten der Hubbard-Kinder drängten sich mit aufgerissenen Augen auf einem abgewetzten Sofa zusammen oder saßen davor auf dem Boden.

„Komm, Mama, lass den Doktor deinen Arm sehen", sagte Weaver.

Weavers Mama schüttelte den Kopf. Sie saß auf Emmies Bett, hielt den rechten mit dem linken Arm fest und schaukelte vor und zurück. Emmie saß neben ihr, hatte den Arm um sie gelegt und sagte ihr, dass alles gut werden würde. Doch Weavers Mama schien sie nicht zu hören. Sie wiederholte bloß ständig: „Es ist weg, alles ist weg!"

Weaver kniete sich vor sie hin. „Mama, bitte", sagte er.

„Mrs Smith, ich muss mir Ihren Arm ansehen", sagte Dr. Wallace.

Emmie scheuchte ihn weg. „Lassen Sie sie doch eine Weile schaukeln, sie kommt schon wieder zu sich."

Ich ging zu Weaver und nahm seine Hand. „Was hat sie? Warum tut sie das? Ist es wegen des Hauses?"

„Ich weiß nicht", antwortete er. „Vielleicht wegen der Tiere … oder ihrer Sachen. Sie hatte Fotografien und solches Zeug. Oder vielleicht ist es doch wegen des Hauses …"

„Der Teufel soll das Haus holen!", rief Mrs Smith plötzlich. „Glaubt ihr, ich scher mich einen Pfifferling um die alte Hütte?" Sie hob den Kopf. „Sie haben dein College-Geld gefunden, Weaver, sie haben alles genommen. Jeden Penny. Es ist weg."

„Wo ist Weaver? Wo ist er?", fragte mich die Köchin. „Ständig probiert er, mir ein Stück von dem Kokoscremekuchen abzuschwatzen. Jetzt hab ich eins für ihn und er ist verschwunden."

Normalerweise hob die Köchin keine Kuchenstücke für irgendjemanden auf, aber sie machte sich Sorgen um Weaver – wie wir alle. Ich hatte eine Ahnung, wo er sein könnte, und fand ihn schnell. Er saß am Anlegesteg.

„Warum ist das wirkliche Leben nicht so wie in den Büchern?", fragte ich und setzte mich neben ihn. „Warum sind die Menschen nicht einfach und unkompliziert, gut oder schlecht, wie in den Romanen?"

Weaver sah mich an. „Es geht um Emmie, nicht wahr? Du weißt nicht, was du jetzt von ihr halten sollst."

„Nein, das weiß ich nicht."

Emmie Hubbard hatte uns alle erstaunt. Sie hatte Weavers Mama aufgenommen, überließ ihr ihr eigenes Bett und pflegte sie. Und an dem Tag, als das Haus der Smith abbrannte, hatte sie sogar die Geistesgegenwart besessen, ihre Kinder die Hühner rupfen zu lassen, die die Pelzjäger getötet hatten. Aus einigen machte sie einen Eintopf, die anderen briet sie und verkaufte den Rest ans Eagle Bay Hotel, bevor sie schlecht wurden.

„Ich weiß wirklich nicht, was ich davon halten soll, Weaver“, sagte ich. „Heute Morgen hab ich meinen Pa beim Ausliefern getroffen. Er hat gesagt, seit dem Brand seien die Hubbard-Kinder nicht mehr zum Frühstück bei uns gewesen.“

„Die Köchin sagt, dass sie Emmie neulich am Bahnhof gesehen hat. Sie hat Kuchen und Brötchen verkauft.“

„Vielleicht gefällt es ihr, zur Abwechslung mal die Tüchtige zu sein“, antwortete ich. „Oder sie hat es einfach satt, die Irre zu spielen.“

Weaver lachte, aber es war kein wirkliches Lachen.

Mr Austin Klock, der Untersheriff, kam aus Herkimer herüber, um die Brandursache zu untersuchen. Als er wieder ging, hatten die drei Männer eine ganze Liste neuer Anklagen gegen sich. Doch niemand glaubte im Ernst, dass sie je zur Rechenschaft gezogen würden. Selbst Mr Klock meinte, dass sie vermutlich schon auf dem Weg nach Kanada waren.

Weaver hatte seit dem Brand kaum mehr gegessen. Oder gesprochen. Oder gelächelt.

„Die Köchin hat ein Stück Kuchen für dich. Kokoscreme“, sagte ich.

Er reagierte nicht.

„Ich bleib hier, Matt“, sagte er schließlich. „Auch nach dem Labor Day. Gerade habe ich mit Mr Morrison gesprochen. Er sagt, er hätte Arbeit für mich.“

„Wie soll das denn gehen?“, fragte ich. „Dann musst du doch in New York sein. Beginnt dein Unterricht nicht in der ersten Septemberwoche?“

„Ich geh nicht hin.“

„Was?“ Ich hatte wohl nicht richtig gehört.

„Ich geh nicht an die Columbia. Nicht bevor’s meiner Mama wieder gut geht. Ich kann sie jetzt nicht allein lassen.“

„Aber Weaver, was ist mit deinem Stipendium? Verlierst du das nicht?“

„Es gibt immer noch nächsten Herbst. Ich bin sicher, dass ich sie dazu kriegen kann, es ein Jahr zurückzustellen“, sagte er, aber ich hörte seiner Stimme an, dass er das selbst nicht glaubte.

Ich habe nicht geweint, als Miss Wilcox ging, nicht, als Martha so gemeine Dinge zu mir sagte oder als Pa mich schlug. Aber jetzt weinte ich wie ein Schlosshund. Ich weinte, als ob jemand gestorben wäre.

„Oh!“, schluchzte ich. „O Weaver, nein!“

„Matt, was ist denn los?“, fragte er.

Ich stand auf. Ich konnte die Vorstellung nicht ertragen, dass er hier festkleben würde und in einem Speisesaal, einer Gerberei oder einem Holzfällerlager arbeiten müsste. Tag für Tag. Jahr für Jahr. Bis er alt und verbraucht war und all seine Träume gestorben wären.

„Geh, Weaver, geh einfach!“, rief ich. „Ich kümmere mich um deine Mama. Ich, Royal, Minnie, Jim und Pa und Mrs Loomis. Wir alle. Bestimmt. Aber geh! Bevor du für immer hier hängen bleibst. Wie eine Ameise im Teer.“

Wie ich.

Es MUSS JETZT nach vier Uhr sein. Ich konnte nicht wieder einschlafen. Ich habe alle Briefe von Grace gelesen, bis auf den letzten.

5. Juli 1906

Mein lieber Chester,
ich mache es mir vor dem Kaminfeuer gemütlich. Alle anderen sind im Bett. Das ist der letzte Brief, den ich Dir schreiben kann, Liebster. Mir ist, als ob Du vielleicht doch nicht kommst. Vielleicht ist es nicht richtig, aber ich habe das Gefühl, dass ich Dich nie mehr sehen werde. Ach, wäre doch schon Montag! Nächsten Sonntag übernachte ich bei Maude, Liebster, und am Morgen darauf fahre ich nach DeRuyter, wo ich gegen zehn eintreffen werde.

Tut mir leid, dass ich nicht nach Hamilton kommen konnte. Papa und Mama wollten es nicht. Sie glauben auch, dass ich nur zu einer Stippvisite nach DeRuyter fahre.

Heute habe ich mich von ein paar Orten verabschiedet. Es gibt so viele Winkel hier, Liebster, die mir alle sehr ans Herz gewachsen sind. Fast mein ganzes Leben habe ich hier verbracht …

Ach Liebster, Du kannst Dir nicht vorstellen, wie das alles für mich ist. Ich weiß, dass ich keinen von ihnen je wiedersehen werde – und Mama! Mein Gott, wie sehr ich sie liebe! Ich weiß nicht, was ich ohne sie tun soll. Manchmal denke ich, ich könnte es Mama sagen, schaffe es aber nicht. Sie hat auch so genug Sorgen, und ich kann ihr nicht das Herz brechen. Wenn ich tot zurückkomme, weiß sie vielleicht Bescheid und ist nicht böse auf mich. Ich werde nie mehr froh sein, Liebster. Ich wünschte, ich könnte sterben. Du wirst nie erfahren, wie sehr Du mich hast leiden lassen. Ich vermisse Dich und möchte Dich sehen, aber ich wünschte, ich wäre tot. Jetzt gehe ich zu Bett. Liebster, bitte komm und lass mich dort nicht warten. Um unser beider willen, sei dort …

Sie wusste es. Irgendwie wusste Grace Brown, dass sie nicht mehr zurückkäme. Sie hoffte, Chester würde sie mitnehmen und das Richtige für sie tun, aber tief in ihrem Innern wusste sie es besser. Deswegen schrieb sie, dass sie bestimmte Dinge, Orte und Menschen, die sie liebte, nicht mehr wiedersehen würde. Und deswegen stellte sie sich vor, als Tote zurückzukehren. Und deswegen wollte sie, dass die Briefe verbrannt würden.

Ich stecke den Brief in den Umschlag zurück, nehme alle Briefe zusammen, lege das Band darum und verknote es sorgfältig. In etwa einer Stunde wird die Sonne aufgehen, die Köchin wird hereinplatzen und uns wecken. Ich blicke auf das Bündel in meiner Hand, auf das blassblaue Band, auf die geschwungene Schrift, die der meinen so ähnlich ist.

Wenn ich diese Briefe verbrenne, wer wird dann noch Grace Browns Stimme hören? Wer wird ihre Geschichte lesen?

ES WAR mitten im Abendservice. Der Speisesaal war brechend voll, und die Köchin hatte wieder mal schlechte Laune. Ich brachte eine Bestellung hinaus und kam mit der nächsten zurück.

„Mattie, die Bestellung für Tisch sieben. Los!“, bellte die Köchin.

Ich brachte vier Teller Suppe an einen Tisch. Dabei reckte ich den Hals und versuchte, durch die Speisesaalfenster das Bootshaus zu sehen. Die Boote waren für die Nacht vertäut, der Steg leer.

„Sie müssen zurückgekommen sein“, murmelte ich leise vor mich hin. „Also, wo stecken sie?“

Eigentlich sollten 87 zum Abendessen kommen. *87*, nicht 85. Zwei Gäste waren nicht erschienen – Zimmer 42 und 44. Carl Grahm und Grace Brown. Sie hatten Tisch neun. Ich hatte für sie gedeckt, aber es war schon acht, und sie waren immer noch nicht vom See zurück. Ich hatte sie bereits beim Mittagessen bedient. Sie hatten Suppe und Sandwiches bestellt und während des ganzen Essens gestritten.

„… und gleich neben dem Hotel in Utica stand eine Kirche“, sagte Grace Brown. „Wir hätten hineingehen und es dort machen können.“

„Wir können es hier oben tun, Billy. Wir fragen, ob es eine Kapelle gibt“, antwortete Carl Grahm.

„Heute, Chester. Bitte. Du hast es versprochen. Ich kann nicht länger warten. Das kannst du nicht von mir verlangen.“

„Also gut, reg dich nicht so auf. Lass uns erst eine Bootsfahrt machen, einverstanden? Es ist so ein schöner Tag. Gleich danach erkundigen wir uns nach einer Kapelle.“

„Chester, nein! Ich will keine Bootsfahrt machen!“

Der Mann aß sein ganzes Mittagessen auf, dann die Suppe, die das Mädchen nicht angerührt hatte, schließlich bat er um einen Nachtisch. Er wies mich an, das Essen auf die Zimmerrechnung zu setzen. Und später sah ich dann Grace auf der Veranda, wo sie mir die Briefe gab, die ich unter meine Matratze steckte. Danach hatte ich die beiden vollkommen vergessen, weil mich die Köchin den ganzen Nachmittag mit Kartoffelschälen beschäftigt hatte. Erst beim Servieren des Abendessens, als ich sah, dass ihr Tisch leer war, dachte ich wieder an sie, und von dem Moment an gingen sie mir nicht mehr aus dem Sinn.

„Mattie! Das Wasser kocht!“, rief die Köchin. „Mach das Tablett für Zimmer zwölf fertig.“

Ich gab Teeblätter in eine Kanne. Dann nahm ich den Kessel von der Flamme und goss Wasser dazu. Im selben Moment kam Mr Morrison in die Küche, um sich eine Tasse Kaffee zu holen.

„Ich hab dich nicht beim Abendessen gesehen, Andy“, sagte die Köchin. „Geht's dir nicht gut?“

„Hab's verpasst. Musste die ganze Zeit auf zwei verdammte Dummköpfe warten, die mein Boot zurückbringen sollten.“

Die Köchin schnaubte. „Welche zwei Narren denn? Das ganze Glenmore ist voll davon.“

„Grahm. Zimmer zweiundvierzig. Mit einer Frau. Hat sich gleich nach dem Mittagessen ein Boot genommen und ist bis jetzt noch nicht zurückgekommen.“

Ich ließ die Kanne fallen. Sie zerbrach. Überall spritzte kochend heißes Wasser herum.

„Jetzt sieh dir an, was du getan hast!“, kreischte die Köchin. „Was ist denn bloß in dich gefahren? Wisch diese Schweinerei sofort auf!“

Ich dachte an mein Wort des Tages, *luziferisch*, als ich die zerbrochenen Teile der Kanne aufhob. Es bedeutet eigentlich Licht bringen und ist auch in dem Namen Luzifer enthalten. Luzifer war ein schöner Engel, den Gott aus dem Himmel vertrieb, weil er rebelliert hatte. Er wurde in die Hölle verbannt, doch statt Reue zu empfinden, weil er Gott erzürnt hatte, machte er immer weiter mit seinem aufrührerischen Werk. Er ging in den Garten Eden, überredete Eva, vom Baum der Erkenntnis zu essen, und erreichte damit, dass die ganze Menschheit aus dem Paradies vertrieben wurde.

Das war eine schlimme Tat, aber im Moment verstand ich, warum er sie begangen hatte. Er tat mir sogar ein bisschen leid. Wahrscheinlich wollte er nur ein wenig Gesellschaft, denn es macht sehr einsam, über Dinge Bescheid zu wissen.

LEISE steige ich aus dem Bett, ziehe mich an, stecke mein Haar auf und nehme meine Sachen. Ich bin nicht sicher, schätze aber, dass es gegen fünf Uhr ist. Als ich fertig bin, zähle ich meine Ersparnisse. Zusammen mit dem Geld, das ich vorher schon hatte, meinem Lohn, den Trinkgeldern, den Extraeinkünften, die ich fürs Ausführen von Hamlet bekommen habe, und den fünf Dollar von Miss Wilcox habe ich 31 Dollar und 25 Cent.

Vorsichtig, ohne Lärm zu machen, verlasse ich den Dachboden und gehe die Haupttreppe hinunter. Mit der alten Stofftasche meiner Mama in der Hand stehe ich in Mr Morrisons Büro, gerade als es hell zu werden beginnt. Ich lege Grace' Briefe auf seinen Schreibtisch und hinterlasse ihm eine Notiz, worin ich erkläre, wie ich an sie gekommen bin.

Ich schreibe noch drei kurze Briefe, adressiere sie und lege sie in den Postkorb. Der erste ist an meinen Vater. Es liegen zwei Dollar darin, die Summe für das neue Maultier, die er noch bezahlen muss; ich verspreche ihm zu schreiben. Der zweite ist für Weavers Mama. Er enthält zwölf Dollar und siebzig Cent und eine Notiz, dass sie das Geld verwenden soll, um Emmies Steuern zu bezahlen. Der dritte enthält einen Ring – einen matten Ring mit einem Opal und zwei Granaten. Er ist an Royal adressiert und besagt, dass er versuchen soll, ihn bei Tuttle's zurückzugeben, dass es mir leidtue und ich hoffte, dass er eines Tages seine Käsefabrik bekommen würde.

Auf dem Weg aus dem Büro komme ich an dem Kleiderständer vorbei. Es hängt ein Damenhut daran. Grace Brown hat ihn bei ihrer Ankunft dort hingehängt. Ich nehme den schäbigen kleinen Hut vom Haken, trage ihn in das kleine Zimmer neben dem Salon und lege ihn neben Grace' Leiche.

Ich nehme ihre Hand. Sie ist glatt und kalt. Zwar weiß ich, dass es eine schlimme Sache ist, ein Versprechen zu brechen, aber inzwischen halte ich es für noch schlimmer, sich von einem Versprechen kaputt machen zu lassen. „Ich werd's nicht tun, Grace", flüstere ich ihr zu. „Verfolg mich, wenn du willst, aber ich werd's nicht tun."

Hinter dem Glenmore, ein Stück in den Wald hinein, ist ein Haus, in dem das männliche Personal schläft. Es ist still und dunkel. Ich nehme eine Handvoll Kieselsteine und werfe sie gegen ein Fenster im Erdgeschoss. Nichts passiert, also werfe ich ein zweites und ein drittes Mal – schließlich geht ein Fenster auf und Mike Bouchard blinzelt verschlafen heraus.

„Bist du das, Mattie? Was ist los?“

„Hol Weaver, Mike. Ich muss ihn sprechen.“

Sein Kopf verschwindet, und kurz darauf taucht Weavers Kopf auf.

„Was willst du denn?“, fragt er ärgerlich.

„Ich geh fort, Weaver.“

Er zieht den Kopf zurück, und kaum eine Minute später geht die Haustür auf, er tritt heraus und zieht sich die Hosenträger über das halb zugeknöpfte Hemd. „Wo gehst du hin?“

Statt einer Antwort greife ich in meine Rocktasche und drücke ihm sieben Dollar in die Hand.

„Wofür ist das?“

„Für deine Fahrkarte nach New York. Nimm das Geld, das du hier verdienst, um in der Stadt Miete und Essen zu bezahlen. Du wirst dir einen Job suchen müssen, wenn es aufgebraucht ist, aber zumindest kommst du am Anfang über die Runden.“

Weaver schüttelt den Kopf. „Mattie, es geht doch nicht bloß um die Fahrkarte und die Miete. Das weißt du doch. Es geht um meine Mama. Ich kann sie nicht im Stich lassen.“

„Sie schafft das schon.“

„Nein, sie schafft es nicht. Wenn Emmies Land verkauft ist, hat sie keine Bleibe mehr.“

„Emmies Steuern sind bezahlt. Es gibt keine Versteigerung, hast du's noch nicht gehört?“

Weaver sah mich lange an. „Nein, hab ich nicht.“

„Das wirst du schon noch.“

„Mattie …“

„Leb wohl, Weaver. Ich muss gehen. Jetzt gleich. Bevor die Köchin aufsteht.“

Weaver umarmt mich so fest, als wolle er mich erdrücken. Ich erwidere seine Umarmung und versuche, ein wenig von seiner Stärke und Furchtlosigkeit in mich aufzunehmen.

„Warum, Matt? Warum gehst du *jetzt*?“, fragt er.

Ich sehe zum Glenmore hinüber. In einem kleinen Zimmer neben dem Salon kann ich ein Licht leuchten sehen. „Weil Grace es nicht kann“, antworte ich ihm.

Wir lassen uns los. Tränen stehen in seinen Augen.

„Nicht, Weaver! Sonst schaff ich's nicht. Sonst lauf ich gleich zurück, zieh meine Schürze an, und das war's dann.“

Er nickt und schluckt schwer, formt seine Hand zu einer Pistole und zielt auf mich. „Bis zum Tod, Mathilda Gokey", sagt er.

Ich lächle und ziele ebenfalls auf ihn. „Bis zum Tod, Weaver Smith."

Es ist kurz nach zehn. Der Morgen dämmert, die Sonne geht auf zu einem herrlichen Sommermorgen. Voller Angst, aber entschlossen, stehe ich auf dem Bahnsteig von Old Forge. Gibt es ein Wort dafür? Sich vor der Zukunft zu fürchten, aber dennoch gespannt darauf zu sein? *Angstlust? Freudschreck?* Falls ja, werde ich es herausfinden.

Meine Stofftasche ist schwer. Fast alles, was ich besitze, ist darin. Auch meine Fahrkarte, die Adresse von Miss Annabelle Wilcox in New York City und zwei Dollar und 25 Cent. Das ist alles, was von meinem Ersparten noch übrig ist. Es ist nicht viel, und ich werde mir gleich einen Job suchen müssen.

Als ich das Glenmore verließ, begann es gerade erst hell zu werden, aber ich konnte mit Bill Jarvis, der das Jarvis Hotel in Big Moose Station besitzt, nach Eagle Bay mitfahren.

Die *Clearwater* lag noch am Anlegesteg, als wir ankamen, und ich bekam einen Platz auf ihrer Rückfahrt nach Old Forge. Einmal sah ich noch zurück, bevor Eagle Bay aus meinem Blick verschwand, und fühlte mich einsamer und verängstigter als je in meinem ganzen Leben. Als ich in Old Forge ankam, dachte ich daran umzukehren. Aber ich tat es nicht. Es gibt keine Möglichkeit zur Umkehr, wenn man einmal gegangen ist.

Während ich jetzt auf meinen Zug warte, fallen mir Grace' Worte wieder ein: *Ich habe mich heute von einigen Orten verabschiedet. Ich weiß, dass ich keinen davon je wiedersehen werde …*

Ein Zug in Richtung Norden fährt ein. Ein Express. Nur wenige Leute sitzen darin. Ein paar Touristen und Arbeiter steigen aus, gefolgt von zwei Männern mit Jackett und Krawatte.

„Das ist er. Austin Klock, der Untersheriff", sagt ein Mann neben mir zu seinem Begleiter. „Ich hab dir doch gesagt, dass das kein normaler Tod durch Ertrinken war." Sie ziehen Notizbücher heraus. Reporter wahrscheinlich, denke ich.

„Wer ist der Mann bei ihm?"

„Der Gerichtsmediziner des Bezirks. Isaac Coffin."

„Der Mann heißt mit Nachnamen *Sarg*? Du willst mich wohl auf den Arm nehmen, was?"

„Ach Unsinn. Komm mit. Wir wollen sehen, ob wir eine Stellungnahme kriegen."

Der Untersheriff hebt abwehrend die Hände, als sie auf ihn zugehen. „Gentlemen, ich weiß nicht mehr als Sie. Ein Mädchen ist in der Nähe des Glenmore ertrunken. Ihre Leiche wurde gefunden, die ihres Begleiters nicht …"

Bald werdet ihr mehr wissen, denke ich. Viel mehr. Bald werdet ihr wissen, dass das Mädchen Grace hieß, schwanger war und die letzten Wochen ihres Lebens in Angst verbracht hat. Und dass sie den Mann, der für ihren Zustand verantwortlich war, angefleht hat, zu kommen und sie zu holen. Aber der hatte anderes im Kopf.

Ich schließe die Augen und kann Chester Gillette vor mir sehen. Er trägt sich ins Fremdenbuch im Glenmore ein, isst zu Mittag, begibt sich auf eine Bootsfahrt. Ich sehe ihn den ganzen Weg bis in die South Bay hinausrudern. Vielleicht steigen er und Grace aus und setzen sich eine Weile ans Ufer. Dort lässt er seinen Koffer zurück. Sie rudern weiter. Er wartet, bis er sicher ist, dass sich niemand in der Nähe befindet, dann schlägt er auf Grace ein. Er lässt das Boot kentern und schwimmt ans Ufer. Grace kann nicht schwimmen. Das weiß er. Sie würde ertrinken, auch wenn sie nicht bewusstlos wäre, aber auf diese Weise geht es stiller vor sich. Sie kann nicht um Hilfe rufen.

Ich sehe Chester jetzt. Er frühstückt irgendwo. Vielleicht oben am Seventh Lake. Vielleicht im „Neodak" in Inlet. Er lächelt. Chester ist kein bisschen tot. Darauf wette ich meinen letzten Dollar. Ich sehe auch Grace Brown steif und kalt in einem Zimmer im Glenmore mit einem winzigen Leben in sich, das nie das Licht der Welt erblicken wird.

Und dann höre ich einen schrillen Pfiff. Ich öffne die Augen und sehe, wie der Zug nach Süden einfährt. Die riesige Lokomotive kommt quietschend und dampfend zum Stehen. Ich kann mich nicht rühren.

„Alles einsteigen!", ruft der Schaffner. „Abfahrt zehn Uhr fünfzehn zur Central Station New York über Utica, Herkimer und alle Haltestellen Richtung Süden! Die Fahrkarten bitte!" Leute steigen ein. Mütter und Kinder. Geschäftsleute. Urlauber auf dem Weg nach Hause. Paare. Und noch immer kann ich mich nicht rühren.

Ich denke an meine Familie. An Beth' Lieder. An Lous großspurigen Gang. An Abbys sanfte Stimme. Ich sehe Pa vor dem Kamin. Und Emmie und Weavers Mama. Ich sehe Royal das Feld seines Vaters pflügen und mit einem Ausdruck von Liebe und Sehnsucht zum Land meines Vaters hinüberblicken, wie er sie für mich nie aufgebracht hat. Ich sehe Barneys blinde Augen zu mir erhoben. Und das tote Rotkehlchen am Grab meiner Mutter.

Der Schaffner steigt die metallenen Stufen hinauf. „Letzter Aufruf! Alles einsteigen!“, ruft er. Die Lokomotive stößt Dampf aus, der in einer riesigen Wolke unter ihr hervorquillt.

„Warten Sie!“, rufe ich und stolpere vorwärts.

Der Schaffner sieht mich. „Kommen Sie, Missy!“, ruft er. Er streckt die Hand aus. Mein Herz droht vor Trauer, Furcht und Aufregung fast zu zerspringen. Ich fahre fort, aber ich werde diesen Ort und seine Geschichten bei mir tragen, wohin ich auch gehe.

Ich ergreife seine Hand und er zieht mich auf den Zehn-Uhr-f ünfzehn-Zug nach Süden. Nach Utica und Herkimer und all den Haltestellen Richtung Süden. Nach Albany und darüber hinaus. Nach New York City. Meiner Zukunft entgegen. Meinem Leben.

Foto: Jerry Bauer

„Grace Browns Briefe haben mich tief berührt ..."

Die Geschichte von Grace Browns tragischem Tod beruht auf einer wahren Begebenheit. Am 12. Juli 1906 wurde die Leiche der jungen Frau aus dem Wasser des Big Moose Lake geborgen. Was allerdings während der vorausgegangenen Bootsfahrt wirklich geschah, ist nie restlos aufgeklärt worden.

Sicher ist jedoch, dass die Geschichte seit dem aufsehenerregenden Prozess im Jahr 1906 die Welt fasziniert hat. Es war ein Indizienprozess, Zeugen gab es keine. Gegen Grace' Begleiter Chester sprach, dass er drei Tage nach ihrem Tod dabei gesehen wurde, wie er sich in einem Hotel in der näheren Umgebung vergnügte. Doch zum Verhängnis wurden ihm schließlich Grace' Briefe, die während des Prozesses öffentlich verlesen wurden und das Prozesspublikum zu Tränen rührten. Man fand auch ein Motiv: Er hatte inzwischen eine wohlhabende Frau kennen gelernt, die besser zu seinen ehrgeizigen Lebensplänen passte. Nun war ihm die schwangere Geliebte im Weg. Chester wurde schließlich des Mordes für schuldig befunden und 1908 im Gefängnis in Auburn hingerichtet.

Jennifer Donnelly hat dieses historische Drama in eine fiktive Rahmenhandlung um die junge Mattie eingebettet. Auch ein paar historische Fakten hat sie verändert: Während Mattie die gesamte Korrespondenz zwischen Grace und Chester besitzt, fand man bei Grace nur Chesters Briefe. Grace' Briefe stellte die Polizei erst nach Chesters Verhaftung sicher.

Donnelly lebt mit ihrem Mann und einer Tochter in New York. Nach dem Weltbestseller *Die Teerose* ist das vielfach ausgezeichnete Buch *Das Licht des Nordens* ihr zweites Werk, das in Deutschland erscheint.

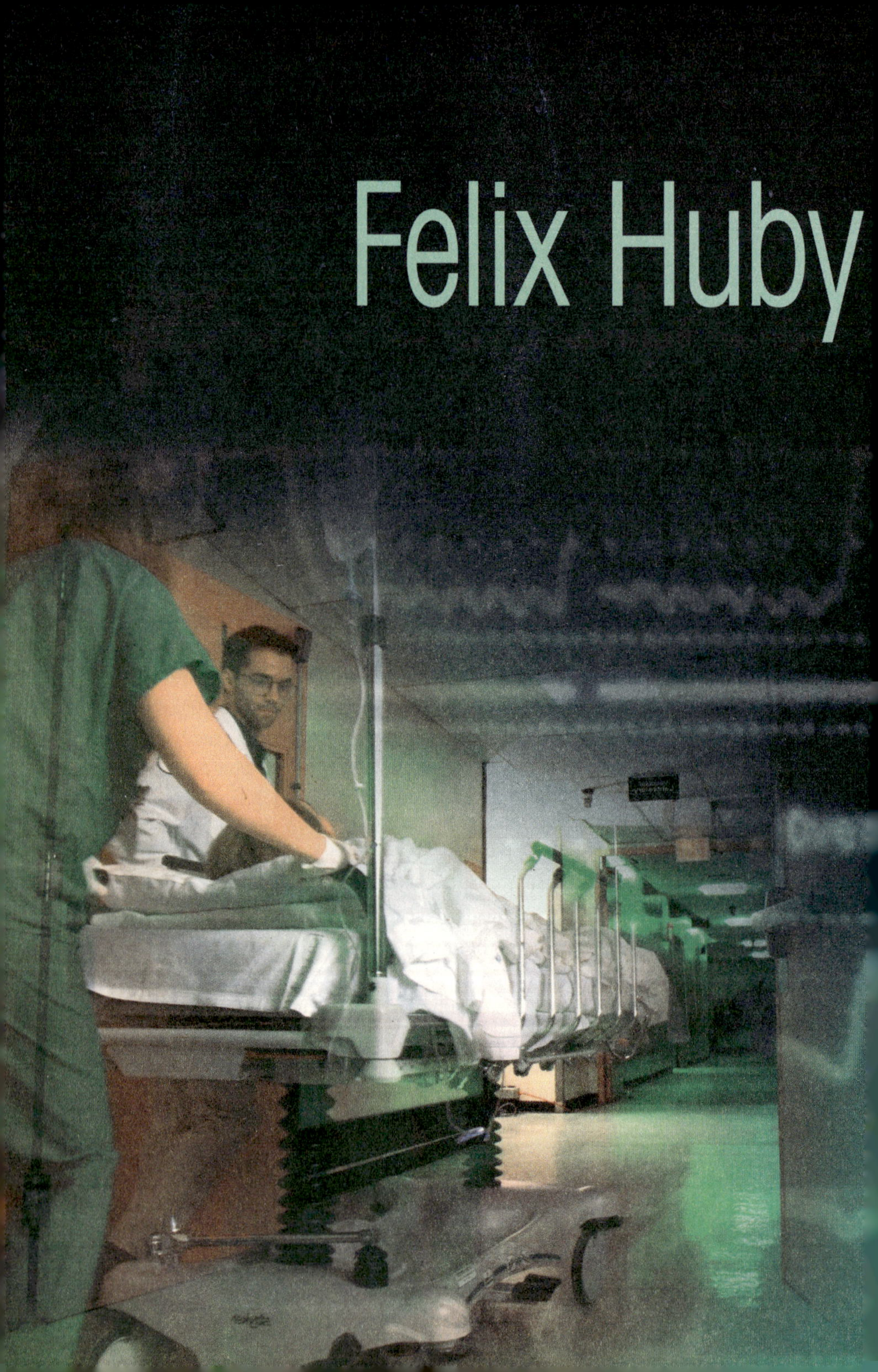
Felix Huby

Der Bluthändler

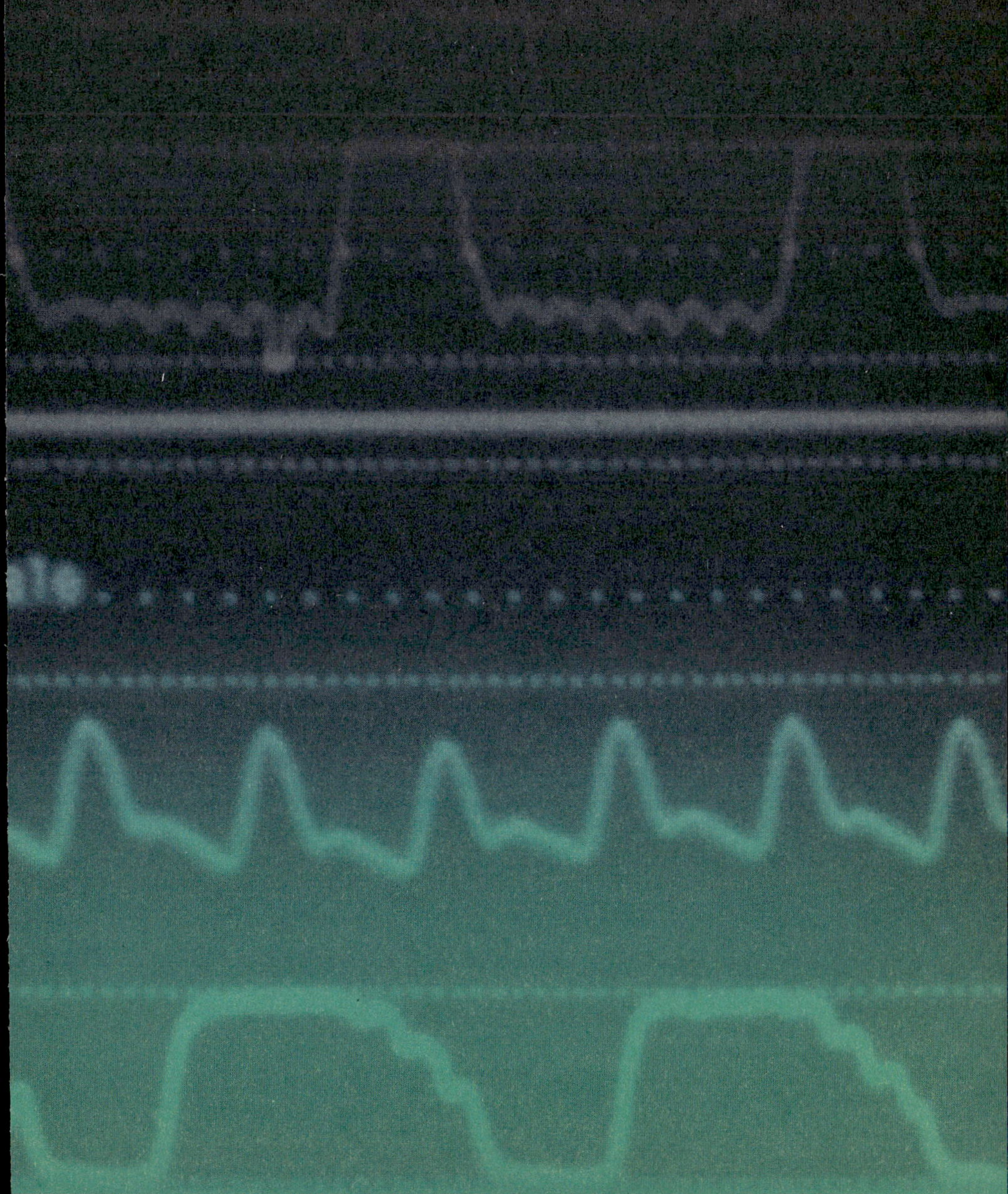

Woher kommen die Transplantate, die Professor Schultes erstaunlich oft zum exakt richtigen Zeitpunkt parat hat? Lässt man Menschen sterben, damit andere überleben können?

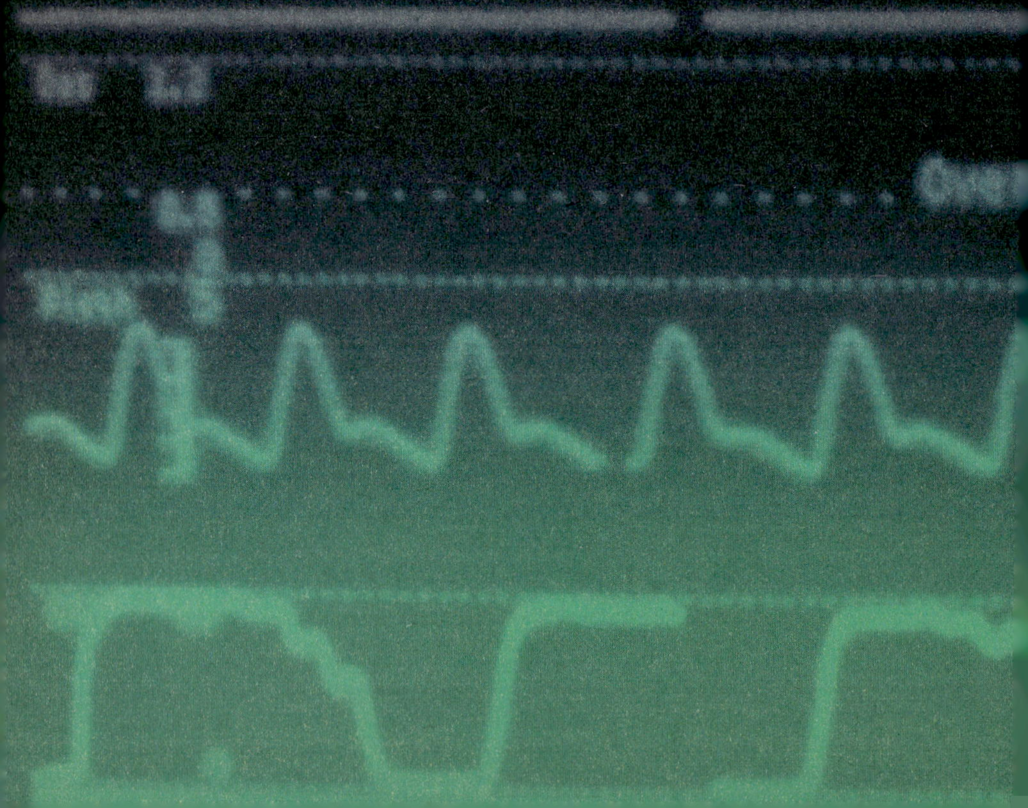

1

Joseph Sabri verließ das „Bilbao“ kurz nach 19 Uhr. Trotz des frühen Abends waren wenige Menschen unterwegs. Der Wind pfiff durch die schmale Straße und peitschte ihm den Regen ins Gesicht. Der junge Mann fröstelte. Er sah zu den Laternen hinauf, die vor dem dunklen Himmel schwankten. Nach dem Kalender war es zwar Mitte Juni, aber es schien, als habe sich der Sommer schon verabschiedet. Sabri beugte den Oberkörper weit nach vorn und beschleunigte seine Schritte. Aus dem Hauseingang eines schmucklosen Gebäudes trat ein Schatten und folgte ihm.

Der junge Afrikaner war nun schon seit anderthalb Jahren in dieser fremden Stadt in diesem fremden Land. Josephs Familie hatte ihm die Reise ermöglicht. Sie hatten alle viel von dem gegeben, was sie gespart hatten. Ein Vetter sollte ihn am Flughafen Tegel erwarten. Aber der Cousin war nicht erschienen, und Joseph Sabri hatte ihn bis heute nicht gefunden. Dabei war er von seinen ugandischen Landsleuten und auch von anderen Afrikanern nach besten Kräften unterstützt worden. Man traf sich in den Telefonshops, wo man zu billigen Tarifen mit zu Hause telefonierte. Dort konnte man auch Arbeit finden – schwarz, für geringen Lohn und ohne jede Sicherheit. Am liebsten arbeitete Joseph Sabri als Möbelträger. Er war stark und geschickt. Abends ging man ins Bilbao.

Vor fünf Wochen war sein kleiner Bruder Togo nachgekommen. Sabri hatte noch versucht, die Familie zu erreichen, um Togo von seinem Plan abzubringen. Hier war alles anders, als sie es sich zu Hause ausgemalt hatten.

Sabri erreichte eine Kreuzung. Er versuchte, sich zu orientieren. Am Nachmittag hatte ihm Kim Olala, mit dem er sich in den letzten Tagen angefreundet hatte, eine Abkürzung beschrieben. Man musste durch eine Einfahrt, durchquerte fünf Höfe und gelangte am Ende an ein Gittertor, das meistens offen war und auf die nächste Straße führte. War es verschlossen, konnte man ohne Mühe darüberklettern. So sparte man sich den Weg um einen mächtigen, langgezogenen Häuserblock.

Sabri war erst seit drei Tagen aus dem Krankenhaus heraus. Er war dort eingeliefert worden, weil er an einem Stand auf dem Rummelplatz eine Portion Pommes frites gegessen hatte. Kurz darauf war ihm so schlecht geworden, dass er sich mehrfach hatte übergeben müssen. Mit einem Mal hatte er alles nur noch wie durch einen Schleier gesehen, und schließlich war er bewusstlos zusammengebrochen.

Im Krankenhaus war er dann wieder zu sich gekommen. Da hatten sie ihm schon den Magen ausgepumpt, und ein Doktor hatte ihm auf Englisch erklärt, dass er eine Lebensmittelvergiftung gehabt habe. Wahrscheinlich durch Salmonellen oder schlechtes Fett hervorgerufen. Er musste schildern, wo er die Pommes zu sich genommen hatte. Dann schob ihn eine hübsche Schwester, die vermutlich aus Thailand stammte, in ein helles Einzelzimmer. Sie tupfte ihm den Schweiß von der Stirn. Ein wohliges Gefühl überkam ihn. Ein paar Augenblicke später schlief er ein.

In den zwei darauffolgenden Tagen wurde er gründlich untersucht. Sie nahmen ihm Blut ab, und er musste eine Urinprobe abgeben. Ein ernster Arzt schickte ihn auf das Ergometerfahrrad. Ja selbst eine Gewebeprobe entnahmen sie ihm. Alles wurde sorgfältig protokolliert. Eine junge Ärztin befragte ihn nach Alter, Herkunft, Beruf. Sie wollte wissen, welche Krankheiten es in seiner Familie gegeben habe, woran seine Großeltern gestorben seien und hundert andere Sachen. Es interessierte sie auch, ob er sich schon angemeldet habe, wo er untergebracht sei, ob er Verwandte in Deutschland habe. Mit schlechtem Gewissen gestand er, dass er noch kein Asyl beantragt habe. Untergekommen sei er in einer Baracke am Rande eines stillgelegten Fabrikareals in Moabit, wo auch andere Ausländer hausten. Er sagte, die Adresse kenne er nicht. Er wisse nur, wie er hinfinde.

Zwei Jungs, die er auf 16 Jahre schätzte, rasten auf ihren Mountainbikes auf ihn zu, bremsten und stellten ihre Fahrräder quer. „Wo willste hin, Nigger?“, fragte einer.

Sabri sagte höflich: „Gutten Tack“, und schlug einen Bogen um die beiden. Sie lachten und fuhren hinter seinem Rücken durch das Tor auf die Straße hinaus. Joseph Sabri erreichte das Gittertor. Heute war es verschlossen. Der Afrikaner fasste mit beiden Händen nach dem oberen Rand des Tores. Im gleichen Augenblick spürte er einen heftigen Schlag in die Kniekehle. Er knickte ein, wollte sich umdrehen, aber da spürte er plötzlich einen Stich in der Brust. In seinem Mund breitete sich der Geschmack von Blut aus. Dann umfing ihn finstere Nacht.

Die Scheibenwischer hatten Mühe, die Wassermengen von der Windschutzscheibe zu schieben. Der Regen war plötzlich wieder stärker geworden. „Fahr langsamer“, sagte der Mann auf dem Beifahrersitz des dahinrasenden Fahrzeugs.

„Du weißt genau, was passiert, wenn der uns auf dem Weg krepiert!“, antwortete der Fahrer.

„Dann ist es deine Schuld. Zu stark zugestochen!“

„Leck mich doch!“

Von da an wurde nichts weiter gesprochen, bis der Kastenwagen die Auffahrt zu einem schlossartigen Gebäude hinauffuhr, das tief in einem parkähnlichen Garten lag. Der Mann hinterm Steuer stoppte das Fahrzeug direkt vor der Tür mit der beleuchteten Aufschrift Notaufnahme. Die beiden Männer sprangen hinaus, rissen die Tür am Heck des Transporters auf und zogen den bewusstlosen Schwarzen aus dem Wagen. Vorsichtig legten sie ihn auf die Treppe und kehrten ins Führerhaus zurück. Der Fahrer drückte anhaltend auf die Hupe, und als die ersten Männer in weißen Anzügen hinter der Glastür erschienen, brauste das Fahrzeug davon.

Die Pfleger entdeckten den bewusstlosen Joseph Sabri. Behutsam legten sie den Mann auf eine fahrbare Trage und karrten ihn zur Notaufnahme. Dort hatte ein junger Arzt namens Assmann Dienst. „Verkehrsunfall?“, fragte er, während die beiden Pfleger Sabri entkleideten.

„Sieht so aus“, sagte einer der Pfleger.

„Was heißt: Sieht so aus? Wo sind die Leute, die den Mann hergebracht haben?“

„Das ist das Problem. Die sind spurlos verschwunden.“

„Haben wir wenigstens seine Personalien?“, fragte der junge Arzt.

„Nichts, der Mann hat keine Papiere bei sich.“

Dr. Assmann sah den Pfleger einen Augenblick verständnislos an. Dann beugte er sich über den Bewusstlosen. „Unfall, dass ich nicht lache! Sieht aus, als hätte ihn jemand abgestochen.“ Er tastete vorsichtig den Brustkorb ab. „Vermutlich Lungendurchstich. Der muss sofort in den OP.“

Einer der Pfleger eilte hinaus. Unter der Tür begegnete er einem hochgewachsenen Mann Mitte fünfzig. Er trug einen dunklen Anzug, dazu eine silberne Krawatte. Über seiner hohen Stirn türmte sich ein dichter weißer Haarschopf. „Ich bin dann weg“, sagte er. „Wir haben heute das Stiftungsfest unserer Verbindung.“

Dr. Assmann sagte mit leicht belegter Stimme: „Könnten Sie sich den

Notfall da bitte mal ansehen, Herr Professor Schultes? Perforierter Thorax, sieht aus wie Stichwunden …"

„Muss das sein?" Schultes reagierte ungnädig. „Ich sage doch, ich will zu der Veranstaltung unserer Verbindung." Aber dann setzte er doch seine Brille auf und beugte sich über den Verletzten. „Sieht nicht gut aus. So wie die Stiche liegen, sollten Sie keine Zeit verlieren … wahrscheinlich ist der Herzbeutel verletzt. Am besten schicken Sie ihn gleich hoch in die Herzchirurgie. Dr. Heuer hat Dienst. Vielleicht schaue ich noch mal vorbei."

Etwa um die gleiche Zeit bereiteten sich Reinhold und Heike Mende auf ihre Teilnahme an dem Stiftungsfest vor. Mende, ein Mann um die fünfzig, fühlte sich nicht gut. „War doch ein anstrengender Tag. Ich wäre froh, ich hätte nicht zugesagt." Mende legte ein dreifarbiges Band um die Schulter und klickte die Bierzipfel seiner Verbindung an den Hosenbund. Dann streifte er sein Jackett über. Heike kontrollierte zum wiederholten Mal den Sitz ihrer Strümpfe. Ihr Mann runzelte die Stirn. Die Aktion seiner Frau hatte etwas Selbstgefälliges, so als bekäme sie nicht genug davon, ihre langen, schlanken Beine zu bewundern. Endlich stand sie auf und ließ sich in den Mantel helfen. Erst danach sagte sie: „Wenn du natürlich müde bist, können wir auch zu Hause bleiben. Dann sage ich ab."

„Du kennst den Wahlspruch unserer Burschenschaft: *‚Vigor, fides, patria'* – Mit Kraft in Treue fürs Vaterland. Und außerdem hab ich ja meine eigene Ärztin dabei."

„Ärzte gibt es bei dem Fest genug, und im Unterschied zu mir sind die alle noch in Übung! Hast du die Kamera?"

Ihr Mann hob eine kleine Ledertasche hoch. „Sag mal … diese Videodinger sind doch eigentlich out!"

„Stimmt", gab Heike zurück, „aber du hast ja nicht die Zeit, dich mit den neuen Entwicklungen zu beschäftigen. Außerdem: Sie funktioniert ja."

Mende setzte ein Zerevis auf, das bestickte Käppchen seiner Verbindung in den gleichen Farben wie das Schulterband und der Bierzipfel. „Gehen wir!"

Sabri war in einen Untersuchungsraum der Herzchirurgie gebracht worden. Er war bereits intubiert und an ein Beatmungsgerät angeschlossen. Im Operationssaal trafen zwei Schwestern und ein Pfleger fieberhafte Vorbereitungen für die Notoperation. Oberarzt Dr. Friedrich Heuer stand mit dem

Aufnahmearzt Dr. Assmann, der ihm als Assistent zur Hand gehen sollte, vor der Lichtwand mit den Röntgenbildern. Wortlos drehte sich Heuer dem Ultraschallgerät zu, auf dessen Bildschirm eine Aufnahme des Herzens zu sehen war.

Assmann sagte: „Zweifacher Lungendurchstich auf alle Fälle."

Heuer nickte. „Zweimal satt rein. So präzise muss auch Jack the Ripper zugestochen haben! Ob das Herz auch was abgekriegt hat, kann man nicht genau erkennen."

In diesem Augenblick kam Professor Schultes herein. Er trat sofort vor den Bildschirm. „Wie sieht es aus?"

Heuer studierte weiter die Aufnahme und sagte über die Schulter: „Thorax mehrfach perforiert. Pneumothorax. Aber vielleicht hat er Glück. Es könnte sein, dass der Herzbeutel intakt geblieben ist."

Schultes nickte. „Ich muss leider los. Kommen Sie zurecht?"

„Ich bin seit neunundzwanzig Stunden im Dienst", sagte Dr. Heuer.

„Ja, ich weiß, es ist schwer." Schultes war schon an der Tür. „Aber glauben Sie nicht, dass es früher bei uns anders war." Damit ging er vollends hinaus.

Heuer drehte sich zu einer der beiden Schwestern um. „Fangen wir an!"

PETER HEILAND war als Kommissar vom Dienst eingeteilt. Er saß im Bereitschaftsraum und las Gedichte. Schwäbische Gedichte von Helmut Pfisterer. Das Bändchen war schon ganz zerfleddert, wie auch seine anderen Bücher des Stuttgarter Poeten.

Ein Kollege kam herein. Heiland klappte schnell den schmalen Gedichtband zu. „Können Sie mit der Frau reden?", fragte der uniformierte Beamte.

„Worum geht's denn?"

Eine füllige Blondine, die er auf etwa 35 Jahre schätzte, schob sich an dem Schutzpolizisten vorbei. „Wir vermissen nun schon zum dritten Mal in diesem Vierteljahr einen Menschen."

Peter Heiland erhob sich von seinem Stuhl. Er überragte die Besucherin mindestens um 35 Zentimeter. „Wir? Wer ist wir?"

„Die Mitarbeiter von Pro Asyl."

„Aha. Bitte nehmen Sie doch Platz."

Die Frau setzte sich, der Kommissar ging zum Kaffeeautomaten. „Kaffee? Milchkaffee? Cappuccino?", rief er über die Schulter.

„Milchkaffee, wenn's Ihnen nichts ausmacht."

Heiland servierte der Frau den Kaffee. „Sie müssen sich an die Vermisstenstelle wenden."

Sie ging nicht darauf ein. „Zum ersten Mal gibt es Zeugen. Sabri ist niedergestochen worden. Danach wurde er in einem Kastenwagen weggebracht. Das ist doch ein Fall für die Mordkommission!"

„Er heißt also Sabri. Ist das sein Vor- oder Nachname?"

„Mit Vornamen heißt er Joseph. Er hatte einen Vetter, Hassan Sabri, aber der ist schon seit längerer Zeit verschwunden."

Heiland notierte sich die beiden Namen auf einem zerknitterten Zettel. „Wer sind die Zeugen?", fragte er, ohne aufzuschauen.

„Zwei Jungs aus Moabit."

„Sind Sie denn mit denen nicht gleich zur nächsten Polizeiwache?"

„Die kriegen Sie eher in die Kirche als zur Polizei!"

Heiland setzte sich der Frau gegenüber. „Die Personalien Ihres Schützlings?"

„Ja, das ist nicht so einfach."

Heiland nickte. „Illegal hier. Nicht angemeldet?"

„Wir sind nicht mehr dazu gekommen."

„Und wie war es bei den anderen, die verschwunden sind?"

Die Frau rutschte unruhig auf dem Stuhl hin und her. „Sie wissen doch, wie das ist."

„Nein, tut mir leid. – Darf ich mal Ihren Ausweis sehen?"

Sie hieß Iris Bechthold, war 1978 in Leipzig geboren, wohnte in der Müllerstraße im Wedding und war von Beruf Erzieherin. Frau Bechthold trank ihren Kaffee aus und stellte die Tasse hart ab. „Helfen Sie mir nun, oder helfen Sie mir nicht?"

„Haben Sie irgendeinen Verdacht?"

„Sie meinen, wer die Täter gewesen sein könnten? Nein. Aber sicher hat die Tat einen fremdenfeindlichen Hintergrund, wie man heute so schön sagt."

Peter Heiland verzog das Gesicht. „Wir nehmen Ihre Anzeige auf. Ein Kollege macht das."

„Und Sie? Was machen Sie?"

„Ich habe morgen einen freien Tag. Das ist so, wenn man ein paarmal hintereinander Nachtschicht geschoben hat. Meinen Sie, Sie könnten mich mit den beiden Zeugen zusammenbringen?"

Iris Bechthold sah ihn mit großen Augen an. „Ist das Ihr Ernst?"

„Ja warum denn nicht?"

„Da könnte man ja glatt meinen, Sie wollen sich engagieren.“

Peter Heiland ging nicht darauf ein. „Also? Wann und wo? Ich bringe vielleicht einen Freund mit.“

„Sie meinen, einen Kollegen?“

„Nein, ich meine, einen Freund.“

„Ich fürchte, wir haben wenig Zeit, um Sabri zu finden“, sagte sie.

„Wir tun, was wir können.“ Peter Heiland stand auf. „Ich bringe Sie hinaus.“

DR. FRIEDRICH HEUER und Schwester Inge Schneider verließen den Operationssaal. „Das haben Sie wieder mal wunderbar hingekriegt“, sagte die Schwester.

„Trotzdem ist es verantwortungslos.“ Heuer fingerte nach einer Zigarette.

Inge beobachtete ihn. „Sie wollten doch nicht mehr rauchen!“

Heuer sah sie wütend an. „Den Ton hasse ich, seit ich vierzehn war!“

„Entschuldigung. Die Zigaretten liegen im Dienstzimmer.“

„Sie haben ja Recht.“ Es klang versöhnlich. „Aber der Stress. Jetzt sind es zweiunddreißig Stunden.“

Am anderen Ende des Korridors erschien Dr. Miriam Sell, die Heuer ablösen sollte. „Das wird aber auch Zeit, dass du kommst!“, rief ihr Heuer entgegen.

Miriam warf einen Blick auf ihre Uhr. „Friedrich, hör mal, ich bin keine Minute zu spät!“

„’tschuldige, Miriam, so war das nicht gemeint. Ich bin nur total am Ende.“

„Er ist jetzt zweiunddreißig Stunden im Dienst!“, sagte Schwester Inge.

Heuers Kollegin nickte nur. Das war in dieser Klinik der Alltag der Ärzte. „Was muss ich wissen?“

„Eigenartige Situation, dieser Notfall. Kommt hier an wie eine Fundsache, keiner weiß, wer er ist und wer ihn gebracht hat. Ein schwarzer Kaspar Hauser mit zwei Stichen durch die Lunge. Aber seine Kondition ist okay. Er sollte dir keine Probleme machen.“

„Schultes nicht da?“, fragte Miriam Sell.

„Nein, der hat wieder mal ein Fest bei seiner Verbindung. Der Himmel weiß, was daran so wichtig ist.“

„Na, die Kontaktpflege“, meinte Miriam. „Er ist nun mal nicht nur Arzt, sondern auch Unternehmer.“

„Fragt sich nur, was er mehr ist“, warf Schwester Inge ein.

Heuer lachte. „Also wenn wir ihn daran messen wollen, wie er seine Mitarbeiter ausbeutet, dann ist er entschieden mehr Unternehmer!“

Das Verbindungshaus lag im Sandwerder am Wannsee. Ein imponierendes Jugendstilgebäude mit zwei achteckigen Türmchen an jeder Flanke und einer ausladenden Terrasse zum See hin. Direkt hinter der Terrasse lag hinter hohen, bunt verglasten Fenstern der Festsaal. Hier strömten die Gäste zusammen, die bisher dem üppigen Büfett zugesprochen hatten. Stühle wurden von den Studenten hereingetragen und für die alten Herren und ihre Damen in Reihen aufgestellt. Ein Pianist setzte sich an den Flügel und rückte den Klavierhocker zurecht, ehe er die Noten aufschlug. Als er ein paar Akkorde anstimmte, verebbte das Stimmengewirr. Reinhold Mende, der erkennbar nervös war, entschuldigte sich: „Einen kleinen Augenblick noch“, und eilte zur Toilette. Seine Frau Heike sah Schultes entschuldigend an. „Das sind die nervösen Pfützchen. So ist das bei Künstlern.“

Schultes machte eine bedenkliche Miene. „Ich weiß nicht, ob das gut für ihn ist. Aufregungen jeglicher Art sollten wir ihm ersparen.“

Heike lachte: „Lässt er sich von dir etwas sagen?“

Schultes wiegte den Kopf hin und her. „Manchmal!“

„Könntest du ihm dann nicht mal klarmachen, dass er weniger arbeiten soll?“

„Na, bei dem Thema hört er bestimmt nicht auf mich. Außerdem: Er ist Chef der größten Bank. So einer kann die Arbeit nicht nach Lust und Laune dosieren.“

Reinhold Mende kam zurück. Er räusperte sich, machte ein paarmal „Mimimimimi“ und eilte zum Podium. Heike bereitete ihre Videokamera vor. Professor Schultes trat nun neben Reinhold Mende.

„Meine Damen und Herren, zu den Höhepunkten unserer Stiftungsfeste gehören immer die Auftritte unseres Bundesbruders Reinhold Mende. Sie alle wissen, er ist zwar ein ausgebildeter Sänger, doch dieser Profession geht er seit zwanzig Jahren nur noch ‚ehrenamtlich‘ nach. Aber Sie werden es gleich erleben: Wenn er einmal als Banker nicht mehr erfolgreich sein sollte – was Gott verhüten möge –, kann er sofort wieder auf die Bühne zurückkehren. Es wäre ein umjubeltes Comeback, glauben Sie mir. Ach was, glauben Sie mir: Erleben Sie es. Bitte, Reinhold!“

Beifall rauschte auf. Mende holte ein paarmal tief Atem und gab dem

Pianisten ein Zeichen. Es erklang das Vorspiel zu dem Schubertlied „Die Forelle“. Dann begann Mende mit einer erstaunlich klaren und zugleich weichen Stimme: *„In einem Bächlein helle / da schoss in froher Eil / die launische Forelle / vorüber wie ein Pfeil ...“*

Hatte zu Beginn auf manchen Gesichtern noch ein spöttisches Lächeln gelegen, so wich das nach und nach einem erstaunten Ausdruck. Was der Bundesbruder auf dem Podium bot, war durchaus konzertreif.

Seine Frau hatte sich in die erste Reihe gesetzt und hielt das Objektiv ihrer Kamera auf den Sänger gerichtet.

„Doch endlich ward dem Diebe / die Zeit zu lang. Er macht / das Bächlein tückisch trübe ...“

Mende hielt kurz inne, nur den Bruchteil einer Sekunde, aber der Pianist warf ihm sofort einen irritierten Blick zu. Auf der Stirn des Sängers standen plötzlich dicke Schweißtropfen. Es schien, als zwinge er sich zu einem tiefen Atemzug, ehe er fortfuhr: *„... und eh ich es gedacht ... das Fischlein, das Fischlein ... zappelt dran ...“*

Mende fasste sich ans Herz, stöhnte auf und brach zusammen. Im Publikum war es einen Moment ganz still. Lähmendes Entsetzen hatte die Zuhörer erfasst.

Doch dann sprangen auch schon ein paar von ihnen auf. Heike ließ die Kamera fallen und rannte zu ihrem Mann. Schultes bahnte sich einen Weg zum Podium. Er schob Heike, die versuchte, Mendes Krawatte zu lösen und sein Hemd aufzuknöpfen, zur Seite. Er holte aus seiner Arzttasche eine Spritze und eine Ampulle heraus. Gleichzeitig rief er: „Den Rettungsdienst, schnell!“ Er zog die Spritze auf, band Mendes Arm ab und stieß die Nadel in die Armbeuge des Sängers.

Fünf Minuten später raste ein Notarztwagen in den Sandwerder. Zwei Sanitäter stürzten mit einer Trage in das Verbindungshaus und kamen wenige Augenblicke später mit dem bewusstlosen Reinhold Mende wieder heraus. Schultes und Heike begleiteten sie. Der Notarzt beugte sich über den Patienten.

Schultes trat zu ihm. „Wir bringen ihn in meine Klinik.“

„Ach, Herr Professor Schultes! Aber die Sportklinik wäre viel näher.“

„Er ist mein Patient. Ich will ihn bei mir haben!“

Der Notarzt zuckte die Achseln. „Gut. Auf Ihre Verantwortung, Herr Professor!“

„Ja natürlich! Was denn sonst!“

„SAG MAL, ich bin kein Afrikaner! Ick bin een einjeborener Berliner.“ Manuel, mit dem sich Peter Heiland in einem Café in der Stargarder Straße zum Frühstück verabredet hatte, rührte in seinem doppelten Espresso und biss in ein Croissant, das er dick mit Himbeermarmelade bestrichen hatte.

„Ich denke, du kommst aus Nigeria, oder war es Simbabwe?“

„Hab ich das erzählt? Dann wird's auch stimmen.“ Auf Manuels dunkelbraunem Gesicht breitete sich ein fröhliches Grinsen aus. Peter Heiland blieb ernst. „Das muss dich doch eigentlich interessieren, wenn hier, mitten in Berlin, Afrikaner spurlos verschwinden und keiner weiß, wo die geblieben sind.“

„Mein Gott, die werden sich irgendwo verstecken, um nicht abgeschoben zu werden.“

„Ne, du. Die hatten hier schon ein ganz gutes Versteck.“

„Sagt wer?“

„Iris Bechthold.“

„Und wer ist das?“

„Ich bin das“, sagte eine weibliche Stimme hinter Manuel.

Der Schwarze fuhr herum. Peter erklärte: „Ich habe sie angerufen, kurz nachdem ich dich zum Frühstück eingeladen hatte.“

„Ach, wir sind eingeladen?“, krähte Manuel. „Na, dann setzen Sie sich mal, Gnädigste!“ Dann rief er zum Tresen hin: „Luigi, mir noch eine Portion Rühreier mit Schinken und ein Glas Prosecco! Das brauch ich jetzt für meinen Kreislauf.“

Iris Bechthold hatte sich inzwischen gesetzt. Sie sah Peter Heiland in die Augen. „Ich denke, Sie haben die ganze Nacht gearbeitet?“

„Hab ich auch.“

„Aber so sehen Sie gar nicht aus.“

„Der ist von 'nem besonderen Schlag“, meldete sich Manuel wieder. „Er stammt nämlich von der Schwäbischen Alb!“

REINHOLD MENDES Zustand hatte sich in der Nacht ein wenig stabilisiert. Er war kurz nach seiner Einlieferung zu sich gekommen. Sein erster Blick hatte der Uhr über der Tür gegolten. Es war kurz nach Mitternacht. Heike und Schultes standen an seinem Bett.

„Was ist passiert?“, fragte Mende.

Schultes ging nicht darauf ein. „Wir werden dich jetzt gründlich untersuchen, und dann ergreifen wir die erforderlichen Maßnahmen“, und zu Heike gewandt fuhr er fort: „Möchtest du dabei sein?“

„Nein, lieber nicht“, sagte die Frau des Patienten. „Ich kann ja hier nicht helfen.“

Schultes umfasste ihre Hände. „Ich weiß, wie du dich jetzt fühlst, aber wir … wir werden alles tun, was in unserer Macht steht.“

„Danke.“ Heike wandte sich abrupt ab, ging zur Tür. Dort begegnete sie Miriam Sell, die gerade hereinkam. „Hallo Miriam!“

Frau Dr. Sell nickte nur und begab sich sofort zu Mende, um die Untersuchung zu beginnen. Professor Schultes stand am Fußende des Bettes und beobachtete seine junge Kollegin bei der Arbeit. Mende hatte wieder das Bewusstsein verloren. Schultes versenkte die Hände in den Hosentaschen und pfiff fast tonlos vor sich hin. Miriam warf ab und zu einen genervten Blick zu ihm hinüber, aber das schien ihn nicht zu stören.

„Schauen Sie!“ Miriam deutete auf den Bildschirm am Kopfende des Bettes.

Schultes nickte. Das Herz produzierte nur ganz schwache Kurven. „Schwere Myokarditis!“

„Da hat er ja wirklich Schwein gehabt, dass Sie dabei waren. – Stimulation mit Elektroschocks?“

Schultes schüttelte den Kopf. „Nein, das geht nicht. Er hat einen Herzschrittmacher. – Das ist eine lange Vorgeschichte, mit Herzklappenfehler und allem, was dazugehört.“

Miriam schloss den Patienten an das Sauerstoffgerät an. „Haben Sie schon mal an eine Transplantation gedacht?“

„Die hatten wir fest vor. Ich hab schon alles mit ihm besprochen. Ich fürchte, jetzt ist sie zwingend notwendig. Und zwar schnell! Wir müssen versuchen, ihm innerhalb der nächsten vierundzwanzig Stunden ein neues Herz einzusetzen.“

Miriam sah ihn verständnislos an. „Das ist doch gar nicht möglich – wo sollen wir denn so schnell das passende Implantat auftreiben?“

„Es ist seine einzige Chance.“

In diesem Augenblick hörte man plötzlich das Alarmsignal aus dem übernächsten Raum der Intensivstation. „Was ist denn da los?“, rief Schultes herrisch. Er eilte aus dem Zimmer, und Miriam folgte ihm, nachdem sie der Schwester rasch gesagt hatte, sie solle Mende nicht aus den Augen lassen.

Nur zwanzig Schritte von Mende entfernt lag Sabri in einem anderen Teil der Intensivstation. Schultes war als Erster an das Bett des Schwarzen getreten. „Verdammt, was ist mit dem Sauerstoff? Das Gehirn kriegt keinen Sauerstoff mehr.“

Die Oberschwester kam herein. „Ich war drüben bei dem letzten Bypass von gestern Abend."

„Das Beatmungsgerät ist abgestellt!", schrie Miriam. Sie stellte es sofort wieder an und untersuchte dann, ob irgendwelche Anschlüsse oder Schalter defekt waren. „Hier hat jemand die Schläuche herausgezogen. Rufen Sie sofort den Techniker, Schwester Clara!"

Professor Schultes trat einen Schritt vor und beugte sich tief über den Patienten. „Da ist nichts mehr zu machen."

Miriam war verzweifelt. „Wie kann denn so etwas passieren? Ich verstehe das nicht!"

„Das Gehirn ist tot. Ist er Organspender?", fragte der Klinikchef.

„Wir haben nichts bei ihm gefunden", antwortete Oberschwester Clara.

„Abgleichen, ob wir einen Empfänger haben, zu dem die Werte passen!", kommandierte der Professor. „Kontakt zu Eurotransplant aufnehmen und die Werte durchgeben."

„Aber sein Herz schlägt noch gut."

„Na hoffentlich", gab Schultes barsch zurück.

Miriam sah ihn befremdet an, der Professor fing den Blick auf und belehrte seine Mitarbeiterin sofort: „In solchen Fällen kann man sich keine Sentimentalitäten erlauben, Frau Kollegin. – Bringt den Patienten in den OP 7. Wir gehen das sofort an!"

Schwester Clara wandte ein: „Wir wissen nicht, ob er mit einer Organentnahme einverstanden wäre. Und es gibt keine Familie, die wir fragen können."

„Eben!", sagte Schultes. „Schluss der Diskussion. Wir entnehmen die Organe!"

2

Der Bolzplatz lag zwischen zwei renovierungsbedürftigen Mietshäusern. Zwischen den Gebäuden war ein etwa vier Meter hoher Drahtzaun gezogen. Rechts und links standen zwei Fußballtore mit durchlöcherten Netzen. Die Schläge gegen den Ball hallten laut zwischen den Häusern.

Peter Heiland stieß das Tor auf, das exakt in der Mitte zwischen den beiden Hausgiebeln in den Zaun eingelassen war. Der Ball rollte vor seine Füße. Gekonnt hob er ihn mit der Schuhspitze an, balancierte ihn kurz auf Knie und Schenkel und schoss ihn schließlich zurück.

„Nicht schlecht, Herr Specht!", rief einer der Jungen.

Die sieben oder acht Fußballer waren so zwischen 15 und 17 Jahre alt, schätzte Peter Heiland. Iris Bechthold war außerhalb des Zauns geblieben. Doch Manuel folgte nun Peter Heiland auf den Platz.

„Hey Nigger", grölte einer der Jungs, „pass auf!" Er schoss den Ball aus kurzer Distanz mit voller Wucht in Richtung Manuel. Aber der stoppte ihn geschickt mit der Brust, ließ ihn abtropfen und begann auf das Tor zuzudribbeln. Nacheinander stellten sich ihm alle außer Peter Heiland in den Weg und versuchten, ihm den Ball abzujagen. Aber er umspielte sie, als wären sie Slalomstangen, und donnerte den Ball schließlich ins Tor. „Profi, was?", rief der Junge, der ihn zuvor „Nigger" genannt hatte.

„Begabter Amateur", gab Manuel grinsend zurück. „Und sag nicht noch mal Nigger zu mir!"

Jetzt ergriff Peter Heiland das Wort. „Hört mal, zwei von euch haben gestern Abend gesehen, wie ein Afrikaner überfallen wurde."

„Wer will das wissen?", fragte einer der Jungen.

„Ich!"

„Und wer bist du?"

„Einer, der rauskriegen will, was mit dem Mann passiert ist."

„Den hat einer abgestochen, und dann haben sie ihn in 'nem kleinen Lastwagen entsorgt", sagte ein anderer Junge.

„Was für ein Lastwagen?", fragte Manuel.

„War det einer, den du kennst?", wollte der Junge wissen.

„Möglicherweise. Ein guter Freund von mir fehlt seit gestern, und er muss genau hier in der Gegend unterwegs gewesen sein."

„Kann schon sein."

Jetzt meldete sich Peter Heiland wieder: „Weiß einer von euch, was das für ein Fahrzeug war? Die Marke, meine ich."

„Ein Fiat. Typ kenn ich nicht. 'ne Berliner Nummer. B-KL ... Zahlen weeß ick nich."

„Du hast dir die Buchstaben gemerkt?"

„Klaro. Ick heeß Kevin Leitner. KL, vastehste?"

„Vastehe", sagte Peter Heiland und grinste den Jungen an. „Ich geb 'ne Runde Cola aus!"

„Du kannst 'ne Runde ausgeben, aber wat wir denn saufen, ist unser Ding!"

Peter zog einen Zehneuroschein aus der Hosentasche und steckte ihn dem Jungen ins Hemdtäschchen. „Na, dann prost", sagte er und verließ zusammen mit Manuel den Bolzplatz.

JOSEPH SABRI lag auf dem Operationstisch. Schultes trug jetzt den grünen OP-Mantel, eine Atemmaske vor dem Gesicht und Gummihandschuhe. Ihm stand ein Team aus vier Ärzten zur Seite, dazu zwei Krankenschwestern, zwei Pfleger und ein Kardiotechniker, der die Herz-Lungen-Maschine bediente.

„Also, legen wir los", sagte Schultes gut gelaunt. „Skalpell bitte!"

Der Professor trennte in Sabris Brust die Naht vom Abend zuvor wieder auf und setzte den Einschnitt fort bis hinunter zum Schambein. Dann zog er quer dazu in der Mitte einen Schnitt von einer Seite zur anderen, sodass die Eingeweide vollständig freilagen. „Drahtzange bitte!"

Ein Assistent reichte ihm die Zange. Schultes bog die beiden Hälften des Brustkorbs mit einem großen mechanischen Instrument auseinander. Das pulsierende Herz kam zum Vorschein.

Auf der obersten Anzeige des Turmes aus Bildschirmen, mit deren Hilfe Sabris Vitalzeichen überwacht wurden, schlug die Amplitude regelmäßig aus. „Herzfrequenz 62 pro Minute", meldete der Anästhesist.

„Ausgezeichnet!" Schultes wirkte ruhig und souverän. „Kanülen legen. An Herz-Lungen-Maschine anschließen."

Eine Schwester schob eine Kanüle in die Aorta. Ein Assistent führte eine andere in die Hohlvene ein. Beide Kanülen wurden an die Herz-Lungen-Maschine angeschlossen.

„Kochsalzlösung!", befahl Schultes.

Er goss die kalte Kochsalzlösung über das Herz. „Aorta abklemmen", kam die nächste Anweisung. „Konservierungsprozess einleiten. Kaliumlösung … In die Herzkammern infundieren bitte."

Sobald die Kaliumlösung eingeführt war, wurden die Amplituden auf dem Bildschirm zu flachen Linien. Sabris Herz hatte aufgehört zu schlagen. Noch einige wenige Schnitte, und Schultes konnte das Organ vorsichtig mit beiden Händen aus dem Brustkorb heben.

ALS DER PROFESSOR aus dem OP in sein Arbeitszimmer zurückkehrte, saß Heike Mende auf seiner Besuchercouch. „Ich hab's zu Hause nicht ausgehalten", sagte sie.

Schultes ließ sich in einen tiefen Ledersessel sinken. Er wirkte jetzt erschöpft. „Wir können ihn retten. Zum Glück haben wir ja die ganzen notwendigen Voruntersuchungen schon in den letzten Wochen gemacht."

„Du willst mich nur trösten, stimmt's?"

Kühl antwortete der Professor: „Nein. Es geht mir nur um Reinhold. Er ist einer meiner besten Freunde und ein so wertvoller Mensch. Ich würde alles für ihn tun!"

„Ja, wenn's von deinem guten Willen abhängen würde ..."

Schultes hatte keine Lust, mit Heike zu debattieren. Er wollte jetzt allein sein. „Ich bring dich raus", sagte er kurz angebunden.

„Lass nur, ich finde den Weg schon. Ich bin hier doch quasi zu Hause."

Heike Mende ging zur Tür. Schwester Clara kam im gleichen Moment herein. Sie war sichtlich aufgeregt. „Herr Professor ...!"

„Ja, was ist denn?"

„Der Organvergleich. Die Werte des Schwarzen sind identisch mit denen von Herrn Mende!"

Heike blieb abrupt stehen, sie fuhr herum und starrte Clara mit aufgerissenen Augen an. „Ist das wahr? Das ist ... das wäre ja wie ein Wunder!"

„Wenn das kein Glücksfall ist", ließ sich Schultes hören, „das Organ eines jungen, kräftigen Mannes. Und es muss noch nicht einmal einen Transport überstehen. Wir müssen noch ein paar Untersuchungen machen." Er wandte sich an Schwester Clara: „Implantation morgen früh gleich als Erstes, unterrichten Sie das Team entsprechend."

Peter Heiland hatte das Gespräch mit den Jugendlichen protokolliert und war danach in die Strafvollzugsanstalt Tegel gefahren. Sieben Wochen lang hatte eine Sonderkommission, der auch er angehörte, nach einer verschwundenen jungen Frau gesucht. An einem Moorsee hinter Steinbrocken hatte ein Mann, der seinen Hund ausführte, ihre Kleider und ihre Handtasche gefunden. Von der Frau aber fehlte jede Spur, bis vor einer Woche plötzlich ein 33-jähriger Mann namens Axel Gmeiner beim Landeskriminalamt aufgetaucht war, der behauptete, die gesuchte Leila Mehlhorn umgebracht und in einem Schilfgebiet bei Lübars im Moor versenkt zu haben. Gmeiner führte die Polizei zu der Stelle. Die Leiche lag dicht unter der Oberfläche des moorigen Wassers. Gmeiner wurde sofort festgenommen. Er schien die Aufmerksamkeit, die ihm zuteilwurde, zu genießen.

Peter Heiland und seiner Kollegin Hanna Iglau war es zugefallen, den vermeintlichen Mörder zu verhören. Heiland war es, der mit großer Hartnäckigkeit dem Wort „Mörder" das Wort „vermeintlich" voransetzte. Er traute Axel Gmeiner einfach nicht zu, das Opfer brutal erwürgt und danach entkleidet zu haben. Der junge Mann war knapp 1,70 Meter groß, hatte sehr schmale, feingliedrige Hände und einen dünnen Körper. Es ging überhaupt nichts Kraftvolles von ihm aus. Seine blonden Locken fielen ihm tief in die

Stirn und verdeckten fast die dunkelbraunen Augen. Das Mordopfer war größer gewesen als der vermeintliche Täter und von kräftiger Statur.

Die Spurensicherung hatte keine Hinweise dafür gefunden, dass Axel Gmeiner mit der Frau vor deren Tod schon einmal in Berührung gekommen war. Bei den Vernehmungen verwickelte sich der Verdächtige zudem in immer neue Widersprüche. Gmeiner gab zu, die Frau zuvor nie gesehen zu haben. Sie sei ihm auf einem einsamen Weg begegnet, und da sei es plötzlich über ihn gekommen. Was dann geschah, konnte er in glühenden Farben ausmalen. Auch Hanna Iglau empfand die Schilderungen so, als habe sie sie schon einmal irgendwo gelesen.

„So weit ist es schon gekommen", polterte Kriminalrat Ron Wischnewski, „dass wir uns bemühen, einem geständigen Täter seine Unschuld nachzuweisen. Soll sich doch der Staatsanwalt damit rumärgern!"

Der Staatsanwalt war eine Frau. Dr. Jana Brandeis, 1,62 Meter groß und zwei Zentner schwer. Wenn sie sich über die Korridore des Gerichtsgebäudes bewegte, sah es aus, als schiebe sie ihren Körper auf unsichtbaren Rollen vorwärts. Nichts an ihr schien sich dabei zu bewegen. Bei Verhören schaute sie mit ihren wassergrauen Augen starr in das Gesicht ihres Gegenübers.

In den Fängen dieser Frau war Axel Gmeiner nun schon seit zwei Tagen. Und sie hatte nur ein Ziel: das Geständnis wasserdicht zu machen, wie sie es ausdrückte. Alles, was sie dabei hätte irritieren können, schob sie zur Seite. Der Verdächtige änderte sich unter den Blicken von Frau Dr. Brandeis' Fischaugen zusehends. Plötzlich bekam er Angst. Und vor nunmehr sechs Stunden hatte er plötzlich gesagt: „Ich war's doch aber gar nicht!" Danach hatte er geschwiegen und nur noch auf den Boden gestiert. Frau Dr. Brandeis war außer sich. Das war genau das Gegenteil von dem, was sie angestrebt hatte. Wütend rief sie Peter Heiland an, beschuldigte ihn, womöglich schlampig ermittelt zu haben, und schloss das Telefonat mit den Worten: „Ich will erst wieder von Ihnen hören, wenn der Kerl hieb- und stichfest überführt ist."

In der JVA Tegel wurde Peter Heiland schnell durchgeschlossen. Axel Gmeiner erwartete ihn in der Besucherzelle. Mit einer Geste, die Peter schon vertraut war, schob er seine blonden Haare aus der Stirn. Er strahlte den baumlangen Kommissar an. Doch Peter Heiland war nicht mehr bereit, den Untersuchungshäftling sympathisch zu finden. „Sie haben uns also an der Nase herumgeführt!", herrschte er ihn an.

Gmeiner machte eine entschuldigende Geste. „Tut mir echt leid."

„Die Staatsanwältin glaubt Ihnen nicht, dass Sie es nicht waren, und bei den Richtern wird es nicht anders sein."

„Ich kann's ja beweisen! Ich habe alle Beweise bei einem Notar hinterlegt."

„Beweise für den Mord?"

„Nein, Beweise dafür, dass ich es nicht war." Gmeiner strahlte Peter noch immer an.

„Mit anderen Worten: Sie haben uns die ganze Zeit bewusst verarscht?" Heiland war nicht weit davon entfernt, dem Gefangenen an die Gurgel zu gehen.

„Es war ein Spiel."

„Scheißspiel", entfuhr es Heiland. „Wenn wirklich ein anderer der Täter ist, haben Sie womöglich verhindert, dass wir ihn gefunden haben!"

Das Strahlen in Gmeiners Gesicht erlosch. Er wollte etwas sagen, aber Peter Heiland ließ ihn nicht dazu kommen. „Geben Sie mir den Namen und die Adresse des Notars!" Er zog einen Zettel aus der Hosentasche und reichte ihn samt einem Kugelschreiber an Gmeiner weiter.

Während der Gefangene schrieb, sagte Peter Heiland: „Woher wussten Sie, wo die Leiche lag?"

„Ich habe sie zufällig gefunden, hab sie mir eine Weile angesehen und dann mit der Schuhspitze ein Stück weiter in den Moorsee hineingestoßen. Dann bin ich nach Hause, hab eine Nacht nicht geschlafen, und da hab ich mir dann alles ausgedacht. Und am nächsten Morgen habe ich mich gestellt."

Peter Heiland ging nicht darauf ein. Er nahm Gmeiner den Zettel aus der Hand und verließ die Zelle grußlos.

REINHOLD MENDE lag in tiefer Narkose auf dem Operationstisch. Schultes hatte den Brustkorb des Patienten freigelegt. Er hob das kranke Herz heraus und gab es an eine OP-Schwester weiter. „Das hat ausgedient. Entsorgen!"

Oberarzt Dr. Heuer beugte sich von der anderen Seite über den Patienten, entnahm den Herzschrittmacher und sagte: „Den sollten wir dann auch erneuern."

Schultes war so auf seine Arbeit konzentriert, dass nicht klar wurde, ob er den Oberarzt verstanden hatte.

Die Schwester legte das Herz in einen Plastiksack und verknotete die Öffnung.

„So, mein Freund“, sagte Schultes fröhlich zu dem leblos daliegenden Reinhold Mende, „dann wollen wir dir mal wieder auf die Beine helfen. Herz!“, rief er nach hinten.

Dr. Heuer öffnete das Kühlgefäß, in dem Sabris Herz auf seine neue Verwendung wartete. Völlig unvermittelt schrie der Oberarzt auf: „Das gibt’s doch nicht!“

Alle sahen zu ihm hin.

„Mein Gott! Die Kühlung!“

Schultes fuhr herum. Scharf fragte er: „Was? Was ist mit der Kühlung?!“

„Ausgefallen.“ Man verstand den Oberarzt kaum. Seine Stimme versagte.

Schultes rannte zu dem Behältnis, fasste hinein, nahm das Organ heraus. „Nein“, sagte er tonlos, „nein, das kann nicht sein. Das kann doch einfach nicht sein!“ Er drückte das Herz in Miriam Sells Hände und rannte aus dem Raum.

Miriams Stimme war fest und klar, als sie sagte: „Das Herz ist tot.“

SCHULTES war in der vollen Operationsmontur in sein Büro gerannt, gefolgt von Schwester Clara, die nichts und niemand hätte davon abbringen können, in dieser furchtbaren Stunde an der Seite ihres Chefs zu sein. Schultes ließ sich in einen Sessel fallen und bedeckte das Gesicht mit seinen Händen. Schwester Clara schenkte einen Kognak ein. „Hier, Herr Professor“, mit einem zarten Griff nahm sie die rechte Hand von seinem Gesicht und reichte ihm das Glas. Mit zitternden Fingern führte Schultes den Schwenker zum Mund. „Ich versteh’s nicht. Ich versteh’s einfach nicht!“

„Sie müssen sich doch keine Vorwürfe machen.“

„Keine Vorwürfe? Reinhold ist tot. Ich … ich hab ihn umgebracht!“

Clara war entsetzt. „Um Gottes willen, Herr Professor. Das dürfen Sie nicht sagen!“ Aber Schultes hatte nun wieder sein Gesicht in den Händen vergraben und schluchzte laut auf.

„HEY, SAG bloß, du erinnerst dich nicht mehr?!“ Der Mann, der Peter Heiland gegenüberstand, war ungefähr so alt wie er selbst, nicht viel größer als 1,70 Meter und hatte einen muskulösen, gedrungenen Körper. „Conny Menzinger!“

Wo war der nur hergekommen? Peter Heiland stand im Eingang eines der schönen alten Bürohäuser und studierte die Firmenschilder. Plötzlich hatte er hinter ihm gestanden. Mitten auf dem Kurfürstendamm. Dass Peter Heiland heute hier unterwegs war, hatte mit seinen Ermittlungen zu tun. Axel Gmeiner hatte angegeben, die Beweise für seine Unschuld lägen bei dem Rechtsanwalt und Notar Dr. Udo Herbrechtinger. Und das Büro des stadtbekannten Juristen befand sich, wie konnte es anders sein, im vornehmsten Abschnitt des Ku'damms zwischen Knesebeck- und Schlüterstraße.

Conny Menzinger! Plötzlich war alles wieder da: der Sportplatz, die Umkleidekabine, in der es immer nach Schweiß roch. Ihre letzte gemeinsame Saison war irgendwann Anfang der Neunzigerjahre des vergangenen Jahrhunderts gewesen. Ein heißer Sommer. Conny Menzinger war damals 16, er selbst, Peter Heiland, fast 18 Jahre, und seine Zeit in der A-Jugend der Leichtathletikabteilung ging zu Ende. Für ihn war es eine ausgemachte Sache, dass er danach mit dem Sport aufhören würde. Conny dagegen …! Conny war der Star gewesen. Er lief die hundert Meter unter 10,5, und im Weitsprung brachte er es auf 7,60 Meter. Das waren damals in Riedlingen Ergebnisse, die jeden Sportfan vor Ehrfurcht erstarren ließen.

„Was machst denn du in Berlin?", fragte Peter Heiland ohne sonderliches Interesse.

„Geschäfte." Conny Menzinger ruckte in den Schultern, eine Angewohnheit, die er schon mit 16 Jahren gehabt hatte. „Wann war das jetzt? Ich meine, unsere letzte gemeinsame Saison?", fragte Conny.

„1989, glaub ich."

Sie erinnerten sich beide, dass es ein heißer Sommer war, in dem es ständig geregnet hatte. Selbst auf der Hochfläche der Schwäbischen Alb war damals das Wetter schwül und drückend gewesen.

„Des waret no Zeite!" Conny verfiel ins Schwäbische, was ihm etwas Anbiederndes gab.

„Wie lange bleibst du in Berlin?", fragte Peter Heiland in betontem Schriftdeutsch.

„Das weiß ich nie. Kommt immer drauf an."

„Also dann", sagte Peter Heiland.

„Sieht man sich amal?", fragte Conny Menzinger.

Peter reichte dem alten Sportskameraden seine Karte. Wenn er tatsächlich anrufen sollte, würde ihm bestimmt eine Ausrede einfallen.

Conny steckte die Karte ein, ohne sie angesehen zu haben. „Und was machst du so?"

„Ich bin bei der Kripo hier. Landeskriminalamt."

„Ja jetzt verreck!", entfuhr es dem stämmigen Ex-Sportler. „Aber was willsch mache heutzutag!"

Peter Heiland widerstand dem Impuls, sich zu verteidigen. Stattdessen sagte er etwas steif: „Viel Spaß noch in Berlin!"

„Werd ich haben!" Conny Menzinger salutierte mit dem Zeigefinger an seiner rechten Schläfe und winkte ein Taxi heran.

Peter betrat das Gebäude, in dem die Rechtsanwaltskanzlei untergebracht war. Im Empfangsraum in der vierten Etage zeigte er seinen Dienstausweis. „Zu Dr. Herbrechtinger bitte. Ich habe mich telefonisch angemeldet. Hauptkommissar Heiland."

Herbrechtinger war um die vierzig, ein kleiner, drahtiger Mann. „Axel Gmeiner?" Er wiederholte den Namen ein paarmal. „Warten Sie, irgendwo klingelt da was bei mir … Der Rechtsanwalt sprang auf, riss die Tür zum Vorzimmer auf. „Charlotte, kommen Sie grade mal?"

Eine hoch aufgeschossene Frau, die Heiland auf etwa 55 Jahre schätzte, betrat den Raum. Eine Dame vom Empfang hatte den Kommissar am Vorzimmer vorbei direkt zu Herbrechtinger gebracht. Jetzt starrte ihn die Sekretärin feindselig an und sagte dann zu ihrem Chef: „Sie haben Besuch? Davon wusste ich ja gar nichts."

„Sorry", antwortete Herbrechtinger, „das ist Herr Hauptkommissar Heiland. Was sagt uns der Name Axel Gmeiner?"

„Der war am 23. bei Ihnen. 16.20 Uhr bis 16.27 Uhr."

„Alle Achtung!", rief Peter Heiland und fing sich dafür erneut einen strafenden Blick der Dame Charlotte ein. „Der 23. Das war vor einer guten Woche."

„Und was wollte er?", fragte Dr. Herbrechtinger seine Sekretärin.

„Das hat er mir nicht gesagt."

„Zu mir hat er gesagt, er habe bei Ihnen alle Beweise seiner Unschuld hinterlegt", meinte der Kommissar.

„Aber er hat doch ein umfassendes Geständnis abgelegt", sagte die Sekretärin spitz. Ihr Gesicht war schmal, ebenmäßig und fast faltenfrei. Die ergrauten Haare umrahmten es mit vielen kleinen Löckchen. Eine Schönheit.

Herbrechtinger sah seine Mitarbeiterin verständnislos an. „Ich habe keine Ahnung, wovon Sie reden."

„Weil Sie keine Zeitung lesen. Wenigstens nicht die, in denen so was steht."

Peter Heiland wurde den Eindruck nicht los, dass Charlotte ihren Chef mit jedem Satz, den sie sagte, rügen wollte.

„Also das kann doch kaum an Ihnen vorbeigegangen sein, Herr Dr. Herbrechtinger“, sagte nun auch Peter. „Wir waren sieben Wochen lang auf der Suche nach einer verschwundenen jungen Frau. Und vor einer Woche hat sich Axel Gmeiner freiwillig gestellt. Bei der Polizeiwache in der Hardenbergstraße. Er hat ohne lange Vorreden gestanden, Leila Mehlhorn umgebracht und in dem Moorsee hinter Steinbrocken versenkt zu haben.“

„Ja und? Dann ist es doch gut!“

„Eben nicht. Jetzt sagt er, er habe das alles erfunden, um endlich mal in die Zeitungen und ins Fernsehen zu kommen.“

„Hä?“

„Er ist ein Mann, der immer im Schatten gelebt hat. Genauer: in einer Einzimmerwohnung im Wedding. Hinterhof. Und seit sieben Monaten ist er Hartz-IV-Empfänger.“

Herbrechtinger wurde ungeduldig. „Ich verstehe immer noch nicht … Hat denn der Mann ein Alibi?“

„Nein. Er hat ja offensichtlich absolut zurückgezogen gelebt.“

„Wenn er es nicht war, muss er doch verrückt sein, ein Geständnis abzulegen …“

Heiland unterbrach: „Gmeiner wollte einmal in seinem Leben Aufmerksamkeit. So stellt er es jedenfalls dar.“

„Hat ja auch funktioniert“, sagte Charlotte. „Sein Bild war in den Zeitungen und in den Fernsehnachrichten.“

„Also“, sagte Peter Heiland, „wenn er etwas bei Ihnen hinterlegt hat, würde ich das gern sehen. Er hat mir extra eine Vollmacht ausgestellt.“

„Ja, dann schauen Sie mal nach, Charlotte!“

„Ich habe das nicht registriert“, sagte die Sekretärin.

„Erinnern Sie sich denn …?“, fragte Peter den Anwalt.

„Dunkel, sehr dunkel …“

Herbrechtinger wies alle seine Mitarbeiter an, nach dem Kuvert zu suchen. Aber ein Umschlag fand sich nicht. Charlotte sagte in einem unbeobachteten Augenblick leise zu Peter Heiland: „Unser Chef ist zwar chaotisch, aber das fangen wir alles auf. Hier kann nichts verschwunden sein.“

Als sich der Kommissar verabschiedete, sagte der Anwalt: „Sie klingen, als kämen Sie auch aus Schwaben.“

„Wieso auch, stammen Sie etwa …“

„Nein. Aber kurz vor Ihnen war ein Klient da …“

„Conny, ich meine, Konrad Menzinger?“

„Ja, genau. Kennen Sie ihn?“

„Ich hab ihn vor dem Haus getroffen. Wir haben früher mal gemeinsam Sport getrieben."

„Na, er immerhin ist dabei geblieben", sagte der Anwalt. „Jetzt betreibt er eine ganze Kette von Fitness-Instituten."

„Und darf man Sie fragen, warum er Sie aufgesucht hat?"

„Nein!" Herbrechtinger sah den Beamten kopfschüttelnd an. „Das müssten Sie eigentlich wissen."

„Komischer Zufall", sagte Peter Heiland.

„Zwischen Zufall und Notwendigkeit gibt es ein Wechselspiel." Der Rechtsanwalt lächelte. „‚Der Zufall ist die Form, in der sich das Notwendige durchsetzt', sagt Hegel."

„Damit kann i jetzt nix anfange", antwortete Peter Heiland.

Herbrechtinger öffnete ihm die Tür. „Kann ja noch kommen."

3 Als Peter Heiland ins Präsidium kam, standen seine Kollegin Hanna Iglau, die Abteilungssekretärin Christine Reichert sowie der Chef der achten Mordkommission, Kriminalrat Ron Wischnewski, beisammen.

„Ist was passiert?", fragte Heiland. „Ihr seht so aus."

„Wir sind anonym angerufen worden", antwortete Hanna. „In der Schultes-Privatklinik ist Reinhold Mende gestorben. Er sollte ein Herz transplantiert bekommen, aber das Herz war tot. Die Anruferin meint, irgendwer habe das Organ getötet."

„Getötet? Ein einzelnes Herz?"

„Ja", mischte sich nun Wischnewski ein, „das wäre dann wohl der mysteriöseste Mord, den wir je erlebt haben. Der Täter bringt sein Opfer nicht direkt um, sondern dadurch, dass er das Herz, das der Patient bekommen soll, rechtzeitig abtötet."

„Als man es entdeckte, war der Brustkorb Mendes schon offen, und sein eigenes Herz war entnommen worden. Nichts mehr zu machen", sagte Hanna.

„Ich darf gar nicht dran denken", Christine schauderte.

„Und wer ist Mende?", fragte Peter Heiland.

„Ein wichtiger Mann in der besseren Berliner Gesellschaft", wusste Hanna.

„Ein Großkotz! Topmanager, Spitzenfunktionär im Unternehmerverband. Erzkonservativ. Deutschland den Deutschen. Sie kennen die Leute, die sich für unsere Elite halten.“ Wischnewskis schlechte Laune war unübersehbar.

„Und wie tötet man so ein Herz?“, wollte Peter Heiland wissen.

„Man schaltet einfach die Kühlung des Gefäßes ab, in dem es bis zur Operation aufbewahrt wird. Es genügt, den Stecker rauszuziehen.“

„Und der Spender?“

Wischnewski lachte unfroh auf. „Ein Schwarzer. Irgend so ein Asylant vermutlich. Die Klinikleitung sagt, er sei ohne Papiere eingeliefert worden. Man weiß dort auch nicht, von wem.“

„Jetzt halt amal.“ Peter war plötzlich ganz aufgeregt, und in solchen Situationen verfiel er leicht in seinen schwäbischen Dialekt. „A Schwarzer, saget Sie?“

„Dessen Herz sieht vermutlich auch nicht anders aus als Ihres oder meins.“

„Deshalb frage ich nicht. Gestern war hier eine Frau, die Asylanten betreut. Sie vermisst einen Mann namens Joseph Sabri. Zwei Zeugen haben ausgesagt, dass er niedergestochen und dann heimlich abtransportiert worden sei.“

„Und du meinst, es könnte sich um denselben Mann handeln?“, fragte Hanna.

„Was sind das für Zeugen?“, wollte Wischnewski wissen.

„Zwei Jugendliche. Sie wären freiwillig nicht zur Polizei gegangen. Aber bei uns haben sie dann doch geredet.“

„Bei uns?“ Wischnewski sah Hanna an. „Waren Sie etwa auch dabei?“

„Nein“, antwortete Peter für sie, „ich hatte meinen Freund Manuel mitgenommen.“

„Wird der nun langsam zum Hilfssheriff oder was?“, bellte Wischnewski.

„Also, in den Fällen, wo er uns bislang geholfen hat, waren wir ihm ausgesprochen dankbar“, gab Peter zurück.

„Und diese Jungs – konnten die den Schwarzen genau beschreiben?“

„Nein. Aber Sabri muss zur fraglichen Zeit genau dort in der Gegend unterwegs gewesen sein.“

Wischnewski verdrehte die Augen. „Also nu hören Se mal auf zu spekulieren.“ Der Kriminalrat wechselte abrupt das Thema: „Was wissen wir Neues im Fall Gmeiner?“

„Er behauptet, er hätte die Beweise für seine Unschuld bei einem Notar hinterlegt.“

„Aber er ist doch geständig?“

„Nicht mehr. Jetzt behauptet er, die Leiche der Frau nur gefunden zu haben.“

„Und diese Beweise?“

„Sind im Notariat verschollen.“

„Was ist denn das für ein Notariat?“

„Herbrechtinger & Partner.“

„Aber das ist eine erste Adresse!“

„Mein Opa sagt immer: ‚Nur wer nicht arbeitet, macht keine Fehler.‘“ Peter grinste.

„Aber doch nicht solche!“, bollerte Wischnewski. „Übrigens, wenn Sie mit Ihrem Opa Henry sprechen, grüßen Sie ihn herzlich von mir.“ Damit ging Wischnewski zur Tür, blieb dort aber noch mal stehen und sagte: „Sie beide fahren mal in diese Klinik und schauen zu, was Sie rauskriegen können. Ich unterrichte die Staatsanwaltschaft.“

„Wollen wir mal hoffen, dass Frau Brandeis den Fall nicht kriegt“, brummte Peter, aber das hatte Wischnewski schon nicht mehr gehört.

Peter Heiland hasste Krankenhäuser. Er gruselte sich vor dem Geruch und den langen Korridoren, die mit graubraunem Linoleum ausgelegt waren. Menschen in Morgenröcken, laschen Trainingsanzügen oder langen Nachthemden stießen ihn ab.

Doch in der Schultes-Privatklinik war alles anders. Es roch nach frischer Luft und ganz entfernt nach Vanille. Die Fußböden waren aus dunklem Industrieparkett, robust, aber schön anzusehen. Die Gänge verbreiterten sich immer wieder zu Inseln, in denen bunt blühende Topfblumen standen. Patienten, die ihnen begegneten, trugen elegante Bademäntel mit dem Emblem des Hauses auf der Brusttasche. Aus versteckt angebrachten Lautsprechern ertönte das Violinkonzert Nr. 1 in g-Moll von Max Bruch.

Hanna hatte ihren Besuch telefonisch angemeldet. Die Dame am Empfang, die jeder Konzernzentrale Ehre gemacht hätte, sagte: „Professor Schultes ist leider verhindert, aber Oberarzt Dr. Heuer empfängt Sie gerne.“ Jetzt gingen sie den Weg, den ihnen die Empfangsdame beschrieben hatte.

„Vornehmer Laden“, sagte Peter zu seiner Kollegin. „Also wenn ich mal operiert werden muss, dann nur hier …“

„Erstens kannst du das gar nicht bezahlen“, flüsterte Hanna, „und zweitens weißt du nicht, ob dir nachher nicht vielleicht dein Herz oder deine Leber fehlt.“

Peter sah überrascht zu Hanna hinüber. Schwarzer Humor war eigentlich nicht ihre starke Seite.

Oberarzt Dr. Friedrich Heuer war ein hochgewachsener, etwa vierzigjähriger Mann. Seine Haare waren schon grau, aber er hatte ein jugendliches Gesicht. Heuer kam Peter Heiland und Hanna Iglau mit schnellen Schritten entgegen, als die Sekretärin ihnen die Tür geöffnet hatte. Ein Lächeln überzog sein sonnengebräuntes Gesicht. „Ich danke Ihnen, dass Sie so diskret hier erscheinen." Er deutete mit einer einladenden Geste auf eine Sitzecke. Ohne auf ihre Fragen zu warten, legte Heuer los: „Eigentlich hätte das ja ein Glücksfall sein können. Der afrikanische Patient war mit einem zweifachen Lungendurchstich eingeliefert worden. Ob das Herz auch was abgekriegt hatte, konnten wir nicht gleich erkennen."

„Dann hätte man es ja wohl kaum verpflanzen können", sagte Peter Heiland trocken.

„Ja, Sie haben Recht."

„Aber wenn das Herz gesund war", meldete sich Hanna, „woran ist er dann gestorben?"

„Das ist ja das Furchtbare", sagte Heuer und gab seinem Gesicht jetzt einen ernsten Ausdruck. „Wir waren allerbester Hoffnung, dass wir ihn durchkriegen. Ich habe noch zu meiner Kollegin Sell gesagt: ‚Seine Kondition ist okay. Er sollte dir keine Probleme machen.'" Offenbar zitierte sich der smarte Mediziner gern selbst.

„Hat er aber dann doch", konstatierte Peter Heiland.

„Was da genau passiert ist, entzieht sich meiner Kenntnis. Ich war weit über dreißig Stunden im Dienst gewesen und nach Hause gegangen. Gegen zwei Uhr nachts muss es dann passiert sein. Das Alarmsignal holte die Kollegen zu dem Patienten. Das Gehirn kriegte keinen Sauerstoff mehr. Das Beatmungsgerät war abgestellt."

„Dann hat also jemand manipuliert?", fragte Hanna Iglau.

„Es hätte auch sein können, dass ein Schalter oder eine Zuleitung defekt war."

Peter stand auf. „War aber nicht?"

„Nein. Irgendjemand muss das gefingert haben."

„Das war auf der Intensivstation, nehme ich an."

„Ja."

„Und wo war Herr Mende zu der Zeit?"

„Auch auf der Intensivstation."

„Was fehlte ihm eigentlich?", fragte Hanna.

„Schwere Myokarditis! Als er hier eingeliefert wurde, schlug sein Herz fast nicht mehr. Normalerweise stimuliert man es dann mit Elektroschocks. Ging aber bei Mende nicht. Er hatte einen Herzschrittmacher. Zudem einen ziemlich veralteten."

„Warum das denn?", fragte Peter Heiland. „Der Mann hatte doch Geld genug."

„Ja, aber bei ihm war das so eine Art Aberglaube. Wenn ich es recht weiß, wurde das Gerät dreimal geprüft, gewartet und wieder eingesetzt."

„Von wem?"

„Mende war Privatpatient bei Professor Schultes. Der Chef hat niemand anders an ihn rangelassen. Ich glaube, die beiden waren auch enge Freunde."

Peter Heiland versuchte ein Resümee: „Also, seh ich das richtig? Ein Mann, von dem jeder geglaubt hat, dass er durchkommen würde, ist plötzlich grade mal so tot, dass man ihm sein Herz herausoperieren kann. Zufällig wird genau ein solches Herz dringend gebraucht. Und zufällig entnimmt der Chefarzt noch in der Nacht persönlich das Herz, um es später seinem besten Freund einzupflanzen. Und dann stirbt der doch …"

„Ja, so muss man das leider sehen. Nur, dass es da irgendwelche Zusammenhänge gibt – das können Sie sich abschminken. Alles war wirklich reiner Zufall!"

Peter versuchte, sich an das Zitat des Notars zu erinnern. Er hatte ein gut funktionierendes Gedächtnis für Texte. „‚Zwischen Zufall und Notwendigkeit gibt es ein Wechselspiel. Der Zufall ist die Form, in der sich das Notwendige durchsetzt', sagt Hegel."

Hanna starrte ihn mit offenem Mund an. Heuer sagte: „Was immer Sie damit sagen wollen oder was Hegel möglicherweise gemeint hat – hier handelt es sich wirklich um eine Verkettung unglücklicher Ereignisse und um weiter nichts."

„Das glauben Sie doch selber nicht", sagte Peter grob. „Die Atemschläuche muss ja jemand entfernt haben. Und die Kühlung hat sich auch nicht von selber abgeschaltet."

„Ich weiß, dass das schwer zu glauben ist, aber trotzdem …"

Peter Heiland unterbrach den Arzt: „Trotzdem werden wir genau ermitteln, und zwar so lange, bis wir wissen, wer wessen Tod verschuldet hat."

Heuer hob die Arme. „Ich werde Sie nicht daran hindern können, und da ich selber in den entscheidenden Momenten nicht im Hause war, muss ich mich auch nicht vor Ihnen fürchten."

Peter konnte sich nicht so recht erklären warum, aber das Gespräch mit Dr. Heuer hatte ihn äußerst wütend gemacht. „Die Spurensicherung muss her, und zwar so schnell wie möglich“, sagte er mehr zu sich selbst als zu Hanna, die dicht neben ihm ging. „Und wir brauchen ein Foto von dem Schwarzen.“ Er zog sein Handy heraus und wählte Wischnewskis Nummer.

Nach Peters knappem Bericht leitete der Kriminalrat alle notwendigen Schritte ein. „Bleiben Sie so lange vor Ort“, sagte er. „Und hören Sie sich um. Vielleicht hat ja jemand eine Unregelmäßigkeit bemerkt.“

Den letzten Satz hatte Peter Heiland nicht mehr richtig gehört. Er war abgelenkt. Über den kurz geschnittenen Rasen kam im Joggertempo Conny Menzinger auf die Klinik zu. Er trug einen leeren Rucksack auf den Schultern. „Schon wieder so ein Zufall. Ist der nun auch im Wechselspiel mit der Notwendigkeit?“

„Was redest du denn da?“, fragte Hanna irritiert. Aber da schrie Menzinger schon: „Ja, des gibt’s doch net! Treff ich dich scho wieder?“

„Gibt’s aber scheint’s doch“, sagte Peter. „Was machst du denn da?“

„Nix B’sonders. Des isch geschäftlich.“

Peter stellte den Kumpel aus seinen Jugendtagen vor, und Hanna musterte ihn interessiert. „Sind Sie Pharmavertreter oder so was?“

„Also des dät ja heut ‚Ärztebesucher‘ heiße“, gab Conny Menzinger zurück. „Aber“, plötzlich verfiel er in die Schriftsprache, „ich bin mehr so im Bereich der Sportmedizin tätig. Neue ausgefeilte Trainingsmethoden. Seit die deutsche Fußballnationalmannschaft unter unserm Landsmann Klinsmann“ – er stupste kumpelhaft seinen Ellbogen in Peter Heilands Seite –, „also seitdem der den verschnarchten Trainern hierzulande gesagt hat, wo der Hammer hängt, ist das ein Riesengeschäft.“

„Und daran arbeitet man hier?“, fragte Peter.

„Ja, sicher. Professor Schultes hat schon vor fünf Jahren eine Sektion Sportmedizin angegliedert. – Ich muss weiter. Die hier sind total versessen auf Pünktlichkeit …“

„Lass dich nicht aufhalten“, sagte Peter und gab den Ellbogencheck zurück. Im Laufschritt verschwand Menzinger in der Klinik.

Peter steuerte eine nahe gelegene Parkbank an. Hanna setzte sich neben ihn und schaute in den Himmel hinauf. „Der erste schöne Tag seit zwei Wochen“, sagte sie. Ein digitales Thermometer neben der Eingangstür zum Krankenhaus zeigte 27,5 Grad Celsius.

Sie lehnte ihren Kopf gegen seine Schulter. „Zwei kaltblütige Morde“, resümierte sie. „Der erste wurde vielleicht begangen, um Mende das Leben zu retten."

„Und der zweite richtete sich gegen ihn direkt", ergänzte Peter Heiland.

„Wir müssen ermitteln, wer alles wusste, dass das Transplantat in dem Gefäß war", sagte Hanna, „wer wusste, wie man es ausschalten konnte, und wer ein Interesse an Mendes Tod hatte."

Die Fahrzeuge der Spurensicherung rollten heran. Die Beamten begannen ihre Gerätschaften auszuladen. Im gleichen Augenblick erschien Dr. Heuer unter der Eingangstür. „Was geht hier vor?"

Peter Heiland schraubte seinen langen Körper von der Bank hoch und schlenderte zu dem Arzt hinüber. „Das ist die Spurensicherung. Würden Sie den Herrschaften bitte jemanden benennen, der sie führen und instruieren kann?"

„Hören Sie, das hier ist ein Krankenhaus!" Dr. Heuer war sichtlich erregt.

„Das ist uns nicht entgangen. Aber wo ein Mord begangen wurde, kommen wir um die Spurensicherung nicht herum. Und bitte sorgen Sie dafür, dass der Fotograf ein paar Aufnahmen von dem Schwarzen machen kann."

Auf einem Fahrrad näherte sich Miriam Sell. Ihr Rock war weit hochgerutscht. Sie hatte schöne Beine.

Peter Heiland sagte sich im Stillen: „Des macht die doch mit Fleiß." Mit sich selbst sprach er noch immer Schwäbisch.

„Was ist denn hier los?", rief Miriam Sell.

Peter trat auf sie zu. „Das sag ich Ihnen gern, wenn Sie mir sagen, wer Sie sind." Dabei hielt er ihr seinen Polizeiausweis unter die Nase.

„Das ist meine Kollegin Dr. Miriam Sell", erklärte Heuer.

„Haben Sie zehn Minuten Zeit für uns?", fragte Peter die Ärztin.

„Warum? Was wollen Sie von mir?"

„Sie sind eine wichtige Zeugin." Hanna war neben Peter Heiland getreten.

„Das ist meine Kollegin, Hauptkommissarin Hanna Iglau", stellte Peter vor.

„Kommen Sie!" Miriam Sell schloss ihr Fahrrad ab und ging voraus. Sie durchquerte das Foyer, schritt eine kurze Treppe hinunter und erreichte eine große Glastür, die an der hinteren Front des Gebäudes in einen begrünten Innenhof hinausführte. Dort befand sich ein Café mit einem hübsch gestalteten Gartenlokal.

„Hier ist alles wie in einem Viersternehotel“, sagte Peter Heiland. „Behandeln Sie auch Kassenpatienten?“

„Aber ja, natürlich. Allerdings haben wir wesentlich mehr Privatpatienten. Unser Chef hat einen sehr guten Ruf!“

Sie setzten sich an ein Bistrotischchen unter einen leinenen Sonnenschirm. „Wollen Sie etwas trinken?“, fragte die Ärztin. „Wir haben hier Selbstbedienung.“

„Aber dann mach *ich* das.“ Peter sprang sofort wieder auf. „Also, Ihre Bestellungen, meine Damen?“

Miriam Sell wollte einen Kaffee, Hanna war mit einem Mineralwasser zufrieden. Peter verschwand in dem Café, das als Rondell an das Gebäude angebaut und rundum verglast war. Er stellte sich an der Theke an. Vor ihm stand eine Schwester. Ohne sich umzudrehen, sagte sie: „Sind Sie von der Kripo?“

„Da sind Sie aber die Erste, die mir das ansieht.“

„Ich hab Sie ja noch gar nicht richtig angesehen“, gab die Schwester zurück.

„Vielleicht mein Glück!“

Jetzt drehte sie sich um. „Ist eigentlich der Herzschrittmacher von Reinhold Mende sichergestellt?“

Peter Heiland schaute sie überrascht an. „Warum fragen Sie das?“

„Mehr sag ich nicht“, gab sie schnippisch zurück.

Die Frau an der Kasse rief: „Was ist, Schwester Inge? Sie sind dran.“

Schwester Inge rückte vor, Peter Heiland holte aus dem Automaten zwei Tassen Kaffee, nahm sich aus der Kühlbox ein Mineralwasser und bezahlte. Als er zu den beiden Frauen zurückkam, stand der Kaffee zwei Millimeter hoch in den Untertassen. Frau Dr. Sell goss die verschüttete Flüssigkeit in die Tasse zurück.

„Entschuldigung“, sagte Peter, „ich bin ein bisschen ungeschickt.“

Miriam Sell schaut ihn zum ersten Mal voll an. „Ich glaube, Sie sind so einer, der Menschen leicht aufs Glatteis führen kann.“

„Schö wär’s“, sagte Peter mit einem leisen Seufzer. „Wissen Sie, was mit Herrn Mendes Herzschrittmacher passiert ist?“

„Keine Ahnung, warum interessiert Sie das?“

„Nur so.“ Er nahm einen Schluck Kaffee.

„Kommt so was eigentlich öfter vor, dass ein Herz abstirbt, ehe es wieder eingesetzt werden kann?“, fragte Hanna unvermittelt.

Miriam Sell zuckte die Achseln. „Ich hab’s noch nie erlebt.“

„Die Kühlung des Gefäßes war ausgefallen. Haben Sie eine Erklärung dafür?“, fragte Hanna.

„Nein. So etwas kann eigentlich gar nicht passieren!“

„Also könnte manipuliert worden sein?“

„Das habe ich nicht gesagt.“

Hanna beugte sich vor. „Warum musste das eigentlich so schnell gehen mit der Transplantation?“

„Mendes Herz war schon seit längerer Zeit schwer geschädigt“, erklärte Frau Dr. Sell. „Myokarditis – chronische Herzmuskelentzündung mit daraus resultierendem Klappenfehler. Er hatte ja, wie Sie offenbar schon wissen, auch einen Herzschrittmacher. Und der hätte ihn eigentlich vor so einem Anfall schützen sollen.“

„Was macht denn so ’n Gerät?“, wollte Peter wissen.

„Es ist nichts anderes als ein Impulsgeber.“

„Und wo ist der Schrittmacher jetzt?“

„Professor Schultes hat ihn natürlich entnommen, bevor er angefangen hat zu operieren. Aber wo er jetzt ist, weiß ich wirklich nicht. Ich muss auf meine Station.“ Sie stand auf und strich ihren kurzen Rock glatt. Peter schätzte Miriam Sell auf Mitte dreißig. Bestimmt trieb sie Sport. Wahrscheinlich spielt sie Tennis, dachte er. Alles an ihr war straff.

„Ich denke, wir sprechen uns noch“, sagte Peter.

„Und was soll das bringen?“ Jetzt hatte sie wieder den aggressiven Ton vom Anfang des Gesprächs.

Peter Heiland breitete die Arme aus. „Wir verstehen so wenig von Medizin, und wenn Sie uns da fachkundig beraten könnten …“

„Da müssen Sie sich wohl jemand anders suchen. Es gibt doch Gerichtsmediziner, mit denen Sie zusammenarbeiten.“ Damit ging sie davon. Peter schaute ihr nach.

Hanna sagte: „Krieg dich wieder ein. So schön ist sie auch wieder nicht.“

„Von hinten schon“, gab Peter zurück und wandte den Blick wieder Hanna zu.

Eine untersetzte ältere Frau trat an ihren Tisch. Sie trug Schwesterntracht. Ihr Gesicht wirkte streng. „Sind Sie von der Kripo?“

Peter nickte.

„Ich bin Schwester Clara. Herr Professor Schultes wünscht Sie zu sprechen.“

Peter Heiland grinste. „Das trifft sich gut. Wir wünschen ihn auch zu sprechen.“

Als Hanna Iglau und Peter Heiland vom Garten her den Eingangsbereich der Klinik betraten, kam ihr Chef Ron Wischnewski durch die Drehtür von der Straße herein. „Da seid ihr ja!“ Er dirigierte die beiden zu einer Sitzecke, die mit edlen Ledersesseln möbliert war.

Peter berichtete, was sie bisher erfahren hatten. „Gut“, sagte Wischnewski schließlich, „ihr kümmert euch um den Herzschrittmacher, und ich rede mit diesem Professor.“ Peter hätte gern gesagt: Geht es nicht auch andersherum?, aber das traute er sich dann doch nicht.

Professor Schultes war überrascht, als Schwester Clara Wischnewski hereinführte. „Ich dachte, diese beiden jungen Leute …“

Sein Besucher unterbrach ihn. „Ich leite die Ermittlungen. Kriminalrat Wischnewski, achte Mordkommission des Landeskriminalamtes.“

„Sehr gut, ich hab’s eh nicht gern mit Subalternen zu tun.“

Wischnewski sagte nichts dazu, und er zeigte auch nicht, wie sehr ihn diese Äußerung ärgerte. Schultes bestellte Kaffee und bot dem Kriminalbeamten den bequemsten Sessel an. Das Büro war in einer seltsamen Mischung aus modernen Möbeln aus Stahl, Glas und schwarzem Leder und Antiquitäten eingerichtet.

„Sie haben um ein Gespräch gebeten“, sagte Wischnewski so sachlich wie möglich.

„Ja“, antwortete der Professor. „Wenn Sie schon gezwungen sind, hier zu ermitteln, würde ich Ihnen gern vermitteln, worum es hier geht. Medizinisch betrachtet.“

„Ich bin gespannt.“

„Früher hat gegolten: Lunge, Herz und Gehirn können nur gemeinsam leben. Fällt eines dieser Organe aus, bricht das Wechselspiel der anderen auch zusammen. Aber seitdem Todkranke künstlich beatmet werden können, kann jedes Organ einzeln sterben. Nehmen wir ein beliebiges Unfallopfer, bei dem die Sauerstoffzufuhr zum Gehirn so lange unterbrochen ist, dass das Hirngewebe abstirbt. Das Herz aber können wir weiter in Betrieb halten. Der Patient kann nicht mehr denken, fühlen, wahrnehmen, erinnern. Atmung und alle anderen Reflexe sind ausgefallen. Das Stammhirn reguliert die vegetativen Funktionen: Temperatur, Atmung, Blutdruck – aber das Großhirn ist stumm. Und jetzt ist die Frage: Dürfen wir einem solchen Patienten ein Organ entnehmen?“

„Wenn er zuvor sein Einverständnis gegeben hat …“

„Und wenn er sein Einverständnis nicht mehr geben kann?“

„Da gibt's klare Regelungen, Herr Professor Schultes. Unsere Gesetze sind eindeutig!"

„Und im Fall der Nothilfe? – Das Gehirn dieses Asylanten war tot! Und ich hatte die einmalige Chance, anderes Leben zu retten. Das Leben eines bedeutenden Menschen. Hätte ich da nicht zugreifen sollen?"

Wischnewski lächelte: „Klingt, als ob Sie vorbeugend eine Entschuldigung vorbringen wollten. Auch eine Form der Prophylaxe."

„Ich will nur, dass Sie verstehen, unter welchem Druck ich und meine Leute oft arbeiten müssen. Es geht eben immer um Leben und Tod."

„Ich konnte mir das schon denken." Wischnewski hatte Belehrungen noch nie leiden können.

Schultes nahm unvermittelt Wischnewkis Handgelenk und prüfte seinen Puls. „Uns Chirurgen, und speziell den Transplantationschirurgen, wird vieles nachgesagt. Aber wer einmal unter dem Messer gelegen hat und als gesunder Mensch aus der Narkose aufgewacht ist, weiß unser Metier zu würdigen." Der Professor hob das rechte Augenlid des Kriminalrats an. Streng fragte er: „Wann sind Sie das letzte Mal bei einem Arzt gewesen?"

„Bitte, lenken Sie nicht ab, Herr Professor Schultes. Hier stelle ich die Fragen." Aber unwillkürlich reagierte Wischnewski wie jeder Mensch, dem der Arzt eine Bedrohung vermittelt. Eine noch unbestimmte Angst stieg in ihm auf.

Der Professor blieb unbeeindruckt. „Ein Arzt hat sehr viel Macht über andere Menschen. Die Menschen glauben an uns. Wenn es nicht so wäre, würden wir sie am Ende auch nicht heilen können. Sie sollten mir auch glauben, Herr Wischnewski. Bitte behindern Sie unsere wichtige Arbeit nicht weiter. Es gibt kein Verbrechen in diesem Haus, nur eine Verkettung unglücklicher Umstände."

Wischnewski erhob sich. „Ich möchte eine genaue Aufstellung aller Ihrer Mitarbeiter, die bei der Entnahme des Herzens von diesem Afrikaner und bei dem Transplantationsversuch an Alexander Mende dabei waren, und zwar mit exakten Zeitangaben und den Funktionen, die sie dabei ausgeübt haben. Lückenlos bitte." Er ging zur Tür. „Und schnell!"

UM DIE GLEICHE ZEIT wurden Hanna Iglau und Peter Heiland von Schwester Inge, die Peter bereits an der Theke des Cafés kennen gelernt hatte, in den Operationssaal geführt, in dem Mende gestorben war. „Warum haben Sie mich eigentlich gefragt, ob Mendes Herzschrittmacher schon sichergestellt worden sei?", fragte Heiland.

Die Krankenschwester antwortete nicht auf die Frage. „Er muss hier im Abfall sein."

„Lässt sich so ein Herzschrittmacher eigentlich manipulieren?", fragte Peter Heiland.

„Manchmal wird noch in Kaufhäusern vor Sicherungsanlagen gegen Ladendiebe gewarnt. Oder vor den elektronischen Schleusen auf den Flughäfen. Aber genau genommen gilt das nur für Schrittmacher, die mit gepulsten elektromagnetischen Feldern arbeiten. Früher, da waren am meisten Heimwerker gefährdet, wenn sie ihre Bohrmaschinen vor die Brust hielten. Aber solche Herzschrittmacher werden schon lange nicht mehr verwendet."

„Dr. Heuer hat uns gesagt, Mendes Schrittmacher sei veraltet gewesen."

„Glaub ich nicht, das hätte sein Freund Schultes gar nicht zugelassen. – Da ist er ja!" Sie zog ein metallenes Kästchen aus dem Abfalleimer heraus, kleiner als eine Streichholzschachtel.

Peter entnahm seiner Jackentasche eine Plastiktüte und bat Schwester Inge, den Schrittmacher darin zu versenken.

Hanna Iglau fragte: „Was wissen Sie über das Kühlgefäß, in dem das gesunde Herz des Afrikaners war?"

„Es war normal gesichert."

„Und was heißt das?"

„Das heißt, dass nur jemand vom Klinikpersonal rankam."

„Und was musste er tun?"

„Den Stecker rausziehen. Ist das eigentlich Mord?", fragte Schwester Inge.

„Das müssen die Juristen klären", meinte Peter Heiland. „Wenn Ihnen bei der Operation oder auch davor irgendetwas aufgefallen ist, was nicht den normalen Abläufen entsprach …"

Peter Heiland kam nicht weiter. „Ich kann Ihnen überhaupt nichts sagen", unterbrach ihn Schwester Inge.

Peter bat die Kollegen der Spurensicherung, den Abfallbehälter genau unter die Lupe zu nehmen. Einen Augenblick überlegte er, ob man nicht den ganzen Operationssaal versiegeln und gründlich untersuchen sollte, ließ den Gedanken aber gleich wieder fallen. Er konnte sich vorstellen, wie die Klinikleitung reagieren würde. Am Ende machte man ihn womöglich dafür verantwortlich, dass ein dringender Fall nicht behandelt werden konnte.

Wischnewski gab ihm Recht, als sie gemeinsam das Krankenhaus verließen. Der Park der Klinik lag im goldenen Sonnenlicht vor ihnen. Alles hier war gepflegt. Allein die Gartenanlagen mussten große Summen verschlungen haben.

Wischnewski sagte: „In Berlin wird schon von Anfang an darüber spekuliert, wie Schultes aus einer maroden Bauruine einer verfallenen Gründerzeitvilla dieses Juwel schaffen konnte. Entweder hat er von Haus aus viel Geld gehabt, oder er ist ein unglaubliches Finanzgenie."

Die drei gingen zu Hanna Iglaus Auto. Wischnewski war mit einem Taxi gekommen und schloss sich nun den beiden an. Unentschlossen standen sie vor dem Smart, den Hanna vor einem halben Jahr gegen ihren alten Citroën 2 CV eingetauscht hatte.

„Da passt ja keiner von uns beiden hinten rein", murrte Wischnewski.

Peter Heilands Blick ging über das Dach des Kleinwagens hinweg und erfasste Conny Menzinger, der aus einer Seitentür des Gebäudes trat. Er trug wieder den Rucksack, aber der schien jetzt prall gefüllt zu sein. „Steigen Sie ruhig ein", sagte Peter zu Wischnewski. „Ich muss noch etwas erledigen." Rasch ging er auf Menzinger zu.

Wischnewski polterte los. „Was fällt dem eigentlich ein! Er weiß genau, dass ich Eigenmächtigkeiten nicht dulde."

„Er hat einen alten Jugendfreund getroffen." Hanna nickte zu den beiden hinüber. „Irgend so 'n alter Sportskamerad."

„Ja und?"

„Vielleicht kriegt er ja was raus für unseren Fall", sagte Hanna begütigend.

„Oder er macht einfach blau, um mit dem alten Kumpel ein schwäbisches Viertele zu trinken. Aber dann kann er was erleben."

Peter Heiland war auf Conny Menzinger zugetreten und hatte gefragt: „Hasch a bissle Zeit?"

„Eigentlich net", antwortete Conny und warf einen Blick über die Schulter, als hätte er Angst, beobachtet zu werden.

„Bist du mit dem Auto da?"

Menzinger nickte. „Ja, wie denn sonst?"

„Und wo fährst hin?"

„Nach Charlottenburg."

„Klasse. Da fahr ich mit dir."

Menzinger musterte seinen alten Sportsfreund misstrauisch. „Hast du kein eigenes Fahrzeug?"

„Im Augenblick nicht."

Auf dem Klinikparkplatz stand Menzingers blauer Volvo-Kombi mit Reutlinger Nummer. „Fährst du die ganze Strecke von Reutlingen nach Berlin mit dem Auto?", fragte Peter Heiland.

„Jede Woche. Manchmal sogar zweimal!" Menzinger schloss mit seinem elektronischen Sender auf und öffnete die Heckklappe. Dort waren sechs grüne Kisten aus Styropor gestapelt.

Peter grinste: „Sieht aus, als dätescht Esse auf Räder ausfahre."

Menzinger antwortete nicht. Er legte seinen Rucksack zwischen die Kisten und schlug die Hecktür zu. Er räumte zwei Aktenordner und einen Stadtplan vom Beifahrersitz. „Bitte, steig ein!"

Conny Menzinger fuhr, als ob er es eilig hätte. Offenbar war Heilands sonst so gesprächigem altem Sportskameraden nicht nach Reden zumute.

„Du arbeitest also mit den Sportmedizinern der Schultes-Klinik zusammen?", fragte Peter.

„Net direkt", antwortete Conny einsilbig.

„Und wie geht des indirekt?"

„So halt."

Der Funkturm kam in Sicht. „Wo willst raus?", fragte Conny Menzinger.

„Kommt drauf an, wo du hinfährst."

„Ins Interconti."

„Klasse, da komm ich zu Fuß ins LKA."

Menzinger schoss auf die A 100 und hinter dem Kongresszentrum gleich wieder hinaus. Peter Heiland grinste: „Wie gut, dass ich kein Verkehrspolizist bin."

Kurze Zeit später, als der Kommissar vom Interconti zur Keithstraße ging, wunderte er sich noch immer. Conny Menzinger redete von jeher gern und viel. So wie auf der Autofahrt hatte er sich noch nie verhalten. Für Peter Heiland gab es nur eine Erklärung dafür: Menzinger hatte etwas zu verbergen.

4

Die Labors der Kriminaltechnik lagen im Souterrain eines Seitenflügels des LKA. Als Peter Heiland, der von Hanna Iglau telefonisch dorthin gebeten worden war, die Tür aufstieß, sah er seine Kollegin bei der Polizeitechnikerin Erika Mack stehen. Die beiden beugten sich über einen Arbeitstisch, der wie eine Werkbank anmutete. Vor ihnen lag der verkabelte Herzschrittmacher. Über dem Tisch flimmerte der Bildschirm eines Oszillografen. Er bildete eine Kurve mit gleichbleibenden Amplituden ab.

Erika sagte zu Hanna gerade: „Pass mal auf: Ich schalte jetzt einen elektronischen Wellengenerator ein und nähere mich damit dem Herzschrittmacher.“ Sofort veränderte sich die Kurve.

Peter fragte: „Und was bedeutet das?“

Die beiden wandten sich um, sie hatten nicht gehört, wie er eingetreten war.

„Der Schrittmacher, der eigentlich nur darauf ausgelegt ist, regelmäßig Impulse zu senden, empfängt plötzlich selber welche und gerät zusehends außer Kontrolle.“

„Sie wollen sagen, er spielt verrückt?“

„Genau. Und jetzt gibt er auch dem Herzen lauter neue Signale. Falsche Signale. – Das, was der Schrittmacher jetzt macht, kannst du nicht mal einem gesunden Herzen zumuten.“ Die Kurve wurde immer hektischer, bis sie urplötzlich zu einer geraden Linie wurde.“

„Exitus“, sagte Erika Mack lakonisch. Sie wandte sich um. „Eins versteh ich nicht … wie kommt dieser Schrittmacher in den Brustkorb von Reinhold Mende? Das Gerät ist total veraltet.“

„Er hat an dem Schrittmacher gehangen“, sagte Peter.

„Blödsinn. Er hat sich damit gefährdet. Und so einer bringt sich doch nicht unnötig in Gefahr.“

„War aber so“, gab Peter zurück.

„Glaub ich nicht. Also da würde ich noch mal nachfragen. Vielleicht hat man euch ein ganz falsches Gerät untergejubelt.“

Charly, der Polizeifotograf, kam herein. „Die Bilder von dem Schwarzen hab ich dir auf deinen Computer geschickt, Peter. Ich hab aber auch gleich einen Stapel Abzüge gemacht. Ihr werdet die Fotos ja sicher rumzeigen wollen.“

„Danke“, sagte Peter Heiland, „schön, wenn einer mitdenkt.“

„Oder eine“, warf Hanna ein. „Ich finde, wir sollten Erikas Idee nachgehen.“

ZEHN MINUTEN SPÄTER waren Hanna und Peter bei Wischnewski. Der Chef saß mit aufgestellten Ellbogen an seinem Schreibtisch und schaute die beiden unverwandt an.

Peter Heiland sagte: „Wir müssen Schultes fragen, ob das Gerät, das wir im OP bekommen haben, wirklich Mendes Herzschrittmacher war.“

Wischnewski nickte zustimmend.

„Wenn ja, könnte es durchaus sein, dass Mendes Herzschrittmacher von außen manipuliert worden ist."

„Aber wie?"

„Das müssen wir halt rauskriegen."

Wischnewski nickte. „Bei diesem Stiftungsfest der Verbindung waren doch mindestens hundert Menschen Zeugen von Mendes Zusammenbruch."

„Ja", Peter seufzte, „die werden wir nach und nach aufsuchen und befragen müssen."

Der Pförtner rief an. „Bei mir ist eine Frau Bechthold, sie sei einbestellt worden", sagte er.

Wischnewski sah seine Mitarbeiter an. „Frau Bechthold, sagt euch das etwas?"

„Das ist die Frau, die den Afrikaner als vermisst gemeldet hat. Ich habe sie gebeten vorbeizukommen, um sich die Fotos des Mordopfers anzuschauen."

Wischnewski reagierte sauer: „Sie wissen genau, ich will von jedem Ihrer Schritte unterrichtet sein."

„Gut", sagte Peter. „Jetzt gehe ich runter und zeige Iris Bechthold die Bilder. Okay?? Anschließend muss ich zur Toilette. Dann hole ich mir in der Kantine einen Kaffee …"

Wischnewski griff nach einem schweren Locher auf seinem Schreibtisch. Peter verließ fluchtartig den Raum.

Hanna Iglau lächelte ihren Chef an. „Sie kennen ihn doch!"

„Eben drum!" Wischnewski knallte den Locher wieder auf die Schreibtischplatte.

Iris Bechthold hatte sich auf eine der steinernen Treppenstufen gesetzt. Als Peter Heiland hinter ihr auftauchte, hob sie den Kopf. „Hallo, das ging aber fix!" Peter setzte sich neben sie und reichte ihr den Stapel Bilder. Schon beim ersten sagte sie: „Das ist Joseph Sabri."

„Kein Zweifel?"

„Nein. Er ist es."

Peter Heiland sagte: „Er ist tot. Zwei Stiche in die Lunge. Aber daran wäre er nicht gestorben. Er war an eine Herz-Lungen-Maschine angeschlossen, und die hat jemand manipuliert."

„Wie manipuliert?"

„Die Schläuche wurden einfach herausgezogen. Anschließend hat der Chef der Klinik dem hirntoten Sabri das Herz entnommen …"

„Was??“

„Als Transplantat für einen schwer herzkranken Mann.“

„Aber Joseph ist katholisch. Er ist sehr gläubig. Ich glaube nicht, dass er einer Organspende zugestimmt hätte.“ Iris Bechtholds Stimme war brüchig geworden. Aus ihren Augen stahlen sich ein paar Tränen.

„Tut mir leid“, sagte Peter, „aber wie hätte er sein Recht einfordern sollen? Offiziell lebte er doch gar nicht hier.“

„Wie bringe ich das nur den anderen bei? Vor allem seinem kleinen Bruder.“

„Lassen Sie mich und Manuel das machen. Wir müssen diese Leute sowieso befragen.“

„Aber die fürchten sich vor der Polizei.“

„Das kann ich auch nicht ändern.“ Peter stand auf und reichte Frau Bechthold die Hand, um sie hochzuziehen. Einen Augenblick standen sie dicht voreinander. Unwillkürlich ließ Iris Bechthold ihren Kopf in Peters Halsbeuge sinken. Er legte ruhig seinen Arm um ihre Schultern. „Ich weiß schon“, sagte er, „in solchen Momenten würde man am liebsten aufgeben. Aber das dürfen Sie den Leuten nicht antun.“

Iris Bechthold löste sich von ihm, hob den Kopf, und jetzt lächelte sie sogar unter ihren Tränen ein wenig. „So einen wie Sie müsste man zum Freund haben“, sagte sie leise.

DAS BILBAO erwies sich als eine schäbige Spelunke. Dass sie ein Treffpunkt von Asylanten war, erkannte Peter Heiland sofort. Die meist jungen und zum größten Teil dunkelhäutigen Männer vertrieben sich hier die Zeit mit Karten- und Brettspielen. Als Heiland, Hanna Iglau und Manuel hereinkamen, schauten alle zu ihnen her. Einer rief: „Ich guter Arbeiter!“ Peter hob abwehrend die Hände. „Deswegen sind wir nicht gekommen.“

Hanna und Manuel setzten sich an einen Tisch. Peter ging zum Tresen und bestellte beim Wirt drei Bier. Der Mann am Zapfhahn lehnte mit dem Bauch an der Nirostaabdeckung der Theke. Peter hielt ihm eines der Fotos unter die Augen. „Kennen Sie den Mann?“

Der Wirt warf einen kurzen Blick darauf, spuckte ins Spülbecken. „Sabri … ’n Zechpreller.“

„Er ist tot“, sagte Peter.

„Um den isses nich schade.“

Die Gäste hatten aufgehorcht, als der Wirt Sabris Namen aussprach. Ein junger Schwarzer stand auf und schlich zur Toilette. Hanna bemerkte es, stand ebenfalls auf und versuchte, ihm den Weg abzuschneiden. „Wo wollen Sie hin?“, rief sie.

Der junge Mann war schneller. Er verschwand in der Toilette und schloss zu. Hanna horchte an der Tür. Von innen war brechendes Glas zu hören. Hanna warf sich gegen die Tür, aber die hielt stand. „Verdammt“, entfuhr es ihr. Manuel hatte begriffen. Er rannte aus der Kneipe.

Draußen mussten sich seine Augen erst an die Dunkelheit gewöhnen. Er blieb stehen. Ein leises Klappern war zu hören. Es kam von dem Hof hinter der Spelunke. Manuel rannte an dem barackenähnlichen Gebäude entlang, jetzt sah er den Schattenriss eines Menschen gegen den hellen Himmel. Der Flüchtige hatte von ein paar Mülltonnen aus eine Mauerkrone erklettert und ließ sich nun auf der anderen Seite hinunterfallen. Manuel resignierte und kehrte in die Kneipe zurück. Dort stand Peter Heiland noch immer bei dem Wirt. Inzwischen hatte er seinen Polizeiausweis gezeigt.

Manuel fragte den Wirt: „Wer war der Mann, der abgehauen ist?“

„Togo Sabri, der kleine Bruder von dem Zechpreller.“ Der Wirt deutete auf eine Jacke, die über einer Stuhllehne hing. „Die gehört ihm. Ich werde sie als Pfand nehmen.“

Peter ging rasch zu dem leeren Stuhl, nahm die Jacke von der Lehne und klopfte sie ab. „Die ist erst mal konfisziert!“, rief er dem Wirt zu. Er zog ein Foto aus der Innentasche. Manuel und Hanna traten zu ihm. Das Bild zeigte die beiden Sabri-Brüder und eine junge Frau. Das Foto war auf einem Autoskooter gemacht worden. Die Frau stand zwischen den beiden Schwarzen, legte ihren Kopf aber auf Josephs Schulter und schaute ihn verliebt an. Vor dem Bauch hatte sie eine Geldtasche. Offenbar arbeitete sie auf dem Skooter. „Wo ist hier ein Rummelplatz?“, fragte Peter.

„In Dahlem, Clayallee/Ecke Argentinische Straße. Das deutsch-amerikanische Volksfest. Geht noch bis zum 20. August“, sagte Hanna.

Peter schaute auf die Uhr. „Und wann machen die Schluss?“

„Um elf“, wusste Manuel.

RON WISCHNEWSKI hatte das Büro pünktlich um 18 Uhr verlassen. Der Kollege an der Pforte sah dem Kriminalrat verwundert nach – nicht nur, weil der für seine Verhältnisse sehr früh nach Hause ging, sondern auch, weil er sich so fröhlich und beschwingt verabschiedete.

Nach der Trennung von seiner Frau vor fünf Jahren hatte sich Wischnewski völlig zurückgezogen. „Ich bin eben doch der Typ einsamer Wolf“, hatte er sich eingeredet, und dabei war er immer unglücklicher geworden. Er vernachlässigte zwar seinen Dienst nicht, aber an den einsamen Abenden in seiner schäbigen Zweizimmerwohnung in Tempelhof litt er entsetzlich.

Das alles hatte sich geändert, als er Friederike Schmidt kennen gelernt hatte. Sie war die Frau eines Opfers im Fall Heckenschütze gewesen. Allerdings hatte ihre Ehe damals eigentlich schon längere Zeit keinen Bestand mehr gehabt. Bei einer Befragung waren sie sich nähergekommen.

Jetzt saßen Friederike Schmidt und Ron Wischnewski an ihrem Lieblingstisch in ihrem Lieblingslokal „Biscotti", Ecke Weimarer- und Pestalozzistraße. Eigentlich vermied es der Kriminalrat, über seine Arbeit zu reden. Aber unwillkürlich war er doch ins Erzählen gekommen. Friederike hatte ihm aufmerksam zugehört.

„Hältst du es für möglich", fragte sie schließlich, „dass der Afrikaner gezielt umgebracht wurde, um diesem Mende sein Herz zu spenden?"

Wischnewski schüttelte den Kopf. „Das kann ich mir nicht vorstellen, aber dass so viele Zufälle zusammenkommen, noch weniger."

„Es muss doch rauszukriegen sein, was da alles ineinandergreift und wie."

Wischnewski lachte. „Wenn du das sagst, klingt es ganz einfach. Lass uns lieber über etwas anderes reden, sonst kriege ich den Fall heute Abend überhaupt nicht mehr aus dem Kopf."

Aber sie ließ nicht locker. „Dieser Professor Schultes, was ist das für einer?"

„Früher hätte man vielleicht gesagt, ein Deutschnationaler. Erst vor vier Wochen war er in einer Talkshow …"

„Ach, der ist das?" Friederike erinnerte sich plötzlich. „Hat der nicht gesagt, wir müssten endlich erkennen, dass es höherwertige Menschen gibt?"

„Eliten, hat er, glaube ich, gesagt."

„Höherwertige Menschen!" Friederike Schmidt bestand darauf. So einem sei doch zuzutrauen, meinte Friederike, dass er einen schwarzen Asylanten opferte, um einen Menschen wie Alexander Mende zu retten.

„Jetzt geht aber die Fantasie mit dir durch. Ich bestelle noch einen Wein, und dann reden wir aber wirklich über etwas anderes."

Frau Schmidt war es recht. Sie wusste genau, ihre Idee hatte sich in seinem Gehirn verhakt. Er würde weiter drüber nachdenken.

Peter Heiland, Hanna Iglau und Manuel stiegen aus Hannas Smart. Eigentlich war es ein Rätsel, wie sie da zu dritt Platz gefunden hatten. Peter sortierte seine langen Knochen. Manuel packte aus seinem Rucksack seine bunten Jonglierbälle aus. „Wenn ich schon mal hier bin, kann ich vielleicht ein bisschen Kohle machen.“

„Du hast keinen Wandergewerbeschein und keinen Platz auf dem Gelände.“

„Wen juckt's?“, gab der Schwarze zurück und begann seine Bälle in die Luft zu werfen.

„Lass ihn doch“, sagte Hanna und hakte sich bei Peter unter.

„Soll ich dir 'ne Zuckerwatte kaufen? Oder gebrannte Mandeln?“, fragte Peter.

„Erst wenn wir unsere Arbeit gemacht haben.“

Es gab nur einen Autoskooter auf dem Gelände. Die junge Frau, die sie auf dem Foto zwischen Joseph und Togo Sabri gesehen hatten, war leicht zu erkennen. Sie sprang geschickt von Wagen zu Wagen und kassierte bei denen ab, die noch eine Fahrt anhängen wollten.

Peter turnte nun auch über die Boxautos, bis er sie erreichte.

„Wenn Sie fahren wollen, müssen Sie an der Kasse einen Chip lösen.“

„Sind Sie Joseph Sabris Freundin?“, fragte Peter. Er musste schreien, um den Lärm zu übertönen. Der Mann an der Kasse gab das Signal für eine neue Runde.

„Ja, warum?“ Die junge Frau stand jetzt auf einem leeren Wagen und steuerte ihn geschickt zur Schmalseite des Skooters. Peter sprang auf, rutschte über dem rundum verlaufenden Gummipuffer ab und stürzte auf die Fahrbahn. „Passen Sie doch auf, Mann!“, rief die junge Frau und reichte ihm die Hand. Gemeinsam fuhren sie die restlichen Meter. Hanna erreichte die Stelle gleichzeitig.

„Wie heißen Sie?“, fragte Peter Heiland.

„Anita, aber was geht Sie das überhaupt an?“

„Können wir irgendwo in Ruhe reden, Anita?“, ließ sich jetzt Hanna hören.

Plötzlich trat Panik in die Augen der jungen Frau. „Was ist? Ist ihm etwas passiert? Reden Sie schon. Was ist los?“

„Nicht hier“, sagte Peter.

Anita steckte vier Finger in den Mund und ließ einen gellenden Pfiff hören. Damit gab sie einem Jungen, der geschätzte 18 Jahre alt war, das Zeichen, dass er übernehmen sollte. „Mein Bruder“, sagte sie und folgte

Peter und Hanna in eine Gasse zwischen dem Skooter und einer Geisterbahn.

„Was ist mit Joseph?“

Peter kramte seinen Polizeiausweis heraus.

„Habt ihr ihn abgeschoben, ihr Schweine?“

„Nein, das wäre auch gar nicht unser Ressort. Es ist etwas viel Schlimmeres passiert.“

Anita starrte ihn an. Ihre Lippen begannen zu zittern.

Peter brachte ein wenig zögernd hervor: „Er … er hatte einen Unfall. Er ist tot!“

Anita schüttelte den Kopf so wild, dass ihre blonden Haare flogen. „Das ist nicht wahr! Das ist gelogen! Das ist nicht wahr!“

„Doch“, sagte Hanna leise, „leider!“

Plötzlich wurde Anita von einem Weinkrampf gepackt. Sie zitterte an allen Gliedern. Ihre Knie versagten. Peter konnte sie gerade noch auffangen, bevor sie zu Boden stürzte. Behutsam legte er seine Arme um sie und zog sie an sich.

Ein vierschrötiger Mann kam in die Gasse. „Was ist los, Anita, wir haben vollen Betrieb!“ Aber dann erkannte er, dass etwas Schlimmes passiert sein musste. „Was ist, Kind?“ Sie konnte nicht antworten. Das Schluchzen ließ noch immer ihren ganzen Körper beben.

„Ihr Freund ist ums Leben gekommen“, sagte Hanna Iglau so sachlich wie möglich.

„Joseph?“

„Ja. Haben Sie ihn gekannt?“

„Ob ich ihn gekannt habe? Was ist denn das für eine Frage? Ein ganz feiner Kerl ist das. Fleißig, geschickt und überhaupt … O Gott, mein Mädchen. Tot, sagen Sie? Aber wie … ich meine, ist er … ist er etwa …“

„Ja“, sagte Hanna. „Er ist ermordet worden. Niedergestochen in der Nacht zum Dienstag.“

„Heute ist Donnerstag. Er wollte Montag wieder anfangen, bei mir zu arbeiten. Wir haben ihn letzte Woche in die Klinik gebracht, weil er sich den Magen verdorben hatte. Dort drüben an der Pommesbude.“

„In welche Klinik?“, fragte Peter.

„In die Sportklinik Medicus, die ist nur vier Straßen weiter.“

„Sie sind sicher Anitas Vater?“, fragte Peter Heiland, der die jammernde junge Frau noch immer festhielt.

„Wär ich ja gern, bin ich aber nicht. Trotzdem: Sie ist wie ’ne Tochter für mich, und der Joseph, der wäre auch noch so was geworden wie ein Sohn von mir, können Se glauben."

Peter nickte. „Das gefällt mir", sagte er leise und schob Anita in die Arme des Mannes. „Wie heißen Sie?"

„Kalaschek, Otto Kalaschek", antwortete der Mann. Dann sagte er zu Anita: „Komm, wir machen Schluss, und dann weinst du dich erst mal richtig aus."

NOCH VOR DIENSTBEGINN am nächsten Tag fand sich Peter Heiland in der Medicus-Klinik ein. Das auf Sportverletzungen spezialisierte Krankenhaus hatte nur fünfzig Betten. So war es kein Wunder, dass sich einer der Ärzte sofort an den Afrikaner erinnerte, der am Dienstag eingeliefert worden war. „Die meisten von uns sind ja nur Orthopäden und Unfallchirurgen, aber natürlich können wir auch einen Magen auspumpen, wenn Not am Mann ist", sagte der Mediziner, den Peter auf 35 schätzte und der, im Unterschied zu seinen Patienten, offenbar keinen Sport betrieb. Dr. Seifert hatte einen unübersehbaren Bauchansatz, und über dem offenen Kragen seines weißen Hemdes wabbelte ein Doppelkinn.

Als der Kommissar berichtete, Sabri sei nach seiner Entlassung aus der Klinik niedergestochen worden und gestorben, war der Doktor sichtlich betroffen. „Er war so ein sympathischer Junge. Er sprach zwar nur ein bisschen Englisch, aber wir haben uns gut verstanden. Mein Gott, der war doch noch keine fünfundzwanzig!"

„Wir wissen es nicht. Papiere haben wir nicht bei ihm gefunden."

„Aber bei uns muss ja wohl eine Krankenakte sein", sagte Dr. Seifert, „fragen Sie doch mal im Sekretariat."

Zwei Minuten später stand Peter Heiland in einem hellen Büro einer etwa sechzigjährigen Frau mit glatten grauen Haaren gegenüber. Aus wasserblauen Augen sah sie den Kommissar forschend an. „Sie meinen die Lebensmittelvergiftung?"

„Ich meine den Mann, der die Lebensmittelvergiftung hatte. Er hieß Joseph Sabri."

„Ja, ja, natürlich!" Sie zog eine Schublade auf, in der sich eine Hängeregistratur befand, und begann sie mit flinken Fingern zu durchsuchen. Plötzlich erstarrte sie. „Das gibt's doch nicht. Das kann doch gar nicht sein!"

„Was denn?" Peter trat einen Schritt näher.

„Die Akte ist nicht da."

„Vielleicht noch auf der Station?", fragte Peter Heiland.

„Unsinn. Ich hab sie doch selber hier eingeordnet. Die muss jemand herausgenommen haben."

„Hören Sie, das ist eine ernste Sache", sagte Peter Heiland. „Joseph Sabri ist ermordet worden. Er wurde niedergestochen, und in der kurzen Zeit, die er noch lebte, wurden ihm offenbar sämtliche verwertbaren Organe entnommen."

„Der arme Kerl!" Die Sekretärin sah Peter aus weit geöffneten Augen an. „Er war ja nur ein paar Tage bei uns, aber wir haben ihn alle gemocht."

„Wir müssen seine Akte finden", sagte Peter Heiland so sachlich wie möglich.

„Ja, ja, natürlich. Ich kümmere mich sofort darum."

„Und dann würde ich gern den Arzt sprechen, der ihn behandelt hat, und auch die Schwestern, die sich um ihn gekümmert haben."

„Jetzt gleich? Das wird nicht gehen. Dr. Naumann kommt erst am Nachmittag. Schwester Ruth auch. Nur Schwester Mai Lingh ist im Haus."

„Gut", sagte Peter, „dann komme ich am Nachmittag wieder."

Sein Handy meldete sich. Hanna war dran. „Wir sollen in dreißig Minuten beim Generalstaatsanwalt sein."

„Warum das denn?"

„Das will er uns selber sagen. Kommst du direkt dorthin?"

„Wenn es sich nicht umgehen lässt." Peter nickte der Kliniksekretärin zu und verließ den Raum.

Generalstaatsanwalt Dr. Julius Steinbeck war ein Mann um die sechzig. „Sie wundern sich vielleicht, dass ich mich selbst der Sache annehme", sagte er zu Wischnewski, Hanna Iglau und Peter Heiland. „Aber nachdem ich Ihren Bericht gelesen hatte, schien es mir angebracht."

„Warum?", fragte Wischnewski, der sich gar nicht erst die Mühe machte, seine schlechte Laune zu verbergen.

„Es sind Menschen involviert, die in Berlin einen Namen haben. Verstehen Sie mich bitte nicht falsch. Ich will niemanden bevorzugen, aber in so einem Fall braucht man ein gewisses Fingerspitzengefühl."

Wischnewski schluckte herunter, was er am liebsten gesagt hätte, nahm sich aber vor, möglichst rasch zu klären, wie gut Steinbeck Schultes kannte und wie die beiden zueinander standen.

„Joseph Sabri wurde mit einer langen, spitzen Waffe erstochen, und zwar gezielt. Und die Typen, die Sabri in der Klinik abgeliefert haben, sind danach sofort verschwunden", sagte Peter Heiland.

„Jaja“, der Generalstaatsanwalt massierte seine Schläfen, „ich habe das alles gelesen.“

Wischnewski nahm den Faden auf. „Der Schwerverletzte wurde in einem gestohlenen Fahrzeug transportiert.“

„Was wollen Sie?“ Steinbeck klang gereizt. „Wollen Sie behaupten, Sabri sei von einem Killerkommando niedergestochen worden?“

„Genau das! Man hat ihn in die Schultes-Klinik gebracht, obwohl die Sportklinik, in der er sich übrigens zuvor schon einmal befunden hatte, viel näher gewesen wäre.“

„Wollen Sie sagen, man habe ihn in die Klinik von Professor Schultes gebracht, um … um …“, Steinbeck räusperte sich, ehe er fortfuhr, „um ihn dort auszuschlachten? Wollen Sie mir das sagen oder was??“

„Man muss so etwas in Erwägung ziehen.“

„Das ist doch eine völlig abstruse Theorie, die Sie sich da zusammenstricken.“

„Wieso denn?“ In dem Maß, in dem Steinbeck sich immer weiter aufregte, wurde Wischnewski ruhiger.

„Woher hätte Schultes wissen können, dass Sabri die gleichen Blut-, Eiweiß- und Gewebewerte hatte wie Mende?“

„Ja, das ist allerdings eine gute Frage.“ Wischnewskis Souveränität hatte einen kleinen Dämpfer bekommen.

Peter Heiland meldete sich. „Wir haben heute erfahren, dass Sabri sich eine Lebensmittelvergiftung zugezogen hatte.“

„Und?“, bellte der Oberstaatsanwalt.

„Er war damit in der Sportklinik Medicus. Wir wissen allerdings nicht, welche Tests dort gemacht wurden.“

„Ja, dann ermitteln Sie das in Gottes Namen. Aber eins sage ich Ihnen: Ihr Szenario ist hirnrissig. Schultes würde bei so etwas niemals mitspielen. Der Mann hat den hippokratischen Eid geschworen!“

Als sie das Gerichtsgebäude verließen, sagte Peter: „Fehlte nur noch, dass Steinbeck gesagt hätte: ‚Schultes ist mein Freund, ein wunderbarer Arzt und eine Stütze der Gesellschaft. Bitte, bitte, fasst ihn mit Glacéhandschuhen an oder, noch besser, fasst ihn gar nicht an.‘“

„Was macht Sie eigentlich so wütend?“, fragte Wischnewski.

Hanna antwortete für Peter: „Wir haben gestern Abend die Freundin von Joseph Sabri getroffen. Ein ganz einfaches Mädchen. Sie hat ihn geliebt. Es sieht verdammt so aus, als ob mit einem Schlag alle ihre Lebensträume zerstört wären.“

„Bitte, Kinder, bleibt sachlich“, sagte Wischnewski in ungewöhnlich freundlichem Ton.

„Manchmal ist auch die Sachlichkeit ein schlechter Ratgeber“, antwortete Peter, und zu seiner Überraschung nickte Wischnewski. „Sie könnten Recht haben, Schwabe!“

ALS SIE ins Büro zurückkamen, lag ein Zettel auf Peter Heilands Schreibtisch. *Frau Dr. Sell bittet um Rückruf.* Der Kommissar sah auf die Uhr. Es war kurz nach vier. In der Klinik sagte man ihm, Frau Dr. Sell habe heute einen freien Tag. Eine freundliche Schwester gab ihm die Handynummer der Ärztin. Sie meldete sich beim ersten Klingeln. Im Augenblick sitze sie im Café „Einstein“ in der Kurfürstenstraße; wenn er sich beeile, könne er sie dort noch antreffen.

Das Café war keine achthundert Meter vom Landeskriminalamt entfernt. Peter Heiland, der in letzter Zeit meist mit dem Fahrrad unterwegs war, konnte in fünf Minuten da sein.

Das Café Einstein war in einem dreigeschossigen Bau aus der Gründerzeit untergebracht. Man konnte durch die hohen Räume, die in ihrer Ausstattung an eines der alten Kaffeehäuser in Wien erinnerten, zu einem Garten hindurchgehen. Miriam Sell saß an einem kleinen Holztisch in der hintersten Ecke des Gartens. Sie war in ein Buch vertieft und schaute erst auf, als Peter Heiland sie erreichte und leise „Hallo“ sagte. Sie schlug das Buch zu, und Peter erkannte, dass sie Paul Watzlawicks „Anleitung zum Unglücklichsein“ las. Frau Dr. Sell bemerkte seinen Blick. „Ich weiß, das Buch ist schon vor fünfundzwanzig Jahren erschienen. Aber ich bin erst darauf aufmerksam geworden, als Watzlawick in diesem Jahr gestorben ist.“

Peter Heiland hatte das Buch schon vor längerer Zeit gelesen. „Waren Sie schon bei der Geschichte von dem Betrunkenen, der seinen Hausschlüssel unter einer Straßenlaterne sucht?“, fragte er jetzt die Ärztin. Sie schüttelte den Kopf.

Peter setzte sich. „Ein Polizist kommt dazu und hilft ihm suchen. Nach einer Weile sagt der Beamte: ‚Sind Sie sicher, dass Sie den Schlüssel hier verloren haben?‘ – ‚Nein‘, sagt der Betrunkene, ‚den hab ich dort hinten verloren, aber da ist es zu dunkel zum Suchen.‘“

„Mir gefällt die Anekdote mit dem Hammer besser“, erwiderte die Ärztin.

„An die kann ich mich gar nicht erinnern“, sagte Peter Heiland, „aber Sie hatten sicher einen anderen Grund, mich anzurufen, als über Ihre Lektüre zu sprechen."

„Macht aber Spaß!" Sie lächelte ihn an. Ihre braunen Augen mit den goldenen Einsprengseln strahlten.

Peter Heiland bestellte bei einem Kellner einen Milchkaffee und ein Croissant. Er sah die Ärztin mit schief gelegtem Kopf an.

Ihr Lächeln verschwand. „Bei uns läuft jetzt eine hochnotpeinliche Untersuchung. Jeder, der irgendwie eine Möglichkeit gehabt hat, in den OP zu kommen, wird vom Verwaltungsdirektor richtiggehend verhört."

„Gut so", sagte Peter Heiland, „er kann bestimmt viel kompetenter fragen als wir. Wer hat eigentlich den Empfang des Organs quittiert? Ich habe mir sagen lassen, dass es da ganz klare Anweisungen gibt."

„Das war ich, und ich habe das Transplantat auch vorschriftsmäßig verwahrt. Das können zwei Schwestern bezeugen. Gott sei Dank!"

„Also muss sich jemand später Zugang zu dem Kühlsystem verschafft haben. Und dann ist es nicht abwegig, eine klare Mordabsicht zu unterstellen."

Miriam Sell beugte sich weit über den Tisch. „Eine Schwester, die aber auf keinen Fall genannt werden will, hat mir gesagt, sie habe eine Frau in der Nacht vor Mendes Operation im OP gesehen. Dort, wo das Gefäß mit dem Transplantat stand."

„Eine Frau?"

„Ja, sie hat nicht erkannt, wer es war. Aber die Person trug keinen Arztkittel und keine Schwesterntracht, sondern Straßenkleidung. Das ist absolut ungewöhnlich. Zu den Operationssälen hat nur das Klinikpersonal Zutritt, und dort muss man unbedingt Schutzkleidung tragen."

„Aber warum will die Schwester anonym bleiben? Mit einer Aussage kann sie sich doch nicht gefährden."

„Wer weiß? Vielleicht hat sie doch mehr gesehen."

„Hat sie die Kleidung der Frau näher beschrieben?"

„Nein. Sicher war sie zu aufgeregt, um darauf zu achten."

„Ich sollte dringend mit ihr reden."

Miriam Sell nippte an ihrem Glas. „Ich habe ihr mein Wort gegeben. Ich werde Ihnen keinesfalls sagen, um wen es sich handelt."

Peter sah sie an, lächelte, sagte aber nichts.

„Was ist denn?", fragte Frau Dr. Sell.

„Gibt es diese Schwester überhaupt, oder wollen Sie mir auf diese Weise etwas sagen, was Sie selber beobachtet haben?"

„Sie sind wohl nicht ganz bei Trost!", fuhr die Ärztin den Kommissar an.

„Ja, das sagt mein Chef auch manchmal zu mir." Peter trank seinen Kaffee aus.

Frau Dr. Sell schlug ihr Buch auf und vertiefte sich in die Lektüre. Peter Heiland schien für sie nicht mehr zu existieren. Seufzend stand er auf und legte Geld auf den Tisch. „Vielleicht reden wir in den nächsten Tagen noch mal miteinander." Frau Dr. Sell antwortete nicht.

VOR DEM CAFÉ stieg Peter auf sein Fahrrad. Er rollte die Kurfürstenstraße hinunter, bog dann links zur Tauentzienstraße ab und fuhr den Kurfürstendamm entlang, bis er das Büro des Notars Herbrechtinger erreichte. Beim Empfang zeigte er seinen Polizeiausweis und bat, die Sekretärin Charlotte sprechen zu dürfen. Einen Nachnamen hatte er bei seinem ersten Besuch nicht mitbekommen. Die junge Frau hinter dem Tresen unterdrückte ein Lachen. „Sie meinen sicher Frau Stiefel."

Die Empfangsdame wählte eine dreistellige Nummer, und fünf Minuten später saß Peter Heiland in einem Besprechungszimmer der hochgewachsenen Frau gegenüber. Sie musterte den Besucher mit gerecktem Hals. Peter Heiland musste an einen Raubvogel denken.

„Es ist gut, dass Sie noch einmal gekommen sind", sagte sie.

„Ach ja? Ist der Brief von Herrn Gmeiner aufgetaucht?"

„Er war nie verschwunden. Wenigstens nicht bei uns. Eine meiner Kolleginnen hat ihn, entsprechend den Maßgaben von Herrn Gmeiner, an die Staatsanwaltschaft weitergeleitet."

„Und davon waren weder Sie noch Herr Dr. Herbrechtinger unterrichtet?"

Frau Stiefel schluckte. „Ein unentschuldbarer Fehler", stieß sie schließlich hervor. „Aber die junge Dame ist noch nicht lange in unserer Kanzlei. Sie muss noch einiges lernen, wenn sie bei uns bleiben will."

„Hat die junge Dame denn einen Beleg dafür, dass sie die Unterlagen an die Staatsanwaltschaft geliefert hat?"

Charlotte zog ihre schmalen Lippen zwischen die Zähne. „Das ist ja das Problem. Sie hat das Kuvert mit der Post geschickt, und nun weigert sich Frau Dr. Brandeis …"

„Ach du liebe Güte!", entfuhr es Peter Heiland.

„Sie kennen die Staatsanwältin?"

„O ja, schließlich ermittle ich im Fall Leila Mehlhorn. Für Frau Dr. Brandeis ist da längst alles entschieden. Sie weigert sich, auch nur entfernt daran zu denken, dass Axel Gmeiner unschuldig sein könnte."

„Und sie weigert sich, den Eingang unseres Briefs zu bestätigen."

Charlotte Stiefels Blick wurde sanfter. Sieh da, dachte Peter, wie sich die Haltung eines Menschen doch ändern kann, wenn man plötzlich einen gemeinsamen Feind hat.

„Nun ja", Charlotte Stiefels Stimme hatte alle Schärfe verloren, „sie will unbedingt Oberstaatsanwältin werden, und da braucht sie Erfolge."

„Man merkt, dass Sie das Geschäft kennen", gab Peter mit einem kumpelhaften Lächeln zurück. Er erhob sich. „Ja, da werde ich Frau Dr. Brandeis doch mal einen Besuch abstatten."

ZUVOR kehrte er jedoch noch einmal ins Büro zurück. „Das hat aber lange gedauert", empfing ihn Hanna Iglau. „Frau Dr. Sell muss ja viel zu erzählen gehabt haben."

„Ich hab gleich noch einen anderen Termin wahrgenommen."

Wischnewski kam herein. „Ach, zeigen Sie sich auch mal wieder an Ihrem Arbeitsplatz?"

„Mein Arbeitsplatz ist überall, wo ich ermitteln kann", gab Peter Heiland zurück und berichtete von seinen beiden Gesprächen.

Wischnewski sagte: „Gut, die Schwester muss man finden. Das kann ja nicht so schwierig sein."

Peter wiegte den Kopf hin und her. „Also, wenn Sie mich fragen: Die gibt es gar nicht. Frau Dr. Sell hat die große Unbekannte nur vorgeschoben, um uns auf eine Fährte zu locken. Es muss sich um eine Frau handeln, die sich im Bereich der Intensivstation und der Operationsräume auskennt, aber keine Ärztin oder Schwester ist."

„Oder keine Ärztin oder Schwester mehr ist", gab Hanna zu bedenken.

„Sehr gut", lobte Wischnewski. „Eine frühere Mitarbeiterin der Klinik vielleicht."

„Da setzen wir an", sagte Peter Heiland. „Aber zuerst muss ich noch mal in die Medicus-Klinik."

Wischnewski nickte zustimmend. „Und was den Fall Gmeiner anbelangt: Seien Sie ja vorsichtig. Die Brandeis sieht zwar aus wie eine Kartoffel, aber sie ist gefährlicher als eine Klapperschlange."

„Ich hab zwar viele Ängste", sagte Peter, „aber ich habe keine Schlangenphobie."

5

Dr. Naumann, Schwester Ruth und die Thailänderin Mai Lingh befanden sich bereits in einem kleinen Besprechungsraum der Sportklinik, als Peter Heiland und Hanna Iglau dort eintrafen. Sofort nach der Begrüßung sagte der Arzt: „Es ist uns allen absolut schleierhaft, was mit der Krankenakte Sabri passiert sein könnte."

„Erzählen Sie doch mal, was mit dem armen Kerl hier geschehen ist." Peter zog einen Stuhl weit vom Tisch weg, setzte sich und streckte seine langen Beine aus.

„Wir haben den Magen ausgepumpt, haben ihn an den Tropf gehängt und mit den üblichen Medikamenten versorgt."

„Ist er genauer untersucht worden? Blutwerte, Leberwerte, Gewebeproben, Eiweißwerte et cetera?"

„Solche Untersuchungen sind Routine bei uns", meinte Schwester Ruth.

„Warum denn?" Peter Heiland sah Dr. Naumann fragend an.

Der Arzt war ein sportlicher, durchtrainierter Mann Anfang dreißig. „Sie kennen die Dopingproblematik. Wir haben sehr oft Spitzensportler hier. Und wenn wir sie behandeln, müssen wir wissen, was sie eingenommen haben. Keiner gibt das freiwillig zu. Deshalb besorgen wir uns das Wissen mithilfe unserer medizinischen Methoden."

„Schlau", sagte Peter. „Und wo sind nun die Werte von Joseph Sabri festgehalten, nur in der verschwundenen Akte?"

„Müssten eigentlich noch im Computer sein." Dr. Naumann ging zu einem schmalen Resopaltisch, auf dem ein PC stand. Das Programm war eingeschaltet, sodass er die Daten sofort abrufen konnte. „Das ist jetzt aber seltsam", sagte Naumann. „Die Daten sind gelöscht."

„Was?!" Peter sprang auf.

„Ich verstehe das nicht."

Peter Heiland ging zum Fenster und starrte in den Garten. Ohne sich umzusehen, sagte er: „Der Afrikaner Joseph Sabri ist nach einem Überfall in die Schultes-Klinik eingeliefert worden. Dort wurde offensichtlich heimlich das Beatmungsgerät abgeschaltet. Als der Alarm losging, war Sabri bereits hirntot, wie das wohl heißt. Seine Organe wurden ihm entnommen. Sein Herz wurde vierundzwanzig Stunden später einem Patienten eingesetzt."

„Zufällig waren die Werte dieses Patienten identisch mit denen Sabris", ergänzte Hanna.

„Sie wollen sagen, jetzt lebt jemand mit dem Herzen dieses Schwarzen?"

„Nein", antwortete Hanna Iglau, „er lebt auch nicht mehr, denn das Kühlgerät, in dem Sabris Herz auf die Implantation wartete, wurde ebenfalls manipuliert. Als Professor Schultes es einsetzen wollte, war es nur noch ein toter Fleischklumpen."

„Und der Patient?"

„Der Brustkorb war schon offen, das kranke Herz entnommen. Da war nichts mehr zu machen."

„Und wer war dieser Patient?"

„Reinhold Mende."

„Der Bankier?"

„Genau der." Peter starrte noch immer zum Fenster hinaus. Jetzt fiel sein Blick auf einen blauen Volvo-Kombi mit Reutlinger Nummer, der auf dem Klinikparkplatz im Schatten einer Platane geparkt war. „Hat Conny Menzinger hier im Hause zu tun?"

„Er steht mit Dr. Seifert in Verbindung", antwortete Schwester Ruth. „Seifert ist einer der führenden Sportmediziner. Sie wissen das vielleicht."

„Keine Ahnung", sagte Peter Heiland.

Naumann erklärte: „Menzinger hat eine Kette von Fitness-Studios. Seifert ist sein medizinischer Berater. Sie entwickeln gemeinsam Trainingsprogramme. Menzinger testet sie in seinen Studios. Er ist ein cleverer Geschäftsmann. Schwabe übrigens wie Sie ja auch, wenn ich das richtig heraushöre."

Hanna stand nun ebenfalls auf. „Wem gehört eigentlich die Sportklinik?"

„Die Mehrheit der Anteile hält Professor Medicus selbst."

„Ach, Medicus ist ein richtiger Familienname, kein Kunstbegriff?"

„Der Gründer hieß Bernhard Medicus. Sein Sohn ist jetzt der Chef hier."

„Und wem gehört der Rest Ihrer Klinik?", wollte Hanna wissen.

„Der Firma Medicort."

„Und in wessen Besitz ist die?"

„Darum habe ich mich nie gekümmert", sagte Naumann.

„Sie gehört Professor Schultes." Das war das erste Mal, dass Schwester Mai Lingh etwas sagte.

„Woher wissen Sie das?" Dr. Naumann starrte seine Mitarbeiterin perplex an.

„Von mein Freund."

„Und wer ist Ihr Freund?", fragte Peter Heiland.

Mai Lingh lächelte. „Sie kennen ihn. Sie haben grade nach ihm gefragt."

„Konrad Menzinger?"

Mai Lingh nickte und sah ziemlich glücklich aus dabei. „Wir haben uns hier kennen gelernt. Im Oktober ich ziehe zu ihm und sein Mutter. Sehr freundlich Frau. Kocht gute Maultaschen und backt Apfelkuchen."

„Die Welt ist klein", sagte Peter Heiland und kam sich blöd vor bei dem Allgemeinplatz.

Der Generalstaatsanwalt Dr. Julius Steinbeck war seit sieben Jahren verwitwet. Seine Frau war an einer heimtückischen Krankheit gestorben, in deren Verlauf die Muskeln des ganzen Körpers gelähmt wurden, bis zum Schluss auch die Atmung nicht mehr funktionierte. Auch alle Künste seines Freundes Schultes hatten bei Steinbecks Frau nichts bewirken können. Schultes konnte ihr freilich die letzten Lebensmonate erleichtern, sodass ihr Leiden erträglicher war, als es ohne seine Hilfe gewesen wäre.

Steinbeck und Schultes verband seit ihren gemeinsamen Studientagen in Freiburg und Berlin eine enge Freundschaft. Sie empfahlen sich gegenseitig Bücher und Theaterinszenierungen, besuchten Konzerte in der Philharmonie, und manchmal reisten sie auch miteinander. Schultes war ein Leben lang überzeugter Junggeselle geblieben. Sein Jugendfreund hatte ihn eine Zeit lang verdächtigt, schwul zu sein, aber diese Vermutung widerlegte der Mediziner schon bald sehr nachdrücklich durch seine häufig wechselnden Beziehungen zu Frauen, die zudem immer jünger wurden, je mehr Schultes in die Jahre kam.

Wie jeden Tag, so ging Steinbeck auch an diesem Abend in den „Capital Club" im „Hilton" am Gendarmenmarkt. Er gab den Code an der Tür im Erdgeschoss ein. Mit einem leisen Summen schwang sie auf. Steinbeck fuhr mit dem Aufzug bis ins Dachgeschoss. Hier hatten nur Mitglieder Zutritt. Als er den langen Raum betrat, von dem links und rechts kleinere Kabinette abgingen, waren nur wenige Besucher da. Frauen waren in der Minderheit. Den einen oder anderen der Männer kannte er, grüßte knapp und distanziert und signalisierte so deutlich, dass er nicht angesprochen zu werden wünschte. In einem ausladenden Ledersessel saß Professor Alexander Schultes. Steinbeck ließ sich auf einem Zweisitzersofa gegenüber nieder. Schultes senkte seine Zeitung.

„Einen Kognak", bestellte der Generalstaatsanwalt bei dem Kellner, der sofort herbeigeeilt war. „Und?", fragte der Jurist seinen alten Freund.

„Unser Verwaltungsdirektor hat alle Mitarbeiter befragt, die Zugang zum OP-Bereich haben. Aber niemand von denen war in der fraglichen Zeit auch nur in der Nähe des Explantats."

„Wer immer es war – wir müssen wissen, was sein Motiv war", sagte der Jurist.

„Es gibt Leute genug, die sich schon lange wünschen, dass mir mal eine wichtige Operation misslingt." Schultes faltete seine Zeitung zusammen und warf sie auf den Tisch. „Julius, es ist passiert. Und es ist meine Schuld! Ich hab schon überlegt, ob ich nicht alles hinschmeißen soll!"

„Jetzt hör aber auf! Wer macht nicht mal einen Fehler?"

Der Kellner brachte den Kognak, und Steinbeck trank ihn in einem Zug aus. „Bringen Sie mir noch einen bitte."

„Fehler dürfen passieren", sagte Schultes, „natürlich, aber doch nicht so einer! Und wenn ich mir vorstelle, dass wir nun über Tage und Wochen die Staatsanwaltschaft und die Polizei im Haus haben …! Kannst du denn nicht das Verfahren an dich ziehen?"

„Ich bitte dich. Das sieht doch gleich nach Protektion aus. Nee, nee, du, das müssen wir anders in den Griff bekommen. Allerdings …"

Schultes war sofort alarmiert. „Was allerdings?"

„Ich fürchte, du hast die Organe des Schwarzen tatsächlich vorschnell entnommen. Vor dem Gesetz sind alle gleich, Alexander."

Der Arzt winkte nur ab. „Grau, lieber Freund, ist alle Theorie. In Wirklichkeit wird doch ständig selektiert: Schule, Universität, Karriere. Ich tue nichts anderes. Du und ich und Mende natürlich, die Elite – wir haben mehr als andere das Recht auf Leben!"

Steinbeck schlug mit der Faust auf die Armlehne des Ledersofas. „Das ist mörderisch, was da in deinem Kopf vorgeht. Ich steh auf der anderen Seite, Alexander! Gleiches Recht für alle!"

Aber Schultes ließ sich nicht beirren. „Nimm an, du bist in meiner Situation. Du hast ein Organ, das zwei Menschen helfen kann. Der eine ist hochbegabt, fähig, unersetzlich. So wie du und Mende …"

„Nein, Alexander", fiel ihm Steinbeck ins Wort. „Um Gottes willen. Ich lasse das nicht zu."

„Warum denn nicht? Denk doch mal nach: Der andere ist ein Rauschgiftsüchtiger oder ein Penner oder ein Krimineller, einer, der unserer Gesellschaft nur zur Last fällt oder sie gar bewusst schädigt. Und nun kannst, nein *musst* du entscheiden, wer das Organ kriegen soll – würde dir die Entscheidung da nicht auch leichtfallen?"

„Ich würde hoffen, dass es eine exakte Warteliste gibt, und an die würde ich mich halten, Alexander!"

„Na gut. Essen wir etwas zusammen?"

„Ja, gerne."

Der Ober kam wieder. Steinbeck sagte zu ihm: „Bringen Sie den Kognak in Raum sieben. Wir essen dort."

„Sehr wohl, Herr Generalstaatsanwalt."

Dicht nebeneinander gingen die beiden Freunde durch den Raum. Schultes legte seine Hand auf Steinbecks Arm. „Du solltest auch wieder mal zur Untersuchung zu mir kommen."

Steinbeck klopfte mit den Fingerknöcheln auf seine Brust. „Mein fremdes Herz funktioniert wie ein Schweizer Uhrwerk."

„Trotzdem", sagte Schultes.

Frau Dr. Jana Brandeis hatte eine Sekretärin, die in nahezu allem das Gegenteil ihrer Chefin war. Martina Gomez, Tochter eines Kubaners und einer Berlinerin aus Friedrichshain, war 26 Jahre alt, zierlich und ging auf Schuhen mit zehn Zentimeter hohen Absätzen. Da sie sehr kurze Röcke trug, waren ihre wohlgeformten Beine nicht zu übersehen. Ihr braunes, ebenmäßiges Gesicht wurde von Hunderten schwarzer Löckchen umrahmt. Als Peter Heiland in ihr Büro trat, saß sie an ihrem Schreibtisch und studierte ein Schriftstück. Die Füße hatte sie auf den Rand ihres Papierkorbs gestellt. Auf diese Weise zeigte sie noch mehr als sonst, was für schöne lange Beine sie hatte.

Martina Gomez schaute Heiland aus ihren kohlschwarzen Augen an und fragte: „Haben Sie einen Termin bei Frau Dr. Brandeis?"

„Nein, aber den brauche ich nicht bei Gefahr im Verzug."

Die junge Frau nahm die Füße vom Papierkorb und drehte ihren Stuhl so, dass sie nun voll dem Besucher zugewandt war. „Was war das?"

„In Ihrer Abteilung muss ein wichtiger Brief verschlampt worden sein! Ein Brief vom Notariat Dr. Herbrechtinger."

„Bei uns?"

Die Tür zu Jana Brandeis' Büro ging auf. Die Staatsanwältin stand auf der Schwelle. „Was ist denn hier los?"

„Wir brauchen den Brief, den das Notariat Herbrechtinger am Mittwoch letzter Woche an Sie geschickt hat, für unsere Ermittlungen." Peter Heiland versuchte, den Satz so beiläufig wie möglich klingen zu lassen.

„Was für einen Brief?" Frau Brandeis schob ihren runden Körper vollends durch die Tür. Auf ihrer rechten Stirnseite trat jetzt eine Ader hervor, in der man das Blut pochen sah.

„Der des Mordes beschuldigte Axel Gmeiner hat nach eigenen Aussagen bei Notar Dr. Herbrechtinger die Beweise für seine Unschuld in einem Kuvert hinterlegt. Und dieses Kuvert ist am Mittwoch letzter Woche von einer Mitarbeiterin Herbrechtingers an Ihre Abteilung geschickt worden."

„Ist hier aber wohl nicht angekommen, oder wissen Sie etwas davon, Frau Gomez?"

„Nein", sagte die Sekretärin, „aber ich war Mittwoch und Donnerstag letzter Woche krank." Sie warf Peter Heiland einen Blick zu und fügte dann mit einem leisen Lächeln hinzu: „Die Post muss in diesen Tagen direkt auf Ihrem Tisch gelandet sein, Frau Doktor."

„Stimmt. Und wenn ein solches Kuvert dabei gewesen wäre, hätte ich es bestimmt nicht übersehen."

Peter Heiland spürte, wie die Wut in ihm hochstieg. Es kostete ihn Mühe, sich zu beherrschen. „Aber es hat diesen Brief gegeben", stieß er hervor. „Das leugnet niemand, weder Herr Dr. Herbrechtinger noch seine Mitarbeiterin Charlotte Stiefel."

„Ich bestreite ja gar nicht, dass dieser Brief existiert." Die Staatsanwältin rollte einen Meter weiter auf Peter Heiland zu. „Finden Sie ihn. Das ist schließlich Ihre Aufgabe, Herr Hauptkommissar!"

Am liebsten hätte Peter geantwortet: Wenn ich einen Durchsuchungsbefehl für Ihr Büro kriege, gerne. Aber stattdessen sagte er nur: „Ja, das werde ich tun."

„Und unterrichten Sie mich sofort, wenn Sie ihn gefunden haben, ja?!" Frau Dr. Brandeis machte auf dem Absatz kehrt und schob in ihr Büro zurück.

Martina Gomez und Peter Heiland sahen sich an. Als die Tür zum Büro der Staatsanwältin ins Schloss gefallen war, sagte die schöne Sekretärin: „Ich würde Ihnen ja gern helfen, aber ich sehe da keine Chance. Wichtige Akten und Schriftstücke bewahrt sie nicht hier auf, sonst würde ich mal nachschauen."

„Und wo hat sie das Zeug?"

„Bei sich zu Hause."

Die Tür flog noch einmal auf. „Ich mag es nicht, wenn Sie meine Sekretärin von der Arbeit abhalten, Herr Heiland. Ist das klar?!"

„Schon verstanden." Peter lächelte Frau Brandeis an, machte eine kleine Verbeugung und verließ das Zimmer.

Auf dem Weg zu seinem Fahrrad erreichte ihn ein Anruf Hannas. „Erika hat etwas Wichtiges herausgefunden. Kommst du in die Kriminaltechnik?"

„So schnell mich mein Drahtesel trägt!"

Erika Mack hielt eine DVD in der Hand, als Peter hereinkam. „Tut mir leid, hat doch ein bisschen länger gedauert."

„Wir haben uns hier nicht gelangweilt. Außerdem fehlt Wischnewski noch."

„Ist es so wichtig, dass wir ihn brauchen?"

„Allerdings", antwortete Erika Mack. „Einer von den Kollegen, die die Teilnehmer an dem Stiftungsfest befragt haben, hat das hier gebracht: eine Filmaufzeichnung von dem Fest."

Wischnewski kam herein. Offenbar war er bereits informiert. „Na, dann legt mal los!", rief er schon von der Tür her.

Erika Mack legte die Scheibe in einen DVD-Player und startete das Gerät. Der Filmausschnitt begann mit Reinhold Mende, der lächelnd auf das Podium stieg, Professor Schultes die Hand drückte und dann an das Mikrofon trat. Kurz erfasste die Kamera den Pianisten, der die Einleitung zu Schuberts „Forelle" spielte.

„Die zeichnen wohl jede Veranstaltung mit zwei stationären Kameras auf. Eine ist starr, eine schwenkt."

„Und warum interessiert uns das?", fragte Peter.

„Weil wir doch wissen wollen, warum Mendes Herz verrückt gespielt hat. Wenn du so einen Schrittmacher manipulieren willst, geht das mit einem ganz einfachen Gerät, das man sogar über Funk starten kann, einer so genannten Blackbox. Die könnte zum Beispiel in dem Mikro gesteckt haben, in das der Typ reingesungen hat. Das ist sogar ziemlich wahrscheinlich, weil der Abstand nicht mehr als dreißig bis vierzig Zentimeter betragen darf."

Erika widmete sich wieder dem Film und schaltete auf Zeitlupe.

„Und wenn der Impulsgeber in einer der Kameras gewesen wäre, die diese Szenen aufgenommen haben?", fragte Hanna.

„Zu weit weg!"

Peter beugte sich zu dem Bildschirm vor. „Dreißig, vierzig Zentimeter, sagst du?"

In diesem Augenblick kam Heike Mende ins Bild, die ihre Videokamera auf ihren Mann gerichtet hatte. Erika hielt das Bild an.

Wischnewski meldete sich. „Da! Der Abstand könnte stimmen."

Der Film lief weiter. Jetzt sah man, wie Mende schwankte, seinen Gesang unterbrach, nach Atem rang, noch einmal ansetzte und schließlich zusammenbrach. Hier endete der Streifen.

„Zeig noch mal“, sagte Peter zu Erika Mack. Sie ließ den Film erneut von Beginn an laufen. „Stopp!“, sagte Peter, als Heike Mende ins Bild kam. „Wer ist die Frau?“

„Heike Mende“, ließ sich Wischnewski hören.

„Seine Frau?“

„Ja, die beiden galten als das ideale Paar!“

„Die Videokamera ist ein ziemlich veraltetes Gerät.“

„Wie sein Herzschrittmacher“, ließ sich Hanna hören.

„Jedenfalls sollte man diese Kamera schnellstens untersuchen“, sagte Wischnewski, nickte Erika zu und ging hinaus.

„Ideales Paar“, blaffte Peter, als die Tür ins Schloss gefallen war. „Was heißt das schon? Vielleicht alles nur Fassade.“

„Was ist denn mit dir los?“ Hanna starrte ihn an.

Peter Heiland beantwortete die Frage nicht. Er sah Erika Mack an.

„Meinst du, der Impulsgeber war in der Videokamera?“

„Mende ist ja nicht daran gestorben, sondern weil das Herz, das ihm implantiert werden sollte, nicht mehr lebte“, warf Hanna Iglau ein.

„Aber in die Klinik ist er gekommen, weil sein Herzschrittmacher versagt hat, und der hat wahrscheinlich versagt, weil er von außen manipuliert worden ist“, sagte Erika.

„Und du meinst, das hat alles miteinander zu tun?“, fragte Peter Heiland.

„Könnte doch sein, oder?“

„Es könnte aber auch sein, dass jemand anders den Impulsgeber in die Videokamera praktiziert hat, ohne dass Frau Mende etwas davon ahnte“, gab Peter Heiland zu bedenken. „Jemand, der wusste, dass sie bei solchen Anlässen ihren Mann filmte.“

Heike Mende öffnete die Haustür. Sie trug ein elegantes schwarzes Kleid, dazu Strümpfe und hochhackige Pumps in der gleichen Farbe. Ihre blonden Haare hatte sie streng nach hinten gekämmt und in einem Knoten zusammengefasst. Das Gesicht war sorgfältig geschminkt. Die Lippen hatte sie in einem dezenten glänzenden Lila nachgezogen.

Hanna Iglau stellte sich vor und zeigte ihren Polizeiausweis.

„Ja?“ Heike Mende hob leicht die Augenbrauen.

„Mein Kollege Heiland und ich gehören zu der Mordkommission, die wegen des Todes Ihres Mannes ermittelt.“

„Herzliches Beileid“, sagte Peter.

Frau Mendes Blick streifte sein Gesicht. „Ich fürchte, dazu kann ich wenig beitragen.“ Sie wirkte sehr beherrscht.

„Sie haben bei dem Stiftungsfest einen Film gedreht.“

„Stimmt. Immer wenn mein Mann aufgetreten ist, hat er sich gewünscht, dass ich ein Video davon mache.“ Sie stand immer noch unter der Haustür und machte keine Anstalten, die beiden Kriminalbeamten hereinzubitten.

„Könnten Sie uns den Film und die Kamera überlassen?“, fragte Peter Heiland.

„Ich sehe zwar nicht, was das für einen Sinn haben sollte, aber bitte. Augenblick, ich hole sie rasch.“ Sie drückte die Tür zu und verschwand im Innern des Hauses.

Peter Heiland und Hanna Iglau tauschten Blicke.

Das Haus der Mendes in der Griegstraße im Grunewald war ein zweigeschossiger würfelförmiger Bau mit einem Flachdach im Stil der Bauhausarchitektur. Großflächige Fenster ohne Sprossen zogen sich über die ganze Breite der Villa. In der rechten Hausecke war ein Balkon ausgespart. Der Garten, der das Haus umgab, bestand nur aus kurz geschorenem Rasen und ein paar wenigen Zierbüschen. Vor der Garage stand ein italienischer Sportwagen mit offenem Verdeck.

Peter Heiland ging um das Haus herum. Auf der Rückseite erstreckte sich eine gut sechzig Quadratmeter große Terrasse in das Grün des Gartens hinaus. Dort standen zwei gepolsterte Stühle und ein Tisch aus wetterfestem Teakholz. Auf dem Tisch sah Heiland in einem Kühler eine Flasche Champagner und zwei halb volle Gläser. Peter versuchte, durch die geschlossenen Terrassentüren einen Blick ins Innere des Hauses zu werfen, konnte aber nur schemenhaft eine Sitzgruppe und ein Bücherregal erkennen. Heiland trat ein paar Schritte zurück und spähte zum ersten Stock hinauf. Dort stand ein Fenster offen. Er glaubte, leise Stimmen zu hören, die eines Mannes und die einer Frau, war sich aber nicht sicher. Vielleicht lief auch ein Fernsehapparat oder ein Radio.

Als Peter zur Haustür zurückkehrte, wurde sie gerade wieder von innen geöffnet. Frau Mende erschien mit einer Videokamera in der Hand. „Bitte“, sagte sie.

Peter zog Plastikhandschuhe an und nahm ihr die Kamera behutsam aus der Hand. „Haben Sie Besuch?“

„Warum fragen Sie?“

„Nur so.“

„Ein alter Freund meines Mannes ist gekommen, um zu kondolieren."

Hanna hielt Peter eine Plastiktüte hin, und er ließ die Videokamera hineinrutschen.

„Warum machen Sie das?", fragte Frau Mende sichtlich befremdet.

„Wegen der Fingerabdrücke", gab Hanna sachlich zurück.

„Ich habe das Gerät nicht aus der Hand gegeben."

„Na, umso besser", sagte Peter Heiland. „Auf Wiedersehen, Frau Mende."

Die Hausherrin schloss die Tür, ohne den Gruß zu erwidern.

„Die trauernde Witwe trinkt auf ihrer Terrasse Champagner mit ihrem Trauergast", sagte Peter, als sie auf die Straße hinaustraten.

„Na und?"

„Als ob es was zu feiern gäbe."

„Vielleicht ist das ihre Art, den Schmerz zu lindern." Hanna legte die Plastiktüte mit der Kamera auf den Rücksitz.

„Ich bleibe noch", sagte Peter Heiland. „Mich interessiert, wer der Kondolenzbesuch ist. Vielleicht fährst du schon mal in die Kriminaltechnik."

Die meisten Kriminalbeamten hassten Observationen, bei denen man oft stundenlang warten musste, ohne dass etwas passierte. Nicht so Peter Heiland. Er konnte das Gefühl für die Zeit ausschalten. Wie eine lauernde Katze vor einem Mauseloch stand er in einer geschützten Position und ließ das Haus der Mendes nicht aus den Augen. Und so wusste er auch nicht, wie viel Zeit vergangen war, als sich die Tür öffnete und Frau Mende ihren Gast hinausbegleitete. Sie sah sich kurz um, stellte sich dann auf die Zehenspitzen und küsste den Mann, der Peter Heiland den Rücken zukehrte, auf den Mund. Jetzt ging der Besucher rasch zu dem offenen Sportwagen. Peter Heiland erkannte Dr. Heuer, den Oberarzt aus der Klinik von Professor Schultes. Der Kommissar wartete, bis der Arzt davongefahren war, und ging dann zur nächsten Bushaltestelle.

Dr. Heuer habe für den Rest der Woche Urlaub genommen, sagte die Dame am Empfang der Schultes-Klinik, und auch Professor Schultes komme heute nicht mehr ins Haus. Peter Heiland bedankte sich und bat die Frau hinter dem Tresen, ihn beim Verwaltungsdirektor anzumelden.

Peter schätzte Jost Holtgrebe auf Mitte vierzig. Er trug einen taubengrauen Anzug, eine weiß gepunktete blaue Krawatte und ein Einstecktuch im gleichen Muster. Seine grau melierten Haare waren auf drei Zentimeter Länge geschnitten. Der Verwaltungsdirektor sah den Kommissar offen an.

„Wir sind mit unseren eigenen Ermittlungen leider nicht sehr weit gekommen." Holtgrebe wies auf den Stuhl vor seinem Schreibtisch. Er selbst nahm in einem bequemen Ledersessel dahinter Platz.

„Konnten Sie die Liste der ausgeschiedenen Mitarbeiter machen?"

„Ja, das war nicht schwierig. Die Fluktuation bei uns ist gering. Wir bieten erstklassige Arbeitsbedingungen und überdurchschnittliche Bezahlung und eine ganze Menge zusätzlicher Sozialleistungen." Holtgrebe schob ein Blatt Papier über den Tisch. „Das sind die Namen."

Peter überflog die Liste und sah plötzlich überrascht auf. „Heike Mende hat hier gearbeitet?"

„Frau Dr. Mende war bis vor drei Jahren unsere Kollegin, ja. – Warum?"

„Es ist der einzige Name, der mir bekannt vorkommt. Gibt es zu irgendeinem der anderen etwas Besonderes anzumerken?"

„Nein. Oder doch: Dr. Spranger – nur er ist im Unfrieden hier ausgeschieden. Er hat einen Arbeitsprozess geführt und natürlich verloren."

„Was ist daran natürlich?"

„Wir machen in der Regel keine Fehler." Holtgrebe zeigte ein überlegenes Lächeln.

„Sie sind Jurist?"

„Ja. Ich habe aber auch einen Abschluss in Betriebswirtschaft."

„Wissen Sie, was Dr. Spranger heute macht?"

„Nein. Und es interessiert mich auch nicht. Er hat eine unserer Krankenschwestern geheiratet ...", Holtgrebe tippte auf einen Namen in der Liste, „Maria Groß. Sie war so was wie die Miss Schultes-Klinik. Ich weiß nicht, ob die beiden überhaupt noch in Berlin wohnen."

SIE WOHNTEN NOCH in Berlin, wenn auch in Spandau, das sich ja noch nie so recht Berlin zugehörig gefühlt hat. Die Adresse des Ehepaars Spranger hatte Peter auf ganz konventionelle Weise im Telefonbuch gefunden. Direkt im Anschluss an seinen Besuch bei Holtgrebe war er nach Spandau gefahren. Dr. Spranger betrieb eine eigene Arztpraxis. Seine Frau war seine Assistentin. Die beiden wollten gerade in die Mittagspause gehen, als Peter die Tür aufstieß.

Spranger, ein zierlicher Mann mit feingliedrigen schmalen Händen und langen braunen Haaren, sagte freundlich, aber bestimmt: „Ich werde Ihnen keine Auskünfte über die Klinik von Professor Schultes geben. Das verbietet mir der Auflösungsvertrag über mein früheres Arbeitsverhältnis dort."

„Und wie ist es mit Ihnen?", fragte Peter Heiland die ehemalige Miss

Schultes-Klinik, eine etwas aufgedunsene blonde Frau Anfang dreißig, die seit ihrer Zeit im Krankenhaus ein paar Kilo zugenommen haben musste.

„Für mich gilt das Gleiche“, sagte sie. „Aber dass Schultes jedes Mittel recht ist, wenn es um seinen Vorteil geht, darf man ja wohl noch sagen.“

„Bitte, Maria!“, sagte ihr Mann mahnend.

„Vielleicht kann ich ja noch eine Frage stellen, die nichts mit Ihnen persönlich zu tun hat“, sagte Heiland. Sie standen immer noch im Eingangsbereich der Praxis.

„Kommt drauf an“, meinte der Arzt.

„Ich habe zufällig einen alten Bekannten in der Klinik getroffen. Conny Menzinger. Sagt Ihnen der Name etwas?“

Die beiden schauten sich an. „Der Bluthändler“, sagte Maria Spranger.

Peter sah sie aufmerksam an. „Was meinen Sie mit ‚Bluthändler‘?“

„Das ist vielleicht ein bisschen ungeschickt ausgedrückt“, warf ihr Mann ein. „Herr Menzinger handelt mit leistungsfördernden Substanzen. Ob das nun Anabolika sind oder andere leistungssteigernde Mittel, Erythrozytenkonzentrate zum Beispiel.“

„Und was ist das?“ Peter umging es, den Begriff zu wiederholen.

„Das sind Blutkonserven, die mit roten Blutkörperchen angereichert wurden. Dadurch erhält man einen höheren Hämoglobinanteil im Blut, und der wiederum ermöglicht es den Sportlern, größere Ausdauerleistungen zu erzielen.“

„Blutdoping also?“

„Sie haben ja sicher all die Berichte gelesen, die nach der Tour de France und anderen sportlichen Großereignissen durch die Presse gegangen sind.“

Peter nickte. „Wie funktioniert das eigentlich genau?“

„Meistens hat der Sportler den Anteil an Erythrozyten in seinem Blut durch ein ausgedehntes Höhentraining bereits angereichert.“ Dr. Spranger schien es zu genießen, sein Wissen weitervermitteln zu können. „Der Arzt nimmt ihm Blut ab und trennt in einer Zentrifuge die roten Blutkörperchen von den restlichen Blutanteilen. Die Blutkonserve wird mit einem Gerinnungshemmer versetzt, wir sagen auch Stabilisator dazu. Dann muss man sie gekühlt lagern. Kurz vor dem Wettkampf führt man dann dem Sportler die Blutkonserve per Infusion zu.“

„Und es muss immer das eigene Blut des Sportlers sein?“

„Nein, es kann durchaus von einem Spender kommen. Aber der muss dann dieselbe Blutgruppe und den identischen Rhesusfaktor haben. Für den Sportler wird das natürlich teurer.“

„Wahrscheinlich kostet das alles sowieso 'ne Menge Geld", vermutete Peter Heiland.

„Ja, manche Leute sind damit sehr reich geworden."

„Wer zum Beispiel?"

„Darüber reden wir nicht!", konterte die einstige Miss Schultes-Klinik schnell und bestimmt.

„Und was ist EPO?", fragte Peter. „Blutdoping und EPO werden immer in einem Atemzug genannt."

„EPO ist die Abkürzung für Erythroprotein. Dabei handelt es sich um ein körpereigenes Hormon, das in der Niere produziert wird und in den Stammzellen des Knochenmarks die Bildung roter Blutzellen anregt. Sie wissen schon, die Erythrozyten. Diese Blutzellen binden in der Lunge Sauerstoff und transportieren ihn zur Versorgung der Zellen in die verschiedenen Körperregionen, wie zum Beispiel die Muskulatur. Das Besondere ist allerdings …", Dr. Spranger machte eine Kunstpause und fuhr dann fort: „… dass EPO künstlich, also synthetisch hergestellt werden kann. Diese künstlich geschaffene Substanz kann die Sauerstoffaufnahmefähigkeit des Blutes genauso hochtreiben wie das angereicherte Eigen- oder Fremdblut. Auch EPO erhöht also die Leistung – bei Langläufern zum Beispiel oder bei Radrennfahrern – um fünf Prozent und mehr."

„So viel ist das doch eigentlich gar nicht", wandte Peter Heiland ein.

Spranger lachte. „Stellen Sie sich vor: ein Rudel etwa gleich starker Radprofis am Mont Ventoux. Wenn da einer um fünf oder sieben Prozent leistungsfähiger ist als die ganze Konkurrenz, dann lässt der die stehen und radelt als Sieger ins Ziel."

„Betreibt Menzinger das Geschäft noch immer?", fragte Peter Heiland.

„Wir haben keine Informationen aus der Klinik, seitdem wir dort weggegangen sind", antwortete Maria Spranger schmallippig. „Wir können Ihnen wirklich nicht helfen."

„Wer weiß? Vielleicht haben Sie das schon getan." Peter verließ die Praxis.

Etwa um die gleiche Zeit lenkte Julius Steinbeck seine große Limousine auf den Parkplatz eines kleinen Jachthafens am Wannsee, unweit des Verbindungshauses seiner Burschenschaft. Er stieg aus und schritt zielstrebig zu einem Segelboot, das, gemessen an den anderen hier vertäuten Schiffen, eher klein und bescheiden wirkte.

Schultes stand an der Reling des Bootes und telefonierte mit seinem

Mobiltelefon. Als er den Freund kommen sah, beendete er das Gespräch. Er war erstaunt, Steinbeck hier draußen zu sehen. „Na so was!“, rief er. „Wie oft habe ich dich eingeladen, und jetzt machst du es endlich mal wahr.“

Steinbeck wirkte ernst. „Ich muss mit dir reden, Alexander.“

„Du weißt, ich bin immer für dich da. Los, komm an Deck. Ich habe einen guten alten Kognak an Bord.“

Der Himmel war zwar bedeckt, aber es war warm und windstill. Das Boot dümpelte nur leicht am Steg. Alexander Schultes hatte zwei Liegestühle auf der Brücke zurechtgerückt und einen kleinen Tisch dazwischen aufgestellt. Jetzt füllte er zwei Kognakschwenker. „Nun, was hast du auf dem Herzen?“

Steinbeck sah den Mediziner unverwandt an. „Es wird behauptet, du hättest das Herz des Afrikaners nicht nur vorschnell entnommen …“

„Sondern?“

„Er hätte sterben müssen, nur damit du es entnehmen konntest.“

„Was für ein Schwachsinn! Wer setzt denn solche Ungeheuerlichkeiten in die Welt?“

„Die ermittelnden Polizeibeamten vermuten so etwas.“

„Das sind aber ganz üble Vermutungen. Ich werde dagegen vorgehen müssen.“

„Alexander, ich will es jetzt von dir wissen: Musste seinerzeit ein Mensch sterben, damit ich ein neues Herz bekommen konnte?“

Schultes wich dem Blick des Freundes aus. „Julius, wir sind so alte Freunde …“

„Gerade deshalb kann ich von dir verlangen, dass du mir die Wahrheit sagst!“, unterbrach Steinbeck den Professor.

„Wir Ärzte müssen immer wieder einmal über Leben und Tod entscheiden …“

Steinbeck ließ ihn wieder nicht ausreden. „Und? Was heißt das?“

„Du wärst gestorben, wenn wir nicht schnell gehandelt hätten. Und bei Mende stand ich vor der gleichen Situation. In beiden Fällen hatten wir das große Glück, dass wir ein Transplantat bekommen konnten, das genau passte. Aber die Idee, ich könnte jemanden für den guten Zweck getötet haben, kann doch nur einem kranken Hirn entsprungen sein! Ich habe schnell und entschlossen gehandelt, als es die Chance gab, dir, Mende und auch noch zwei oder drei anderen zu helfen, Julius! Und manchmal habe ich nicht auf die Zustimmung der Spender gewartet. Zugegeben. Aber wenn wir da allzu große Skrupel hätten, würden wir oft den Besten schaden, ohne dass ein anderer etwas davon hätte. Natürlich ist das eine schwere Bürde.

Glaub nicht, dass mir eine solche Entscheidung leichtfällt. Aber ich treffe sie bewusst. Nach bestem Wissen und Gewissen. Ich gehorche einem heiligen und ewigen Gesetz."

„Was denn für ein Gesetz?"

„Dass der Bessere, der Stärkere überleben muss. Und bei Reinhold Mende ging es ja zudem um einen guten Freund von uns beiden! Einen unersetzlichen Freund!"

Steinbeck trank den Kognak aus und goss sich selbst noch einmal nach. „Du hast mir immer noch nicht klar geantwortet. Dieser Joseph Sabri ist mit zwei gezielten Messerstichen verletzt worden. Unbekannte haben ihn in einem gestohlenen Lieferwagen in deine Klinik gebracht. Dort sah es zuerst so aus, als ob man ihn retten könnte, aber dann wurde seine Atmung manipuliert, sodass sein Hirn abgetötet wurde. Ihr habt seine Organe entnommen, und sein Herz sollte Reinhold Mende eingepflanzt werden ..."

„Wenn man es so darstellt, kann ein böswilliger Mensch natürlich einen Zusammenhang konstruieren. Aber jetzt sage ich dir, wie sich mir die Geschichte darstellt: In meine Klinik wird ein Schwerverletzter eingeliefert. Ich weiß nicht, woher er kommt, ich weiß nicht, wer ihn wie eingeliefert hat. Ich folge nur meiner ärztlichen Pflicht und versuche ihn zu retten. Das heißt, mein Oberarzt operiert ihn nach allen Regeln der chirurgischen Kunst. Die Operation ist gut verlaufen. Wir Ärzte haben nichts falsch gemacht. Dass dann zwei kriminelle Akte stattgefunden haben, geht wirklich nicht auf meine Kappe, Julius. Das musst du mir glauben. Es muss eine Erklärung für diese Vorgänge geben, und ich bin der Erste, der dich und deine Leute darin unterstützt, sie zu finden. – Du solltest übrigens ein bisschen weniger trinken, mein Lieber." Er nahm Steinbeck, der gerade zum dritten Mal einschenken wollte, die Flasche aus der Hand und stellte sie, unerreichbar für seinen Freund, hinter den eigenen Liegestuhl.

ALS PETER HEILAND im Landeskriminalamt ankam, ging er sofort in Erika Macks Labor. Hanna saß auf einem Drehstuhl und nippte an einer Kaffeetasse.

„Na, wie sieht's aus?", fragte Peter Heiland.

„Schuss in den Ofen!" Erika Mack schenkte auch für den Kollegen einen Kaffee ein. „Die Videokamera ist sauber. Da war nie eine Blackbox drin, mit der man den Herzschrittmacher hätte beeinflussen können."

„Und ich war so sicher."

„Wobei?"

„Dass Heike Mende hinter dem Anschlag auf ihren Mann steckt."

„Aber warum sollte sie das tun?", fragte Erika Mack. „Ich denke, die beiden waren so gut verheiratet."

„Denka isch Glücksach!" Peter Heiland fiel plötzlich in seinen schwäbischen Dialekt. „Ond dr Deufel isch a Eichhörnle."

Hanna und die Technikerin starrten ihn an und begannen dann gleichzeitig zu lachen.

FÜNF MINUTEN SPÄTER kehrten Peter Heiland und Hanna Iglau in ihr Büro zurück. Christine Reichert sagte mit leiser Stimme: „Drin wartet eine Frau auf euch. Sie heißt Anita Franke."

Zunächst konnten beide mit dem Namen nichts anfangen, aber dann fiel es Hanna wieder ein: „Die Freundin von Joseph Sabri. Das Mädchen vom Autoskooter."

Die junge Frau saß auf Peters Platz, hatte den Kopf weit in den Nacken gelegt und starrte an die Decke des engen Büros. „Hallo", sagte Hanna freundlich.

Anita richtete sich auf und wandte den beiden ihr Gesicht zu, dem man ansah, dass das Mädchen viel geweint hatte in den letzten Tagen. „Ich werde nicht damit fertig. Ich kann nicht mehr schlafen. Meine Gedanken gehen immer im Kreis herum. Warum? Warum? Warum?"

Peter lehnte sich gegen das Aktenregal. Hanna setzte sich an ihren Schreibtisch und sagte: „Ich kann Sie gut verstehen, Anita."

„So, meinen Sie?" Das klang nicht aggressiv, nur abgrundtief traurig. „Ich habe mich zum ersten Mal in meinem Leben verliebt. So richtig verliebt. Ich wollte Joseph nie mehr loslassen. Ich wollte immer bei ihm sein. Und jetzt hat man ihn mir weggerissen. Einfach weggerissen."

„Warum sind Sie gekommen?", fragte Peter.

„Josephs Bruder Togo ist jetzt bei uns. Er sagt, er hat zwei Männer gesehen. An dem Abend, als Joseph …", sie musste ein paarmal schlucken, bevor sie weiterredete, „… erstochen wurde. Und gestern hat er die Typen zufällig wiedergesehen."

„Er muss uns die Männer zeigen", sagte Hanna.

Anita schüttelte den Kopf. „Er hat Angst, dass er verhaftet und abgeschoben wird."

„Wir sind nicht von der Fremdenpolizei."

„Ja, das hab ich ihm auch gesagt. Trotzdem …"

„Wohnt er denn bei euch?", fragte Hanna.

„Und ihr verratet mich wirklich nicht?"

Peter Heiland hob drei Finger seiner rechten Hand zum Schwur. „Versprochen, Anita!"

„Er ist bei Otto. Also bei Herrn Kalaschek. Natürlich darf er nicht auf dem Skooter arbeiten, aber er schrubbt die Wagen und repariert sie auch. Togo ist fast so geschickt, wie Joseph …" Leise fügte sie hinzu: „… es war."

UND WIEDER war es Abend, als sie den Rummelplatz erreichten. Und wie beim letzten Mal begleitete sie auch an diesem Abend Manuel. Anita hatte Togo auf die Besucher vorbereitet. Togo konnte ein wenig Englisch und sprach sogar ein paar Wörter Deutsch. Er schien ein ausgesprochen aufgeweckter Junge zu sein. Sein Alter gab er mit 16 Jahren an.

Zu Manuel hatte er schnell Vertrauen gefasst. Er sprach nur mit ihm und schien weder Hanna noch Peter wahrzunehmen. Stockend berichtete er dem schwarzen Jongleur, er habe die beiden Männer am Tag des Überfalls auf Joseph im Bilbao beobachtet. Sie seien zum ersten Mal da gewesen. Das hätten auch seine Freunde gesagt. „Sie nur gesessen und Bier getrunken *and only looked around* …"

„Wonach haben die sich umgesehen?"

„Immer zu unser Tisch. Joseph und mich."

„Die hatten es von Anfang an auf seinen Bruder abgesehen", meinte Manuel.

Togo erzählte in seinem Kauderwelsch weiter. Als Joseph gegangen sei, hätten die Männer schnell bezahlt und das Lokal verlassen. Togo selbst hatte mit einem Libanesen noch eine Partie Tavli gespielt.

Und nun hatte er vor zwei Tagen die beiden Männer zufällig wiedergesehen. An einem Kiosk am Bahnhof Zoo. Sie standen mit ein paar anderen zusammen und tranken Bier aus Flaschen. Gestern war Togo dann noch einmal dort gewesen und hatte die Männer wieder gesehen. „Sie *always* trinken Bier."

„Wir gehen morgen Abend gemeinsam dorthin", sagte Peter Heiland. „Einverstanden?"

Togo nickte zögernd.

„Er hat Angst vor den Männern", erklärte Anita.

„Togo muss sie uns nur zeigen. Sie brauchen ihn nicht zu sehen", sagte Hanna und legte dabei ihre Hand leicht auf Togos Arm.

Der schwarze Junge lächelte sie an. „Danke", sagte er, aber es war nicht klar, ob er die Kommissarin verstanden hatte.

6

Peter Heiland war die Nacht über bei Hanna geblieben. Sie hatten nicht miteinander geschlafen. Hanna hatte sich nur in seine Arme gekuschelt und ihren Körper dicht an den seinen gedrängt. „Löffelchenliegen" nannte sie das, und es hatte ihn zu seinem eigenen Erstaunen nicht gestört, obwohl er oft am liebsten allein war, wenn er mitten in einem Fall steckte.

Sie frühstückten im Bett. Als Hanna in der Dusche verschwand, rief Peter Heiland im Hotel Interconti an, um zu fragen, ob Konrad Menzinger noch dort wohne. „Einen Herrn Menzinger haben wir nicht", sagte die Telefonistin, „tut mir leid." Peter stand auf, machte ein paar Lockerungsübungen und folgte Hanna unter die Dusche. Zu seiner eigenen Überraschung holten sie dort nach, was sie nachts im Bett versäumt hatten.

Als sie in Hannas Smart stiegen, sagte Peter Heiland: „Der Menzinger wohnt gar nicht im Interconti ..."

„Sollte er denn dort wohnen?"

„Er ist dorthin gefahren, als er mich mitgenommen hat ... aber klar, er kann da auch nur eine Verabredung gehabt haben."

„Vielleicht wohnt er bei seiner Freundin?"

„Schwester Mai Lingh. Du hast Recht." Peter grinste. „Wie bist du nur darauf gekommen?"

Er rief umgehend Christine Reichert an und bat sie herauszubekommen, wo die Thailänderin Mai Lingh wohnte. Hanna steuerte währenddessen ihren Smart direkt zum Haus von Heike Mende.

Die Dame des Hauses war nicht da. Eine ukrainische Putzfrau erklärte den beiden, dass Frau Mende erst am Abend wiederkomme.

„Und Sie wissen nicht, wo sie ist?", fragte Peter Heiland.

„Nein, sie sagt mir nie etwas." Das klang leicht beleidigt.

„Würde es Ihnen etwas ausmachen, wenn wir schnell hereinkommen und Frau Mende eine Nachricht hinterlassen?", fragte Hanna.

„Ich weiß nicht ..."

„Wir stellen bestimmt nichts an." Peter lächelte der Frau zu. „Wir sind von der Polizei." Er zeigte seinen Ausweis.

„Trotzdem ... ich glaube, sie nicht wird einverstanden sein. Man braucht Papier, oder ..."

„Was sind schon Papiere", sagte Peter. „Haben Sie zum Beispiel Aufenthaltspapiere? Und eine Arbeitserlaubnis?"

Hanna starrte ihn perplex an. „Das sind ja ganz schön linke Methoden", sagte sie leise.

Die Putzfrau hatte zu zittern begonnen. Hanna legte ihre Hand auf den Arm der Ukrainerin. „Das interessiert uns nicht. Und wenn Sie uns kurz reinlassen, verraten wir es Frau Mende bestimmt nicht."

Die Putzfrau trat zur Seite. Hanna und Peter gingen ins Haus.

„Würdest du gerne so wohnen?", fragte Peter seine Kollegin.

„In so einem Haus schon. Ich würde es nur anders einrichten."

„Aber hier war bestimmt ein erstklassiger Innenarchitekt am Werk."

„Eben drum!" Hanna war vor ein Regal getreten, in das etwa hundert sauber beschriftete Hüllen mit Videokassetten eingeordnet waren. „Da, schau mal: *Stiftungsfest 13. Juni 2007.*"

Hanna nahm die Hülle aus dem Regal und öffnete sie. „Leer, da ist keine Kassette drin."

„Warte mal, wie war das neulich? Wir klingeln. Sie öffnet uns. Wir wollen die Videokamera. Sie hat diese Kamera aber längst entsorgt, weil man entdecken könnte, dass da die Blackbox drin war."

Hanna verstand nur Bahnhof. „Ja und?"

„Vielleicht spinne ich ja. Aber könnte es nicht sein, dass sie eine andere Kamera hatte und dass sie uns dieses Gerät untergejubelt hat? Verstehst du, eine ganz andere Kamera als die, mit der sie bei dem Stiftungsfest gefilmt hat."

„Das wäre ziemlich clever."

„Die Frau ist clever!"

Die Putzfrau kam herein: „Sie noch lange bleiben?" Die Furcht, Probleme zu bekommen, war ihr anzusehen.

„Nein, wir gehen. Und niemand von uns muss darüber reden, dass wir hier waren", sagte Heiland freundlich, „wir nicht, aber Sie auch nicht!"

„Gut!" Die Ukrainerin atmete auf. „Ist nämlich gute Job hier. Anständig Geld. Wenig Kontrolle."

Mai Lingh verließ gerade das schmucke Mehrfamilienhaus in Zehlendorf, in dem sie wohnte, als Peter und Hanna ausstiegen. Verwundert schaute sie die beiden an. „Wollen Sie zu mir?"

„Eigentlich zu Conny Menzinger", antwortete Peter.

„Er ist gestern Abend nach Hause gefahren."

„Zu Maultaschen und Apfelkuchen", sagte Hanna.

Mai Lingh strahlte sie an. „Ja!"

„Und wann kommt er wieder?"

„Ich nicht wissen. Ich am Wochenende nach Reutlingen fahren."

„Danke", sagte Peter zu Mai Lingh, und als sie wieder ins Auto stiegen: „Wolltest du nicht auch mal mit mir nach Schwaben? Meinen Opa Henry besuchen?"

„Wir kriegen doch gar nicht frei."

„Vielleicht wird es ja so eine Art Dienstreise!" Peter quälte seinen langen Körper in Hannas Kleinwagen.

Hanna lachte. „Da ist ja wohl der Wunsch der Vater des Gedankens!"

ERIKA MACK saß über ein Mikroskop gebeugt an ihrem Arbeitstisch, als Peter Heiland und Hanna Iglau hereinkamen.

„Können wir uns die DVD von der Veranstaltung im Verbindungshaus noch einmal ansehen?", fragte Peter.

„Okay. Machen wir noch einmal ein bisschen Heimkino." Erika legte die Scheibe in den DVD-Player. Der Film lief an. Niemand sprach, bis Heike Mende ins Bild kam. „Stopp!", rief Peter. Erika schaltete auf Standbild. „Ist das die gleiche Kamera?"

Erika Mack schaute ihn verwundert an. „Ja sicher!"

„Kann man die herausvergrößern?"

„Kein Problem!" Die Kriminaltechnikerin ging zu dem Rechner, der mit dem DVD-Player verbunden war, übertrug das Bild auf die Festplatte des Computers und machte den entsprechenden Ausschnitt. Die Videokamera und Heike Mendes rechte Hand erschienen nun bildfüllend auf dem Monitor.

„Da", sagte Peter Heiland. „Das sind doch Initialen. *R. M.* Ganz kleine Buchstaben in Silber." Er nahm die Kamera, die sie von Frau Mende bekommen hatten, in die Hand. „Hier sind keine Zeichen drauf. Die hat uns tatsächlich eine andere Kamera untergejubelt. Genau wie ich gedacht habe, und diese da …", er klopfte mit der Kuppe seines Zeigefingers auf den Bildschirm, „…die hat sie wahrscheinlich längst entsorgt."

DER TAG verging mit Routinearbeiten. Bis in den späten Nachmittag regnete es. Peter, Hanna und ihre Kollegen der Sonderkommission, die inzwischen gebildet worden war und von Ron Wischnewski geleitet wurde, sichteten alle Hinweise, die eingegangen waren, verglichen noch einmal alle Ergebnisse der Spurensicherung und der kriminaltechnischen Untersuchungen. Die Vernehmungen wurden protokolliert und jeweils von einem

Kollegen gegengelesen. Und schließlich versammelten sich alle in einem fensterlosen Konferenzraum im fünften Stock. Jeder referierte über seine Arbeiten, und Wischnewski sagte am Ende: „Das habt ihr alles gut gemacht, aber wir sind keinen Schritt weiter."

Peter Heiland widersprach: „Wir haben immerhin einen ziemlich substanziellen Verdacht."

„Sie meinen Heike Mende?"

Hanna meldete sich: „Die Dame hat uns eine falsche Kamera untergejubelt. Sie hat möglicherweise ein Verhältnis mit Dr. Heuer, und sie hat früher als Ärztin in der Schultes-Klinik gearbeitet."

„Ja und?", bellte Wischnewski.

Peter ergriff wieder das Wort: „Frau Dr. Miriam Sell gibt an, eine Krankenschwester habe eine Frau in Zivilkleidern in der Nacht vor Mendes Tod im OP 7 gesehen, also genau in dem Operationssaal, wo Sabris Herz in einem Kühlapparat auf die Implantation, sagt man da wohl, also aufs Einpflanzen in Mendes Körper gewartet hat."

Wischnewski hatte sich unwillkürlich aufgerichtet. „Und in welchem Bericht steht das?"

Peter wurde rot. „Ich bin noch nicht dazu gekommen, das Protokoll darüber zu schreiben."

Wischnewski wurde laut: „Das ist verdammt noch mal eine Schlamperei. Wie soll man denn all die Fakten im Kopf behalten?"

„Tut mir leid", sagte Peter Heiland zerknirscht.

GEGEN FÜNF UHR am Nachmittag hatte es aufgehört zu regnen. Eine Stunde später verließen Hanna und Peter das Präsidium. Anita hatte versprochen, mit Togo zum Breitscheidplatz zu kommen. Der Treff sollte am Portal der Gedächtniskirche sein. Dort wollten sie überlegen, wie man sich am günstigsten an den Kiosk beim Bahnhof Zoo heranpirschen konnte.

Anita und ihr Schützling warteten schon. Manuel verdiente sich ein paar Euros nur wenige Schritte vom Portal entfernt, kam nun aber ebenfalls herüber und warf Togo nacheinander drei der bunten Bälle zu. Der Junge fing sie geschickt auf und retournierte sie im gleichen Rhythmus. „Ey", rief Manuel, „der Mann ist ein Naturtalent! Den mach ich zu meinem Schüler."

Anita verabschiedete sich. Die anderen vier gingen über die Budapester Straße. Vor den Schaufenstern eines Secondhandshops blieben sie stehen. Von hier aus konnte man den Kiosk zwischen Zoo, Bahnhof und Busbahnhof gut beobachten. Hier lungerten Menschen herum, denen der Tag nicht mehr zu bieten hatte als ab und zu eine Flasche Bier und die immer gleichen Gespräche mit den anderen, denen es genauso ging.

„Nun?", fragte Hanna.

Togo sagte: „Da! Mann mit Hose ..." Er deutete mit beiden Händen bei sich selbst Träger an, die über die Schulter gingen.

„Der Typ mit der Latzhose", sagte Manuel.

„Und der ihm Bier gibt!", rief Togo lebhaft.

„Okay, ich geh mal", sagte Peter, und zu Hanna: „Sagst du den Kollegen Bescheid?"

Dort, wo die Zufahrt zum Busbahnhof die erste Bucht erreichte, war ein Mannschaftswagen der Schutzpolizei geparkt. Hanna stand in Funkverbindung mit dem Gruppenleiter, der neben dem Fahrer saß.

Peter Heiland überquerte die Buszufahrt, ging zum Verkaufsfenster des Kiosks und ließ sich eine Flasche Bier geben. Er stellte sich neben den Mann mit der Latzhose. Der war kaum kleiner als Peter Heiland, aber er wog garantiert das Anderthalbfache, und das Gewicht kam von den Muskeln, nicht etwa vom Fett. Die blaue, leicht angeschmutzte Latzhose aus Jeansstoff trug er über dem nackten Körper. Auf beiden Oberarmen prangten Tattoos.

„Grüß Gott", sagte Peter Heiland.

„Tach", sagte der in der Latzhose. Sein Kumpel war gut einen Kopf kleiner, aber auch er wirkte wie die wandelnde Reklame eines Bodybuilding-Ladens. „'s Gott", sagte er.

„Landsmann?", fragte Heiland.

„Schwob halt!"

„Ich auch, aus Riedlingen."

„Ha, des isch jetzt a Zufall."

„Wat quatscht ihr denn da?", wollte der in der Latzhose wissen.

„Halt du dich raus, wenn Erwachsene schwätzet", sagte der andere. Er hatte ein hageres, ausgemergeltes Gesicht und lange blonde Haare.

Der Große lachte nur und schlug seine flache Hand gegen die Stirn des Schwaben.

„Ich heiß Peter", sagte Heiland.

„Ich auch, aber man sagt Pit zu mir", erwiderte sein Landsmann.

„Gregor", sagte der Riese.

„Ich geb einen aus!" Peter zog einen Zehneuroschein aus der Hosentasche.

Der Große wurde misstrauisch. „Einfach so?"

„Immer wenn ich einen Landsmann treff. Erst gestern. Da läuft mir doch ein alter Sportskamerad über den Weg. War mal ein ziemlich bekannter Sprinter …"

„Aha?" Pit war aufmerksam geworden. „Auch aus Riedlingen?"

„Ja sicher, aber jetzt wohnt er in Reutlingen oder Umgebung. Jedenfalls hat er ein Auto mit Reutlinger Nummer."

„Wie heißt der denn?", fragte Gregor.

„Warum willscht des denn wisse?", fragte Peter Heiland und spielte den Irritierten.

Pit kicherte. „Vielleicht kennen wir den auch. Sprinter hascht g'sagt?"

„Früher mal Zehnkämpfer, aber dann hat unser Trainer den Conny überredet, auf Kurzstrecken und Weitsprung umzustellen."

„Conny hascht g'sagt?"

„Conny, ja. Richtig hat er natürlich Konrad g'heißen. Konrad Menzinger."

„Ja jetzt verreck!", schrie Pit drauflos. „Kennt der doch tatsächlich den Conny!"

„Siehst du den Conny öfter?", fragte Peter Heiland.

„Das interessiert doch keinen", meldete sich der Riese wieder.

Für Peter Heiland war jetzt die Zeit gekommen, Manuel das Zeichen für seinen Einsatz zu geben. Der setzte sich sofort in Bewegung. Laut pfeifend kam er über das Kopfsteinpflaster und jonglierte dabei mit drei bunten Bällen. „Eine Cola!", rief er der Bedienung hinter dem Verkaufsfenster zu.

„Du saufsch dei Cola woanders!", herrschte Pit ihn an.

„Wieso denn?", fragte Peter Heiland. „Was hast du gegen den Mann?"

„Ein Nigger, der stinkt."

„Du riechsch au ned grad nach Veigala!"

„Werd bloß net frech!" Pit nahm eine drohende Haltung ein.

„Veigala?", fragte Gregor. „Was is das denn?"

„Veilchen, nehme ich an", sagte Manuel.

„Du hältsch die Gosch, Nigger!"

„Noch mal drei Bier", bestellte Peter Heiland, und zu Manuel sagte er: „Du gehst vielleicht besser 'ne Hausecke weiter."

„Ick denke ja nich dran. Die Typen kenn ick doch aussem Bilbao. Da hängen die manchmal rum. Dann reißen sie aber ihr Maul nicht so weit auf, weil wir Farbigen da in der Überzahl sind."

„Du ziehst jetzt Leine, Nigger, verstanden?!", sagte Gregor.

„Ich geh ja schon. Im Bilbao hat man mich auch schon vor euch gewarnt." Er sah Pit an. „Vor allem bei dir soll das Messer ziemlich locker sitzen."

„Lass es lieber net drauf ankomme", sagte Pit und zog ein Springmesser aus der Tasche. Er ließ die Klinge aus dem Heft springen und spuckte theatralisch auf den Boden.

„Sei so gut und tu des Messer weg!", sagte Peter.

„Manchmal hat er 'ne Vollmeise." Gregor packte Pits Arm, drehte ihn ohne größere Anstrengung nach hinten und nahm ihm das Messer aus der Hand. „Blödmann!" Der Riese steckte das Messer in die Brusttasche seiner Latzhose.

Manuel sagte zu Pit: „Hast du auch am Dienstag letzte Woche zugestochen, in Moabit? Im Strellerweg, fünfter Hinterhof, hä?"

Einen Augenblick sah es so aus, als hätte man einen Film angehalten. Dann beugte der Riese seinen schweren Oberkörper weit nach vorn und brachte sein Gesicht dicht vor das von Manuel. Gleichzeitig griff er mit seinen Pratzen nach dessen Hals. „Was quatschst du da?"

Peter Heiland gab Hanna ein Zeichen. Gleichzeitig sagte er zu Pit: „Du hast zweimal zugestochen. ‚Zweimal satt rein. So präzise muss auch Jack the Ripper zugestochen haben!', hat später der Arzt gesagt, der den Mann operiert hat."

Jetzt fuhren die beiden Männer zu Peter herum. Gregor hielt Manuel aber noch immer am Hals gepackt. Peter sah aus den Augenwinkeln, wie die uniformierten Beamten aus dem Mannschaftswagen sprangen und sich im Laufschritt näherten. Pit hatte inzwischen in Gregors Brusttasche gegriffen und sein Messer herausgezogen. Jetzt sprang die Klinge aus dem Schaft.

„Keine Bewegung oder ich schieße." Peter Heiland hatte nicht gewusst, dass Hannas Stimme so scharf klingen konnte.

„Da sind Bullen", stieß Gregor, der Riese, hervor. Die Uniformierten waren nur noch wenige Schritte entfernt.

„Wir sind alle Bullen", sagte Peter Heiland, „außer ihm." Dabei nickte er Manuel zu. Das Messer fiel klirrend aufs Pflaster. „Sehr gut!", sagte Peter. „Man muss wissen, wann man aufgeben muss."

Die beiden leisteten keinen Widerstand. Peter fügte der Vollständigkeit halber noch hinzu: „Wir nehmen Sie vorläufig fest wegen des Verdachts der schweren Körperverletzung und Entführung." Seine Stimme klang plötzlich müde, so als ob er eine riesige Anstrengung hinter sich gebracht hätte.

In der Sonderkommission löste Hannas Bericht über die Aktion am Bahnhof allgemeine Heiterkeit aus. Nur Wischnewskis Miene hatte sich verdüstert. „Ihr wisst genau, ich halte nichts von solchen Räuber-und-Gendarm-Spielen."

„Aber Peter und sein Freund haben die Typen dazu gebracht, sich zu verraten", gab einer der Beamten zu bedenken. Und ein anderer fügte hinzu: „Wenn der das Messer nicht gezogen hätte – was hätte man denn dann für einen Grund gehabt, die Typen festzunehmen."

„Trotzdem", knurrte der Kriminalrat. „Wenn ich wenigstens darum bitten darf, diese Festnahme nicht als Heldentat herumzuerzählen. Ich will das morgen nicht im *Tagesspiegel* oder in der *Berliner Zeitung* lesen."

Spät an diesem Abend klingelte das Telefon in Peter Heilands Wohnung. Er nahm den Hörer von der Konsole und ließ sich in seinen Sessel im Wohnzimmer sinken. Erst dann meldete er sich.

„Warum lässt du denn überhaupt nix von dir höre?"

„Opa Henry! – Ich hab doch erst letzten Sonntag angerufen."

„Ja. Des isch jetzt fünf Tag her!"

„Du hast ja Recht."

Niemand verstand Opa Henry besser als er. In seinen Kindertagen war Heinrich Heiland Vater und Mutter für ihn gewesen, nachdem seine Eltern bei einem Unfall ums Leben gekommen waren. Und jetzt lebte der alte Mann allein in seinem Häuschen und mit seinem Garten. Manchmal kamen Freunde zum Skatspielen, aber oft vergingen Wochen, ohne dass er sein Grundstück verließ, außer für die notwendigen Einkäufe. Dann aber konnte es passieren, dass er die dicke Lederjacke anzog, den Sturzhelm aufsetzte und seine fünfzig Jahre alte Zündapp-Seitenwagenmaschine aus dem Schuppen schob. Es kostete Henry Mühe, in den Sattel zu steigen. Aber wenn es dann losging, konnte er stundenlang über die Hochfläche der Schwäbischen Alb fahren. Auf gut ausgebauten Sträßchen, die sich in sanften Kurven durch Schafweiden, mit Steinen übersäte Äcker und Wacholderheiden schwangen. Am liebsten fuhr er das Lautertal hinunter vom Landgestüt Marbach bis nach Zwiefalten, immer den sprudelnden Bach entlang.

Jetzt erzählte er Peter, dass er am Mittwoch nach Sankt Johann gefahren sei. „Die Luft isch so klar g'wesen, dass man hat bis zu den Alpen sehen könne. Schad, dass du net dabei warsch! Wann kommsch denn amal wieder?"

„Wahrscheinlich schon bald", sagte Peter zu seiner eigenen Überraschung. „Vielleicht hab ich in Reutlingen zu tun."

„Aber dann bringsch a bissle Zeit mit!"

„Versprochen!"

Peter musste seinem Großvater dann noch erzählen, an was für einem Fall er gerade arbeitete. Als er berichtete, ein Mann habe sich als Mörder ausgegeben, obwohl er es wahrscheinlich gar nicht sei, nur um Aufmerksamkeit zu erregen, fiel ihm ein, dass er den Fall Gmeiner aus den Augen verloren hatte. Er beendete das Gespräch mit seinem Großvater und trug den Hörer in den Korridor. Danach schleppte er einen Wäscheständer mit Wäsche zum Trocknen auf den Balkon, der auf die Stargarder Straße hinausging.

Plötzlich hörte er einen Pfiff, den er nur zu gut kannte. Manuel saß in der „Bodega" auf der anderen Straßenseite. Eigentlich hatte Peter ja allein sein wollen, aber jetzt war er froh, dass ihn der schwarze Freund aus seiner Bude lockte.

Sie tranken eine Flasche Rioja zusammen. Weil Peter der Fall von Axel Gmeiner noch immer beschäftigte, erzählte er Manuel davon.

„Die Staatsanwältin sitzt also auf den Beweisen für die Unschuld, sagst du."

„Ich weiß es nicht. Ich habe ja keine Ahnung, was in dem Umschlag war."

Manuel kicherte: „Man müsste eine Hausdurchsuchung in ihrem Büro machen."

„Sie verwahrt solche Unterlagen nicht in ihrem Büro, sagt ihre Sekretärin, sondern bei sich zu Hause."

„Und wo ist das?"

„Manuel, hör auf!"

„Ich frage doch nur, wo die Alte wohnt."

„Erstens ist sie gar nicht so alt, und zweitens weiß ich nicht, wo sie wohnt."

„Aber wie sie heißt!"

„Manuel!"

„Sag schon!"

„Dr. Jana Brandeis."

„Lass uns über was anderes reden. José, bringst du mir mal das Telefonbuch? Und noch einen Halben von diesem Superrotwein."

Aus dem Schankraum rief der Wirt: „Kommt gleich!"

„Ich hab übrigens aus Versehen gar kein Geld mit", sagte Manuel.

„Weiß ich doch. Du hast doch nie Geld dabei!"

Am Samstagmorgen war Heike Mende zu Hause. Als Ron Wischnewski und Hanna Iglau über den Gartenweg zur Haustür gingen, fragte der Kriminalrat: „Sollen wir mal einen Trick probieren?"

„Ich weiß nicht. Was denn für einen Trick?"

Ihr Chef antwortete nicht, sondern drückte nur auf den Klingelknopf. Es dauerte ziemlich lange, bis Frau Mende unter der Tür erschien. Sie trug einen schwarzseidenen Kimono und Pelzpantöffelchen.

„Kriminalrat Wischnewski, Chef der achten Mordkommission." Er zeigte seinen Dienstausweis. „Meine Kollegin Hanna Iglau. Guten Tag!"

„Wir kennen uns", sagte Frau Mende zu Hanna. „Was wollen Sie diesmal?" Ungeniert gähnte die Hausherrin.

„Eigentlich wollten wir Dr. Heuer sprechen."

„Wen?" Die Wirkung auf Heike Mende war unverkennbar.

„Oberarzt Dr. Heuer. Er ist doch bei Ihnen, oder?"

„Wie kommen Sie denn auf so etwas?"

„Heute nicht?" So treuherzig hatte Hanna ihren Chef noch niemals dreinschauen sehen. „Na gut. Dann hätte ich nur noch eine Bitte: Sie haben neulich meinen Kollegen eine falsche Videokamera übergeben …"

„Was habe ich??"

„Bitte, regen Sie sich nicht auf. Das war bestimmt nur ein Versehen. Aber wir können leicht nachweisen, dass die Kamera, mit der Sie bei dem Stiftungsfest gefilmt haben, eine andere war. Schauen Sie mal." Er zog ein vergrößertes Foto aus der Innentasche seiner Jacke. „Sie wurden beim Filmen gefilmt. Und aus diesem Film, der Sie beim Filmen zeigt, haben wir diesen Ausschnitt herausvergrößert. Wenn Sie uns jetzt bitte die Kamera aushändigen würden, auf der diese Initialen sind." Auf dem Foto waren die Buchstaben *R. M.* rot umrandet.

„Wir hatten immer nur die eine Kamera, die jetzt Ihre Kollegen haben." Heike Mende fuhr mit den gespreizten Fingern beider Hände in ihr ungekämmtes Haar.

Plötzlich wurde die Stimme Wischnewskis hart. „Sie lügen, Frau Mende. Wo waren Sie in der Nacht zum Dienstag letzter Woche?"

Heike Mende blitzte den Kriminalrat aus ihren eisblauen Augen an. „Ich war hier. Professor Schultes hatte mir ein Beruhigungsmittel gegeben. Ich bin nach Hause gegangen und habe mich hingelegt. Ich muss dann sehr schnell eingeschlafen sein. Der Professor hatte mir ja die größten Sorgen um meinen Mann genommen."

„Sie waren später nicht noch mal in der Klinik?"

„Nein, natürlich nicht."

Warum blufft er jetzt nicht?, fragte sich Hanna. Er könnte doch einfach sagen: Sie sind gesehen worden. Stattdessen sagte der Kriminalrat: „Sie bestehen also darauf, immer nur die Videokamera besessen zu haben, die Sie meinen Kollegen übergeben haben?"

„Ja, natürlich. Im Übrigen habe ich keine Lust mehr, hier weiter herumzustehen und unsinnige Fragen zu beantworten."

Wischnewski lächelte. „Ich bin nicht sicher, ob ich Ihnen eine Hausdurchsuchung ersparen kann."

„Was?" Frau Mende schrie so laut, dass sich Hanna unwillkürlich umschaute.

Wischnewski verstärkte sein Raubtierlächeln. „Das tun wir alles nur, um den heimtückischen Mord an Ihrem Gatten aufzuklären. Sie sollten uns dabei Ihre Hilfe nicht verweigern. Guten Tag, Frau Mende."

Er wendete sich zum Gehen. Dicht nebeneinander schritten er und Hanna den Gartenweg hinunter zum Tor. Hinter ihnen wurde die Haustür so laut zugeschlagen, dass beide zusammenzuckten.

„Was fährt dieser Doktor für einen Wagen?", fragte der Kriminalrat.

„Heuer? Ich kenne mich da nicht so aus. Einen italienischen Sportwagen. Rot. Auf jeden Fall ein Cabrio."

Wischnewski ging zur Garage, rollte eine Mülltonne an die Längswand und stieg mit einiger Mühe hinauf. Hanna eilte hinzu, um das wacklige Abfallgefäß festzuhalten. Wischnewski schaute durch ein schmales Fenster dicht unter dem Dach der Garage. „Da steht die Karre. Der Kerl ist garantiert bei ihr."

PETER HEILAND fuhr an diesem Morgen direkt zur Vollzugsanstalt. Pit Reitzle und Gregor Paretzki waren bereits in die Verhörzelle gebracht worden. Ihre Arme waren in Handschellen auf den Rücken gefesselt. Zwei Vollzugsbeamte bewachten die beiden Verdächtigen.

Als Peter Heiland hereinkam, sagte Gregor: „Du bist ein ganz linker Vogel. Mein lieber Mann. Uns so reinzulegen!"

Peter war überrascht. Das klang, als wäre noch immer ein Rest Vertrautheit da, die beim gemeinsamen Biertrinken am Abend zuvor entstanden sein musste.

Prompt sagte er: „Tut mir leid. Aber jeder macht seinen Job."

„Wir sagen kein Wort ohne Anwalt!", meldete sich Pit.

„Sehr gut", gab Peter Heiland zurück. „Ich bin kein guter Verhörbeamter.

Aber wenn die Spezialisten kommen, die vernehmen euch einzeln, und zwar nach allen Regeln der Kunst. Und da hat man sich ruck, zuck in Widersprüche verwickelt."

„Okay", meinte Gregor. Er trug noch immer seine Latzhose auf der nackten Haut. „Kann man hier ungestört telefonieren?"

„Gehört zum Service!" Heiland schaute einen der Justizwachtmeister an, und der nickte. „Am besten ruft ihr gleich Conny Menzinger an."

„Gute Idee!", rief Pit und fing sich dafür unter dem Tisch einen Fußtritt seines Kumpels ein.

„Den kennen wir doch kaum", sagte Gregor. „Ich wenigstens. Ich bin ihm nur einmal begegnet, weil Pit ihn irgendwie kennt."

„War ja nur so eine Idee", meinte Peter Heiland. „Der Ordnung halber sage ich euch jetzt noch: Ihr werdet verdächtigt, am Dienstagabend letzter Woche Joseph Sabri gefolgt zu sein, als der die Bar Bilbao verließ. Zehn Minuten später sollt ihr ihn im Strellerweg, fünfter Hinterhof, gestellt und niedergestochen haben. Danach, so lautet der Verdacht, habt ihr ihn in einen Fiat-Transporter verladen und direkt zur Schultes-Klinik gefahren. Der Mann lebte noch, starb aber in der drauffolgenden Nacht durch Fremdeinwirkung, wie das bei uns im Amtsdeutsch heißt. Der Richter muss entscheiden, ob das, was man euch vorwirft, nur schwere Körperverletzung oder Körperverletzung mit Todesfolge ist. Das hängt natürlich auch von eurer Aussage ab. Ein Geständnis würde den Richter milde stimmen. Aber das müsst ihr alles selber entscheiden."

PETER HEILAND stoppte den Dienstwagen in einer Straßenbucht, die eigentlich als Bushaltestelle gedacht war. Er nahm sein Handy aus der Jackentasche, steckte es aber wieder ein, als er neben der Fahrplantafel eine Telefonsäule entdeckte. Peter stieg aus, wählte die Auskunft und bat um die Nummer von Konrad Menzinger in Reutlingen. Als die Frau am anderen Ende der Leitung fragte: „Soll ich Sie auch gleich verbinden?", sagte er: „Ja bitte."

Conny Menzinger meldete sich schon nach dem zweiten Klingelzeichen.

„Pit hier", nuschelte Peter in den Hörer.

„Mensch, wie oft soll ich dir noch sagen, ruf nicht auf meiner Festnetznummer an. Warum hab ich 'n Extrahandy nur für euch …?"

„Ich hab die Nummer nimmer", sagte Peter.

„Sag mal … Jetzt Moment mal. Mit wem sprech ich überhaupt?"

„Aber vielleicht hat sie der Gregor?"

Am anderen Ende wurde das Gespräch beendet. Peter Heiland stieg wieder ein und konnte gerade noch rechtzeitig wegfahren, bevor der Bus ihn aus der Haltebucht schob. Was für ein Glück, dass er nicht von seinem Handy aus telefoniert hatte. Es wäre Menzinger ein Leichtes gewesen, den Inhaber zu ermitteln. Immerhin hatte sich die Vermutung bestätigt. Menzinger arbeitete mit Pit und Gregor zusammen.

Die Wohnung von Jana Brandeis war leicht zu finden gewesen. Sie befand sich in einem langgezogenen zweigeschossigen Gebäude aus den Fünfzigerjahren des vorigen Jahrhunderts. Das Mehrfamilienhaus hatte auf der Straßenseite sechs Eingänge. Offenbar war das Dachgeschoss später als drittes Stockwerk ausgebaut worden. Große Dachflächenfenster wiesen darauf hin. Die Staatsanwältin musste unter dem Dach wohnen. Ihr Name stand am dritten Eingang ganz oben auf der Klingelleiste.

Manuel klingelte bei Frau Brandeis und wartete geduldig. Als keine Reaktion kam, drückte er aufs Geratewohl auf irgendeine andere Klingel. Als aus der Gegensprechanlage eine weibliche Stimme zu hören war und „Ja bitte?“ sagte, rief er: „Post für Frau Brandeis – ein Päckchen!“

„Für die nehm ich nichts an!“, kam die Frauenstimme aus dem Lautsprecher.

„Macht nichts. Ich leg's ihr vor die Tür!“

Der Summer ertönte. Die Haustür ließ sich aufdrücken. Manuel stieg leise vor sich hin pfeifend die Treppe hinauf. Ein Päckchen hatte er vorsorglich unter den Arm geklemmt. Er grüßte zu jeder Wohnungstür mit einer kleinen Verbeugung. Hinter einer davon presste bestimmt die Frau, die ihn hereingelassen hatte, ihr Auge gegen den Spion. Als er im dritten Stock die Tür mit der Aufschrift Dr. Brandeis gefunden hatte, legte er das Päckchen ab, in dem sich sein Einbruchswerkzeug befand, und stieg laut pfeifend wieder die Treppe hinunter. Unten öffnete er die Haustür und ließ sie hörbar zurück ins Schloss fallen. Dann schlich er nach oben zurück. Auf jedem Treppenabsatz kroch er in tiefer Hocke dicht an den Türen vorbei. Wieder ganz oben angekommen, setzte er sich zunächst auf die letzte Treppenstufe und beruhigte seinen Atem. Dann öffnete er das Päckchen und zog verschiedene Dietriche heraus. Aber mit so einfachen Instrumenten kam er der mehrfach gesicherten Wohnungstür der Staatsanwältin nicht bei.

Manuel fluchte leise und sah sich um. Direkt über dem obersten Treppenabsatz entdeckte er eine Falltür. Man hätte eine lange Stange mit einem Haken gebraucht, um sie herunterzuziehen. Aber wozu war er Artist? Er stieg auf das Treppengeländer, sprang hoch, und Daumen und Zeigefinger seiner rechten Hand krallten sich in den eisernen Ring. Einen Augenblick hing er so zappelnd unter der Decke, doch dann gab die Tür langsam nach. Zentimeter um Zentimeter senkte sich das eiserne Rechteck. Eine Leiter, die in die Falltür eingelassen war, kam zum Vorschein. Sie war mit zwei Eisenhaken arretiert. Manuel warf seinen Körper herum. Mit der linken Hand konnte er die Leiter aus ihren Halterungen herausdrücken. Manuel begann mit dem ganzen Körper zu pumpen. Er zog die Beine an bis unters Kinn und streckte sie dann ruckartig nach unten. Jedes Mal senkte sich die Falltür um ein paar Zentimeter.

Endlich hatte er wieder Boden unter den Füßen. Er zog die Leiter vollends herunter, befestigte sie aber nicht. Geschickt balancierte er nach oben, zog die Trittleiter nach und schloss die Falltür von innen. Er befand sich in einem etwa achtzig Zentimeter hohen Raum, der durch zwei schmale Dachlukenfenster Licht bekam. Überall stand Gerümpel herum.

Manuel stemmte eines der Dachfenster auf und zog sich hinauf. Er passte gerade so durch die Luke. Das Dach hatte eine moderate Neigung. Man konnte sich gut darauf bewegen. Schon wenige Augenblicke später hatte er eines der Dachflächenfenster erreicht, die zu Jana Brandeis' Wohnung gehörten. Es war ein wenig aufgestellt. Manuel zog Gummihandschuhe an. Der Spalt war breit genug, um hineinzufassen und die Arretierung zu lösen. Sekunden später landete Manuel auf dem weichen Teppichboden von Jana Brandeis' Schlafzimmer.

Gegenüber dem Schlafzimmer ging eine Tür in das Arbeitszimmer. Dort stand unter einem quadratischen Dachflächenfenster ein Schreibtisch aus Glas und Stahl. Außer einem Laptop sah Manuel darauf eine Uhr, einen bunten Becher, in dem verschiedene Stifte steckten, und einen Stapel Akten. Manuel setzte sich auf den Schreibtischstuhl aus schwarzem Leder und begann, den Stapel zu durchsuchen. Der Umschlag mit dem Absender RECHTSANWÄLTE UND NOTARE HERBRECHTINGER & PARTNER lag ziemlich weit oben. Manuel schob den DIN-A4-Umschlag unter sein Hemd und ordnete den restlichen Stapel wieder.

Er verließ die Wohnung der Staatsanwältin auf demselben Weg, den er gekommen war. Sorgfältig brachte er das Fenster, durch das er eingestiegen war, in seine ursprüngliche Lage. Als er das Treppenhaus erreicht hatte, schob er die Leiter in ihre Halterung und ließ die Falltür wieder nach oben schwingen. Starke Federn hievten sie in ihre Position zurück. Manuel zog seine Gummihandschuhe aus und eilte die Treppe hinunter.

7 Peter Heiland war nach seinem Telefonat mit Menzinger direkt zur Schultes-Klinik gefahren. Dort hatte er sich nach Frau Dr. Miriam Sell erkundigt. Nun saß er ihr im Café gegenüber. Sie trug eine weiße Leinenhose und ein T-Shirt in der gleichen Farbe, das ihr wie eine zweite Haut am Körper saß. Um ihren Hals hing ein Stethoskop.

„Der Fall hat sich so entwickelt, dass ich nun unbedingt die Zeugin sprechen muss, die in der Nacht die unbekannte Frau beobachtet hat.“

„Ich sagte Ihnen bereits …“

„Wir werden alle Mitarbeiter der Klinik befragen müssen“, unterbrach Peter Heiland. „Das kostet Zeit und Nerven und bringt eine Menge Unruhe in Ihr Haus. Reden Sie doch bitte noch mal mit der Schwester. Eine hat uns übrigens auf die Idee gebracht, den Herzschrittmacher von Reinhold Mende sicherzustellen und zu untersuchen: Schwester Inge.“

„Ach?“, entfuhr es Miriam Sell.

„War sie es, die die nächtliche Besucherin gesehen hat?“

„Nein!“

Dr. Heuer betrat das Café. Er kam an dem Tisch der beiden vorbei, legte seine Hand auf Miriam Sells rechte Schulter und sagte: „Die Polizisten werden langsam zur Last, was?“

Frau Dr. Sell lehnte sich kurz gegen ihren Kollegen. Einen Moment lang wirkten die beiden sehr vertraut auf Peter Heiland. Heuer schritt zu einem entfernten Tischchen und nahm dort Platz.

„Er hat was mit Frau Mende“, sagte Peter Heiland.

Miriam hob abrupt den Kopf und starrte ihn mit ihren goldgesprenkelten braunen Augen böse an. „Wie kommen Sie denn darauf? Das glaube ich nicht.“

„Wissen Sie, wenn man ermittelt, erfährt man immer auch eine Menge Dinge, die mit dem Fall gar nichts zu tun haben müssen.“

„Heuer und Heike.“ Miriam Sell lachte auf. Aber es klang nicht besonders fröhlich. „Heuer sagen Sie? Und Sie irren sich nicht?“

„Nein, warum?“, fragte Peter Heiland. Es war unübersehbar, dass Miriam Sell von der Nachricht hart getroffen worden war.

„Nur so. Heike hatte früher ein Verhältnis mit Schultes, bevor sie Mende heiratete. Von da an ließ sie sich nicht mehr in unserer Klinik sehen.“

„Hatten Sie denn auch mal eine Beziehung zu Dr. Heuer?“

„Sie werden immer unverschämter!“ Sie stand auf. „Bezahlen Sie?“

„Mit Vergnügen“, sagte Peter Heiland. „Ist Ihnen nicht wieder eingefallen, was die fremde Frau im OP 7 in der Nacht getragen hat?“

Miriam Sell ging ihm nicht auf den Leim. „Ich habe die Schwester noch mal befragt. Sie meint, die Frau habe schwarze Lederhosen und eine kurze Jeansjacke getragen. Außerdem sehr hochhackige Schuhe.“

„Frisur?“

„Die war … wohl unter einem Tuch versteckt … sagt die Schwester.“

Peter lächelte. Für ihn wurde es immer wahrscheinlicher, dass Miriam Sell die Beobachtungen selbst gemacht hatte.

PETER HEILAND fand Inge Schneider im Schwesternzimmer der Intensivstation. Sie saß allein an einem Tischchen, hatte eine Tasse Tee vor sich und las in einer Zeitung. „Darf ich stören?“

Schwester Inge schaute auf. „Ach, Sie sind's.“

Peter Heiland setzte sich.

„Wollen Sie eine Tasse Tee?“, fragte die Schwester.

„Danke, gern. Ich bedien mich selber.“

Peter nahm sich die Kanne, die auf einem Stövchen stand. Während er eingoss, fragte er: „Es hat wohl mehrere Fälle gegeben, in denen überraschend schnell ein Transplantat zur Verfügung stand, wenn es dringend gebraucht wurde?“

„Mhm …“

„Zufall?“

„Unser Chef hat eben Glück und gute Beziehungen.“

Peter musterte die junge Frau. Ob sie wohl ins Beuteschema des Professors passte? „Arbeiten Sie schon lange für Herrn Schultes?“

„Für Professor Schultes“, verbesserte sie. „Seit 1995, also zwölf Jahre. Damals war das noch eine Gemeinschaftspraxis von Ärzten aus verschiedenen Bereichen.“

„Da war Schultes noch nicht der Chef?“

„Nein, zuerst waren alle gleichberechtigt. Aber er ist dann schnell zum absoluten Boss aufgestiegen. ‚Wer zahlt, schafft an‘, hat er immer gesagt. Und schließlich war er's ja auch, der das Geld beigebracht hat. Er hat dann auch allein über die Investitionen entschieden. So entstanden immer neue Kosten. Die anderen Ärzte waren schon bald finanziell überfordert.“

„Schultes nicht?“

„Nein, der hatte offenbar überhaupt keine finanziellen Probleme. Er kaufte den anderen ihre Anteile nach und nach ab.“

„Er war also schon immer vermögend?“

„Das glaube ich nicht. Einmal war ein Studienfreund von ihm da, der hat gesagt, Schultes habe früher nur eine Hose auf dem Arsch gehabt – Entschuldigung, so hat er sich ausgedrückt.“

„Vielleicht hat er ja später geerbt.“

Inge schüttelte den Kopf. „Er ist sehr stolz darauf, dass er alles aus eigener Kraft geschafft hat. Ich war einmal dabei, als er gesagt hat: ‚Mit Medizin kann man auch heute noch das große Geld verdienen, kommt nur darauf an, mit welcher Medizin!‘“

Peter sah sie von der Seite an. „Mögen Sie ihn eigentlich?“

„Er ist ein guter Chef …“, sie nahm einen Schluck Tee und fuhr dann fort: „… solange man keine Fehler macht.“

„Seitdem wir beide uns das letzte Mal gesehen haben, quält mich eine Frage, Schwester Inge … Der Herzschrittmacher, den Sie im Abfall gefunden haben – war das wirklich der von Reinhold Mende?“

„Sie meinen, er könnte ausgetauscht worden sein?“

„Wäre doch möglich.“

„Aber warum?“

„Sie selbst haben gesagt, Professor Schultes hätte seinem guten Freund Mende bestimmt keinen Schrott in den Brustkorb gesetzt.“

„So hab ich es zwar nicht ausgedrückt, aber das habe ich gemeint.“

„Also lassen Sie uns einmal gemeinsam überlegen: Herr Mende war wann zu der letzten Untersuchung hier im Krankenhaus?“

„Vor circa sechs Wochen.“

„Und da ist auch der Herzschrittmacher ausgetauscht worden.“

„Ja.“

„Waren Sie dabei?“

„Ich habe Dr. Heuer assistiert, ja.“

„Heuer hat ihn behandelt?“

„Ausnahmsweise, ja. Herr Professor Schultes war auf einem Kongress in Tübingen.“

Peter sog die Luft durch die Zähne. „Dr. Heuer also?“

„Warum nicht? Alles, was Schultes kann, kann Heuer auch.“

„Ja, aber Heuer selbst hat zu mir gesagt, Schultes habe nie einen anderen Arzt an seinen Freund Mende herangelassen.“

„Stimmt, aber in diesem Fall war es anders. Schultes und Heuer arbeiten sehr eng zusammen.“

Peter trank seinen Tee aus. „Jetzt habe ich noch eine wichtige Frage:

Hatten Sie in der Nacht zwischen der Entnahme von Joseph Sabris Herz und der Operation von Reinhold Mende Dienst?“

„Ja.“

„In dieser Nacht wurde eine Frau im OP 7 gesehen ...“

Die Schwester richtete sich kerzengerade auf. „Wenn Sie meinen, ich ...“

Peter hob beschwichtigend beide Hände. „Nein, nein. Die Frau trug eine schwarze Lederhose, eine Jeansjacke und ein Tuch um den Kopf. Sie haben doch sicher Ihre Schwesterntracht an, wenn Sie im Dienst sind.“

„Ja. Ja natürlich.“

„Mir geht es darum, ob Sie etwas gesehen haben. Vielleicht ist Ihnen diese fremde Frau begegnet, muss ja nicht direkt beim OP 7 gewesen sein.“

Schwester Inge schüttelte den Kopf. „Wie soll denn die fremde Person hier hereingekommen sein? Nachts sind alle Türen abgeschlossen. Man könnte allenfalls über die Notaufnahme rein. Aber da wird ja jeder ganz genau kontrolliert und registriert.“

„Wie lange hat eigentlich Heike Mende hier gearbeitet?“, fragte Peter Heiland.

„Bis 2002. Zuerst noch als Heike Iversen, bis sie dann Mende geheiratet hat.“

„Glauben Sie, dass sie heute noch Zugang zur Klinik hat?“

„Wer hier ausscheidet, muss sofort alle Schlüssel abgeben. Da ist Professor Schultes sehr streng.“

„Auch wenn es sich um eine ehemalige Geliebte handelt?“

Inge Schneider setzte ihre Teetasse hart ab. „Woher wissen Sie das?“

„Von Frau Dr. Sell!“

„Na, die hat’s nötig!“ Auf Schwester Inges Wangen erschienen hektische rote Flecken. „Die hat ihn sich doch selber gekrallt.“ Aller Liebreiz war plötzlich aus ihrem Gesicht verschwunden.

„Miriam Sell?“ Peter Heiland konnte sich nicht erklären, warum ihn die Vorstellung ärgerte. „Sind Sie sicher?“

„Na, hören Sie mal! Es gibt genügend Leute in der Klinik, die das bestätigen können.“

Peter versuchte zu lächeln. „Hier scheint es ja ein lustiges Bäumchenwechsel-dich-Spiel gegeben zu haben.“

„Wieso?“

„Na ja, Frau Sell hatte etwas mit Schultes, Heike Mende auch, und jetzt ist die schöne Heike mit Heuer zusammen.“

„Das glaub ich nicht!“

„Ist aber so."

Schwester Inge schüttelte den Kopf. „Ob Schultes das weiß?"

„Würde er sich denn dafür interessieren?", fragte Peter Heiland.

„Ich denke schon. Mende war immerhin sein bester Freund. Wenn er mitgekriegt hätte, dass Heuer in die Ehe der Mendes eingebrochen ist …?"

„Ja?", fragte Peter begierig.

„Da hätte er ihn sofort rausgeschmissen. – Und ich habe immer gedacht, da liefe etwas zwischen Heuer und Frau Dr. Sell."

„Könnte ja sein. Vielleicht hat er ja mit beiden etwas: mit Miriam Sell und mit Heike Mende."

„Zuzutrauen wär's ihm! Noch einen Tee?" Schwester Inge schien die Unterhaltung zu genießen.

„Nein danke." Peter stand auf. „Irgendetwas müssen Sie doch im Sinn gehabt haben, Schwester Inge, als Sie mich fragten, ob wir den Herzschrittmacher sichergestellt hätten."

„Ich sagte doch: Ich habe Dr. Heuer assistiert, als er Reinhold Mende das letzte Mal behandelt hat. Professor Schultes hatte alles für diesen Tag noch selber vorbereitet. Ich habe seine Anweisungen, die Medikamente und den Schrittmacher bei Schwester Clara abgeholt und im OP bereitgelegt. Kurz vor dem Eingriff hat mich Heuer rausgeschickt. Er wollte andere Handschuhe. Als ich dann zurückkam, hatte er schon mit der Operation begonnen. Später hat er dann die Handschuhe gewechselt."

„Es ist Ihnen schon klar, was Sie damit andeuten?"

„Ich bin doch nicht verantwortlich dafür, welche Schlüsse Sie ziehen, Herr Kommissar."

„So wie es aussieht, sollten wir vielleicht Heike Mende und Dr. Heuer festnehmen", sagte Wischnewski ernst. „Er hat womöglich einen Herzschrittmacher bei Mende eingebaut, der von außen außer Kontrolle gebracht werden konnte, zum Beispiel mit einer Blackbox, die in Heike Mendes Videokamera montiert war. Beide sind Ärzte. Beide konnten sich ausrechnen, dass Mende diesen Anschlag nicht überleben würde."

„Es sei denn, er hätte rechtzeitig ein neues Herz bekommen", warf Peter Heiland ein.

„Ja, aber damit konnten sie nicht rechnen, dass der Spender quasi schon bereitstand", sagte Hanna. „Wenn stimmt, was wir denken, dann muss das für das Liebespaar ein richtiger Schock gewesen sein. Aber es gab ja den Weg, das Herz abzutöten!"

„Und ihr meint, ich kann mit all diesen Vermutungen und Spekulationen zum Generalstaatsanwalt gehen?“, brummte Wischnewski.

„Warum nicht? Das richtet sich ja alles erst einmal nicht gegen seinen Freund Schultes“, bemerkte Hanna.

„Ja.“ Wischnewski nickte. „Ich habe mich inzwischen erkundigt. Die beiden sind seit ihrer Jugend unzertrennlich.“

„Wir haben ja bis jetzt auch nur über den Fall Mende gesprochen. Es gibt immerhin auch noch einen Fall Sabri“, sagte Peter Heiland.

„Und den Fall Gmeiner!“

„Um den kümmere ich mich jetzt gleich“, ließ sich Peter Heiland hören. „Könnte sein, dass wir da ein Stück weiterkommen.“

Wischnewski musterte Heiland misstrauisch. „Aber keine krummen Touren, Schwabe. Sie kennen Frau Dr. Brandeis.“

NACH FEIERABEND fuhren Hanna und Peter in die Stargarder Straße. Dort wartete Manuel bereits in der Bodega auf die beiden. „Ich hab mir schon mal eine Tortilla und ein Fläschchen Wein auf eure Kosten genehmigt“, sagte er, als sie sich zu ihm setzten.

„Da kann ich nur hoffen, dass du was zu bieten hast.“

„Bingo!“, krähte Manuel und knallte einen kartonierten Umschlag auf den Tisch.

Hanna zog das Kuvert zu sich heran. „An die Staatsanwaltschaft Berlin. Absender: Rechtsanwälte und Notare Herbrechtinger & Partner. Wo hast du das her?“

„Weiß nicht genau. Bin förmlich drüber gestolpert.“

„Über diesen Umschlag??“

„Na ja, man muss natürlich mit offenen Augen durchs Leben gehen“, antwortete Manuel grinsend.

„Um richtig zu stolpern?“ Hanna lachte.

Der Schwarze grinste: „Ein wunderbar funktionierendes Paradoxon. Ich bestelle mir noch eine Tortilla.“

Peter seufzte: „Ich hab heute schon mehr Geld ausgegeben, als meiner Kasse guttut.“ Aber das hinderte Manuel nicht an dieser und den nächsten drei Bestellungen.

Peter hatte zwischendurch Axel Gmeiners Rechtsanwalt angerufen und vorgeschlagen, einen Haftprüfungstermin für seinen Mandanten zu beantragen. Begründung: eine ganz neue Beweislage. Danach bestellte er noch mal eine Flasche Wein und redete Hanna gut zu, beim Trinken nicht zurückzustehen. Sie müsse ja nicht mehr Auto fahren, wo doch sein geräumiges Bett gleich im Haus gegenüber stehe.

Die Nacht hatten sie eng aneinandergeschmiegt verbracht. Peter Heiland hatte tief geschlafen. Hanna Iglau hatte die meiste Zeit wach gelegen, weil sie ihre Gedanken nicht schlafen schicken konnte. Sie versuchte, sich über ihre Gefühle klar zu werden, aber es gelang ihr nicht. Zwar fühlte sie sich zu Peter hingezogen, aber liebte sie ihn? Und vor allem: Liebte er sie? Sie hatte Angst vor der Antwort, deshalb fragte sie nicht.

DER HAFTPRÜFUNGSTERMIN fand im Arbeitszimmer des Richters statt. Peter Heiland saß abrufbereit im Korridor auf einer Bank, für den Fall, dass der Richter ihn als Zeugen aufrufen würde.

Es seien neue Beweise aufgetaucht, sagte der Verteidiger.

„Na, da bin ich aber gespannt!“, schnappte Frau Dr. Brandeis.

„Mein Mandant hat sich zur Tatzeit nicht im Berliner Raum befunden.“

„Ach ja?“ Frau Brandeis fuhr zu dem Untersuchungshäftling herum. „Wo waren Sie denn?“

„In Köln.“

„Ja, das haben Sie früher schon behauptet. Bei einem Basketballspiel. Aber es gibt keinen einzigen Zeugen.“

„Aber es gibt Belege dafür“, sagte der Rechtsanwalt und schob ein Kuvert auf den Tisch.

Die Staatsanwältin starrte völlig konsterniert auf den DIN-A4-Umschlag. „Wo haben Sie den her?“

„Das ist nicht so wichtig. Entscheidend ist der Inhalt. Der Brief ist übrigens an Ihre Behörde adressiert, Frau Staatsanwältin, und laut Poststempel müsste er Ihnen bereits vor vierzehn Tagen zugegangen sein.“

Frau Dr. Brandeis schnappte nach Luft. Der Richter, der die ganze Zeit nur schläfrig zugehört hatte, richtete seinen Oberkörper plötzlich auf. „Wie erklären Sie uns das, Frau Kollegin?“

„Lassen Sie uns doch erst einmal prüfen, was da drin ist“, sagte die Staatsanwältin.

„Gute Idee!“ Der Richter zog das Kuvert zu sich heran und ließ den Inhalt auf den Tisch rutschen. Es handelte sich um eine Bahnfahrkarte von Berlin nach Köln und zurück, um eine Eintrittskarte für das Basketballspiel und um einige Zeitungsausschnitte mit Fotos. Auf den Bildern waren jeweils kleine Personengruppen rot umrandet. Und jedes Mal war in deren Mitte Axel Gmeiner zu erkennen.

Der Richter sah den jungen Mann streng an. „Ihre Erklärung dazu."

„Ich … ich hab … Na ja, ich wollte …", stotterte Gmeiner.

„Nu reden Sie mal so, dass man Sie versteht!"

„Ich wollte auch mal eine Rolle spielen. Wie ich die Leiche gefunden habe, das war am Tag nach meiner Rückkehr aus Köln, da fiel mir wieder ein, was ich alles in der Zeitung über den Fall gelesen hatte. Und dann bin ich zur Polizei gegangen …"

Frau Dr. Brandeis fuhr dazwischen: „Und da haben Sie ein Geständnis abgelegt, Leila Mehlhorn getötet zu haben."

„Ja, aber ich war doch gar nicht in Berlin, als sie umgebracht wurde."

„Behaupten Sie!", zischte die Staatsanwältin.

„Die Beweise hier scheinen das immerhin nahezulegen", sagte der Richter. Er stand auf und ging zur Tür. „Herr Hauptkommissar Heiland, kommen Sie bitte mal?"

Peter Heiland trat ein, grüßte freundlich und sah den Richter fragend an.

„Sie sollten bitte ermitteln, ob Herr Gmeiner zur Tatzeit im Fall Leila Mehlhorn in Berlin war oder sich, wie er nunmehr beweisen will, in Köln aufgehalten hat."

„Das will er beweisen?", fragte Peter Heiland scheinheilig. „Ja wie denn? Wenn er das könnte, hätte er es doch längst tun können."

„Haben Sie nicht frech behauptet, die Beweise seien in meinem Büro verschwunden?", rief Frau Dr. Brandeis dazwischen.

„Nein, ich habe lediglich nach einem Umschlag gesucht, von dem der Angeklagte behauptet hat, er habe ihn im Notariat Herbrechtinger abgegeben. Dort konnte man sich auch an seinen Besuch erinnern, aber erst jetzt konnte ich ermitteln, dass eine unerfahrene Sekretärin den Umschlag … äh … nicht ganz sachgerecht expediert hat. Ist die Sendung denn überraschend doch noch aufgetaucht?"

„Sieht so aus", sagte der Richter.

„Ich kann Ihnen nicht sagen, auf welchen Wegen, aber irgendwie hat er meine Kanzlei erreicht", fügte der Verteidiger hinzu.

Frau Dr. Brandeis fixierte Peter Heiland mit einem bösen Blick. „Und Sie haben damit gar nichts zu tun?"

Peter hielt dem Blick ohne Probleme stand. „Da hätte ich doch zuallererst Ihnen berichten müssen, Frau Staatsanwältin."

Der Richter ergriff wieder das Wort: „Also, Sie prüfen die Sachlage, Herr Hauptkommissar. Wir setzen für nächste Woche einen neuen Termin an. Aber lassen Sie mich immerhin noch sagen: Sie, Herr Gmeiner, werden dafür belangt werden, dass Sie die Polizei und die Staatsanwaltschaft an der Nase herumgeführt haben. Und Sie, verehrte Frau Staatsanwältin, und Sie, Herr Hauptkommissar, stehen im Fall Leila Mehlhorn ohne Täter da."

„Ich brauche da keine Belehrung", schnappte Frau Dr. Brandeis.

„Es war auch nur eine Feststellung, werte Frau Kollegin. Die Sitzung ist beendet. Der Untersuchungsgefangene Gmeiner ist abzuführen." Der Richter erhob sich.

Jana Brandeis funkelte den Kriminalhauptkommissar Peter Heiland böse an. „Das werden Sie mir büßen", fauchte sie, als sie ihren schweren Körper an ihm vorbei durch die Tür schob. Peter lächelte nur auf sie hinab.

PETER HEILAND erreichte in bester Laune das Büro. Er freute sich darauf, Wischnewski zu erzählen, wie sich Frau Dr. Brandeis beim Untersuchungsrichter blamiert hatte. Aber als er die Miene seines Chefs sah, verschob er den Bericht und fragte stattdessen: „Ist was passiert?"

„Im Wald dicht beim Schlachtensee wurde eine weibliche Leiche entdeckt. Eine junge Frau wurde offensichtlich auf die gleiche Weise ermordet wie Leila Mehlhorn. Frau Iglau ist vor Ort."

HANNA versuchte, das Alter der nackten Frau zu schätzen. Ihr Körper war jung, sehr jung. Das aufgequollene Gesicht konnte kaum Aufschlüsse geben. Um den Hals zog sich ein blaurotes Band. Der Mörder hatte sein Opfer stranguliert, und zwar auf die gleiche Weise, wie auch Leila Mehlhorn erwürgt worden war. Papiere oder irgendwelche Hinweise auf die Identität waren bei dem Mordopfer nicht gefunden worden. Eine ungeheure Wut stieg in der Polizeibeamtin auf. In diesem Augenblick trat Peter Heiland hinter sie. Hanna spürte ihn mehr, als sie ihn wahrnahm. Mit einem Seufzer lehnte sie sich gegen ihn. „Wenn uns dieser Gmeiner nicht in die Irre geführt hätte, wäre das hier vielleicht nicht passiert."

„Wir wissen es nicht", sagte Peter, „aber es ist möglich."

„Der Gerichtsmediziner sagt, sie sei noch keine zwei Stunden tot. Ein junges Mädchen hat die Leiche gefunden." Sie nickte zu einer kleinen Gruppe hinüber, die sich um die Zeugin bemühte: eine Polizeipsychologin, die Peter kannte, ein Arzt und eine ältere Polizistin.

„Schrecklich!" Peter Heiland löste sich behutsam von Hanna und ging zum See hinunter. Die Fundstelle der Leiche war weiträumig abgesperrt, sodass Spaziergänger und Jogger einen größeren Bogen schlagen mussten.

Peter Heilands Blick ging auf den See hinaus. Hohe Laubbäume säumten das Ufer und spiegelten sich in der hellblauen Fläche, auf der die Sonne blinkende Lichtreflexe tanzen ließ. In der Mitte des Sees zogen Schwimmer ihre Bahn. Vereinzelte Badeboote schaukelten ruhig im milden Sonnenlicht. Konnte man sich ein friedlicheres Bild vorstellen?

Peter wandte sich wieder dem Fundort der Leiche zu. Er lag etwa vier Meter jenseits des Rundweges am Fuß einer Böschung, die steil nach oben führte. Laub- und Nadelbäume standen dort in einer lichten Anordnung und zogen sich bis zu einer Kante hinauf, hinter der sich das Gelände flach ausbreitete. Peter war schon ein paarmal mit dem Fahrrad hier gewesen und wusste, dass ein schöner Weg von dort oben durch den Kiefernwald bis zum Paulsborner Jagdschloss am Grunewaldsee führte.

Ein Mann lehnte dicht unter der Kante an einem Baum und schaute unverwandt auf das Geschehen herab. Die anderen Schaulustigen hatten sich viel näher an den Tatort herangepirscht. Und dennoch schien dieser einsame Mensch interessierter zu sein als alle anderen. Zumindest kam es Peter Heiland so vor, der plötzlich die Idee hatte, dieser einsame Beobachter müsse etwas mit dem Unglück der jungen Frau zu tun haben.

„Ich bin gleich zurück“, sagte Heiland leise zu Hanna. Er schritt den Uferweg hinab, als ob er in Ruhe über etwas nachdenken wollte, und als er sicher war, dass ihn der Mann über der hohen Böschung nicht mehr sehen konnte, arbeitete er sich den steilen Anstieg hinauf.

Als er die Anhöhe erreichte, drehte er sich um. Von hier aus konnte er zwischen den locker stehenden Bäumen hindurch sehen, wie die Leiche der jungen Frau in einen Blechsarg gehoben wurde. Er wandte sich nach rechts. Der Mann, der bisher bewegungslos neben einer dürren Kiefer gestanden hatte, stieß sich von dem Baumstamm ab und machte einen Schritt nach vorn. Er beugte sich weit vor wie jemand, der sich kein Detail entgehen lassen will. Peter beschleunigte seine Schritte und versuchte, keinen Lärm zu machen. Aus den Augenwinkeln sah er, wie unten der Sarg geschlossen wurde. Sein nächster Blick galt wieder dem einsamen Mann. Der entspannte sich in diesem Moment, löste seine Hände, die er wie im Gebet ineinander verschlungen hatte, und schlug sie vor die Augen. Peter Heiland war nur noch wenige Schritte von ihm entfernt. Der Kommissar zog seine Waffe aus dem Halfter unter der linken Achsel. Der Mann nahm die Hände vom Gesicht und atmete tief durch.

„Nehmen Sie bitte die Hände hoch“, sagte Peter Heiland ruhig.

Der Mann drehte sich um und starrte ihn an, als ob er ganz woanders wäre. „Was sagen Sie?“

„Hände hoch!“ Peter Heiland trat dicht vor ihn hin und schob den Lauf seiner Dienstpistole gegen die Brust des Mannes. Der hob zögernd die Arme. Während der Kommissar mit der rechten Hand weiter die Waffe auf den Mann gerichtet hielt, durchsuchte er ihn blitzschnell mit der linken. Sein Gegenüber trug einen graugrünen Parka mit großen aufgesetzten Taschen. Aus einer von ihnen zog Peter Heiland ein etwa fünfzig Zentimeter langes Seil hervor. Ein kurzer Blick genügte, um zu sehen, dass sich Blutspuren und Hautabrieb darauf befanden. „Damit haben Sie die arme Frau erdrosselt“, sagte Peter Heiland.

„Wie? Was?“

Peter löste die Handschellen von seinem Gürtel. „Drehen Sie sich um!“

„Es musste sein“, sagte der Mann und wandte Peter Heiland gehorsam den Rücken zu. Die Handschellen klickten.

„Sie konnten sich von Ihrer Tat nicht trennen. Sie mussten sehen, was mit der Frau geschah.“

„Man hat sie sehr schnell gefunden“, sagte der Mann.

Peter griff von hinten in die Brusttasche seines Gefangenen und zog eine schmale lederne Brieftasche heraus. Der Personalausweis flatterte auf den Boden. Peter ging in die Hocke. Der Mann machte einen Schritt.

„Wenn Sie wegrennen, erschieße ich Sie“, sagte Peter Heiland und wunderte sich selbst über die Kälte in seiner Stimme. Der Mann blieb stehen. „Holger Schneeberger, geboren 1988 in Mannheim. Sind Sie das?“

„Ja.“

„Vorwärts!“, kommandierte der Kommissar und stieß den Mann vor sich her die Böschung hinab. Ein paarmal stolperten sie beide im Gestrüpp. Schneeberger, dessen Hände auf dem Rücken gefesselt waren, konnte nicht wie Peter an den Baumstämmen Halt suchen und stürzte deshalb mehrmals zu Boden. Peter zog ihn jedes Mal am Kragen des Parkas wieder hoch. „Weiter! Los! Bringen wir's hinter uns!“

Als sie den Rundweg erreichten, fragte Hanna: „Wen bringst du denn da?“

„Den Mörder“, sagte Peter Heiland, und es wäre ihm nicht in den Sinn gekommen zu sagen, den vermeintlichen Mörder.

PETER HEILAND war es peinlich, dass er nach der spektakulären Festnahme des geständigen Frauenmörders Holger Schneeberger im Präsidium als Held gefeiert wurde. Und so empfand er es sogar als wohltuend, als Ron Wischnewski sagte: „Bilden Sie sich bloß nichts drauf ein. Wir nennen so etwas Dummenglück.“

Hanna widersprach: „Es war ein Erfolg der Intuition!"

„Zwei Wörter für das Gleiche", brummte der Kriminalrat. „Zufall eben! Ein verdammt glücklicher Zufall."

Peter lächelte. „‚Zwischen Zufall und Notwendigkeit gibt es ein Wechselspiel. Der Zufall ist die Form, in der sich das Notwendige durchsetzt.'"

„Hä?", machte Wischnewski.

„Zum ersten Mal verstehe ich diesen Satz von Hegel."

„Na ja, ist ja auch ein Landsmann von Ihnen."

„Jetzt gönnen Sie ihm halt den Erfolg!", rief Hanna.

„Ich möchte einen Vorschlag machen", sagte Peter Heiland. „Eine wichtige Spur im Fall Sabri und Mende führt nach Reutlingen. Wir wissen, dass es zwischen den Männern, die den Afrikaner niedergestochen haben, und Konrad Menzinger eine Verbindung gibt. Und genauso gibt es eine Verbindung zwischen Menzinger und den Kliniken von Professor Schultes …"

„Ich verstehe schon, Sie wollen wieder einmal nach Hause, um dort zu ermitteln."

„Nicht weil ich das will, sondern weil es notwendig ist, möchte ich gern dorthin. Und es hätte den wunderbaren Vorteil, dass ich hier nicht greifbar bin – nicht für die Chefs, die mich feiern wollen, nicht für die Presse, die mich ganz sicher löchern würde, und nicht für irgendwelche Neider, die mir den Erfolg nicht gönnen."

„Wenn Sie mich zu den Letzteren zählen …", blaffte Wischnewski.

„Überhaupt nicht. Es ist doch sowieso der Erfolg der achten Mordkommission, und ich bin Ihnen sehr dankbar, wenn Sie morgen mit der Presse reden. Ich sitze dann hoffentlich schon im Zug nach Stuttgart. Und wenn Sie mir einen Wunsch erfüllen würden, Herr Wischnewski …"

„Ja?"

„Dann geben Sie mir Hanna Iglau zur Unterstützung mit!"

„Unterstützung nennt man das jetzt?" Wischnewskis bulliges Gesicht verfinsterte sich. „Abgelehnt!"

8

Hanna Iglau saß schlecht gelaunt an ihrem Schreibtisch. Man konnte es Wischnewski nicht übel nehmen, dass er ihrer Reise nach Württemberg nicht zugestimmt hatte. Sie wurde hier gebraucht, und Peter Heiland würde in seiner Heimat genügend Kollegen finden, die ihn unterstützten. Aber sie hatte sich das so schön vorgestellt. Endlich hätte ihr Peter die Landschaft zeigen können, von der er so schwärmte, nach der er

Heimweh hatte – auch wenn er es nicht gern zugab – und die ihr so fremd war. Dort unten in Schwaben, weitab vom Landeskriminalamt der Hauptstadt, hätten sie zwischen der Arbeit schon Zeit und Muße gefunden, ein wenig Urlaub zu machen. Zumindest hatte sich Hanna das so vorgestellt.

Stattdessen saß sie nun in ihrem engen Büro an einer Übersicht über alle bisherigen Ermittlungen im Fall Sabri/Mende. Wischnewski schätzte ihre Fähigkeiten, alles aufs Wesentliche zusammenzufassen. Das wusste sie. Auf ihrer Schreibtischplatte türmten sich die Berichte bis zur halben Höhe des Bildschirms. Niemand außer Hanna Iglau hätte aus diesem Chaos eine Ordnung schaffen können. Stoisch arbeitete sie sich durch die Papierberge durch und tippte dazwischen immer wieder in ihren Computer:

1. Joseph Sabri wird am Dienstag, 12. Juni, von zwei Männern überfallen, die ihn zuvor in der Bar Bilbao beobachtet haben. Es handelt sich ganz offensichtlich um eine gezielte Aktion. Die Täter, Peter, genannt Pit, Reitzle und Gregor Paretzki, stehen aller Wahrscheinlichkeit nach in Verbindung mit Konrad, genannt Conny, Menzinger.

2. Sabri wird von den Tätern vor der Schultes-Klinik abgelegt. Er hat zwei Lungendurchstiche, kann aber operiert werden. Seine Chancen sind gut. Er wird an eine Herz-Lungen-Maschine angeschlossen.

3. Am Abend des 13. Juni bricht Reinhold Mende bei einer Gesangsdarbietung zusammen. Professor Schultes ist zugegen und veranlasst, dass Mende, mit dem er eng befreundet ist, in die Schultes-Klinik gebracht wird. Es gelingt dem Professor, Mendes Zustand zu stabilisieren.

4. In der Nacht zum 14. Juni wird Joseph Sabri von der Herz-Lungen-Maschine abgehängt. Sabris Gehirn stirbt an Sauerstoffmangel. Das Herz schlägt noch. Professor Schultes veranlasst, dass Joseph Sabris Herz als Transplantat entnommen wird.

5. Sabris Eiweiß-, Blut- und Gewebeproben passen zu Mendes Körper. Sabris Herz ist das ideale Transplantat für Mende. Schon seit längerer Zeit war klar, dass Mende nur mit einem neuen, einem fremden Herzen eine Überlebenschance hatte.

6. Alles wird für die Operation vorbereitet. Das Herz Sabris wartet in einem Kühlgefäß auf die Implantation. Die Kühlung wird mutwillig unterbrochen. (Es liegt eine vage Beschreibung einer möglichen Täterin vor.) Das Herz ist unbrauchbar geworden. Mende stirbt.

Hanna Iglau stand auf, ging ins Sekretariat hinaus und holte sich einen Kaffee. Christine Reichert schaute von ihrem Computer auf. „Herr Heiland müsste jetzt eigentlich schon in seiner Heimat sein. Ist ja echt schade, dass Wischnewski dich nicht mitgelassen hat.“

„Reden wir besser nicht mehr darüber“, gab Hanna zurück. „Ist noch was von dem Marmorkuchen da? Wenn ich traurig bin, muss ich essen!“

Christine schaufelte eilig ein Stück Kuchen auf einen Teller und reichte ihn Hanna. Gleichzeitig sagte sie: „Ich verstehe nicht, warum Wischnewski den Heuer und die Mende nicht festnehmen lässt. Das ist doch so klar wie nur irgendetwas, dass die den Mende auf dem Gewissen haben.“

Hanna wiegte den Kopf hin und her. „Vermutlich haben sie tatsächlich den Herzschrittmacher manipuliert, aber wie soll man das beweisen? Und das wäre dann immer erst ein Mordversuch gewesen. Schuld an Mendes Tod ist der Mensch, der das Herz von Sabri funktionsunfähig gemacht hat. Und bisher wissen wir nicht mehr, als dass eine Frau in schwarzen Lederhosen und einer Jeansjacke in der Nähe des Kühlgefäßes gesehen worden sein soll.“

„Das war doch garantiert auch die Mende!“ Christine Reichert argumentierte niemals mit Wenn und Aber.

„Vielleicht, vielleicht auch nicht.“

„Wer soll denn sonst ein Motiv gehabt haben?“

„Schultes hat Feinde und Neider. Dass ihm sein bester Freund unter dem Skalpell weggestorben ist, bedeutet die größte Niederlage in seinem Chirurgenleben.“

„Und du meinst, jemand hat das gefingert, nur um ihn unmöglich zu machen? Reicht das als Motiv?“

„Kommt drauf an. Schultes kann Menschen verletzen. Er ist arrogant und lässt nichts neben sich gelten. Das ist einer, der geht über Leichen …“ Hanna hielt inne. Die beiden Frauen sahen sich an. Christine Reichert kicherte als Erste. Dann rief sie: „Passt!“

Hanna kehrte an ihren Schreibtisch zurück und tippte weiter:

> 7. Nimmt man alle Fakten, dann muss man von einem Zusammenspiel ausgehen: Professor Schultes, der schon mehrfach sehr schnell zu Transplantaten gekommen ist, wenn Not am Mann war, könnte den Überfall auf Sabri bestellt haben, nachdem er …

Hanna hielt inne. Sie stand auf, durchquerte das Sekretariat und riss die Tür zu Wischnewskis Büro auf. Der schaute verärgert auf. „Was ’n los?“

„Wir müssen rauskriegen, wer der Verbindungsmann zwischen der Medicus-Klinik und der Schultes-Klinik ist."

„Aha, und?"

„Wir müssen wissen, wer veranlasst hat, Sabris Befunde so genau zu erheben, dass Schultes wusste: mit dessen Herz kann er seinen Freund Mende retten."

„Das sind doch Spekulationen."

„Haben Sie nicht immer gesagt, Kriminalistik bedeutet, eine Theorie aufzustellen und sie dann zu beweisen?"

„Stimmt! Okay, fahren Sie hin, nehmen Sie einen tüchtigen Kollegen mit, am besten Grabosch, quetschen Sie die Leute dort aus. Kriegen Sie raus, wer Sabris Krankenakte verschwinden ließ. Das ist dann Ihr Mann oder Ihre Frau."

„Ja, gut." Hanna nickte. „Ich schreibe jetzt meine Zusammenfassung fertig, und dann fahre ich in die Medicus-Klinik."

Zwei Minuten später tippte sie in ihren Computer:

> 8. Theoretisch könnte es so laufen: Wann immer ein wohnsitzloser Mensch, am besten ein nicht registrierter Asylant, in die Medicus-Klinik oder die Schultes-Klinik eingeliefert wird, untersucht ihn ein Gewährsmann des Transplantationsspezialisten Schultes. Passen die Daten zu einem Patienten, der dem Professor besonders am Herzen liegt, werden zwei Killer beauftragt, den Mann zu überfallen und so zu verletzen, dass er noch so lange am Leben bleibt …

Hanna unterbrach. Mit einem Mal kam ihr die eigene Theorie ziemlich aberwitzig vor.

„Und wie passt da Conny Menzinger hinein?", fragte sie sich laut. Sie löschte den Punkt acht ihrer Zusammenfassung und druckte den Text aus.

Im Raum der Sonderkommission traf sie kurz darauf auf Jochen Grabosch, einen eitlen, aber effizienten Kollegen. „Wischnewski möchte, dass wir zwei noch mal in die Medicus-Klinik fahren."

„Gern! Mit dir doch immer!" Grabosch war ein sportlicher, braungebrannter Typ, der wie ein Kriminalkommissar aus dem Fernsehen aussah. Er hielt sich für unwiderstehlich.

Als sie in den Dienstwagen stiegen, sagte Grabosch: „Ich hab gehört, du wolltest eigentlich mit Heiland in sein Ländle fahren."

„Jetzt bin ich hier", beschied ihn die Kommissarin knapp.

Auf der Fahrt wiederholte sie ihre Zusammenfassung. Sie wollte bei der

Gelegenheit prüfen, ob sie etwas Wichtiges vergessen hatte. Das schien aber nicht der Fall zu sein.

In der Sportklinik Medicus trafen sie zuerst auf Dr. Naumann, der sich sofort an Hanna Iglau erinnerte. Die Kommissarin hatte sich entschlossen, keine Umwege zu nehmen. Deshalb fragte sie gleich: „Wer trägt denn Ihrer Meinung nach die Verantwortung dafür, dass die Krankenakte und die Computerdatei über Joseph Sabri verschwunden sind?"

„Ich bitte Sie. Wir sind hier ein eingeschworenes Team. So etwas traue ich keinem meiner Kollegen zu."

„Sie erzählten uns beim letzten Mal, dass Konrad Menzinger hier mit einem Sportmediziner zusammenarbeitet."

„Ja, mit dem Kollegen Seifert. Die beiden haben ziemliche Erfolge, aber sie haben für ihre Forschung auch genügend Geld."

Hanna sagte: „Menzinger spielt möglicherweise eine Rolle bei dem Überfall auf Sabri."

„Ich denke, Sie haben die Täter."

„Die Täter ja, die Hintermänner nein", ließ sich jetzt Grabosch hören. „Und die Täter schweigen."

„Menzinger, sagen Sie, hat etwas mit dem Überfall zu tun?", hakte Dr. Naumann nach.

„Möglicherweise", antwortete Hanna vorsichtig.

„Wir gehen davon aus, dass er die Killertypen anheuert und einsetzt", preschte Grabosch vor.

„Zu der Abteilung von Dr. Seifert haben wir kaum Kontakt …"

„Aber Sie sind ein eingeschworenes Team!", rief Grabosch hämisch dazwischen.

„Bitte, Jochen!" Hanna wurde es langsam zu viel. Sie lächelte Naumann freundlich an. „Am besten reden wir mal direkt mit Herrn Dr. Seifert."

Seiferts Abteilung war in einem Seitenflügel der Sportklinik untergebracht. Sie bestand aus zwei Büros und einem großen Labor. Seifert schob rasch die Schublade eines groß dimensionierten Kühl- und Gefrierschrankes zu, als die Tür zu seinem Labor aufging.

„Wie kommen Sie hier herein?", fuhr er Hanna Iglau und Jochen Grabosch an.

„Durch die Tür", sagte Grabosch.

„Hier laufen wichtige wissenschaftliche Arbeiten. Niemand betritt unsere Abteilung ohne vorherige Anmeldung."

„Wir schon." Grabosch wedelte mit seinem Polizeiausweis.

„Was wollen Sie?"

Grabosch musterte den kleinen, dicken Arzt von Kopf bis Fuß. „Sie sind Sportmediziner?"

„Ja."

„Der Schuster hat oft die schlechtesten Schuhe."

„Wie bitte?"

„Ich meine, es würde Ihnen bestimmt nicht schaden, selber mehr Sport zu treiben."

„Ich habe nicht die Zeit, mich auf Ihr unsinniges Gequatsche einzulassen."

Hanna ging dazwischen: „Was sagt Ihnen der Name Konrad Menzinger?"

„Wie bitte?"

„Kennen Sie ihn oder kennen Sie ihn nicht?!", herrschte Grabosch den Arzt an.

„Natürlich kenne ich ihn. Wir arbeiten gelegentlich zusammen."

„Und was arbeiten Sie?" Grabosch zog beiläufig die Schublade auf, die Seifert so rasch geschlossen hatte, als sie hereingekommen waren.

„Finger weg!", brüllte Seifert.

„Ein früherer Kollege von Ihnen bezeichnete Menzinger gegenüber einem meiner Kollegen als Bluthändler", sagte Hanna. „Was könnte er damit gemeint haben?"

„Keine Ahnung."

„Aber das hier drin sind Blutbeutel, oder?"

Seifert stieß Grabosch zur Seite und schob die Schublade zurück. Er holte einen Schlüssel aus seiner Hosentasche und verschloss den Kühlschrank. Seine Hände zitterten dabei. „Raus!", zischte er.

„Wir können mit einer richterlichen Durchsuchungsanordnung wiederkommen", sagte Hanna sachlich.

„Und wir können dafür sorgen, dass hier in der Zwischenzeit nichts verändert wird."

„Was soll denn das? Behandeln Sie mich hier nicht wie einen Kriminellen!" Ein dünner Faden Spucke lief aus dem Mundwinkel des Arztes.

Die beiden Beamten blieben unbeeindruckt. „Haben Sie Joseph Sabri untersucht?", fragte Hanna so sachlich wie möglich.

„Wer ist das?"

„Der Spender des Herzens, das Reinhold Mende implantiert werden sollte. Sie kennen den Fall?"

„Nein. Ich habe keine Ahnung, wovon Sie reden!"

„Gelogen!", sagte Grabosch und zog einen Aktenordner aus dem Regal.

„Stellen Sie das sofort zurück!"

„Warum lügen Sie?" Grabosch blätterte den Ordner auf.

Seifert riss ihm den Aktenordner aus der Hand. „Ich lasse mir das nicht bieten!"

„Normalerweise würden Sie jetzt sagen: ‚Ich rufe die Polizei', aber wir sind ja schon da." Grabosch grinste frech.

„Sie haben Sabri also nicht untersucht?", fragte Hanna noch einmal.

„Ich sagte schon, dass ich den Mann nicht kenne."

„Zu meinem Kollegen Heiland haben Sie aber gesagt, er sei so ein netter Kerl gewesen. Alle hätten ihn gemocht."

„Na ja, was man halt so redet. Ich habe ihn ein- oder zweimal gesehen, aber das heißt doch noch lange nicht, dass ich ihn gekannt habe."

„Und seine Krankenakte? Haben Sie die auch nicht gekannt?"

Hanna überließ jetzt ihrem Kollegen die Befragung. Hier war seine schroffe Art durchaus am Platze, fand sie.

„Ich bin Sportmediziner. Sabri hatte eine Lebensmittelvergiftung", sagte Seifert.

„Ja und? Die kann doch bei Sportlern auch vorkommen. Häufig haben sie auch Gelbsucht. Manche sterben an verklumptem Blut, weil sie zu viel EPO gespritzt bekamen. Da müssen Sie doch mithalten können." Graboschs aggressiver Ton zeigte langsam Wirkung. „Also?"

„Was also?"

„Mein Gott, beantworten Sie doch nicht jede Frage mit einer Gegenfrage! Ich will hören, was Sie über Sabris Krankenakte wissen!" Grabosch setzte sich an Seiferts Schreibtisch und drückte die Enter-Taste auf dem Keyboard des Computers. Die Datei, an welcher der Arzt zuletzt gearbeitet hatte, erschien.

„Weg da!", schrie Seifert. „Das sind Forschungsunterlagen, die sind absolut geheim!" Er schaltete den Computer aus. „So viel Unverschämtheit ist mir noch nie untergekommen. Ich werde Anzeige gegen Sie erstatten."

„Das wäre klasse", sagte Grabosch. „Aber auch so wird hier jetzt alles aufgerollt, was Sie, Menzinger und Schultes treiben."

Dr. Seifert ließ sich auf einen Hocker fallen, der vor einer Arbeitsplatte aus blinkendem Edelstahl stand. Er war der Situation nicht gewachsen.

Ein Mann, der sich seit jeher in seinen Labors verkrochen hatte und immer im Auftrag von Leuten handelte, die stärker waren als er, vermutete

Hanna. „Ich muss mal telefonieren", sagte sie. „Mein Kollege passt so lange auf Sie auf."

Hanna erreichte ihren Chef auf Anhieb. Sie berichtete knapp und präzise.

„Und Sie meinen, wir werden damit durchkommen?", fragte Wischnewski nach.

„Es ist kein großes Risiko."

„Aber ob ich einen Richter finde, der uns aufgrund dieser Ermittlungen eine Durchsuchungsanordnung unterschreibt?"

„Vielleicht kriegt ja Peter Heiland bei Menzinger was raus, was unseren Verdacht stützt."

„Vielleicht! Wir gehen da über sehr dünnes Eis, Hanna!"

Wischnewski fielen die beiden ermordeten Frauen wieder ein. Man konnte durch Abwarten und zu große Vorsicht Ermittlungen auch gefährden. Er gab sich einen Ruck.

„Okay. Sie nehmen diesen Doktor vorläufig fest. Ich schicke zwei Beamte, die ihn abholen, und Sie bleiben vor Ort. Ich beantrage sofort eine richterliche Durchsuchungsanordnung."

„Danke, Chef!"

Hanna kehrte in das Labor zurück. Seifert saß noch immer in sich zusammengesunken auf dem Hocker. Hanna verschränkte die Arme vor der Brust. „Herr Dr. Seifert, wir nehmen Sie vorläufig fest."

„Was? Was werfen Sie mir vor?"

„Beihilfe zum Mord an Joseph Sabri und Reinhold Mende. Wir gehen davon aus, dass Sie die Daten Sabris weitergegeben und danach die Krankenunterlagen vernichtet haben."

„Aber was hat das mit Mord zu tun?", schrie der kleine, dicke Arzt verzweifelt.

„Sie geben es also zu?", sagte Grabosch sofort.

„Ich gebe gar nichts zu! Ich will sofort einen Anwalt sprechen."

Grabosch nahm ein tragbares Telefon auf dem Schreibtisch aus der Halterung und reichte den Apparat an Dr. Seifert weiter.

Seifert wandte sich ab und wählte. Nach kurzem Warten sagte er: „Seifert hier. Die Polizei ist bei mir." Er hörte zu, setzte immer wieder an, etwas zu sagen, kam aber erst einmal nicht zu Wort. Schließlich brachte er hervor: „Aber an wen hätte ich mich sonst wenden sollen?"

Hanna und Grabosch tauschten Blicke. Seifert hatte keinen Anwalt an der Strippe. Das wurde bestätigt, als er jetzt sagte: „Warten Sie, ich schreibe die Nummer auf." Er notierte eine Nummer auf einem Zettel.

Grabosch trat zu Dr. Seifert, nahm ihm das Telefon aus der Hand und drückte auf Wahlwiederholung. „Ja was ist denn jetzt noch?!“, meldete sich eine herrische Stimme. Grabosch schaltete ab. Die Nummer, die auf dem Display erschienen war, merkte er sich.

„Das wird Ihnen alles noch mal leidtun“, sagte der Arzt mit schwacher Stimme. Dann wählte er die Nummer auf dem Zettel. „Dr. Seifert vom sportmedizinischen Zentrum der Medicus-Klinik.“ Diese Art, sich zu melden, schien ihm etwas Selbstsicherheit zurückzugeben. „Ich brauche Ihre Hilfe …“

Peter Heiland war nach gut fünfstündiger Bahnfahrt in Stuttgart angekommen und im Laufschritt zu Gleis 2 gerannt, um den Anschlusszug nach Tübingen zu erreichen. Er setzte sich bewusst auf einen Fensterplatz auf der linken Seite des Regionalexpresses und freute sich auf den Blick zur Schwäbischen Alb hinüber, die hinter Wendlingen mit ihren ersten Ausläufern in Sicht kommen musste. Es war ein dunstiger Sommertag.

„Die Alb will entdeckt sein“, schrieb der Geologe und Biologe Ernst Waldemar Bauer einmal, den Heiland seit Langem verehrte. „Die Schwaben haben sie erwandert und wissen, was sie an ihr haben.“

Tatsächlich hatte die Schwäbische Alb nichts von der Schroffheit des dunklen Schwarzwaldes. Sie bestand aus hellem Fels, weiten Ebenen, sanften Kuppen und Wacholderheiden. Nur nach Nordosten hin fiel das Gebirge steil ab und erschien wie eine blaue Mauer, die aus dem Neckarland heraus emporwuchs. Eduard Mörike hatte dem Albtrauf diesen Namen gegeben. Jetzt, da der Zug langsam am Neckar entlangfuhr, freute sich Peter Heiland einmal mehr über diese treffende Bezeichnung des Dichters.

In Tübingen nahm er ein Taxi und fuhr direkt zur Landespolizeidirektion im Vorort Derendingen. Vor einem großen, frei stehenden Hochhaus stieg er aus. Sein Blick ging an der Fassade hinauf. Besonders gute Erinnerungen hatte er nicht an dieses Gebäude.

Die Chefin der Mordkommission erwartete ihn bereits: Désirée Lindemann, eine Frau Mitte dreißig. Sie trug, wie damals, als er im Fall Heckenschütze ermittelte, einen Nadelstreifen-Hosenanzug und hochhackige Stiefeletten. Ihre grünlichen Augen musterten ihn kühl. „Ich habe den Kollegen Raisser abgeordnet. Sie haben sich damals gut mit ihm verstanden. Vielleicht kann er Ihnen ja helfen.“

Peter Heiland erinnerte sich gut an den Kriminalhauptkommissar Hannes Raisser, einen gemütlichen, etwa sechzigjährigen Schwaben, den seine

Chefin lieber heute als morgen aufs Altenteil geschickt hätte. Peter Heiland mochte den Kollegen. Deshalb fiel die Begrüßung auch besonders freundlich aus. Der untersetzte, knapp 1,70 Meter große Raisser strahlte über sein rundes Gesicht, als er in den Raum trat. „So, semmer amol wieder da?“ Sie schüttelten sich die Hände.

Ungeduldig sagte Frau Lindemann: „Wir haben ein paar Vorermittlungen gemacht. Konrad Menzinger betreibt in Reutlingen das größte Fitness-Institut in der weiten Umgebung. Offenbar handelt er mit Anabolika und anderen muskelbildenden Substanzen. Aber bislang konnte ihm nichts Rechtswidriges nachgewiesen werden.“

„Wohne duet er in Sankt Johann“, sagte Raisser.

„Schöne Gegend“, antwortete Peter Heiland, „ich war früher mit meinem Opa oft dort. Wenn's ganz klar ist, kann man bis zu den Alpen sehen.“

Frau Lindemann verdrehte die Augen. „Wenn Sie sonst etwas brauchen, Kollege Heiland ...?“

„Danke, erst mal nicht.“ Er ging zur Tür, öffnete sie und sagte zu Raisser: „Nach Ihnen, Herr Kollege.“

In der Tiefgarage stiegen sie in einen zivilen Dienstwagen der Polizei. Raisser setzte sich hinters Steuer. „Wahrscheinlich wollet Sie zuerst zu Ihrem Opa Henry nach Riedlingen“, sagte er.

„Sie haben's erfasst!“

Als sie die Honauer Steige hinauffuhren, rechts die Burg Lichtenstein im Blick, atmete Peter Heiland ein paarmal ganz tief durch. Raisser sah zu ihm herüber. Peter fühlte sich bemüßigt zu erklären: „Es isch halt scho arg schö daheim!“

Sie erreichten die Hochebene. „Wenn wir jetzt links abbiegen würden, wären wir in fünf Minuten in Sankt Johann“, sagte Raisser.

„Mir fahret aber rechts Richtung Riedlingen!“

Von unterwegs hatte Peter seinen Opa Henry angerufen. Der alte Mann hatte im vergangenen Jahr seinen 82. Geburtstag gefeiert und hatte natürlich auch mit den Malaisen des Alters zu kämpfen. Sein Rücken tat ihm häufig weh und sein Gehör ließ nach. „Das Alter ist eine einzige Beleidigung“, beschwerte er sich manchmal. „Aber es ist halt die einzige Möglichkeit, nicht früher zu sterben.“ Dabei sah man ihm sein Alter nicht an. In Peters Augen wirkte er mindestens zehn Jahre jünger. Doch vielleicht war da auch der Wunsch der Vater des Gedankens. Den Gedanken, dass sein Opa Henry einmal nicht mehr da sein könnte, wollte Heiland nicht zulassen.

Als der Dienstwagen in der schmalen Auffahrt am Ortsrand ausrollte, trat der alte Mann aus dem Haus. Den vollen weißen Haarschopf hatte er sorgfältig gekämmt. Er trat auf Peter zu und widerstand mannhaft dem Drang, seinen Enkel zu umarmen. „Da bischt ja!“, sagte er. „Es gibt a Veschper.“ Aber dann sagte er doch: „Lass dich anschauen!“ Er fasste Peter an beiden Schultern, legte den Kopf in den Nacken und sah in sein Gesicht hinauf. „Du solltesch mehr esse und au mehr an d’ Luft gange!“

Dann begrüßte er Raisser. Henry konnte sich nicht erinnern, ob er den Polizisten schon einmal gesehen hatte. Aufs Geratewohl sagte er: „Mir kennet uns, gell?“ Und Raisser antwortete freundlich: „Vom Höresage!“

Auf dem Gartentisch, hinter dem die grob gezimmerte Holzbank stand, hatte Henry bereits eine Mahlzeit bereitgestellt: Schwarzwurst, Schinkenwurst, Leberwurst, Rettiche und frisch gepflückte Tomaten. In der Mitte lag auf einem Holzbrett ein großes, rundes Bauernbrot mit einer dicken, knusprigen Rinde. Im Holzofen gebacken. In einem Steingutkrug stand, gut gekühlt, selbst gekelterter Most bereit.

Henry schenkte drei Gläser mit dem bernsteinfarbenen Getränk voll, hob sein Glas und sagte: „Willkommen in Riedlingen!“ Es klang ein wenig pathetisch. Danach ließ er es sich nicht nehmen, Tomatenscheiben für Peter zu schneiden, während der sein Brot mit Butter bestrich.

„Tomatenbrote hab ich schon als Kind am liebsten gegessen“, sagte Peter Heiland erklärend zu seinem Kollegen Hannes Raisser. Dann fragte er seinen Opa: „Kann ich wieder bei dir wohnen?“

„Was isch denn des für a Frag? Wenn net, kriagsch a paar hinter d’ Löffel.“

Der Most aus Birnen und Äpfeln schmeckte wunderbar. Peter hob sein Glas. „Den macht keiner besser als du, Opa Henry!“

Der Großvater nickte und lächelte verschmitzt.

„Wenn mer hier sitzt, dät mr’s Schaffe am liabschte vergesse!“, meinte Peter und streute Salz auf die Rettichscheiben, die sein Opa für ihn abgeschnitten hatte.

„Schaffe könnet ihr au no morge“, sagte Opa Henry. Aber just in diesem Moment meldete sich Peters Handy. Hanna war dran, berichtete von den Ermittlungen in der Medicus-Klinik und der Verhaftung des Sportmediziners Seifert. „Wir müssen annehmen, dass es ihm gelungen ist, Menzinger zu warnen.“

Peter stand sofort nach dem Telefonat auf. „Schluss mit der Idylle. Jetzt pressiert’s. Los, kommen Sie, Kollege Raisser.“

Als sie in den Dienstwagen sprangen, fragte Raisser: „Reutlingen oder Sankt Johann?"

Peter überlegte einen Moment. „In Reutlingen müssen das Kollegen übernehmen. Das veranlasse ich gleich. Wir fahren nach Sankt Johann."

Diesmal übernahm er selbst das Steuer. Raisser fuhr ihm zu gemächlich. Kopfschüttelnd sah Opa Henry seinem Enkel nach, der den Feldweg hinunterraste und eine lange Staubwolke hinter sich herzog. „No nix Narrets, wenn's pressiert", murmelte er, aber es hörte ihn ja sowieso niemand.

RAISSER hatte die Anschrift von Menzingers Wohnhaus in seinem Notizblock. Das Haus liege etwas oberhalb der Gemeinde. Dort habe man schon vor Jahren eine Siedlung aus schmucken Holzhäusern gebaut. „Mit dem besten Ausblick von der ganzen Alb."

Die Straße führte oberhalb der Siedlung direkt auf Sankt Johann zu. „Langsam!", sagte Raisser. Peter schaltete herunter. „Dort, das letzte Haus rechts."

„Da ist ja auch sein Auto!"

Er lenkte den Wagen in einen schmalen Waldweg, dicht an eine Hecke heran und stieg aus. „Ich gehe vor, und Sie sichern", sagte er.

Raisser zog seine Waffe und sah nach, ob sie auch geladen war. Dann holte er sein Handy aus der Hosentasche und bat bei der Reutlinger Polizeidirektion um Verstärkung. Hannes Raisser war ein Mann, der immer auf Nummer sicher ging.

Als Peter Heiland die Zufahrt zu Menzingers Haus erreichte, nahm er hinter einem dicken Buchenstamm Deckung. Die Heckklappe des blauen Volvos war hochgeklappt. Menzinger schleppte Kisten ins Haus. Peter entdeckte nun auch wieder die grünen Styroporbehälter, die er schon in Berlin in Menzingers Wagen gesehen hatte.

Conny Menzinger schulterte eine Kiste und trug sie zum Haus. Peter Heiland rannte die Auffahrt hinunter. Als Menzinger zurückkehrte, saß der Kommissar bereits auf der Kante des Kofferraums. „Hallo Conny!"

„Ja jetzt verreck! Wo kommsch du denn her?"

„Aus Berlin. Kannst du dir ja denken."

„Und? Was willscht?"

„Das kannst du dir auch denken."

„Noi, mit dem besten Willen nicht."

„Hast du dich eigentlich drauf verlassen, dass Gregor Paretzki und Pit Reitzle auf die Dauer das Maul halten?"

„Ich hab keine Ahnung, von was du redest."

„Einen schönen Spitznamen hast. ‚Der Bluthändler'."

„Jetzt red keinen Scheiß. Komm, mach Platz, ich muss vollends ausladen."

„Wir haben Dr. Seifert verhaftet." Peter ließ Konrad Menzinger nicht aus den Augen, als er dies sagte.

Conny zuckte mit keiner Wimper. „Hat der was verbrochen?"

„Sieht ganz so aus."

„Also unsere Zusammenarbeit war absolut in Ordnung. Nix, was die Polizei interessieren könnte."

Peter lächelte. „Du bist ganz schön cool!"

„Immer gewesen!" Menzinger zog eine Holzkiste heraus. „Wenn du schon da bist, könntest mir a bissle tragen helfen."

Für Raisser, der hinter einer Hecke Deckung gefunden hatte, sah es so aus, als unterhielten sich zwei alte Sportskameraden gemütlich über ihre Jugendzeit.

„Warum nicht? Mich interessiert, wo du das Zeug hinbringst und was da noch alles ist." Peter Heiland packte mit an.

„Ich glaub, das wird eine große Enttäuschung für dich!" Conny Menzinger grinste so selbstsicher, dass Peter Heiland einen Augenblick Zweifel daran kamen, ob sein alter Sportskamerad wirklich Teil eines kriminellen Komplotts war.

Die Kiste war schwer. Nur ein so durchtrainierter Mann wie Conny Menzinger konnte so ein Monstrum allein schleppen. Aus den Augenwinkeln sah Peter oben an der Einfahrt bei einer Hecke einen Schatten. Das musste Raisser sein.

Sie gingen an der Seitenfront des Hauses entlang und eine Treppe in einen Kellerraum hinab. Die Eisentür dort stand weit offen und war mit einem Stein verkeilt. Peter musste rückwärtsgehen, nebeneinander passten sie nicht durch die schmale Tür. Die scharfen Kanten der Holzkiste schnitten in seine Finger.

„Dort hinten rechts!" Sie bogen in einen Kellergang. „Jetzt rechts!" Peter konnte die Kiste kaum mehr halten, aber er wollte sich auch keine Blöße geben. Plötzlich stolperte er. Die Trittstufe in seinem Rücken hatte er nicht sehen können und Menzinger hatte ihn nicht gewarnt. Im gleichen Augenblick drückte Conny mit aller Kraft gegen die Kiste. Peter verlor das Gleichgewicht und stürzte auf den Rücken. Menzinger hielt sein Ende der Kiste noch in den Händen.

„Des war's", sagte er jetzt. „Hier findest du alles, was du suchst, aber mich kriegt ihr nicht."

Er ließ die schwere Kiste fallen. Die Kante prallte schmerzhaft gegen Peter Heilands Kinn. Mit dem vollen Gewicht schlug der Boden der Kiste auf seinen Brustkorb und seinen Bauch. Er wollte nach seiner Waffe greifen, aber er kam unter der Last nicht heran. Die schwere Eisentür fiel krachend ins Schloss. Ein Schlüssel wurde zweimal gedreht. Peter Heiland versuchte mühsam, unter der Holzkiste hervorzukriechen.

Menzinger rannte unterdessen am Haus entlang auf seinen Volvo zu. Laut rief er: „Mai Lingh! Mai Lingh! Los, wir fahren!" Aus dem Haus kam die Thailänderin. Sie hatte einen Rucksack auf dem Rücken und eine Reisetasche in der Hand. Hinter ihr erschien eine Frau um die sechzig. „Müsset ihr denn wirklich scho wieder fort, Conny-Bub?"

„Bis bald, Mama." Und zu Mai Lingh: „Los, Mensch, beweg deinen Arsch." Er fasste nach ihrer Hand und zog sie im Laufschritt hinter sich her zu seinem Auto. Während sich die junge Frau auf den Beifahrersitz fallen ließ, lief Conny nach hinten, um die Heckklappe zuzuschlagen. Er sah direkt in die Mündung von Raissers Dienstpistole.

„Hände hoch!", sagte der untersetzte Kommissar. „Und keine Fisimatenten!" Aus der Ferne hörte man das rasch näher kommende Signal eines Polizeiwagens.

Zögernd hob Conny die Arme. In seinem Kopf arbeitete es fieberhaft. Das konnte doch nicht wahr sein, dass dieses Männchen ihm im letzten Moment noch seinen wunderbaren Plan vermasselte. Er hatte doch alles so gut vorbereitet. Das Geld war in der Schweiz. Spätestens in zwei Stunden konnte er in Zürich sein. Der Flug nach Thailand war für den späten Abend gebucht. In Mai Linghs Heimat wollte er dieses wunderschöne neue Leben anfangen, von dem er und seine Geliebte schon lange träumten. In Thai Wu, dem Heimatort Mai Linghs. „Mit tausend Dollar bist du dort der König", hatte sie gesagt. Er aber hätte das Tausendfache von tausend Dollar in der Tasche gehabt. Er wäre ein tausendfacher König gewesen. Sollte das jetzt alles nicht mehr wahr sein?

Mit einem Schrei stürzte er sich auf Raisser. Der machte im gleichen Augenblick einen Schritt zurück und schoss. Die Kugel fuhr in die rechte Schulter Menzingers und riss ihn herum. Er brach in die Knie. Mai Lingh sprang aus dem Auto. Menzingers Mutter hastete die Treppe herunter. Die Thailänderin gab einen lauten, lang anhaltenden Schrei von sich und stürzte sich über ihren Freund. Connys Mutter starrte Raisser an. „Das waren

Sie!“, schrie sie und fuhr ihm mit allen zehn Fingernägeln ins Gesicht. Gegen die Frau konnte sich Raisser nicht wehren. Zum Glück raste in diesem Augenblick der Polizeiwagen heran.

Peter hörte das Signalhorn des Polizeiwagens. Zuvor hatte er schon den Schuss gehört. Mit letzter Kraft war er unter der schweren Holzkiste hervorgekrochen. Er hatte sich dabei sein Hemd zerrissen und sich tiefe Schrammen auf der Brust und seinen Unterarmen zugezogen. Jetzt stand er schwer atmend in dem Kellergang. Hinter ihm befand sich eine offene Tür. Er hinkte dorthin. Vor ihm öffnete sich ein fensterloser Raum mit kahlen betonierten Wänden. An der gegenüberliegenden Wand stand eine riesige Kühltruhe, die sonor vor sich hin brummte. Davor war die Kiste abgestellt, die jener entsprach, die er gemeinsam mit Conny in den Keller geschleppt hatte. Der Deckel war offen. Die Wände waren mit einer doppelwandigen Silberfolie ausgeschlagen. Dazwischen lagen Eiscontainer, wie man sie aus Kühltaschen kennt. Die Kiste war leer.

Peter stemmte den Deckel der Tiefkühltruhe hoch. Sie war etwa zur Hälfte mit Medikamentenkartons und Blutbeuteln gefüllt. Er schlug den Deckel wieder zu. Sollten sich die Mitarbeiter der Spurensicherung und die Spezialisten der Gerichtsmedizin darum kümmern.

Peter Heiland verließ den Raum und suchte nach einer Möglichkeit, aus dem Keller herauszukommen. Da hörte er, dass sich in der Eisentür ein Schlüssel drehte. Er stieg über die Holzkiste hinweg und humpelte schnell den Gang hinunter. Die Tür schwang auf. Im Lichtfeld stand Hannes Raisser und lächelte ihn an. Sein Gesicht war durch zehn blutrote Striemen entstellt. „Grad noch amal gut gange“, sagte er.

Désirée Lindemann gratulierte Peter Heiland kühl. Raisser beachtete sie gar nicht. „Ich möchte Konrad Menzinger nicht verhören“, sagte der Berliner Kommissar, „wir kennen uns seit Jugendtagen.“

„Ich denke, wir werden ihn nach Berlin überstellen“, antwortete Frau Lindemann. „Je weniger wir mit dem Fall zu tun haben, umso besser.“

„Der Kollege Raisser verdient ein Sonderlob“, sagte Heiland. „Ohne ihn hätte mich Menzinger übertölpelt und wäre jetzt schon im Ausland. Auf Nimmerwiedersehen.“

„Übertölpelt? Das geben Sie zu?“

„Warum denn nicht, wenn es stimmt? Der Erfolg der Festnahme geht allein auf das Konto von Kommissar Raisser. Ich kenne aus meiner Zeit hier noch den Rumsteiner vom *Schwäbischen Tagblatt*. Also dem muss ich die Story erzählen!"

„Die Pressearbeit wird hier von der Leitung des Hauses gemacht", sagte Frau Lindemann spitz.

„Ja, hier bei Ihnen", sagte Peter Heiland. Er verabschiedete sich, und als er das Haus verließ, rief er zuerst Rumsteiner und danach Raisser an. Mit beiden verabredete er sich auf den Abend bei seinem Opa Henry. Rumsteiner versprach, den Kommissar mit nach Riedlingen zu nehmen.

9

Jochen Grabosch hatte sich den Namen des Teilnehmers besorgt, den Dr. Seifert bei seiner Verhaftung angerufen hatte. Es war die Durchwahl von Professor Alexander Schultes.

„Langsam passen ein paar Mosaiksteine zusammen", sagte Wischnewski zu Hanna Iglau und Grabosch, als die beiden ihm berichtet hatten. „Seifert ist der Verbindungsmann. Er muss die Daten der möglichen Opfer nicht selbst erhoben haben, aber er hat sie weitergegeben. Dazu musste er ja nur an die Krankenakte oder an die entsprechenden Daten im Computer herankommen. Jetzt brauchen wir eine richterliche Durchsuchungsanordnung für die Klinik."

„Der Generalstaatsanwalt hat das Verfahren an sich gezogen", sagte Hanna, „und wir wissen, er ist einer der besten Freunde des Professors. Er muss Ihrem Antrag zustimmen."

„Ja meinen Sie, das weiß ich nicht? Aber Sie haben ja Recht. Ich suche ihn jetzt sofort auf!" Wischnewski stemmte sich aus seinem Schreibtischsessel.

In diesem Augenblick meldete sich Peter Heiland am Telefon. „Wir haben Menzinger verhaftet. Er hatte schon alle Zelte abgebrochen und wollte grade ins Ausland abhauen. Schwester Mai Lingh war bei ihm."

„Und? Ist er geständig?", fragte Wischnewski.

„Nein, aber ich denke, wir werden genügend Indizien finden. In seinem Keller lagern zentnerweise Medikamente und Dopingmittel. Auch Blutbeutel, die vermutlich verschiedenen Spitzensportlern zugeordnet werden können. Die Spurensicherung und die Leute vom gerichtsmedizinischen Institut in Tübingen sind schon bei der Arbeit."

„Gut. Und Sie kommen so schnell wie möglich zurück nach Berlin."

„No nix Narrets, wenn's pressiert", sagte Peter Heiland.

„Wie bitte?"

„Originalton Opa Henry, heißt etwa so viel wie: Wenn etwas besonders eilig ist, soll man langsam tun."

„Grüßen Sie bitte den alten Herrn von mir, und bringen Sie eine Flasche von seinem Selbstgebrannten mit, wenn es keine Mühe macht."

„Das ist eine der leichteren Übungen", antwortete Peter und schaltete sein Telefon aus.

Wischnewski rieb sich die Hände. „Wir biegen auf die Zielgerade ein", sagte er.

„Jetzt wissen wir zwar, dass Schultes und Menzinger vermutlich eine Menge Geld mit Dopingmitteln verdienen. Und dass sich Schultes womöglich seine Organspender aus der Sportklinik beschaffte", wandte Grabosch ein, „trotzdem haben wir noch nichts Konkretes in der Hand, um die Morde an Reinhold Mende und Joseph Sabri zu beweisen."

„Deshalb will ich ja zum Generalstaatsanwalt. Und Sie knöpfen sich diese beiden Killertypen noch mal vor. Ihnen müsste das doch liegen, Grabosch!" Damit verließ Wischnewski den Raum.

„Sieht so aus, als wären wir das neue Traumpaar", sagte Grabosch zu Hanna Iglau.

„Das sieht aber auch nur so aus!", antwortete Hanna und griff nach ihrer Umhängetasche.

Generalstaatsanwalt Dr. Julius Steinbeck erhob sich aus seinem Sessel, als seine Sekretärin den Kriminalrat hereinließ. „Gut, dass Sie kommen", sagte Steinbeck. „Ich hätte mich sonst selbst bei Ihnen gemeldet." Mit einer einladenden Geste wies er auf eine bequeme Sitzgruppe. „Einen Kognak?"

„Lieber nicht. Wir arbeiten zurzeit rund um die Uhr."

„Aber Sie gestatten, dass ich mir einen nehme?"

Wischnewski nickte nur. Er war seltsam berührt von der verbindlichen Art des Generalstaatsanwalts. Sie war ganz und gar nicht typisch für ihn.

„Sie wissen vielleicht, Professor Schultes ist einer meiner besten Freunde. Und … ähem … also so ein Klinikum ist ein sehr sensibler Bereich. Gerade wo es um Transplantationschirurgie geht."

Wischnewski räusperte sich. „Ja natürlich weiß ich das. Aber wir haben ernst zu nehmende Hinweise …"

„Herr Wischnewski. Ich werde noch in diesem Jahr aufhören. Und da will ich mir auf den letzten Metern nicht noch so eine Sache ans Bein binden lassen, bei der wir nur schlecht aussehen können!"

„Entschuldigen Sie, aber Sie werden mir doch nicht raten, irgendwelche Dinge zu vertuschen oder auch nur liegen zu lassen."

„Nein, aber sprechen Sie bitte noch mal mit Schultes, bilden Sie sich ein persönliches Urteil. Der Mann ist ein leidenschaftlicher Arzt mit hohen moralischen Ansprüchen. Ich bin sicher, das wird sich alles klären lassen – und zwar zu seinen Gunsten!"

„Nein", sagte Wischnewski hart. „Das ist ganz und gar ausgeschlossen. Inzwischen steht eindeutig fest, dass Joseph Sabri exakt die gleichen physiologischen Daten vorlagen wie Reinhold Mende. Das wusste Professor Schultes. Ein Mitarbeiter der Medicus-Klinik, Dr. Holger Seifert, hat inzwischen gestanden, dass er Sabris Werte an Schultes weitergegeben hat. Mehr noch: Seifert hat von Schultes immer wieder Anfragen nach ganz bestimmten physiologischen Konstellationen bekommen. Daraus schließen wir, dass Schultes Patienten hatte, für die er zeitnah ein Spenderorgan brauchte, das er anderweitig nicht beschaffen konnte."

Steinbeck war bleich geworden. Er stellte sein Glas hart ab. „Transplantate auf Bestellung?"

„Sobald er wusste, welcher Spender möglicherweise infrage kam, hat er einen Mann beauftragt, dafür zu sorgen, dass das Opfer in einem Zustand in seine Klinik eingeliefert wurde, der eine Entnahme der Organe noch möglich machte."

Steinbeck saß jetzt wieder in seinem Ledersessel. Die Zigarre verglühte langsam im Aschenbecher. Sein Gesicht war weiß wie die Wand.

Wischnewski fuhr fort: „Die beiden Männer, die Joseph Sabri überfallen haben, handelten sehr wahrscheinlich im Auftrag von Konrad Menzinger, einem Geschäftspartner von Schultes. Sein Mann fürs Grobe, wenn Sie so wollen. Es ist uns gelungen, die beiden festzunehmen."

Steinbeck schlug die Hände vors Gesicht. „Ich hatte so gehofft …" Er unterbrach sich.

„Wir kommen mit Hoffen und Wünschen nicht weiter. Herr Generalstaatsanwalt, ich muss Sie bitten, mir eine richterliche Durchsuchungsanordnung für die Klinik von Herrn Professor Schultes zu beschaffen."

„Ich soll einen Durchsuchungsbefehl beantragen? Ich?"

„Nicht Sie persönlich. Die Staatsanwaltschaft."

Steinbeck stand auf und ging durch sein Büro, nicht hin und her, sondern in einem weiten Oval. Seine Kiefer mahlten. Unvermittelt blieb er stehen. „Gut! Zuvor aber will und muss ich noch mal persönlich mit ihm reden."

Wischnewski stand nun ebenfalls auf. „Wenn es unsere Untersuchungen nicht beeinträchtigt …"

„Gewiss nicht. Darauf werde ich achten. Oder, noch besser, bleiben Sie in der Nähe, dann können Sie selbst darauf achten."

Wischnewski sah den Generalstaatsanwalt mit verständnislosen Augen an. „Es gibt hier einen kleinen Nebenraum, so eine Art privates Zimmer für mich." Steinbeck ging zu einer schmalen Tapetentür und öffnete sie. „Mein Vorgänger hat sich dieses kleine Séparée einbauen lassen. Er hat sich da auch mittags manchmal zu einem Schläfchen hingelegt. – Warten Sie noch!" Steinbeck ging zum Telefon, wählte und drückte die Mithörtaste.

„Alexander, ich bin es, Julius. Ich muss dich sprechen, und zwar sofort."

„Wo?"

„Hier, bei mir im Büro!"

„Julius, du weißt, ich hasse die Atmosphäre dort."

„Ich will es aber so. In zehn Minuten seh ich dich hier!"

Steinbeck legte auf. Dann trat er dicht vor Wischnewski hin und reichte ihm die Hand. „Darf ich Ihnen sagen, dass ich immer den größten Respekt vor Ihrer Arbeit hatte?"

Das kam überraschend und machte den Kriminalrat verlegen. „Ich bitte Sie. Jeder von uns tut doch nur seine Pflicht." Sofort schämte sich Wischnewski ob dieser Platitude. Also schob er schnell nach: „Danke. Aus Ihrem Mund ist das wirklich ein unerwartetes Lob."

„Ich meine es ehrlich. – Wenn Sie bitte dort drinnen warten wollen." Wischnewski verschwand in dem schmalen Raum hinter der Tapetentür.

Es dauerte nicht einmal zehn Minuten, da betrat Schultes das Büro des Generalstaatsanwalts. „Du siehst schlecht aus. Hast du etwa wieder Herzprobleme?"

Steinbeck ging nicht darauf ein. „Alexander, ich will es jetzt von dir wissen: Musste seinerzeit ein Mensch sterben, damit ich ein neues Herz bekommen konnte?"

„Bei einer Transplantation muss immer zuerst ein Mensch sterben, damit ein anderer weiterleben kann."

Wischnewski, der dicht hinter der Tapetentür stand, lief ein kalter Schauer über den Rücken.

„Du weißt, was ich meine: Wurde meinetwegen ein Mensch umgebracht?", hörte er jetzt den Generalstaatsanwalt fragen.

„Wie kommst du denn auf so etwas?"

„Wurde der Afrikaner Sabri getötet, damit Mende hätte weiterleben können?“

„Du meinst diesen Anschlag in unserem OP 7?“

„Nein, ich meine: Wurde ein Mensch schwer verletzt, damit man ihm das Herz entnehmen konnte, das bei Mende eingesetzt werden sollte? Wurde der Mann überhaupt nur niedergestochen, damit er in deine Klinik eingewiesen werden konnte?“

Schultes wich dem Blick des Freundes aus. „Das ist eine ziemlich aberwitzige Vorstellung.“

„Nicht für Konrad Menzinger und nicht für dessen Handlanger!“

Schultes starrte seinen Freund an. „Woher hast du diese Namen?“

„Aus den polizeilichen Ermittlungen.“

„Julius, wir sind alte Freunde …“

„Sag die Wahrheit: Von wem stammt dieses Herz?“ Steinbeck schlug mit den Fäusten gegen seine Brust. „Auf wessen Kosten lebe ich? Wer war der Mensch?“

„Genau das ist doch die Frage, Julius. Wer war der andere Mensch?“

„Welches Leben wurde für mich geopfert?“, schrie Steinbeck.

„Ein wertloses, nutzloses Leben. Du hast Großes geleistet. Auf dir ruhen alle Hoffnungen. Wir brauchen dich!“

„Du gibst es also zu?“, stieß Steinbeck atemlos hervor.

„Ich habe dir schon einmal gesagt: Wenn wir da allzu große Skrupel hätten, wären wir nie weitergekommen. Die Besten stützen sich immer! Und bei dir ging es zudem noch um meinen Freund.“

„Auf diese Freundschaft verzichte ich!“

Die Augen des Professors wurden schmal. „Julius, was willst du tun?“

„Es gibt nur einen Weg!“

„Ich warne dich!“ Schultes’ Stimme war nun schneidend scharf. „Was passiert denn, wenn die Öffentlichkeit erfährt, wie du zu deinem neuen Herzen gekommen bist? – Niemand wird glauben, dass das ohne dein Wissen geschehen ist!“

Die Tapetentür schwang auf. Wischnewski trat in den Raum. „Herr Professor Schultes, ich nehme Sie fest wegen gemeinschaftlichen Mordes in mehreren Fällen. Brauchen wir die Handschellen?“

Schultes fuhr zu Steinbeck herum. „Verräter“, zischte er.

„Du hast *mich* verraten!“ Sehr aufrecht ging der Generalstaatsanwalt zur Tür und öffnete sie weit. „Zum Glück werde ich dich nie wiedersehen.“

Wischnewski führte Schultes auf den Korridor hinaus. Sie waren noch keine zehn Schritte gegangen, da hörten sie in ihrem Rücken einen Schuss. Wischnewski packte Schultes am Arm und zerrte ihn zu Steinbecks Büro zurück. Mit der freien Hand riss er die Tür auf. Steinbeck lag über seinem Schreibtisch. Aus einer kleinen, kreisrunden Wunde in seiner Stirn tropfte Blut. Ein Revolver lag neben seinem Kopf.

„Sehen Sie zu, ob man noch etwas machen kann." Wischnewski stieß Schultes zum Schreibtisch. Der Professor legte Zeige- und Mittelfinger seiner rechten Hand auf die Halsschlagader seines einstigen Freundes und sagte dann nach wenigen Sekunden leise: „Exitus!"

Hanna Iglau und Jochen Grabosch waren in die Kantine gegangen. Das Verhör Reitzles und Paretzkis hatte wenig ergeben. Die beiden hatten wie die Weltmeister gemauert.

Hanna hatte sich an der Theke eine Ingwerlimonade geholt. Grabosch trank Kaffee. „Jetzt ist aber Heike Mende dran!", sagte der Kommissar. „Die hätte man schon längst packen sollen." Grabosch zählte an den Fingern ab: „Sie hatte die Videokamera in der Hand, in der aller Wahrscheinlichkeit nach eine Blackbox war, mit der man den Herzschrittmacher ihres Mannes außer Kontrolle bringen konnte. Den Schrittmacher hat ihm garantiert ihr Lover, dieser Dr. Heuer, implantiert. Die beiden haben nicht damit gerechnet, dass Mende den Anschlag überlebt. Und als sie das begriffen haben, mussten die das Transplantat kaputt machen, das bei Mende eingesetzt werden sollte. Frau Mende ist in die Klinik gegangen, wo sie sich sehr gut auskannte, und hat den Stecker an dem Kühlgerät rausgezogen."

„Aber sie hatte gar keinen Schlüssel mehr zu der Klinik."

„Heuer hatte einen. Den brauchte er ihr doch nur in die Hand zu drücken. Und wenn man genau hinschaut, hat das saubere Pärchen zwei Fliegen mit einer Klappe geschlagen."

„Was meinst du denn damit?"

„Reinhold Mende ist hin. Seine Witwe erbt ein paar Millionen. Schultes hat einen spektakulären Misserfolg, womöglich kommt raus, dass er Sabri umbringen ließ. Heuer ist der natürliche Nachfolger des Professors."

„Aber ihm ist am wenigsten zu beweisen. Frau Mende könnte auch ohne Heuers Wissen den Anschlag auf ihren Mann verübt haben. Und als das Kühlgefäß manipuliert wurde, war er nachweislich nicht in der Klinik."

„Ist doch egal", konterte Grabosch, „die Frau war sein Werkzeug. Er hat den anfälligen Schrittmacher in den Brustkorb Reinhold Mendes eingebaut. Dann hat er die Kamera präpariert, und als der Versuch, Mende auf diese Weise zu töten, fehlgeschlagen war, hat er Heike Mende in die Klinik geschickt, um den Stecker herauszuziehen. Sie hatte vielleicht keinen Schlüssel mehr, aber er hatte ja einen. Passt doch alles."

„Aber wir können es nicht beweisen."

„Wischnewski soll die zwei verhaften lassen. Ich hol die Wahrheit dann schon aus ihnen raus."

„So wie aus Gregor Paretzki und Pit Reitzle, ja?!"

„Das ist doch was ganz anderes! Wenn Leute wie Heike Mende und Dr. Heuer erst mal im Knast sind, fangen sie auch an zu reden. Die sind nicht so hartgesotten wie Reitzle und Paretzki."

PETER HEILAND saß im Zug nach Berlin. Der rasche Abschied von seinem Großvater war ihm schwergefallen. Und in Opa Henrys Augen hatte er Tränen gesehen. Peter hatte dem Alten versprochen, ganz bald wiederzukommen. Und diesmal werde er auch Hanna mitbringen. „Noch bevor der Sommer rum ist."

„Versprechen muss man halten!", hatte der Großvater ernst gesagt. Und schließlich hatte er den Enkel an den Schultern gepackt und für einen Augenblick an sich gezogen. Dicht an Peters Ohr sagte er: „Weisch, es isch halt net schön so ganz allein."

Der Abend davor war dagegen lustig gewesen. Freddy Rumsteiner hatte Peter Heiland in der „Wurschtkuchel" in Tübingen abgeholt, und Raisser hatten sie in Derendingen beim LKA aufgepickt. Auf der Fahrt berichtete der Tübinger Kommissar, die Reutlinger Kollegen hätten im Fitness-Studio Menzingers nichts Belastendes gefunden. Falls da was gewesen sei, habe er Tabula rasa gemacht.

Als sie die Alb erreicht hatten, schob sich eine Gewitterwand von Westen her über die Hochfläche. Opa Henry hatte den Tisch in der Glasveranda gedeckt, weil auch er das Wetter hatte kommen sehen. Und kaum hatten sie Platz genommen, da fuhr auch schon der erste Blitz über den Himmel.

Später, als sich das Wetter verzogen hatte, schoben sie die Glasfenster zur Seite. Frische Luft strömte herein. Opa Henry ging ins Haus, kam mit Peters alter Gitarre wieder und drückte sie ihm in die Hand.

„Sie spielen Gitarre?", fragte Hannes Raisser.

„Nicht so richtig. Zwölf Griffe. Schrummschrumm halt, wenn einer dazu singt." Er versuchte, das Instrument zu stimmen.

„Früher hat er immer ‚Marmor, Stein und Eisen bricht' gesungen", erzählte Rumsteiner.

„Und ‚Wir Kameraden der Berge'", wusste Opa Henry.

Peter schlug ein paar Akkorde an. „Und ‚Der Globus quietscht und eiert. Der Rost sitzt überall. Er ist schon ausgeleiert, der alte Erdenball …'"

„Zukunftsweisender Text", sagte Rumsteiner.

Am Ende aber sangen alle drei: ‚Jenseits des Tales standen ihre Zelte'. Opa Henry konnte sogar eine zweite Stimme dazu.

GEGEN 15 UHR betrat Peter Heiland das enge Büro, das er sich mit Hanna Iglau teilen musste. Die Kollegin hatte sich inzwischen ausgebreitet. Überall waren Papiere, Aktenordner, Computerausdrucke gestapelt, auch auf Peters Tisch und auf seinem Schreibtischstuhl. „Du bist schon wieder da?" Hanna kniete auf dem Boden und verglich zwei Berichte miteinander. Peter blieb dicht vor ihr stehen. Sie schaute zu ihm auf. „Mein Gott, bist du wieder mal groß!" Heiland packte sie unter den Achseln, hob sie ohne Mühe hoch und küsste sie, als ihre Münder auf gleicher Höhe waren. „Genau eins vierundneunzig", sagte er, als sie wieder Luft bekamen. „Gibt's was Neues?"

„Das kann man wohl sagen!" Hanna begann Peters Stuhl frei zu räumen. „Heike Mende hat für die Nacht, als das Kühlgerät abgeschaltet wurde, ein Alibi. Sie hat sich erinnert, dass sie von einem Telefonanruf aus dem Schlaf geweckt wurde. Frau Dr. Mierendorf, ihre Hausärztin, habe sie angerufen. Das muss wohl Schultes veranlasst haben. Die Frau Doktor ist dann sogar noch bei ihr vorbeigefahren, weil sie das Gefühl hatte, ihrer Patientin gehe es schlecht."

„Hört sich an wie bestellt."

„Ja, schon. Aber diese Ärztin macht einen absolut soliden Eindruck. Jedenfalls haben wir eine Zeugenaussage, die Heike Mende aus der Schusslinie bringt."

„Ich muss noch mal mit Miriam Sell reden", sagte Peter.

„Die geht dir wohl nicht mehr aus dem Kopf", versetzte Hanna spitz.

Aber Peter Heiland ging nicht darauf ein. „Wenn ich jetzt so drüber nachdenke, dann wollte die womöglich ganz bewusst den Verdacht auf Heike Mende lenken."

DIE ATMOSPHÄRE in der Schultes-Klinik hatte sich verändert. Peter Heiland spürte das sofort, als er durch die gläserne Drehtür kam. Eine seltsame Stille lag über den Korridoren. Die Empfangsdame sah ihn abweisend an. „Sie schon wieder!"

„Ja, ich schon wieder. Haben Sie etwas dagegen?“

„Sie haben unseren Chef auf dem Gewissen.“

„Na, na, na – noch lebt er. Außerdem haben Sie ja wohl gehört, was er sich über all die Jahre geleistet hat. Ist Frau Dr. Sell im Haus?“

„Ja, aber das Ärzteteam hat eine Besprechung. Hier weiß ja keiner mehr, wo es langgehen soll. Und das alles nur wegen Ihnen.“

Peter schenkte es sich, darauf zu antworten. Stattdessen fragte er: „Wo findet denn die Besprechung statt?“

„Im Konferenzraum im zweiten Stock.“ Der Kommissar bedankte sich und ging zum Fahrstuhl.

Im zweiten Stock befanden sich auch die Dienstzimmer der Ärzte. Peter Heiland las die Schilder. Als er zur Tür mit der Aufschrift OBERARZT DR. FRIEDRICH HEUER kam, blieb er stehen, schaute sich kurz um und drückte die Klinke nieder. Auf Zehenspitzen betrat er den Raum.

Alle Schränke waren verschlossen. Unter dem Schreibtisch, dicht neben einem Stuhlbein stand ein Arztkoffer. Peter Heiland streifte dünne Plastikhandschuhe über und ließ die Schnallen aufspringen. Vorsichtig hob er ein Stethoskop heraus. Darunter kamen Schachteln mit Spritzen und Medikamenten hervor. Schließlich entdeckte er ein quadratisches schwarzes Kästchen. Er wusste nicht, worum es sich handelte, aber einem plötzlichen Impuls folgend ließ er es in ein Plastiktütchen fallen, das er in derselben Jackentasche bei sich trug wie die Handschuhe. Sorgfältig schichtete er alles andere wieder zurück in den Koffer und verließ das Büro.

Wieder auf dem Korridor, zog er sein Handy hervor und hielt Ausschau nach einem Platz, wo er ungestört telefonieren konnte. Ganz hinten, wo der Korridor in ein Treppenhaus überging, befand sich eine der schön gestalteten Sitzecken.

Peter Heiland setzte sich und wollte gerade die Nummer Wischnewskis wählen, als sich die Tür des Konferenzraums öffnete. Etwa zwölf Weißkittel kamen heraus. Fünf davon waren Frauen, unter ihnen auch Miriam Sell. Als Letzter trat Dr. Heuer auf den Korridor. Frau Dr. Sell hatte offenbar auf ihn gewartet. Während die anderen rasch davongingen, war sie stehen geblieben, bis Heuer erschienen war. Die beiden kamen nun in Peter Heilands Richtung. Er versuchte, sich möglichst aus ihrer Sicht zu bringen. Jetzt hörte er die Stimme des Arztes. Sie klang spöttisch: „Aber Miriam, ich habe dir nie einen Rosengarten versprochen.“

„Lass das Gewäsch!“ Frau Dr. Sells Stimme klang aufgeregt. „Noch vor drei Wochen haben wir darüber geredet, wann wir heiraten.“

„Ja, aber inzwischen sind drei Wochen vergangen."

„Machst du dich über mich lustig? Wie lange geht das denn schon zwischen dir und Heike?"

„Bitte frag mich nicht aus. Ich werde dir sowieso nichts sagen."

„Dann beantworte mir eine andere Frage: Was für einen Schrittmacher hast du Reinhold Mende eingepflanzt?"

Dr. Heuer blieb abrupt stehen. „Warum willst du das wissen?"

„Ich weiß es schon. Ich hätte es nur gerne noch mal von dir gehört."

„Wie bitte?"

„Ich hab genauso wie du assistiert, als Schultes den Brustkorb von Mende geöffnet hat. Du hast den Schrittmacher schnell an dich gebracht und gesagt: ‚Den sollten wir dann auch erneuern.'"

„Das willst du in der ganzen Hektik bemerkt haben? Miriam, du spielst dich doch jetzt nur auf."

Kurz bevor die beiden die Ruheoase erreichten, in der sich Peter Heiland, so gut es ging, versteckte, machten sie kehrt. Sie verschwanden nach wenigen Schritten in Miriam Sells Arbeitszimmer.

Peter Heiland beschloss, das Gespräch mit Frau Dr. Sell zu verschieben, und fuhr auf direktem Weg ins kriminaltechnische Labor.

Erika Mack blickte von ihrem Computer auf, als Peter Heiland eintrat.

„Vielleicht ist das hier interessant." Heiland legte die Plastiktüte mit dem schwarzen Kästchen auf den Tisch.

Die Kriminaltechnikerin streifte Handschuhe über und nahm das Gerät heraus. „Wo hast du das her?"

„Darüber rede ich erst mal nicht."

„Aber du weißt, was es ist?"

„Keine Ahnung."

„Das ist genau so eine Blackbox, wie wir sie suchen, und ihre Maße sind so, dass sie in die Videokamera passt." Erika holte das Gerät, das Peter und Hanna im Hause Mende konfisziert hatten, aus einem Schrank. Sie öffnete es und schob das schwarze Kästchen hinein. „Passt. Allerdings sind keine Spuren einer Befestigung zu finden. Es muss eine andere, wahrscheinlich eine baugleiche Kamera gewesen sein, wenn Mendes Herz mit diesem Impulsgeber stimuliert wurde."

RON WISCHNEWSKI hatte Professor Alexander Schultes in sein Büro bringen lassen – eine ungewöhnliche, aber von der Spitze des Hauses akzeptierte Maßnahme. Schultes' Augen lagen tief in den Höhlen. Er trat mit schleppenden Schritten über die Schwelle. Erst als er Wischnewski gegenüberstand, versuchte er, etwas Haltung anzunehmen.

„Wie geht es Ihnen?“, fragte Wischnewski.

Die Lippen des Professors zitterten ein wenig, als er sagte: „Dieses Gefängnis … die Zellen … die Menschen. Ich konnte mir nicht vorstellen, wie das alles auf mich wirkt.“

„Ich verstehe.“ Wischnewski nickte. „Das muss alles sehr fremd auf Sie wirken.“

„Fremd? Abstoßend! Mein Anwalt wird mich da herausholen. Wenn es sein muss, auch gegen Bezahlung einer Kaution.“

„Ich glaube nicht, dass er damit Erfolg haben wird“, sagte Wischnewski mit ruhiger Stimme. „Bei Ihnen besteht eindeutig Flucht- und Verdunkelungsgefahr.“

„Unsinn! Wo soll ich denn hin? Ich will zurück in meine Klinik, weiter nichts!“

„Gegen Sie besteht ein mehrfacher Mordverdacht, Herr Professor Schultes. Ich fürchte, Sie haben das noch nicht realisiert.“

„Sie wissen ja nicht, was Sie reden!“ Langsam kehrte wieder etwas Farbe in Schultes’ Gesicht zurück.

„Ich denke schon. Aber der Reihe nach …“ Wischnewski griff nach einer Akte und schlug sie auf. „Nach unseren Ermittlungen sind Sie seit fünfzehn Jahren mit der Bereitstellung von Dopingmitteln für Spitzensportler beschäftigt gewesen. Sie haben mit Amphetaminen begonnen, die den Sportlern den Siegeswillen gaben, dann Anabolika, die ihre Muskeln stärkten, und schließlich EPO und angereichertes Eigenblut, um Höchstleistungen zu erzielen. Für alles, was da verabreicht wird, braucht man die Rezepte und die Fachkenntnisse eines Arztes.“

„Ja und?“

„Sie haben die Gesundheit der Sportler gefährdet.“

„Das sagen Sie!“

„Das sage nicht nur ich. Jeder Kenner bestätigt: Das ist Betrug an den anständigen Sportlern, Betrug an den Fans und, wenn wir es genau nehmen, auch am gedopten Sportler selbst; denn demgegenüber wird doch von allen Seiten beschönigt, was da mit seinem Körper geschieht.“

„Niemand wird gezwungen!“

„Nein, aber viele werden dumm gehalten! Wie heißt einer Ihrer wichtigsten Grundsätze als Ärzte: Medizin darf vor allem nicht schaden. Aber das hat Sie kaltgelassen, Herr Professor Schultes. Mehr noch: Sie haben enormen Profit daraus geschlagen: Sie haben mit dem Verkauf verbotener Substanzen sehr viel Geld verdient."

„Ich habe da nichts zu verbergen."

„Da frage ich mich nur, warum Ihr Geschäftspartner Menzinger alle Zelte abbrechen und nach Thailand verschwinden wollte."

„Das ist seine persönliche Sache."

„Glaube ich nicht. Er wurde von Ihnen gewarnt. Aber die Zeit reichte nicht. Vorgestern haben wir ihn verhaftet. Er ist auf dem Weg hierher. Wir werden Sie ihm spätestens morgen gegenüberstellen können."

„Da lege ich nun wirklich keinen Wert darauf!"

Wischnewski lächelte. „Ich bin gespannt, wann Sie begreifen, dass es nicht mehr darum geht, worauf Sie Wert legen. Der Chef ist jetzt der Staatsanwalt. Und nach dem freiwilligen Tod Ihres Freundes ist man in der gesamten Justiz nicht gut auf Sie zu sprechen."

„Ich habe Julius Steinbeck das Leben gerettet!"

„Und er hat es sich genommen, weil er nicht akzeptieren konnte, auf welche Weise Sie das getan haben. Mal ehrlich: Wollten Sie mit einem fremden Herzen leben, dessen früherer Besitzer heimtückisch getötet wurde, nur damit man Ihnen sein Organ einpflanzen konnte?"

„Das alles würde uns jetzt nicht beschäftigen, wenn nicht irgendwelche Saboteure das Kühlgefäß mit dem Herzen abgeschaltet hätten. Reinhold Mende wäre jetzt schon auf dem Weg der Besserung. Man würde mir Kränze flechten! Und kein Hahn würde danach krähen, wie seine Rettung zustande kam. Da, wo dieser Afrikaner herkam, sterben täglich Hunderttausende von Menschen, ohne dass man sich bei uns groß drum kümmert. Und überhaupt, was hat so einer hier zu suchen?"

„Das will ich Ihnen sagen: Er sucht seine Freiheit und eine Möglichkeit zu leben. Aber die haben Sie ihm genommen, und zwar ausgesprochen brutal."

„Sie verstehen es immer noch nicht!"

„O doch. Ich verstehe", sagte Wischnewski bitter. „Ich verstehe: Sie sind unbelehrbar. Sie werden Ihr faschistisches Gedankengebäude aufrechterhalten, egal was kommt."

„Ich habe Recht. So einfach ist das. Und jetzt möchte ich in meine Zelle zurück." Er stand auf. Plötzlich schien alle Müdigkeit aus seinem Körper gewichen zu sein. Straff und aufrecht stand er vor Wischnewski. „Ich gewinne. Sie werden es sehen", sagte Schultes.

PETER HEILAND war nach seinem Besuch im kriminaltechnischen Labor direkt zum Haus von Heike Mende gefahren. Sie kam mit ein paar Einkaufstüten aus der Garage, als er aus seinem Dienstwagen stieg. „Kann ich Ihnen beim Tragen helfen?"

„Sie schon wieder", stöhnte die Witwe.

Erst jetzt sah er sie genauer an. Sie trug eine schwarze Lederhose, eine Jeansjacke und ging auf hohen Stöckelschuhen. Ihre Haare hatte sie in einer Art Turban mit einem Tuch eingebunden. Einen Augenblick sah er sie unverwandt an.

„Was starren Sie denn so?", fragte Frau Mende.

„Tragen Sie das öfter?"

„Was denn?" Sie drückte die Tüten in Peter Heilands aufnahmebereite Hände.

„Schwarze Lederhose, Jeansjacke und dieses Tuch."

„Im Alltag fast immer. Warum?"

„Darf ich Ihnen das drinnen erklären?" Peter machte sich entschlossen auf den Weg zur Haustür.

„Na, gut!" Sie überholte ihn und schloss auf.

Im Haus war es angenehm kühl. Peter stellte nach Anweisung der Hausherrin die Einkaufstüten in der Küche ab und folgte Frau Mende ins Wohnzimmer.

„Wollen Sie etwas trinken?", fragte die Dame des Hauses.

„Ja, gerne. Aber bitte keinen Alkohol. Am liebsten ein Mineralwasser."

„Mit oder ohne Kohlensäure?"

Es schien, als wollte Heike Mende den Small Talk bewusst in die Länge ziehen. Deshalb sagte Peter Heiland jetzt direkt: „Die Frau, die in der Nacht vor der Operation Ihres Mannes im OP 7 gesehen worden ist, wurde uns genau so beschrieben. Mit schwarzer Lederhose, Jeansjacke, hochhackigen Schuhen und Tuch um den Kopf."

„Ach! Aber Sie wissen, dass ich nachweislich nicht dort war!"

„Eben. Aber wenn Sie sagen, dass Sie oft so angezogen sind, dann gibt es ja sicher Leute, die das wissen."

„Sie meinen, irgendwer wollte den Verdacht auf mich lenken? Das würde bedeuten, eine Frau hat sich genau so angezogen wie ich."

„Ich weiß nicht." Peter kratzte sich am Kinn. „Vielleicht war da auch gar niemand. Jemand, der weiß, dass Sie häufig so angezogen sind, könnte den Verdacht auch auf Sie lenken, ohne etwas gesehen zu haben." Peter stand an der Terrassentür und schaute nachdenklich in den Garten hinaus. Frau

Mende trat neben ihn und reichte ihm ein Glas Sprudel. Sie selbst hatte sich einen Martini eingegossen. „Wollen Sie sich nicht setzen?"

Ohne sich umzudrehen, sagte er: „Wir haben den Impulsgeber gefunden, mit dem das Herz Ihres Mannes aus dem Rhythmus gebracht wurde."

„Wo?"

„Bei Dr. Heuer. Das Gerät passt genau in die Videokamera, die Sie uns gegeben haben. Aber mit der haben Sie ja auch gar nicht gefilmt."

Heike Mende setzte sich auf die vordere Kante eines weißen Ledersessels. „Das kapiere ich nicht."

Jetzt nahm auch Peter Heiland Platz. Er sah Heike Mende mit einem treuherzigen Blick an. „Jetzt bitte nicht böse sein. Aber ich muss das fragen: Könnte Dr. Heuer ohne Ihr Wissen den Impulsgeber in Ihre Kamera praktiziert haben?"

Heike Mende biss sich auf die Unterlippe. Dann schüttelte sie den Kopf wie ein trotziges Kind. „Nein!"

„Aber er war häufig bei Ihnen. Es gibt doch immer Momente, wo der andere mal allein im Raum ist."

„Ich weiß nicht, warum ich Ihnen überhaupt noch zuhöre!"

„Meine Gedanken gehen ja sogar noch weiter. Er könnte ohne Ihr Wissen auch die Kamera, in der der Impulsgeber war, ausgetauscht haben gegen eine andere gleicher Bauart, freilich ohne die Initialen Ihres Mannes."

„Klingt ziemlich kompliziert, finden Sie nicht?"

„Doch, doch, das finde ich auch. Aber wenn man so etwas vorhat, geht es ja auch nicht einfach."

„Wenn man was vorhat?"

„Den Mann seiner Geliebten umzubringen, und zwar ohne deren Wissen durch die Geliebte selbst."

„Sie spinnen!"

„Könnte sein, könnte aber auch nicht sein. Hat Dr. Heuer Ihnen einen Rosengarten versprochen?"

„Wie bitte? Was?"

„Ich frage nur, weil ich zufällig gehört habe, wie er zu Frau Dr. Sell sagte: ‚Ich hab dir nie einen Rosengarten versprochen.' Sie war übrigens sehr ungehalten darüber."

„Friedel Heuer soll so etwas zu Miriam Sell gesagt haben?"

„Wie gesagt: ich war Zeuge."

„Aber das heißt doch ..."

„Ja, mein Gott, vermutlich haben die beiden bis vor Kurzem was miteinander gehabt. Das müssten Sie doch eigentlich verstehen."

„Ich?? Friedel und ich sind seit zweieinhalb Jahren …" Sie unterbrach sich.

„Ja?"

„Nun ist es ja schon raus. Die Ehe mit meinem Mann …" Sie winkte ab. „Er war ständig auf Reisen. Ich bin misstrauisch geworden und habe einen Detektiv auf ihn angesetzt. Ich schäme mich heute noch dafür."

„Und? Hat er Sie betrogen?"

„Überhaupt nicht. Aber er verhielt sich so. Ich war gar nicht mehr für ihn vorhanden. Ich weiß nicht, was mit ihm los war. Vielleicht war es die Arbeit. Aber seine Ignoranz mir gegenüber war wirklich mehr als kränkend."

Peter nickte und sagte: „Kann ich verstehen."

„Aber ich hätte ihn doch deshalb nicht umgebracht. Auch wenn ich ihn nicht mehr liebte, er war doch … immer noch wie ein Vertrauter."

„Und Dr. Heuer? Haben Sie denn nicht davon geträumt, sich ganz mit ihm zusammenzutun?"

„Wir hatten wunderbare Tage. Immer wieder. Aber wir waren beide der Meinung, es könne so bleiben. Ich hatte ja nun erfahren, was eine feste Bindung bedeutet."

„Mit Miriam Sell muss er aber über eine Heirat gesprochen haben."

„Und woher wollen Sie das wissen?"

„Sie hat ihn daran erinnert. Okay, ich gebe zu, ich habe die beiden belauscht. Aber, entschuldigen Sie, das gehört zu meinem Beruf!"

„Der soll mir bloß unter die Augen kommen." Frau Mendes Augen funkelten böse.

„Das sollten wir möglichst verhindern. Vorerst wenigstens. Wissen Sie denn, ob er heute Dienst hat?"

„Ja, bis zum späten Abend – wenn er mich nicht angelogen hat."

Sie schritten in einer Front den langen Korridor hinab: Hanna Iglau in der Mitte, links neben ihr der bullige Ron Wischnewski, auf der anderen Seite Peter Heiland. Wie hatte der Kriminalrat noch vor wenigen Tagen gesagt? „Wir biegen auf die Zielgerade ein." Jetzt hatten alle drei das Gefühl, nur noch wenige Meter vor der Ziellinie zu sein. Niemand sprach. Ihre Gesichter sahen entschlossen aus. Christine Reichert hatte den Besuch der drei Kriminalbeamten angekündigt und mit der für sie typischen freundlichen Geschäftsmäßigkeit gesagt: „Es wäre Herrn Kriminalrat Wischnewski sehr angenehm, wenn sich Herr Dr. Heuer und Frau Dr. Sell bereithalten würden."

Am Empfang hatte die Dame, die Peter Heiland schon kannte, in frostigem Ton gesagt: „Die Herrschaften werden im Konferenzraum im zweiten Stock erwartet."

Schwester Inge hatte Kaffee, Tee und Kekse bereitgestellt. Sie wurde von Wischnewski gebeten, Oberschwester Clara hinzuzubitten und selbst, wenigstens am Anfang, bei dem Gespräch dabei zu sein.

Die beiden Schwestern erschienen nach wenigen Minuten, in denen Miriam Sell unverwandt zum Fenster hinausgestarrt und Dr. Friedrich Heuer scheinbar gelangweilt Kringel auf einen Notizblock gemalt hatte.

„Gut", sagte Wischnewski zu den beiden Schwestern, „nehmen Sie doch bitte Platz."

Heuer unterbrach seine Malereien, Miriam Sell wandte den Kopf, sah Peter Heiland in die Augen und schüttelte ganz leise den Kopf, als wollte sie sagen: Warum machen Sie das mit mir?

„Fangen wir mit dem Tag an, als Reinhold Mende vor ungefähr sieben Wochen zur Untersuchung hier war und einen neuen Herzschrittmacher implantiert bekam. Sie, Herr Dr. Heuer, haben ausnahmsweise Professor Schultes vertreten, weil der sich auf einem Kongress in Tübingen befand. Stimmt das?"

Heuer nickte.

„Bei Schwester Clara lag alles bereit, so wie es der Professor angeordnet hatte. Stimmt das?" Diesmal ging die Frage an Oberschwester Clara.

„Ja, natürlich!"

„Schwester Inge holte alle Unterlagen und auch den neuen Herzschrittmacher. Es war doch ein neuer, Dr. Heuer?"

„Ja."

„Wie kommt es dann, dass sechs Wochen später aus dem Brustkorb Mendes ein veraltetes Gerät entnommen wurde? Und zwar durch Sie!"

„Ein veraltetes Gerät? Was reden Sie denn da?"

„Wir haben es sichergestellt. Und wir wissen, dass Sie während der Operation zu Professor Schultes gesagt haben …" Wischnewski sah in seinen Notizen nach, aber Peter Heiland kam ihm zu Hilfe und zitierte: „‚Den sollten wir dann auch erneuern.‘"

„Ja, stimmt", sagte Schwester Inge, „das habe ich auch gehört" – um schnell hinzuzufügen: „Aber von mir haben die Herrschaften das nicht."

„Nein, bestimmt nicht von Ihnen", bestätigte Wischnewski. „Dass der

Schrittmacher dringend erneuert werden musste, haben auch unsere Techniker festgestellt. Er gehört noch zu den alten Geräten, die durch Impulsgeber von außen zu beeinflussen waren und heute nicht mehr verwendet werden."

Dr. Heuer schluckte. „Also, was Sie da zusammenkleistern ..."

„Das will ich Ihnen genau sagen", jetzt lächelte Wischnewski sogar ein wenig, „Sie haben den alten Schrittmacher in Mendes Brust positioniert, um ihn mit diesem Gerät beim Stiftungsfest seiner Verbindung aus dem Rhythmus bringen zu können."

Wischnewski legte das kleine schwarze Kästchen auf den Tisch.

„Was ist das?", fragte Heuer.

„Ich wette, wir finden Ihre Fingerabdrücke darauf. Sie haben das Gerät in die Kamera von Frau Mende eingebaut, ohne die Dame zu unterrichten. Haben es nachher auch wieder ausgebaut und die Kamera durch eine baugleiche ersetzt."

Plötzlich meldete sich Miriam Sell: „Wann soll denn das gewesen sein?"

„Gelegenheiten hatte Herr Dr. Heuer genug. Sein Liebesverhältnis zu Frau Mende ging nach deren Aussage über zweieinhalb Jahre."

Ein Stuhl wurde mit einem hässlichen Geräusch heftig zurückgeschoben. Dr. Miriam Sell sprang auf, beugte sich weit über den Tisch, starrte Heuer ins Gesicht und schrie ihn an: „Zweieinhalb Jahre?! Sag, dass das nicht wahr ist!"

„Es ist wahr. Leider", ließ sich Peter Heiland hören. „Aber darf ich Sie noch etwas fragen, Frau Dr. Sell?"

Sie sah ihn nur kurz an und setzte sich wieder.

„Sie haben eine Frau beschrieben, die schwarze Lederhosen, eine Jeansjacke, hochhackige Schuhe und ein Tuch um die Haare trug." Er wandte sich nun freundlich Schwester Inge zu. „Wer läuft normalerweise so herum, Schwester Inge?"

„Die Iversen", kam es wie aus der Pistole geschossen von Oberschwester Clara, „also Frau Dr. Mende natürlich. Früher hieß sie Iversen."

„Stimmt", sagte Schwester Inge, „die ist immer so angezogen."

Wischnewski ergriff wieder das Wort. „Die schlimmen Verbrechen Ihres Chefs haben wir weitgehend aufgeklärt. Wir wissen auch, wie der Anschlag auf Herrn Mendes Herz vor sich gegangen ist. Fehlt nur noch Ihr Geständnis, Frau Dr. Sell."

„Meins??"

„Sie waren im Haus, Sie hatten die Gelegenheit, über Ihr Motiv rätseln wir aber noch. Aber vielleicht haben Sie es ja aus Liebe zu Herrn Dr. Heuer getan?"

„Was getan?"

„Den Stecker aus dem Kühlgerät gezogen."

„Ich habe es überhaupt nicht getan."

„Bitte erzählen Sie uns nicht noch einmal das Märchen, eine Schwester habe Ihnen unterm Siegel der Verschwiegenheit …"

Oberschwester Clara lachte auf. „Siegel der Verschwiegenheit! Hier kann doch keine was für sich behalten."

Miriam stand auf. Ihre Wangen glühten. Sie knetete ihre Hände, ihr Atem ging kurz. Zweimal umrundete sie den großen Besprechungstisch, dann blieb sie vor Dr. Heuer stehen. „Sag du es!"

„Was denn? Ich hab keine Ahnung, wovon du redest, Miriam!"

Frau Dr. Sell fuhr zu Wischnewski herum, deutete mit einer dramatischen Geste auf Heuer und sagte mit bebender Stimme: „Ich sollte behaupten, ich hätte eine Frau gesehen. Und damit ich nicht als Denunziantin dastehe, hat er mir vorgeschlagen, als Quelle eine Schwester zu nennen, die ungenannt bleiben will."

„Eigentlich gar nicht so schlecht ausgedacht", sagte Wischnewski.

„Er hat gesagt, er habe Heike Mende gesehen, könne das aber unmöglich selber publik machen", sagte Miriam Sell.

„Dr. Heuer?"

„Ja!"

„Dann müsste er ja in der Nacht noch einmal im Haus gewesen sein", wandte Peter Heiland ein.

„War er auch", sagte Wischnewski mit großer Überzeugung. „Dr. Heuer hat den Stecker am Kühlgerät gezogen."

„Ich?" Heuer lachte auf. „Sie wissen doch, dass ich gar nicht im Haus war."

„Ja, aber wir wissen es von Ihnen", meldete sich Peter Heiland, „und wir müssen zugeben, dass wir es nicht überprüft haben."

„Man hätte eigentlich erwarten können, dass Sie bei Frau Mende waren", sagte Hanna Iglau.

„Nach so einem Tag?"

„Wenn man eine Frau liebt, muss man doch an ihrer Seite sein, wenn es ihr schlecht geht. Auch wenn man müde ist. Da gibt es doch keinen Hinderungsgrund", sagte Peter Heiland.

Miriam Sell rannte aus dem Zimmer.

Peter Heiland fragte rasch: „Soll ich ihr nach …?“

Aber Wischnewski winkte nur ab. „Lassen Sie mal.“ Dann wandte er sich Dr. Heuer zu. „Wir nehmen Sie fest wegen des Verdachts, Reinhold Mende vorsätzlich ermordet zu haben.“

Als die drei Kriminalbeamten das Haus verließen, saß Dr. Miriam Sell etwas abseits im Park auf einem Mäuerchen. Sie hatte der Klinik den Rücken zugekehrt. Es war dennoch zu erkennen, dass sie weinte.

Zwei uniformierte Beamte brachten Dr. Friedrich Heuer aus dem Gebäude und zu einem grünen Kastenwagen der Polizei. Seine Hände waren auf dem Rücken gefesselt.

Peter Heiland überquerte den Rasen und trat hinter Miriam Sell. Als sie ihn hinter sich spürte, hob die Ärztin den Kopf. Unter Tränen fragte sie: „Aber warum? Warum hat er ihn umgebracht?“

„Er war sein Rivale. Außerdem wollte Friedrich Heuer seinen Chef unmöglich machen.“

Miriam Sell nickte. „Er hat immer wieder gesagt: ‚Wenn ich erst mal der Chef hier bin.‘ Das habe ich natürlich nicht ernst genommen.“ Sie legte ihre Hände über die Augen. „Was ist das für ein Mensch“, fragte sie dumpf, „der über zwei Jahre lang zwei Frauen vormachen kann, dass er sie liebt?“

„Vielleicht hat er Sie ja tatsächlich beide geliebt!“

Miriam Sell nahm die Hände von den Augen und schüttelte den Kopf, dass ihre Haare flogen. „So etwas kann es nicht geben!“

Peter Heiland räusperte sich. „Was ich Sie noch fragen wollte: Warum haben Sie das alles für diesen Mann gemacht?“

„Weil er mir weismachte, Heike Mende sei an allem schuld, und … und weil ich ihn geliebt habe.“

„Ja“, sagte Peter Heiland. „Ich hab mir schon so etwas gedacht. – Vielleicht sieht man sich mal wieder.“ Er legte kurz seine Hand auf ihre Schulter und ging zu den anderen zurück.

Hanna blickte ihm mit hochgezogenen Augenbrauen entgegen. „Na?“, machte sie. „Ist es dir gelungen, sie ein wenig zu trösten?“

„Nicht unsere Aufgabe“, murrte Wischnewski. „Los, es ist noch viel zu tun.“

Sie stiegen in den Dienstwagen, um in die Keithstraße zurückzufahren. Peter Heiland saß am Steuer. Als sie durch die Paulsborner Straße fuhren, rief Wischnewski plötzlich: „Halten Sie an!“

„Warum denn?“

„Ich will aussteigen."

„Hier?"

„Ja, dort drüben ist der Arzt, den mir Friederike … also Frau Schmidt, empfohlen hat. Ich soll mich mal durchchecken lassen." Er stieß die Beifahrertür auf und stieg aus. Mit schnellen Schritten ging er auf die Arztpraxis zu.

Hanna wechselte vom Rücksitz nach vorn. „Hoffentlich ist er nicht wirklich krank."

Peter fuhr ein Stück und hielt dann überraschend in einer Parklücke. „Was ist denn?", fragte Hanna.

„Bevor wir uns wieder so richtig in die Arbeit schmeißen, könntest du mich eigentlich noch mal küssen."

„Dass du dir so was wünschst …" Sie beugte sich zu ihm hinüber und legte ihre Arme um seinen Nacken. Es wurde ein langer Kuss.

Foto: Rainer Griese

„Während der Entstehung des Romans wurde der Inhalt immer aktueller.“

Als Felix Huby mit seiner Arbeit am Roman *Der Bluthändler* begann, war noch nicht absehbar, in welchem Maße kurz darauf das Thema Blutdoping in den Mittelpunkt des öffentlichen Interesses geraten würde. Ausgelöst durch die Skandale rund um den Radsport bei der Tour de France 2007 und bei den anschließenden Weltmeisterschaften, beherrschten EPO und die dubiosen Geschäfte der Dopingärzte die Schlagzeilen. Für den Leser von Felix Hubys neuem Krimi ergibt sich daher als willkommener Nebeneffekt zu Spannung und Nervenkitzel ein besseres Verständnis der aktuellen Diskussion um Manipulationen im Leistungssport.

Felix Hubys Gespür für Themen, die in der Luft liegen, ist sicher auch einer der Gründe für seinen anhaltenden Erfolg als Drehbuchautor und Romanschriftsteller. Nach jahrelanger Tätigkeit als Zeitungsjournalist wurde der 1938 im schwäbischen Dettenhausen geborene Autor insbesondere durch seine Arbeit fürs Fernsehen bundesweit bekannt. Von ihm stammen die Fernsehkommissare Palu und Bienzle sowie die Drehbücher für insgesamt 26 *Tatorte*. Zu den erfolgreichsten TV-Serien des ungemein produktiven Autors zählen *Oh Gott, Herr Pfarrer; Abenteuer Airport; Der König von Bärenbach; Oppen und Ehrlich; Ein Bayer auf Rügen* und *Tierarzt Dr. Engel*.

Ganz ohne Frage bilden auch die Geschichten um den schwäbischen Kommissar Peter Heiland im Berliner Morddezernat eine reizvolle Filmvorlage. Mit dem Schauspieler Fabian Busch in der Hauptrolle verfilmte das ZDF 2007 den ersten Peter-Heiland-Krimi *Der Heckenschütze*, und schon bald wird auch *Der Bluthändler* für spannende Fernsehunterhaltung sorgen.

DIE FINDELFRAU
© für die deutsche Ausgabe: 2007 by Wilhelm Heyne Verlag, München,
in der Verlagsgruppe Random House GmbH

DER MANDANT
Originalausgabe: *The Lincoln Lawyer*
erschienen bei Little, Brown and Company, New York
© 2005 by Hieronymus, Inc.
© für die deutsche Ausgabe: 2007 by Wilhelm Heyne Verlag, München,
in der Verlagsgruppe Random House GmbH

DAS LICHT DES NORDENS
Gekürzte, genehmigte Sonderausgabe für Verlag Das Beste GmbH, Stuttgart
Originalausgabe: *A Northern Light* (Harcourt Inc., New York, 2003)
© 2003 by Jennifer Donnelly
© für die deutsche Ausgabe: 2005 by Piper Verlag GmbH, München

DER BLUTHÄNDLER
Erschienen bei Scherz, einem Verlag der S. Fischer Verlag GmbH, Frankfurt am Main
© für die deutsche Ausgabe: 2007 by S. Fischer Verlag GmbH, Frankfurt am Main

Übersetzer:
Der Mandant: Sepp Leeb
Das Licht des Nordens: Angelika Felenda

Illustrationen und Fotos:
Die Findelfrau: S. 4 (links), 6/7: mauritius images/Hill Creek
Der Mandant: S. 4 (rechts), 160/161/162: mauritius images/Rubberball
Der Bluthändler: S. 5 (rechts): mauritius images/Phototake, 462/463: links: mauritius images/Phototake;
rechts: mauritius images/age, 464: mauritius images/age

Die ungekürzten Ausgaben von „Die Findelfrau", „Der Mandant", „Das Licht des Nordens" und „Der Bluthändler"
sind im Buchhandel erhältlich.